J. R. R. TOLKIEN

DER HERR DER RINGE

ERSTER TEIL: DIE GEFÄHRTEN

ZWEITER TEIL: DIE ZWEI TÜRME

DRITTER TEIL: DIE RÜCKKEHR DES KÖNIGS

HOBBIT PRESSE

KLETT-COTTA

J. R. R. TOLKIEN

DER HERR DER RINGE

ERSTER TEIL:

DIE GEFÄHRTEN

HOBBIT PRESSE
KLETT-COTTA

Verlagsgemeinschaft Ernst Klett Verlag –
J. G. Cotta'sche Buchhandlung
Aus dem Englischen übersetzt von
Margaret Carroux
Gedichtübertragungen von E.-M. von Freymann
Die Originalausgabe erschien unter dem Titel
»The Fellowship of the Ring
Being the First Part of the Lord of the Rings«

CIP-Kurztitelaufnahme der Deutschen Bibliothek
Tolkien, John Ronald Reuel:
Der Herr der Ringe / J. R. R. Tolkien.
[Aus d. Engl. übers. von Margaret Carroux.
Gedichtübertr. von E.-M. von Freymann]. –
Normalausgabe – Stuttgart: Klett-Cotta.
(Hobbit Presse)
Einheitssacht.: The lord of the rings ⟨dt.⟩
Teil 1. Die Gefährten. – 3. Aufl. – 1984.
Orig.-Ausg. u. d. T.: Tolkien, John Ronald Reuel:
The fellowship of the ring
ISBN 3-608-95309-4

Dritte Auflage der Normalausgabe in Leinen

Printed in Germany 1984
Umschlag: Heinz Edelmann
Druck: Ernst Klett Druckerei
Dritte Auflage ISBN 3-608-95309-4 (Band 1 Ln)
Dritte Auflage ISBN 3-608-95310-8 (Band 2 Ln)
Dritte Auflage ISBN 3-608-95311-6 (Band 3 Ln)
Zweite Auflage ISBN 3-12-907921-1 (Band 1 Ln)
Zweite Auflage ISBN 3-12-907931-9 (Band 2 Ln)
Zweite Auflage ISBN 3-12-907941-6 (Band 3 Ln)
Kartonierte Ausgabe, 3 Bände im Schuber
ISBN 3-608-95211-X

INHALT

Karte: Ein Teil des Auenlands	8
Vorwort	9
Einführung	14

ERSTES BUCH

Erstes Kapitel:	Ein langerwartetes Fest	35
Zweites Kapitel:	Der Schatten der Vergangenheit	61
Drittes Kapitel:	Drei Mann hoch	89
Viertes Kapitel:	Geradenwegs zu den Pilzen	113
Fünftes Kapitel:	Eine entlarvte Verschwörung	127
Sechstes Kapitel:	Der Alte Wald	141
Siebtes Kapitel:	In Tom Bombadils Haus	157
Achtes Kapitel:	Nebel auf den Hügelgräberhöhen	171
Neuntes Kapitel:	Im Gasthaus zum Tänzelnden Pony	188
Zehntes Kapitel:	Streicher	204
Elftes Kapitel:	Ein Messer im Dunkeln	219
Zwölftes Kapitel:	Flucht zur Furt	243

ZWEITES BUCH

Erstes Kapitel:	Viele Begegnungen	267
Zweites Kapitel:	Der Rat von Elrond	291
Drittes Kapitel:	Der Ring geht nach Süden	331
Viertes Kapitel:	Eine Wanderung im Dunkeln	358
Fünftes Kapitel:	Die Brücke nach Khazad-dûm	388
Sechstes Kapitel:	Lothlórien	402
Siebtes Kapitel:	Galadriels Spiegel	426
Achtes Kapitel:	Abschied von Lórien	443
Neuntes Kapitel:	Der Große Strom	458
Zehntes Kapitel:	Der Zerfall des Bundes	476

DER HERR DER RINGE

Drei Ringe den Elbenkönigen hoch im Licht,
Sieben den Zwergenherrschern in ihren Hallen aus Stein,
Den Sterblichen, ewig dem Tode verfallen, neun,
Einer dem Dunklen Herrn auf dunklem Thron
Im Lande Mordor, wo die Schatten drohn.
Ein Ring, sie zu knechten, sie alle zu finden,
Ins Dunkel zu treiben und ewig zu binden
Im Lande Mordor, wo die Schatten drohn.

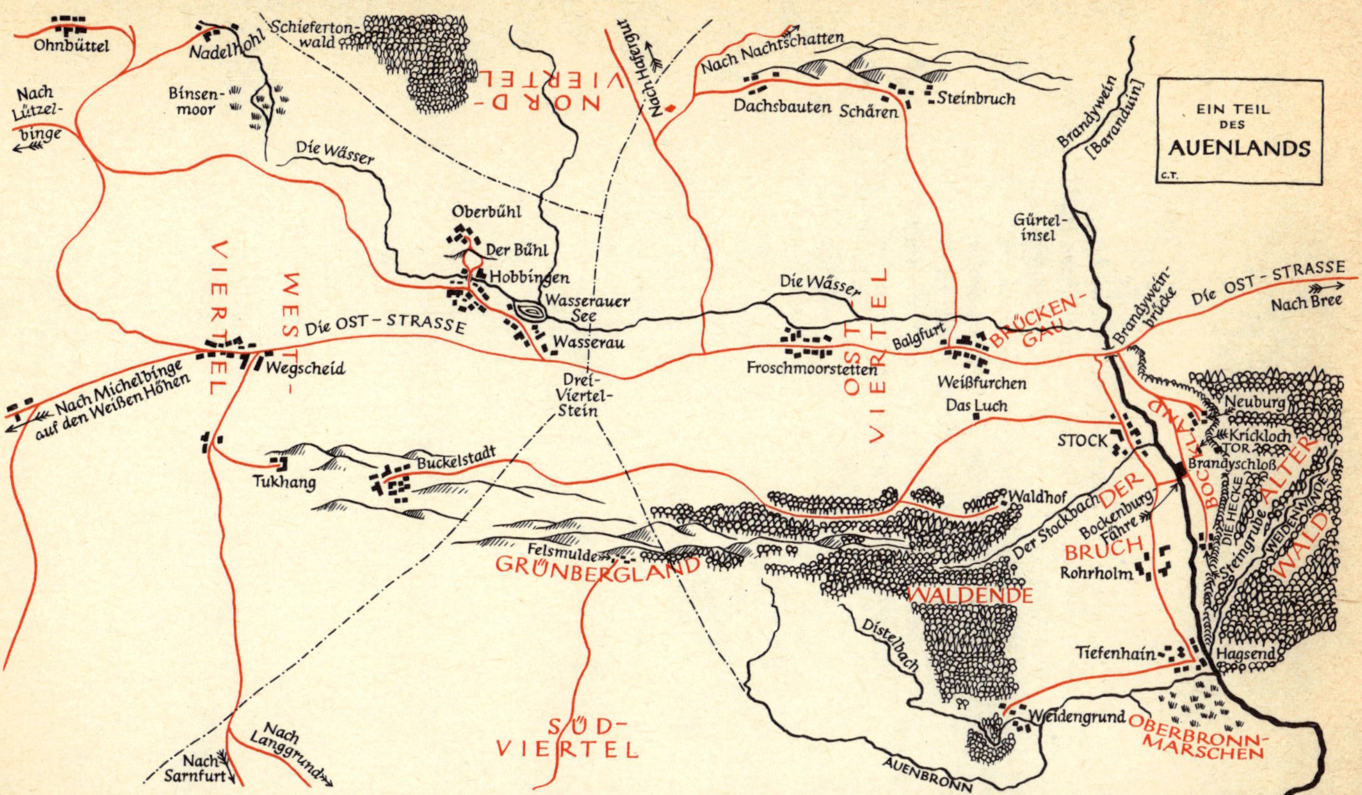
EIN TEIL
DES
AUENLANDS
C.T.
Ohnbüttel
Nadelhohl
Schieferton-
wald
NORD-
VIERTEL
Nach Hafergut
Nach Nachtschatten
Dachsbauten
Schären
Steinbruch
Brandywein
[Baranduin]
Nach
Lützel-
binge
Binsen-
moor
Die Wässer
Oberbühl
Der Bühl
Hobbingen
Wasserauer
See
Wasserau
Gürtel-
insel
Die Wässer
WEST-
VIERTEL
Die OST-STRASSE
Wegscheid
Nach Michelbinge
auf den Weißen Höhen
Drei-
Viertel-
Stein
Froschmoorstetten
OST-
VIERTEL
Balgfurt
BRÜCKEN-
GAU
Weißfurchen
Das Luch
Brandywein-
brücke
Die OST-STRASSE
Nach Bree
Neuburg
Krickloch
TOR
Brandyschloß
BOCKLAND
ALTER
WALD
DIE HECKE
Steingrube
WEIDENWINDE
STOCK
Tukhang
Buckelstadt
Waldhof
DER
BRUCH
Der Stockbach
Bockenburg-
Fähre
Rohrholm
Felsmulde
GRÜNBERGLAND
WALDENDE
Distelbach
Tiefenhain
Hagsend
Weidengrund
OBERBRONN-
MARSCHEN
AUENBRONN
SÜD-
VIERTEL
Nach
Langgrund
Nach
Sarnfurt

VORWORT

Diese Erzählung wuchs und wuchs, während ich sie erzählte, bis sie zur Geschichte des Großen Ringkrieges wurde, in der immer wieder die noch ältere Geschichte flüchtig auftauchte. Ich hatte damit begonnen, kurz nachdem *Der Hobbit* geschrieben und noch ehe das Buch 1937 erschienen war; aber dann fuhr ich mit der Erzählung nicht fort, denn zuerst wollte ich die Mythologie und Legenden der Altvorderenzeit, die damals schon seit einigen Jahren Gestalt angenommen hatten, vervollständigen und ordnen. Das wollte ich gern zu meiner eigenen Freude tun, und ich hatte wenig Hoffnung, daß andere Leute sich für diese Arbeit interessieren würden, zumal sie in erster Linie sprachwissenschaftlich inspiriert war und ursprünglich darauf zielte, den notwendigen »geschichtlichen« Hintergrund für die Elbensprachen zu schaffen.

Als jene, die ich um Rat und ihre Meinung befragte, mich berichtigten, daß nicht *wenig Hoffnung*, sondern *gar keine Hoffnung* bestünde, nahm ich dann die Erzählung wieder auf, ermutigt durch die Bitten von Lesern, ihnen mehr über Hobbits und ihre Abenteuer zu sagen. Aber die Darstellung wurde unwiderstehlich zur älteren Welt hingezogen und wurde gleichsam zu einem Bericht über deren Ende und Vergehen, bevor ihr Beginn und die Zwischenzeit erzählt waren. Dieser Vorgang hatte schon bei der Niederschrift des *Hobbits* eingesetzt, der bereits manche Hinweise auf die älteren Begebenheiten enthält: Elrond und Gondolin, die Hochelben und die Orks, und auch ungebeten wurden flüchtig Dinge sichtbar, die höher oder tiefer oder dunkler waren, als es äußerlich schien: Durin, Moria, Gandalf, der Geisterbeschwörer, der Ring. Als die Bedeutung dieser flüchtigen Ausblicke und ihrer Beziehung zur ganz alten Geschichte einmal entdeckt war, enthüllte sich das Dritte Zeitalter und sein Höhepunkt, der Ringkrieg.

Diejenigen, die mehr über Hobbits wissen wollten, erfuhren es schließlich, aber sie mußten lange darauf warten; denn in den Jahren 1936 bis 1949 kam ich nur dann und wann dazu, mich mit dem *Herrn der Ringe* zu beschäftigen. Damals hatte ich viele Pflichten, die ich nicht vernachlässigte, und so manche anderen Interessen als Lernender und Lehrender, die mich oft völlig in Anspruch nahmen. Auch der Ausbruch des Krieges 1939 trug natürlich zur Verzögerung bei; am Schluß jenes Jahres hatte die Erzählung noch nicht das Ende von Buch I erreicht. Trotz der Dunkelheit der nächsten fünf Jahre fand ich es nun nicht mehr möglich, die Darstellung völlig aufzugeben, und so quälte ich mich voran, zumeist des Nachts, bis ich an Balins Grab in Moria stand. Dort hielt ich eine lange Weile inne. Es war fast ein Jahr vergangen, als ich fortfuhr und dann Ende 1941 nach Lothlórien und zum Großen Strom kam. Im nächsten Jahr schrieb ich die ersten Entwürfe der Begebenheiten, die jetzt das Buch III bilden, und die Anfänge der Kapitel 1 und 3 von Buch V; und dort, als die Signalfeuer in Anórien aufflammten und Théoden zum Hargtal kam, hörte ich auf. Weiter hatte ich nicht vorausgeschaut, und zum Nachdenken war keine Zeit.

Im Jahre 1944 war es soweit, daß ich die noch ungeklärten Wirren eines Krieges, den zu führen oder zumindest über den zu berichten meine Aufgabe war, beiseite ließ und mich zwang, Frodos Wanderung nach Mordor in Angriff zu nehmen. Diese Kapitel, die später Buch IV werden sollten, schickte ich in Fortsetzungen an meinen Sohn Christopher, der damals bei der Royal Air Force in Südafrika war. Dennoch dauerte es noch weitere fünf Jahre, bis die Erzählung zu ihrem jetzigen Ende gelangte; in dieser Zeit wechselte ich mein Haus, meinen Lehrstuhl und mein College, und die Tage waren zwar weniger dunkel, aber nicht weniger arbeitsreich. Dann, als das »Ende« schließlich erreicht war, mußte die ganze Darstellung überarbeitet und großenteils sogar neu geschrieben werden. Und sie mußte getippt und noch einmal getippt werden: von mir; die Kosten für professionelles Tippen von Zehnfingrigen überstiegen meine Mittel.

Seit *Der Herr der Ringe* im Jahr 1954 endlich erschien, haben viele Leute das Buch gelesen; und ich möchte hier gern einiges sagen zu den Ansichten oder Mutmaßungen über die Motive und Bedeutungen der Erzählung, die mir zugegangen sind oder über die ich gelesen habe. Das Hauptmotiv war der Wunsch eines Märchenerzählers, es einmal mit einer wirklich langen Darstellung zu versuchen, die die Aufmerksamkeit der Leser fesselt, sie unterhält, erfreut und manchmal vielleicht erregt oder tief bewegt. Als Richtschnur hatte ich nur mein eigenes Gefühl für das, was ansprechend oder packend ist, und für viele erwies sich diese Richtschnur unvermeidbar oft als falsch. Manche, die das Buch gelesen oder jedenfalls besprochen haben, fanden es langweilig, absurd oder belanglos; und ich habe keinen Grund, mich zu beklagen, denn ich habe ähnliche Ansichten über ihre Arbeiten oder über die Art zu schreiben, die sie offenbar vorziehen. Aber selbst denjenigen, denen meine Darstellung Vergnügen bereitet hat, hat vieles nicht gefallen. Vielleicht ist es in einer langen Erzählung nicht möglich, jedermann an allen Stellen zu gefallen oder auch jedermann an denselben Stellen zu mißfallen; denn aus den mir zugegangenen Briefen ersehe ich, daß gerade die Abschnitte oder Kapitel, die den einen ein Ärgernis sind, von anderen besonders gelobt werden. Der kritischste Leser von allen, ich selbst, findet jetzt viele kleinere und größere Mängel; da er aber zum Glück weder verpflichtet ist, das Buch zu besprechen, noch es ein zweites Mal zu schreiben, wird er sie mit Stillschweigen übergehen, abgesehen von dem einen Mangel, den andere festgestellt haben: das Buch ist zu kurz.

Was irgendwelche tiefere Bedeutung oder »Botschaft« betrifft, so gibt es nach der Absicht des Verfassers keine. Das Buch ist weder allegorisch noch aktuell. Als die Darstellung wuchs, schlug sie Wurzeln (in der Vergangenheit) und verzweigte sich unerwartet, aber ihr Hauptthema lag von Anfang an fest, weil der Ring nun einmal das Bindeglied zwischen ihr und dem *Hobbit* war. Das entscheidende Kapitel, »Der Schatten der Vergangenheit«, ist einer der ältesten Teile der Erzählung. Es war schon lange geschrieben, ehe die Vorzeichen des Jahres 1939 sich zur Drohung eines unentrinnbaren Verhängnisses verdichtet hatten, und von diesem Punkt an hätte sich die Darstellung im wesentlichen in denselben Grundzügen weiterentwickelt, auch wenn das Verhängnis abgewendet worden wäre. Ihr Ursprung sind Dinge, die mir schon lange im Sinn lagen oder in einigen Fällen schon niedergeschrieben waren, und wenig oder nichts wurde durch den Krieg, der 1939 begann, oder durch seine Folgen verändert.

Der wirkliche Krieg ähnelt weder in seinem Verlauf noch in seinem Abschluß dem Krieg der Sage. Hätte er den Fortgang der Sage inspiriert oder bestimmt, dann hätte man sich des Ringes bemächtigt und ihn gegen Sauron eingesetzt; Sauron wäre nicht vernichtet, sondern versklavt, und Barad-dûr nicht zerstört, sondern besetzt worden. Nachdem Saruman nicht in den Besitz des Ringes zu gelangen vermochte, hätte er in jener Zeit der Verwirrung und des Verrats die fehlenden Zwischenglieder seiner eigenen Nachforschungen über Ringkunde in Mordor gefunden und sich bald einen eigenen Großen Ring gemacht, um damit den selbsternannten Herrscher von Mittelerde herauszufordern. Bei diesem Kampf hätten beide Seiten für die Hobbits nur Haß und Verachtung empfunden: nicht einmal als Sklaven hätten sie lange überlebt.

Andere Lösungen könnten ersonnen werden je nach dem Geschmack oder den Ansichten jener, die Allegorien oder aktuelle Bezüge schätzen. Aber ich habe eine herzliche Abneigung gegen Allegorie in all ihren

Erscheinungen, und zwar immer schon, seit ich alt und wachsam genug war, um ihr Vorhandensein zu entdecken. Wahre oder erfundene Geschichte mit ihrer vielfältigen Anwendbarkeit auf das Denken und die Erfahrung der Leser ist mir sehr viel lieber. Ich glaube, daß viele Leute »Anwendbarkeit« mit »Allegorie« verwechseln; aber die eine ist der Freiheit des Lesers überlassen, die andere wird ihm von der Absicht des Verfassers aufgezwungen.

Ein Verfasser kann natürlich nicht völlig unbeeinflußt bleiben von seiner Erfahrung, aber die Art und Weise, wie der Keim einer Darstellung aus dem Boden der Erfahrung Nutzen zieht, ist äußerst verwickelt, und Versuche, diesen Vorgang zu beschreiben, sind bestenfalls Mutmaßungen aufgrund unzulänglicher und mehrdeutiger Nachweise. Auch ist es eine falsche, obschon natürlich verlockende Annahme, daß, wenn das Leben eines Autors und eines Kritikers einander überschneiden, die Denkweise und die Ereignisse der von ihnen gemeinsam erlebten Zeiten notwendigerweise einen starken Einfluß ausüben. Man muß in der Tat persönlich in den Schatten des Krieges geraten, um zu erfahren, wie bedrückend er ist; aber im Laufe der Jahre scheint man nun oft zu vergessen, daß es ein keineswegs weniger furchtbares Erlebnis war, in der Jugend von 1914 überrascht zu werden, als 1939 und in den folgenden Jahren dabei zu sein. 1918 waren bis auf einen alle meine nächsten Freunde tot. Oder um ein weniger schmerzliches Beispiel anzuführen: man hat vermutet, daß »Die Befreiung des Auenlands« die Situation in England zu der Zeit, als ich meine Erzählung beendete, widerspiegelt. Das stimmt nicht. Das Kapitel ist ein wesentlicher Bestandteil der Fabel und war von Anfang an vorgesehen, wenn es auch in seinem Verlauf modifiziert wurde durch Sarumans Charakter, wie er sich in der Darstellung entwickelte, ohne – muß ich das erwähnen? – irgendwelche allegorische Bedeutung oder einen zeitgenössischen politischen Bezug. Allerdings besteht ein Zusammenhang, wenn auch ein loser (weil die wirtschaftliche Situation eine völlig andere war), mit einem viel weiter zurückliegenden Erlebnis. Das Land, in dem ich als Kind gelebt hatte, wurde elend zerstört, ehe ich zehn Jahre alt war, in jenen Tagen, als Automobile selten waren (ich hatte niemals eins gesehen) und die Menschen noch Vororteisenbahnen bauten. Kürzlich sah ich in einer Zeitung ein Bild vom Verfall der einst florierenden Mühle an dem Teich, der mir vor langer Zeit so viel bedeutet hatte. Den Jungen Müller mochte ich nie, aber sein Vater, der Alte Müller, hatte einen schwarzen Bart, und er hieß nicht Sandigmann.

Der *Herr der Ringe* erscheint jetzt in einer neuen (englischen) Auflage, und ich habe die Gelegenheit benutzt, das Buch zu überarbeiten. Dabei habe ich eine Reihe von Irrtümern und Widersprüchen im Text ausgemerzt und versucht, einige Punkte zu erläutern, auf die aufmerksame Leser hingewiesen hatten. Ich habe über alle ihre Kommentare und Anfragen nachgedacht, und wenn es so aussieht, als seien manche übergangen worden, dann mag es daran liegen, daß ich keine gute Ordnung in meinen Notizen hielt; aber viele Fragen könnten nur durch zusätzliche Anhänge beantwortet werden, oder sogar nur in einem Ergänzungsband, der ein gut Teil des in die Originalausgabe nicht aufgenommenen Materials enthalten würde, insbesondere ausführlichere sprachwissenschaftliche Erläuterungen. Inzwischen bringt diese Ausgabe dieses Vorwort, eine Erweiterung der Einführung, einige Anmerkungen und ein Register der Personen- und Ortsnamen. Dieses Register ist, wie beabsichtigt, vollständig in bezug auf Stichwörter, aber nicht in bezug auf Verweisstellen, weil sein Umfang für diese Ausgabe beschränkt werden mußte. Ein vollständiges Register, das das gesamte von Mrs. N. Smith für mich aufbereitete Material berücksichtigt, gehört eher in den Ergänzungsband.

EINFÜHRUNG

1
Über Hobbits

Das Buch handelt weitgehend von Hobbits, und aus seinen Seiten kann ein Leser viel über ihren Charakter und ein wenig über ihre Geschichte erfahren. Weitere Einzelheiten sind auch in der Auswahl aus dem Roten Buch der Westmark zu finden, die unter dem Titel *Der Hobbit** bereits veröffentlicht wurde. Jene Darstellung stammt aus den ersten Kapiteln des Roten Buches, die Bilbo selbst, der erste Hobbit, der in der ganzen Welt berühmt wurde, verfaßt und die er *Hin und wieder zurück* genannt hat; er erzählt darin von seiner Fahrt in den Osten und seiner Rückkehr: ein Abenteuer, durch das später alle Hobbits in die großen Ereignisse jenes Zeitalters, von denen hier berichtet wird, hineingezogen wurden.

Viele Leser mögen indes gleich zu Beginn mehr über dieses bemerkenswerte Volk wissen wollen, während manche vielleicht das erste Buch nicht besitzen. Für sie seien hier einige der wichtigeren Punkte aus der Hobbitkunde zusammengestellt und das erste Abenteuer kurz wiedergegeben.

Die Hobbits sind ein unauffälliges, aber sehr altes Volk, das früher zahlreicher war als heute; denn sie lieben Frieden und Stille und einen gut bestellten Boden: eine wohlgeordnete und wohlbewirtschaftete ländliche Gegend war ihr bevorzugter Aufenthaltsort. Kompliziertere Maschinen als einen Schmiede-Blasebalg, eine Wassermühle oder einen Handwebstuhl verstehen und verstanden oder mochten sie auch nicht, obwohl sie mit Werkzeugen sehr geschickt umgingen. Selbst in den alten Zeiten empfanden sie in der Regel Scheu vor dem »Großen Volk«, wie sie uns nennen, und heute meiden sie uns voll Schrecken und sind nur noch schwer zu finden. Sie haben ein feines Gehör und scharfe Augen, und obwohl sie dazu neigen, Fett anzusetzen und sich nicht unnötigerweise zu beeilen, sind sie dennoch flink und behende in ihren Bewegungen. Von Anfang an beherrschten sie die Kunst, rasch und geräuschlos zu verschwinden, wenn große Leute, denen sie nicht begegnen wollen, daher-

* Deutsch erschienen unter dem Titel *Der kleine Hobbit*, Georg Bitter Verlag, Recklinghausen (Anm. des Übers.).

trapsen; und diese Kunst haben sie weiterentwickelt, bis sie den Menschen wie Zauberei vorkam. In Wirklichkeit haben sich die Hobbits niemals mit Zauberei irgendeiner Art befaßt, und ihre Fähigkeit, sich zu verflüchtigen, beruht allein auf einer durch Vererbung und Übung und innige Erdverbundenheit so vollkommenen Geschicklichkeit, daß sie für größere und plumpere Rassen unnachahmlich ist.

Denn sie sind kleine Leute, kleiner noch als Zwerge: das heißt, weniger stämmig und kräftig, obwohl sie es in der Länge eigentlich mit ihnen aufnehmen können. Ihre Größe ist unterschiedlich und schwankt zwischen zwei und vier Fuß nach unseren Maßen. Heute werden sie selten größer als drei Fuß; aber sie seien geschrumpft, behaupten sie, und in alten Zeiten größer gewesen. Nach dem Roten Buch maß Bandobras Tuk (Bullenraßler), Sohn von Isegrim dem Zweiten, sogar vier Fuß und fünf Zoll und konnte ein Pferd reiten. Soweit die Hobbits zurückdenken können, ist er seither nur von zwei berühmten Persönlichkeiten übertroffen worden; aber jene seltsame Geschichte wird in diesem Buch berichtet.

Was die Hobbits aus dem Auenland in diesen Erzählungen anlangt, so waren sie, solange Frieden und Wohlstand bei ihnen herrschten, ein fröhliches Volk. Sie kleideten sich in leuchtenden Farben und hatten eine besondere Vorliebe für Gelb und Grün; aber Schuhe trugen sie selten, denn ihre Füße hatten zähe, lederartige Sohlen und waren mit dichtem, krausem Haar bedeckt, ähnlich ihrem Haupthaar, das gewöhnlich braun war. Daher war das einzige Handwerk, das bei ihnen wenig ausgeübt wurde, die Schuhmacherei; doch hatten sie lange und geschickte Finger und konnten viele andere nützliche und hübsche Dinge herstellen. Ihre Gesichter waren in der Regel eher gutmütig als schön, breit, mit glänzenden Augen, roten Wangen und Mündern, die immer zum Lachen und Essen und Trinken bereit waren. Und sie lachten und aßen und tranken denn auch oft und herzhaft, waren jederzeit zum Scherzen aufgelegt und hatten gern sechs Mahlzeiten täglich (wenn sie sie bekommen konnten). Sie waren gastfrei und hatten ihre Freude an Festen und an Geschenken, die sie großzügig machten und immer gern annahmen.

Es liegt also auf der Hand, daß die Hobbits trotz der späteren Entfremdung mit uns verwandt sind: weit näher als Elben oder selbst Zwerge. Früher sprachen sie die Sprache der Menschen auf ihre eigene Weise und hatten ziemlich dieselben Vorlieben und Abneigungen wie die Menschen. Aber wie unsere Verwandtschaft genau war, läßt sich nicht mehr feststellen. Der Ursprung der Hobbits reicht weit zurück in die Altvorderenzeit, die jetzt vergangen und vergessen ist. Nur die Elben haben noch Aufzeichnungen aus jener dahingeschwundenen Zeit, aber ihre Überlieferungen handeln fast ausschließlich von ihrer eigenen Geschichte, und in ihnen kommen Menschen selten vor und Hobbits werden gar nicht erwähnt. Doch es ist klar, daß die Hobbits in Wirklichkeit schon viele lange Jahre friedlich in Mittelerde gelebt hatten, ehe ein anderes Volk sie auch nur bemerkte. Und da die Welt schließlich von unzähligen seltsamen Geschöpfen wimmelt, erschienen diese kleinen Leute wohl sehr wenig wichtig. Aber in Bilbos und Frodos, seines Erben, Tagen wurden sie plötzlich, ohne daß sie es selber wollten, sowohl wichtig als auch berühmt und störten die Pläne der Weisen und der Großen.

Jene Tage, das Dritte Zeitalter von Mittelerde, sind nun lange vergangen, und die Gestalt der Länder hat sich verändert; doch die Gegenden, in denen damals Hobbits lebten, waren zweifellos dieselben, in denen sie sich noch immer aufhalten: der Nordwesten der Alten Welt, östlich des Meeres. Von ihrer ursprünglichen Heimat hatten die Hobbits in Bilbos Tagen keine Kenntnis mehr. Liebe zur Wissenschaft (abgesehen von der Ahnenforschung) war keineswegs verbreitet bei ihnen; doch einige wenige der älteren Familien studierten noch immer ihre eigenen Bücher und sammelten sogar Berichte über die alten Zeiten und fernen Länder, von Elben, Zwergen und Menschen. Ihre eigenen Aufzeichnungen begannen erst mit der Besiedlung des Auenlands, und ihre ältesten Legenden reichten nicht weiter zurück als bis zu ihren Wanderungstagen. Dennoch lassen diese Legenden wie auch ihre eigentümlichen Wörter und Bräuche klar erkennen, daß wie so manch anderes Volk auch die Hobbits in der weit zurückliegenden Vergangenheit nach Westen gezogen waren. In ihren ältesten Erzählungen finden sich Andeutungen, daß sie einst in den oberen Tälern des Anduin gehaust haben mußten, zwischen den Ausläufern des Großen Grünwalds und dem Nebelgebirge. Die Gründe, warum sie später das schwierige und gefährliche Wagnis unternahmen, über das Gebirge nach Eriador zu ziehen, sind nicht mehr bekannt. Ihre eigenen Berichte erwähnen, daß sich die Menschen vermehrt hätten und ein Schatten auf den Wald gefallen sei, so daß er sich verdüsterte, und sein neuer Name war Düsterwald.

Schon vor dem Zug über die Berge hatte es drei recht unterschiedliche Hobbitstämme gegeben: Harfüße, Starren und Falbhäute. Die Harfüße hatten eine braunere Haut, waren schmächtiger und kleiner, bartlos und barfuß; ihre Hände und Füße waren flink und behende; und sie bevorzugten Hochebenen und Berghänge. Die Starren waren derber und von stärkerem Körperbau; ihre Füße und Hände waren kräftiger, und sie zogen flaches Land und Flußufer vor. Die Falbhäute hatten eine hellere Haut und auch helleres Haar, und sie waren größer und schlanker als die anderen; sie liebten Bäume und Waldgebiete.

Die Harfüße hatten in alten Zeiten viel Umgang mit Zwergen gehabt und lange in den Vorbergen der Gebirge gelebt. Sie zogen früh nach Westen und wanderten durch ganz Eriador bis zur Wetterspitze, während die anderen noch im Wilderland geblieben waren. Sie waren der ursprünglichste und ausgeprägteste Hobbitschlag und der bei weitem zahlreichste. Bei ihnen war der Drang, seßhaft zu werden, am stärksten, und sie blieben am längsten dem Brauch ihrer Vorfahren treu, in Stollen und Höhlen zu leben.

Die Starren hielten sich lange an den Ufern des Großes Flusses Anduin auf und hatten weniger Scheu vor den Menschen. Sie kamen später als die Harfüße nach Westen und folgten dem Lauf der Lautwasser nach Süden; und viele von ihnen wohnten lange dort zwischen Tharbad und den Grenzen von Dunland, ehe sie wieder nach Norden zogen.

Die Falbhäute, an Zahl die geringsten, waren ein nördlicher Stamm. Sie hatten ein freundschaftlicheres Verhältnis zu den Elben als die anderen Hobbits und mehr Begabung für Sprache und Gesang als für ein Handwerk; und von alters her zogen sie die Jagd dem Ackerbau vor. Sie überschritten die Berge nördlich von Bruchtal und folgten dem Fluß Weißquell. In Eriador vermischten sie sich bald mit den anderen Stämmen, die vor ihnen gekommen waren, aber da sie ein wenig kühner und verwegener waren, fand man sie häufig als Führer oder Häuptlinge von Harfuß- oder Starrensippen. Selbst zu Bilbos Zeit konnte man noch den starken Einschlag der Falbhäute bei den vornehmen Familien wie den Tuks oder den Herren von Bockland feststellen.

In den Westlanden von Eriador zwischen dem Nebelgebirge und dem Gebirge von Lun fanden die Hobbits Menschen und auch Elben vor. Ja, es lebte hier sogar noch ein Rest der Dúnedain, der Könige der Menschen, die über das Meer aus Westernis gekommen waren; aber ihre Zahl verringerte sich rasch, und ringsum verödeten die Länder ihres Nördlichen Königreichs. Es gab Raum genug für Einwanderer, und es währte nicht lange, bis sich die Hobbits in geordneten Gemeinden ansiedelten. Von ihren ersten Niederlassungen waren die meisten zu Bilbos Zeit schon längst verschwunden und vergessen; aber eine der ersten, die Bedeutung erlangen sollte, war erhalten geblieben, obschon sie an Größe eingebüßt hatte; sie war in Bree, das im Chetwald lag, etwa vierzig Meilen östlich vom Auenland.

Zweifellos war es in jenen frühen Tagen, daß die Hobbits ihre Buchstaben lernten und nach Art der Dúnedain zu schreiben begannen, die ihrerseits die Kunst von den Elben gelernt hatten. Und in jenen Tagen vergaßen die Hobbits auch, welcher Sprachen sie sich früher bedient hatten, und sprachen von nun an die Gemeinsame Sprache, das Westron, wie es genannt wurde, das in allen Ländern der Könige von Arnor bis Gondor und an allen Küsten des Meeres von Belfalas bis Lun geläufig war. Immerhin behielten sie einige ihrer eigenen Wörter bei und auch ihre Namen für Monate und Tage und eine große Zahl Personennamen aus der Vergangenheit.

Etwa um diese Zeit wird die Legende unter den Hobbits zum ersten Mal Geschichte mit einer Zeitrechnung. Denn es war im tausendsechshundertundersten Jahr des Dritten Zeitalters, daß die Falbhäutebrüder Marcho und Blanco von Bree auszogen; und nachdem sie die Erlaubnis des hohen Königs in Fornost* erhalten hatten, überschritten sie mit einem großen Gefolge von Hobbits den braunen Fluß Baranduin. Sie zogen über die Brücke von Steinbogen, die in den Tagen der Macht des Nördlichen Königreichs gebaut worden war, und sie nahmen das ganze jenseitige Land zwischen dem Fluß und den Fernen Höhen in Besitz, um hier zu leben. Nichts weiter wurde von ihnen verlangt, als daß sie die Große Brücke instand hielten, wie auch alle anderen Brücken und Straßen, und daß sie den Sendboten des Königs beistünden und seine Oberhoheit anerkennten.

So begann die *Auenland-Zeitrechnung*, denn das Jahr, in dem die Hobbits den Brandywein (wie sie den Namen verdrehten) überschritten, wurde das Jahr Eins vom Auenland, und alle späteren Daten errechneten sich danach**. Die westlichen Hobbits verliebten sich sogleich in ihr neues Land und blieben dort, und bald verschwanden sie wiederum aus der Geschichte der Menschen und Elben. Solange es noch einen König gab, waren sie dem Namen nach seine Untertanen, aber in Wirklichkeit wurden sie von ihren eigenen Hauptleuten regiert und mischten sich überhaupt nicht in die Ereignisse der Welt draußen ein. Zur letzten Schlacht bei Fornost mit dem Herrn der Hexen von Angmar schickten sie Bogenschützen, um dem König zu helfen, oder behaupteten es wenigstens, obwohl es in keinem Geschichtsbuch der Menschen verzeichnet ist. Aber in jenem Krieg endete das Nördliche Königreich; und nun nahmen sich die Hobbits das Land zu eigen und wählten unter ihren Hauptleuten einen

* Wie die Chroniken von Gondor berichten, war das Argeleb II., der zwanzigste Herrscher der Nördlichen Linie, die dreihundert Jahre später mit Arvedui erlosch.

** Die Jahreszahlen des Dritten Zeitalters nach der Zählweise der Elben und Dúnedain lassen sich errechnen, wenn man 1600 zu den Daten nach der Auenland-Zeitrechnung addiert.

Thain, der die Machtbefugnis des Königs, der nicht mehr da war, innehatte. Dann wurden sie tausend Jahre lang wenig durch Kriege belästigt, und sie lebten glücklich und zufrieden und vermehrten sich nach der Schwarzen Pest (A. Z. 37) bis zum Verhängnis des Langen Winters und der darauffolgenden Hungersnot. Viele Tausende gingen damals zugrunde, aber die Tage der Not (1158–60) waren zur Zeit dieser Erzählung lange vergangen, und die Hobbits waren es wieder gewöhnt, daß es alles in Hülle und Fülle gab. Das Land war reich und fruchtbar, und obwohl es vor ihrer Ankunft lange brachgelegen hatte, war es einst gut bestellt gewesen, und der König hatte dort viele Bauernhöfe, Äcker, Weinberge und Wälder gehabt.

Vierzig Wegstunden erstreckte es sich von den Fernen Höhen bis zur Brandyweinbrücke, und fünfzig von den Mooren im Norden bis zu den Marschen im Süden. Die Hobbits nannten den Herrschaftsbereich ihres Thains Auenland, und es war ein Bezirk wohlgeordneter Arbeit; in diesem erfreulichen Erdenwinkel widmeten sie sich ihrer geordneten Arbeit, die darin bestand zu leben, und um die Welt draußen, wo dunkle Dinge vor sich gingen, kümmerten sie sich immer weniger, bis sie schließlich glaubten, Frieden und Überfluß seien die Regel in Mittelerde und ein Recht, das allen vernünftigen Leuten zustehe. Sie vergaßen oder beachteten nicht das wenige, was sie je von den Wächtern gewußt hatten und von der Mühsal jener, die den langen Frieden im Auenland ermöglichten. Sie wurden in Wirklichkeit beschützt, aber sie erinnerten sich dessen nicht mehr.

Zu keiner Zeit waren die Hobbits kriegslüstern gewesen, und untereinander hatten sie sich nie bekämpft. In alten Zeiten hatten sie natürlich oft zu den Waffen greifen müssen, um sich in einer rauhen Welt zu behaupten; doch in Bilbos Tagen war das schon sehr alte Geschichte. An die letzte Schlacht vor dem Beginn dieser Darstellung – die einzige übrigens, die jemals innerhalb der Grenzen des Auenlandes geschlagen worden war – konnte sich kein Lebender mehr erinnern; es war die Schlacht von Grünfeld gewesen, A. Z. 1147, mit der Bandobras Tuk einen Angriff der Orks abgeschlagen hatte. Selbst das Klima war milder geworden, und die Wölfe, die einst in bitterweißen Wintern heißhungrig aus dem Norden gekommen waren, waren jetzt ein Großvatermärchen. Obwohl es noch immer einige Waffenbestände im Auenland gab, wurden sie jetzt zumeist als Siegeszeichen angesehen, hingen über der Feuerstelle oder an den Wänden oder waren im Museum von Michelbinge untergebracht. Das Mathom-Haus wurde es genannt; denn alles, was Hobbits nicht sofort verwenden konnten, aber nicht gern wegwerfen wollten, nannten sie *Mathom*. Ihre

Behausungen waren wie dazu geschaffen, Mathoms anzuhäufen, und viele der Geschenke, die von Hand zu Hand gingen, waren von dieser Art.

Dennoch hatten Friede und Daseinsfreude der Zähigkeit dieses Volkes erstaunlich wenig anhaben können. Hobbits waren, wenn es hart auf hart ging, nicht so leicht einzuschüchtern oder umzubringen; und vielleicht waren sie nicht zuletzt deshalb so gleichbleibend erpicht auf gute Dinge, weil sie im Ernstfall darauf verzichten konnten und den Katastrophen, Feinden oder Unbilden des Wetters in einer Weise zu widerstehen vermochten, die jene erstaunte, die sie nicht gut kannten und nicht mehr sahen als ihre dicken Bäuche und gutgenährten Gesichter. Obwohl sie nicht händelsüchtig waren und kein Vergnügen daran fanden, ein Lebewesen zu töten, waren sie beherzt, wenn sie sich verteidigen mußten, und verstanden notfalls mit der Waffe umzugehen. Sie waren gute Bogenschützen, denn sie hatten scharfe Augen und eine sichere Hand. Und nicht nur mit Pfeil und Bogen. Wenn sich irgendein Hobbit nach einem Stein bückte, tat man gut daran, schnell in Deckung zu gehen, wie alle streunenden Tiere sehr wohl wußten.

Ursprünglich hatten alle Hobbits in Erdhöhlen gelebt, oder glaubten es wenigstens, und in solchen Behausungen fühlten sie sich noch immer am heimischsten; aber im Laufe der Zeit mußten sie sich mit anderen Unterkünften abfinden. In Bilbos Tagen war es im Auenland die Regel, daß nur die reichsten und die ärmsten Hobbits an der alten Sitte festhielten. Die ärmsten wohnten nach wie vor in höchst primitiven Höhlen, geradezu in Löchern mit nur einem oder gar keinem Fenster; die reichsten dagegen bauten auch jetzt noch in der alten Form, nur in behaglicherer Ausführung als die anspruchslosen Unterschlüpfe von ehedem. Aber geeignetes Gelände für diese großen und sich verzweigenden Stollen (oder *Smials*, wie sie sie nannten) war nicht überall zu finden; und in den Ebenen und Niederungen begannen die Hobbits, als sie immer zahlreicher wurden, oberirdisch zu bauen. Ja, selbst im Hügelland und in den älteren Orten wie Hobbingen und Buckelstadt oder der bedeutendsten Gemeinde des Auenlands, Michelbinge auf den Weißen Höhen, gab es jetzt viele Häuser aus Holz, Ziegeln oder Feldsteinen. Sie wurden besonders von Müllern, Schmieden, Seilern, Wagnern und anderen Handwerkern bevorzugt; denn selbst als die Hobbits noch in Höhlen wohnten, pflegten sie schon längst Schuppen und Werkstätten zu bauen.

Die Sitte, Bauernhäuser und Scheunen zu bauen, soll zuerst bei den Bewohnern des Bruchs unten am Brandywein aufgekommen sein. Die Hobbits in jenem Viertel, dem Ostviertel, waren ziemlich hochgewachsen und plumpfüßig, und bei Matschwetter trugen sie Zwergenstiefel. Aber bekanntlich hatten sie ja ein gut Teil Starrenblut in den Adern, wie schon der Flaum zeigte, den viele auf den Wangen hatten. Kein Harfuß und auch keine Falbhaut hat je auch nur eine Spur von Bart gehabt. Die Leute im Bruch und in Bockland, östlich des Stroms, das sie anschließend besiedelten, waren zum größten Teil später aus dem fernen Süden ins Auenland gekommen; und sie hatten noch viele eigentümliche Namen und seltsame Wörter, die sich sonst im Auenland nicht fanden.

Es ist wahrscheinlich, daß die Kunst des Bauens wie so manche andere Fertigkeit von den Dúnedain stammte. Aber die Hobbits mögen sie auch unmittelbar von den Elben gelernt haben, den Lehrern der Menschen in ihrer Jugend. Denn die Elben von adligem Geblüt hatten Mittelerde noch nicht verlassen, und zu jener Zeit lebten sie weit im Westen in den Grauen Anfurten und an anderen Orten, die vom Auenland aus erreichbar waren. Drei Elbentürme aus uralter Zeit waren noch immer jenseits der Westgrenzen zu sehen. Weithin schimmerten sie im Mondenschein. Der fernste war am höchsten und stand für sich auf einem grünen Hügel. Die Hobbits im Westviertel sagten, von seiner Spitze aus könne man das Meer sehen; doch hat man niemals von einem Hobbit gehört, der hinaufgestiegen wäre. Überhaupt hatten wenige Hobbits jemals das Meer gesehen oder befahren, und noch geringer war die Zahl derer, die zurückgekehrt waren, um darüber zu berichten. Die meisten Hobbits betrachteten selbst Flüsse und kleine Boote mit tiefem Argwohn, und nicht viele von ihnen konnten schwimmen. Und nachdem sie schon längere Zeit im Auenland gelebt hatten, sprachen sie immer seltener und seltener mit den Elben, begannen sich vor ihnen zu fürchten und mißtrauten jenen, die sich mit ihnen einließen; und das Meer wurde der Inbegriff des Schreckens für sie und ein Sinnbild des Todes, und sie wandten den Blick ab von den Bergen im Westen.

Die Kunst des Bauens mag von den Elben oder den Menschen übernommen worden sein, aber die Hobbits übten sie auf ihre eigene Weise aus. Nach Türmen stand ihnen der Sinn nicht. Ihre Häuser waren gewöhnlich langgestreckt, niedrig und behaglich. Die ältesten waren tatsächlich nicht mehr als gebaute Nachbildungen von *Smials*, mit trockenem Gras oder Stroh gedeckt oder auch mit Dächern aus Soden und mit Wänden, die sich ein wenig ausbauchten. Jene Entwicklungsstufe gehörte indes zur Frühzeit des Auenlands, und seitdem hatte sich die Hobbit-Bauweise längst gewandelt und vervollkommnet durch Kunstgriffe, die die Hobbits von den Zwergen gelernt oder selbst erfunden hatten. Eine Vorliebe für runde Fenster und sogar runde Türen war die wichtigste bleibende Eigentümlichkeit der Hobbit-Architektur.

Die Häuser und Höhlen der Hobbits im Auenland waren oft groß und von großen Familien bewohnt. (Bilbo und Frodo Beutlin waren als Junggesellen Ausnahmen, wie sie auch in manch anderer Hinsicht Ausnahmen waren, etwa in ihrer Freundschaft mit den Elben.) Zuweilen, wie im Falle der Tuks von Groß-Smials oder der Brandybocks vom Brandyschloß, bewohnten mehrere Generationen gleichzeitig in Frieden und (verhältnismäßiger) Eintracht den angestammten und vielstolligen Familienbesitz. Überhaupt waren alle Hobbits sehr sippenbewußt und rechneten mit großer Sorgfalt ihre sämtlichen Verwandten zusammen. Sie zeichneten lange und ausführliche Stammbäume mit unzähligen Verzweigungen. Wenn man sich mit Hobbits befaßt, ist es wichtig sich zu erinnern, wer mit wem verwandt war und in welchem Grade. Es wäre unmöglich, in diesem Buch einen Stammbaum wiederzugeben, der auch nur die wichtigeren Angehörigen der wichtigeren Familien aus der Zeit, von der diese Erzählungen berichten, aufführte. Die Ahnentafeln am Schluß des Roten Buches der Westmark sind allein schon ein kleines Buch, und jedermann, die Hobbits ausgenommen, würde sie überaus langweilig finden. Hobbits begeisterten sich für solche Dinge, die ihre Richtigkeit hatten: sie liebten es, Bücher zu haben über Dinge, die sie schon kannten und die klar und wahr ohne Widersprüche dargelegt waren.

2
Über Pfeifenkraut

Noch etwas gab es seit alters her bei den Hobbits, das erwähnt werden muß, ein erstaunlicher Brauch: durch Pfeifen aus Holz oder Ton saugten oder atmeten sie den Rauch der brennenden Blätter einer Pflanze ein, die sie *Pfeifenkraut* oder *Blatt* nannten, wahrscheinlich eine Art *Nicotiana.* In geheimnisvolles Dunkel ist der Ursprung dieser eigentümlichen Sitte oder »Kunst«, wie die Hobbits sie lieber nannten, gehüllt. Alles, was sich im Altertum darüber herausfinden ließ, hat Meriadoc Brandybock (der spätere Herr von Bockland) zusammengestellt, und da er und der Tabak des Südviertels in unserer Geschichte eine Rolle spielen, sei hier zitiert, was er im Vorwort zu seiner *Kräuterkunde vom Auenland* darüber berichtet.

»Das«, sagte er, »ist die einzige Kunst, von der wir behaupten können, daß wir sie erfunden haben. Wann die Hobbits zuerst mit Rauchen begannen, ist nicht bekannt, in allen Sagen und Familiengeschichten ist es bereits eine Selbstverständlichkeit; schon seit undenklichen Zeiten rauchten die Leute im Auenland verschiedene Kräuter, manche stinkiger, manche süßer. Aber alle Berichte stimmen darüber überein, daß Tobold Hornbläser aus Langgrund im Südviertel in den Tagen von Isegrim dem Zweiten, etwa um das Jahr 1070 der Auenland-Zeitrechnung, als erster in seinem Garten das echte Pfeifenkraut zog. Das beste einheimische kommt noch immer aus jenem Bezirk, besonders die jetzt als Langgrundblatt, Alter Tobi und Südstern bekannten Sorten.

Wie der alte Tobi zu der Pflanze kam, ist nicht verzeichnet, denn bis zu seinem Sterbetag wollte er es nicht sagen. Er wußte viel über Kräuter, aber er war nicht weitgereist. Es heißt, in seiner Jugend sei er oft in Bree gewesen, obwohl er sich gewiß nie weiter vom Auenland entfernte als bis dorthin. Deshalb ist es durchaus möglich, daß er in Bree von dieser Pflanze hörte, wo sie jedenfalls jetzt auf den Südhängen des Berges gut gedeiht. Die Hobbits von Bree nehmen für sich in Anspruch, die ersten wirklichen Pfeifenkrautraucher gewesen zu sein. Natürlich behaupten sie von allem, sie hätten es schon vor den Leuten im Auenland getan, die sie als ›Siedler‹ bezeichnen; aber in diesem Fall ist ihre Behauptung vermutlich wirklich wahr. Und sicherlich hat sich die Kunst, das echte Kraut zu rauchen, in den letzten Jahrhunderten von Bree aus unter den Zwergen und anderem Volk wie Waldläufern, Zauberern oder Wanderern, die seit eh und je an diesem Kreuzweg vorbeikommen, verbreitet. Heimat und Mittelpunkt der Kunst sind also in dem alten Gasthaus von Bree, *Zum Tänzelnden Pony*, zu suchen, das seit undenklichen Zeiten im Besitz der Familie Butterblume ist.

Beobachtungen, die ich selbst auf meinen vielen Reisen nach dem Süden machen konnte, haben mich indessen überzeugt, daß das Kraut nicht zu den einheimischen Pflanzen unseres Teils der Welt gehört, sondern nach Norden gekommen ist vom unteren Anduin, wohin es, wie ich vermute, ursprünglich von den Menschen aus Westernis über das Meer gebracht worden war. In Gondor wächst es in Hülle und Fülle und ist üppiger und größer als im Norden, wo es niemals wild vorkommt, sondern nur in warmen und geschützten Gegenden wie Langgrund gedeiht. Die Menschen von Gondor nennen es *süße Galenas* und schätzen es nur wegen des Duftes seiner Blüten. Aus jenem Land muß es in den langen Jahrhunderten zwischen Elendils Ankunft und unseren Tagen über den Grünweg heraufgebracht worden sein. Aber selbst die Dúnedain von Gondor gestehen uns das zu: Hobbits steckten es als erste in die Pfeife. Nicht einmal die Zauberer waren vor uns auf den Gedanken gekommen. Obwohl ein Zauberer, den ich kannte, die Kunst schon vor langer Zeit aufgegriffen hatte und ebenso geschickt darin wurde wie in allen anderen Dingen, deren er sich befleissigte.«

3
Von der Ordnung im Auenland

Das Auenland zerfiel in vier Teile, die schon erwähnten Viertel: Nord-, Süd-, Ost- und Westviertel; und diese wiederum in eine Reihe von Stammesländer, die noch die Namen einiger der alten führenden Familien trugen, obwohl diese Namen zur Zeit dieser Geschichte nicht nur in ihren eigenen Stammesländern zu finden waren. Fast alle Tuks lebten noch in Tukland, aber auf viele andere Familien wie die Beutlins oder Boffins traf das nicht zu. Außerhalb der Viertel gab es noch die Ost- und die Westmarken: das Bockland (I 127) und die Westmark kamen im Jahr 740 (A. Z.) zum Auenland.

Zu jener Zeit konnte man im Auenland kaum von einer »Regierung« sprechen. Die meisten Familien regelten ihre Angelegenheiten selbst. Nahrung anzubauen und sie aufzuessen nahm den größten Teil ihrer Zeit in Anspruch. In anderen Dingen waren sie gewöhnlich großzügig und nicht gewinnsüchtig, sondern zufrieden und bescheiden, so daß Güter, Höfe, Werkstätten und kleine Gewerbebetriebe generationenlang unverändert blieben.

Natürlich hielten sie auch an der alten Überlieferung fest in ihrem Verhältnis zu dem hohen König in Fornost, oder Norburg, wie sie es nannten, nördlich vom Auenland. Aber es hatte seit fast tausend Jahren keinen König mehr gegeben, und sogar die Ruinen von Königsnorburg waren von Gras überwuchert. Und doch sagten die Hobbits immer noch von ungesitteten Leuten und boshaften Geschöpfen (etwa von Trollen), sie hätten wohl nichts vom König gehört. Denn alle ihre wesentlichen Gesetze führten sie auf den König von ehedem zurück; und gewöhnlich befolgten sie die Gesetze aus freien Stücken, weil es Die Regeln waren (wie sie sagten), seit alters her und gerecht.

Es ist richtig, daß die Familie Tuk schon lange einen hervorragenden Platz einnahm; denn das Thain-Amt war einige Jahrhunderte zuvor (von den Altbocks) auf sie übergegangen, und seitdem hatte immer das Familienoberhaupt der Tuk diesen Titel geführt. Der Thain war der Vogt der Volksversammlung vom Auenland und Hauptmann der Auenland-Heerschau und der Hobbit-Wehren; aber da Volksversammlung und Heerschau nur in Notzeiten abgehalten wurden und es keine Notzeiten mehr gab, war das Amt des Thains nicht mehr als eine Ehrenbezeichnung. Der Familie Tuk wurde denn auch eine besondere Hochachtung gezollt, denn sie war weiterhin zahlreich und überaus wohlhabend und brachte gewöhnlich in jeder Generation starke Charaktere mit absonderlichen Gewohnheiten und sogar verwegenem Temperament hervor. Diese letzteren Eigenschaften wurden (bei den Reichen) eher geduldet als allgemein gebilligt. Nichtsdestoweniger hielt sich die Sitte, daß das Familienoberhaupt Der Tuk hieß und seinem Namen, falls erforderlich, eine Zahl hinzugefügt wurde: zum Beispiel Isegrim der Zweite.

Der einzige wirkliche Beamte im Auenland zu jener Zeit war der Bürgermeister von Michelbinge (oder vom Auenland), der alle sieben Jahre auf dem Freimarkt auf den Weißen Höhen an Lithe, das heißt am Mittsommertag, gewählt wurde. Seine einzige Pflicht als Bürgermeister bestand darin, als Gastgeber bei Festmählern mitzuwirken, die an den nicht eben seltenen Feiertagen im Auenland veranstaltet wurden. Aber die Ämter des Postmeisters und des Ersten Landbüttels waren mit dem Bürgermeisteramt verbunden, so daß ihm sowohl die Postzustellung als auch die Wache unterstanden. Das waren die einzigen öffentlichen Dienste im Auenland, und die Briefträger waren von den beiden die zahlreicheren und die bei weitem stärker beschäftigten. Keineswegs alle Hobbits waren des Schreibens mächtig, aber diejenigen, die es waren, schrieben ununterbrochen an ihre sämtlichen Freunde (und an einige unter ihren Verwandten), die weiter als ein Nachmittagsspaziergang entfernt wohnten.

Landbüttel war der Name, den die Hobbits ihrer Polizei gaben, oder der ihr am meisten entsprechenden Einrichtung, die sie besaßen. Natürlich hatten sie keine Uniformen (so etwas war völlig unbekannt), sondern nur eine Feder an der Mütze; und sie waren praktisch eher Feldhüter denn Polizisten, da sie sich mehr um streunende Tiere als um Leute kümmerten. Im ganzen Auenland gab es für den Inlandsdienst nur zwölf, drei in jedem Viertel. Eine sehr viel größere Anzahl, die je nach Bedarf schwankte, war dafür eingesetzt, »die Grenzen abzuschreiten« und dafür zu sorgen, daß sich Ausländer aller Arten, ob groß oder klein, nicht unliebsam aufführten.

Zu der Zeit, als diese Darstellung beginnt, hatte sich die Zahl der Grenzer, wie sie genannt wurden, stark erhöht. Es gingen viele Berichte und Beschwerden über fremde Personen und Geschöpfe ein, die an den Grenzen herumschlichen oder sie sogar überschritten: das erste Anzeichen, daß nicht alles so war, wie es sein sollte und immer gewesen war außer in Erzählungen und Sagen aus längstvergangenen Zeiten. Wenige beachteten das Zeichen, und nicht einmal Bilbo hatte eine Ahnung, was es bedeutete. Sechzig Jahre waren verstrichen, seit er seine denkwürdige Fahrt angetreten hatte, und selbst für Hobbits, die oft genug die Hundert erreichten, war er alt; viel war offenbar noch von den beträchtlichen Reichtümern vorhanden, die er damals mitgebracht hatte. Wie viel oder wie wenig, verriet er niemandem, nicht einmal seinem Lieblingsneffen Frodo. Und noch immer hielt er den Ring, den er gefunden hatte, geheim.

4
Vom Ringfund

Eines Tages erschien an Bilbos Tür, wie im *Hobbit* erzählt wird, der große Zauberer Gandalf der Graue und mit ihm dreizehn Zwerge: niemand anderes als Thorin Eichenschild, Nachkomme von Königen, und seine zwölf Gefährten in der Verbannung. Mit ihnen machte Bilbo sich zu seinem eigenen bleibenden Erstaunen an einem Morgen im April des Jahres 1341 nach Auenland-Zeitrechnung auf die Schatzsuche nach dem Zwergenhort der Könige unterm Berg unter dem Erebor in Thal, fern im Osten. Die Suche war erfolgreich, und der Drache, der den Hort bewachte, wurde getötet. Und obwohl, ehe alles gewonnen war, die Schlacht der Fünf Heere geliefert und Thorin erschlagen und viele ruhmreiche Taten vollbracht wurden, hätte die Angelegenheit doch kaum Bedeutung für die spätere Geschichte gehabt oder mehr als eine kurze Erwähnung in den langen Annalen des Dritten Zeitalters verdient, wenn sich nicht ein »Zufall« ereignet hätte. Als die Fahrtgenossen auf dem Weg ins Wilderland waren, wurden sie auf einem Paß hoch oben im Nebelgebirge von Orks überfallen; und so geschah es, daß Bilbo eine Weile allein in den schwarzen Orkminen tief unter dem Gebirge umherirrte, und dort, als er sich vergeblich durch das Dunkel tastete, fand seine Hand einen Ring, der auf dem Boden eines Stollens lag. Er steckte ihn in die Tasche. Es erschien ihm damals bloß als ein glücklicher Zufall.

Als er versuchte, den Weg nach draußen zu finden, stieg Bilbo immer tiefer hinab zum Fuß des Gebirges, bis er nicht weitergehen konnte. Am Ende des Stollens erstreckte sich ein kalter See, fern vom Tageslicht, und auf einer Felseninsel im Wasser lebte Gollum. Das war ein widerwärtiges kleines Geschöpf: mit seinen großen Plattfüßen paddelte er in einem kleinen Boot, schaute mit blassen, leuchtenden Katzenaugen um sich und fing mit langen Fingern blinde Fische, die er roh verschlang. Er aß jedes Lebewesen, selbst Orks, wenn er sie erwischen und kampflos erwürgen konnte. Er besaß ein geheimnisvolles Kleinod, das er vor langen Jahren erhalten hatte, als er noch im Licht lebte: einen goldenen Ring, der seinen Träger unsichtbar machte. Es war das einzige, was er liebte, sein »Schatz«, und er führte Gespräche mit ihm, auch wenn er ihn nicht bei sich hatte. Denn er hielt ihn in einer Höhle auf seiner Insel versteckt außer wenn er auf Jagd war oder den Orks in den Minen nachstellte.

Vielleicht hätte er Bilbo sofort angegriffen, wenn er, als sie sich begegneten, den Ring bei sich gehabt hätte; aber er hatte ihn nicht, und der Hobbit hielt ein Elbenmesser in der Hand, das ihm als Schwert diente. Um Zeit zu gewinnen, forderte Gollum ihn daher zum Rätselspiel auf und sagte, wenn er ihm ein Rätsel aufgebe, das Bilbo nicht raten könne, würde er ihn töten und verspeisen; wenn Bilbo ihn aber besiege, würde er tun, was Bilbo wolle; er würde ihn zu einem Weg bringen, der aus dem Stollen herausführe.

Da Bilbo keine Hoffnung hatte, aus der Dunkelheit zu entkommen, und weder vor- noch zurückgehen konnte, nahm er die Herausforderung an; und gegenseitig gaben sie sich viele Rätsel auf. Zu guter Letzt gewann Bilbo, mit mehr Glück als Verstand (wie es schien); denn ihm fiel schließlich einfach kein Rätsel mehr ein, und so rief er, als seine Hand den Ring fand, den er aufgehoben und vergessen hatte: *Was habe ich in meiner Tasche?* Das konnte Gollum nicht beantworten, obwohl er sich ausbat, dreimal raten zu dürfen.

Allerdings gehen die Ansichten der Gelehrten darüber, ob diese letzte Frage nach den strengen Regeln des Spiels bloß eine »Frage« und kein »Rätsel« war, auseinander; aber alle stimmten darin überein, daß Gollum, nachdem er die Frage einmal angenommen und sie zu beantworten versucht hatte, an sein Versprechen gebunden war. Und Bilbo drängte ihn, sein Wort zu halten; denn ihm war der Gedanke gekommen, dieses garstige Geschöpf könnte unredlich sein, obwohl doch solche Versprechen heilig gehalten wurden und seit alters her alle außer den Verruchtesten sich fürchteten, sie zu brechen. Aber nachdem Gollum so lange allein in der Dunkelheit gelebt hatte, war sein Herz schwarz und voll Niedertracht. Er stahl sich davon und paddelte zu seiner Insel, von der Bilbo nichts wußte, nicht weit entfernt im dunklen Wasser. Dort, glaubte Gollum, läge sein Ring. Er war jetzt hungrig und wütend, und sobald sein »Schatz« bei ihm wäre, würde er sich vor keinerlei Waffe fürchten.

Doch der Ring war nicht auf der Insel; er hatte ihn verloren, er war fort. Sein Aufschrei jagte Bilbo einen Schauer über den Rücken, obwohl er noch nicht begriff, was geschehen war. Doch Gollum war endlich auf den richtigen Gedanken gekommen, zu spät. *Was hat es in seinen Taschen?* schrie er. Das Leuchten in seinen Augen war wie eine grüne Flamme, als er zurückhastete, um den Hobbit umzubringen und seinen »Schatz« wiederzuerlangen. Im rechten Augenblick erkannte Bilbo die Gefahr und flüchtete blindlings fort vom Wasser den Gang hinauf; und wiederum wurde er durch sein Glück gerettet. Denn während er lief, steckte er die Hand in die Tasche, und unversehens glitt der Ring auf seinen Finger. So kam es, daß Gollum an ihm vorbeirannte, ohne ihn zu sehen, und weitereilte, um den Ausgang zu bewachen, damit der »Dieb« nicht entkäme. Vorsichtig folgte Bilbo ihm, während Gollum fluchend und mit sich selbst von seinem »Schatz« sprechend dahinging; aus diesem Gerede erriet Bilbo schließlich die Wahrheit, und er schöpfte Hoffnung in der Dunkelheit: er selbst hatte den wunderbaren Ring gefunden und damit eine Möglichkeit, den Orks und Gollum zu entkommen.

Schließlich blieben sie vor einer unsichtbaren Öffnung stehen, die zu den tieferen Toren der Minen auf der Ostseite des Gebirges führte. Dort kauerte sich Gollum lauernd hin und schnüffelte und lauschte; und Bilbo war versucht, ihn mit seinem Schwert zu erschlagen. Aber Mitleid überkam ihn, und obwohl er den Ring behielt, weil seine einzige Hoffnung auf ihm beruhte, wollte er ihn doch nicht benutzen, um mit seiner Hilfe das unglückliche Geschöpf zu töten, das ihm gegenüber im Nachteil war. Endlich nahm er seinen ganzen Mut zusammen, sprang im Dunkeln über Gollum hinweg und floh den Gang entlang, verfolgt von den haßerfüllten und verzweifelten Rufen seines Feindes: *Dieb! Dieb! Beutlin! Wir hassen es auf immerdar!*

Nun ist es sonderbar, daß dies nicht die Darstellung ist, die Bilbo seinen Gefährten zuerst erzählte. Ihnen berichtete er, Gollum habe versprochen, ihm ein *Geschenk* zu machen, wenn er das Spiel gewönne; aber als Gollum das Geschenk auf seiner Insel holen wollte, sei der Schatz verschwunden gewesen: ein Zauberring, den er einmal vor langer Zeit zum Geburtstag bekommen habe. Bilbo habe erraten, daß das eben der Ring sei, den er gefunden hatte, und da er das Spiel gewonnen habe, hätte ihm der Ring ja schon rechtens gehört. Da er aber in einer mißlichen Lage gewesen sei, habe er nichts davon gesagt und sich von Gollum als Entgelt anstelle eines Geschenks den Weg nach draußen zeigen lassen. Diesen Bericht nahm Bilbo auch in seine Erinnerungen auf, und er scheint ihn niemals selbst abgeändert zu haben, nicht einmal nach der Beratung bei Elrond. Offenbar tauchte er auch noch in dem Original des Roten Buches auf, ebenso in verschiedenen Abschriften und Auszügen. Doch enthalten viele Kopien (als Alternative) auch den wahren Bericht, der zweifellos aus Aufzeichnungen von Frodo oder Samweis stammt, die beide die Wahrheit erfuhren, wenngleich es ihnen gegen den Strich gegangen zu sein scheint, irgend etwas auszulassen, das der alte Hobbit selbst geschrieben hatte.

Gandalf indes glaubte Bilbos erste Darstellung gleich, als er sie hörte, nicht, und hätte deshalb sehr gern mehr über den Ring gewußt. Schließlich brachte er nach vielem Fragen den wahren Sachverhalt aus Bilbo heraus, was eine Zeitlang eine Belastung für ihre Freundschaft war, aber der Zauberer hielt die Wahrheit wohl für wichtig. Obgleich er darüber nichts zu Bilbo sagte, fand er es auch wichtig und beunruhigend, daß der gute Hobbit nicht gleich zu Anfang die Wahrheit gesprochen hatte: ganz gegen seine sonstige Gewohnheit. Trotzdem war die Idee mit dem »Geschenk« nicht bloß eine Erfindung, die den Hobbits ähnlich sah. Bilbo war, wie er später gestand, durch Gollums Gerede, das er mitangehört hatte, auf den Gedanken gebracht worden; denn Gollum hatte in der Tat den Ring mehrmals sein »Geburtstagsgeschenk« genannt. Auch das fand Gandalf merkwürdig und verdächtig; aber wie wir in diesem Buch sehen werden, bekam er die Wahrheit über diesen Punkt erst viele Jahre später heraus.

Von Bilbos späteren Abenteuern braucht hier kaum mehr gesagt zu werden. Mit Hilfe des Ringes entkam er den Orkwachen am Tor und fand seine Gefährten wieder. Auf seiner Fahrt bediente er sich viele Male des Ringes, hauptsächlich, um seinen Freunden zu helfen; aber er hielt ihn vor ihnen geheim, solange er konnte. Nach seiner Heimkehr sprach er nie wieder mit irgend jemandem außer Gandalf und Frodo über den Ring; und niemand sonst im Auenland wußte, daß es ihn gab — oder jedenfalls glaubte Bilbo das. Nur Frodo zeigte er den Bericht über seine Wanderung, an dem er schrieb.

Sein Schwert Stich hängte Bilbo über den Feuerplatz, und sein wundervolles Panzerhemd, ein Geschenk der Zwerge aus dem Drachenschatz, überließ er als Leihgabe einem Museum, und zwar dem Mathomhaus in Michelbinge. Doch in einer Schublade in Beutelsend bewahrte er den alten Mantel und die Kapuze auf, die er auf seinen Fahrten getragen hatte; und der Ring blieb, durch ein Kettchen gesichert, in seiner Tasche.

Er kehrte heim nach Beutelsend am 22. Juni in seinem zweiundfünfzigsten Jahr (A. Z. 1342), und nichts sehr Bemerkenswertes geschah im Auenland, bis Herr Beutlin mit den Vorbereitungen zur Feier seines einundelfzigsten Geburtstages begann (A. Z. 1401). An diesem Punkt beginnt die Geschichte.

ANMERKUNGEN ZU DEN AUFZEICHNUNGEN VOM AUENLAND

Dadurch, daß die Hobbits selbst eine Rolle gespielt hatten bei den großen Ereignissen, die zur Einbeziehung des Auenlands in das Wiedervereinigte Königreich führten, kam es, daß sie sich am Ende des Dritten Zeitalters sehr viel mehr für ihre eigene Geschichte interessierten, und viele der bisher hauptsächlich mündlichen Überlieferungen wurden gesammelt und niedergeschrieben. Die bedeutenderen Familien befaßten sich auch mit den sonstigen Ereignissen im Königreich, und viele ihrer Angehörigen studierten seine alten Geschichten und Sagen. Als das erste Jahrhundert des Vierten Zeitalters seinem Ende zuging, gab es im Auenland schon mehrere Bibliotheken, die viele geschichtliche Bücher und Aufzeichnungen besaßen.

Die größten dieser Sammlungen waren vermutlich in Untertürmen, Groß-Smials und Brandyschloß. Unser Bericht über das Ende des Dritten Zeitalters stützt sich im wesentlichen auf das Rote Buch der Westmark. Diese wichtigste Quelle für die Geschichte des Ringkrieges hieß so, weil sie in Untertürmen aufbewahrt worden war, dem Heim der Schönkinds, der Verweser der Westmark *. Eigentlich war es Bilbos persönliches Tagebuch, das er nach Bruchtal mitgenommen hatte. Frodo brachte es wieder ins Auenland zurück, und außerdem viele lose Blätter mit Notizen, und sein Bericht über den Krieg, den er in den Jahren 1420–21 A. Z. schrieb, füllte fast alle seine Seiten. Aber angefügt und mit ihm zusammen aufbewahrt, wahrscheinlich in einem einzigen roten Einband, waren die drei großen, in rotes Leder gebundenen Bände, die Bilbo ihm zum Abschied geschenkt hatte. Diesen vier Bänden war in Westmark ein fünfter hinzugefügt worden, der Erläuterungen, Stammbäume und verschiedene andere Mitteilungen über die Hobbits, die zum Bund gehörten, enthielt.

Das Original des Roten Buches ist nicht erhalten, aber viele Abschriften, besonders vom ersten Band, waren für die Nachkommen der Kinder von Meister Samweis angefertigt worden. Die wichtigste Abschrift hat indes eine andere Geschichte. Sie wurde in Groß-Smials aufbewahrt, war aber in Gondor, wahrscheinlich auf Bitten des Urenkels von Peregrin, geschrieben und im Jahre 1592 A. Z. (V. Z. 172) vollendet worden. Der Schreiber aus dem Süden fügte folgende Anmerkung bei: »Findegil, Schreiber des Königs, beendete diese Arbeit im Jahre IV 172. Es ist in allen Einzelheiten eine genaue Abschrift des Buches des Thains in Minas Tirith. Jenes Buch war eine auf Wunsch von König Elessar angefertigte Abschrift des Roten Buches der Periannath und wurde ihm von Thain Peregrin überbracht, als er sich im Jahre IV 64 nach Gondor zurückzog.«

Das Buch des Thains war also die erste Abschrift des Roten Buches und

* Vgl. Anhang B: Bericht über die Jahre 1451, 1462, 1482, und die Anmerkung am Schluß von Anhang C im dritten Band.

enthielt vieles, was später ausgelassen oder vergessen wurde. In Minas Tirith kamen viele Anmerkungen und Verbesserungen hinzu, vor allem von Namen, Wörtern und Zitaten in den elbischen Sprachen; und es wurde ihm eine gekürzte Fassung von jenen Teilen der *Erzählung von Aragorn* und *Arwen* beigegeben, die nicht in den Bericht über den Krieg gehören. Die ganze Erzählung soll von Barahir, dem Enkel des Truchseß' Faramir, bald nach dem Hinscheiden des Königs geschrieben worden sein. Aber Findegils Abschrift ist vor allem deshalb von Bedeutung, weil sie allein Bilbos gesamte »Übersetzungen aus dem Elbischen« enthält. Diese drei Bände erwiesen sich als ein Werk von großer Sachkenntnis und Gelehrsamkeit, für das er von 1403–1418 alle ihm in Bruchtal zugänglichen Quellen, lebende wie geschriebene, benutzt hatte. Frodo machte indes wenig Gebrauch von ihnen, da sie fast ausschließlich die Altvorderenzeit behandelten, deshalb sei hier nicht mehr darüber gesagt.

Weil Meriadoc und Peregrin die Häupter ihrer großen Familien wurden und gleichzeitig ihre Beziehungen zu Rohan und Gondor aufrechterhielten, gab es in den Bibliotheken von Bockenburg und Buckelstadt so manches, was im Roten Buch nicht vorkam. Im Brandyschloß befanden sich viele Werke über Eriador und die Geschichte von Rohan. Manche von ihnen waren von Meriadoc selbst verfaßt oder begonnen worden, obwohl er im Auenland hauptsächlich bekannt wurde durch seine *Kräuterkunde des Auenlands* und seine *Jahreszählung*, worin er den Zusammenhang zwischen den Kalendern von Auenland und von Bree mit denen von Bruchtal, Gondor und Rohan darlegte. Auch schrieb er eine kurze Abhandlung über *Alte Wörter und Namen im Auenland* und ließ es sich besonders angelegen sein, die Verwandtschaft mit der Sprache der Rohirrim bei solchen »Auenlandwörtern« wie *Mathom* und alten Bestandteilen in Ortsnamen aufzuzeigen.

Die Bücher in Groß-Smials waren weniger fesselnd für die Leute im Auenland, wenngleich wichtiger für die größere Geschichte. Keins von ihnen war von Peregrin geschrieben worden, aber er und seine Nachfolger sammelten viele Handschriften von Schreibern aus Gondor: hauptsächlich Kopien oder Zusammenfassungen der Geschichte oder Sagen über Elendil und seine Erben. Nur hier im Auenland war umfangreiches Material für die Geschichte von Númenor und Saurons Erhebung zu finden. Wahrscheinlich wurde in Groß-Smials mit Hilfe von Unterlagen, die Meriadoc gesammelt hatte, jene *Erzählung der Jahre** zusammengestellt. Obwohl

* In stark verkürzter Form bis zum Ende des Dritten Zeitalters in Anhang B (im dritten Band) wiedergegeben.

die angegebenen Daten, besonders für das Zweite Zeitalter, oft auf Mutmaßungen beruhten, verdienen sie Aufmerksamkeit. Es ist wahrscheinlich, daß Meriadoc in Bruchtal, wo er mehr als einen Besuch machte, Beistand und Auskünfte erhielt. Obwohl Elrond aufgebrochen war, sind seine Söhne zusammen mit einigen der Hochelben noch lange dort geblieben. Es heißt, Celeborn habe nach dem Hinscheiden von Galadriel dort gewohnt, aber der Tag ist nicht aufgezeichnet, an dem er sich schließlich zu den Grauen Anfurten aufmachte und mit ihm die letzte lebende Erinnerung an die Altvorderenzeit in Mittelerde dahinging.

ERSTES BUCH

ERSTES KAPITEL

EIN LANGERWARTETES FEST

Als Herr Bilbo Beutlin von Beutelsend ankündigte, daß er demnächst zur Feier seines einundelfzigsten Geburtstages ein besonders prächtiges Fest geben wolle, war des Geredes und der Aufregung in Hobbingen kein Ende.

Bilbo war sehr reich und sehr absonderlich, und seit er vor sechzig Jahren plötzlich verschwunden und unerwartet zurückgekehrt war, hatte man im Auenland nicht aufgehört, sich über ihn zu verwundern. Die Reichtümer, die er von seinen Fahrten mitgebracht hatte, waren mittlerweile zu einer Legende im Auenland geworden, und allgemein glaubte man, was immer die alten Leute auch reden mochten, daß der Bühl von Beutelsend voller Stollen sei, in denen sich die Schätze häuften. Und wenn das noch nicht für seinen Ruf genügte, dann staunte man über die ungebrochene Lebenskraft. Die Zeit blieb nicht stehen, aber auf Herrn Beutlin schien sie wenig Wirkung auszuüben. Mit neunzig war er nicht anders als mit fünfzig. Als er neunundneunzig war, sagten die Leute, er sähe noch *gut* aus; aber *unverändert* wäre zutreffender gewesen. Manche schüttelten den Kopf und meinten, das sei zu viel des Guten; es sei einfach unbillig, daß jemand (anscheinend) ewige Jugend und obendrein noch (angeblich) unerschöpfliche Reichtümer besitzen sollte.

»Dafür wird er bezahlen müssen«, sagten sie. »Es ist nicht natürlich und wird ein schlechtes Ende nehmen!«

Aber bisher hatte es kein schlechtes Ende genommen; und da Herr Beutlin nicht kleinlich war mit seinem Geld, waren die meisten Leute gewillt, ihm seine Seltsamkeiten und sein Glück zu verzeihen. Mit seinen Verwandten (außer den Sackheim-Beutlins natürlich) verkehrte er freundschaftlich und hatte unter den Hobbits aus den armen und weniger bedeutenden Familien viele anhängliche Bewunderer. Doch besaß er keinen wirklich guten Freund, bis einige seiner jüngeren Vetter heranwuchsen.

Der älteste von ihnen und Bilbos Lieblingsvetter war der junge Frodo Beutlin. Als Bilbo neunundneunzig war, adoptierte er Frodo, setzte ihn zu seinem Erben ein und holte ihn zu sich nach Beutelsend; und damit waren die Hoffnungen der Sackheim-Beutlins endgültig zerschlagen. Bilbo und Frodo waren zufällig am gleichen Tag geboren, am 22. September. »Du solltest lieber bei mir leben, Frodo, mein Junge«, sagte Bilbo eines

Tages. »Dann können wir unsere Geburtstage gemütlich zusammen feiern.« Damals war Frodo noch in den »Zwiens«, wie die Hobbits die verantwortungsfreien Zwanziger zwischen Kindheit und Mündigwerden mit dreiunddreißig nannten.

Zwölf weitere Jahre verstrichen. Alljährlich hatten die Beutlins gemeinsam sehr muntere Geburtstagsfeste auf Beutelsend gegeben; doch jetzt, hieß es, sei für den Herbst etwas ganz Besonderes geplant. Bilbo wurde einundelfzig, 111, eine recht eigenartige Zahl, und für einen Hobbit ein sehr beachtliches Alter (selbst der alte Tuk war nur 130 geworden); und Frodo wurde dreiunddreißig, 33, eine wichtige Zahl: der Zeitpunkt, zu dem er »mündig wurde«.

Die Zungen standen nicht still in Hobbingen und Wasserau; und das Gerücht von dem bevorstehenden Ereignis verbreitete sich im ganzen Auenland. Wieder einmal wurden Lebensgeschichte und Charakter des Herrn Bilbo Beutlin das Hauptgespräch; und die älteren Leute entdeckten plötzlich, daß ihre Erinnerungen sehr begehrt und gefragt waren.

Niemand hatte aufmerksamere Zuhörer als der alte Ham Gamdschie, der landauf, landab als der Ohm bekannt war. Er schwang seine Reden im *Efeubusch*, einer kleinen Gastwirtschaft an der Wasserauer Straße; und was er sagte, hatte einiges Gewicht, denn er hatte vierzig Jahre lang den Garten in Beutelsend betreut und war davor schon der Gehilfe des alten Höhlenmann gewesen. Nun, da er selbst nicht mehr der Jüngste war und steif in den Gelenken, wurde die Hauptarbeit von seinem jüngsten Sohn getan, Sam Gamdschie. Beide, Vater und Sohn, standen auf sehr gutem Fuße mit Bilbo und Frodo. Sie wohnten ebenfalls auf dem Bühl, im Beutelhaldenweg 3, direkt unterhalb von Beutelsend.

»Ein sehr liebenswürdiger und feiner Edelhobbit ist Herr Bilbo, wie ich schon immer gesagt habe«, erklärte der Ohm. Und das war die reine Wahrheit: denn Bilbo war sehr höflich zu ihm, nannte ihn »Meister Hamfast« und fragte ihn über den Gemüseanbau ständig um Rat – was »Wurzeln« betraf, besonders Kartoffeln, wurde der Ohm weit und breit von allen (einschließlich ihm selbst) als höchste Autorität anerkannt.

»Aber was ist mit diesem Frodo, der bei ihm wohnt?« fragte der Alte Eichler aus Wasserau. »Beutlin heißt er wohl, aber er ist mehr als ein halber Brandybock, wird behauptet. Das kann ich nicht fassen, daß sich irgendein Beutlin aus Hobbingen da unten im Bockland eine Frau suchen muß, wo die Leute so sonderbar sind.«

»Und kein Wunder, daß sie sonderbar sind«, warf Väterchen Zwiefuß ein (Ohms nächster Nachbar), »wenn sie auf der falschen Seite vom

Brandyweinfluß leben, und gerade vor dem Alten Wald. Das ist ein dunkler, böser Ort, wenn nur die Hälfte der Erzählungen wahr ist.«

»Da hast du recht, Väterchen«, sagte der Ohm. »Zwar wohnen die Brandybocks nicht *im* Alten Wald; aber allem Anschein nach sind sie eine sonderbare Sippe. Auf diesem großen Fluß treiben sie sich mit Booten herum — und das ist nicht natürlich. Kein Wunder, daß es ein böses Ende nahm. Aber sei dem, wie ihm wolle, Herr Frodo ist ein so netter junger Hobbit, wie man ihn sich nur wünschen kann. Herrn Bilbo sehr ähnlich, und nicht nur im Äußern. Schließlich war sein Vater ja ein Beutlin. Ein anständiger, ehrbarer Hobbit war Herr Drogo Beutlin; er gab nie Anlaß zu Gerede, bis er ertrunken wurde.«

»Ertrunken wurde?« fragten mehrere Stimmen zugleich. Natürlich hatten sie dieses und andere dunklere Gerüchte schon früher gehört; aber Hobbits haben eine Leidenschaft für Familiengeschichten und sind immer bereit, sie noch einmal zu hören.

»Ja, so wird erzählt«, fuhr der Ohm fort. »Ihr wißt ja, Herr Drogo heiratete das arme Fräulein Primula Brandybock. Mütterlicherseits war sie eine Base ersten Grades von unserem Herrn Bilbo (ihre Mutter war ja die jüngste Tochter vom Alten Tuk gewesen); und Herr Drogo war sein Vetter zweiten Grades. Deshalb ist Herr Frodo also sein Vetter ersten *und* zweiten Grades, um eine Generation verschoben, wie man so sagt, wenn ihr wißt, was ich meine. Und Herr Drogo blieb im Brandyschloß bei seinem Schwiegervater, dem alten Herrn Gorbadoc, wie er es oft nach seiner Heirat getan hatte (weil er eine Schwäche für dessen Weinbuddeln hatte und der alte Gorbadoc eine mächtig üppige Tafel hielt); und er ging auf dem Brandyweinfluß *bootfahren*; und er und seine Frau wurden ertrunken, und der arme Herr Frodo war noch ein Kind, und überhaupt.«

»Ich habe gehört, daß sie nach dem Nachtessen im Mondschein auf dem Wasser fuhren«, sagte der Alte Eichler, »und daß Drogos Gewicht das Boot zum Sinken gebracht hat.«

»Und *ich* habe gehört, sie stieß ihn rein und er hat sie mitgezogen«, ließ sich Sandigmann vernehmen, der Müller von Hobbingen.

»Du solltest nicht auf alles hören, was geredet wird, Sandigmann«, verwies ihn der Ohm, der den Müller nicht sehr mochte. »Es gibt keinen Grund nicht, von reinstoßen und mitziehen zu sprechen. Boote sind schon heimtückisch genug, auch wenn man stillsitzt, da braucht man nicht noch weiter nach einer Ursache für das Unglück zu suchen. Na, jedenfalls war Herr Frodo nun eine Waise, und bei diesen sonderbaren Bockländern, wie man sagen könnte, gestrandet, und wurde im Brandyschloß irgendwie aufgezogen. Ein regelrechter Pferch nach allem, was man hört. Der alte Herr Gorbadoc hatte niemals weniger als ein paar Hundert Verwandte im Haus. Kein besseres Werk hat Herr Bilbo jemals vollbracht, als den Jungen zurückzuholen, damit er unter anständigen Leuten lebt.

Aber ich schätze, es war ein harter Schlag für diese Sackheim-Beutlins. Schon damals, als Herr Bilbo fortging und man ihn für tot hielt, hatten sie geglaubt, sie würden Beutelsend bekommen. Und dann kommt er zurück und jagt sie davon; und lebt und lebt und sieht niemals einen Tag älter aus, auf sein Wohl! Und plötzlich hat er einen Erben und läßt alle Papiere richtig aufsetzen. Die Sackheim-Beutlins werden nun Beutelsend niemals von innen sehen, oder jedenfalls steht's zu hoffen.«

»Ein hübsches Stück Geld ist da oben versteckt, heißt es«, sagte ein Fremder, ein Geschäftsreisender aus Michelbinge im Westviertel. »Der ganze obere Teil Eures Bühls soll ja voller Stollen sein, angefüllt mit Truhen von Gold und Silber *und* Edelsteinen, nach allem, was ich gehört habe.«

»Dann habt Ihr mehr gehört, als ich dazu sagen kann«, erwiderte der Ohm. »Von *Edelsteinen* weiß ich nichts. Herr Bilbo ist freigebig mit seinem Geld, und da scheint's keinen Mangel zu geben; aber von Stollenbauten weiß ich nichts. Ich habe Herrn Bilbo gesehen, als er zurückkam, sechzig Jahre ist's wohl her, ich war noch ein Junge. Gerade hatte ich erst als Lehrling beim alten Höhlenmann angefangen (der ein Vetter meines Vaters war), und doch nahm er mich schon mit rauf nach Beutelsend, um ihm zu helfen, damit die Leute nicht überall herumtrampelten und durch den ganzen Garten marschierten, während der Verkauf im Gange war. Und mittendrin kam Herr Bilbo den Bühl herauf mit einem Pony und ein paar mächtig großen Taschen und einigen Kisten. Sicherlich waren sie hauptsächlich voll mit Schätzen, die er in fremden Gegenden gesammelt hatte, wo es Berge von Gold geben soll, wie sie sagen. Aber es war nicht genug, um Stollen damit zu füllen. Mein Sohn Sam wird mehr darüber wissen. Er ist tagein, tagaus in Beutelsend. Verrückt nach Berichten aus alten Zeiten ist er und hört sich alles an, was Herr Bilbo erzählt. Herr Bilbo hat ihm seine Buchstaben beigebracht – was kein Schaden ist, wohlgemerkt, und ich hoffe, es wird auch kein Schaden daraus entstehen.

Elben und Drachen, sage ich als zu ihm. *Kohl und Kartoffeln sind besser für mich und dich. Laß dich nicht hineinziehen in die Angelegenheiten deiner Herrschaft, sonst bekommst du Verdruß, der zu groß ist für dich,* sage ich als zu ihm. Und das könnte ich auch zu anderen sagen«, fügte er mit einem Blick auf den Fremden und den Müller hinzu.

Aber der Ohm überzeugte seine Zuhörer nicht. Die Sage von Bilbos

Reichtum hatte sich in den Köpfen der jüngeren Hobbitgeneration schon allzu sehr festgesetzt.

»Ach, er wird wohl zu dem, was er zuerst hergebracht hat, noch allerhand dazugetan haben«, wandte der Müller ein und drückte damit die allgemeine Meinung aus. »Er ist oft weg von zu Hause. Und seht euch bloß diese Ausländer an, die ihn besuchen: Zwerge kommen des Nachts, und dieser alte wandernde Zauberer, Gandalf, und was nicht alles. Du kannst sagen, was du willst, Ohm, aber Beutelsend ist ein sonderbarer Ort, und seine Bewohner sind noch sonderbarer.«

»Und du kannst sagen, was *du* willst, weil du nämlich davon auch nicht mehr verstehst als vom Bootfahren, Herr Sandigmann«, erwiderte der Ohm, und jetzt mochte er den Müller noch weniger als sonst. »Wenn das sonderbar ist, dann könnten wir in diesen Gegenden ein bißchen mehr Sonderbarkeit gebrauchen. Nicht so weit entfernt, da gibt's manche, die würden einem Freund kein Glas Bier anbieten, und wenn sie auch in 'ner Höhle mit goldenen Wänden wohnten. Aber in Beutelsend machen sie's richtig. Unser Sam sagt, *jeder* wird zum Fest eingeladen, und es soll Geschenke geben, wohlgemerkt, Geschenke für alle – und zwar jetzt in diesem Monat.«

Jetzt in diesem Monat war September und das Wetter so schön, wie man es sich nur wünschen konnte. Ein oder zwei Tage später verbreitete sich das Gerücht (vermutlich von dem gut unterrichteten Sam aufgebracht), daß es ein Feuerwerk geben werde – und noch dazu ein Feuerwerk, wie man es seit fast hundert Jahren nicht im Auenland gesehen hatte, gewiß nicht seit dem Tod des Alten Tuk.

Die Tage vergingen, und der große Tag kam näher. Ein wunderlich aussehender Wagen, mit wunderlich aussehenden Paketen beladen, traf eines Abends in Hobbingen ein und rumpelte den Bühl hinauf nach Beutelsend. Die verdutzten Hobbits guckten aus ihren erleuchteten Haustüren und gafften ihm nach. Ausländisches Volk, das fremdartige Lieder sang, kam mit dem Wagen: Zwerge mit langen Bärten und weiten Kapuzen. Ein paar von ihnen blieben in Beutelsend. Am Ende der zweiten Septemberwoche fuhr am hellichten Tage, von der Brandyweinbrücke kommend, ein zweirädriger Karren durch Wasserau. Ein alter Mann saß ganz allein darauf. Er trug einen hohen spitzen blauen Hut, einen langen grauen Mantel und ein silbernes Halstuch. Er hatte einen langen weißen Bart und buschige Augenbrauen, die unter seiner Hutkrempe hervorragten. Kleine Hobbitkinder rannten durch ganz Hobbingen und bis hinauf zum Bühl hinter dem Karren her, der die Feuerwerkskörper brachte, wie sie richtig errieten. An Bilbos Haustür begann der alte Mann abzuladen: es waren große Bündel mit Feuerwerkskörpern aller Arten und Formen, und jedes war mit einem dicken roten G  und der Elbenrune  gezeichnet.

Das war natürlich Gandalfs Zeichen, und der alte Mann war Gandalf, der Zauberer, dessen Ruf im Auenland hauptsächlich auf seiner Fertigkeit, mit Feuer, Rauch und Blitz umzugehen, beruhte. Sein eigentliches Geschäft war weit schwieriger und gefährlicher, aber davon wußten die Leute im Auenland nichts. Für sie war er einfach eine der »Attraktionen« des Festes. Daher die Aufregung der Hobbitkinder. »G heißt Großartig!« riefen sie, und der alte Mann schmunzelte. Sie kannten ihn vom Sehen, obwohl er nur gelegentlich in Hobbingen auftauchte und niemals lange blieb; aber weder sie noch irgend jemand außer den ältesten unter den Altvorderen hatte eine seiner Feuerwerkvorführungen gesehen – sie gehörten jetzt einer sagenhaften Vergangenheit an.

Als der alte Mann, dem Bilbo und einige Zwerge geholfen hatten, mit dem Abladen fertig war, schenkte Bilbo den Kindern ein paar Pfennige; aber nicht ein einziger Knallfrosch oder Schwärmer kam zur Enttäuschung der Zuschauer zum Vorschein.

»Nun lauft«, sagte Gandalf. »Ihr bekommt noch genug zu sehen, wenn es soweit ist.« Dann verschwand er mit Bilbo nach drinnen, und die Tür wurde geschlossen. Die Hobbitkinder starrten noch eine Weile vergeblich auf die Tür, dann machten sie sich davon und hatten das Gefühl, daß der Tag des Festes niemals kommen würde.

In Beutelsend saßen Bilbo und Gandalf am offenen Fenster eines kleinen Zimmers, das nach Westen in den Garten ging. Der Spätnachmittag war heiter und friedlich. Rot und golden leuchteten die Blumen: Löwenmaul und Sonnenblumen, und allenthalben rankte sich Kapuzinerkresse über die grasbedeckten Wände und lugte in die runden Fenster hinein.

»Prächtig schaut dein Garten aus«, sagte Gandalf.

»Ja«, antwortete Bilbo. »Ich hänge wirklich sehr an ihm und an dem ganzen lieben alten Auenland. Aber ich glaube, ich brauche Ferien.«

»Du willst also deinen Plan ausführen?«

»Allerdings. Ich habe mich vor Monaten dazu entschlossen und meine Meinung nicht geändert.«

»Sehr gut. Es hat keinen Zweck, mehr zu sagen. Halte an deinem Plan fest – an dem ganzen Plan, wohlgemerkt –, und ich hoffe, es wird sich alles zum besten wenden, für dich und für uns alle.«

»Das hoffe ich auch. Jedenfalls habe ich vor, mich am Donnerstag gut zu unterhalten und mir einen kleinen Scherz zu leisten.«

»Wer wird wohl darüber lachen, möchte ich mal wissen«, sagte Gandalf und schüttelte den Kopf.

»Das werden wir sehen«, sagte Bilbo.

Am nächsten Tag rollten weitere Karren den Bühl hinauf, und immer noch mehr Karren. Es hätte etwas Gemurre geben können über »am Ort einkaufen«, aber gerade in dieser Woche begann sich aus Beutelsend eine ganze Flut von Aufträgen zu ergießen für Lebensmittel, Gebrauchs- und Luxuswaren, die in Hobbingen oder Wasserau oder sonstwo in der Nachbarschaft erhältlich waren. Die Leute waren begeistert; und sie begannen die Tage auf dem Kalender abzustreichen und schauten ungeduldig nach dem Briefträger aus, da sie auf Einladungen hofften.

Es dauerte nicht lange, da ergoß sich auch eine Flut von Einladungen; im Postamt von Hobbingen stapelten sich ganze Berge, das Postamt von Wasserau wußte nicht mehr aus und ein, und es wurden freiwillige Hilfspostboten gesucht. In ständigem Strom zogen sie den Bühl hinauf und brachten Hunderte höflicher Variationen von *Vielen Dank, ich komme gern.*

Am Tor von Beutelsend erschien ein Anschlag: ZUTRITT FÜR UNBEFUGTE VERBOTEN. Selbst diejenigen, die befugt waren oder es zu sein vorgaben, weil sie etwas für das Fest zu liefern hatten, wurden selten hineingelassen. Bilbo war beschäftigt: er schrieb Einladungen, hakte Zusagen von der Liste ab, packte Geschenke ein und traf ein paar persönliche Vorbereitungen. Seit Gandalfs Ankunft blieb er unsichtbar.

Eines Morgens wachten die Hobbits auf und sahen auf dem großen Feld südlich von Bilbos Haustür lauter Seile und Stangen für kleine und große Zelte. An der Böschung, die zur Straße führte, wurde ein zusätzlicher Eingang mit breiten Stufen und einem großen weißen Tor angelegt. Die drei Hobbitfamilien, die im Beutelhaldenweg nahe beim Feld wohnten, konnten alles genau beobachten und wurden allgemein beneidet. Der alte Ohm Gamdschie tat nicht einmal mehr so, als arbeite er in seinem Garten.

Die Zelte wuchsen allmählich empor. Eins war ganz besonders groß und so hoch, daß der Baum auf dem Feld in ihm Platz fand und nun stolz an einem Ende stand, und zwar am Kopf des längsten Tisches. An seinen sämtlichen Zweigen wurden Laternen aufgehängt. Noch verheißungsvoller war (nach Ansicht der Hobbits) eine riesige Küche, die in der Nordecke des Feldes unter freiem Himmel aufgebaut wurde. Ein ganzer Schwarm Köche aus allen Gast- und Wirtshäusern auf Meilen im Umkreis traf ein, um den Zwergen und anderen sonderbaren Leuten, die in Beutelsend einquartiert waren, zur Hand zu gehen. Die Vorfreude erreichte ihren Höhepunkt.

Dann trübte sich das Wetter ein. Das war Mittwoch, am Vorabend des Festes. Die Besorgnis war groß. Dann kam endlich Donnerstag, der 22. September. Die Sonne ging auf, die Wolken verzogen sich, Fahnen wurden entrollt, und der Spaß begann.

Bilbo Beutlin nannte es ein *Fest*, aber in Wirklichkeit waren es unzählige Feiern, die gleichzeitig abgehalten wurden. Praktisch jeder, der in der Nähe wohnte, war eingeladen. Ein paar hatte man versehentlich vergessen, aber als sie dann trotzdem kamen, machte es gar nichts. Auch aus anderen Teilen des Auenlandes waren viele Leute gebeten worden; und manche waren sogar von jenseits der Grenze gekommen. Bilbo begrüßte persönlich die Gäste (auch die nicht geladenen) an dem neuen weißen Tor. Er verteilte Geschenke an alle und etliche – und die etlichen waren jene, die durch den Hinterausgang wieder verschwanden und nachher noch einmal am Tor erschienen. Hobbits pflegen an ihren Geburtstagen anderen Geschenke zu machen. In der Regel nicht sehr teure und nicht so verschwenderisch wie bei dieser Gelegenheit; aber es war kein schlechtes System. Denn da in Hobbingen und Wasserau an jedem Tag des Jahres irgend jemand seinen Geburtstag feierte, hatte jeder Hobbit in diesen Gegenden gute Aussicht, mindestens einmal wöchentlich mindestens ein Geschenk zu bekommen. Doch wurde es ihnen niemals über.

Diesmal waren die Geschenke ungewöhnlich gediegen. Die Hobbitkinder waren so aufgeregt, daß sie eine Weile fast das Essen vergessen hätten. Es gab Spielsachen, wie sie deren noch nie gesehen hatten, alle wunderschön und manche offenbar Zauberspielsachen. Viele waren denn auch schon vor einem Jahr bestellt und weither aus dem Gebirge und vom Thal gebracht worden und waren echte Zwergenarbeit.

Als jeder Gast begrüßt worden war und sich endlich alle auf dem Festplatz eingefunden hatten, gab es Lieder, Tänze, Musik, Spiele und natürlich Essen und Trinken. Es gab drei offizielle Mahlzeiten: Mittagessen, Tee und Abendessen. Aber das Mittagessen und der Tee waren hauptsächlich dadurch gekennzeichnet, daß sich die Gäste zu diesen Zeiten hinsetzten und gemeinsam aßen. Zu anderen Zeiten sah man lediglich Scharen von Leuten trinken und essen – ohne Unterbrechung vom zweiten Frühstück um elf bis um halb sieben, als das Feuerwerk begann.

Das Feuerwerk war Gandalfs Sache: er hatte es nicht nur gebracht, sondern auch selbst erdacht und hergestellt; und die besonderen Dekorationen, feststehenden Stücke und Raketen schoß er selbst ab. Aber Frösche, Schwärmer, Knallerbsen, Fackeln, Zwergenkerzen, Elbenkaskaden,

Unholdbeller und Donnerschläge wurden auch großzügig verteilt. Sie waren alle hervorragend. Gandalfs Kunst war mit dem Alter immer vollkommener geworden.

Es gab Raketen, die aussahen wie ein Schwarm funkensprühender und mit süßer Stimme singender Vögel. Es gab grüne Bäume mit Stämmen aus dunklem Rauch: ihre Blätter öffneten sich wie ein ganzer Frühling, der sich auf einmal entfaltet, und aus ihren glänzenden Zweigen rieselten auf die erstaunten Hobbits leuchtende Blüten herab, die einen süßen Duft ausströmten und verschwanden, ehe sie die nach oben gewandten Gesichter berührten. Es gab Kaskaden von Schmetterlingen, die glitzernd in die Bäume flogen; es gab Säulen aus buntem Feuer, die emporstiegen und sich in Adler verwandelten, oder in Segelboote oder eine Kette fliegender Schwäne; es gab einen roten Gewittersturm und einen gelben Wolkenbruch; es gab einen Wald aus silbernen Speeren, die mit einem Kriegsgeschrei in die Luft schossen wie eine kampfbereite Heerschar und wieder herabstürzten in die Wässer und dabei zischten wie hundert feurige Schlangen. Und dann gab es eine letzte Überraschung, Bilbo zu Ehren, und sie erschreckte die Hobbits ganz ungemein, was Gandalf auch beabsichtigt hatte. Die Lichter gingen aus. Ein mächtiger Rauch stieg auf. Er nahm die Gestalt eines in der Ferne sichtbaren Berges an, und sein Gipfel begann zu leuchten. Grüne und violette Flammen loderten empor. Heraus flog ein rotgoldener Drache – nicht in Lebensgröße, aber fürchterlich naturgetreu; sein Rachen spie Feuer, seine Augen starrten nach unten; ein Brüllen hob an, und dreimal schwirrte er über die Köpfe der Menge hinweg. Sie duckten sich alle, und viele warfen sich flach auf den Boden. Wie ein Schnellzug raste der Drache über sie hinweg, machte einen Salto und zerplatzte mit ohrenbetäubendem Getöse über Wasserau.

»Das ist das Zeichen zum Abendessen«, sagte Bilbo. Angst und Schrecken waren wie fortgeblasen, und die im Staube liegenden Hobbits sprangen wieder auf die Füße. Es gab ein vorzügliches Abendessen für alle; das heißt, für alle mit Ausnahme derjenigen, die zu dem besonderen Familienfestmahl eingeladen waren. Das fand in dem Zelt mit dem Baum statt. Bei den Einladungen hatte man sich auf zwölf Dutzend beschränkt (eine Zahl, die auch von den Hobbits ein Gros genannt wurde, wenngleich es nicht gerade als schicklich galt, das Wort auf Leute anzuwenden). Die Gäste waren aus allen Familien ausgesucht worden, mit denen Bilbo und Frodo verwandt waren, und dazu noch ein paar gute und nicht verwandte Freunde (zum Beispiel Gandalf). Viele junge Hobbits waren eingeladen worden und durften mit elterlicher Erlaubnis dabei sein; was langes Aufbleiben der Kinder betrifft, nahmen es die Hobbits nicht so genau, besonders wenn Aussicht bestand, eine Mahlzeit für sie umsonst zu bekommen. Junge Hobbits großzuziehen kostete eine Menge Futter.

Es waren viele Beutlins und Boffins da, und auch viele Tuks und Brandybocks; verschiedene Grubers (Verwandte von Bilbo Beutlins Großmutter); außerdem verschiedene Pausbackens (Verwandte seines Tuk-Großvaters); und ein paar auserwählte Lochners, Bolgers, Straffgürtels, Dachsbaus, Gutleibs, Hornbläsers und Stolzfußens. Einige von ihnen waren nur sehr weitläufig mit Bilbo verwandt, und manche waren kaum jemals zuvor in Hobbingen gewesen, weil sie in entfernten Winkeln des Auenlands wohnten. Die Sackheim-Beutlins waren nicht vergessen worden: Otho und seine Frau Lobelia waren da. Zwar mochten sie Bilbo nicht und verabscheuten Frodo, aber so prächtig war die mit goldener Tinte geschriebene Einladungskarte gewesen, daß sie es nicht über sich gebracht hatten, abzusagen. Außerdem hatte sich ihr Vetter Bilbo seit vielen Jahren aufs Essen spezialisiert, und sein Tisch stand in hohem Rufe.

Alle einhundertvierundvierzig Gäste erwarteten ein erfreuliches Festmahl; allerdings graute ihnen etwas vor der Rede ihres Gastgebers nach dem Essen (einem unvermeidlichen Programmpunkt). Er war imstande, etwas Poesie, wie er es nannte, hineinzubringen; und manchmal, nach ein oder zwei Gläsern pflegte er auf die unsinnigen Abenteuer seiner geheimnisvollen Fahrt anzuspielen. Die Gäste wurden nicht enttäuscht: das Festessen war *sehr* erfreulich und ein wirklich sehr in Anspruch nehmendes Vergnügen: gehaltvoll, reichlich, mannigfaltig und ausgedehnt. In der folgenden Woche sank der Lebensmittelumsatz fast auf Null; da aber durch Bilbos Einkäufe die Läger der meisten Geschäfte, Kellereien und Warenhäuser auf Meilen im Umkreis geräumt waren, machte das nicht viel.

Nachdem das Festmahl (mehr oder weniger) vorüber war, kam die Rede. Die meisten Tischgenossen waren jetzt allerdings in nachsichtiger Stimmung, in jenem wonnevollen Zustand, den sie »die Winkel ausfüllen« nannten. Sie nippten an ihren Lieblingsgetränken, knabberten ihre Lieblingsnäschereien, und ihre Befürchtungen waren vergessen. Sie waren bereit, sich alles anzuhören und nach jedem Satz zu jubeln.

Meine lieben Leute, begann Bilbo und erhob sich von seinem Platz. »Hört! Hört!« riefen sie und wiederholten das immerzu im Chor, offenbar ihre guten Vorsätze mißachtend. Bilbo verließ seinen Platz, ging unter den erleuchteten Baum und stellte sich auf einen Stuhl. Der Lichtschein der Laternen fiel auf sein strahlendes Gesicht; die goldenen Knöpfe an seiner gestickten seidenen Weste glänzten. Alle konnten sie ihn sehen, wie er da stand, die eine Hand schwenkte er in der Luft, und die andere steckte in der Hosentasche.

Meine lieben Beutlins und Boffins, begann er noch einmal. *Und meine lieben Tuks und Brandybocks, Grubers und Pausbackens, Lochners und Hornbläsers und Bolgers, Straffgürtels, Gutleibs, Dachsbaus und Stolzfußens ...* – »Stolzfüße!« rief ein älterer Hobbit vom hinteren Teil des Zeltes. Sein Name war natürlich Stolzfuß und wohlverdient; seine Füße waren groß und außergewöhnlich pelzig, und beide lagen auf dem Tisch.

Stolzfußens, wiederholte Bilbo. *Außerdem meine guten Sackheim-Beutlins, die ich endlich wieder in Beutelsend willkommen heiße. Heute ist mein hundertelfter Geburtstag: einundelfzig bin ich heute!* – »Hurra! Hurra! Hoch soll er leben!« schrien sie und hämmerten vor Freude auf die Tische. Bilbo machte es großartig. So hatten sie es gern: kurz und bündig.

Ich hoffe, Ihr freut euch ebenso sehr wie ich. Ohrenbetäubender Beifall. *Ja-* (und *Nein-*)Rufe. Ein Tusch von Trompeten und Hörnern, Pfeifen und Flöten und anderen Musikinstumenten. Es waren, wie gesagt, viele junge Hobbits da. Hunderte von Knallbonbons waren aufgerissen worden. Die meisten trugen die Herkunftsbezeichnung THAL; das sagte vielen Hobbits nichts, aber alle waren sich einig, daß es wundervolle Knallbonbons waren. Sie enthielten Musikinstrumente, klein, aber vortrefflich gemacht und von bezauberndem Klang. Einige der jungen Tuks und Brandybocks in einer Ecke glaubten, Onkel Bilbo sei fertig (da er ja alles Notwendige klar gesagt hatte), stellten nun aus dem Stegreif ein Orchester zusammen und begannen ein fröhliches Tanzlied zu spielen. Der junge Herr Everard Tuk und Fräulein Melilot Brandybock stiegen auf einen Tisch, und mit Schellen in den Händen begannen sie den Springerreihen zu tanzen: einen hübschen, wenn auch ziemlich lebhaften Tanz.

Aber Bilbo war noch nicht fertig. Von einem Jungen in der Nähe schnappte er sich ein Horn und blies drei laute Töne. Der Lärm erstarb. *Ich will euch nicht lange aufhalten!* rief er. Beifall von der ganzen Versammlung. *Ich habe euch alle aus einem bestimmten Grund zusammengerufen.* So, wie er das sagte, machte es irgendwie Eindruck. Es trat fast völlige Stille ein, und einer oder zwei von den Tuks spitzten die Ohren.

Ja, eigentlich aus drei Gründen. Erstens vor allem, um euch zu sagen, daß ich euch alle unerhört gern habe und daß einundelfzig Jahre eine viel zu kurze Zeit sind, um unter so vortrefflichen und bewundernswerten Hobbits zu leben. Mächtiger Beifallsausbruch.

Ich kenne die Hälfte von euch nicht halb so gut, wie ich es gern möchte, und ich mag weniger als die Hälfte von euch auch nur halb so gern, wie ihr es verdient. Das war unerwartet und gar nicht so einfach zu verstehen. Vereinzelt wurde geklatscht, aber die meisten versuchten erst einmal dahinterzukommen, ob es eigentlich als Kompliment gemeint war.

Zweitens, um meinen Geburtstag zu feiern. Wiederum Zurufe. *Eigentlich sollte ich sagen: UNSEREN Geburtstag. Denn es ist natürlich auch der Geburtstag meines Erben und Neffen Frodo. Heute wird er mündig und tritt sein Erbe an.* Flüchtiges Klatschen seitens der Älteren und einige laute Rufe:»Frodo! Frodo! Braver alter Frodo!« seitens der Jüngeren. Die Sackheim-Beutlins runzelten die Stirn und fragten sich, was »tritt sein Erbe an« wohl bedeuten sollte.

Zusammen sind wir hundertvierundvierzig Jahre alt. Die Zahl der Tischgenossen sollte dieser bemerkenswerten Gesamtsumme entsprechen: Ein Gros, wenn ich den Ausdruck gebrauchen darf. Kein Beifall. Das war ja lächerlich. Viele der Gäste, und besonders die Sackheim-Beutlins, waren beleidigt, denn sie hatten das Gefühl, nur eingeladen worden zu sein, um die erforderliche Zahl voll zu machen, wie Waren in einer Pakkung. »Ein Gros! Nein, so was. Ein gewöhnlicher Ausdruck.«

Außerdem ist es, wenn ich die alte Geschichte erwähnen darf, der Jahrestag meiner Ankunft mit dem Faß in Esgaroth am Langen See; obwohl ich die Tatsache, daß es mein Geburtstag war, damals übersehen hatte. Ich wurde nämlich erst einundfünfzig, und in diesem Alter sind Geburtstage noch nicht so wichtig. Das Bankett allerdings war großartig, obwohl ich zu der Zeit eine böse Erkältung hatte, wie ich mich erinnere, und nur »vülen Donk« sagen konnte. Heute kann ich es ganz richtig wiederholen: Vielen Dank, daß ihr zu meinem kleinen Fest gekommen seid. Beharrliches Schweigen. Alle fürchteten, daß ihnen nun ein Lied oder irgendein Gedicht bevorstünde; und allmählich hatten sie sowieso genug. Warum konnte er nicht aufhören und sie auf sein Wohl trinken lassen? Aber Bilbo sang nicht, noch kam ein Gedicht. Er hielt einen Augenblick inne.

Drittens und letztens, sagte er, *möchte ich etwas KUNDTUN.* Dieses Wort sprach er so laut und betont aus, daß jeder, so er noch konnte, sich aufsetzte. *Ich bedaure kundtun zu müssen, daß dies — auch wenn ich gesagt habe, einundelfzig Jahre in eurer Mitte seien eine viel zu kurze Zeit — das ENDE ist. Ich gehe nun. Ich verlasse euch JETZT. LEBT WOHL!*

Er stieg vom Stuhl und verschwand. Es gab einen blendenden Blitz, und alle Gäste kniffen die Augen zu. Als sie sie wieder aufmachten, war Bilbo nirgends zu sehen. Hundertvierundvierzig verblüffte Hobbits saßen sprachlos da. Der alte Odo Stolzfuß nahm seine Füße vom Tisch und stampfte auf. Dann trat Totenstille ein, bis plötzlich nach tiefem Atemholen alle Beutlins, Boffins, Tuks, Brandybocks, Grubers, Pausbackens, Lochners, Bolgers, Straffgürtels, Dachsbaus, Gutleibs, Hornbläsers und Stolzfußens auf einmal zu reden begannen.

Alle waren sich darüber einig, daß der Scherz von sehr schlechtem Geschmack zeugte und mehr Essen und Trinken nötig seien, um die Gäste über den Schreck und Verdruß hinwegzubringen. »Er ist verrückt, das habe ich ja immer gesagt« war vermutlich die häufigste Erklärung. Sogar die Tuks (mit wenigen Ausnahmen) fanden Bilbos Verhalten unsinnig. Im Augenblick hielten die meisten sein Verschwinden selbstverständlich für nicht mehr als einen lächerlichen Streich.

Aber der alte Rorig Brandybock war nicht so sicher. Weder das Alter noch ein gewaltiges Abendessen hatten seinen Verstand benebelt, und er sagte zu seiner Schwiegertochter Esmeralda: »Da ist irgend etwas faul, meine Liebe! Ich glaube, der verrückte Beutlin ist wieder auf und davon. Alberner alter Narr. Aber warum sollen wir uns darüber Gedanken machen? Die Weinbuddeln hat er ja nicht mitgenommen.« Laut rief er zu Frodo hinüber, er möge den Wein noch einmal kreisen lassen.

Frodo war der einzige der Anwesenden, der nichts gesagt hatte. Eine Zeitlang hatte er schweigend neben Bilbos leerem Stuhl gesessen und alle Bemerkungen und Fragen geflissentlich überhört. Natürlich hatte er den Spaß genossen, obwohl er vorher eingeweiht worden war. Nur mit Mühe konnte er sich davon zurückhalten, über die empörte Überraschung der Gäste zu lachen. Aber gleichzeitig war er zutiefst betrübt: ihm wurde plötzlich klar, daß er den alten Hobbit herzlich gern hatte. Die Mehrzahl der Gäste ließ sich Essen und Trinken weiterhin schmecken und ereiferte sich über Bilbo Beutlins vergangene und gegenwärtige Absonderlichkeiten; nur die Sackheim-Beutlins waren schon voll Zorn gegangen. Auch Frodo hatte genug von der Gesellschaft. Er ließ neuen Wein kommen; dann stand er auf, leerte sein Glas still für sich auf Bilbos Wohl und stahl sich von dannen.

Was Bilbo Beutlin betrifft, so hatte er schon während seiner Rede mit dem goldenen Ring in der Tasche gespielt: seinem Zauberring, den er so viele Jahre geheimgehalten hatte. Als er hinunterging, ließ er ihn auf seinen Finger gleiten und ward von keinem Hobbit in Hobbingen jemals wieder gesehen.

Er ging rasch zu seiner Höhle, blieb einen Augenblick draußen stehen und lauschte lächelnd dem Getöse, das aus dem Zelt und von den sonstigen Lustbarkeiten auf dem Feld zu ihm herüberdrang. Dann ging er hinein. Er zog seine Festkleidung aus, faltete seine gestickte seidene Weste zusammen, schlug sie in Seidenpapier ein und legte sie weg. Geschwind zog er ein paar derbe alte Sachen an und schnallte sich einen abgetragenen Ledergürtel um. Daran hängte er ein kurzes Schwert in einer Scheide aus schwarzem Leder. Aus einer abgeschlossenen, nach Mottenkugeln duftenden Schublade nahm er einen alten Mantel und eine Kapuze. Sie waren weggeschlossen gewesen, als ob sie sehr kostbar seien, aber sie waren so geflickt und von Wind und Wetter mitgenommen, daß man ihre ursprüngliche Farbe kaum noch erraten konnte: es mochte ein dunkles Grün gewesen sein. Eigentlich waren sie ihm zu groß. Dann ging er in sein Arbeitszimmer und holte aus einer großen Geldkassette ein in alte Lappen gewickeltes Bündel und ein in Leder gebundenes Manuskript; und auch einen dicken Briefumschlag. Buch und Bündel stopfte er obenauf in einen schweren Beutel, der dort stand und schon fast voll war. In den Umschlag ließ er den goldenen Ring mit dem Kettchen gleiten, dann versiegelte er ihn und adressierte ihn an Frodo. Zuerst stellte er ihn auf den Kaminsims, aber plötzlich nahm er ihn und steckte ihn in die Tasche. In diesem Augenblick öffnete sich die Tür, und Gandalf trat rasch ein.

»Hallo!« sagte Bilbo. »Ich fragte mich schon, ob du wohl noch auftauchen würdest.«

»Ich freue mich, dich sichtbar vorzufinden«, erwiderte der Zauberer und setzte sich auf einen Stuhl. »Ich wollte dich gern noch sehen und ein paar letzte Worte mit dir reden. Du findest wahrscheinlich, daß alles herrlich und dem Plan entsprechend vonstatten gegangen ist?«

»Ja, sicher«, sagte Bilbo. »Obwohl dieser Blitz überraschend war: mich hat er erschreckt, ganz zu schweigen von den anderen. Ein kleiner Beitrag von dir, nehme ich an?«

»So ist es. All die Jahre hast du klugerweise den Ring geheimgehalten, und es schien mir erforderlich, deinen Gästen etwas anderes zu bieten, das dein plötzliches Verschwinden vielleicht erklären könnte.«

»Und mir meinen Spaß verderben würde. Du bist ein gräßlicher alter Wichtigtuer«, lachte Bilbo. »Aber wie gewöhnlich wirst du es wohl am besten wissen.«

»Allerdings – wenn ich überhaupt etwas weiß. Aber bei dieser ganzen Angelegenheit bin ich nicht so sicher. Sie hat jetzt den Schlußpunkt erreicht. Du hast deinen Spaß gehabt und die Mehrzahl deiner Verwandten erschreckt oder beleidigt und dem ganzen Auenland Gesprächsstoff für neun oder höchstwahrscheinlich neunundneunzig Tage geliefert. Hast du noch mehr vor?«

»Ja. Ich habe das Gefühl, ich brauche Ferien, sehr lange Ferien, wie ich dir schon früher gesagt habe. Wahrscheinlich Dauerferien: ich glaube nicht, daß ich zurückkommen werde. Ich habe wirklich nicht vor, wieder herzukommen, und habe deshalb alle Vorkehrungen dafür getroffen. Ich bin alt, Gandalf. Man sieht es mir nicht an, aber im tiefsten Herzensgrunde fühle ich mich allmählich alt. *Noch gut aussehend,* in der Tat!« schnaubte er. »Doch komme ich mir ganz dünn vor, gewissermaßen *ausgemergelt,* wenn du weißt, was ich meine: wie Butter, die auf zu viel Brot verstrichen wurde. Das kann doch nicht richtig sein. Ich brauche eine Veränderung oder dergleichen.«

Gandalf sah ihn forschend und aufmerksam an. »Nein«, meinte er nachdenklich, »das scheint wirklich nicht in Ordnung zu sein. Ich glaube auch, daß dein Plan wahrscheinlich der beste ist.«

»Ich bin auf jeden Fall fest entschlossen. Ich will wieder Berge sehen, Gandalf – *Berge;* und dann irgendeinen Ort finden, wo ich *ruhen* kann. In Frieden und Stille, ohne eine Menge neugieriger Verwandte und eine Schar verflixter Besucher, die sich gegenseitig die Klinke in die Hand geben. Vielleicht finde ich irgendeinen Ort, wo ich mein Buch fertigschreiben kann. Ich habe mir einen hübschen Schluß dafür ausgedacht: *und dann lebte er vergnügt bis ans Ende seiner Tage.*«

Gandalf lachte. »Das wird er hoffentlich. Aber niemand wird das Buch lesen, wie immer der Schluß auch sein mag.«

»Oh, vielleicht doch, in späteren Jahren. Frodo hat es schon gelesen, so weit es bis jetzt geht. Du wirst ein Auge auf Frodo haben, nicht wahr?«

»Ja, das werde ich – zwei Augen, sooft ich sie entbehren kann.«

»Natürlich würde er mit mir kommen, wenn ich ihn darum bäte. Er hat es mir sogar selbst vorgeschlagen, kurz vor dem Fest. Aber in Wirklichkeit will er nicht, noch nicht. Ich möchte gern wieder das wüste Land sehen, ehe ich sterbe, und das Gebirge; er aber hängt noch immer am Auenland mit seinen Wäldern und Feldern und kleinen Flüssen. Er sollte sich hier wohlfühlen. Ich hinterlasse ihm natürlich alles mit Ausnahme von ein paar Kleinigkeiten. Er wird hier hoffentlich glücklich sein, wenn er sich daran gewöhnt hat, auf eigenen Füßen zu stehen. Es ist jetzt Zeit, daß er sein eigener Herr wird.«

»Alles?« fragte Gandalf. »Auch den Ring? Du warst einverstanden gewesen, erinnerst du dich?«

»Nun, hm, ja, ich glaube schon«, stammelte Bilbo.

»Wo ist er?«

»In einem Umschlag, wenn du es unbedingt wissen mußt«, sagte Bilbo ungeduldig. »Da, auf dem Kaminsims. Ach nein, hier in meiner Tasche.« Er zögerte. »Ist das nicht seltsam?« sagte er leise zu sich. »Ja, warum eigentlich nicht? Warum sollte er nicht hierbleiben?«

Gandalf sah Bilbo wieder sehr scharf an, und seine Augen funkelten. »Ich meine, Bilbo«, sagte er ruhig, »an deiner Stelle würde ich ihn zurücklassen. Willst du es nicht?«

»Nun ja – und nein. Jetzt, da es so weit ist, mag ich ihn ganz und gar nicht hergeben, das muß ich schon sagen. Und ich sehe auch nicht ein, warum ich es sollte? Warum willst du es unbedingt?« fragte er, und seine Stimme klang merkwürdig verändert. Sie war scharf vor Mißtrauen und Ärger. »Dauernd quälst du mich wegen meines Ringes; aber wegen der anderen Dinge, die ich auf meiner Fahrt bekommen habe, hast du mir niemals so zugesetzt.«

»Nein, aber ich mußte dich quälen«, antwortete Gandalf. »Ich wollte die Wahrheit wissen. Es war wichtig. Zauberringe sind – nun ja, eben Zauberringe; sie sind selten und sonderbar. Ich war beruflich an deinem Ring interessiert, könnte man sagen; und ich bin es noch. Ich möchte gern wissen, wo er ist, wenn du wieder auf Wanderschaft gehst. Außerdem meine ich, daß *du* ihn lange genug gehabt hast. Du wirst ihn nicht mehr brauchen, Bilbo, wenn ich mich nicht sehr irre.«

Bilbo lief rot an, und seine Augen blitzten zornig. Sein freundliches Gesicht wurde hart. »Warum nicht?« rief er. »Und was geht es dich überhaupt an, was ich mit meinen Sachen mache? Er gehört mir. Ich habe ihn gefunden. Er ist zu mir gekommen.«

»Ja, ja«, sagte Gandalf. »Aber deswegen brauchst du nicht zornig zu werden.«

»Wenn ich es bin, ist es deine Schuld. Es ist meiner, sage ich dir. Mein Eigen. Mein Schatz. Ja, mein Schatz.«

Das Gesicht des Zauberers blieb ernst und aufmerksam, und nur ein Flackern in seinen tiefliegenden Augen verriet, daß er bestürzt und sogar beunruhigt war. »So ist der Ring schon früher genannt worden«, sagte er, »doch nicht von dir«.

»Aber jetzt sage ich es. Und warum auch nicht? Selbst wenn Gollum einmal dasselbe gesagt hat. Jetzt gehört er nicht ihm, sondern mir. Und ich werde ihn behalten.«

Gandalf erhob sich. Er sprach streng. »Du bist ein Narr, wenn du ihn behältst, Bilbo. Mit jedem Wort, das du sagst, machst du es deutlicher. Der Ring hat schon viel zu viel Macht über dich. Gib ihn auf! Und dann kannst du gehen und bist frei.«

»Ich werde selbst bestimmen, was ich tue, und gehen, wie es mir beliebt«, erwiderte Bilbo dickköpfig.

»Nun, nun, mein lieber Hobbit«, beschwichtigte ihn Gandalf. »Dein ganzes Leben lang waren wir Freunde, und du verdankst mir einiges. Komm! Tu, was du versprochen hast: gib ihn auf!«

»Wenn du meinen Ring selbst haben willst, dann sage es doch!« rief Bilbo. »Aber du bekommst ihn nicht. Ich will meinen Schatz nicht hergeben. Das sage ich dir.« Seine Hand verirrte sich zum Heft seines kleinen Schwerts.

Gandalfs Augen funkelten. »Jetzt bin bald ich an der Reihe, zornig zu werden«, sagte er. »Wenn du das noch einmal sagst, ist es soweit. Dann wirst du Gandalf den Grauen unverhüllt sehen.« Er machte einen Schritt auf den Hobbit zu und schien groß und bedrohlich zu werden, sein Schatten erfüllte den kleinen Raum.

Bilbo wich zurück und stellte sich mit dem Rücken an die Wand; er atmete schwer, und seine Hand umklammerte die Tasche. Sie standen sich eine Weile gegenüber, die Luft im Raum prickelte. Gandalf ließ den Hobbit nicht aus den Augen. Langsam entspannten sich Bilbos Hände, und er begann zu zittern.

»Ich weiß nicht, was über dich gekommen ist, Gandalf«, sagte er. »So bist du doch niemals gewesen. Was soll das Ganze? Es ist meiner, nicht wahr? Ich habe ihn gefunden, und Gollum hätte mich getötet, wenn ich ihn nicht behalten hätte. Ich bin kein Dieb, was immer er auch gesagt hat.«

»Das habe ich niemals von dir behauptet«, antwortete Gandalf. »Und auch ich bin kein Dieb. Ich will dich nicht berauben, sondern dir helfen. Ich wollte, du würdest mir vertrauen wie früher.« Er wandte sich ab, und der Schatten verschwand. Er schien wieder zusammenzuschrumpfen zu einem alten grauen Mann, gebeugt und besorgt.

Bilbo fuhr sich mit der Hand über die Augen. »Entschuldige«, sagte er. »Aber mir war so sonderbar zumute. Und doch würde es eine Erleichterung sein, nichts mehr mit ihm zu tun zu haben. In letzter Zeit hat er mich richtig bedrückt. Manchmal hatte ich das Gefühl, er sei wie ein Auge, das mich anschaute. Und dauernd habe ich den Wunsch, ihn aufzustreifen und zu verschwinden, weißt du. Oder ich mache mir Gedanken, ob er heil ist, und hole ihn heraus, um mich zu vergewissern. Ich hatte versucht, ihn wegzuschließen, aber dann stellte ich fest, daß ich keine Ruhe fand, wenn ich ihn nicht in der Tasche hatte. Ich weiß nicht, warum. Und es scheint, als könnte ich mich zu nichts entschließen.«

»Dann vertraue mir. Meine Meinung steht fest. Geh fort und laß ihn zurück. Hör auf, ihn zu besitzen. Gib ihn Frodo, und um Frodo werde ich mich kümmern.«

Bilbo stand einen Augenblick starr und unentschlossen da. Plötzlich seufzte er. »Na schön«, sagte er. »Ich bin einverstanden.« Dann zuckte er die Schultern und lächelte etwas wehmütig. »Schließlich war das ja der Zweck des ganzen Festes: eine Menge Geburtstagsgeschenke zu machen und es dadurch irgendwie zu erleichtern, gleichzeitig auch ihn wegzugeben.

Zwar ist es dadurch doch nicht leichter geworden, aber immerhin wäre es schade, wenn alle meine Vorbereitungen umsonst gewesen wären. Es würde den Scherz ziemlich verderben.«

»Es würde in der Tat den einzigen Sinn nehmen, den ich bei der ganzen Angelegenheit erkennen konnte«, sagte Gandalf.

»Na gut, er geht mit allem anderen an Frodo.« Bilbo holte tief Luft. »Und jetzt muß ich mich wirklich auf den Weg machen, sonst erwischt mich hier noch jemand. Ich habe Lebewohl gesagt und könnte es nicht ertragen, es noch einmal zu tun.« Er nahm seinen Beutel und ging zur Tür.

»Du hast ja den Ring immer noch in der Tasche!« sagte der Zauberer.

»Ist das die Möglichkeit!« rief Bilbo. »Und mein Testament und alle anderen Dokumente auch. Am besten nimmst du den Umschlag und lieferst ihn für mich ab. Das ist das Sicherste.«

»Nein, gib den Ring nicht mir«, erwiderte Gandalf. »Lege den Umschlag dort auf den Kaminsims. Da ist er sicher genug, bis Frodo kommt. Ich werde hier auf ihn warten.«

Bilbo zog den Umschlag heraus, aber gerade, als er ihn neben die Uhr stellen wollte, zuckte seine Hand zurück, und das Päckchen fiel auf den Boden. Ehe er es aufheben konnte, hatte sich der Zauberer gebückt und es auf den Kamin gelegt. In einem Anflug von Zorn verdüsterte sich das Gesicht des Hobbits. Aber dann sah er plötzlich erleichtert aus und lachte.

»So, das wär's«, sagte er. »Nun fort mit mir!«

Sie gingen hinaus in die Halle. Bilbo suchte sich aus dem Schirmständer seinen Lieblingsstock heraus; dann pfiff er. Drei Zwerge kamen aus verschiedenen Räumen, wo sie beschäftigt gewesen waren.

»Ist alles fertig?« fragte Bilbo. »Alles gepackt und beschriftet?«

»Alles«, antworteten sie.

»So, dann wollen wir aufbrechen!« Er ging zur Tür hinaus.

Es war eine herrliche Nacht, und der dunkle Himmel war mit Sternen übersät. Bilbo schaute hinauf und schnupperte in der Luft. »Was für ein Spaß! Was für ein Spaß, wieder loszugehen, unterwegs zu sein mit Zwergen! Das ist es, wonach ich mich seit Jahren wahrhaftig gesehnt habe.« Er blickte auf sein altes Heim und verneigte sich vor der Tür. »Lebt wohl!« sagte er. »Leb wohl, Gandalf.«

»Leb wohl einstweilen, Bilbo. Gib gut auf dich acht! Du bist alt genug und vielleicht weise genug.«

»Achtgeben! Ich gebe nicht acht. Mach dir nur keine Sorgen um mich! Ich bin jetzt so glücklich, wie ich es nur jemals war, und das will sehr viel heißen. Aber nun ist es soweit. Endlich habe ich den richtigen Anlauf genommen.« Und mit leiser Stimme, wie für sich selbst, sang er im Dunkeln:

Die Straße gleitet fort und fort,
Weg von der Tür, wo sie begann,
Weit überland, von Ort zu Ort,
Ich folge ihr, so gut ich kann.
Ihr lauf ich raschen Fußes nach,
Bis sie sich groß und breit verflicht
Mit Weg und Wagnis tausendfach.
Und wohin dann? Ich weiß es nicht.

Er hielt für einen Augenblick inne. Dann wandte er sich wortlos ab von den Lichtern und den Stimmen auf dem Feld und in den Zelten und ging, gefolgt von seinen drei Gefährten, hinüber in seinen Garten und trottete den langen, abschüssigen Pfad hinunter. Unten sprang er an einer niedrigen Stelle über die Hecke, schlug sich in die Wiesen und verschwand in der Nacht wie ein Rascheln des Windes im Grase.

Gandalf blieb noch eine Weile stehen und blickte ihm in der Dunkelheit nach. »Leb wohl, mein lieber Bilbo – bis zu unserm nächsten Treffen!« sagte er leise und ging hinein.

Kurz danach kam Frodo und fand Gandalf im Dunkeln sitzend, tief in Gedanken. »Ist er fort?« fragte er.

»Ja«, antwortete Gandalf. »Nun ist er fort.«

»Ich wünschte – ich meine, ich hatte bis heute abend gehofft, es sei nur ein Scherz«, sagte Frodo. »Aber im Grunde meines Herzens wußte ich, daß er wirklich vorhatte, wegzugehen. Über ernste Dinge pflegte er immer zu scherzen. Ich wünschte, ich wäre früher hergekommen, um mich noch von ihm zu verabschieden.«

»Ihm war es wohl lieber, denke ich, in aller Stille zu verschwinden«, meinte Gandalf. »Mach dir nicht zu viel Sorgen. Er wird wohlauf sein – jetzt. Er hat ein Päckchen für dich dagelassen. Dort liegt es!«

Frodo nahm den Briefumschlag vom Kaminsims und warf einen Blick darauf, öffnete ihn aber nicht.

»Du wirst wohl sein Testament und all die anderen Dokumente darin finden«, sagte der Zauberer. »Jetzt bist du der Herr von Beutelsend. Und außerdem wirst du, vermute ich, einen goldenen Ring finden.«

»Den Ring!« rief Frodo. »Hat er mir den dagelassen? Ich frage mich, warum. Immerhin, er mag nützlich sein.«

»Mag sein, und mag nicht sein«, antwortete Gandalf. »Ich würde keinen Gebrauch von ihm machen, wenn ich du wäre. Aber halte ihn geheim, und bewahre ihn gut! So, ich gehe jetzt ins Bett.«

Als Herr von Beutelsend empfand Frodo es als seine lästige Pflicht, sich von den Gästen zu verabschieden. Gerüchte von merkwürdigen Ereignissen hatten sich mittlerweile auf dem gesamten Feld verbreitet, aber Frodo wollte nichts sagen als: *Gewiß wird sich morgen alles aufklären.* Gegen Mitternacht kamen die Kutschen für die besseren Herrschaften. Eine nach der anderen rollten sie davon, mit satten, aber sehr unbefriedigten Hobbits. Wie verabredet, erschienen dann Gärtner und schafften mit Schubkarren jene weg, die versehentlich zurückgeblieben waren.

Langsam verstrich die Nacht. Die Sonne ging auf. Die Hobbits erhoben sich erheblich später. Der Vormittag zog sich hin. Leute kamen und begannen (auftragsgemäß) die Zelte abzubauen, Tische und Stühle, Löffel und Messer, Flaschen und Teller, die Laternen und die blühenden Sträucher in Kübeln, die Krümel und das Papier der Knallbonbons, die vergessenen Handtaschen, Handschuhe und Taschentücher und die nicht aufgegessenen Leckerbissen (ein sehr unbedeutender Posten) wegzuräumen. Dann kam eine Reihe von Leuten (ohne Auftrag): Beutlins und Boffins und Tuks und andere Gäste, die in der Nähe wohnten oder übernachtet hatten. Um die Mittagszeit, als selbst jene, die am meisten gegessen hatten, wieder auf den Beinen waren, hatte sich eine große Volksmenge in Beutelsend eingefunden, uneingeladen, aber nicht unerwartet.

Frodo empfing sie an der Tür; er lächelte, sah aber ziemlich müde und bekümmert aus. Er begrüßte die Besucher, doch konnte er ihnen nicht viel mehr sagen als am Vorabend. Auf alle Fragen antwortete er einfach: »Herr Bilbo Beutlin ist abgereist; soviel ich weiß, für immer.« Manche Besucher forderte er auf, näherzutreten, weil Bilbo »Botschaften« für sie hinterlassen hatte.

Drinnen in der Halle türmten sich alle möglichen Pakete und Päckchen und kleinere Möbelstücke. An jedem war ein Zettel befestigt. Verschiedene lauteten etwa derart:

Für Adelard Tuk zum BEHALTEN von Bilbo; an einem Regenschirm. Adelard hatte viele mitgenommen, die ihm nicht zugedacht waren.

Für DORA BEUTLIN zur Erinnerung an eine LANGE Korrespondenz in Liebe von Bilbo; an einem großen Papierkorb. Dora war Drogos Schwester und die älteste überlebende Verwandte von Bilbo und Frodo; sie war neunundneunzig und hatte seit einem halben Jahrhundert ganze Bände von guten Ratschlägen geschrieben.

Für MILO LOCHNER in der Hoffnung, daß es nützlich sein wird, von B.B.; an einer goldenen Feder und einem Tintenfaß. Milo hatte niemals Briefe beantwortet.

Für ANGELIKA zum täglichen Gebrauch von Onkel Bilbo; an einem runden, konvexen Spiegel. Sie war eine junge Beutlin und fand ihr Gesicht offenbar allzu wohlgestalt.

Für die Sammlung von HUGO STRAFFGÜRTEL von einem Spender; an einem (leeren) Bücherregel. Hugo war groß im Bücherborgen und mit dem Zurückgeben noch saumseliger als üblich.

Für LOBELIA SACKHEIM-BEUTLIN als GESCHENK; an einem Etui mit silbernen Löffeln. Bilbo glaubte, daß sie sich während einer seiner früheren Fahrten eine ganze Anzahl seiner Löffel angeeignet hatte. Lobelia wußte das ganz genau. Als sie etwas später an jenem Tage kam, begriff sie sofort, was gemeint war, aber die Löffel nahm sie.

Das ist nur eine kleine Auswahl der Geschenke, die vorbereitet worden waren. In Bilbos Behausung hatten sich im Laufe seines langen Lebens allerhand Dinge angesammelt. Hobbithöhlen waren im allgemeinen mit Dingen vollgestopft: die Sitte, so viele Geburtstagsgeschenke zu machen, war weitgehend daran schuld. Natürlich waren die Geburtstagsgeschenke keineswegs immer *neu;* es gab ein oder zwei alte *Mathoms,* die im ganzen Bezirk von Hand zu Hand gingen, obwohl ihr Verwendungszweck längst vergessen war; Bilbo dagegen hatte gewöhnlich neue Geschenke gemacht und die, die er erhielt, behalten. Jetzt wurde in der alten Höhle ein wenig Luft geschaffen.

Jedes einzelne der zahlreichen Abschiedsgeschenke war mit einem von Bilbo eigenhändig geschriebenen Zettel versehen, von denen mehrere eine Anspielung oder einen Scherz erhielten. Aber natürlich wurden die meisten Dinge dorthin gegeben, wo sie am dringendsten gebraucht wurden und willkommen waren. Die ärmeren Hobbits, besonders jene im Beutelhaldenweg, kamen sehr gut weg. Der Ohm Gamdschie erhielt zwei Sack Kartoffeln, einen neuen Spaten, eine Wollweste und ein Einreibemittel für knirschende Gelenke. Als Gegengabe für reichlich gewährte Gastfreundschaft bekam der alte Rorig Brandybock ein Dutzend Flaschen »Alter Wingert«: ein kräftiger Rotwein aus dem Südviertel und jetzt ganz schön abgelagert, denn Bilbos Vater hatte ihn schon eingekellert. Nachdem Rorig die erste Flasche getrunken hatte, verzieh er Bilbo und nannte ihn einen Prachtskerl.

Für Frodo war von allem noch reichlich genug da. Und natürlich blieben die eigentlichen Schätze und auch die Bücher, Bilder und mehr Möbel, als er brauchte, in seinem Besitz. Indes war überhaupt nicht die Rede von Geld oder Schmuck: nicht ein Pfennig und nicht eine Glasperle wurden verschenkt.

Frodo hatte eine sehr mißliche Zeit an diesem Nachmittag. Ein falsches Gerücht, daß der ganze Haushalt aufgelöst und alles verschenkt würde, hatte sich wie ein Lauffeuer verbreitet; und es dauerte nicht lange, da wimmelte das Anwesen von Leuten, die hier nichts zu suchen hatten, aber nicht ferngehalten werden konnten. Zettel wurden abgerissen und durcheinandergebracht, und Zank und Streit brach aus. In der Halle versuchten manche Leute, einen schwunghaften Tauschhandel aufzuziehen; und andere wieder wollten sich mit kleineren Gegenständen, die ihnen nicht zugedacht waren oder unerwünscht oder unbewacht zu sein schienen, heimlich davonstehlen. Der Weg zum Tor war mit Schubkarren und Handwagen verstopft.

Inmitten dieses Tohuwabohus erschienen die Sackheim-Beutlins. Frodo hatte sich einen Augenblick zurückgezogen und seinen Freund Merry Brandybock gebeten, ein Auge auf alles zu haben. Als Otho lauthals nach Frodo verlangte, verbeugte sich Merry höflich.

»Es paßt ihm nicht«, sagte er. »Er ruht sich aus.«

»Versteckt sich, meinst du«, sagte Lobelia. »Jedenfalls wünschen wir ihn zu sehen und gedenken ihn zu sehen. Geh' nun und sage ihm das!«

Merry ließ sie eine ganze Weile in der Halle warten, und sie hatten Zeit genug, ihr Abschiedspäckchen mit den Löffeln zu entdecken. Das besserte ihre Laune nicht gerade. Schließlich wurden sie ins Arbeitszimmer gebeten. Frodo saß an einem Tisch und hatte eine Menge Papiere vor sich liegen. Man sah ihm deutlich an, daß es ihm nicht gerade paßte, die Sackheim-Beutlins zu sehen; und er stand auf und spielte mit irgend etwas in seiner Tasche. Aber er sprach sehr höflich.

Die Sackheim-Beutlins waren ziemlich angriffslustig. Sie begannen damit, daß sie ihm für verschiedene wertvolle und nicht mit Zetteln gekennzeichnete Dinge, die sie ihm abkaufen wollten, schlechte Preise boten (wie unter Freunden). Als Frodo erwiderte, daß nur die von Bilbo ausdrücklich bezeichneten Sachen weggegeben würden, erklärten sie, die ganze Geschichte sei sehr verdächtig.

»Nur eins ist mir klar«, sagte Otho, »und zwar, daß du außerordentlich gut dabei weggekommen bist. Ich bestehe darauf, das Testament einzusehen.«

Ohne Frodos Adoption wäre Otho Bilbos Erbe gewesen. Jetzt las er das Testament sorgfältig durch und schnaubte wütend. Es war leider sehr klar und korrekt aufgesetzt (entsprechend den Rechtsbräuchen der Hobbits, die unter anderem sieben Zeugenunterschriften in roter Tinte verlangten).

»Wieder haben wir das Nachsehen!« sagte er zu seiner Frau. »Und das, nachdem wir *sechzig* Jahre gewartet haben. Löffel? So ein Plunder!« Er warf Frodo einen vernichtenden Blick zu und stampfte von dannen. Aber Lobelia war nicht so leicht abzuschütteln. Etwas später kam Frodo aus dem Arbeitszimmer, um zu sehen, wie die Dinge stünden, und da war sie immer noch da, stöberte in allen Ecken und Winkeln herum und klopfte den Fußboden ab. Er geleitete sie entschlossen zum Tor, nachdem er sie um verschiedene kleine (aber ziemlich wertvolle) Gegenstände erleichtert hatte, die irgendwie in ihren Regenschirm hineingefallen waren. Ihr Gesicht sah aus, als ob sie krampfhaft über eine wirklich niederschmetternde Abschiedsbemerkung nachdenke; aber alles, was ihr einfiel, als sie sich auf der Schwelle umdrehte, war:

»Du wirst es noch bereuen, junger Freund! Warum bist du nicht auch gegangen? Du gehörst nicht hierher; du bist kein Beutlin – du – du bist ein Brandybock!«

»Hast du das gehört, Merry? Das war eine Beleidigung, wenn man so will«, sagte Frodo, als er die Tür hinter ihr schloß.

»Das war ein Kompliment«, meinte Merry Brandybock, »und darum natürlich nicht wahr.«

Dann gingen sie um die Höhle herum und warfen drei junge Hobbits hinaus (zwei Boffins und einen Bolger), die Löcher in eine Kellerwand geschlagen hatten. Auch hatte Frodo einen Strauß mit dem jungen Sancho Stolzfuß (dem Enkel des alten Odo Stolzfuß), der eine Ausgrabung in der größeren Speisekammer in Angriff genommen hatte, weil er dort ein Echo entdeckt zu haben glaubte. Die Legende von Bilbos Gold weckte sowohl Neugier als Hoffnung; denn legendäres Gold (auf geheimnisvolle Weise, wenn nicht gar unrechtmäßig erworben) gehört, wie jedermann weiß, demjenigen, der es findet – sofern er bei der Suche nicht gestört wird.

Nachdem er Sancho überwältigt und hinausbefördert hatte, sank Frodo auf einen Stuhl in der Halle. »Es ist Zeit, den Laden dicht zu machen, Merry«, sagte er. »Verriegele die Tür und laß niemanden mehr herein, und wenn sie mit einem Sturmbock kämen.« Dann ging er, um sich mit einer verspäteten Tasse Tee zu erfrischen.

Kaum hatte er sich hingesetzt, da klopfte es leise an der Tür. »Höchstwahrscheinlich wieder Lobelia«, dachte er. »Sie muß sich etwas ganz besonders Boshaftes ausgedacht haben und zurückgekommen sein, um es zu sagen. Das kann warten.«

Er blieb bei seinem Tee sitzen. Es wurde wieder geklopft, jetzt viel lauter, aber er kümmerte sich nicht drum. Plötzlich erschien der Kopf des Zauberers am Fenster.

»Wenn du mich nicht hereinläßt, Frodo, dann blase ich dir deine Tür durch die ganze Höhle, daß sie am anderen Ende vom Bühl wieder herauskommt«, sagte er.

»Mein lieber Gandalf! Eine halbe Minute!« rief Frodo und lief aus dem Zimmer zur Tür. »Komm herein! Komm herein! Ich dachte, es wäre Lobelia.«

»Dann sei dir verziehen. Ich habe sie vorhin in einem Pony-Zweisitzer nach Wasserau fahren sehen mit einem Gesicht, das frische Milch hätte gerinnen lassen.«

»Auch mir hat sie schon fast das Blut zum Gerinnen gebracht. Ehrlich, fast hätte ich Bilbos Ring ausprobiert. Ich hatte große Lust zu verschwinden.«

»Tu das ja nicht«, sagte Gandalf und setzte sich hin. »Sei vorsichtig mit dem Ring, Frodo! Tatsächlich bin ich teilweise deshalb gekommen, um dir ein letztes Wort darüber zu sagen.«

»Und das wäre?«

»Was weißt du bereits?«

»Nur, was mir Bilbo erzählte. Ich habe seine Darstellung gehört: wie er ihn fand und wie er ihn benutzte: auf seiner Fahrt, meine ich.«

»Welche Darstellung, möchte ich wissen«, sagte Gandalf.

»Oh, nicht die, die er den Zwergen erzählt und in seinem Buch berichtet hat«, erklärte Frodo. »Kurz nachdem ich zu ihm gezogen bin, hat er mir die wahre Begebenheit erzählt. Er sagte, du habest ihm so zugesetzt, bis er sie dir erzählte, und deshalb solle ich sie besser auch wissen. ›Keine Geheimnisse zwischen uns, Frodo‹, hat er gesagt, ›aber sie dürfen nicht weitererzählt werden. Jedenfalls gehört er mir‹.«

»Das ist interessant«, sagte Gandalf. »Und was hast du dir bei alledem gedacht?«

»Wenn du den ganzen Schwindel mit dem ›Geschenk‹ meinst, na, da kommt mir die wahre Darstellung sehr viel wahrscheinlicher vor, und ich verstehe wirklich nicht, warum er sich überhaupt eine andere ausgedacht hat. Es sah Bilbo gar nicht ähnlich, so etwas zu tun; ich fand es sehr merkwürdig.«

»Ich auch. Aber Leuten, die solche Schätze haben — und wenn sie sie benutzen — widerfahren nun einmal merkwürdige Dinge. Laß es dir eine

Warnung sein, sehr vorsichtig mit ihm umzugehen. Er mag noch andere Kräfte besitzen, als dich lediglich unsichtbar zu machen, wenn du gern möchtest.«

»Das verstehe ich nicht«, sagte Frodo.

»Ich auch nicht«, antwortete der Zauberer. »Ich fange gerade erst an, mir über den Ring Gedanken zu machen, besonders seit gestern abend. Kein Grund zur Sorge. Aber wenn ich dir einen Rat geben darf, benutze ihn sehr selten, wenn überhaupt. Zumindest bitte ich dich, ihn nicht in irgendeiner Weise zu verwenden, die Anlaß zu Gerede gibt oder Verdacht erweckt. Ich wiederhole: bewahre ihn gut und halte ihn geheim.

»Du bist sehr geheimnisvoll. Was befürchtest du eigentlich?«

»Ich bin noch nicht sicher, deshalb will ich jetzt nicht mehr darüber sagen. Vielleicht kann ich dir etwas erzählen, wenn ich wiederkomme. Ich mache mich sofort auf den Weg; deshalb lebe wohl einstweilen.« Er stand auf.

»Sofort?« rief Frodo. »Ich hatte geglaubt, du würdest mindestens noch eine Woche bleiben. Ich hatte darauf gerechnet, daß du mir hilfst.«

»Das hatte ich auch vor – aber ich habe es mir anders überlegt. Es mag sein, daß ich ziemlich lange fortbleibe; aber ich werde dich besuchen, sobald ich kann. Vorher anmelden werde ich mich nicht, sondern mich still und leise hier hereinschleichen. Ich werde nicht mehr häufig das Auenland offen besuchen. Ich habe nämlich festgestellt, daß ich ziemlich unbeliebt geworden bin. Sie sagen, ich sei eine Landplage und störe ihren Frieden. Manche Leute behaupten sogar, ich hätte Bilbo hinweggezaubert oder noch was Schlimmeres. Falls es dich interessiert, es ist die Rede von einem Komplott zwischen dir und mir, um uns sein Vermögen anzueignen.

»Manche Leute!« rief Frodo. »Du meinst Otho und Lobelia. Wie abscheulich! Ich würde ihnen Beutelsend und alles andere dazu geben, wenn ich Bilbo wieder hätte und mit ihm durch die Lande wandern könnte. Ich liebe das Auenland. Aber aus irgendeinem Grunde wünschte ich, ich wäre auch weggegangen. Ich frage mich, ob ich Bilbo je wiedersehen werde.«

»Das frage ich mich auch«, sagte Gandalf. »Und über vieles andere mache ich mir noch Gedanken. Aber jetzt auf Wiedersehen! Gib auf dich acht. Halte Ausschau nach mir, besonders zu unwahrscheinlichen Zeiten! Auf Wiedersehen!«

Frodo begleitete ihn zur Tür. Er winkte noch einmal mit der Hand und ging mit erstaunlich raschem Schritt davon; aber Frodo fand, daß der alte Zauberer ungewöhnlich gebeugt aussah, fast als ob er eine schwere Last trüge. Der Abend brach herein, und mit seinem grauen Mantel war Gandalf rasch im Dämmerlicht verschwunden. Frodo sah ihn lange Zeit nicht wieder.

ZWEITES KAPITEL

DER SCHATTEN DER VERGANGENHEIT

Der Gesprächsstoff war nicht in neun und sogar nicht in neunundneunzig Tagen erschöpft. Über das zweite Verschwinden von Herrn Bilbo Beutlin wurde in Hobbingen, ja im ganzen Auenland über Jahr und Tag geredet, und in Erinnerung blieb es noch viel länger. Es wurde eine Geschichte, die die Großmütter jungen Hobbits erzählten; und der verrückte Beutlin, der unter Blitz und Donner zu verschwinden und mit Säcken voll Gold und Edelsteinen wiederzukommen pflegte, wurde schließlich eine beliebte Sagengestalt und lebte noch fort, nachdem all die wahren Ereignisse längst vergessen waren.

Einstweilen aber war man in der Nachbarschaft allgemein der Ansicht, Bilbo sei immer ziemlich verdreht gewesen, jetzt sei er ganz verrückt geworden und einfach ins Blaue hinein davongerannt. Zweifellos sei er in einen Teich oder einen Fluß gefallen und habe ein tragisches, wenn auch kaum vorzeitiges Ende gefunden. Die Schuld wurde zumeist Gandalf zugeschoben.

»Wenn dieser verflixte Zauberer nur den jungen Frodo in Frieden läßt, dann wird er sich schon einleben und zu etwas Hobbitverstand kommen«, sagten die Leute. Und es sah wirklich so aus, als würde der Zauberer Frodo in Frieden lassen, und er lebte sich auch ein, nur daß ihm der Hobbitverstand käme, war kaum zu merken. Vielmehr geriet er sofort in den Ruf, in dem auch Bilbo gestanden hatte: ein sonderbarer Kauz zu sein. Er weigerte sich, Trauer zu tragen; und im nächsten Jahr gab er zu Ehren von Bilbos hundertzwölftem Geburtstag ein Fest, das er eine Zentnerfeier nannte *. Aber das traf nicht ganz zu, denn zwanzig Gäste waren geladen, und es gab mehrere Mahlzeiten, bei denen es Futter schneite und Schoppen regnete, wie die Hobbits sagten.

Manche Leute waren ziemlich empört; aber Frodo hielt daran fest, Jahr für Jahr zu Bilbos Geburtstag ein Fest zu geben, bis sie sich schließlich daran gewöhnt hatten. Er sagte, er glaube nicht daran, daß Bilbo tot sei. Wenn sie ihn fragten: »Aber wo ist er?«, zuckte er die Schultern.

Er lebte allein, wie es auch Bilbo getan hatte; doch hatte er viele

* Damals hatte ein Zentner 112 Pfund (Anm. des Übers.).

Freunde, besonders unter den jungen Hobbits (meist Nachkommen des Alten Tuk), die als Kinder Bilbo gern gehabt hatten und auf Beutelsend aus- und eingegangen waren. Folko Boffin und Fredegar Bolger gehörten dazu; aber seine engsten Freunde waren Peregrin Tuk (gewöhnlich Pippin genannt) und Merry Brandybock (der eigentlich Meriadoc hieß, was fast in Vergessenheit geraten war). Mit ihnen durchstreifte Frodo das ganze Auenland; aber öfter wanderte er für sich allein, und zur Verwunderung der vernünftigen Leute sah man ihn manchmal weit von zu Hause im Sternenlicht über die Hügel und durch die Wälder gehen. Merry und Pippin vermuteten, daß er dann und wann die Elben besuchte, wie es Bilbo getan hatte.

Mit der Zeit begannen die Leute zu merken, daß auch auf Frodo die Redensart zutraf, »noch gut auszusehen«: seine äußere Erscheinung war immer noch die eines robusten und tatkräftigen Hobbits, der gerade aus den »Zwiens« heraus war. »Manche Leute sind eben Glückskinder«, sagten sie; aber erst als sich Frodo dem gewöhnlich gesetzteren Alter von fünfzig näherte, kam es ihnen allmählich sonderbar vor.

Was Frodo selbst betrifft, so fand er es recht angenehm, nachdem er den ersten Schock überwunden hatte, sein eigener Herr und *der* Herr Beutlin von Beutelsend zu sein. Einige Jahre war er ganz vergnügt und machte sich keine Sorgen um die Zukunft. Doch halb unbewußt reute es ihn immer mehr, daß er Bilbo nicht begleitet hatte. Dann und wann, besonders im Herbst, merkte er, daß er sich Gedanken machte über die unbewohnten Gegenden, und seltsame Phantasiebilder von Bergen, die er nie gesehen hatte, tauchten in seinen Träumen auf. Immer häufiger sagte er zu sich selbst: »Vielleicht werde auch ich eines Tages den Fluß überschreiten.« Worauf die andere Hälfte seines Ichs antwortete: »Noch nicht.«

So ging es weiter, bis er die Vierziger allmählich hinter sich ließ und sein fünfzigster Geburtstag näherrückte: fünfzig war eine Zahl, die er als irgendwie bedeutsam (oder unheilvoll) empfand; jedenfalls war es das Alter, in dem Bilbo plötzlich von Abenteuerlust befallen worden war. Frodo wurde von Unruhe gepackt, und die alten Pfade erschienen ihm zu ausgetreten. Er betrachtete Landkarten und fragte sich, was wohl jenseits der Grenzen läge: die im Auenland hergestellten Karten zeigten dort zumeist weiße Flecke. Er pflegte jetzt weitere Spaziergänge zu machen und immer häufiger allein; und Merry und seine anderen Freunde beobachteten ihn besorgt. Oft sah man ihn die fremden Wanderer, die zu dieser Zeit im Auenland auftauchten, ein Stück begleiten und sich mit ihnen unterhalten.

Gerüchte verbreiteten sich über merkwürdige Dinge, die draußen in der Welt geschahen; und da Gandalf seit Jahren nicht dagewesen war und auch keine Botschaft gesandt hatte, sammelte Frodo alle Nachrichten, die er erhalten konnte. Elben, die selten im Auenland wanderten, sah man jetzt des Abends westwärts durch die Wälder ziehen, sie gingen und kehrten nicht zurück; denn sie verließen Mittelerde und nahmen keinen Anteil mehr an ihren Wirren. Indes waren Zwerge in ungewöhnlicher Zahl auf der Straße. Die alte Ostweststraße, die bei den Grauen Anfurten endete, führte durch das Auenland, und die Zwerge hatten sie immer auf dem Weg zu ihren Bergwerken im Blauen Gebirge benutzt. Für die Hobbits waren sie die Hauptquelle für Nachrichten aus fernen Gegenden – wenn sie welche hören wollten: in der Regel sagten Zwerge wenig, und Hobbits fragten auch nicht mehr. Aber Frodo traf jetzt oft fremde Zwerge aus fernen Ländern, die im Westen Zuflucht suchten. Sie waren besorgt, und manche sprachen im Flüsterton von dem Feind und dem Lande Mordor.

Diesen Namen kannten die Hobbits nur aus den Sagen der dunklen Vergangenheit, und wie ein Schatten lag er über ihren Erinnerungen; er war unheilvoll und beunruhigend. Es schien, als sei die böse Macht in Düsterwald nur vom Weißen Rat vertrieben worden, um in größerer Stärke in den alten Festen von Mordor erneut zu erstehen. Der Dunkle Turm sei wieder aufgebaut worden, hieß es. Von dort breitete sich die Macht weitum aus, und im fernen Osten und Süden wurden Kriege geführt, und die Furcht wuchs. Die Orks nahmen wieder an Zahl zu in den Bergen. Trolle waren unterwegs, und sie waren nicht länger einfältig, sondern verschlagen und mit fürchterlichen Waffen ausgerüstet. Und es wurde von Geschöpfen gemurmelt, die noch entsetzlicher seien als diese, aber sie hatten keinen Namen.

Wenig von alledem drang natürlich bis zu den Ohren der gewöhnlichen Hobbits. Aber selbst die Taubsten und die hartnäckigsten Stubenhocker hörten sonderbare Erzählungen; und diejenigen, die an den Grenzen ihren Geschäften nachgingen, sahen merkwürdige Dinge. Die Unterhaltung im *Grünen Drachen* in Wasserau an einem Frühlingsabend in Frodos fünfzigstem Lebensjahr zeigte, daß selbst mitten im behaglichen Auenland Gerüchte vernommen worden waren, wenngleich die meisten Hobbits noch darüber lachten.

Sam Gamdschie saß in einer Ecke am Feuer, und ihm gegenüber Timm Sandigmann, des Müllers Sohn; und da waren noch verschiedene andere einfache Hobbits, die ihrer Unterhaltung lauschten.

»Komische Dinge hört man heutzutage«, sagte Sam.

»Na ja«, meinte Timm, »wenn man sie sich anhört. Aber Ammenmärchen und Kindergeschichten kann ich auch zu Hause hören, wenn ich will.«

»Das kannst du gewiß«, erwiderte Sam, »und ich behaupte, an manchen ist mehr Wahres dran, als du glaubst. Wer hat denn die Geschichten überhaupt erfunden? Nimm zum Beispiel die Drachen.«

»Nein, danke schön«, sagte Timm, »mag ich nicht. Ich habe über sie erzählen hören, als ich klein war, aber jetzt besteht keine Veranlassung, daran zu glauben. Es gibt nur einen Drachen in Wasserau, und der ist grün«, erklärte er, und alle lachten.

»Wohl wahr«, meinte Sam und stimmte in das Gelächter ein. »Aber was ist mit diesen Baum-Männern, diesen Riesen, wie man sie nennen könnte? Man sagt, einer, der größer war als ein Baum, sei vor nicht langer Zeit oben jenseits der Nordmoore gesehen worden.«

»Wer ist *man?*«

»Mein Vetter Hal zum Beispiel. Er arbeitet für Herrn Boffin in Oberbühl und geht oft im Nordviertel auf die Jagd. Er hat einen *gesehen.*«

»Sagt er vielleicht. Dein Hal sagt immer, er habe was gesehen; und vielleicht sieht er Dinge, die gar nicht da sind.«

»Aber dieser war so groß wie eine Ulme und ging – mit Schritten drei Klafter lang, wenn es wenig war.«

»Dann wett' ich, war es nicht wenig. Was Hal gesehen hatte, *war* eben wirklich eine Ulme.«

»Aber dieser *ging,* sage ich dir doch; und außerdem gibt es in den Nordmooren keine Ulmen.«

»Dann kann Hal auch keine gesehen haben«, folgerte Timm. Es wurde gelacht und geklatscht: die Zuhörer fanden wohl, es stände Eins zu Null für Timm.

»Immerhin«, fuhr Sam fort, »kannst du nicht leugnen, daß nicht nur unser Halfast, sondern auch andere Leute seltsames Volk durch das Auenland haben ziehen sehen – hindurchziehen, bedenke: mehr noch werden an den Grenzen zurückgeschickt. Die Grenzer haben niemals so viel zu tun gehabt wie jetzt.

Und ich habe gehört, daß die Elben nach Westen ziehen. Sie sagen, sie gehen zu den Häfen, weit jenseits der Weißen Türme.« Sam machte eine ungenaue Bewegung mit dem Arm: weder er noch irgendeiner von ihnen wußte, wie weit es zum Meer war, an den alten Türmen vorbei jenseits der Westgrenzen des Auenlands. Doch war seit alters her bekannt, daß dort die Grauen Anfurten lagen, wo dann und wann Elbenschiffe ihre Segel setzten, um niemals zurückzukehren.

»Sie segeln, segeln, segeln über die See, sie fahren nach Westen und verlassen uns«, sagte Sam halb singend und schüttelte traurig und bedeutsam den Kopf. Aber Timm lachte.

»Na, das ist doch nichts Neues, wenn du den alten Erzählungen glaubst. Und ich sehe nicht ein, was es mir oder dir ausmachen soll. Laß sie doch segeln! Aber ich bin sicher, daß du sie nicht dabei beobachtet hast; und überhaupt keiner aus dem Auenland.«

»Nun, ich weiß nicht«, sagte Sam nachdenklich. Er glaubte einmal im Wald einen Elben gesehen zu haben und hoffte immer noch, eines Tages noch mehr von ihnen zu sehen. Von allen Sagen, die er in seiner Kindheit gehört hatte, waren es immer die Bruchstücke von Märchen und nur halb erinnerten Berichten über die Elben, soweit die Hobbits sie kannten, die ihn am tiefsten bewegt hatten. »Selbst in unserer Gegend gibt es Leute, die die Huldreichen kennen und Nachrichten von ihnen erhalten«, sagte er. »Der Herr Beutlin zum Beispiel, für den ich arbeite. Er hat mir gesagt, daß sie fortsegeln, und er weiß ein wenig von den Elben. Und der alte Herr Bilbo wußte noch mehr: oft habe ich mich mit ihm unterhalten, als ich noch ein kleiner Junge war.«

»Ach, die sind ja beide verdreht«, sagte Timm. »zumindest der alte Bilbo hat gesponnen, und Frodo fängt auch an. Wenn du deine Neuigkeiten von dort beziehst, wird's dir nie an Unsinn mangeln. So, Freunde, ich mach' mich auf den Heimweg. Auf euer Wohl!« Er trank seinen Becher leer und ging geräuschvoll hinaus.

Sam saß schweigend da und sagte nichts mehr. Er hatte über eine ganze Menge nachzudenken. Zuerst einmal war im Garten von Beutelsend viel zu tun, und morgen würde er einen arbeitsreichen Tag haben, falls sich das Wetter aufklärte. Das Gras wuchs rasch. Aber er hatte mehr auf dem Herzen als nur seine Gartenarbeit. Nach einer Weile seufzte er, stand auf und ging hinaus.

Es war Anfang April, und der Himmel klärte sich jetzt nach einem starken Regen auf. Die Sonne war untergegangen, und ein kühler, fahler Abend verblaßte langsam zur Nacht. Die ersten Sterne standen am Himmel, als Sam heimging durch Hobbingen und den Bühl hinauf, leise vor sich hinpfeifend und voller Gedanken.

Es war gerade zu dieser Zeit, daß Gandalf nach langer Abwesenheit wieder auftauchte. Nach dem Fest war er drei Jahre lang weggeblieben. Dann hatte er Frodo einmal kurz besucht und war, nachdem er ihn sich gut angeschaut hatte, wieder verschwunden. In den nächsten ein oder zwei Jahren war er ziemlich oft gekommen, unerwartet nach der Dämmerung, und ging ohne Gruß vor Sonnenaufgang schon wieder fort. Von seinen eigenen Angelegenheiten und Fahrten erzählte er nichts und wollte wohl hauptsächlich wissen, wie es Frodo gesundheitlich ginge und was er triebe.

Dann plötzlich hatten seine Besuche aufgehört. Es war jetzt über neun Jahre, daß Frodo nichts von ihm gesehen oder gehört hatte, und er glaubte schon fast, der Zauberer werde niemals wiederkommen und habe jedes Interesse an den Hobbits verloren. Aber an jenem Abend, als Sam nach Hause ging und das Dämmerlicht verblaßte, hörte er das einstmals vertraute Klopfen am Fenster des Arbeitszimmers.

Frodo begrüßte seinen alten Freund überrascht und hocherfreut. Sie sahen sich beide prüfend an.

»Na, alles in Ordnung?« fragte Gandalf. »Du siehst aus wie eh und je, Frodo!«

»Du auch«, antwortete Frodo; aber bei sich dachte er, daß Gandalf älter und bekümmerter aussehe. Er bestürmte ihn mit Fragen, wie es ihm ergangen sei und was es Neues in der weiten Welt gebe, und bald waren sie ins Gespräch vertieft und blieben bis tief in die Nacht auf.

Am nächsten Morgen saßen der Zauberer und Frodo nach einem späten Frühstück am offenen Fenster des Arbeitszimmers. Ein Feuer prasselte im Kamin, aber die Sonne schien warm und der Wind wehte von Süden. Alles sah frisch aus, und das junge Frühlingsgrün schimmerte auf den Feldern und auf den Zweigspitzen der Bäume.

Gandalf dachte an einen Frühling vor fast achtzig Jahren, als Bilbo ohne Taschentuch von Beutelsend weggelaufen war. Sein Haar war vielleicht weißer als damals, sein Bart und seine Augenbrauen vielleicht länger und sein Gesicht zerfurchter von Sorgen und Weisheit; aber seine Augen strahlten wie eh und je, und er rauchte und blies Rauchringe mit derselben Kraft und demselben Behagen.

Jetzt rauchte er schweigend, denn Frodo war tief in Gedanken versunken. Noch in der Helligkeit des Morgens verspürte er den dunklen Schatten der Nachrichten, die Gandalf mitgebracht hatte. Schließlich brach er das Schweigen.

»Gestern abend hast du angefangen, mir merkwürdige Dinge über meinen Ring zu erzählen, Gandalf«, sagte er. »Und dann hast du innegehalten und gemeint, solche Sachen ließe man besser ruhen bis zum hellichten Tage. Findest du nicht, daß du nun fortfahren solltest? Du sagtest, der Ring sei gefährlich, viel gefährlicher, als ich es mir vorstellte. In welcher Beziehung?«

»In mancher Beziehung«, antwortete der Zauberer. »Er ist viel mächtiger, als ich zuerst zu denken wagte, so machtvoll, daß er zuletzt jeden Sterblichen, der ihn besitzt, völlig unterwerfen würde. Der Ring würde dann ihn beherrschen.

Vor langer Zeit wurden in Eregion viele Elbenringe hergestellt, Zauberringe, wie ihr sie nennt, und es gab natürlich verschiedene Arten: manche waren mehr und manche waren weniger wirksam. Die weniger wirksamen Ringen waren nur Versuche in der Kunst, ehe sie voll entwickelt war, und für die Elbenschmiede waren sie bloße Kleinigkeiten – und dennoch meiner Ansicht nach gefährlich für Sterbliche. Doch die Großen Ringe, die Ringe der Macht, waren verderbenbringend.

Ein Sterblicher, Frodo, der einen der Großen Ringe besitzt, stirbt nicht, aber er wächst auch nicht und gewinnt nicht mehr Leben, sondern dehnt es bloß aus, bis zuletzt jede Minute eine Qual ist. Und wenn er den Ring oft benutzt, um sich unsichtbar zu machen, *schwindet* er, bis er schließlich ständig unsichtbar ist und im Zwielicht wandelt unter dem Auge der dunklen Macht, die die Ringe beherrscht. Ja, früher oder später – später, wenn er zuerst stark ist oder keine bösen Absichten hat, doch werden weder Stärke noch gute Absichten von Dauer sein – früher oder später wird die dunkle Macht ihn verschlingen.«

»Wie entsetzlich!« sagte Frodo. Lange herrschte wieder Schweigen. Vom Garten herein drang das Klappern von Sam Gamdschies Schere, der den Rasen schnitt.

»Wie lange weißt du das schon?« fragte Frodo schließlich. »Und wie viel wußte Bilbo?«

»Bilbo wußte bestimmt nicht mehr als das, was er dir erzählt hat«, sagte Gandalf. »Gewiß hätte er etwas, das er für gefährlich hielt, nicht an dich weitergegeben, nicht einmal, nachdem ich ihm versprochen hatte, mich um dich zu kümmern. Er hielt den Ring für sehr schön und im Notfall sehr nützlich; und wenn irgend etwas nicht stimmte oder sonderbar sei, dann, glaubte er, läge es an ihm. Er sagte, der Ring habe ihn ›bedrückt‹, und er sei ständig um ihn in Sorge gewesen; aber er hat nicht vermutet, daß der Ring daran schuld war. Obwohl er festgestellt hatte, daß man auf ihn aufpassen mußte; der Ring schien nicht immer die gleiche Größe oder das gleiche Gewicht zu haben; er wurde auf sonderbare Weise einmal enger, einmal weiter und konnte plötzlich von einem Finger gleiten, auf dem er fest gesessen hatte.«

»Ja, davor hat er mich in seinem letzten Brief gewarnt«, sagte Frodo. »Deshalb habe ich den Ring immer am Kettchen.«

»Sehr weise«, erwiderte Gandalf. »Aber was Bilbos langes Leben betrifft, so hat er das niemals mit dem Ring in Verbindung gebracht. Das

Verdienst daran hat er sich allein zugeschrieben und war sehr stolz darauf. Obwohl er rastlos wurde und unruhig. *Dünn und ausgemergelt* sagte er. Ein Zeichen, daß der Ring Gewalt über ihn bekam.«

»Wie lange weißt du das alles?« fragte Frodo noch einmal.

»Wissen?« wiederholte Gandalf. »Ich weiß vieles, was nur die Weisen wissen, Frodo. Aber wenn du ›von *diesem* Ring wissen‹ meinst, dann könnte man sagen: ich *weiß* es immer noch nicht. Es ist noch eine letzte Probe zu machen. Aber ich zweifle nicht länger an meiner Vermutung.

Wann habe ich es zuerst vermutet?«, überlegte er und forschte in seinem Gedächtnis. »Laß mich nachdenken – in dem Jahr, als der Weiße Rat die dunkle Macht aus Düsterwald vertrieb, gerade vor der Schlacht der Fünf Heere, fand Bilbo seinen Ring. Ein Schatten legte sich mir damals aufs Herz, obwohl ich noch nicht wußte, was ich eigentlich fürchtete. Ich fragte mich oft, wie Gollum wohl an einen Großen Ring gekommen sei, denn das war der Ring eindeutig – das zumindest war von Anfang an klar. Dann hörte ich Bilbos seltsame Geschichte, wie er ihn ›gewonnen‹ habe, und ich konnte sie nicht glauben. Als ich schließlich die Wahrheit aus ihm herausholte, merkte ich sofort, daß er versucht hatte, jeden Zweifel an seinem Anspruch auf den Ring auszuräumen. Ungefähr wie Gollum mit seinem ›Geburtstagsgeschenk‹. Die Lügen waren sich zu ähnlich, als daß ich mich damit hätte zufrieden geben können. Es war klar, daß der Ring eine unheilvolle Macht besaß, die sich sofort auf jeden auswirkte, der ihn in Verwahrung hatte. Das war die erste wirkliche Warnung für mich, daß nicht alles in Ordnung war. Ich sagte Bilbo oft, daß man von solchen Ringen besser keinen Gebrauch macht; aber das nahm er übel und wurde immer gleich ärgerlich. Sonst konnte ich nicht viel tun. Ich konnte ihm den Ring nicht wegnehmen, ohne noch größeren Schaden anzurichten; und ich hatte sowieso kein Recht dazu. Ich konnte nur aufpassen und abwarten. Vielleicht hätte ich Saruman den Weißen um Rat fragen können, aber irgend etwas hielt mich davon ab.«

»Wer ist denn das?« fragte Frodo. »Von ihm habe ich ja noch nie gehört.«

»Das mag schon sein. Mit Hobbits hat er oder hatte er nichts im Sinn. Dennoch ist er groß unter den Weisen. Er ist der Oberste meines Ordens und der Vorsitzende des Rates. Er hat ein reiches Wissen, aber sein Stolz ist ebenso groß, und er nimmt jede Einmischung übel. Die Kunde von den Elbenringen, den kleinen wie den großen, ist sein Bereich. Er hat sie lange erforscht und nach den vergessenen Geheimnissen ihrer Herstellung gesucht; doch als die Frage der Ringe im Rat erörtert wurde, sprach alles, was er uns über die Ringkunde enthüllen wollte, gegen meine Befürchtungen. So schlummerte mein Zweifel – aber unruhig. Noch beobachtete ich und wartete ab.

Und alles schien mit Bilbo in Ordnung zu sein. Und die Jahre verstrichen. Ja, sie verstrichen und schienen ihn nicht zu berühren. Er zeigte keine Anzeichen des Alterns. Der Schatten überfiel mich wieder. Aber ich sagte mir: ›Schließlich kommt er mütterlicherseits aus einer langlebigen Familie. Noch ist Zeit. Warte ab!‹

Und ich wartete. Bis zu jenem Abend, als er dieses Haus verließ. Was er damals sagte und tat, erfüllte mich mit einer Furcht, die kein Wort von Saruman beschwichtigen konnte. Ich erkannte endlich, daß etwas Dunkles und Tödliches am Werk war. Und die Jahre seitdem habe ich hauptsächlich damit verbracht, die Wahrheit herauszufinden.«

»Es ist doch nicht etwa ein dauernder Schaden angerichtet worden?« fragte Frodo besorgt. »Er wird doch wohl rechtzeitig wieder in Ordnung kommen? Ich meine, in Frieden ruhen können?«

»Er fühlte sich sofort besser«, sagte Gandalf. »Doch gibt es nur eine Macht in der Welt, die alles über Ringe und ihre Wirkungen weiß, und soweit mit bekannt, gibt es keine Macht in der Welt, die alles über Hobbits weiß. Unter den Weisen bin ich der einzige, der sich mit Hobbitkunde befaßt: ein unbekannter Wissenszweig, aber voller Überraschungen. Weich wie Butter können sie sein, und doch bisweilen zäh wie alte Baumwurzeln. Ich halte es für wahrscheinlich, daß manche den Ringen weit länger widerstehen können, als die meisten Weisen vermuten würden. Über Bilbo, glaube ich, brauchst du dir keine Sorgen zu machen.

Natürlich hat er den Ring viele Jahre besessen und ihn auch benutzt, so daß es einige Zeit dauern könnte, bis sich der Einfluß verliert – ehe es für ihn gefahrlos wäre, ihn wiederzusehen, zum Beispiel. Ansonsten mag er ganz vergnügt noch Jahre leben: eben so bleiben, wie er war, als er sich von dem Ring trennte. Denn schließlich hat er ihn aus freien Stücken aufgegeben: ein wichtiger Punkt. Nein, über den lieben Bilbo habe ich mir keine Sorgen mehr gemacht, nachdem er sich einmal von dem Ding getrennt hatte. Für *dich* fühle ich mich jetzt verantwortlich.

Alldieweil seit Bilbo fort ist, habe ich viel nachgedacht über dich und all diese reizenden, törichten, hilflosen Hobbits. Es wäre ein schmerzlicher Schlag für die Welt, wenn die Dunkle Macht das Auenland überwältigte; wenn all eure freundlichen, fröhlichen, dummen Bolgers, Hornbläsers, Boffins, Straffgürtels mitsamt den übrigen, ganz zu schweigen von den lächerlichen Beutlins, versklavt würden.«

Frodo schauderte. »Aber warum sollten wir das werden?« fragte er. »Und warum würde er solche Sklaven haben wollen?«

»Um dir die Wahrheit zu sagen«, erwiderte Gandalf, »weil ich glaube, daß er bislang – *bislang*, wohlgemerkt – das Vorhandensein der Hobbits völlig übersehen hat. Ihr solltet dankbar dafür sein. Aber mit eurer Sicherheit ist es vorbei. Er braucht euch nicht – er hat viel nützlichere Diener –, aber er wird euch nicht mehr vergessen. Und Hobbits als jämmerliche Sklaven würden ihm weit besser gefallen als Hobbits, die froh und frei sind. Er gibt so etwas wie Bosheit und Rache!«

»Rache?« fragte Frodo. »Rache wofür? Ich verstehe immer noch nicht, was all das mit Bilbo und mit mir und mit unserem Ring zu tun hat.«

»Es hat durchaus damit zu tun«, sagte Gandalf. »Du kennst die wirkliche Gefahr noch nicht; aber du wirst sie erkennen. Ich war selbst noch nicht sicher, als ich das letzte Mal hier war; doch ist die Zeit gekommen, da ich reden muß. Gib mir den Ring einen Augenblick.«

Frodo nahm ihn aus der Hosentasche, wo er an einem Kettchen hing, das an seinem Gürtel befestigt war. Er machte ihn los und reichte ihn zögernd dem Zauberer. Der Ring fühlte sich plötzlich sehr schwer an, als ob es entweder ihm oder Frodo irgendwie widerstrebte, daß Gandalf ihn berühren sollte.

Gandalf hielt ihn hoch. Der Ring sah aus, als sei er aus reinem und massivem Gold. »Kannst du irgendwelche Zeichen auf ihm erkennen?« fragte Gandalf.

»Nein«, antwortete Frodo. »Es sind keine drauf. Er ist ganz glatt, und man sieht niemals einen Kratzer oder eine Spur von Abnützung.«

»Nun denn, schau!« Zu Frodos Erstaunen und Bestürzung warf der Zauberer den Ring plötzlich mitten in die Glut des Feuers. Frodo stieß einen Schrei aus und griff nach der Zange; aber Gandalf hielt ihn zurück.

»Warte!« sagte er in befehlendem Ton und warf Frodo unter seinen buschigen Augenbrauen einen raschen Blick zu.

Der Ring veränderte sich offenbar nicht. Nach einer Weile stand Gandalf auf, schloß die Läden vor den Fenstern und zog die Vorhänge zu. Das Zimmer wurde dunkel und still, obwohl das Klappern von Sams Schere, jetzt näher an den Fenstern, immer noch schwach vom Garten hereindrang. Einen Augenblick blieb der Zauberer stehen und blickte ins Feuer; dann bückte er sich, schob den Ring mit der Zange nach vorn und nahm ihn sofort heraus. Frodo hielt den Atem an.

»Er ist ganz kühl«, sagte Gandalf. »Nimm ihn!« Frodo empfing ihn auf der zurückzuckenden flachen Hand: er schien dicker und schwerer denn je geworden zu sein.

»Halte ihn hoch! Und schau ihn genau an!«

Als Frodo das tat, sah er jetzt feine Linien, feiner als der feinste Federstrich, um den Ring herumlaufen, innen und außen: Linien aus Feuer, die die Buchstaben einer schwungvollen Schrift zu bilden schienen. Sie leuchteten hell und scharf, und doch fern, als kämen sie aus einer großen Tiefe.

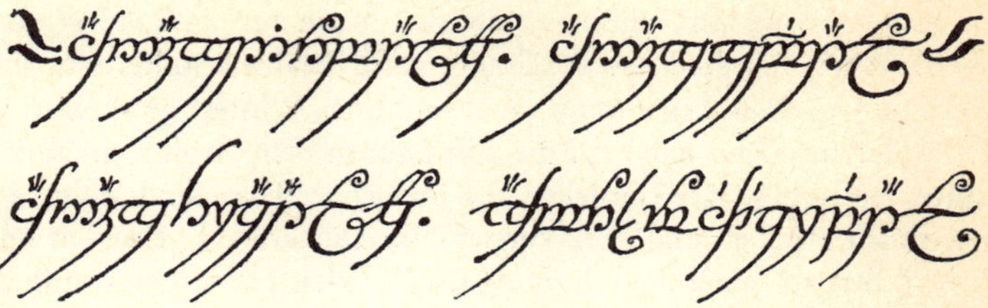

»Ich kann die feurigen Buchstaben nicht lesen«, sagte Frodo mit zitternder Stimme.

»Nein«, erwiderte Gandalf, »aber ich kann es. Die Buchstaben sind elbisch, von altertümlicher Art, und die Sprache ist die von Mordor, die ich hier nicht aussprechen will. Doch diese Zeilen in der Gemeinsamen Sprache bringen das, was gesagt ist, annähernd zum Ausdruck:

Ein Ring, sie zu knechten – sie alle zu finden,
Ins Dunkel zu treiben und ewig zu binden.

Das sind nur zwei Zeilen eines Gedichtes, das in der Elbenkunde seit langem bekannt ist:

Drei Ringe den Elbenkönigen hoch im Licht,
Sieben den Zwergenherrschern in ihren Hallen aus Stein
Den Sterblichen, ewig dem Tode verfallen, neun,
Einer dem Dunklen Herrn auf dunklem Thron
Im Lande Mordor, wo die Schatten drohn.
Ein Ring, sie zu knechten, sie alle zu finden,
Ins Dunkel zu treiben und ewig zu binden
Im Lande Mordor, wo die Schatten drohn.

Gandalf hielt inne und sagte dann leise mit dunkler Stimme: »Dies ist der Meister-Ring, der Eine, der alle beherrscht. Dies ist der Eine Ring, den er vor langer Zeit sehr zur Schwächung seiner Macht verloren hat. Er begehrt ihn unbedingt – aber er darf ihn *nicht* bekommen.«

Frodo saß schweigend und reglos da. Die Furcht schien ihn mit einer riesigen Hand zu packen, wie eine dunkle Wolke, die im Osten aufstieg und sich drohend auftürmte, um sich auf ihn zu stürzen. »Dieser Ring!« stammelte er. »Wie in aller Welt ist er nur zu mir gekommen?«

»Ach«, sagte Gandalf, »das ist eine sehr lange Geschichte. Sie begann schon in den Schwarzen Jahren, an die sich heute nur noch die Wissenden erinnern. Wenn ich dir diese Erzählung ganz erzählen sollte, würden wir hier immer noch sitzen, wenn aus Frühling Winter geworden ist.

Aber gestern abend habe ich dir von Sauron dem Großen erzählt, dem Dunklen Herrscher. Die Gerüchte, die du gehört hast, sind wahr: er hat sich wirklich erhoben und sein Versteck im Düsterwald verlassen und ist zurückgekehrt zu seiner alten Festung im Dunklen Turm von Mordor. Von diesem Namen habt selbst ihr Hobbits gehört, wie von einem Schatten am Rande alter Berichte. Immer nach einer Niederlage und einer Atempause nimmt der Schatten eine andere Gestalt an und wächst wieder.«

»Ich wollte, es hätte nicht zu meiner Zeit sein müssen«, sagte Frodo.

»Das wünschte ich auch«, erwiderte Gandalf, »und das wünschen alle, die in solchen Zeiten leben. Aber nicht sie haben zu bestimmen. Wir können nur bestimmen, was wir mit der Zeit anfangen, die uns gegeben ist. Und schon, Frodo, beginnt unsere Zeit düster auszusehen. Der Feind wird rasch sehr stark. Seine Pläne sind noch keineswegs reif, glaube ich, aber sie reifen. Wir werden es schwer haben. Wir würden es auch dann sehr schwer haben, wenn es diese furchtbare Möglichkeit nicht gäbe.

Dem Feind fehlt immer noch etwas, das ihm Stärke und Wissen verleiht, um allen Widerstand zu brechen, um die letzten Verteidigungen zu zerschlagen und alle Länder wieder in eine zweite Dunkelheit zu hüllen. Ihm fehlt der Eine Ring.

Die Drei, die schönsten von allen, halten die Elbenherrscher vor ihm verborgen, und seine Hand hat sie niemals berührt oder besudelt. Sieben besaßen die Zwergenkönige, doch drei hat er wiedergewonnen, und die anderen haben die Drachen vernichtet. Neun gab er den sterblichen Menschen, stolzen und großen Menschen, und so verführte er sie. Schon vor langer Zeit sind sie unter die Herrschaft des Einen geraten und Ringgeister geworden, Schatten unter seinem großen Schatten, seine entsetzlichsten Diener. Schon vor langer Zeit. Es ist viele Jahre her, seit die Neun umgingen. Indes, wer weiß? Da der Schatten von neuem wächst, mag es sein, daß auch sie wieder umgehen. Aber komm! Von solchen Dingen wollen wir nicht einmal am hellichten Tage im Auenland reden.

So steht es also nun: die Neun hat er für sich gewonnen; die Sieben auch, soweit sie nicht vernichtet sind. Die Drei sind noch verborgen. Aber das kümmert ihn nicht mehr. Er braucht nur den Einen; denn er selbst hat den Ring gemacht, es ist seiner, und er hat einen großen Teil seiner früheren Macht auf ihn übergehen lassen, um die anderen damit zu beherrschen. Wenn er ihn zurückbekommt, wird er wieder über alle gebieten, wo immer sie auch sein mögen, selbst über die Drei, und alles, was in sie hineingeschmiedet wurde, wird offenbar werden, und Sauron wird stärker sein denn je.

Und das ist die furchtbare Aussicht, Frodo. Er glaubte, der Eine sei vernichtet, die Elben hätten ihn zerstört, was sie auch hätten tun sollen. Aber jetzt weiß er, daß er *nicht* vernichtet ist, daß er gefunden wurde. Deshalb forscht und sucht er nach ihm, und alle seine Gedanken sind auf ihn gerichtet. Es ist seine große Hoffnung und unsere große Furcht.«

»Warum, warum nur wurde er nicht vernichtet!« rief Frodo. »Und wie kam es, daß der Feind ihn überhaupt verlor, wenn er doch so stark ist und der Ring für ihn so kostbar war?« Seine Hand umklammerte den Ring, als sähe er bereits schwarze Finger, die sich nach ihm ausstreckten, um ihn zu ergreifen.

»Er ist ihm abgenommen worden«, sagte Gandalf. »Früher vermochten die Elben ihm mehr Widerstand zu leisten; und nicht alle Menschen hatten sich von ihnen abgewandt. Die Menschen aus Westernis kamen ihnen zu Hilfe. Das ist ein Kapitel aus der alten Geschichte, dessen man sich erinnern sollte; denn auch damals gab es Leid und drohendes Unheil, aber zugleich große Tapferkeit und große Taten, die nicht völlig vergebens waren. Eines Tages werde ich dir vielleicht die Erzählung ganz erzählen, oder du wirst sie von jemandem hören, der am besten darüber Bescheid weiß.

Doch für den Augenblick mußt du vor allem erfahren, wie dieser Ring zu dir kam, und weil allein das schon eine lange Erzählung ist, will ich mich darauf beschränken. Es waren Gil-galad, der Elbenkönig, und Elendil von Westernis, die Sauron überwältigten, obwohl sie dabei ihr Leben verloren; und Isildur, Elendils Sohn, schnitt den Ring von Saurons Hand und nahm ihn für sich. Da war Sauron besiegt, und sein Geist floh und blieb lange Jahre verborgen, bis sein Schatten in Düsterwald wieder Gestalt annahm.

Aber der Ring ging verloren. Er fiel in den Großen Strom, den Anduin, und verschwand. Denn Isildur zog am Ostufer des Flusses nach Norden und wurde in der Nähe der Schwertelfelder von den Orks aus dem Gebirge überfallen, und fast alle seine Leute wurden erschlagen. Er sprang ins Wasser, doch der Ring glitt von seinem Finger, als er schwamm, und dann sahen ihn die Orks und töteten ihn mit Pfeilen.«

Gandalf hielt inne. »Und dort, in den dunklen Pfuhlen inmitten der

Schwertelfelder«, sagte er, »verscholl der Ring für das Bewußtsein und die Sage; und selbst dieser Teil seiner Geschichte ist heute nur wenigen bekannt, und der Rat der Weisen vermochte nicht mehr herauszufinden. Aber ich kann den Bericht nun endlich fortsetzen, glaube ich.«

»Sehr viel später, aber immer noch vor langer Zeit, lebte an den Ufern des Großen Stroms am Rande von Wilderland ein flinkhändiges und sachtfüßiges kleines Volk. Ich vermute, sie waren vom Hobbitschlag; verwandt mit den Vorvätern der Starren, denn sie liebten den Strom und schwammen oft darin oder machten sich kleine Boote aus Schilfrohr. Unter ihnen lebte eine Familie, die hochgeachtet war, denn sie war größer und wohlhabender als die meisten, und in ihr herrschte eine Großmutter der Sippe, eine gestrenge Frau und bewandert in den alten Überlieferungen, die es bei ihnen gab. Der wißbegierigste und vorwitzigste in jener Familie war Sméagol. Wurzeln und Ursprünge lagen ihm besonders am Herzen; er tauchte in tiefe Pfuhle; er grub unter Bäumen und wachsenden Pflanzen; er trieb Stollen in grüne Erdhügel; und er blickte nicht mehr hinauf zu den Bergeshöhen oder auf die Blätter an den Bäumen, er sah nicht mehr die Blumen, die sich im Licht öffneten: sein Kopf und seine Augen waren nach unten gerichtet.

Er hatte einen Freund mit Namen Déagol, der von ähnlicher Art war, scharfäugiger, aber nicht so behende und stark. Einmal nahmen sie ein Boot und fuhren hinunter zu den Schwertelfeldern, wo viele Schwertlilien wuchsen und blühendes Schilf. Dort stieg Sméagol aus und durchstöberte die Ufer, aber Déagol blieb im Boot und angelte. Plötzlich biß ein großer Fisch an, und ehe er wußte, wie ihm geschah, wurde er mitgezogen und hinunter ins Wasser bis zum Grund. Dort ließ er die Leine los, weil er im Flußbett etwas glitzern zu sehen glaubte; und er hielt die Luft an und griff hastig danach.

Prustend kam er wieder herauf, mit Kraut im Haar und einer Handvoll Schlamm; und er schwamm ans Ufer. Und siehe da! als er den Schlamm abwusch, lag ein wunderschöner goldener Ring in seiner Hand, und er glänzte und glitzerte in der Sonne, so daß sein Herz voll Freude war. Aber hinter einem Baum verborgen hatte Sméagol ihn beobachtet, und als Déagol sich an dem Ring weidete, kam Sméagol leise herbei.

›Gib uns das, Déagol, mein Lieber‹, sagte Sméagol über die Schulter seines Freundes hinweg.

›Warum?‹ fragte Déagol.

›Weil heute mein Geburtstag ist, mein Lieber, und ich es haben will!‹ sagte Sméagol.

›Das ist mir gleich‹, sagte Déagol. ›Ich habe dir schon etwas geschenkt, mehr als ich mir leisten konnte. Das hier habe ich gefunden und werde es auch behalten.‹

›Ach, wirst du das, mein Lieber?‹ sagte Sméagol; und er packte Déagol an der Kehle und erwürgte ihn, weil das Gold so strahlend und schön war. Dann steckte er den Ring an den Finger.

Niemand fand je heraus, was mit Déagol geschehen war; weit von daheim war er ermordet und seine Leiche listig versteckt worden. Sméagol kehrte allein nach Hause zurück; und er merkte, daß niemand von der Familie ihn sehen konnte, wenn er den Ring trug. Er war sehr erfreut über seine Entdeckung und verbarg ihn; und er benutzte ihn, um Geheimnisse aufzuspüren, und machte von seinem Wissen auf unredliche und boshafte Weise Gebrauch. Er wurde scharfäugig und hellhörig für alles, was andere verletzte. Der Ring hatte ihm Macht gegeben entsprechend seiner Veranlagung. Es ist nicht verwunderlich, daß er sich sehr unbeliebt machte und (wenn sichtbar) von all seinen Verwandten gemieden wurde. Sie traten ihn, und er biß sie in die Füße. Er gewöhnte sich an, zu stehlen und vor sich hin zu murmeln und kehlig zu glucksen. Deshalb nannten sie ihn *Gollum* und verfluchten ihn und sagten ihm, er solle weit fortgehen; und seine Großmutter, die Frieden haben wollte, verbannte ihn aus der Familie und warf ihn aus ihrer Höhle hinaus.

Einsam wanderte er einher und weinte ein wenig über die Schlechtigkeit der Welt, und er zog den Strom hinauf, bis er zu einem Bach kam, der vom Gebirge herabfloß, und diesem folgte er. Mit unsichtbaren Fingern fing er Fische in tiefen Pfuhlen und aß sie roh. Eines Tages war es sehr heiß, und als er sich über einen Teich beugte, fühlte er ein Brennen auf dem Hinterkopf, und ein blendender Lichtschein aus dem Wasser tat seinen tränenden Augen weh. Er verwunderte sich darüber, denn die Sonne hatte er schon fast vergessen. Dann blickte er zum letzten Mal empor und drohte ihr mit der Faust.

Doch als er den Blick senkte, sah er weit vor sich die Gipfel des Nebelgebirges, wo der Bach entsprang. Und plötzlich dachte er: ›Es muß kühl und schattig sein unter diesen Bergen. Dort wird mich die Sonne nicht beobachten. Der Fuß dieser Berge muß wahrlich tief verwurzelt sein; große Geheimnisse müssen dort vergraben sein, die seit Anbeginn nicht entdeckt sind.‹

So wanderte er des Nachts hinauf in das Hochland, und er fand eine kleine Höhle, aus der der dunkle Bach entsprang; und wie eine Made kriechend bahnte er sich seinen Weg mitten ins Herz des Gebirges und ward nicht mehr gesehen. Mit ihm verschwand der Ring im Schatten, und selbst als die Macht seines Schöpfers wieder zu wachsen begann, konnte er nichts über ihn erfahren.«

»Gollum!« rief Frodo. »Gollum? Meinst du, das ist jenes Gollum-Geschöpf, das Bilbo getroffen hat? Wie abscheulich!«

»Es ist wahrlich eine traurige Geschichte«, sagte der Zauberer, »und sie hätte auch anderen widerfahren können, sogar einigen Hobbits, die ich kannte.«

»Ich kann einfach nicht glauben, daß Gollum mit Hobbits verwandt ist, und sei es noch so entfernt«, warf Frodo etwas hitzig ein. »Was für ein widerwärtiger Gedanke!«

»Dennoch ist es wahr«, erwiderte Gandalf. »Über ihre Herkunft weiß ich jedenfalls mehr als die Hobbits selbst. Und sogar Bilbos Darstellung deutet auf die Verwandtschaft hin. Vieles, an das sie sich nur dunkel erinnerten, war sehr ähnlich. Sie verstanden sich bemerkenswert gut, viel besser, als sich ein Hobbit mit, sagen wir, einem Zwergen oder einem Ork oder sogar einem Elben verstanden hätte. Denk nur an die Rätsel, die sie beide kannten.«

»Nun ja«, antwortete Frodo. »Obwohl auch andere Leute außer Hobbits Rätsel raten, und von annähernd gleicher Art. Und Hobbits betrügen nicht. Gollum war die ganze Zeit auf Betrug aus. Er wollte den armen Bilbo einfach überrumpeln. Und ich möchte meinen, in seiner Niedertracht machte es ihm Spaß, ein Spiel zu beginnen, das ihm zu guter Letzt vielleicht eine leichte Beute einbrächte, ihm aber, falls er verlöre, nicht schadete.«

»Nur zu wahr, fürchte ich«, sagte Gandalf. »Doch kommt noch etwas dazu, was du wohl noch nicht erkennst. Selbst Gollum war nicht völlig zugrunde gerichtet. Er hatte sich als zäher erwiesen, als selbst einer der Weisen vermutet hätte – so zäh wie ein Hobbit vielleicht. Es gab einen kleinen Winkel in seinem Herzen, der ihm noch gehörte, in den Licht eindrang wie durch eine Ritze im Dunkeln: Licht aus der Vergangenheit. Es war für ihn, glaube ich, geradezu angenehm, wieder eine freundliche Stimme zu hören, die Erinnerungen an Wind und Bäume und Sonne auf dem Gras und an derlei vergessene Dinge heraufbeschwor.

Aber das konnte das Böse in ihm letztlich nur schlimmer machen – sofern es nicht besiegt werden könnte. Sofern es nicht geheilt werden könnte.« Gandalf seufzte. »Da besteht wenig Hoffnung für ihn. Gar keine Hoffnung allerdings auch nicht. Nein, obwohl er den Ring so lange besessen hat, fast so lange, wie er zurückdenken kann. Denn es war lange her, seit er ihn viel getragen hatte: im schwarzen Dunkel brauchte er ihn selten. Gewiß war Gollum niemals ›geschwunden‹. Er ist immer noch dünn und zäh. Aber das Ding fraß natürlich von innen her an ihm, und die Qual war fast unerträglich geworden.

Alle ›großen Geheimnisse‹ unter dem Gebirge hatten sich nur als leere Nacht erwiesen: nichts gab es mehr herauszufinden, nichts, das zu tun sich lohnte, nichts als ekliges, heimliches Essen und böse Erinnerungen. Er war durch und durch unglücklich. Er haßte das Dunkel und noch mehr das Licht: er haßte alles und am meisten den Ring.«

»Wie meinst du das?« fragte Frodo. »War denn der Ring nicht sein Schatz und das Einzige, an dem er hing? Wenn er ihn haßte, warum versuchte er dann nicht, ihn loszuwerden oder wegzugehen und ihn zurückzulassen?«

»Du solltest es allmählich verstehen, Frodo, nach allem, was du gehört hast«, sagte Gandalf. »Er haßte den Ring und liebte ihn, wie er sich selbst haßte und liebte. Er konnte ihn nicht loswerden. Er hatte keinen Willen mehr in dieser Sache.

Ein Ring der Macht paßt selbst auf sich auf. *Er* kann sich heimtückisch davonmachen, aber sein Hüter gibt ihn niemals auf. Höchstens spielt er mit dem Gedanken, ihn jemand anderem anzuvertrauen – und das auch nur in einem frühen Stadium, wenn die Wirkung des Ringes gerade erst einsetzt. Soviel ich weiß, ist Bilbo der einzige in der Geschichte gewesen, der nicht nur mit dem Gedanken gespielt, sondern es auch wirklich getan hat. Und er brauchte dabei meine ganze Hilfe. Und selbst so würde er ihn niemals einfach im Stich gelassen oder weggeworfen haben. Es war nicht Gollum, Frodo, der Entscheidungen traf, sondern der Ring selbst. Der Ring verließ *ihn.*«

»Was, eben zur rechten Zeit, um von Bilbo gefunden zu werden?« fragte Frodo. »Wäre dann ein Ork nicht passender gewesen?«

»Das ist nicht zum Lachen«, erwiderte Gandalf. »Nicht für dich. Es war das bisher seltsamste Ereignis in der ganzen Geschichte des Ringes: daß Bilbo eben zur rechten Zeit kam und blindlings, im Dunkeln, seine Hand auf ihn legte.

Da war mehr als eine Macht am Werk, Frodo. Der Ring versuchte, wieder zu seinem Herrn zurückzukehren. Er war von Isildurs Hand geglitten und hatte ihn verraten; dann, als sich eine Gelegenheit bot, suchte er sich den armen Déagol aus, und der wurde ermordet; und danach diesen Gollum, und an ihm zehrte er. Gollum konnte ihm nicht mehr nützen: er war zu klein und zu gemein; und wenn er bei ihm geblieben wäre, hätte Gollum seinen Tümpel dort unten niemals verlassen. Als aber nun sein Herr wieder erwachte und seine dunklen Gedanken vom Düsterwald aussandte, verließ er Gollum. Nur um von dem unwahrscheinlichsten Geschöpf gefunden zu werden, das man sich vorstellen kann: von Bilbo aus dem Auenland!

Im Hintergrund war noch etwas anderes am Werk, das über die Absicht des Ringschöpfers hinausging. Ich kann es nicht deutlicher ausdrükken, als wenn ich sage, daß Bilbo dazu *ausersehen* war, den Ring zu finden, aber *nicht* von dem, der den Ring gemacht hatte. In diesem Fall wärst auch du *ausersehen*. Und das mag vielleicht ein ermutigender Gedanke sein.«

»Ist es nicht«, sagte Frodo. »Obwohl ich nicht sicher bin, ob ich dich richtig verstanden habe. Aber wie hast du all das über den Ring erfahren und über Gollum? Weißt du es wirklich oder vermutest du es nur?«

Gandalf sah Frodo an und seine Augen funkelten. »Ich wußte viel und habe viel erfahren«, antwortete er. »Aber *dir* werde ich nicht genau Rechenschaft ablegen über all mein Tun. Die Geschichte von Elendil und Isildur und dem Einen Ring ist allen Weisen bekannt. Daß dein Ring der Eine ist, ist allein durch die Feuerschrift erwiesen, abgesehen von jedem anderen Anzeichen.«

»Und wann hast du das entdeckt?« unterbrach ihn Frodo.

»Gerade eben, in diesem Zimmer natürlich«, sagte Gandalf scharf. »Aber ich hatte es erwartet. Ich bin zurückgekehrt von dunklen Wanderungen und langer Suche, um diese letzte Probe zu machen. Es ist der letzte Beweis, und nun ist es nur allzu klar. Herauszufinden, welche Rolle Gollum gespielt hat, und sie in die Lücke in der Geschichte einzufügen, erforderte einiges Nachdenken. Anfangs mag ich bloß Vermutungen über Gollum gehabt haben, aber jetzt vermute ich nicht. Ich weiß es. Ich habe ihn gesehen.«

»Du hast Gollum gesehen?« rief Frodo verblüfft.

»Ja. Das zu tun lag auf der Hand, wenn möglich. Ich versuchte es schon vor langer Zeit; aber schließlich ist es mir gelungen.«

»Was ist denn geschehen, nachdem Bilbo ihm entkommen war? Weißt du das?«

»Nicht ganz genau. Was ich dir erzählt habe ist das, was Gollum zu sagen bereit war – allerdings natürlich nicht in der Form, wie ich es berichtet habe. Gollum ist ein Lügner, und man muß seine Worte sieben. Zum Beispiel nannte er den Ring sein ›Geburtstagsgeschenk‹ und blieb dabei. Er behauptete, ihn von seiner Großmutter bekommen zu haben, die eine Menge herrlicher Dinge dieser Art gehabt habe. Eine lächerliche Behauptung. Ich zweifle nicht daran, daß Sméagols Großmutter eine wirkliche Stammesmutter war, eine großartige Person in ihrer Art, aber davon zu reden, sie habe viele Elbenringe besessen, war absurd, und daß sie sie verschenkt habe, eine Lüge. Aber eine Lüge mit einem Körnchen Wahrheit.

Der Mord an Déagol verfolgte Gollum, und er hatte sich eine Verteidigung zurechtgelegt, die er seinem ›Schatz‹ gegenüber noch und noch wiederholte, wenn er im Dunkeln an seinen Knochen nagte, bis er sie schließlich fast glaubte. Es *war* sein Geburtstag gewesen. Déagol hätte ihm den Ring schenken müssen. Der Ring war offenbar in eben dem Augenblick aufgetaucht, um ein Geschenk zu sein. Es *war* sein Geburtstagsgeschenk, und so weiter und weiter.

Ich hatte Geduld mit ihm, so lange ich konnte, aber die Wahrheit war verzweifelt wichtig, und zuletzt mußte ich grob werden. Ich machte ihm Angst mit Blitzen und preßte die wahre Geschichte aus ihm heraus, Stück für Stück, begleitet von viel Gewimmer und Gebrumm. Er kam sich unverstanden und mißbraucht vor. Aber als er mir seine Geschichte endlich bis zu dem Rätselspiel und Bilbos Flucht erzählt hatte, wollte er nichts mehr sagen und machte nur noch dunkle Andeutungen. Vor irgend etwas anderem hatte er mehr Angst als vor mir. Er murmelte, er würde sein Eigentum zurückbekommen. Die Leute würden schon sehen, ob er es sich gefallen lasen würde, getreten und in ein Loch gejagt und dann *beraubt* zu werden. Gollum habe jetzt gute Freunde, gute und sehr starke Freunde. Sie würden ihm helfen. Beutlin würde dafür bezahlen. Das war sein Hauptgedanke. Er haßte Bilbo und verfluchte seinen Namen. Überdies wußte er, wo er herkam.«

»Wie hat er denn das herausgefunden?« fragte Frodo.

»Nun, was seinen Namen betrifft, so war Bilbo selbst so töricht gewesen, ihn Gollum zu sagen; und danach konnte es nicht schwer sein, seine Heimat zu ermitteln, nachdem Gollum erst mal herausgekommen war. Oh ja, er kam heraus. Sein Verlangen nach dem Ring erwies sich stärker als seine Angst vor den Orks oder vor dem Licht! Ein oder zwei Jahre später verließ er das Gebirge. Du siehst, obwohl er immer durch das Begehren an ihn gebunden war, fraß der Ring doch nicht mehr an ihm; Gollum begann wieder ein wenig lebendig zu werden. Er fühlte sich alt, fürchterlich alt, doch weniger ängstlich, und er war entsetzlich hungrig.

Das Licht, Licht von Sonne und Mond, fürchtete und haßte er immer noch, und das wird auch so bleiben, glaube ich; aber er war listig. Er fand heraus, daß er sich vor Tageslicht und Mondenschein verbergen und mit seinen bleichen, kalten Augen seinen Weg rasch und leise mitten in der Nacht zurücklegen und kleine, verängstigte oder unvorsichtige Lebewesen fangen konnte. Er wurde stärker und kühner mit frischer Nahrung und frischer Luft. Er fand den Weg nach Düsterwald, wie zu erwarten war.«

»Und dort hast du ihn getroffen?« fragte Frodo.

»Ich sah ihn dort«, antwortete Gandalf. »Aber vorher war er schon weit gewandert und hatte Bilbos Spur verfolgt. Es war schwierig, etwas Genaues aus ihm herauszuholen, denn sein Gerede war ständig von Flüchen und Drohungen unterbrochen. ›Was hat es in seine Taschen gesteckt?‹ sagte er. ›Ich wollte es nicht sagen, nein, Schatz. Kleiner Betrüger. Keine anständige Frage. Es hat zuerst betrogen, wirklich. Es hat die Regeln verletzt. Wir hätten es zerquetschen sollen, ja, Schatz. Und das werden wir auch, Schatz!‹

Da hast du eine Kostprobe von seinem Gerede. Sie wird dir vermutlich genügen. Ich hatte mühselige Tage dadurch. Aber aus Andeutungen, die er zwischen seinem Gefauche fallen ließ, entnahm ich, daß ihn seine tapsenden Füße schließlich nach Esgaroth getragen haben und sogar zu den Straßen in Thal, und er lauschte und spähte. Nun, die Kunde von den großen Ereignissen verbreitete sich überall in Wilderland, und viele hatten Bilbos Namen gehört und wußten, wo er herkam. Wir hatten aus unserer Wanderung zurück zu seinem Heim im Westen kein Geheimnis gemacht. Gollums scharfes Gehör mußte bald erfahren, was er wissen wollte.«

»Warum hat er dann Bilbo nicht weiter verfolgt?« fragte Frodo. »Warum ist er nicht ins Auenland gekommen?«

»Ah«, sagte Gandalf, »jetzt kommen wir dazu. Ich glaube, Gollum hat es versucht. Er hat sich aufgemacht und ist zurück nach Westen bis zum Großen Strom gekommen. Aber dann ist er abgebogen. Die Entfernung schreckte ihn nicht, dessen bin ich sicher. Nein, irgend etwas anderes zog ihn fort. Das jedenfalls glauben meine Freunde, jene, die für mich auf ihn Jagd machten.

Die Waldelben spürten ihn zuerst auf, eine leichte Aufgabe für sie, denn seine Fährte war damals noch frisch. Durch Düsterwald und wieder zurück folgten sie ihr, obwohl sie ihn niemals erwischten. Im ganzen Wald lief das Gerücht über ihn um, Schreckliches erzählten sich sogar die Tiere und Vögel. Die Waldmenschen sagten, irgendein neues Schreckgespenst ginge um, ein Geist, der Blut trank. Er stieg auf Bäume, um Nester auszunehmen; er kroch in Höhlen, um die Jungen zu rauben; er schlüpfte durch Fenster, um Wiegen zu finden.

Doch am Westrand vom Düsterwald schwenkte die Fährte ab. Sie verlief nach Süden, entschwand aus dem Gesichtskreis der Waldelben und verlor sich. Und dann habe ich einen großen Fehler gemacht. Ja, Frodo, und nicht den ersten; obschon ich fürchte, daß dieser sich als der schlimmste erweisen wird. Ich ließ die Sache laufen. Ich ließ ihn gehen;

denn ich hatte damals an vieles andere zu denken, und ich vertraute noch immer Sarumans Wissen.

Nun, das ist Jahre her. Seitdem habe ich mit vielen dunklen und gefährlichen Tagen dafür bezahlt. Die Fährte war längst kalt geworden, als ich sie wieder aufnahm, nachdem Bilbo hier fortgegangen war. Und meine Suche wäre vergeblich gewesen, hätte ich nicht die Hilfe eines Freundes gehabt: Aragorns, des größten Wanderers und Jägers dieses Zeitalters der Welt. Zusammen suchten wir die ganze Länge von Wilderland nach Gollum ab, ohne Hoffnung und ohne Erfolg. Aber schließlich, als ich die Jagd schon aufgegeben und mich in andere Gegenden begeben hatte, wurde Gollum gefunden. Mein Freund kehrte aus großen Gefahren zurück und brachte das elende Geschöpf mit.

Was er getrieben hatte, wollte Gollum nicht sagen. Er weinte nur und nannte uns grausam, mit vielen *Gollums* in der Kehle; und als wir ihn drängten, winselte und schmeichelte er und rieb seine langen Hände, leckte an seinen Fingern, als ob sie ihn schmerzten oder er sich irgendeiner alten Qual erinnerte. Aber daran, fürchte ich, kann kein Zweifel sein: Schritt für Schritt, Meile um Meile hat er sich langsam und heimlich bis in das Land Mordor geschlichen.«

Ein bedrückendes Schweigen herrschte im Raum. Frodo konnte sein Herz schlagen hören. Selbst draußen schien alles still zu sein. Kein Ton mehr war von Sams Grasschere zu hören.

»Ja, nach Mordor«, sagte Gandalf. »Ach, Mordor zieht alle bösen Geschöpfe an, und die Dunkle Macht hat ihren ganzen Willen darauf gerichtet, sie dort zu sammeln. Auch wird der Ring des Feindes seine Spuren bei Gollum hinterlassen und ihn wehrlos gegen den Befehl gemacht haben. Und alles Volk raunte damals von dem neuen Schatten im Süden und von seinem Haß auf den Westen. Dort waren Gollums feine neue Freunde, die ihm bei seiner Rache helfen würden!

»Unseliger Narr! In jenem Lande wird er viel gelernt haben, zu viel für seinen Frieden. Und früher oder später wird er, als er an den Grenzen lauerte und spähte, ergriffen und mitgenommen worden sein – zum Verhör. So hat es sich abgespielt, fürchte ich. Als er gefunden wurde, war er schon lange dort gewesen und auf dem Rückweg. Mit irgendeiner unheilvollen Absicht. Aber darauf kommt es jetzt nicht so sehr an. Sein größtes Unheil hat er schon angerichtet.

Ja, leider! Durch ihn hat der Feind erfahren, daß der Eine wiedergefunden war. Er weiß, wo Isildur fiel. Er weiß, wo Gollum seinen Ring fand. Er weiß, daß es ein Großer Ring ist, denn er schenkte langes Leben. Er weiß, daß es nicht einer der Drei ist, denn sie sind niemals verloren worden, und sie dulden nichts Böses. Er weiß, daß es nicht einer der Sieben oder einer der Neun ist, denn über sie besteht Klarheit. Er weiß, daß es der Eine ist. Und er hat nun auch, glaube ich, von *Hobbits* und vom *Auenland* gehört.

Vom Auenland – er mag jetzt danach forschen, wenn er nicht schon herausgefunden hat, wo es liegt. Wirklich, Frodo, ich fürchte, er mag sogar der Meinung sein, daß der lange unbemerkt gebliebene Name *Beutlin* wichtig geworden ist.«

»Aber das ist ja entsetzlich!« rief Frodo. »Weit schlimmer als das Schlimmste, was ich mir nach deinen Andeutungen und Warnungen vorgestellt hatte. O Gandalf, bester Freund, was soll ich tun? Denn jetzt habe ich wirklich Angst. Was soll ich tun? Welch ein Jammer, daß Bilbo dieses elende Geschöpf nicht erdolcht hat, als er die Gelegenheit hatte!«

»Ein Jammer? Ihn jammerte Gollum. Mitleid und Erbarmen hielten seine Hand zurück: nicht ohne Not wollte er töten. Und dafür ist er reich belohnt worden, Frodo. Du kannst gewiß sein, wenn ihm das Böse so wenig anhaben konnte und er sich ihm schließlich zu entziehen vermochte, dann nur, weil er den Ring auf diese Weise in Besitz nahm. Voll Mitleid.«

»Verzeih mir«, sagte Frodo. »Aber ich habe Angst; und ich empfinde keinerlei Mitleid für Gollum.«

»Du hast ihn nicht gesehen«, warf Gandalf ein.

»Nein, und ich möchte auch nicht. Ich kann dich nicht verstehen. Willst du damit sagen, daß ihr, du und die Elben, ihn nach all diesen entsetzlichen Taten am Leben gelassen habt? Jetzt ist er jedenfalls so schlimm wie ein Ork, und einfach ein Feind. Er verdient den Tod.«

»Verdient ihn! Das will ich glauben. Viele, die leben, verdienen den Tod. Und manche, die sterben, verdienen das Leben. Kannst du es ihnen geben? Dann sei auch nicht so rasch mit einem Todesurteil bei der Hand. Denn selbst die ganz Weisen können nicht alle Absichten erkennen. Ich habe nicht viel Hoffnung, daß Gollum geheilt werden kann, ehe er stirbt, aber möglich ist es dennoch. Und sein Leben ist eng verknüpft mit dem Schicksal des Rings. Mein Herz sagt mir, daß er noch eine Rolle zu spielen hat, zum Guten oder zum Bösen, ehe das Ende kommt; und wenn es dazu kommt, dann mag Bilbos Mitleid bestimmend sein für das Schicksal von vielen – und nicht zuletzt für das deine. Wie dem auch sei, wir haben ihn nicht getötet: er ist sehr alt und sehr unglücklich. Die Waldelben halten ihn gefangen, aber sie behandeln ihn mit aller Güte, die ihre weisen Herzen ihnen eingeben.«

»Gleichviel«, sagte Frodo, »auch wenn Bilbo Gollum nicht töten konnte, so wünschte ich, er hätte den Ring nicht behalten. Ich wünschte, er hätte ihn nie gefunden und ich hätte ihn nie bekommen! Warum hast du zugelassen, daß ich ihn behielt? Warum hast du mich nicht dazu gebracht, daß ich ihn wegwürfe oder ihn zerstörte?«

»Zugelassen? Dazu gebracht?« wiederholte der Zauberer. »Hast du denn nicht zugehört? Du überlegst nicht, was du sagst. Aber was das Wegwerfen betrifft, das wäre offensichtlich verkehrt. Diese Ringe haben es an sich, gefunden zu werden. In unrechten Händen hätte er großes Unheil anrichten können. Das Schlimmste wäre gewesen, wenn er dem Feind in die Hände gefallen wäre. Und das wäre gewiß geschehen; denn dies ist der Eine, und der Feind übt seine ganze Macht aus, um ihn zu finden oder an sich zu ziehen.

Natürlich, mein lieber Frodo, war es gefährlich für dich; und das hat mich zutiefst beunruhigt. Doch stand so viel auf dem Spiel, daß ich etwas wagen mußte – obwohl kein Tag verging, auch wenn ich fern war, an dem das Auenland nicht von wachsamen Augen beobachtet wurde. Solange du den Ring nie benutztest, glaubte ich, daß er keine nachhaltige Wirkung auf dich ausüben würde, keine unheilvolle, jedenfalls nicht auf sehr lange Zeit. Und du darfst nicht vergessen, daß ich vor neun Jahren, als ich dich zuletzt sah, sehr wenig mit Sicherheit wußte.«

»Aber warum ihn nicht zerstören, da du doch selbst sagst, das hätte schon längst geschehen sollen?« rief Frodo. »Wenn du mich gewarnt oder mir eine Botschaft geschickt hättest, dann hätte ich ihn beseitigt.«

»Wirklich? Wie wolltest du das machen? Hast du es jemals versucht?«

»Nein. Aber ich nehme an, man könnte ihn zerschlagen oder ihn schmelzen.«

»Versuche es!« sagte Gandalf. »Versuche es jetzt.«

Frodo zog den Ring wieder aus der Tasche und betrachtete ihn. Er schien jetzt ganz eben und glatt zu sein, und Frodo konnte kein Zeichen oder Muster erkennen. Das Gold sah sehr klar und rein aus, und Frodo dachte bei sich, wie satt und schön seine Farbe und wie vollkommen er gearbeitet war. Es war ein herrliches und überaus kostbares Stück. Als er ihn herausnahm, hatte er vorgehabt, ihn an die heißeste Stelle des Feuers zu werfen. Doch jetzt stellte er fest, daß er es nicht vermochte, nicht ohne großen Kampf. Zögernd wog er den Ring in der Hand und zwang sich, an alles zu denken, was Gandalf ihm gesagt hatte; und dann machte er mit einer Willensanstrengung eine Bewegung, als wollte er ihn wegschleudern – aber dann merkte er, daß er ihn wieder in die Tasche gesteckt hatte.

Gandalf lachte grimmig. »Siehst du? Auch du, Frodo, kannst ihn schon nicht mehr so einfach aufgeben oder hast nicht mehr den Willen, ihn zu beschädigen. Und ich könnte dich nicht dazu ›bringen‹ – außer mit Gewalt, und das würde deinen Willen brechen. Aber um den Ring zu zerbrechen, ist Gewalt zwecklos. Selbst wenn du ihn nähmst und mit einem schweren Schmiedehammer auf ihn einschlügest, würde keine Delle zu sehen sein. Durch deine Hände kann er nicht zerstört werden, und auch nicht durch meine.

Dein kleines Feuer würde natürlich nicht einmal gewöhnliches Gold zum Schmelzen bringen. Dieser Ring hat es unversehrt überstanden und ist nicht einmal heiß geworden. Im ganzen Auenland gibt es keine Schmiedewerkstatt, die ihn umformen könnte. Nicht einmal die Ambosse und Schmelzöfen der Zwerge. Es hieß einmal, daß Drachenfeuer die Ringe der Macht schmelzen und verzehren könnte, aber jetzt gibt es auf der Welt keinen Drachen mehr, in dem das alte Feuer heiß genug wäre; überdies hat es noch nie ein Drache vermocht, nicht einmal Ancalagon der Schwarze, dem Einen Ring, dem Beherrschenden Ring, Schaden zuzufügen, denn Sauron selbst hat ihn gemacht.

Es gibt nur einen Weg: in den Tiefen des Orodruin, des Feurigen Berges, die Schicksalsklüfte zu finden und den Ring dort hineinzuwerfen, wenn du ihn wirklich zerstören und auf immer dem Zugriff des Feindes entziehen willst.«

»Ich will ihn wirklich zerstören!« rief Frodo. »Oder vielmehr, daß er zerstört werde. Denn ich bin nicht geeignet für gefährliche Unternehmungen. Ich wollte, ich hätte den Ring nie gesehen! Warum ist er nur auf mich gekommen? Warum wurde ich erwählt?«

»Solche Fragen lassen sich nicht beantworten«, sagte Gandalf. »Du kannst gewiß sein, daß es nicht wegen irgendwelcher Vorzüge war, die andere nicht besitzen: nicht Macht oder Weisheit jedenfalls. Doch bist du erwählt worden, und daher mußt du alles zusammennehmen, was du an Kraft und Mut und Verstand hast.«

»Aber von alledem habe ich so wenig! Du bist weise und mächtig. Willst du den Ring nicht nehmen?«

»Nein!« schrie Gandalf und sprang auf. »Mit dieser Macht würde ich eine zu große und entsetzliche Macht besitzen. Und über mich würde der Ring eine noch größere und tödlichere Macht gewinnen.« Seine Augen blitzten, und sein Gesicht war wie von einem inneren Feuer erleuchtet. »Versuche mich nicht! Denn ich will nicht werden wie der Dunkle Herrscher. Noch geht der Weg des Ringes zu meinem Herzen über Mitleid, Mitleid mit den Schwachen, und ich wünsche mir Stärke, um Gutes zu tun. Versuche mich nicht! Ich wage ihn nicht zu nehmen, nicht einmal, um ihn unbenutzt zu verwahren. Das Verlangen, ihn zu verwenden, würde zu groß sein für meine Kraft. Ich würde ihn so nötig brauchen. Große Gefahren liegen vor mir.«

Er ging zum Fenster, zog die Vorhänge auf und öffnete die Läden. Das Sonnenlicht strömte wieder in den Raum. Draußen auf dem Weg ging pfeifend Sam vorbei. »Und nun«, sagte der Zauberer, als er sich wieder zu Frodo umwandte, »liegt die Entscheidung bei dir. Aber ich will dir immer helfen.« Er legte Frodo die Hand auf die Schulter. »Ich will dir helfen, diese Bürde zu tragen, solange du sie zu tragen hast. Aber wir müssen bald etwas tun. Der Feind regt sich.«

Es trat ein langes Schweigen ein. Gandalf setzte sich wieder und zog an seiner Pfeife, als ob er tief in Gedanken versunken sei. Seine Augen schienen geschlossen zu sein, aber unter den Lidern hervor beobachtete er Frodo scharf. Frodo starrte wie gebannt auf die rote Glut im Kamin, bis sie sein ganzes Blickfeld erfüllte und ihm war, als schaute er hinab in tiefe feurige Brunnen. Er dachte an die sagenhaften Schicksalsklüfte und die Schrecken des Feurigen Berges.

»Nun?« fragte Gandalf schließlich. »Worüber denkst du nach? Hast du dich entschieden, was du tun willst?«

»Nein!« antwortete Frodo. Er kam aus der Dunkelheit wieder zu sich und stellte zu seiner Überraschung fest, daß es nicht dunkel war und er durch das Fenster den sonnendurchflutcten Carten sehen konnte. »Oder vielleicht doch. Sofern ich richtig verstanden habe, was du gesagt hast, muß ich den Ring wohl behalten und sicher verwahren, zumindest vorläufig, was immer er mir auch antun mag.«

»Was immer er dir auch antun mag; doch wird es lange, lange dauern, bis er Unheil anrichtet, wenn du ihn mit diesem Vorsatz behältst.«

»Das hoffe ich«, antwortete Frodo. »Aber ich hoffe auch, daß du vielleicht bald einen besseren Hüter findest. Doch einstweilen scheine ich eine Gefahr zu sein, eine Gefahr für alle, die in meiner Nähe leben. Ich kann nicht den Ring behalten und hier bleiben. Ich müßte Beutelsend verlassen, das Auenland verlassen, alles verlassen und fortgehen.« Er seufzte. »Ich würde das Auenland gern retten, wenn ich kann — obwohl es Zeiten gegeben hat, da mir seine Bewohner unsagbar dumm und langweilig vorkamen und ich dachte, ein Erdbeben oder ein Drachenüberfall könnten gut für sie sein. Aber jetzt denke ich nicht so. Ich denke, daß ich, solange das Auenland unversehrt und wohlbehalten hinter mir liegt, das Wandern erträglicher finden werde: ich werde dann wissen, daß es einen sicheren Zufluchtsort gibt, selbst wenn ich dort nicht wieder Zuflucht suchen kann.

Natürlich habe ich schon manchmal daran gedacht, wegzugehen, aber ich hatte es mir gewissermaßen als Ferien vorgestellt, eine Reihe von Abenteuern wie Bilbos oder noch bessere und mit einem friedlichen Ende. Doch das hier würde Verbannung bedeuten, Flucht vor einer Gefahr und immer neuen Gefahren, die mir nachziehen. Und ich muß vermutlich allein gehen, wenn ich das vollbringen und das Auenland retten soll. Aber ich komme mir sehr klein vor und ganz entwurzelt und bin — nun ja, verzweifelt. Der Feind ist so stark und furchtbar.«

Er sagte es Gandalf nicht, aber während er sprach, war in seinem Herzen ein heißes Verlangen entbrannt, Bilbo zu folgen — und ihn vielleicht wiederzufinden. Das Verlangen war so mächtig, daß es seine Angst überwucherte: er hätte fast aufspringen und ohne Hut, wie Bilbo es vor langer Zeit an einem ähnlichen Morgen getan hatte, den Weg hinunterrennen können.

»Mein lieber Frodo!« rief Gandalf aus. »Hobbits sind doch wirklich erstaunliche Geschöpfe, wie ich schon früher gesagt habe. In einem Monat kann man alles Wissenswerte über sie lernen, und doch können sie einen nach hundert Jahren, wenn man in Not ist, noch überraschen. Ich hatte kaum erwartet, eine solche Antwort zu erhalten, nicht einmal von dir. Es war kein Mißgriff von Bilbo, daß er dich zu seinem Erben erwählte, obwohl er kaum ahnte, wie wichtig das werden würde. Ich fürchte, du hast recht. Der Ring wird nicht länger im Auenland verborgen bleiben können, und um deinetwillen ebenso wie um anderer willen wirst du fortgehen und den Namen Beutlin ablegen müssen. Diesen Namen zu führen wird außerhalb des Auenlands oder in der Wildnis gefährlich sein. Ich werde dir jetzt einen Decknamen geben. Wenn du gehst, gehe als Herr Unterberg.

Aber ich glaube nicht, daß du allein gehen mußt. Nicht, wenn du jemanden weißt, dem du vertrauen kannst und der bereit wäre, an deiner Seite zu bleiben — und den in unbekannte Gefahren mitzunehmen du bereit wärst. Aber wenn du dich nach einem Gefährten umschaust, sei vorsichtig bei der Auswahl! Und sei vorsichtig mit dem, was du sagst, selbst deinem besten Freund gegenüber! Der Feind hat viele Späher und viele Möglichkeiten zu hören.«

Plötzlich brach er ab, als ob er horche. Frodo merkte mit einem Mal, daß alles sehr still war, drinnen und draußen. Gandalf kroch an eine Seite des Fensters. Dann sprang er mit einem Satz zum Fensterbrett und streckte einen langen Arm hinaus und nach unten. Es gab einen Angstschrei, und herauf kam Sam Gamdschies Krauskopf, an einem Ohr gepackt.

»Na, bei meinem Barte!« sagte Gandalf. »Das ist doch Sam Gamdschie? Was machst du denn da?«

»Gott behüte, Herr, Herr Gandalf«, sagte Sam. »Nichts! Bloß nur die Rasenkante unter dem Fenster habe ich gerade geschnitten, wenn Ihr mir folgen könnt.« Er nahm seine Schere auf und hielt sie zum Beweis hoch.

»Kann ich nicht«, sagte Gandalf grimmig. »Es ist schon eine Weile her, daß ich deine Schere zuletzt gehört habe. Wie lange hast du gelauscht?«

»Gelauscht, Herr Gandalf? Ich kann Euch nicht folgen und bitte um Vergebung. In ganz Beutelsend gibt's kein Haarwild und folglich keine Lauscher.«

»Laß die albernen Witze! Was hast du gehört und warum hast du gehorcht?« Gandalfs Augen blitzten, und seine Augenbrauen sträubten sich wie Borsten.

»Herr, Herr Frodo!« rief Sam zitternd. »Laß nicht zu, daß er mir weh tut! Laß nicht zu, daß er mich in ein Ungeheuer verwandelt! Mein altes Väterchen würde sich so aufregen. Ich hab's nicht bös gemeint, Ehrenwort, Herr!«

»Er wird dir nicht weh tun«, sagte Frodo, der sich kaum das Lachen verbeißen konnte, obwohl er selbst verdutzt und ziemlich bestürzt war. »Er weiß so gut wie ich, daß du es nicht böse meinst. Aber nun rappel dich auf und beantworte seine Fragen geradeheraus!«

»Nun ja, Herr Gandalf«, stotterte Sam. »Ich hörte allerlei, was ich nicht recht verstand, von einem Feind und Ringen und Herrn Bilbo und Drachen und einem feurigen Berg – und von Elben, Herr. Ich horchte, weil ich einfach nicht anders konnte, wenn Ihr wißt, was ich meine. Gott behüte, Herr, aber solche Geschichten habe ich doch so gern. Und ich glaube auch daran, was immer Timm sagen mag. Elben, Herr! *Die* würde ich ja so gern sehen. Kannst du mich nicht mitnehmen, Herr Frodo, daß ich die Elben sehe, wenn du gehst?«

Plötzlich lachte Gandalf. »Komm herein!« rief er, streckte beide Arme hinaus, hob den erstaunten Sam mitsamt Schere, Grasschnipseln und allem durchs Fenster und stellte ihn auf den Boden. »Dich mitnehmen, daß du die Elben siehst, wie?« fragte er und sah Sam scharf an, aber ein Lächeln huschte über sein Gesicht. »Du hast also gehört, daß Herr Frodo weggeht?«

»Ja, Herr Gandalf, und darum habe ich geschnauft, was Ihr anscheinend gehört habt. Ich hab's unterdrücken wollen, aber es brach einfach aus mir heraus: es hat mich so aufgeregt.«

»Ich kann es nicht ändern, Sam«, sagte Frodo traurig. Ihm war plötzlich klar geworden, daß aus dem Auenland fliehen mehr schmerzliches Abschiednehmen bedeuten würde, als bloß den vertrauten Bequemlichkeiten von Beutelsend Lebewohl zu sagen.

»Ich werde gehen müssen. Aber ...« und hier sah er Sam scharf an – »wenn du mir wirklich zugetan bist, dann hältst du das *ganz* geheim. Verstehst du? Und wenn nicht, wenn du nur ein Wort verlauten läßt von dem, was du hier gehört hast, dann hoffe ich, daß Gandalf dich in eine greuliche Kröte verwandelt und eine ganze Schar Ringelnattern in den Garten setzt.«

Sam fiel zitternd auf die Knie. »Steh auf, Sam!« sagte Gandalf. »Mir ist etwas Besseres eingefallen. Etwas, um dir den Mund zu stopfen und als gerechte Strafe fürs Horchen. Du wirst mitgehen mit Herrn Frodo!«

»Ich, Herr?« rief Sam und sprang auf wie ein Hund, der zum Spazierengehen aufgefordert wird. »Ich soll mitgehen und Elben sehen und alles? Hurra!« schrie er, und brach dann in Tränen aus.

DRITTES KAPITEL

DREI MANN HOCH

»Du solltest in aller Stille gehen, und du solltest bald gehen«, sagte Gandalf. Zwei oder drei Wochen waren verstrichen, und Frodo traf immer noch keine Anstalten, aufzubrechen.

»Ich weiß. Aber beides ist schwierig«, wandte er ein. »Wenn ich einfach verschwinde wie Bilbo, dann wird darüber im Nu im ganzen Auenland geredet.«

»Natürlich darfst du nicht einfach verschwinden!« sagte Gandalf. »Das wäre grundverkehrt! Ich sagte *bald* und nicht *sofort*. Wenn du dir eine Möglichkeit ausdenken kannst, wie du dich aus dem Auenland davonstehlen kannst, ohne daß es allgemein bekannt wird, dann ist das eine kleine Verzögerung wert. Aber du darfst nicht zu lange zögern.«

»Wie wäre es im Herbst, an oder nach Unserem Geburtstag?« schlug Frodo vor. »Bis dahin könnte ich wahrscheinlich ein paar Vorkehrungen treffen.«

Ehrlich gesagt, jetzt, da es so weit war, widerstrebte es ihm sehr, wegzugehen. Beutelsend erschien ihm mit einem Mal ein so wünschenswerter Wohnsitz wie seit Jahren nicht, und er wollte seinen letzten Sommer im Auenland nach Möglichkeit auskosten. Im Herbst, das wußte er, würde zumindest ein Teil seines Herzens freundlicher über das Wandern denken, denn so war es um diese Jahreszeit immer gewesen. Eigentlich war er fest entschlossen, an seinem fünfzigsten Geburtstag aufzubrechen: an Bilbos hundertachtundzwanzigstem. Es schien irgendwie der passende Tag zu sein, um sich aufzumachen und ihm zu folgen. Bilbo zu folgen lag ihm am meisten im Sinn, und es war das einzige, was den Gedanken, wegzugehen, erträglich machte. An den Ring dachte er so wenig wie möglich und auch daran nicht, wo er ihn letztlich hinführen würde. Aber er sagte Gandalf nicht alles, was ihn bewegte. Was der Zauberer erriet, war immer schwer zu sagen.

Er sah Frodo an und lächelte. »Sehr schön«, sagte er. »Das wird gehen, glaube ich – aber es darf nicht später werden. Ich mache mir allmählich große Sorgen. Inzwischen sei vorsichtig und laß ja nichts darüber verlauten, wo du hingehst! Und sorge dafür, daß Sam Gamdschie nicht schwätzt. Wenn er das tut, werde ich ihn wirklich in eine Kröte verwandeln.«

»Auszuplaudern, wohin ich gehe«, sagte Frodo, »wäre wirklich schwierig, denn ich habe selbst noch keine klare Vorstellung.»

»Sei nicht albern!« sagte Gandalf. »Ich warne dich doch nicht davor, deine Anschrift beim Postamt zu hinterlassen! Aber du willst das Auenland verlassen – und das sollte nicht bekanntwerden, ehe du weit fort bist. Schließlich mußt du entweder nach Norden, Süden, Westen oder Osten gehen, oder zumindest dorthin aufbrechen – und die Richtung sollte unter keinen Umständen bekanntwerden.«

»Ich war so von dem Gedanken erfüllt, Beutelsend zu verlassen und Lebewohl zu sagen, daß ich mir die Richtung noch gar nicht überlegt habe«, sagte Frodo. »Denn wo soll ich überhaupt hingehen? Welches Ziel soll ich ansteuern? Was soll mein Leitstern sein? Bilbo ging, um einen Schatz zu finden, dorthin und wieder zurück; aber ich gehe, um einen zu verlieren und nicht zurückzukehren, soweit ich sehen kann.«

»Aber du kannst nicht sehr weit sehen«, sagte Gandalf. »Und ich auch nicht. Es mag deine Aufgabe sein, die Schicksalsklüfte zu finden; doch kann es auch sein, daß diese Fahrt anderen übertragen wird: ich weiß es nicht. Jedenfalls bist du jetzt noch nicht bereit für diesen langen Weg.«

»Nein, wirklich nicht«, erwiderte Frodo. »Aber welche Richtung soll ich einstweilen einschlagen?«

»Der Gefahr entgegen, aber nicht zu rasch und nicht zu geradenwegs«, antwortete der Zauberer. »Wenn du meinen Rat hören willst, dann mach dich nach Bruchtal auf. Dieser Weg sollte nicht allzu gefahrvoll sein, obwohl die Straße nicht mehr so bequem ist, wie sie war, und schlechter werden wird, je weiter das Jahr fortschreitet.«

»Bruchtal!« sagte Frodo. »Sehr gut: ich werde nach Osten gehen und mich nach Bruchtal aufmachen. Ich werde Sam mitnehmen, und er kann die Elben besuchen; er wird sich freuen.« Er sagte das so leichthin; aber im Grunde seines Herzens verspürte er plötzlich den Wunsch, das Haus des Halbelben Elrond zu sehen und die Luft jenes tiefen Tales zu atmen, wo noch viele des Schönen Volkes in Frieden lebten.

Eines Abends im Sommer erreichte eine erstaunliche Neuigkeit den *Efeubusch* und den *Grünen Drachen*. Riesen und andere bedrohliche Anzeichen an den Grenzen des Auenlands waren wegen wichtigerer Dinge vergessen: Herr Frodo verkauft Beutelsend, er hat es sogar schon verkauft – und zwar an die Sackheim-Beutlins!

»Für ein schönes Stück Geld«, sagten manche. »Zu einem Spottpreis«, sagten andere, »und das ist auch wahrscheinlicher, wenn Frau Lobelia die Käuferin ist.« (Otho war vor ein paar Jahren gestorben, im reifen, aber unerfüllten Alter von 102.)

Warum Herr Frodo eigentlich seine schöne Höhle verkaufte, war sogar noch umstrittener als der Preis. Ein paar vertraten die Ansicht – gestützt auf Winke und Andeutungen von Herrn Beutlin selbst –, daß Frodo das Geld ausgegangen sei: er wolle Hobbingen verlassen und unten in Bockland bei seinen Verwandten, den Brandybocks, bescheiden von dem Erlös des Verkaufs leben. »So weit weg von den Sackheim-Beutlins wie nur möglich«, fügten manche hinzu. Aber die Vorstellung von dem unermeßlichen Reichtum der Beutlins auf Beutelsend hatte sich so in den Köpfen festgesetzt, daß die meisten es kaum glauben konnten, weniger als jeden anderen vernünftigen oder unvernünftigen Grund, den ihre Phantasie ihnen eingeben konnte: die meisten vermuteten einen dunklen und noch unenthüllten Plan von Gandalf. Obwohl er sich sehr ruhig verhielt und bei Tage nicht ausging, war es wohlbekannt, daß er sich »oben in Beutelsend versteckte«. Aber welche Rolle ein Umzug bei seiner Zauberei auch immer spielen mochte, an der Tatsache bestand kein Zweifel: Frodo Beutlin kehrte nach Bockland zurück.

»Ja, im Herbst werde ich umziehen«, sagte er. »Merry Brandybock sucht für mich eine kleine hübsche Höhle oder vielleicht ein Häuschen.«

In Wirklichkeit hatte er sich mit Merrys Hilfe schon ein kleines Haus auf dem Lande in Krickloch jenseits von Bockenburg ausgesucht und es gekauft. Allen außer Sam gegenüber tat er so, als wollte er sich dort für ständig niederlassen. Der Entschluß, zuerst nach Osten zu gehen, hatte ihm den Gedanken eingegeben; denn Bockland lag an der Ostgrenze des Auenlandes, und da er dort in seiner Kindheit gelebt hatte, würde es zumindest glaubhaft klingen, daß er dorthin zurückkehren wolle.

Gandalf blieb über zwei Monate im Auenland. Dann kündigte er eines Abends Ende Juni, kurz nachdem Frodos Plan endgültig festgelegt war, plötzlich an, daß er am nächsten Morgen aufbrechen wolle. »Nur für kurz, hoffe ich«, sagte er. »Aber ich will über die Südgrenze, um Neues zu erfahren, wenn ich kann. Ich bin länger müßig gewesen, als ich sollte.«

Er sprach leichthin, aber Frodo schien es, als sähe er recht besorgt aus. »Ist irgend etwas geschehen?« fragte er.

»Ach nein; aber ich habe etwas gehört, das mich beunruhigt und um das ich mich kümmern muß. Wenn ich es für notwendig halte, daß du doch sofort aufbrichst, dann komme ich gleich zurück oder gebe zumindest Nachricht. Halte du inzwischen an deinem Plan fest; aber sei vorsichtiger denn je, besonders mit dem Ring. Laß es dir noch einmal einschärfen: *gebrauche ihn nicht*!«

Im Morgengrauen ging er. »Mag sein, daß ich bald zurückkomme«, sagte er. »Allerspätestens bin ich zum Abschiedsfest wieder hier. Du könntest, glaube ich, unterwegs meine Gesellschaft brauchen.«

Zuerst war Frodo ziemlich verstört und fragte sich oft, was Gandalf wohl gehört haben mochte; aber seine Unruhe legte sich schließlich, und das schöne Wetter ließ ihn eine Weile seine Sorgen vergessen. Selten hatte das Auenland einen so herrlichen Sommer oder einen so köstlichen Herbst erlebt: die Bäume bogen sich unter der Last der Äpfel, Honig tropfte in die Waben und das Korn stand hoch und voll.

Erst als der Herbst wirklich vor der Tür stand, begann Frodo sich wieder Sorgen um Gandalf zu machen. Der September verging, und es war immer noch keine Nachricht von ihm gekommen. Der Geburtstag und der Umzug rückten näher, und weder war er gekommen, noch hatte er ein Wort von sich hören lassen. Beutelsend wurde lebendig. Einige von Frodos Freunden kamen, um ihm beim Packen zu helfen, und wohnten solange bei ihm: da waren Fredegar Bolger und Folko Boffin und natürlich seine besonderen Freunde Pippin Tuk und Merry Brandybock. Gemeinsam stellten sie die ganze Höhle auf den Kopf.

Am 20. September machten sich zwei Planwagen, vollgeladen mit den Möbeln und Sachen, die Frodo nicht verkauft hatte, auf den Weg nach Bockland über die Brandyweinbrücke. Am nächsten Tag wurde Frodo wirklich besorgt und hielt ständig nach Gandalf Ausschau. Am Donnerstag, seinem Geburtstag, war der Morgen ebenso strahlend und klar wie vor langer Zeit bei Bilbos großer Feier. Gandalf kam immer noch nicht. Am Abend gab Frodo sein Abschiedsfest: keine große Gesellschaft, nur ein Abendessen für ihn und seine vier Helfer; aber er war bekümmert und gar nicht richtig in Stimmung. Der Gedanke, daß er sich so bald von seinen jungen Freunden würde trennen müssen, bedrückte ihn. Er fragte sich, wie er es ihnen wohl beibringen sollte.

Die vier jungen Hobbits waren allerdings in bester Laune, und trotz Gandalfs Abwesenheit wurde das Fest bald sehr fröhlich. Das Eßzimmer war ausgeräumt bis auf einen Tisch und Stühle, aber das Essen war gut, und es gab guten Wein: Frodos Wein war nicht an die Sackheim-Beutlins mitverkauft worden.

»Was immer mit dem Rest meiner Sachen geschieht, wenn die S.-Bs. sie in die Klauen bekommen, für das hier habe ich einen guten Aufbewahrungsort gefunden«, sagte Frodo, als er sein Glas leertrank. Es war der letzte Tropfen »Alter Wingert«.

Nachdem sie viele Lieder gesungen und über viele Dinge geredet hatten, die sie gemeinsam getan hatten, stießen sie nach Frodos Gewohnheit auf Bilbos Geburtstag an und tranken auf sein und Frodos Wohl. Dann gingen sie hinaus, um frische Luft zu schnappen und nach den Sternen zu schauen, und dann ins Bett. Frodos Fest war vorüber, und Gandalf war nicht gekommen.

Am nächsten Morgen luden sie das restliche Gepäck auf einen weiteren Karren. Den übernahm Merry und fuhr mit Dick (das heißt Fredegar Bolger) davon. »Irgend jemand muß da sein und das Haus ein wenig wohnlich machen, ehe du kommst«, sagte er. »Gut, bis dann also — übermorgen, wenn du unterwegs nicht einschläfst.«

Folko ging nach dem Mittagessen nach Hause, aber Pippin blieb da. Frodo war unruhig und besorgt und lauerte vergeblich auf eine Nachricht von Gandalf. Er beschloß, bis zum Einbruch der Nacht zu warten. Wenn Gandalf noch später käme und ihn dringend sprechen wollte, würde er sicher nach Krickloch kommen und vielleicht sogar schon vor ihm dort eintreffen. Denn Frodo wollte zu Fuß gehen. Er hatte sich vorgenommen, von Hobbingen aus ganz gemütlich zur Bockenburger Fähre zu wandern — eigentlich nur um des Vergnügens willen und weil er einen letzten Blick auf das Auenland werfen wollte.

»Ich werde mich auch ein bißchen in Form bringen müssen«, sagte er, als er sich in einem staubigen Spiegel in der halbleeren Halle betrachtete. Er hatte schon lange keine anstrengenden Wanderungen mehr gemacht, und sein Spiegelbild, fand er, sah ziemlich schlapp aus.

Nach dem Mittagessen erschienen, sehr zu Frodos Mißvergnügen, die Sackheim-Beutlins, Lobelia und ihr rotblonder Sohn Lotho. »Endlich unsers«, sagte Lobelia, als sie eintrat. Es war nicht eben höflich; und genaugenommen auch nicht wahr, denn der Verkauf von Beutelsend wurde erst um Mitternacht rechtsgültig. Aber Lobelia kann vielleicht verziehen werden; sie hatte ungefähr siebenundsiebzig Jahre länger auf Beutelsend warten müssen, als sie einst gehofft hatte, und sie war nun hundert Jahre alt. Wie dem auch sei, jetzt war sie gekommen, um sich zu überzeugen, daß nichts, wofür sie bezahlt hatte, beiseitegeschafft würde; und sie wollte die Schlüssel haben. Es kostete viel Zeit, sie zufriedenzustellen, denn sie hatte eine vollständige Inventarliste mitgebracht und ging sie von A bis Z durch. Schließlich verschwand sie mit Lotho und dem Ersatzschlüssel, nachdem ihr versichert worden war, daß der andere Schlüssel bei den Gamdschies im Beutelhaldenweg abgegeben würde. Sie schnaufte verächtlich und zeigte deutlich, daß sie die Gamdschies für fähig hielt, während der Nacht die Höhle zu plündern. Frodo bot ihr keinen Tee an.

Er selbst trank Tee mit Pippin und Sam Gamdschie in der Küche. Es war offiziell bekanntgegeben worden, daß Sam mit nach Bockland gehen würde, »um für Herrn Frodo zu arbeiten und sein Stückchen Garten zu versorgen«: eine Abmachung, die vom Ohm gebilligt wurde, obwohl er untröstlich war über die Aussicht, Lobelia zur Nachbarin zu haben.

»Unsere letzte Mahlzeit auf Beutelsend!« sagte Frodo und schob seinen Stuhl zurück. Den Abwasch überließen sie Lobelia. Pippin und Sam schnürten ihre drei Rucksäcke und stellten sie in die Vorhalle. Pippin ging hinaus, um ein letztes Mal durch den Garten zu schlendern. Sam verschwand.

Die Sonne ging unter. Beutelsend sah traurig und düster und unordentlich aus. Frodo wanderte durch die vertrauten Räume und sah den Schein des Sonnenuntergangs auf den Wänden verblassen und Schatten aus den Ecken hervorkriechen. Drinnen wurde es langsam dunkel. Er ging hinaus und hinunter zum Tor am Ende des Wegs und dann auf einer Abkürzung zur Bühlstraße. Halb und halb erwartete er, Gandalf durch die Dämmerung heraufkommen zu sehen.

Der Himmel war klar, und die Sterne leuchteten hell. »Es wird eine schöne Nacht geben«, sagte er laut. »Das ist ein guter Anfang. Ich habe richtig Lust zum Wandern. Noch länger herumtrödeln kann ich einfach nicht ertragen. Ich gehe los, und Gandalf muß nachkommen.« Er wandte sich zum Gehen um und hielt dann inne, denn er hörte Stimmen, ganz dicht am Ende vom Beutelhaldenweg. Eine Stimme war bestimmt die vom alten Ohm; die andere war fremd und irgendwie unangenehm. Er konnte nicht verstehen, was sie sagte, aber er hörte Ohms Antworten, die ziemlich schrill klangen. Der alte Mann schien erregt zu sein.

»Nein, Herr Beutlin ist fort. Seit heute morgen, und mein Sohn Sam ist mitgegangen: jedenfalls sind alle seine Sachen weg. Ja, verkauft und fort, ich sag's Euch doch. Warum? Warum geht mich nichts an und Euch auch nicht. Wohin? Das ist kein Geheimnis. Er ist nach Bockenburg gezogen oder an irgendeinen Ort weit da drüben. Jawohl, eine ganz schöne Strecke. Ich selbst bin nie so weit gekommen; sind komische Leute in Bockland. Nein, ich kann nichts bestellen. Gute Nacht!«

Er hörte Schritte den Bühl hinunter. Frodo wunderte sich ein wenig, warum die Tatsache, daß sie nicht den Bühl heraufkamen, ihn so erleichterte. »Wahrscheinlich habe ich die Fragerei und die Neugier über alles, was ich tue, satt«, dachte er. »Was für eine Schnüffelbande sie doch alle sind!« Flüchtig dachte er daran, zum Ohm zu gehen und ihn zu fragen, wer der Fremde gewesen war; aber dann besann er sich eines Besseren (oder Schlechteren), kehrte um und ging rasch nach Beutelsend zurück.

Pippin saß in der Vorhalle auf seinem Rucksack. Sam war nicht da. Frodo trat durch die dunkle Tür. »Sam!« rief er. »Sam! Es ist Zeit!«

»Ich komme, Herr!« ertönte es von weit drinnen, und dann kam Sam, der sich den Mund abwischte. Er hatte sich vom Bierfaß im Keller verabschiedet.

»Alles verstaut?« fragte Frodo.

»Ja, Herr. Jetzt kann ich's 'ne Weile aushalten, Herr.«

Frodo machte die runde Tür zu und schloß sie ab. Dann gab er Sam den Schlüssel. »Lauf und bring den zu euch nach Hause, Sam«, sagte er. »Dann geh den Beutelhaldenweg weiter und komm so schnell wie möglich zum Tor auf dem Weg hinter den Wiesen. Wir gehen heute abend nicht durchs Dorf. Zu viele gespitzte Ohren und neugierige Augen.« Sam rannte in großer Eile los.

»So, nun sind wir endlich weg«, sagte Frodo. Sie schulterten ihre Rucksäcke, nahmen ihre Stöcke und gingen um die Ecke zur Westseite von Beutelsend. »Auf Wiedersehen!« sagte Frodo, als er auf die dunklen, blanken Fenster schaute. Er winkte ihnen einen Gruß zu, dann wandte er sich um und eilte (auf Bilbos Spuren, wenn er es gewußt hätte) hinter Peregrin her den Gartenweg hinunter. Sie sprangen an der niedrigen Stelle über die Hecke, schlugen sich in die Wiesen und verschwanden in der Dunkelheit wie ein Rascheln des Windes im Grase.

Am Fuße des Bühls gelangten sie auf seiner westlichen Seite zu dem Tor, das auf einen schmalen Feldweg hinausführte. Dort hielten sie an und stellten die Riemen an ihren Rucksäcken richtig ein. Gleich darauf kam Sam keuchend angestapft; sein schwerer Rucksack ragte ihm hoch über die Schultern, und auf den Kopf hatte er sich einen formlosen Filz gestülpt, den er einen Hut nannte. In der Dämmerung sah er einem Zwergen ziemlich ähnlich.

»Gewiß habt ihr mir das allerschwerste Zeug gegeben«, sagte Frodo. »Ich bedaure Schnecken und alle, die ihr Haus auf dem Rücken tragen.«

»Ich könnte noch 'ne Menge mehr nehmen, Herr. Mein Rucksack ist ganz leicht«, sagte Sam mannhaft und nicht wahrheitsgemäß.

»Nein, laß das, Sam«, sagte Pippin. »Es tut ihm gut. Er hat nur das, was er uns aufgetragen hat einzupacken. Er war faul in letzter Zeit und wird das Gewicht weniger spüren, wenn er erst etwas von seinem eigenen abgelaufen hat.«

»Seid freundlich zu einem armen alten Hobbit!« lachte Frodo. »Bestimmt werde ich schlank wie eine Weidengerte sein, ehe ich nach Bockland komme. Aber es war Unsinn, was ich gesagt habe. Ich vermute, du hast mehr als deinen Teil genommen, Sam, und beim nächsten Packen werde ich das mal untersuchen.« Er nahm seinen Stock wieder zu Hand. »So, wir alle laufen gern im Dunkeln«, sagte er, »also laßt uns vorm Schlafengehen ein paar Meilen hinter uns bringen.«

Ein kurzes Stück folgten sie dem Fußweg nach Westen. Dann bogen sie nach links ab und schlugen sich wieder in die Wiesen. Sie gingen im Gänsemarsch an Hecken und kleinen Gehölzen entlang, und die Nacht hüllte sie ein. In ihren dunklen Mänteln waren sie so unsichtbar, als ob sie alle Zauberringe trügen. Da sie Hobbits waren und sich bemühten, leise zu sein, machten sie kein Geräusch, und nicht einmal Hobbits hätten sie hören können. Selbst die Tiere in den Feldern und Wäldern bemerkten sie kaum.

Nach einer Weile überquerten sie westlich von Hobbingen auf einer schmalen Bohlenbrücke die Wässer. Der Fluß war dort nicht mehr als ein gewundenes schwarzes Band, gesäumt von krummen Erlen. Ein oder zwei Meilen weiter südlich kreuzten sie eilig die große Straße, die von der Brandyweinbrücke herkam; jetzt waren sie in Tukland, und nach Südosten abbiegend, machten sie sich auf den Weg zum Grünbergland. Als sie die ersten Hänge erklommen, schauten sie zurück und sahen in weiter Ferne die Lichter von Hobbingen im lieblichen Tal der Wässer glitzern. Bald verschwanden sie in den Falten des dunkelnden Landes, und nun folgte Wasserau neben seinem grauen Teich. Als das Licht des letzten Gehöfts weit hinter ihnen lag und nur noch durch die Bäume schimmerte, drehte sich Frodo um und winkte einen Abschiedsgruß.

»Ob ich wohl jemals wieder in dieses Tal hinunterblicken werde«, sagte er leise.

Als sie etwa drei Stunden gelaufen waren, machten sie Rast. Die Nacht war klar, kühl und sternklar, aber wie Rauchwölkchen zogen Nebelschwaden von den Bächen und Wiesenniederungen die Berghänge hinauf. Dünnbelaubte Birken, die sich über ihren Köpfen leicht im Winde neigten, spannten ein schwarzes Netz vor den fahlen Himmel. Sie aßen ein (für Hobbits) sehr karges Abendbrot und gingen dann weiter. Bald stießen sie auf eine schmale Straße, die sich hinauf und wieder hinunter durch das hügelige Gelände zog und vor ihnen grau in der Dunkelheit untertauchte: die Straße nach Waldhof, Stock und zur Bockenburger Fähre. Sie zweigte im Wässer-Tal von der Hauptstraße ab und wand sich durch die Ausläufer der Grünberge zum Waldende, einer wilden Gegend im Ostviertel.

Nach einer Weile kamen sie zu einem tiefen Hohlweg zwischen hohen Bäumen, deren dürre Blätter in der Nacht raschelten. Es war sehr dunkel. Zuerst redeten sie oder summten zusammen leise eine Melodie, denn sie waren jetzt weit fort von neugierigen Ohren. Dann marschierten sie schweigend weiter, und Pippin begann zurückzubleiben. Schließlich, als sie einen steilen Hang hinaufklommen, blieb er stehen und gähnte.

»Ich bin so schläfrig«, sagte er, »daß ich bald auf der Straße umfalle. Wollt ihr auf euren Beinen schlafen? Es ist fast Mitternacht.«

»Ich dachte, du läufst gern im Dunkeln«, sagte Frodo. »Aber wir haben keine Eile. Merry erwartet uns erst übermorgen; wir haben also noch fast zwei Tage. Wir werden haltmachen an der ersten geeigneten Stelle.«

»Der Wind steht im Westen«, sagte Sam. »Wenn wir auf die andere Seite dieses Bergs gehen, finden wir eine Stelle, die ganz geschützt und versteckt ist, Herr. Da vorn ist ein trockener Tannenwald, wenn ich mich recht erinnere.« Sam kannte das Land auf zwanzig Meilen im Umkreis von Hobbingen gut, aber das war die Grenze seiner Geographie.

Gleich hinter der Bergkuppe kamen sie zu dem Stück Tannenwald. Sie gingen von der Straße aus hinein in die tiefe, harzduftende Dunkelheit der Bäume und sammelten tote Zweige und Tannenzapfen, um Feuer zu machen. Bald prasselte es lustig am Fuß einer großen Tanne, und sie blieben eine Weile dabei sitzen, bis sie einnickten. Dann rollten sie sich, jeder an einer Seite der großen Baumwurzel, in ihre Mäntel und Decken ein und waren bald fest eingeschlafen. Sie stellten keine Wache auf; selbst Frodo befürchtete keine Gefahr, denn noch immer waren sie im Herzen vom Auenland. Ein paar Tiere kamen und schauten nach ihnen, als das Feuer ausgegangen war. Ein Fuchs, der in eigener Sache durch den Wald zog, blieb einige Minuten stehen und schnüffelte.

»Hobbits!« dachte er. »So, und was noch? Ich habe von merkwürdigen Dingen in diesem Land gehört, aber selten habe ich gehört, daß ein Hobbit im Freien unter einem Baum schläft. Drei sogar! Da steckt etwas höchst Sonderbares dahinter.« Er hatte ganz recht, aber niemals hat er mehr darüber herausgefunden.

Der Morgen kam, fahl und feuchtkalt. Frodo wachte zuerst auf und stellte fest, daß ihm die Baumwurzel ein Loch in den Rücken gedrückt hatte und sein Hals steif war. »Wandern – ein Vergnügen! Warum bin ich nicht gefahren?« dachte er, wie er es gewöhnlich zu Beginn einer Wanderung tat. »Und alle meine schönen Federbetten sind an die Sackheim-Beutlins verkauft! Diese Baumwurzeln würden ihnen gut tun.« Er reckte und streckte sich. »Wacht auf, Hobbits!« rief er. »Es ist ein schöner Morgen.«

»Was ist daran schön?« fragte Pippin, als er mit einem Auge über den Rand seiner Decke blinzelte. »Sam! Mach das Frühstück fertig für halb zehn! Hast du heißes Badewasser bereit?«

Sam sprang auf und sah ziemlich verschlafen aus. »Nein, Herr, habe ich nicht!« sagte er.

Frodo zog Pippin die Decken weg und rollte ihn auf die Seite, und dann ging er zum Waldrand hinüber. Fern im Osten stieg die Sonne aus dem Nebel empor, der dick über der Welt lag. Die gold- und rotgesprenkelten Herbstbäume schienen wurzellos auf einem schattenhaften Meer zu segeln. Etwas unterhalb links von ihm lief die Straße steil hinab in eine Mulde und verschwand.

Als er zurückkam, hatten Sam und Pippin ein schönes Feuer in Gang gebracht. »Wasser!« schrie Pippin. »Wo ist das Wasser?«

»Ich habe kein Wasser in meinen Taschen«, sagte Frodo.

»Wir dachten, du seist gegangen, um welches zu holen«, sagte Pippin, der damit beschäftigt war, das Frühstück zu bereiten und Becher hinzustellen. »Dann geh lieber jetzt.«

»Du kannst auch kommen«, meinte Frodo, »und alle Wasserflaschen mitbringen.« Am Fuß des Berges floß ein Bach. Sie füllten ihre Flaschen und den Wasserkessel an einem kleinen Wasserfall, wo das Wasser ein paar Fuß tief über graues Gestein hinabsprang. Es war eisigkalt; und sie prusteten und schnauften, als sie sich Gesicht und Hände wuschen.

Als sie mit dem Frühstück fertig waren und ihre Rucksäcke wieder gepackt hatten, war es schon nach zehn Uhr, und der Tag begann schön und heiß zu werden. Sie gingen den Abhang hinunter und über den Bach, wo er unter der Straße durchtauchte und den nächsten Hang hinauf und dann beim nächsten Höhenzug wieder hinauf und hinunter; und inzwischen empfanden sie ihre Mäntel, Decken, Wasser, Lebensmittel und sonstige Ausrüstung schon als eine schwere Last.

Der Tagesmarsch versprach warm und anstrengend zu werden. Nach einigen Meilen hörte indes die Straße auf, ständig hinauf- und hinunterzuführen: sie kletterte in mühsamem Zickzack bis zum Gipfel eines Steilhanges und schickte sich dann an, endgültig bergab zu gehen. Vor sich sahen sie das flache Land, übersät mit kleineren Baumgruppen, die in der Ferne zu einem braunen Waldesdunst verschwammen. Sie blickten über das Waldende zum Brandyweinfluß hinüber. Die Straße zog sich dahin wie ein Stück Schnur.

»Die Straße geht immer weiter«, sagte Pippin, »aber ich brauche unbedingt eine Rast. Es ist höchste Zeit zum Mittagessen.« Er setzte sich auf die Böschung an der Straße und schaute nach Osten auf den Dunst, hinter dem der Fluß lag und das Ende des Auenlands, in dem er sein ganzes Leben verbracht hatte. Sam stand neben ihm. Seine runden Augen waren weit aufgerissen – denn hinter den Landschaften, die er noch nie gesehen hatte, erschloß sich ihm ein neuer Horizont.

»Leben Elben in diesen Wäldern?« fragte er.

»Nicht, daß ich wüßte«, sagte Pippin. Frodo schwieg. Auch er folgte mit dem Blick der Straße nach Osten, als ob er sie noch nie gesehen hätte. Plötzlich sprach er, laut, aber wie für sich selbst und langsam redend:

Die Straße gleitet fort und fort,
Weg von der Tür, wo sie begann,
Weit überland von Ort zu Ort,
Ich folge ihr, so gut ich kann.
Ihr lauf ich müden Fußes nach,
Bis sie sich groß und breit verflicht
Mit Weg und Wagnis tausendfach.
Und wohin dann? Ich weiß es nicht.

»Das klingt wie ein Reim vom alten Bilbo«, sagte Pippin. »Oder ist es eine Nachahmung von dir? Es klingt nicht unbedingt ermutigend.«

»Ich weiß es nicht«, antwortete Frodo. »Mir kam es eben so vor, als hätte ich es selbst erfunden; aber es mag sein, daß ich es vor langer Zeit gehört habe. Gewiß erinnert es mich sehr an Bilbo in den letzten Jahren, ehe er fortging. Er sagte oft, es gebe nur einen Weg; er sei wie ein großer Fluß: seine Quellen seien an jeder Türschwelle, und jeder Pfad sei sein Nebenfluß. ›Es ist eine gefährliche Sache, Frodo, aus deiner Tür hinauszugehen‹, pflegte er zu sagen. ›Du betrittst die Straße, und wenn du nicht auf deine Füße aufpaßt, kann man nicht wissen, wohin sie dich tragen. Bist du dir klar, daß eben dies der Pfad ist, der durch Düsterwald führt, und daß er dich, wenn du es zuläßt, bis zum Einsamen Berg oder noch weiter und zu schlimmeren Orten bringt?‹ Das pflegte er auf dem Pfad vor der Tür von Beutelsend zu sagen, besonders dann, wenn er einen langen Spaziergang gemacht hatte.«

»Na, mich wird der Weg nirgends hinbringen, zumindest eine Stunde lang nicht«, sagte Pippin und nahm seinen Rucksack ab. Die anderen folgten seinem Beispiel, stellten die Rucksäcke gegen die Böschung und streckten ihre Beine zur Straße aus. Nach einer Ruhepause verzehrten sie ein gutes Mittagessen und legten dann eine weitere Ruhepause ein.

Die Sonne begann zu sinken, und Nachmittagslicht lag über dem Land, als sie den Berg hinabschritten. Bisher hatten sie noch keine Seele auf der Straße getroffen. Sie wurde nicht viel benutzt, da sie für Karren kaum geeignet war, und es gab nicht viel Verkehr zum Waldende. Etwa eine Stunde oder noch länger waren sie schon wieder unterwegs, als Sam einen Augenblick stehen blieb, als ob er lausche. Sie waren nun in ebenem Gelände, und nach vielen Windungen verlief die Straße jetzt ganz geradlinig durch Wiesen, auf denen einzelne hohe Bäume standen, Vorposten der nahen Wälder.

»Ich höre ein Pony oder ein Pferd, das hinter uns die Straße entlangkommt«, sagte Sam.

Sie schauten zurück, aber wegen der Straßenbiegung konnten sie nicht weit sehen. »Ich möchte mal wissen, ob das Gandalf ist, der uns nachkommt«, sagte Frodo; aber schon während er es sagte, hatte er das Gefühl, daß dem nicht so sei, und er verspürte plötzlich den Wunsch, sich vor den Blicken des Reiters zu verbergen.

»Vielleicht ist es nicht wichtig«, sagte er entschuldigend, »aber ich möchte eigentlich nicht gern auf der Straße gesehen werden — von niemandem. Ich habe es satt, daß alles, was ich tue, beobachtet und durchgehechelt wird. Und wenn es Gandalf ist«, fügte er noch hinzu, »dann können wir ihm eine kleine Überraschung bereiten, zur Strafe dafür, daß er so spät kommt. Laßt uns in Deckung gehen!«

Die beiden anderen liefen rasch nach links und hinunter in eine kleine Mulde nicht weit von der Straße. Dort legten sie sich flach auf den Boden. Frodo zögerte eine Sekunde: Neugier oder irgendeine andere Anwandlung kämpfte gegen seinen Wunsch an, sich zu verbergen. Das Geräusch der Hufe kam näher. Gerade noch rechtzeitig ließ er sich in das hohe Gras hinter einem Baum fallen, der die Straße überschattete. Dann hob er den Kopf und spähte vorsichtig über eine der großen Wurzeln hinweg.

Um die Biegung kam ein schwarzes Pferd, kein Hobbitpony, sondern ein ausgewachsenes Pferd; und darauf saß ein großer Mensch, der sich auf dem Sattel niederzuducken schien, eingehüllt in einen großen schwarzen Mantel und eine Kapuze, so daß nur seine Stiefel in den hohen Steigbügeln unten herausschauten; sein Gesicht war beschattet und unsichtbar.

Als das Pferd bis zu dem Baum gekommen und auf gleicher Höhe mit Frodo war, blieb es stehen. Der Reiter saß ganz still mit gesenktem Kopf, als ob er lausche. Unter der Kapuze hervor kam ein Geräusch, wie wenn jemand schnüffelt, um einen schwachen Duft einzufangen; sein Kopf drehte sich von einer Straßenseite zur anderen.

Eine plötzliche unbegreifliche Furcht, entdeckt zu werden, befiel Frodo, und er dachte an seinen Ring. Er wagte kaum zu atmen, und doch wurde der Wunsch, ihn aus der Tasche zu holen, so stark, daß er langsam die Hand bewegte. Er hatte das Gefühl, daß er ihn bloß aufzustreifen brauchte, dann würde er sicher sein. Gandalfs Rat schien lächerlich zu sein. Schließlich hatte Bilbo den Ring ja auch benutzt. »Und ich bin immer noch im Auenland«, dachte er, als seine Hand die Kette berührte, an der der Ring hing. In diesem Augenblick richtete sich der Reiter auf und zog die Zügel an. Das Pferd machte einen Schritt vorwärts, ging erst langsam und setzte sich dann in raschen Trab.

Frodo kroch zum Straßenrand und beobachtete den Reiter, bis er in der Ferne verschwand. Er war nicht ganz sicher, aber ihm kam es vor, als ob das Pferd, ehe er es aus den Augen verlor, abschwenkte und nach rechts zwischen die Bäume ging.

»Nun, das nenne ich sehr sonderbar und wirklich beunruhigend«, sagte Frodo zu sich, als er zu seinen Gefährten hinüberging. Pippin und Sam waren im Gras liegen geblieben und hatten nichts gesehen; deshalb beschrieb ihnen Frodo den Reiter und sein seltsames Verhalten.

»Ich kann nicht sagen, warum, aber ich hatte das bestimmte Gefühl, daß er mich suchte und *witterte;* und ich hatte auch das bestimmte Gefühl, daß ich nicht von ihm entdeckt werden wollte. So etwas habe ich nie zuvor im Auenland gesehen oder gefühlt.«

»Aber was hat einer von den Großen Leuten mit uns zu tun?« fragte Pippin. »Und was tut er überhaupt in diesem Teil der Welt?«

»Hier gibt es ein paar Menschen«, sagte Frodo. »Unten im Südviertel haben die Hobbits Ärger mit Großen Leuten gehabt, glaube ich. Aber von so etwas wie diesem Reiter habe ich nie gehört. Ich möchte wissen, wo er herkommt.«

»Entschuldigung«, warf Sam plötzlich ein, »ich weiß, wo er herkommt. Von Hobbingen kommt er, dieser schwarze Reiter hier, sofern es nicht mehr als einen gibt. Und ich weiß auch, wohin er geht.«

»Was meinst du damit?« fragte Frodo scharf und sah ihn erstaunt an. »Warum hast du denn vorher nichts davon gesagt?«

»Es ist mir gerade erst wieder eingefallen, Herr. Es war so: als ich gestern abend mit dem Schlüssel zu unserer Höhle kam, sagt mein Vater zu mir: *Hallo, Sam!*, sagt er, *ich dachte, du wärst schon heute morgen mit Herrn Frodo weg. Da war ein seltsamer Kauz hier und hat nach Herrn Beutlin von Beutelsend gefragt, und er ist gerade erst weg. Ich hab ihn nach Bockenburg geschickt. Nicht, daß mir sein Ton gefallen hätte. Er schien sich mächtig zu ärgern, als ich ihm sagte, Herr Beutlin habe sein altes Heim für immer verlassen. Angezischt hat er mich. Ist mir richtig kalt über den Rücken gelaufen. Was für ein Bursche war denn das?* sage ich zum Ohm. *Ich weiß nicht,* sagt er; *aber er war kein Hobbit. Er war groß und irgendwie schwarz, und er beugte sich über mich. Ich nehme an, er war einer von den Großen Leuten aus fremden Gegenden. Er sprach so komisch.*

Ich konnte nicht länger bleiben, Herr, da ihr auf mich gewartet habt; und ich hab's selbst gar nicht so wichtig genommen. Der Ohm wird allmählich alt und ist mehr als ein bißchen blind, und es muß schon fast dunkel gewesen sein, als dieser Kerl den Bühl heraufkam und ihn traf, als der Ohm am Ende von unserem Weg Luft schnappte. Ich hoffe, er hat keinen Schaden angerichtet, Herr, und ich auch nicht.«

»Dem Ohm kann man sowieso keinen Vorwurf machen«, sagte Frodo. »Ich habe es sogar selbst gehört, daß er mit einem Fremden sprach, der sich offenbar nach mir erkundigt hatte, und fast wäre ich hingegangen und hätte ihn gefragt, wer es war. Ich wollte, ich hätte es getan, oder du hättest mir früher etwas davon gesagt. Dann wäre ich auf der Straße vielleicht vorsichtiger gewesen.«

»Immerhin kann es ja sein, daß gar kein Zusammenhang besteht zwischen diesem Reiter und dem Fremden vom Ohm«, meinte Pippin. »Wir haben uns ganz heimlich aus Hobbingen davongemacht, und ich wüßte nicht, wie er unsere Spur verfolgt haben könnte.«

»Und was ist mit dem *Wittern*, Herr?« fragte Sam. »Und der Ohm sagte, es war ein schwarzer Kerl.«

»Ich wollte, ich hätte auf Gandalf gewartet«, murmelte Frodo. »Aber vielleicht hätte das die Sache nur schlimmer gemacht.«

»Dann weißt du oder errätst etwas über diesen Reiter?« fragte Pippin, der die gemurmelten Worte verstanden hatte.

»Ich weiß nichts und möchte lieber nichts erraten«, antwortete Frodo.

»Na schön, Vetter Frodo. Du kannst dein Geheimnis vorläufig behalten, wenn du geheimnisvoll sein willst. Aber was sollen wir nun tun? Eigentlich hätte ich gern einen Happen zu essen und einen Schluck zu trinken, aber irgendwie glaube ich, wir sollten uns lieber davonmachen. Dein Gerede von schnüffelnden Reitern mit unsichtbaren Nasen hat mich ganz unruhig gemacht.«

»Ja, ich glaube, wir gehen jetzt lieber weiter«, sagte Frodo, »aber nicht auf der Straße — falls der Reiter zurückkommt oder ein anderer ihm folgt. Wir sollten heute noch ein gutes Stück hinter uns bringen. Bockland ist noch meilenweit.«

Die Schatten der Bäume auf dem Gras waren lang und dünn, als sie sich wieder aufmachten. Sie hielten sich jetzt einen Steinwurf weit links der Straße und möglichst außer Sichtweite. Aber das behinderte sie; denn das Gras war hoch und büschelig, der Boden uneben und die Bäume zogen sich zu Dickichten zusammen.

In ihrem Rücken war die Sonne rot hinter den Bergen untergegangen, und der Abend brach herein, ehe sie wieder auf die Straße kamen am Ende der langen Ebene, über die sie ein paar Meilen ganz gerade verlaufen war. An diesem Punkt bog die Straße nach links ab und führte hinunter in die Niederungen des Luches und dann nach Stock; aber rechts zweigte ein schmaler Weg ab, der sich durch einen alten Eichenwald nach Waldhof schlängelte. »Das ist unser Weg«, sagte Frodo.

Nicht weit von der Wegscheide stießen sie auf einen riesigen Baumstamm: er lebte noch und hatte Blätter auf den kleinen Zweigen, die er rings um die Stümpfe seiner längst gefällten Hauptäste getrieben hatte; aber er war hohl, und durch einen großen Spalt auf der von der Straße abgewandten Seite konnte man hineingelangen. Die Hobbits krochen hinein und setzten sich dort auf eine Schicht alter Blätter und verfaulten Holzes. Sie ruhten sich aus und aßen eine Kleinigkeit, unterhielten sich leise und lauschten von Zeit zu Zeit.

Es war dämmerig, als sie wieder auf den Weg krochen. Der Westwind seufzte in den Zweigen. Die Blätter wisperten. Bald begann der Weg sanft, aber stetig in der Dunkelheit abzufallen. Über den Bäumen vor ihnen erschien im dunkler werdenden Osten ein Stern. Sie gingen nebeneinander und im Gleichschritt, um sich Mut zu machen. Nach einiger Zeit, als mehr Sterne kamen und sie heller leuchteten, fühlten sie sich nicht mehr so beunruhigt und lauschten nicht mehr, ob sie Hufgetrappel hörten. Sie begannen leise vor sich hinzusummen, wie es Hobbits beim Wandern zu tun pflegen, besonders des Nachts auf dem Heimweg. Bei den meisten Hobbits ist es dann ein Abendessen- oder Bettlied; aber diese Hobbits summten ein Wanderlied (obwohl Abendessen und Bett natürlich auch darin vorkamen). Bilbo Beutlin hatte den Text verfaßt zu einer uralten Melodie und hatte Frodo das Lied beigebracht, wenn sie über die Feldwege im Tal der Wässer wanderten und sich über Abenteuer unterhielten.

Der Herd ist rot von Feuersglut,
Das Bett steht unterm Dach und gut;
Doch müde ist noch nicht der Fuß,
Dort um die Ecke, welch ein Gruß,
Steht überraschend Baum und Stein,
Von uns entdeckt, von uns allein.

Baum und Blume, Laub und Gras,
Was soll das? Was soll das?
Unterm Himmel Berg und See,
Geh nur, geh! Geh nur, geh!

Ja, um die Ecke, kommt uns vor,
Da steht geheimnisvoll ein Tor,
Und was wir heute nicht gesehn,
Das ruft uns morgen, fortzugehn
Und führt uns, fremd und ungewohnt,
Bis hin zur Sonne, hin zum Mond.
Apfel, Schlehe, Dorn und Nuß
Gilt der Gruß! Gilt der Gruß!
Sand und Stein und flache Sohl,
Lebewohl! Lebewohl!

Daheim verblaßt, die Welt rückt nah,
Mit vielen Pfaden liegt sie da
Und lockt durch Schatten, Trug und Nacht,
Bis endlich Stern um Stern erwacht.
Dann wiederum verblaßt die Welt –
Daheim! Wie mir das Wort gefällt!
Wolke, Zwielicht, Nebeldunst,
Ohne Gunst! Ohne Gunst!
Fleisch, Brot und Kerze auf dem Brett,
Und dann zu Bett! Und dann zu Bett!

Das Lied war zu Ende. »Und *jetzt* zu Bett! und *jetzt* zu Bett!« sang Pippin mit lauter Stimme.

»Pst!« machte Frodo. »Ich glaube, ich höre wieder Hufe.«

Sie hielten an und standen so still wie Baumschatten und lauschten. Ein Stück weiter hinten auf dem Weg waren Hufe zu hören, und der Wind trug das Geräusch deutlich herüber. Rasch und leise verließen sie den Weg und rannten in den tieferen Schatten unter den Eichen.

»Wir wollen nicht zu weit gehen«, sagte Frodo. »Ich will nicht gesehen werden, aber ich möchte sehen, ob es wieder ein Schwarzer Reiter ist.«

»Sehr schön«, sagte Pippin, »aber denke an das Schnüffeln.«

Die Hufe kamen näher. Die Hobbits hatten keine Zeit, ein besseres Versteck zu finden als die Dunkelheit unter den Bäumen; Sam und Pippin kauerten sich hinter einen großen Baumstamm, während Frodo wieder etwas näher an den Weg herankroch. Der Pfad schimmerte grau und fahl, ein lichter Streifen, der sich durch den Wald zog. Über ihm strahlten viele Sterne am dunklen Himmel, aber es war kein Mond da.

Das Hufgetrappel brach ab. Frodo sah, wie sich etwas Dunkles auf dem helleren Streifen zwischen zwei Bäumen bewegte und dann anhielt. Es sah aus wie der schwarze Schatten eines Pferdes, geführt von einem kleineren schwarzen Schatten. Der schwarze Schatten stand dicht an der Stelle, wo sie den Weg verlassen hatten, und er wandte sich von einer Seite zur anderen. Frodo glaubte, ein Schnüffelgeräusch zu hören. Der Schatten ging in die Hocke und begann dann, auf ihn zuzukriechen.

Wieder wurde Frodo von dem Wunsch befallen, den Ring aufzustreifen, der aber diesmal stärker war als vorher. So stark, daß seine Hand, fast ehe er sich klar war, was er tat, in seiner Tasche herumtastete. Doch in diesem Augenblick hörte man ein Singen, das von Gelächter unterbrochen wurde. Helle Stimmen drangen durch die sternklare Nacht. Der schwarze Schatten richtete sich auf und zog sich zurück. Er schwang sich auf das schattenhafte Pferd und schien jenseits des Weges in der Dunkelheit zu verschwinden. Frodo atmete wieder.

»Elben!« rief Sam in einem heiseren Flüstern. »Elben, Herr!« Er wäre aus dem Schatten der Bäume ausgebrochen und den Stimmen entgegengeeilt, wenn ihn die anderen nicht zurückgezogen hätten.

»Ja, es sind Elben«, sagte Frodo. »Man trifft sie manchmal im Waldende. Sie leben nicht im Auenland, sondern wandern hier nur im Frühling und Herbst, wenn sie aus ihren eigenen Landen jenseits der Turmberge kommen. Ich bin dankbar dafür, daß sie es tun! Ihr habt es nicht gesehen, aber dieser Schwarze Reiter hielt genau hier an und war gerade im Begriff auf uns zuzukriechen, als der Gesang begann. Sobald er die Stimmen hörte, verschwand er.«

»Was ist mit den Elben?« fragte Sam, der zu aufgeregt war, um sich noch über den Reiter Gedanken zu machen. »Können wir nicht hingehen und sie sehen?«

»Horch! Sie kommen hier lang«, sagte Frodo. »Wir brauchen nur zu warten.«

Der Gesang kam näher. Eine helle Stimme erhob sich jetzt über die anderen. Sie sang in der schönen Elbensprache, die Frodo nur wenig kannte und die anderen gar nicht. Doch der Klang, der sich harmonisch mit der Melodie verband, formte sich für sie zu Worten, die sie nur teilweise verstanden. Das war das Lied, wie Frodo es hörte:

Schnee-Weiß! Schnee-Weiß! O Herrin hold
Fürstliche Fraue hochgestellt,

O Licht uns Pilgern hier im Sold
Inmitten der verworrenen Welt.
Gilthoniel! O Elbereth!
Dein Auge klar, dein Atem rein!
Schnee-Weiß! Schnee-Weiß! Wir denken dein,
Ferne bist du und wir allein.
O Sterne, ausgesäet von ihr
Im sonnenlosen Weltenjahr,
Wir sehen sie auch noch von hier
Wie Blumen blühen wunderbar.
O Elbereth! Gilthoniel!
Im Dunkel leuchtest du uns hell
Noch aus der Ferne, ach, wir sehn
Dein Licht wie Trost am Himmel stehn.

Das Lied war zu Ende. »Das sind Hochelben! Sie sprachen den Namen Elbereth aus!« sagte Frodo erstaunt. »Wenige von diesem edelsten Volk sind je im Auenland zu sehen. Nicht viele weilen noch in Mittelerde, östlich des Großen Meeres. Das ist wahrlich ein seltsamer Zufall!«

Die Hobbits setzten sich an den dunklen Straßenrand. Es dauerte nicht lange, da kamen die Elben den Weg entlang ins Tal. Sie gingen langsam an ihnen vorbei, und die Hobbits sahen das Sternenlicht auf ihrem Haar und ihren Augen glänzen. Sie trugen kein Licht, und doch war es, während sie gingen, als ob ein Schimmer wie der Schein des Mondes, ehe er sich über den Kamm der Berge erhebt, auf ihre Füße fiele. Sie waren jetzt still, und als der letzte Elb vorbeiging, wandte er sich um, schaute auf die Hobbits und lachte.

»Heil, Frodo!« sagte er. »Du bist spät unterwegs. Oder hast du dich vielleicht verirrt?« Dann rief er laut zu den anderen hinüber, und die ganze Gruppe hielt an und versammelte sich um sie.

»Das ist ja wirklich verwunderlich«, sagten sie. »Drei Hobbits bei Nacht im Walde! So etwas haben wir nicht mehr gesehen, seit Bilbo wegging. Was bedeutet das?«

»Es bedeutet einfach, ihr Schönen«, sagte Frodo, »daß wir anscheinend denselben Weg gehen wie ihr. Ich wandere gern unter den Sternen. Aber ich würde mich über eure Gesellschaft freuen.«

»Wir brauchen keine andere Gesellschaft, und Hobbits sind so langweilig«, lachten sie. »Und woher weißt du, daß wir denselben Weg gehen wie ihr, da du doch nicht weißt, wohin wir gehen?«

»Und woher wißt ihr meinen Namen?« fragte Frodo wiederum.

»Wir wissen viele Dinge«, sagten sie. »Wir haben dich früher oft mit Bilbo gesehen, obwohl du vielleicht uns nicht gesehen hast.«

»Wer seid ihr, und wer ist euer Herr?« fragte Frodo.

»Ich bin Gildor«, antwortete ihr Anführer, der Elb, der ihn zuerst begrüßt hatte. »Gildor Inglorion aus Finrods Geschlecht. Wir sind Verbannte, und die meisten unseres Stammes sind schon vor langer Zeit fortgegangen, und auch wir halten uns hier nur noch eine Weile auf, ehe wir über das Große Meer zurückkehren. Doch einige unserer Verwandten leben noch im Frieden in Bruchtal. Komm nun, Frodo, sage uns, wie es mit dir steht? Denn wir sehen, daß ein Schatten der Furcht auf dir liegt.«

»O ihr Weisen«, mischte sich Pippin ungeduldig ein. »Sagt uns etwas über die Schwarzen Reiter!«

»Die Schwarzen Reiter?« wiederholten sie leise. »Warum fragst du nach den Schwarzen Reitern?«

»Weil uns zwei Schwarze Reiter heute überholt haben, oder einer zweimal«, sagte Pippin. »Gerade eben erst, als ihr herankamt, ist er verschwunden.«

Die Elben antworteten nicht sofort, sondern redeten leise miteinander in ihrer Sprache. Schließlich wandte sich Gildor an die Hobbits. »Wir wollen hier nicht davon sprechen«, sagte er. »Wir glauben, ihr solltet jetzt am besten mit uns kommen. Es ist nicht unsere Gewohnheit, aber diesmal wollen wir euch auf unserem Weg mitnehmen, und ihr sollt heute bei uns übernachten, wenn ihr wollt.«

»O ihr Schönen! Das ist mehr Glück, als ich zu hoffen wagte«, sagte Pippin. Sam war sprachlos. »Ich danke dir vielmals, Gildor Inglorion«, sagte Frodo und verbeugte sich. *»Elen síla lúmenn' omentielvo*, ein Stern leuchtet über der Stunde unserer Begegnung«, fügte er in der hochelbischen Sprache hinzu.

»Seid vorsichtig, Freunde«, rief Gildor lachend. »Sagt nichts Geheimes! Hier ist ein Kundiger der Alten Sprache. Bilbo war ein guter Lehrer. Heil, Elbenfreund!« sagte er und verneigte sich vor Frodo. »Komm nun mit deinen Freunden und schließe dich unserer Gesellschaft an. Am besten geht ihr in der Mitte, damit ihr euch nicht verlauft. Ihr mögt müde werden, ehe wir anhalten.«

»Warum? Wohin geht ihr denn?« fragte Frodo.

»Heute nacht bleiben wir in den Wäldern auf den Bergen über Waldhof. Es sind noch einige Meilen dorthin, aber dann könnt ihr euch ausruhen; und morgen wird euer Weg um so kürzer sein.«

Schweigend gingen sie nun weiter und glitten dahin wie schwach schimmernde Schatten: denn Elben konnten (sogar noch besser als Hobbits) lautlos gehen, wenn sie wollten. Pippin begann bald schläfrig zu werden und taumelte ein- oder zweimal; aber immer streckte ein großer Elb an seiner Seite den Arm aus und rettete ihn vor dem Sturz. Sam ging neben Frodo, als träume er, und in seinem Gesicht malten sich teils Furcht, teils freudiges Staunen.

Auf beiden Seiten wurden die Wälder dichter; die Bäume waren jetzt jünger und dicker; und als der Fußweg tiefer hinunterführte in eine Senke zwischen den Bergen, waren die Abhänge rechts und links mit vielen Haselsträuchern bewachsen. Schließlich verließen die Elben den Fußweg. Ein grüner Saumpfad führte fast unsichtbar rechts durch das Dickicht; ihm folgten sie, und er schlängelte sich die bewaldeten Hänge hinauf bis zum Gipfel eines Bergrückens, der in das tiefere Land des Flußtals hineinragte. Plötzlich kamen sie aus dem Schatten der Bäume heraus, und vor ihnen lag eine weite Grasfläche, grau in der Nacht. Auf drei Seiten war sie von Wald umgeben; aber nach Osten fiel das Gelände steil ab, und die Gipfel der dunklen Bäume, die auf dem Grund des Tobels wuchsen, waren zu ihren Füßen. Jenseits erstreckten sich die Niederungen dämmerig und flach im Sternenlicht. Näher zu ihnen blinkten ein paar Lichter im Dorf Waldhof.

Die Elben setzten sich ins Gras und unterhielten sich mit leiser Stimme; sie schienen die Hobbits nicht weiter zu beachten. Frodo und seine Gefährten hüllten sich in Mäntel und Decken, und Schläfrigkeit überkam sie. Die Nacht zog herauf, und die Lichter im Tal erlöschten. Pippin schlief ein, den Kopf auf ein grünes Hügelchen gebettet.

Fern noch im Osten stand Remmirath, das Siebengestirn, und langsam stieg der rote Borgil über den Nebel empor, leuchtend wie ein feuriger Edelstein. Dann wurde durch ein Umspringen des Windes der ganze Nebel wie ein Schleier fortgezogen, und über dem Rand der Welt erschien der Streiter des Himmels, Menelvagor mit seinem schimmernden Schwertgehänge. Die Elben stimmten ein Lied an. Plötzlich flammte unter den Bäumen ein Feuer auf, das einen roten Schein warf.

»Kommt!« riefen die Elben den Hobbits zu. »Kommt! Jetzt ist die Zeit für Unterhaltung und Fröhlichkeit!«

Pippin setzte sich auf und rieb die Augen. Ihn fröstelte. »Dort ist ein Feuer in der Halle und Essen für hungrige Gäste«, sagte ein Elb, der vor ihm stand.

Am südlichen Ende der Lichtung erstreckte sich der Rasen bis in den Wald hinein und bildete gleichsam den grünen Boden einer geräumigen, von den Ästen der Bäume überdachten Halle. Ihre hohen Stämme standen ringsum wie Säulen. In der Mitte flackerte ein Holzfeuer, an den Baumsäulen brannten Fackeln und verbreiteten ein silbrig-goldenes Licht. Die Elben saßen um das Feuer auf dem Gras oder auf den glatten, runden Sägeflächen alter Baumstümpfe. Einige gingen mit Bechern hin und her und schenkten Getränke ein; andere brachten Speisen auf vollen Tellern und Schüsseln.

»Das ist karge Kost«, sagten sie zu den Hobbits, »denn wir sind hier im grünen Wald fern von unseren Hallen. Wenn ihr jemals daheim unsere Gäste seid, werden wir euch besser bewirten.«

»Mir erscheint es gut genug für ein Geburtstagsfest«, sagte Frodo.

Pippin konnte sich später kaum an das Essen oder Trinken erinnern, denn er war so erfüllt von dem Leuchten auf den Gesichtern der Elben und dem Klang so vielfältiger und schöner Stimmen, daß er sich wie in einem Wachtraum vorkam. Aber er erinnerte sich, daß es Brot gab, wohlschmeckender, als ein köstlicher weißer Laib einem Verhungernden erscheinen mag, und Früchte, süß wie wilde Beeren und schmackhafter als in Gärten gezogenes Obst; er leerte einen Becher, gefüllt mit einem duftenden Getränk, kühl wie eine klare Quelle, golden wie ein Sommernachmittag.

Sam konnte niemals mit Worten beschreiben und auch nicht sich selbst deutlich erklären, was er in jener Nacht dachte oder fühlte, obwohl es ihm im Gedächtnis blieb als eines der wichtigsten Ereignisse seines Lebens. Am nächsten kam er seinen Gefühlen noch, wenn er sagte: »Ja, Herr, wenn ich solche Äpfel ziehen könnte, würde ich mich einen Gärtner nennen. Aber der Gesang war es, der mir zu Herzen ging, wenn du weißt, was ich meine.«

Frodo saß da, aß und trank und unterhielt sich mit Vergnügen; aber sein Sinn war hauptsächlich auf das gesprochene Wort gerichtet. Er kannte die Elbensprache ein wenig und lauschte eifrig. Dann und wann redete er mit jenen, die ihn bedienten, und dankte ihnen in ihrer eigenen Sprache. Sie blickten ihn freundlich an und sagten dann lachend: »Hier ist ein Juwel unter den Hobbits!«

Nach einer Weile schlief Pippin fest ein; er wurde aufgehoben und in eine Laube unter den Bäumen getragen; dort wurde er auf ein weiches Bett gelegt, und er schlief die ganze Nacht. Sam wollte seinen Herrn nicht verlassen. Als Pippin fort war, kam er und kauerte sich zu Frodos Füßen, wo er schließlich einnickte und die Augen schloß. Frodo blieb lange wach und unterhielt sich mit Gildor.

Sie sprachen von vielen Dingen, alten und neuen, und Frodo stellte Gildor viele Fragen über die Ereignisse in der weiten Welt außerhalb des Auenlands. Die Nachrichten waren zumeist traurig und unheilschwanger: über die zunehmende Dunkelheit, die Kriege der Menschen und die Flucht der Elben. Schließlich brachte Frodo die Frage vor, die ihm am meisten am Herzen lag:

»Sage mir, Gildor, hast du Bilbo jemals gesehen, seit er uns verließ?«

Gildor lächelte. »Ja«, antwortete er. »Zweimal. Er sagte uns Lebewohl an eben dieser Stelle. Aber ich sah ihn dann noch einmal, weit von hier.« Er wollte nichts mehr über Bilbo sagen, und Frodo versank in Schweigen.

»Du fragst mich nicht oder erzählst mir nicht viel über das, was dich selbst betrifft, Frodo«, sagte Gildor. »Aber ein wenig weiß ich bereits, und mehr kann ich in deinem Gesicht lesen oder in den Gedanken, die deinen Fragen zugrunde liegen. Du verläßt das Auenland, und doch zweifelst du, ob du finden wirst, was du suchst, oder vollbringen kannst, was du vorhast, und ob du jemals zurückkehren wirst. Ist es nicht so?«

»So ist es«, sagte Frodo. »Aber ich glaubte, mein Weggehen sei ein Geheimnis, das nur Gandalf und mein getreuer Sam kannten.« Er blickte hinunter auf Sam, der leise schnarchte.

»Der Feind wird das Geheimnis von uns nicht erfahren«, sagte Gildor.

»Der Feind?« fragte Frodo. »Dann weißt du also, warum ich das Auenland verlasse?«

»Ich weiß nicht, aus welchem Grunde dich der Feind verfolgt«, antwortete Gildor. »Aber ich sehe, daß er es tut — so seltsam es mir auch erscheint. Und ich warne dich, denn Gefahren liegen jetzt vor dir und hinter dir und auf allen Seiten.«

»Du meinst die Reiter? Ich fürchtete, daß sie Diener des Feindes seien. Was *sind* denn die Schwarzen Reiter?«

»Hat Gandalf dir nichts gesagt?«

»Nichts über solche Wesen.«

»Dann steht es mir wohl nicht an, mehr darüber zu sagen — damit Furcht dich nicht von deiner Wanderung abhält. Denn mir scheint, daß du dich gerade noch rechtzeitig auf den Weg gemacht hast, wenn es überhaupt noch rechtzeitig ist. Du mußt dich jetzt eilen, darfst dich nicht aufhalten und nicht umkehren; denn das Auenland ist nicht länger ein Schutz für dich.«

»Ich kann mir nicht vorstellen, welche Nachricht entsetzlicher sein könnte als deine Andeutungen und Warnungen«, rief Frodo. »Ich wußte natürlich, daß Gefahren vor mir lägen; aber ich erwartete nicht, daß sie mir schon in unserem eigenen Auenland begegnen würden. Kann ein Hobbit nicht in Frieden von der Wässer zum Strom wandern?«

»Aber es ist nicht euer eigenes Auenland«, antwortete Gildor. »Andere lebten schon hier, ehe es Hobbits gab; und andere werden hier wieder leben, wenn Hobbits nicht mehr sind. Die weite Welt erstreckt sich rings um euch: ihr könnt euch absperren, doch könnt ihr sie nicht für immer aussperren.«

»Ich weiß – und doch schien das Auenland immer so sicher und vertraut. Was kann ich nun tun? Mein Plan war, das Auenland heimlich zu verlassen und nach Bruchtal zu gehen; aber jetzt werde ich schon verfolgt, ehe ich überhaupt nach Bockland komme.«

»Du solltest, meine ich, dennoch an dem Plan festhalten«, sagte Gildor. »Ich glaube nicht, daß der Weg sich als zu schwierig erweisen wird für deinen Mut. Aber wenn du einen eindeutigeren Rat haben willst, solltest du Gandalf fragen. Ich kenne den Grund für deine Flucht nicht, und daher weiß ich nicht, mit welchen Mitteln deine Verfolger dich angreifen werden. Diese Dinge muß Gandalf wissen. Ich nehme an, du wirst ihn sehen, ehe du das Auenland verläßt?«

»Ich hoffe. Aber das ist noch etwas, das mir Sorgen macht. Ich habe Gandalf schon seit vielen Tagen erwartet. Spätestens vorgestern sollte er in Hobbingen sein; aber er ist nicht gekommen. Nun frage ich mich, was geschehen sein kann. Ob ich auf ihn warten soll?«

Gildor schwieg einen Augenblick. »Die Nachricht gefällt mir nicht«, sagte er schließlich. »Wenn Gandalf sich verspätet, bedeutet es nichts Gutes. Aber es heißt: Misch dich nicht in die Angelegenheiten von Zauberern ein, denn sie sind schwierig und rasch erzürnt. Die Entscheidung liegt bei dir: zu gehen oder zu warten.«

»Und es heißt auch«, erwiderte Frodo: »Frage nicht die Elben um Rat, denn sie werden sowohl Ja als auch Nein sagen.«

»Heißt es wirklich so?« lachte Gildor. »Elben geben selten unvorsichtige Ratschläge, denn Ratschläge sind eine gefährliche Gabe, selbst von den Weisen an die Weisen, und alle Wege mögen in die Irre führen. Aber was willst du? Du hast mir nicht alles über dich erzählt; und wie soll ich dann besser entscheiden als du? Aber wenn du Rat haben willst, dann will ich ihn dir um der Freundschaft willen geben. Ich glaube, du solltest sofort gehen, ohne Säumen; und wenn Gandalf nicht kommt, ehe du aufbrichst, dann rate ich dir dies: geh nicht allein. Nimm Freunde mit, die vertrauenswürdig und willig sind. Nun solltest du dankbar sein, denn ich gebe diesen Rat nicht gern. Die Elben haben ihre eigene Bürde zu tragen und ihre eigenen Sorgen, und sie kümmern sich wenig um die Wege der Hobbits oder irgendwelcher anderen Geschöpfe auf der Welt. Unsere Pfade kreuzen die ihren selten, aus Zufall oder Absicht. Diese Begegnung mag mehr als ein Zufall sein; doch die Absicht ist mir nicht klar, und ich fürchte, zu viel zu sagen.«

»Ich bin dir zutiefst dankbar«, sagte Frodo. »Aber ich wünschte, du würdest mir genau sagen, was die Schwarzen Reiter eigentlich sind. Wenn ich deinem Rat folge, mag es sein, daß ich Gandalf lange nicht sehe, und ich sollte die Gefahr kennen, die mich verfolgt.«

»Genügt es dir nicht, zu wissen, daß sie Diener des Feindes sind?« antwortete Gildor. »Fliehe sie! Sprich kein Wort mit ihnen! Sie sind tödlich. Frage mich nicht mehr! Aber mein Herz sagt mir, daß du, Frodo, Drogos Sohn, ehe alles zu Ende ist, mehr von diesen grausamen Wesen wissen wirst als Gildor Inglorion. Möge Elbereth dich beschützen!«

»Aber wo soll ich Mut finden?« fragte Frodo. »Das ist es, was ich hauptsächlich brauche.«

»Mut kann man an unwahrscheinlichen Stellen finden«, sagte Gildor. »Sei guter Hoffnung! Schlafe jetzt! Am Morgen werden wir fort sein; aber wir werden Botschaften durch die Lande schicken. Die Wandernden Gefährten sollen von deiner Fahrt wissen, und jene, die die Macht haben, Gutes zu tun, sollen auf der Hut sein. Ich nenne dich Elbenfreund; und möge das Ende deines Weges unter einem guten Stern stehen! Selten haben wir so viel Freude an Fremden gehabt, und es tut wohl, Worte der Alten Sprache von den Lippen anderer Wanderer in der Welt zu hören.«

Frodo wurde von Müdigkeit gepackt, gerade als Gildor aufhörte zu reden. »Ich will jetzt schlafen«, sagte er; der Elb geleitete ihn zu einer Laube neben Pippin, und er warf sich auf ein Bett und fiel sofort in traumlosen Schlummer.

VIERTES KAPITEL

GERADENWEGS ZU DEN PILZEN

Am Morgen wachte Frodo erfrischt auf. Er lag in einer Laube, die aus einem lebenden Baum bestand und aus Zweigen, die miteinander verflochten waren und bis zum Boden herabreichten. Sein Bett war aus Farn und Gras, tief und weich und seltsam duftend. Die Sonne schien durch die säuselnden Blätter, die noch grün am Baum waren. Er sprang auf und ging hinaus.

Sam saß auf dem Gras in der Nähe des Waldrands. Pippin stand und beobachtete den Himmel und das Wetter. Von den Elben war keine Spur zu sehen.

»Sie haben uns Früchte und einen Trunk dagelassen, und Brot«, sagte Pippin. »Komm und frühstücke. Das Brot schmeckt fast so gut wie letzte Nacht. Ich wollte dir gar nichts übriglassen, aber Sam bestand darauf.«

Frodo setzte sich neben Sam und begann zu essen. »Welchen Plan hast du für heute?« fragte Pippin.

»So schnell wie möglich nach Bockenburg zu gehen«, antwortete Frodo und richtete sein Augenmerk auf das Essen.

»Glaubst du, wir werden heute etwas von diesen Reitern sehen?« fragte Pippin fröhlich. In der Morgensonne erschien ihm die Aussicht, einer ganzen Schar von ihnen zu begegnen, nicht sehr beängstigend.

»Ja, vermutlich«, meinte Frodo, der nicht gern daran erinnert wurde. »Aber ich hoffe, über den Fluß zu kommen, ohne daß sie uns sehen.«

»Hast du von Gildor etwas über sie erfahren?«

»Nicht viel – nur Andeutungen und Rätsel«, sagte Frodo ausweichend.

»Hast du ihn wegen des Schnüffelns gefragt?«

»Darüber haben wir nicht gesprochen«, antwortete Frodo mit vollem Mund.

»Das hättest du aber tun sollen. Es ist sicher sehr wichtig.«

»In dem Fall bin ich sicher, daß Gildor es abgelehnt hätte, das zu erklären«, antwortete Frodo scharf. »Und jetzt laß mich ein bißchen in Frieden! Ich will nicht eine Reihe Fragen beantworten, während ich esse. Ich will denken!«

»Du lieber Himmel!« sagte Pippin. »Beim Frühstück?« Er verzog sich ans Ende der Grasfläche.

Aus Frodos Herzen hatte der strahlende Morgen – trügerisch strahlend, fand er – die Angst vor der Verfolgung nicht bannen können; und er grübelte über Gildors Worte nach. Pippins fröhliche Stimme scholl zu ihm herüber. Er lief auf dem grünen Rasen umher und sang.

»Nein, ich könnte es nicht!« sagte Frodo zu sich. »Es ist schön und gut, wenn ich meine jungen Freunde mitnehme und wir durch das Auenland wandern, bis wir hungrig und müde sind, und gutes Essen und ein Bett auf uns warten. Sie in die Verbannung mitzunehmen, wo es vielleicht kein Heilmittel gegen Hunger und Müdigkeit gibt, ist ganz etwas anderes, selbst wenn sie bereit sind, mitzukommen. Die Erbschaft ist allein meine. Ich glaube, ich sollte nicht einmal Sam mitnehmen.« Er sah Sam Gamdschie an und bemerkte, daß Sam ihn beobachtet hatte.

»Nun, Sam«, sagte er. »Wie steht es? Ich verlasse das Auenland, so bald ich nur kann – ich bin sogar entschlossen, nicht einen Tag in Krickloch zu bleiben, wenn es irgend geht.«

»Sehr gut, Herr!«

»Hast du immer noch vor, mit mir zu kommen?«

»Ja.«

»Es wird sehr gefährlich werden, Sam. Es ist schon jetzt gefährlich. Höchstwahrscheinlich wird keiner von uns zurückkommen.«

»Wenn du nicht zurückkommst, Herr, dann ich auch nicht, das ist gewiß«, sagte Sam. *»Laß ihn nicht im Stich!* haben sie zu mir gesagt. *Ihn im Stich lassen!* habe ich gesagt. *Ich denke nicht daran. Ich gehe mit ihm, und wenn er auf den Mond klettert; und wenn einer von diesen Schwarzen Reitern ihn aufzuhalten versucht, dann bekommt er es mit Sam Gamdschie zu tun,* habe ich gesagt. Sie haben gelacht.«

»Wer sind *sie*, und wovon redest du eigentlich?«

»Die Elben, Herr. Wir haben uns letzte Nacht ein bißchen unterhalten; und sie schienen zu wissen, daß du fortgehst, deshalb fand ich es zwecklos, es zu leugnen. Wundervolles Volk, die Elben, Herr! Wundervoll!«

»Ja, das sind sie«, sagte Frodo. »Magst du sie immer noch, nachdem du sie jetzt aus der Nähe gesehen hast?«

»Sie scheinen nicht davon berührt zu werden, ob ich sie mag oder nicht mag«, antwortete Sam langsam. »Es scheint nicht wichtig zu sein, was ich von ihnen halte. Sie sind ganz anders, als ich erwartet hatte – so alt und jung, und so fröhlich und traurig gewissermaßen.«

Frodo sah Sam ziemlich verblüfft an, als ob er halb und halb erwartete, ein äußerliches Anzeichen der seltsamen Veränderung zu sehen, die offenbar mit Sam vorgegangen war. Es klang nicht wie die Stimme des alten Sam Gamdschie, die er zu kennen glaubte. Aber er sah wie der alte Sam

Gamdschie aus, wie er da saß, nur daß sein Gesicht ungewöhnlich nachdenklich war.

»Hast du noch das Bedürfnis, das Auenland zu verlassen – nachdem dein Wunsch, sie zu sehen, erfüllt worden ist?« fragte er.

»Ja, Herr. Ich weiß nicht, wie ich es sagen soll, aber nach der letzten Nacht komme ich mir verändert vor. Ich scheine in gewisser Weise vorauszusehen. Ich weiß, daß wir einen sehr langen Weg gehen werden, in die Dunkelheit; aber ich weiß, daß ich nicht umkehren kann. Jetzt geht es nicht darum, daß ich die Elben sehen will, oder Drachen oder Berge – ich weiß eigentlich nicht richtig, was ich will: aber ich habe noch etwas zu tun, ehe alles vorbei ist, und das liegt vor mir, nicht im Auenland. Ich muß es durchschauen, Herr, wenn du mich verstehst.«

»Nicht ganz. Aber ich verstehe, daß Gandalf mir einen guten Gefährten ausgesucht hat. Ich bin einverstanden. Wir gehen zusammen.«

Frodo beendete sein Frühstück schweigend. Dann stand er auf, blickte über das Land vor sich und rief Pippin.

»Alles fertig zum Aufbruch?« fragte er, als Pippin angerannt kam. »Wir müssen sofort los. Wir haben lange geschlafen und haben noch viele Meilen zu gehen.«

»*Du* hast lange geschlafen, meinst du«, sagte Pippin. »Ich war schon lange vorher auf; und wir haben nur gewartet, bis du mit Essen und Denken fertig warst.«

»Jetzt bin ich mit beidem fertig. Und ich will so schnell wie möglich zur Bockenburger Fähre kommen. Ich mache nicht den Umweg zurück zur Straße, wo wir gestern abend abgebogen sind: ich gehe von hier geradenwegs durch das Land.«

»Dann wirst du wohl fliegen«, sagte Pippin. »In diesem Land kann man nirgends geradenwegs zu Fuß gehen.«

»Jedenfalls können wir mehr abkürzen als die Straße«, antwortete Frodo. »Die Fähre liegt südöstlich von Waldhof; aber die Straße biegt nach links ab – du kannst eine Biegung von ihr weit da drüben im Norden sehen. Sie führt um das nördliche Ende des Bruchs herum und stößt oberhalb von Stock auf die Landstraße zur Brücke. Aber das ist ein Umweg von Meilen. Wir könnten ein Viertel der Entfernung sparen, wenn wir von hier, wo wir stehen, schnurgerade zur Fähre laufen.«

»Der gerade Weg ist nicht immer der kürzeste«, erklärte Pippin. »Das Gelände hier ist schwierig, und es gibt Sümpfe und alle möglichen Hindernisse unten im Bruch – ich kenne diese Ecke. Und wenn du dich sorgst wegen der schwarzen Reiter, dann sehe ich nicht ein, warum es schlimmer sei, sie auf einer Straße zu treffen als im Wald oder auf dem Feld.«

»In Wäldern und Feldern ist es weniger leicht, Leute zu finden«, antwortete Frodo. »Und wenn angenommen wird, daß du auf der Straße bist, dann besteht einige Aussicht, daß auf der Straße nach dir gesucht wird und nicht abseits von ihr.«

»Na schön«, sagte Pippin. »Ich folge dir in jeden Sumpf und Graben. Aber es ist hart! Ich hatte damit gerechnet, vor Sonnenuntergang noch im *Goldenen Barsch* in Stock einzukehren. Das beste Bier im Ostviertel, jedenfalls früher: es ist lange her, seit ich es versucht habe.«

»Damit ist der Fall klar!« sagte Frodo. »Der gerade Weg ist nicht immer der kürzeste, aber Wirtshäuser kosten noch mehr Zeit. Vom *Goldenen Barsch* müssen wir dich um jeden Preis fernhalten. Wir wollen vor Dunkelheit nach Bockenburg kommen. Was meinst du, Sam?«

»Ich gehe mit dir, Herr Frodo«, sagte Sam (obwohl ihm nichts Gutes schwante und es ihm um das beste Bier im Ostviertel herzlich leid tat).

»Wenn wir uns also durch Sumpf und Dornengestrüpp durchquälen müssen, dann laßt uns jetzt gehen!« sagte Pippin.

Es war schon fast so warm wie am Tage zuvor; aber Wolken zogen von Westen herauf. Es sah nach Regen aus. Die Hobbits kletterten eine steile grüne Böschung hinunter und verschwanden unten zwischen den dicken Bäumen. Waldhof wollten sie links liegen lassen und sich dann an den Osthängen der Berge schräg durch die Gehölze schlagen, bis sie das Flachland dahinter erreichten. Dann könnten sie über offenes Land, abgesehen von ein paar Gräben und Zäunen, geradeaus zur Fähre gelangen. Frodo schätzte, daß sie in der Luftlinie achtzehn Meilen zu gehen hätten.

Bald stellte sich heraus, daß das Gebüsch dichter und unwegsamer war, als es zuerst den Anschein gehabt hatte. Es gab keine ausgetretenen Pfade durch das Unterholz, und sie kamen nicht sehr schnell voran. Als sie sich bis zum Grund des Tobels durchgekämpft hatten, fanden sie einen Bach, der von den dahinterliegenden Bergen in einem tiefen Bett herabrauschte, dessen steile, glitschige Ufer von Brombeeren überwuchert waren. Höchst unbequemer Weise kreuzte er die Marschrichtung, die sie sich ausgesucht hatten. Sie konnten nicht über ihn hinwegspringen noch sonst hinüberkommen, ohne naß, zerkratzt und schmutzig zu werden. Sie blieben stehen und fragten sich, was zu tun sei. »Erstes Hindernis!« sagte Pippin und lächelte grimmig.

Sam Gamdschie schaute zurück. Durch eine Lücke zwischen den Bäumen konnte er den Gipfel des grünen Steilhangs sehen, den sie heruntergekommen waren.

»Schau!« sagte er und packte Frodo am Arm. Sie schauten alle, und auf dem Grat hoch über ihnen sahen sie gegen den Himmel ein Pferd. Neben ihm bückte sich eine schwarze Gestalt.

Den Gedanken, umzukehren, gaben sie sofort auf. Frodo ging voran und verschwand rasch in dem dichten Gebüsch am Bach. »Hu!« sagte er zu Pippin. »Wir haben beide recht gehabt! Der gerade Weg ist schon krumm geworden; aber wir sind eben noch rechtzeitig in Deckung gegangen. Du hast gute Ohren, Sam: hörst du etwas kommen?«

Sie standen still und hielten fast den Atem an, während sie lauschten; aber nichts drang zu ihnen, was nach Verfolgung klang. »Ich kann mir nicht vorstellen, daß er versuchen würde, sein Pferd den Steilhang hinunterzubringen«, sagte Sam. »Aber vermutlich weiß er, daß wir dort heruntergekommen sind. Wir sollten lieber weitergehen.«

Das Weitergehen war gar nicht so einfach. Sie hatten Rucksäcke zu tragen, und die Büsche und Brombeeren ließen sie nur widerwillig durch. Die Bergkette hinter ihnen schnitt sie vom Wind ab, und die Luft war still und stickig. Als sie sich schließlich ihren Weg in mehr offenes Gelände gebahnt hatten, waren sie erhitzt und müde und sehr verkratzt, und außerdem wußten sie nicht, in welcher Richtung sie eigentlich gingen. Die Ufer des Bachs wurden niedriger, als er die Ebene erreichte, breiter und seichter wurde und sich zum Bruch und zum Strom hinschlängelte.

»Ach, das ist doch der Stockbach!« sagte Pippin. »Wenn wir versuchen wollen, wieder unsere alte Richtung einzuschlagen, dann müssen wir sofort hinüber und uns nach rechts halten.«

Sie wateten durch den Bach und eilten auf dem anderen Ufer über eine baumlose, binsenbestandene Ebene. Dahinter kamen sie wieder zu einem Baumgürtel: hohe Eichen zum größten Teil, und hier und dort eine Ulme oder Esche. Das Gelände war ziemlich eben, und es gab wenig Unterholz; aber die Bäume standen so dicht, daß sie nicht weit sehen konnten. Blätter wurden durch plötzliche Windböen hochgewirbelt, und einige Regentropfen fielen vom bewölkten Himmel. Dann legte sich der Wind, und der Regen begann zu strömen. Sie schleppten sich dahin, so schnell sie konnten, über Grasbüschel und durch dichte Haufen alter Blätter; und der Regen prasselte und rieselte auf sie herab. Sie sprachen nicht miteinander, sondern schauten nur immer wieder zurück und nach allen Seiten.

Nach einer halben Stunde sagte Pippin: »Ich hoffe, wir haben uns nicht zu sehr nach Süden gehalten und laufen nicht längs durch diesen Wald. Es ist kein sehr breiter Gürtel – nicht mehr als eine Meile an der breitesten Stelle, würde ich sagen – und wir müßten jetzt eigentlich schon durch sein.«

»Es hat keinen Zweck, daß wir jetzt anfangen, im Zickzack zu gehen«, antwortete Frodo. »Das würde nichts besser machen. Laßt uns weitergehen wie bisher! Ich bin auch nicht sicher, ob ich jetzt schon wieder ins Freie kommen möchte.«

Sie gingen weiter, vielleicht noch ein paar Meilen. Dann kam die Sonne wieder durch die Wolkenfetzen, und der Regen ließ nach. Mittag war schon vorbei, und sie fanden, es sei höchste Zeit für eine Mahlzeit. Unter einer Ulme hielten sie an: ihre Blätter hatten sich zwar schon gelb gefärbt, waren aber noch dicht, und unter dem Baum war es ziemlich geschützt und der Boden trocken. Als sie zu essen begannen, entdeckten sie, daß die Elben ihre Flaschen mit einem klaren Getränk von blaßgoldener Farbe gefüllt hatten: es duftete wie Honig, der aus mancherlei Blüten stammte, und war wunderbar erfrischend. Sehr bald lachten sie und scherten sich keinen Deut mehr um Regen und Schwarze Reiter. Die letzten paar Meilen, glaubten sie, würden bald geschafft sein.

Frodo lehnte sich mit dem Rücken an den Baumstamm und schloß die Augen. Sam und Pippin saßen dicht dabei, und sie begannen zu summen und dann leise zu singen:

He! He! He! An die Buddel geh,
Heil dein Herz, ertränk dein Weh!
Falle Regen oder Schnee,
Meilen, Meilen, Meilen geh!
Doch unterm Baume, da werd ich ruhn,
Wolken zählen und nichts mehr tun.

He!, he!, he!, begannen sie noch einmal und lauter. Dann hielten sie plötzlich inne. Frodo sprang auf die Füße. Ein langgezogenes Wehklagen trug der Wind zu ihnen herab, wie der Schrei irgendeines bösen, einsamen Geschöpfes. Es stieg und fiel und endete mit einem hohen, durchdringenden Ton. Während sie noch da saßen und standen, als seien sie plötzlich erstarrt, kam als Antwort ein zweiter Schrei, schwächer und weiter entfernt, aber nicht weniger beklemmend. Dann trat Stille ein, unterbrochen nur vom Rascheln des Windes in den Blättern.

»Und was glaubst du, was das war?« fragte Pippin schließlich. Er versuchte, es leichthin zu sagen, aber seine Stimme zitterte. »Wenn es ein Vogel war, dann jedenfalls einer, den ich noch nie im Auenland gehört habe.«

»Es war kein Vogel oder sonst ein Tier«, antwortete Frodo. »Es war ein

Ruf oder Signal — es wurden Wörter geschrien, obwohl ich sie nicht verstehen konnte. Aber kein Hobbit hat eine solche Stimme.«

Es wurde nichts mehr darüber gesagt. Sie alle dachten an die Reiter, aber keiner sprach es aus. Sie mochten nun weder hierbleiben noch weitergehen; aber früher oder später mußten sie ja über das offene Land zur Fähre laufen, und da war es am besten, es früher und bei Tageslicht zu tun. Ein paar Augenblicke später hatten sie ihre Rucksäcke wieder geschultert und waren auf dem Weg.

Nicht lange, und der Wald hörte plötzlich auf. Weite Wiesen erstreckten sich vor ihnen. Jetzt sahen sie, daß sie tatsächlich zu weit nach Süden gekommen waren. Drüben, jenseits der Ebene, sahen sie hinter dem Strom den niedrigen Berg von Bockenburg, aber er lag jetzt links von ihnen. Vorsichtig krochen sie aus dem Waldrand hervor und eilten, das offene Land so rasch sie konnten zu überqueren.

Zuerst hatten sie Angst ohne den Schutz des Waldes. Weit hinter ihnen lag die Höhe, wo sie gefrühstückt hatten. Frodo erwartete halb und halb, auf der Bergkuppe die von ferne kleine Gestalt eines Reiters dunkel gegen den Himmel zu sehen; aber es war nichts zu erblicken. Die Sonne sank jetzt zu den Bergen herab, von denen sie gekommen waren, brach durch die Wolken durch und schien wieder hell. Die Angst fiel von ihnen ab, obwohl sie sich immer noch unbehaglich fühlten. Doch wurde das Land immer bebauter und ordentlicher. Bald waren sie umgeben von gut bestellten Feldern und Wiesen; es gab Hecken und Gatter und Abzugsgräben. Alles schien still und friedlich zu sein wie ein gewöhnlicher Winkel im Auenland. Ihre Stimmung stieg mit jedem Schritt. Der Lauf des Stroms kam näher; und die Schwarzen Reiter erschienen ihnen allmählich wie Gespenster der Wälder, die nun weit hinter ihnen lagen.

Sie gingen am Rande eines riesigen Rübenfeldes entlang und kamen zu einem stattlichen Tor. Dahinter zog sich ein ausgefahrener Weg zwischen niedrigen, gut gestutzten Hecken zu einer fernen Baumgruppe hin. Pippin blieb stehen.

»Ich kenne diese Felder und dieses Tor«, sagte er. »Wir sind auf dem Land vom alten Bauer Maggot. Das muß sein Hof sein da hinten zwischen den Bäumen.«

»Ein Verdruß nach dem anderen!« sagte Frodo und sah fast so bestürzt aus, als wenn Pippin ihm erklärt hätte, der Weg sei der Zugang zu einer Drachenhöhle. Die anderen sahen ihn überrascht an.

»Was hast du denn gegen den alten Maggot?« fragte Pippin. »Er ist gut Freund mit allen Brandybocks. Natürlich ist er der Schrecken aller Landstreicher und hat bissige Hunde – aber schließlich wohnen die Leute hier dicht an der Grenze und müssen auf der Hut sein.«

»Ich weiß«, sagte Frodo. »Aber trotzdem«, fügte er mit einem verlegenen Lachen hinzu, »habe ich entsetzliche Angst vor ihm und seinen Hunden. Seit Jahr und Tag habe ich um seinen Hof einen Bogen gemacht. Er hat mich verschiedentlich beim Pilzesammeln erwischt, als ich noch ein Junge war und im Brandyschloß lebte. Beim letzten Mal hat er mich verprügelt und mich genommen und seinen Hunden gezeigt. ›Seht ihn euch an, ihr Burschen‹, sagte er, ›das nächste Mal, wenn dieser kleine Racker den Fuß auf meinen Grund und Boden setzt, könnt ihr ihn fressen. Jetzt schafft ihn fort.‹ Sie jagten mich den ganzen Weg bis zur Fähre. Ich habe den Schreck niemals verwunden – obwohl ich sagen muß, daß die Viecher ihr Geschäft verstanden und mich nicht anrührten.«

Pippin lachte. »Na, es ist Zeit, daß du es wieder gutmachst. Besonders, wenn du jetzt zurückkommst, um in Bockland zu leben. Der alte Maggot ist wirklich ein Prachtskerl – sofern du seine Pilze in Frieden läßt. Laßt uns auf dem Weg gehen, dann sind wir nicht widerrechtlich eingedrungen. Wenn wir ihn treffen, überlaßt mir das Reden. Er ist ein guter Freund von Merry, und ich bin früher oft mit ihm zusammen hiergewesen.«

Sie gingen den Weg entlang, bis sie die strohgedeckten Dächer eines großen Hauses und von Wirtschaftsgebäuden zwischen den Bäumen hindurchschimmern sahen. Die Maggots und die Platschfußens in Stock und die meisten Bewohner des Bruchs lebten in Häusern; und Maggots Hof war aus festen Ziegeln erbaut und hatte eine hohe Mauer drumherum. Ein breites Holztor schloß die Mauer gegen den Weg ab.

Plötzlich, als sie näher kamen, hob ein entsetzliches Gebelle und Gekläffe an, und eine laute Stimme rief: »Greif! Fang! Wolf! Kommt her, Burschen!«

Frodo und Sam blieben wie angewurzelt stehen, aber Pippin ging noch ein paar Schritte weiter. Das Tor öffnete sich, und herausgeschossen kamen drei riesige Hunde, stürzten sich auf die Wanderer und bellten wütend. Von Pippin nahmen sie keine Notiz; aber Sam wich an die Mauer zurück, während zwei wolfsähnlich aussehende Hunde ihn mißtrauisch beschnüffelten und knurrten, sobald er sich rührte. Der größte und wildeste der drei baute sich drohend und fauchend vor Frodo auf.

Am Tor erschien jetzt ein breitschultriger, untersetzter Hobbit mit einem runden, roten Gesicht. »Hallo! Hallo! Wer seid ihr wohl und was wollt ihr hier?« fragte er.

»Guten Abend, Herr Maggot!« sagte Pippin.

Der Bauer sah ihn scharf an. »Na, wenn das nicht der junge Herr Pippin ist – Herr Peregrin Tuk sollte ich wohl sagen!« rief er, und sein bärbeißiges Gesicht sah mit einemmal ganz freundlich aus. Euer Glück, daß ich Euch kenne. Ich wollte gerade meine Hunde auf jeden Fremden hetzen. Es gehen heute ein paar komische Dinge vor. Natürlich zieht von Zeit zu Zeit immer mal sonderbares Volk hier durch die Gegend. Zu nah am Fluß«, sagte er und schüttelte den Kopf. »Aber dieser Bursche war der fremdländischste, der mir je vor Augen gekommen ist. Der wird mein Land kein zweites Mal ohne Erlaubnis überqueren, wenn ich es verhindern kann.«

»Was für einen Burschen meint Ihr denn?« fragte Pippin.

»Dann habt Ihr ihn nicht gesehen?« sagte der Bauer. »Es ist noch nicht lange her, da ritt er den Weg hinauf zur Landstraße. War ein komischer Kerl und stellte komische Fragen. Aber vielleicht kommt Ihr mit herein, da können wir gemütlicher Neuigkeiten austauschen. Ich habe einen guten Tropfen Bier da, wenn Ihr und Eure Freunde wollen, Herr Tuk.«

Es war offensichtlich, daß der Bauer ihnen mehr erzählen würde, wenn man es ihn zu seiner Zeit und auf seine Weise tun ließ, und so nahmen sie alle die Einladung an. »Was ist mit den Hunden?« fragte Frodo ängstlich.

Der Bauer lachte. »Sie werden Euch nichts tun – außer wenn ich's ihnen befehle. Hier, Greif! Fang! Platz!« rief er. »Platz, Wolf!« Zu Frodos und Sams Erleichterung gingen die Hunde zu ihrem Herrn und ließen sie frei. Pippin stellte dem Bauern die beiden anderen vor. »Herr Frodo Beutlin«, sagte er. »Ihr werdet Euch vielleicht nicht an ihn erinnern, aber er wohnte früher im Brandyschloß.« Bei dem Namen Beutlin stutzte der Bauer und warf Frodo einen strengen Blick zu. Einen Augenblick glaubte Frodo, ihm seien die gestohlenen Pilze wieder eingefallen und die Hunde würden Auftrag bekommen, ihn fortzuschaffen. Aber der Bauer Maggot nahm ihn am Arm.

»Nun, wenn das nicht seltsamer ist als alles andere!« rief er. »Herr Beutlin ist es? Kommt herein! Wir müssen uns unterhalten.«

Sie gingen in die Küche des Bauern und setzten sich an den großen Herd. Frau Maggot brachte einen gewaltigen Krug Bier und schenkte vier große Becher ein. Es war ein gutes Gebräu, und Pippin fand sich mehr als entschädigt dafür, daß er den *Goldenen Barsch* verpaßt hatte. Sam nippte mißtrauisch an seinem Bier. Er hatte einen angeborenen Argwohn gegen die Bewohner anderer Teile des Auenlands; und außerdem war er nicht geneigt, rasch Freundschaft zu schließen mit irgend jemandem, der seinen Herr verprügelt hatte, und sei es noch so lange her.

Nach ein paar Bemerkungen über das Wetter und die Aussichten der Landwirtschaft (die nicht schlechter waren als üblich) stellte Bauer Maggot seinen Becher hin und blickte sie der Reihe nach an.

»Nun, Herr Peregrin«, sagte er, »wo kommt Ihr eigentlich her und wohin seid Ihr unterwegs? Seid Ihr gekommen, um mich zu besuchen? Denn dann wäret Ihr an meinem Tor vorbeigegangen, ohne daß ich Euch gesehen hätte.«

»Nein«, antwortete Pippin, »um die Wahrheit zu sagen, da Ihr sie schon erraten habt, wir sind vom anderen Ende her auf den Weg gekommen: wir waren über Eure Felder gegangen. Aber das war reiner Zufall. Wir hatten uns im Wald verirrt, da hinten beim Waldhof, als wir versuchten, eine Abkürzung zur Fähre zu finden.«

»Wenn Ihr es eilig hattet, wäre die Straße günstiger gewesen«, sagte der Bauer. »Aber darüber habe ich mir keine Gedanken gemacht. Ihr dürft gern über mein Land gehen, wenn Euch der Sinn danach steht, Herr Peregrin. Und Ihr auch, Herr Beutlin – obwohl ich annehme, daß Ihr immer noch Pilze mögt.« Er lachte. »O ja, ich habe den Namen wiedererkannt. Ich erinnere mich noch an die Zeiten, als der junge Frodo Beutlin einer der größten Tunichtgute von Bockland war. Aber es waren nicht Pilze, woran ich dachte. Ich habe gerade den Namen Beutlin gehört, ehe Ihr kamt. Was, glaubt Ihr, hat mich dieser komische Kerl gefragt?«

Sie warteten begierig, daß er fortfahren möge. »Nun ja.« Genießerisch langsam kam er zur Sache. »Er ritt auf seinem großen schwarzen Pferd zum Tor herein, das zufällig offen war, und direkt bis zu meiner Tür. Auch er selbst war ganz schwarz, eingehüllt in Mantel und Kapuze, als ob er nicht erkannt werden wollte. ›Na, was um alles in der Welt kann der wollen?‹ dachte ich bei mir. Wir sehen nicht viele von den Großen Leuten diesseits der Grenze, und jedenfalls hatte ich niemals von so einem wie diesem schwarzen Burschen gehört.

›Guten Tag‹, sagte ich, als ich zu ihm hinausging. ›Dieser Weg führt nirgends hin, und wo immer Ihr auch hinwollt, am schnellsten geht es über die Straße.‹ Mir gefiel sein Aussehen gar nicht, und als Greif herauskam, schnüffelte er einmal und kläffte dann, als ob er gestochen worden sei; er kniff den Schwanz ein und schoß jaulend davon. Der schwarze Bursche saß ganz still.

›Ich komme von drüben‹, sagte er langsam und irgendwie schwerfällig und zeigte nach Westen, über *meine* Felder, bitte schön. ›Habt Ihr *Beutlin* gesehen?‹ fragte er mit seltsamer Stimme und beugte sich zu mir herunter; und mir lief eine Art Schauer über den Rücken. Aber ich sah nicht ein, warum er so frech über mein Land dahergeritten kommen sollte.

›Fort mit Euch!‹ sagte ich. ›Hier gibt's keine Beutlins. Ihr seid im falschen Teil vom Auenland. Ihr geht besser zurück nach Westen nach Hobbingen – aber diesmal könnt Ihr die Straße nehmen.‹

›Da ist Beutlin nicht mehr‹, antwortete er flüsternd. ›Er kommt. Er ist nicht weit weg. Ich will ihn finden. Wenn er vorbeikommt, wollt Ihr es mir sagen? Ich komme mit Gold zurück‹.

›Nein, das werdet Ihr nicht‹, sagte ich. ›Ihr werdet dahin zurückgehen, wo Ihr hingehört, und zwar schleunigst. Ich gebe Euch eine Minute, ehe ich alle meine Hunde rufe ‹

Er gab eine Art Zischen von sich. Es hätte ein Lachen sein können, oder auch nicht. Dann gab er seinem großen Pferd die Sporen und ritt direkt auf mich zu, und ich sprang gerade noch rechtzeitig beiseite. Ich rief die Hunde, aber er wendete und ritt durch das Tor und den Weg hinauf zur Landstraße wie ein Donnerblitz. Was haltet Ihr davon?«

Frodo saß einen Augenblick da und starrte ins Feuer, aber sein einziger Gedanke war, wie er um Himmels willen nur die Fähre errreichen sollte. »Ich weiß nicht, was ich davon halten soll«, sagte er schließlich.

»Dann werde ich Euch was erzählen«, sagte Maggot. »Ihr hättet Euch niemals mit den Leuten aus Hobbingen einlassen sollen, Herr Frodo. Komische Leute da oben.« Sam rutschte auf seinem Stuhl hin und her und sah den Bauern unfreundlich an. »Aber Ihr wart immer ein leichtfertiger Bursche. Als ich hörte, Ihr habt Brandyschloß verlassen und seid zu dem alten Herrn Bilbo gegangen, da sagte ich, Ihr würdet in Schwierigkeiten kommen. Merkt Euch meine Worte, alles kommt von den seltsamen Umtrieben des Herrn Bilbo. Sein Geld hat er auf merkwürdige Weise im Ausland erworben, heißt es. Vielleicht gibt es welche, die wissen wollen, was aus dem Gold und den Edelsteinen geworden ist, die er im Bühl von Hobbingen vergraben hat, wie ich höre?«

Frodo antwortete nicht: die scharfsinnigen Mutmaßungen des Bauern waren einigermaßen bestürzend.

»Ja, Herr Frodo«, fuhr Maggot fort, »ich freue mich, daß Ihr so vernünftig seid, nach Bockland zurückzukommen. Mein Rat lautet: bleibt hier! Und laßt Euch nicht mit diesem ausländischen Volk ein. Ihr werdet Freunde haben in diesen Gegenden. Wenn irgendwelche von diesen schwarzen Gesellen noch einmal hinter Euch her sind, werde ich sie mir vornehmen. Ich werde sagen, Ihr seid tot oder habt das Auenland verlassen oder was immer Ihr wollt. Und das mag sogar wahr sein; denn höchst wahrscheinlich wollen sie ja etwas von Herrn Bilbo wissen.«

»Vielleicht habt Ihr recht«, sagte Frodo; er wich dem Blick des Bauern aus und starrte ins Feuer.

Maggot sah in nachdenklich an. »Na, ich sehe, Ihr habt Eure eigene Meinung«, sagte er. »Für mich liegt es klar auf der Hand, daß es kein Zufall ist, der Euch und diesen Reiter am selben Nachmittag hergeführt hat; und vielleicht waren meine Neuigkeiten schließlich gar keine großen Neuigkeiten für Euch. Aber ich fordere Euch nicht auf, mir etwas zu erzählen, was Ihr lieber für Euch behaltet; doch sehe ich, daß Ihr irgendwie in der Klemme seid. Vielleicht denkt Ihr daran, daß es nicht so leicht sein wird, zur Fähre zu kommen, ohne geschnappt zu werden?«

»Das dachte ich gerade«, sagte Frodo. »Aber wir müssen es versuchen und hinkommen, und das schaffen wir nicht, wenn wir hier sitzen und nachdenken. Ich fürchte also, wir müssen gehen. Ich danke Euch wirklich sehr für Eure Freundlichkeit! Dreißig Jahre lang habe ich vor Euch und Euren Hunden Angst gehabt, Bauer Maggot, auch wenn Ihr jetzt vielleicht lacht, da Ihr es hört. Es ist schade: ich habe einen guten Freund verpaßt. Und jetzt tut es mir leid, so rasch aufzubrechen. Aber vielleicht komme ich eines Tages wieder – wenn ich die Möglichkeit habe.«

»Ihr werdet willkommen sein«, antwortete Maggot. »Aber jetzt habe ich einen Gedanken. Es ist schon spät, und wir werden gleich Abendbrot essen; denn meist gehen wir kurz nach der Sonne zu Bett. Wenn Ihr und Herr Peregrin und alle bleiben und einen Happen mit uns essen könntet, würden wir uns freuen!«

»Das würden wir auch sehr gerne tun«, antwortete Frodo »Aber wir müssen sofort gehen, fürchte ich. Selbst jetzt wird es wohl dunkel werden, bis wir die Fähre erreichen.«

»Ah! aber wartet doch eine Minute. Ich wollte sagen: nach einem bißchen Abendessen hole ich einen kleinen Wagen heraus und fahre Euch alle zur Fähre. Das wird Euch manchen Schritt ersparen, und es könnte Euch auch irgendwelchen Ärger anderer Art ersparen.«

Frodo nahm jetzt die Einladung dankbar an, sehr zur Erleichterung von Pippin und Sam. Die Sonne stand schon hinter den Bergen im Westen, und es wurde dämmerig. Zwei von Maggots Söhnen und seine drei Töchter kamen herein, und ein üppiges Mahl wurde aufgetischt. In der Küche wurden Kerzen angezündet und das Feuer geschürt. Frau Maggot eilte geschäftig hin und her. Ein oder zwei andere Hobbits, die zum Hof gehörten, kamen herein. Bald setzten sich vierzehn zum Essen hin. Es gab Bier in Mengen und ein gewaltiges Pilzgericht mit Schinken, und außerdem noch alle mögliche andere handfeste, bäuerliche Kost. Die Hunde lagen am Feuer, nagten an Schwarten und knabberten Knochen.

Als sie fertig waren, gingen der Bauer und seine Söhne mit einer Laterne hinaus und machten den Wagen bereit. Es war dunkel auf dem

Hof, als die Gäste herauskamen. Sie warfen ihre Rucksäcke auf das Gefährt und kletterten hinterdrein. Der Bauer setzte sich auf den Kutschbock und trieb seine zwei kräftigen Ponies an. Sein Frau stand im Lichtschein der offenen Tür.

»Sei ja vorsichtig, Maggot!« rief sie. »Fang keinen Streit mit irgendwelchen Ausländern an und komm gleich zurück!«

»Mach ich«, sagte er und fuhr zum Tor hinaus. Kein Lüftchen regte sich jetzt: die Nacht war still und ruhig, und die Luft war kühl. Sie fuhren ohne Licht und daher langsam. Nach ein oder zwei Meilen hörte der Weg auf; es ging durch einen tiefen Graben und dann eine kleine Böschung hinauf zu der hoch aufgeschütteten Landstraße.

Maggot stieg ab und warf einen Blick nach beiden Seiten, nach Norden und Süden, aber in der Dunkelheit war nichts zu sehen und kein Ton in der stillen Luft zu hören. In dünnen Schleiern hing der Flußnebel über den Gräben und kroch die Felder hinauf.

»Es wird dicken Nebel geben«, sagte Maggot. »Aber ich will meine Laternen nicht vor dem Heimweg anzünden. Wir werden heute auf der Straße alles hören, lange bevor wir es zu sehen bekommen.«

Es waren fünf oder mehr Meilen von Maggots Weg bis zur Fähre. Die Hobbits packten sich warm ein, spitzten aber die Ohren nach jedem Geräusch über das Knirschen der Räder und das langsame *Klapp* der Ponyhufe hinaus. Der Wagen kam Frodo langsamer als eine Schnecke vor. Pippin neben ihm war nahe am Einschlafen; aber Sam starrte nach vorn in den aufsteigenden Nebel.

Schließlich erreichten sie den Zugang zur Fähre. Er war durch zwei hohe weiße Pfosten gekennzeichnet, die sich plötzlich zu ihrer Rechten erhoben. Bauer Maggot zog die Zügel an, und der Wagen kam knirschend zum Stehen. Sie begannen gerade herauszuklettern, als sie plötzlich das hörten, was sie alle gefürchtet hatten: Hufe auf der Straße vor ihnen. Das Geräusch kam auf sie zu.

Maggot sprang herab, stellte sich neben die Ponies, hielt sie am Kopf und starrte nach vorn in die Düsternis. *Klipp klapp, klipp klapp* näherte sich der Reiter. Die Huftritte dröhnten laut in der stillen, nebligen Luft.

»Du versteckst dich besser, Herr Frodo«, sagte Sam besorgt. »Leg dich unten in den Wagen und deck dich mit Decken zu, und wir werden diesem Reiter schon heimleuchten!« Er kletterte hinaus und stellte sich neben den Bauern. Die Schwarzen Reiter würden über ihn hinwegreiten müssen, um an den Wagen heranzukommen.

Klapp klapp, klapp klapp. Der Reiter war fast bei ihnen.

»Hallo da!« rief Bauer Maggot. Die sich nähernden Hufe hielten an. Sie glaubten undeutlich eine dunkle, in einen Mantel gehüllte Gestalt im Nebel zu erkennen, vielleicht einen Klafter vor ihnen.

»Nun denn!« sagte der Bauer, warf Sam die Zügel zu und ging vor. »Kommt ja keinen Schritt näher! Was wollt Ihr und wo wollt Ihr hin?«

»Ich suche Herrn Beutlin. Habt Ihr ihn gesehen?« fragte eine erstickte Stimme – aber die Stimme war die von Merry Brandybock. Eine dunkle Laterne wurde abgedeckt, und ihr Lichtschein fiel auf das erstaunte Gesicht des Bauern.

»Herr Merry!« rief er

»Ja, natürlich! Was glaubt Ihr denn, wer ich sei?« sagte Merry und kam vorwärts. Als er aus dem Nebel heraustrat und ihre Angst verflog, schien er plötzlich auf das gewöhnliche Hobbitmaß zusammenzuschrumpfen. Er ritt auf einem Pony und hatte einen Schal um den Hals und über das Kinn geschlungen, um den Nebel abzuhalten.

Frodo sprang vom Wagen herab, um ihn zu begrüßen. »So, da bist du endlich!« sagte Merry. »Ich fragte mich schon, ob ihr heute überhaupt noch kommen würdet, und wollte gerade zum Abendbrot gehen. Als es so neblig wurde, kam ich herüber und ritt nach Stock um zu sehen, ob ihr in einen Graben gefallen seid. Ich möchte bloß mal wissen, auf welchem Weg ihr eigentlich gekommen seid. Wo habt Ihr sie gefunden, Herr Maggot? In Eurem Ententeich?«

»Nein, ich habe sie dabei erwischt, daß sie widerrechtlich eingedrungen sind«, sagte der Bauer, »und fast hätte ich meine Hunde auf sie gehetzt; aber sie werden Euch die ganze Geschichte bestimmt erzählen. Jetzt, wenn Ihr mich entschuldigen wollt, Herr Merry und Herr Frodo und alle, dann kehre ich am besten gleich um. Meine Frau wird sich schon Sorgen machen bei der nebligen Nacht.«

Er fuhr den Wagen ein Stück zurück und wendete. »Na, dann gute Nacht allerseits«, sagte er. »Es war bestimmt ein sonderbarer Tag. Aber Ende gut, alles gut; obwohl wir das vielleicht nicht sagen sollten, ehe wir unsere Haustüren erreicht haben. Ich will nicht leugnen, daß ich froh sein werde, wenn ich daheim bin.« Er zündete seine Laternen an und stieg auf. Plötzlich holte er einen großen Korb unter dem Sitz hervor. »Den hätte ich ja fast vergessen«, sagte er »Meine Frau hat ihn für Herrn Beutlin eingepackt mit ihren besten Empfehlungen.« Er gab ihn hinunter und fuhr los, begleitet von einem Chor von Danke-schön und Gute Nacht.

Sie sahen, wie die bleichen Lichtringe um seine Laternen in der nebligen Nacht verschwanden. Mit einemmal lachte Frodo: aus dem zugedeckten Korb in seiner Hand stieg der Duft von Pilzen auf.

FÜNFTES KAPITEL

EINE ENTLARVTE VERSCHWÖRUNG

»So, nun gehen wir lieber auch nach Haus«, sagte Merry. »Da ist irgend etwas komisch bei alledem, das sehe ich; aber es muß warten, bis wir angelangt sind.«

Sie gingen den Fährweg hinunter, der schnurgerade und in gutem Stande und mit großen, weiß angestrichenen Steinen gesäumt war. Nach etwa fünfzig Klaftern kamen sie zum Flußufer und einem breiten, hölzernen Landungssteg. Ein großes, flaches Fährboot lag dort vertäut. Die weißen Poller dicht am Ufer schimmerten im Schein zweier Lampen an hohen Pfosten. Hinter ihnen war jetzt der Nebel von den Feldern der Niederung bis über die Hecken hinaufgezogen; aber das Wasser vor ihnen war dunkel, und nur ein paar krause Schwaden zogen wie Rauchwölkchen durch das Schilf am Ufer. Am anderen Ufer schien es weniger neblig zu sein.

Merry führte das Pony über eine Laufplanke auf die Fähre, und die anderen folgten. Dann stieß Merry langsam mit einem langen Bootshaken ab. Der Brandywein floß gemächlich und breit vor ihnen. Das Ufer auf der anderen Seite war steil, und von der Anlegestelle führte ein gewundener Pfad hinauf. Auch drüben blinkten Lampen. Dahinter erhob sich der Bockberg; und von dort schimmerten zwischen einzelnen Nebelschleiern viele runde Fenster gelb und rot. Es waren die Fenster vom Brandyschloß, dem alten Heim der Brandybocks.

Vor langer Zeit hatte Gorhendad Altbock, das Oberhaupt der Altbocks, einer der ältesten Familien des Bruchs oder sogar des Auenlands, den Fluß überschritten, der ursprünglich die Ostgrenze des Landes gewesen war. Er baute Brandyschloß (und grub es aus), änderte seinen Namen in Brandybock und wurde der Herr eines im Grunde genommen kleinen selbständigen Landes. Seine Familie wuchs und wuchs und hörte auch nach seiner Zeit nicht auf zu wachsen, bis Brandyschloß den gesamten unteren Teil des niedrigen Berges einnahm und drei große Haupteingänge, viele Nebeneingänge und ungefähr hundert Fenster hatte. Die Brandybocks und die vielen, die von ihnen abhängig waren, begannen dann rundherum zu graben und später zu bauen. So entstand Bockland, ein dicht bevölkerter Landstrich zwischen dem Fluß und dem Alten Wald, eine Art Kolonie des Auenlands. Das Hauptdorf war Bockenburg, eingebettet zwischen den Höhen und Hängen hinter dem Brandyschloß.

Die Leute im Bruch standen freundschaftlich mit den Bockländern, und die Oberhoheit des »Schloßherrn« (wie das Haupt der Familie Brandybock genannt wurde) wurde von den Bauern zwischen Stock und Rohrholm immer anerkannt. Aber die Bewohner des alten Auenlandes empfanden die Bockländer zumeist als eigenartig und sahen sie gewissermaßen als halbe Ausländer an. Obwohl sie in Wirklichkeit nicht viel anders waren als die Hobbits in den Vier Vierteln. Abgesehen von einem Punkt: sie fuhren gern Boot, und einige von ihnen konnten sogar schwimmen.

Ihr Land war ursprünglich ohne Schutz nach Osten; aber an dieser Seite hatten sie eine Hecke angelegt, den Hohen Hag. Er war schon vor vielen Generationen gepflanzt worden und war jetzt breit und hoch, denn er wurde ständig gepflegt. Er erstreckte sich von der Brandyweinbrücke, in einer großen Schleife vom Fluß fortstrebend, bis Hagsend (wo der Fluß Weidenwinde aus dem Wald heraustritt und in den Brandywein mündet): gut über zwanzig Meilen von einem Ende bis zum anderen. Aber natürlich war der Hag kein völliger Schutz. An vielen Stellen kam der Wald dicht an die Hecke heran. Nach Einbruch der Dunkelheit hielten die Bockländer ihre Türen verschlossen, und auch das war im Auenland nicht üblich.

Die Fähre zog langsam über das Wasser. Das Bockländer Ufer kam näher. Sam war der einzige der Gesellschaft, der noch niemals jenseits des Flusses gewesen war. Ihm war seltsam zumute, als der langsame, gurgelnde Strom vorbeiglitt: sein altes Leben lag im Nebel hinter ihm, dunkle Abenteuer vor ihm. Er kratzte sich den Kopf, und einen flüchtigen Augenblick lang wünschte er, daß Herr Frodo weiterhin friedlich in Beutelsend hätte leben können.

Die vier Hobbits verließen die Fähre. Merry vertäute das Boot, und Pippin führte schon das Pony den Pfad hinauf, als Sam (der sich umgeschaut hatte, als wollte er vom Auenland Abschied nehmen) heiser flüsterte:

»Schau zurück, Herr Frodo! Siehst du etwas?«

Auf dem fernen Landungssteg unter den Lampen konnten sie eine Gestalt erkennen: sie sah aus wie ein zurückgelassenes dunkles Bündel. Aber während sie hinüberblickten, schien sich das Bündel zu bewegen und hierhin und dorthin zu schwanken, als suche es den Boden ab. Dann kroch es (oder ging geduckt) zurück in die Dunkelheit hinter den Lampen.

»Was um alles in der Welt ist denn das?« rief Merry.

»Etwas, das uns verfolgt«, sagte Frodo. »Aber frage mich jetzt nichts mehr! Laß uns sofort weggehen!« Sie eilten den Pfad hinauf bis auf die Höhe, aber als sie zurückschauten, war das ferne Ufer in Nebel gehüllt und nichts zu sehen.

»Ein Glück, daß ihr keine Boote am Westufer habt«, sagte Frodo. »Können Pferde den Fluß überqueren?«

»Das können sie zwanzig Meilen weiter nördlich über die Brandyweinbrücke — oder sie könnten auch schwimmen«, antwortete Merry. »Obwohl ich noch von keinem Pferd gehört habe, das den Brandywein durchschwommen hat. Aber was haben Pferde damit zu tun?«

»Das erzähle ich dir später. Laß uns nach Hause gehen, dann können wir reden.«

»Gut. Du und Pippin wißt ja den Weg; also reite ich voraus und sage Dick Bolger, daß ihr kommt. Wir kümmern uns ums Abendessen und derlei.«

»Wir haben schon bei Bauer Maggot ein frühes Abendessen bekommen«, sagte Frodo. »Aber wir könnten ein zweites vertragen.«

»Ihr sollt es haben! Gib mir den Korb«, sagte Merry und ritt voraus in die Dunkelheit.

Es war ziemlich weit vom Brandywein zu Frodos neuem Haus in Krickloch. Sie ließen den Bockberg und das Brandyweinschloß zu ihrer Linken liegen und stießen kurz vor Bockenburg auf die Hauptstraße von Bockland, die von der Brücke nach Süden verlief. Sie folgten ihr eine halbe Meile nach Norden und kamen dann zu einem Fußweg, der nach rechts abbog. Er schlängelte sich ein paar Meilen weit bergauf und bergab.

Schließlich gelangten sie zu einem schmalen Tor in einer dicken Hecke. Nichts war in der Dunkelheit von dem Haus zu sehen: es lag etwas zurück vom Weg inmitten eines großen Rasenrunds, umgeben von einer Reihe niedriger Bäume, die innerhalb der äußeren Hecke standen. Frodo hatte sich das Haus ausgesucht, weil es in einer abgeschiedenen Ecke des Landes lag und keine anderen Behausungen in der Nähe waren. Man konnte ein- und ausgehen, ohne beobachtet zu werden. Die Brandyweinbocks hatten es vor langer Zeit gebaut für Gäste oder Familienangehörige, die dem Gedränge im Brandyweinschloß eine Zeitlang entfliehen wollten. Es war ein altmodisches, ländliches Haus, einer Hobbithöhle so ähnlich wie nur möglich: es war langgestreckt und niedrig, ohne Obergeschoß; und es hatte ein Dach aus Rasensoden, runde Fenster und eine große, runde Tür.

Als sie den grünen Pfad vom Tor hinaufgingen, war kein Licht zu sehen; die Fenster waren dunkel hinter den geschlossenen Läden. Frodo klopfte an die Tür, und Dick Bolger öffnete. Ein freundlicher Lichtschein drang heraus. Rasch schlüpften sie nach drinnen und schlossen sich und das Licht ein. Sie standen in einer geräumigen Halle mit Türen an beiden Seiten; vor ihnen führte in der Mitte des Hauses ein Gang nach hinten.

»Nun, was hältst du davon?« fragt Merry, der den Gang heraufkam. »Wir haben uns in der kurzen Zeit die größte Mühe gegeben, damit es wie zu Hause aussieht. Schließlich sind Dick und ich erst gestern mit der letzten Karrenladung angekommen.«

Frodo schaute sich um. Es sah wirklich wie zu Hause aus. Viele seiner Lieblingsmöbel – oder vielmehr Bilbos Möbel (in ihrer neuen Umgebung erinnerten sie ihn stark an Bilbo) – waren so aufgestellt, daß sie möglichst genau wie in Beutelsend standen. Es war ein hübsches, behagliches und einladendes Haus; und er ertappte sich dabei, daß er wünschte, er wäre wirklich hierher gekommen, um an diesem friedlichen Ort zu bleiben. Es erschien ihm nicht richtig, daß er seinen Freunden all diese Mühe zugemutet hatte; und er fragte sich, wie er es ihnen eigentlich beibringen sollte, daß er so bald würde aufbrechen müssen, ja eigentlich sofort. Und doch mußte er ihnen das noch an diesem Abend eröffnen, ehe sie alle ins Bett gingen.

»Es ist wunderbar«, zwang er sich zu sagen. »Ich merke kaum, daß ich überhaupt umgezogen bin.«

Die Wanderer hängten ihre Mäntel auf und legten ihre Rucksäcke auf den Fußboden. Merry führte sie den Gang hinunter und riß eine Tür am hinteren Ende auf. Feuerschein drang heraus und eine Dampfwolke.

»Ein Bad!« schrie Pippin. »Gepriesen seist du, Meriadoc!«

»In welcher Reihenfolge gehen wir hinein?« fragte Frodo. »Der älteste zuerst oder der schnellste zuerst? Du bist in jedem Fall der letzte, Herr Peregrin.«

»Von mir könnt ihr doch erwarten, daß ich das besser einrichte«, sagte Merry. »Schließlich können wir das Leben in Krickloch nicht mit einem Streit über das Baden beginnen. In dem Raum dort sind *drei* Wannen und ein Kessel voll kochenden Wassers. Auch Handtücher sind da, Badematten und Seife. Rein mit euch, und macht schnell!«

Merry und Dick gingen in die Küche auf der anderen Seite des Ganges und trafen die letzten Vorbereitungen für ein spätes Abendessen. Bruchstücke verschiedener und gleichzeitig gesungener Lieder drangen aus dem Badezimmer, vermischt mit den Geräuschen von Spritzen und Planschen.

Pippins Stimme erhob sich plötzlich über alle anderen mit einem von Bilbos Lieblingsbadeliedern:

Ein Hoch! dem Bade, dem edlen Genuß,
Der abspült den Staub und des Tages Verdruß!
Ein armer Tropf und Schmutzfink heißt,
Wer Heißes Wasser nicht lobt und preist!

O! Zärtlich klingt des Regens Laut
Und das Rieseln des Baches im Wiesenkraut,
Doch nimmer tut Regen und Bach so gut,
Wie Heißes Wasser im Zuber tut.

O Wasser kalt! Wohl trinken wir
Dich, eh wir verdursten, und danken dir,
Doch zum Trinken ist Bier eine bessere Gab',
Und Heiß Wasser soll fließen den Rücken hinab.

O! Wasser, das dem Springquell gleich
Gen Himmel steigt, ist wonnereich;
Doch niemals rauscht ein Springquell so süß,
Wie Heißes Wasser mir – platsch! – auf die Füß!

Es gab ein fürchterliches Platschen und ein »Brrr« von Frodo. Anscheinend hatte ein Teil von Pippins Bad einen Springbrunnen nachgeahmt und war hochgespritzt.

Merry ging zur Tür: »Wie steht's mit Abendbrot und Bier in die Kehle?« rief er. Frodo kam heraus und trocknete sein Haar.

»Da ist so viel Wasser überall, daß ich mich lieber in der Küche fertigmache«, erklärte er.

»Du lieber Himmel!« sagte Merry, als er hineinschaute. Der Steinfußboden schwamm. »Das mußt du alles aufwischen, ehe du etwas zu essen bekommst, Peregrin. Eil dich, sonst warten wir nicht auf dich.

Sie aßen Abendbrot in der Küche an einem Tisch nahe am Feuer. »Ich nehme an, ihr drei wollt nicht schon wieder Pilze?« fragte Fredegar ohne viel Hoffnung.

»Doch, wir wollen!« schrie Pippin.

»Sie gehören mir!« sagte Frodo. »*Mein* Geschenk von Frau Maggot, einer Königin unter den Bauersfrauen. Nehmt eure gierigen Hände weg, dann werde ich sie austeilen.«

Hobbits haben eine Leidenschaft für Pilze, die selbst die gefräßigste Gier der Großen Leute übersteigt. Eine Tatsache, die teilweise die langen Streifzüge des jungen Frodo auf den berühmten Wiesen des Bruchs und den Zorn des geschädigten Maggot erklärt. Heute gab es eine reichliche Menge, selbst nach Hobbit-Maßstäben. Und außerdem noch viele andere gute Dinge, und als sie fertig waren, stieß sogar Dick Bolger einen satten Seufzer aus. Sie schoben den Tisch beiseite und zogen ihre Stühle ans Feuer.

»Aufräumen tun wir später«, sagte Merry. »Jetzt erzähl mir mal alles. Ich vermute, ihr habt Abenteuer erlebt, was nicht sehr anständig war ohne mich. Ich will einen vollständigen Bericht haben, und vor allem will ich wissen, was mit dem alten Maggot los war und warum er so mit mir gesprochen hat. Es klang fast, als ob er *Angst* hatte, wenn das überhaupt möglich ist.«

»Wir alle haben Angst gehabt«, sagte Pippin, nachdem Frodo nur ins Feuer starrte und den Mund nicht auftat. »Die hättest du auch gehabt, wenn du zwei Tage lang von Schwarzen Reitern gejagt worden wärst.«

»Wer ist denn das?«

»Schwarze Gestalten auf schwarzen Pferden«, antwortete Pippin. »Wenn Frodo nicht reden will, werde ich dir die ganze Geschichte von Anfang an erzählen.« Dann gab er einen vollständigen Bericht über ihre Fahrt von dem Tage an, da sie Hobbingen verlassen hatten, und dann und wann unterstrich Sam seine Ausführungen mit Nicken und Zwischenrufen. Frodo schwieg.

»Ich würde glauben«, sagte Merry, »daß ihr das alles erfunden habt, hätte ich nicht die schwarze Gestalt auf dem Landungssteg gesehen – und den sonderbaren Klang in Maggots Stimme gehört. Was hältst du von alledem, Frodo?«

»Vetter Frodo ist sehr zugeknöpft gewesen«, sagte Pippin, »aber jetzt ist die Zeit gekommen, wo er auspacken muß. Bisher haben wir keinen anderen Anhaltspunkt als Bauer Maggots Vermutung, daß es etwas mit den Schätzen vom alten Bilbo zu tun hat.«

»Das war nur eine Vermutung«, sagte Frodo hastig. »Maggot *weiß* gar nichts.«

»Der alte Maggot ist ein pfiffiger Bursche«, sagte Merry. »Eine ganze Menge geht hinter seinem runden Gesicht vor, was in seinem Reden nicht herauskommt. Ich habe gehört, daß er früher oft in den Alten Wald ging, und er hat den Ruf, eine ganze Menge seltsamer Dinge zu wissen. Aber du kannst uns wenigstens sagen, Frodo, ob du meinst, daß er gut oder schlecht geraten hat.«

»Ich *meine*«, antwortete Frodo zögernd, »daß es bis zu einem gewissen Grad gut geraten war. Tatsächlich besteht ein Zusammenhang mit Bilbos alten Abenteuern, und die Reiter halten Ausschau, oder vielleicht sollte man sagen, *suchen* nach ihm oder nach mir. Ich fürchte auch, falls ihr es wissen wollt, daß es ganz und gar kein Spaß ist; und daß ich weder hier noch sonstwo sicher bin.« Er ließ seinen Blick über die Fenster und Wände schweifen, als ob er fürchtete, sie würden plötzlich nachgeben. Die anderen sahen ihn schweigend an und tauschten untereinander vielsagende Blicke.

»In der nächsten Minute muß es kommen«, flüsterte Pippin Merry zu. Merry nickte.

»Ja«, sagte Frodo schließlich, nachdem er sich aufgesetzt und gestreckt hatte, als ob er zu einem Entschluß gekommen sei. »Ich kann es nicht länger geheimhalten. Ich muß euch allen etwas sagen. Aber ich weiß nicht recht, wie ich anfangen soll.«

»Ich glaube, ich könnte dir helfen«, sagte Merry ruhig, »indem ich dir etwas davon selbst sage.«

»Was meinst du damit?« fragte Frodo und sah ihn bestürzt an.

»Einfach folgendes, mein lieber Frodo: du bist unglücklich, weil du nicht weißt, wie du Lebewohl sagen sollst. Natürlich hast du vorgehabt, das Auenland zu verlassen. Aber die Gefahr ist rascher gekommen, als du erwartet hattest, und jetzt faßt du den Entschluß, sofort zu gehen. Und du willst nicht. Es tut uns sehr leid für dich.«

Frodo machte den Mund auf und schloß ihn wieder. Sein erstaunter Ausdruck war so komisch, daß sie lachten. »Mein lieber Frodo!« sagte Pippin. »Hast du wirklich geglaubt, du hättest uns Sand in die Augen gestreut? Dafür warst du längst nicht vorsichtig oder schlau genug! Offensichtlich hast du das ganze Jahr hindurch seit April vorgehabt, all deinen Lieblingsorten Lebewohl zu sagen. Dauernd haben wir dich murmeln hören: ›Werde ich wohl jemals wieder in dieses Tal hinunterblikken?‹ und derlei mehr. Und dann so zu tun, als sei dein Geld alle, und dein geliebtes Beutelsend an diese Sackheim-Beutlins zu verkaufen! Und all diese heimlichen Gespräche mit Gandalf!«

»Du lieber Himmel!« sagte Frodo. »Ich dachte, ich sei sehr vorsichtig und geschickt gewesen. Ich weiß nicht, was Gandalf sagen wird. Redet denn das ganze Auenland über meine Abreise?«

»O nein«, sagte Merry. »Darüber mach dir keine Sorgen. Natürlich wird es nicht lange ein Geheimnis bleiben; aber im Augenblick ist es, glaube ich, nur uns Verschwörern bekannt. Schließlich darfst du nicht vergessen, daß wir dich gut kennen und oft mit dir zusammen sind. Gewöhnlich können wir deine Gedanken erraten. Ich kannte auch Bilbo. Um dir die Wahrheit zu sagen, ich habe dich ziemlich genau beobachtet, seit er weg ist. Ich glaubte, du würdest ihm früher oder später folgen; ja, ich erwartete sogar, daß du früher weggehen würdest, und in letzter Zeit waren wir sehr besorgt. Wir hatten Angst, daß du uns entwischen und plötzlich mutterseelenallein verschwinden könntest wie er. Seit dem Frühjahr haben wir unsere Augen ununterbrochen aufgehalten und auf eigene Kappe eine ganze Menge geplant. Du wirst uns nicht so leicht entgehen!«

»Aber ich muß fort«, sagte Frodo. »Es läßt sich nicht ändern, liebe Freunde. Es ist bitter für uns alle, aber es hat keinen Zweck, daß ihr versucht, mich zurückzuhalten. Nachdem ihr schon so viel erraten habt, helft mir bitte und hindert mich nicht!«

»Du verstehst nicht«, sagte Pippin. »Du mußt gehen – und wir daher auch. Merry und ich kommen mit dir. Sam ist ein Prachtskerl und würde einem Drachen an die Kehle springen, um dich zu retten, wenn er dabei nicht über die eigenen Füße stolperte; aber du wirst bei deinem gefährlichen Abenteuer mehr als einen Gefährten brauchen.«

»Meine lieben, lieben Hobbits!« sagte Frodo tiefbewegt. »Aber das kann ich nicht zulassen. Zu dem Schluß bin ich schon vor langer Zeit gekommen. Ihr sprecht von Gefahr, aber ihr versteht es nicht. Das ist keine Schatzsuche, keine Fahrt hin und wieder zurück. Ich fliehe vor tödlichen Gefahren und gerate in neue tödliche Gefahren.«

»Natürlich verstehen wir das«, sagte Merry entschieden. »Darum haben wir beschlossen, mitzugehen. Wir wissen, mit dem Ring ist nicht zu spaßen; aber wir wollen unser Bestes tun, dir gegen den Feind zu helfen.«

»Der Ring!« rief Frodo aus, nun völlig verblüfft.

»Ja, der Ring«, sagte Merry. »Mein lieber alter Hobbit, du rechnest nicht mit der Wißbegier von Freunden. Vom Vorhandensein des Ringes weiß ich seit Jahren – schon bevor Bilbo wegging, übrigens. Aber da er es offenbar als ein Geheimnis ansah, behielt ich mein Wissen für mich, bis wir den Plan zu unsere Verschwörung faßten. Ich kannte Bilbo natürlich nicht so gut wie dich; ich war zu jung, und er war auch vorsichtiger – aber nicht vorsichtig genug. Wenn du wissen willst, wie ich es zuerst herausbekam, erzähle ich es dir.«

»Mach weiter«, sagte Frodo matt.

»Die Sackheim-Beutlins wurden ihm zum Verhängnis, wie du dir denken kannst. Eines Tages vor dem Fest ging ich zufällig die Straße entlang, als ich Bilbo vor mir sah. Plötzlich tauchten in einiger Entfernung die

S.-Bs. auf und kamen auf uns zu. Bilbo ging etwas langsamer und dann, Hokuspokus Fidibus! verschwand er. Ich war so verblüfft, daß ich kaum so viel Verstand aufbrachte, mich selbst auf eine mehr übliche Weise zu verstecken; aber ich schlüpfte durch die Hecke und ging jenseits auf der Wiese weiter. Nachdem die S.-Bs. vorbei waren, schaute ich durch die Hecke auf die Straße und direkt auf Bilbo, als er plötzlich wieder erschien. Ich sah ein wenig Gold blitzen, als er etwas in die Hosentasche steckte.

Danach hielt ich meine Augen offen. Ich muß sogar gestehen, daß ich spionierte. Aber du wirst zugeben, daß es eine sehr große Verlockung war, und ich war ja noch nicht zwanzig. Ich werde wohl der einzige im Auenland sein außer dir, Frodo, der je das geheime Buch des alten Gesellen gesehen hat.«

»Du hast sein Buch gelesen?« rief Frodo. »Du lieber Himmel, ist denn nichts sicher?«

»Nicht allzu sicher, würde ich meinen«, sagte Merry. »Aber ich habe nur einmal rasch einen Blick hineingeworfen, und das war schon schwierig. Er ließ das Buch nie herumliegen. Was mag wohl aus ihm geworden sein? Ich würde gern noch einmal hineinschauen. Hast du es Frodo?«

»Nein. Es war nicht auf Beutelsend. Er muß es mitgenommen haben.«

»Na ja, wie gesagt«, fuhr Merry fort, »ich behielt mein Wissen für mich, bis die Dinge in diesem Frühjahr ernst wurden. Dann schlossen wir uns zu unserer Verschwörung zusammen; und da es uns auch Ernst war und wir Ernst machen wollten, waren wir nicht sehr wählerisch in unseren Mitteln. Du bist eine ziemlich harte Nuß, und Gandalf ist noch schlimmer. Aber wenn du unseren wichtigsten Informanten kennenlernen willst, dann kann ich ihn dir vorstellen.«

»Wo ist er?« fragte Frodo und schaute sich um, als ob er erwartete, eine maskierte und unheimliche Gestalt würde aus einem Schrank herauskommen.

»Tritt vor, Sam!« sagte Merry; und Sam stand auf, blutrot bis zu den Ohren. »Hier ist unser Nachrichtensammler! Und er sammelte eine Menge, kann ich dir sagen, bis er schließlich geschnappt wurde. Danach schien er sich gewissermaßen als durch Ehrenwort gebunden zu betrachten, und es war nichts mehr aus ihm herauszuholen.«

»Sam!« rief Frodo; er hatte das Gefühl, daß keine größere Überraschung möglich wäre, und er konnte sich nicht darüber klarwerden, ob er ärgerlich, belustigt oder erleichtert war oder sich bloß töricht vorkam.

»Ja, Herr«, sagte Sam. »Bitte um Entschuldigung, Herr! Aber ich meinte es nicht bös mit dir, und übrigens auch nicht mit Herrn Gandalf.

Er hat einigen Verstand, wohlgemerkt. Und als du sagtest, *allein gehen,* da sagte er *nein! nimm jemanden mit, dem du vertrauen kannst.*«

»Aber es scheint, daß ich niemandem vertrauen kann«, sagte Frodo.

Sam sah unglücklich aus. »Es kommt darauf an, was du willst«, warf Merry ein. »Du kannst uns insofern vertrauen, als wir durch dick und dünn zu dir halten werden – bis zum bitteren Ende. Und du kannst uns insofern vertrauen, daß wir jedes deiner Geheimnisse bewahren – besser als du selbst. Aber du kannst uns insofern nicht vertrauen, als wir dich deinen Schwierigkeiten nicht allein überlassen werden, falls du ohne ein Wort weggehst. Wir sind deine Freunde, Frodo. So jedenfalls ist die Lage: wir wissen das meiste von dem, was Gandalf dir gesagt hat. Wir wissen eine ganze Menge über den Ring. Wir haben entsetzliche Angst – aber wir gehen mit dir mit; oder laufen wie Hunde hinter dir her.«

»Und schließlich, Herr«, fügte Sam hinzu, »solltest du den Rat der Elben befolgen. Gildor sagte, du sollst die mitnehmen, die willig sind, und das kannst du nicht leugnen.«

»Das leugne ich nicht«, sagte Frodo und schaute Sam an, der jetzt grinste. »Das leugne ich nicht, aber ich werde nie wieder glauben, daß du schläfst, ob du schnarchst oder nicht. Ich werde dich kräftig treten, um mich zu überzeugen.

»Ihr seid eine hinterlistige Gaunerbande!« sagte er, zu den andern gewandt. »Aber gepriesen sollt ihr sein!« lachte er, stand auf und hob die Arme. »Ich gebe auf. Ich folge Gildors Rat. Wenn die Gefahr nicht so düster wäre, würde ich vor Freude tanzen. Aber auch so bin ich glücklich, glücklicher, als ich seit langem war. Mir graute vor diesem Abend.«

»Gut. Das ist geregelt. Ein Hoch auf Anführer Frodo und seine Mannen!« brüllten sie; und dann tanzten sie um ihn herum. Merry und Pippin begannen ein Lied, das sie offenbar für diese Gelegenheit vorbereitet hatten.

Es hatte das Zwergenlied zum Vorbild, das vor langer Zeit Bilbo zu seinem Abenteuer angeregt hatte, und es ging nach derselben Melodie:

Fahrwohl, mein Herd, fahrwohl, mein Haus!
Ob Regen strömt, ob Stürme wehn,
Wir müssen fort und weit hinaus,
Wo Berge hoch und Wälder stehn.

Nach Bruchtal hin, zum Elbenport,
Am Waldeshang dem guten Ort
Wir reiten durch das Morgenlicht.
Wohin von dort? Wir wissen's nicht.

Das Lager unterm Himmelszelt
Von Feinden und Gefahr umstellt
Gönnt auf der Fahrt nur kurze Rast;
Der Auftrag drängt und zwingt zur Hast.

Fort müssen wir und weiter nur
Vor Tau und Tag und Sonnenuhr.

»Sehr gut!« sagte Frodo. »Aber in diesem Fall gibt es noch eine Menge zu tun, eh wir ins Bett gehen – unter einem Dach, für heute nacht zumindest.«

»Oh! Das war doch nur ein Gedicht!« sagte Pippin. »Willst du wirklich aufbrechen, eh der Morgen graut?«

»Ich weiß nicht«, antwortete Frodo. »Ich fürchte diese Schwarzen Reiter und bin sicher, daß es gefährlich ist, lange an einem Ort zu bleiben, besonders an einem Ort, von dem bekannt ist, daß ich dort hingehen wollte. Auch riet mir Gildor, nicht zu warten. Aber ich würde Gandalf sehr gern sehen. Ich habe bemerkt, daß sogar Gildor beunruhigt war, als er hörte, daß Gandalf nicht gekommen ist. Es hängt wirklich von zweierlei ab. Wie schnell können die Reiter nach Bockenburg kommen? Und wie schnell könnten wir aufbrechen? Es werden noch allerhand Vorbereitungen nötig sein.«

»Die Antwort auf die zweite Frage«, sagte Merry, »lautet, daß wir in einer Stunde aufbrechen könnten. Ich habe praktisch alles vorbereitet. In einem Stall hinter der Wiese stehen sechs Ponies; Vorräte und Ausrüstung sind gepackt mit Ausnahme von ein paar zusätzlichen Kleidungsstücken und den verderblichen Lebensmitteln.«

»Es scheint eine sehr tüchtige Verschwörung gewesen zu sein«, sagte Frodo. »Aber wie steht's mit den Schwarzen Reitern? Wäre es gefährlich, einen Tag auf Gandalf zu warten?«

»Das hängt davon ab, was die Reiter deiner Ansicht nach tun würden, wenn sie uns hier fänden«, antwortete Merry. »Sie *könnten* natürlich schon hier sein, wenn sie nicht am Nordtor aufgehalten würden, wo die Hecke sich bis zum Flußufer hinunterzieht, gerade diesseits der Brücke. Nachts würden die Torwächter sie nicht durchlassen, obwohl sie einfach durchbrechen könnten. Selbst bei Tage würden die Wächter, glaube ich, versuchen, sie aufzuhalten, wenigstens solange, bis sie eine Botschaft an den Schloßherrn geschickt hätten – denn die Reiter würden ihnen verdächtig vorkommen, und bestimmt würden sie Angst vor ihnen haben. Aber natürlich könnte Bockland einem entschlossenen Angriff nicht lange Widerstand leisten. Und es ist möglich, daß ein Schwarzer Reiter, wenn er am hellichten Morgen kommt und nach Herrn Beutlin fragt, sogar durchgelassen würde. Es ist ja allgemein bekannt, daß du zurückkommst, um in Krickloch zu leben.«

Frodo saß eine Weile da und überlegte. »Ich habe mich entschieden«, sagte er schließlich. »Ich breche morgen auf, sobald es hell ist. Aber ich gehe nicht über die Straße: es wäre weniger gefährlich, hier zu warten, als die Straße zu nehmen. Wenn ich durch das Nordtor gehe, wird es sofort bekannt, daß ich Bockland verlasse, statt wenigstens ein paar Tage geheim zu bleiben. Und überdies werden die Brücke und die Oststraße in der Nähe der Grenzen bestimmt bewacht, ob nun irgendein Reiter nach Bockland gelangt oder nicht. Wir wissen nicht, wieviele es sind: aber zumindest sind es zwei und möglicherweise mehr. Das einzig Richtige ist, in einer ganz unerwarteten Richtung zu gehen.«

»Aber das kann nur bedeuten, in den Alten Wald zu gehen«, sagte Fredegar ganz entsetzt. »Das kann doch nicht dein Ernst sein; das ist ebenso gefährlich wie Schwarze Reiter.«

»Nicht ganz«, meinte Merry. »Es klingt sehr tollkühn, aber ich glaube, Frodo hat recht. Es ist der einzige Weg, auf dem man nicht sofort verfolgt würde. Mit etwas Glück könnten wir einen beträchtlichen Vorsprung gewinnen.«

»Aber im Alten Wald werdet ihr kein Glück haben«, wandte Fredegar ein. »Niemand hat Glück dort. Ihr werdet euch verirren. Da geht man nicht hinein.«

»Oh doch, das tut man«, sagte Merry. »Die Brandybocks tun es – gelegentlich, wenn der Hafer sie sticht. Wir haben einen geheimen Eingang. Frodo ist vor langer Zeit einmal darinnen gewesen. Ich war mehrmals darinnen: gewöhnlich bei Tageslicht natürlich, wenn die Bäume schläfrig sind und ziemlich ruhig.«

»Na, tut, was ihr für richtig haltet«, sagte Fredegar. »Ich habe mehr Angst vorm Alten Wald als vor allem anderen: die Geschichten darüber sind ein Albdruck; aber meine Stimme zählt wohl kaum, da ich nicht mit auf die Fahrt gehe. Immerhin bin ich froh, daß einer zurückbleibt, der Gandalf sagen kann, was ihr getan habt, wenn er kommt, was gewiß bald geschehen wird.«

So gern er Frodo hatte, so verspürte Dick Bolger doch kein Verlangen, das Auenland zu verlassen oder zu sehen, was draußen war. Seine Familie stammte aus dem Ostviertel, aus Balgfurt im Brückengau sogar, aber er war nie über die Brandyweinbrücke hinausgekommen. Nach dem ursprünglichen Plan der Verschwörer sollte es seine Aufgabe sein, hierzubleiben, neugierige Leute abzuwimmeln und solange als möglich den Schein aufrechtzuerhalten, als ob Herr Beutlin noch in Krickloch wohne. Er hatte sogar ein paar alte Kleidungsstücke von Frodo mitgebracht, die ihm helfen sollten, dessen Rolle zu spielen. Sie ahnten nicht, wie gefährlich diese Rolle werden könnte.

»Ausgezeichnet«, sagte Frodo, als ihm der Plan erklärt worden war. »Wir hätten sonst keine Nachricht für Gandalf hinterlassen können. Ich weiß natürlich nicht, ob diese Reiter lesen können, aber ich hätte es nicht gewagt, eine schriftliche Nachricht zu hinterlassen, falls sie eindringen und das Haus durchsuchen. Aber wenn Dick bereit ist, die Stellung zu halten, und ich sicher sein kann, daß Gandalf erfährt, welchen Weg wir gewählt haben, dann gibt das für mich den Ausschlag. Gleich morgen früh gehe ich in den Alten Wald.«

»So, das ist erledigt«, sagte Pippin. »Im großen und ganzen ist mir unsere Aufgabe lieber als die von Dick – hier zu warten, bis Schwarze Reiter kommen.«

»Warte du nur, bis du richtig im Wald bist«, antwortete Fredegar. »Morgen um diese Zeit werdet ihr wünschen, wieder hier bei mir zu sein.«

»Es hat keinen Zweck, jetzt noch länger darüber zu streiten«, sagte Merry. »Wir haben noch aufzuräumen und das letzte bißchen zu packen, ehe wir ins Bett gehen. Ich wecke euch alle vorm Morgengrauen.«

Als Frodo endlich zu Bett gegangen war, konnte er zunächst nicht einschlafen. Seine Beine taten ihm weh. Er war froh, daß er morgen reiten würde. Zu guter Letzt sank er in einen undeutlichen Traum, in dem er aus einem hohen Fenster über ein dunkles Meer dichtstehender Bäume zu blikken schien. Unten zwischen den Wurzeln hörte man Geschöpfe herumkriechen und schnüffeln. Er war sicher, daß sie ihn früher oder später aufspüren würden.

Dann hörte er ein Geräusch in der Ferne. Zuerst dachte er, es sei ein starker Wind, der durch die Blätter des Waldes rauschte. Doch merkte er, daß es nicht Blätter waren, sondern das Rauschen des fernen Meeres, ein Geräusch, das er in seinem Leben, wenn er wach war, nie gehört hatte, obwohl er es oft in seinen Träumen vernommen hatte. Plötzlich stellte er fest, daß er im Freien war. Es waren überhaupt keine Bäume da. Er war auf einer dunklen Heide, und es lag ein seltsamer Salzgeruch in der Luft. Als er aufschaute, sah er einen großen weißen Turm vor sich, der für sich auf einem hohen Bergrücken stand. Ein starkes Verlangen überkam ihn, auf den Turm zu steigen und das Meer zu sehen. Er begann, den Berg zu erklimmen, um zu dem Turm zu gelangen: aber plötzlich zuckte ein Blitz über den Himmel, und es donnerte.

SECHSTES KAPITEL

DER ALTE WALD

Frodo wachte plötzlich auf. Es war noch dunkel im Zimmer. Merry stand da mit der Kerze in der einen Hand, und mit der anderen ballerte er gegen die Tür. »Schon gut! Was ist denn?« fragte Frodo, noch immer mitgenommen und verstört.

»Was ist!« rief Merry. »Zeit zum Aufstehen ist's. Es ist halb fünf und sehr neblig. Nun los! Sam macht schon Frühstück. Sogar Pippin ist auf. Ich will gerade die Ponies satteln und das eine holen, das Gepäckträger spielen soll. Wecke Dick, den Faulpelz! Zumindest muß er aufstehen und uns ein Stück begleiten.«

Kurz nach sechs Uhr waren die fünf Hobbits bereit. Dick Bolger gähnte immer noch. Sie stahlen sich leise aus dem Haus. Merry ging voran mit einem beladenen Pony und schlug einen Pfad ein, der durch ein Gebüsch hinter dem Haus führte und dann über mehrere Wiesen. Die Blätter auf den Bäumen glänzten, und von jedem Zweig tropfte es; das Gras war grau von kaltem Tau. Alles war still, und weit entfernte Geräusche erschienen nah und klar: Federvieh gackerte in einem Hof, und in einem abgelegenen Haus schloß jemand eine Tür.

Im Schuppen fanden sie die Ponies; kräftige kleine Tiere, wie Hobbits sie liebten, nicht schnell, aber gut für ein langes Tagewerk. Sie stiegen auf, und bald ritten sie hinein in den Nebel, der sich nur widerstrebend vor ihnen zu öffnen schien und sich drohend hinter ihnen wieder schloß. Nachdem sie etwa eine Stunde langsam und ohne zu reden geritten waren, tauchte plötzlich die Hecke vor ihnen auf. Sie war hoch und mit silbernen Spinnweben überzogen.

»Wie wollt ihr da durchkommen?« fragte Fredegar.

»Folge mir«, sagte Merry, »dann wirst du es sehen.« Er ritt nach links weiter, und bald kamen sie zu einer Stelle, wo sich die Hecke nach innen ausbuchtete und am Rand einer Mulde entlanglief. In einiger Entfernung von der Hecke war ein Einschnitt mit leichtem Gefälle angelegt worden. Er hatte Ziegelmauern an den Seiten, die senkrecht aufragten, bis sie sich plötzlich nach oben wölbten und einen Tunnel bildeten, der tief unter der Hecke hindurchtauchte und auf der anderen Seite in der Mulde wieder herauskam.

Hier hielt Dick Bolger an. »Auf Wiedersehen, Frodo«, sagte er. »Ich wünschte, du gingst nicht in den Wald. Ich hoffe nur, du wirst keine Rettungsexpedition brauchen, ehe der Tag vorüber ist. Viel Glück wünsch ich dir — für heute und alle Tage!«

»Wenn mir nichts Schlimmeres bevorsteht als der Alte Wald, dann kann ich mich glücklich preisen«, meinte Frodo. »Sage Gandalf, er soll sich schleunigst zur Oststraße aufmachen; wir werden bald wieder draufstoßen und dann so schnell weitergehen, wie wir können.« — »Auf Wiedersehen!« riefen sie, ritten in die Senke hinein und verschwanden aus Fredegars Sicht.

Im Tunnel war es dunkel und feucht. An seinem Ende war er durch ein Tor aus dicken Eisenstangen versperrt. Merry stieg ab und schloß das Tor auf, und als sie alle hindurch waren, stieß er es wieder zu. Es fiel klirrend zu, und das Schloß schnappte ein. Das Geräusch war unheimlich.

»So«, sagte Merry. »Ihr habt das Auenland verlassen, seid jetzt draußen und am Rande des Alten Waldes.«

»Sind die Geschichten über ihn wahr?« fragte Pippin.

»Ich weiß nicht, welche Geschichten du meinst«, antwortete Merry. »Wenn du die alten Schauergeschichten meinst, die Dicks Kindermädchen ihm zu erzählen pflegten, über Unholde und Wölfe und derlei Dinge, dann würde ich sagen: nein. Jedenfalls glaube ich sie nicht. Aber der Wald *ist* wirklich absonderlich. Alles in ihm ist sehr viel lebendiger, alles, was darin vorgeht, geschieht sozusagen bewußter als im Auenland. Und die Bäume mögen keine Fremden. Sie beobachten dich. Gewöhnlich begnügen sie sich damit, dich zu beobachten, solange es heller Tag ist, und tun nicht viel. Gelegentlich mag es sein, daß die unfreundlichsten einen Zweig fallen lassen oder eine Wurzel herausstrecken oder mit einer langen Ranke nach dir greifen. Aber des Nachts kann es höchst beängstigend sein, ist mir jedenfalls erzählt worden. Ich bin nur ein- oder zweimal nach Einbruch der Dunkelheit hier gewesen, und dann nur in der Nähe der Hecke. Mir kam es vor, als flüsterten die Bäume miteinander, tauschten Nachrichten und Pläne aus in einer unverständlichen Sprache; und die Zweige schwankten hin und her und ächzten ohne Wind. Es heißt, die Bäume bewegten sich wirklich und könnten Fremde einkreisen und umzingeln. Tatsächlich haben sie vor langer Zeit die Hecke angegriffen: sie kamen und pflanzten sich direkt in sie hinein und lehnten sich über sie. Aber die Hobbits kamen und fällten Hunderte von Bäumen und machten ein großes Feuer in dem Wald und verbrannten den ganzen Boden auf einem langen Streifen östlich der Hecke. Danach gaben die Bäume ihren Angriff auf, aber sie wurden sehr unfreundlich. Es gibt immer noch einen großen kahlen Fleck nicht weit einwärts, wo das Feuer entzündet worden war.«

»Sind es nur die Bäume, die gefährlich sind?« fragte Pippin.

»Es gibt verschiedene seltsame Wesen, die tief in dem Wald leben, und auf der anderen Seite«, sagte Merry. »Oder wenigstens habe ich das gehört. Aber ich habe nie etwas davon gesehen. Aber irgend etwas macht Pfade. Sobald man hineinkommt, findet man offene Bahnen; doch scheinen sie sich von Zeit zu Zeit auf sonderbare Weise zu verlagern und zu verändern. Nicht weit von diesem Tunnel hier ist oder war vor langer Zeit der Anfang eines ziemlich breiten Pfades, der zur Feuerlichtung führt und dann weiter mehr oder weniger in unserer Richtung, östlich und ein wenig nördlich. Das ist der Pfad, mit dem ich es versuchen will, wenn ich ihn finde.«

Die Hobbits verließen jetzt das Tunneltor und ritten durch die breite Mulde. An ihrem Ende war ein schwach erkennbarer Pfad, der zum Wald hinaufführte, etwa fünfzig Klafter oder mehr jenseits der Hecke; aber er verschwand, sobald er sie bis zu den Bäumen gebracht hatte. Als sie zurückschauten, sahen sie die dunkle Linie der Hecke zwischen den Stämmen der Bäume, die sie schon dicht umgaben. Als sie nach vorn schauten, sahen sie nur Baumstämme von allen möglichen Größen und Formen: gerade oder gebogene, krumme, schräge, gedrungene oder schlanke, glatte oder knorrige und ästige; und alle Stämme waren grün oder grau von Moos und eklen, wuchernden Gewächsen.

Merry allein schien einigermaßen fröhlich. »Du solltest lieber vorangehen und diesen Pfad suchen«, sagte Frodo zu ihm. »Wir dürfen einander nicht aus den Augen verlieren oder vergessen, in welcher Richtung die Hecke liegt!«

Sie bahnten sich einen Weg zwischen den Bäumen, und ihre Ponies trotteten dahin und umgingen vorsichtig die vielen verschlungenen und miteinander verflochtenen Wurzeln. Es gab kein Unterholz. Das Gelände stieg ständig an, und als sie weiterkamen, schien es, als würden die Bäume höher, dunkler und dicker. Es war nichts zu hören als dann und wann ein Tropfen, der durch die stillen Blätter fiel. Im Augenblick war kein Rascheln und keine Bewegung zwischen den Zweigen festzustellen; aber sie hatten alle das unbehagliche Gefühl, beobachtet zu werden mit einer Mißbilligung, die sich zu Abneigung und sogar Feindseligkeit steigerte. Das Gefühl wurde immer stärker, bis sie sich dabei ertappten, daß sie rasch hochschauten oder zurückblickten, als ob sie einen plötzlichen Schlag erwarteten.

Es war immer noch keine Spur von einem Pfad zu sehen, und die Bäume schienen ihnen ständig den Weg zu versperren. Pippin glaubte es plötzlich nicht mehr ertragen zu können und stieß ohne Warnung einen Ruf aus. »He! He!« schrie er. »Ich will euch doch gar nichts tun. Laßt mich nur durch, hört ihr!«

Die anderen blieben erschrocken stehen; aber der Ruf erstarb, als hätte ihn ein schwerer Vorhang erstickt. Es gab kein Echo und keine Antwort, obwohl der Wald dichter zu werden schien und wachsamer als vorher.

»An deiner Stelle würde ich nicht rufen«, sagte Merry. »Es schadet mehr, als es nützt.«

Frodo begann sich zu fragen, ob es überhaupt möglich sei, einen Weg hindurch zu finden, und ob es richtig von ihm gewesen war, daß er die anderen in diesen abscheulichen Wald gebracht hat. Merry sah von einer Seite zur anderen und schien schon ganz unsicher zu sein, in welcher Richtung er gehen sollte. Pippin bemerkte das. »Du hast nicht lange gebraucht, um uns in die Irre zu führen«, sagte er. Aber in diesem Augenblick stieß Merry einen Pfiff der Erleichterung aus und zeigte nach vorn.

»Ja, ja«, sagte er. »Diese Bäume verschieben sich *tatsächlich*. Da liegt die Feuerlichtung vor uns (oder ich hoffe jedenfalls), doch der Pfad dahin scheint sich fortbewegt zu haben!«

Es wurde heller, als sie weiterkamen. Plötzlich traten sie aus den Bäumen heraus und befanden sich auf einer großen, kreisrunden Fläche. Über ihnen war Himmel, blau und klar zu ihrer Überraschung, denn unter dem Walddach hatten sie gar nicht merken können, daß es Morgen geworden und der Nebel aufgestiegen war. Indes stand die Sonne noch nicht hoch genug, um in die Lichtung hineinzuscheinen, doch lagen ihre Strahlen auf den Baumgipfeln. Die Blätter waren alle dicker und grüner an den Rändern der Lichtung, so daß diese gleichsam wie durch eine feste Mauer abgeschlossen war. Kein Baum wuchs hier, nur stoppeliges Gras und viele große Pflanzen: hochstengeliger, abgeblühter Schierling und Schafkerbel und Weidenröschen, deren Samen zu flaumiger Asche zerfielen, und wuchernde Nesseln und Disteln. Ein öder Ort: aber nach dem dichten Wald kam er ihnen wie ein reizvoller und fröhlicher Garten vor.

Die Hobbits schöpften wieder Mut und blickten hoffnungsvoll hinauf zum heller werdenden Himmel. Am fernen Ende der Lichtung war eine Lücke in der Baumwand und dahinter ein deutlicher Pfad. Sie sahen, wie er in den Wald hineinführte, stellenweise breit und oben offen, obwohl hier und da die Bäume enger standen und ihn mit ihren dunklen Zweigen überschatteten. Diesen Pfad ritten sie hinauf. Es ging immer noch leicht bergan, aber sie kamen jetzt viel rascher voran und leichteren Herzens; denn es schien ihnen, als habe der Wald nachgegeben und wolle sie jetzt doch ungehindert durchlassen.

Aber nach einer Weile wurde es heiß und stickig. Die Bäume rückten von beiden Seiten wieder dicht heran, und sie konnten nicht mehr weit vorausschauen. Stärker denn je empfanden sie jetzt die Feindseligkeit des Waldes, die sie bedrückte. So still war es, daß die Tritte ihrer Ponies, das Rascheln toter Blätter und das gelegentliche Stolpern über verborgene Wurzeln in ihren Ohren zu dröhnen schien. Frodo versuchte, ein Lied zu singen, um ihnen Mut zu machen, aber die Stimme erstarb, und er konnte nur noch murmeln.

O Wandrer unterm Schattenjoch,
Verzweifle nicht, wenn auch der Wald
Noch finster steht, er endet doch
Und auch die Sonne siehst du bald
Im Aufgang und im Untergang,
Anbruch und Tages Abgesang,
Denn alle Wälder lichten sich ...

Lichten sich ... Kaum hatte er das Wort ausgesprochen, da versagte ihm die Stimme. Die Luft war schwer, und Wörter zu formen machte müde. Gerade hinter ihnen fiel ein großer Ast von einem alten, überhängenden Baum krachend auf den Pfad. Die Bäume schienen auf sie einzudringen.

»Sie mögen all das über Enden und Sich-Lichten nicht«, sagte Merry. »Ich würde jetzt lieber nicht mehr singen. Warte, bis wir an den Waldrand kommen, und dann drehen wir uns um und bringen ihnen ein Ständchen!«

Es klang fröhlich, wie er das sagte, und wenn er Angst hatte, dann zeigte er es jedenfalls nicht. Die anderen antworteten nicht. Sie waren bedrückt. Frodo war das Herz schwer, und er bedauerte jetzt bei jedem weiteren Schritt, daß er je daran gedacht hatte, die Drohung der Bäume herauszufordern. Er war sogar drauf und dran, anzuhalten und vorzuschlagen, daß sie umkehren sollten (wenn das überhaupt noch möglich war), als die Dinge eine neue Wendung nahmen. Der Pfad stieg nicht mehr, sondern wurde eine Weile fast eben. Die dunklen Bäume rückten beiseite, und vor sich konnten sie den Pfad sehen, der fast geradlinig verlief. In einiger Entfernung von ihnen lag ein grüner Berggipfel, der baumlos war und wie ein kahler Kopf aus dem umgebenden Wald herausragte. Der Pfad schien direkt hinaufzuführen.

Sie eilten nun wieder voran, angefeuert von dem Gedanken, für eine Weile über das Dach des Waldes hinauszugelangen. Der Pfad fiel ab, begann dann wieder zu steigen und führte sie schließlich zum Fuß des steilen Berghanges. Dort verließ er die Bäume und verlor sich im Gras. Der Wald stand rings um den Berg wie dichtes Haar um einen glattrasierten Schädel.

Die Hobbits führten ihre Ponies in Serpentinen hinauf, bis sie den Gipfel erreichten. Dann standen sie dort und schauten sich um. Es war sonnig, aber dunstig, und sie konnten nicht weit sehen. In der Nähe hatte sich der Nebel fast ganz verzogen; nur hier und dort lagerte er noch über Mulden im Walde, und südlich von ihnen stieg aus einem tiefen Einschnitt, der quer durch den Wald verlief, der Nebel wie Dampf oder weiße Rauchwölkchen auf.

»Dort«, sagte Merry und zeigte mit der Hand darauf, »dort fließt die Weidenwinde. Sie entspringt auf den Höhen, fließt nach Südwesten mitten durch den Wald und mündet unterhalb von Hagsend in den Brandywein. *Diesen Weg* wollen wir nicht langgehen! Das Weidenwindental soll der absonderlichste Teil vom ganzen Wald sein – sozusagen der Ausgangspunkt der ganzen Absonderlichkeit.«

Die anderen schauten in die Richtung, die Merry gezeigt hatte, aber sie konnten wenig sehen außer Nebelschleiern über dem feuchten und tiefeingeschnittenen Tal; und dahinter entzog sich die südliche Hälfte des Waldes dem Blick.

Die Sonne wurde jetzt heiß auf der Bergkuppe. Es muß etwa elf Uhr gewesen sein; aber der herbstliche Dunst ließ sie auch in anderen Richtungen nicht viel sehen. Im Westen konnten sie weder den Verlauf der Hecke noch das Brandyweintal dahinter erkennen. Im Norden, wohin sie am hoffnungsvollsten schauten, wies nichts darauf hin, daß dort die große Oststraße liegen könnte, auf die sie ja stoßen wollten. Sie waren auf einer Insel in einem Meer von Bäumen, und der Horizont war verschleiert.

Auf der südöstlichen Seite fiel das Gelände sehr steil ab, als ob sich die Bergabhänge unterhalb der Bäume weit fortsetzten wie Inselküsten, die eigentlich Wände eines aus einem tiefen Gewässer emporsteigenden Berges sind. Sie setzten sich an den grünen Grat und blickten über die Wälder unter ihnen, während sie ihr Mittagsmahl aßen. Als die Sonne stieg und den Mittagspunkt überschritten hatte, erspähten sie fern im Osten die graugrünen Umrisse der Höhen, die jenseits des Alten Waldes lagen. Das munterte sie sehr auf; denn der Anblick von etwas, das sich außerhalb der Grenzen des Waldes befand, war wohltuend, obwohl sie nicht vorhatten, diesen Weg zu gehen, wenn es sich irgend vermeiden ließ; die Hügelgräberhöhen standen in der Hobbitlegende in ebenso unheilvollem Ruf wie der Wald selbst.

Schließlich rafften sie sich auf, weiterzugehen. Der Pfad, der sie auf den Berg hinaufgeführt hatte, erschien wieder auf der nordwestlichen Seite; aber sie waren ihm noch nicht lange gefolgt, als sie merkten, daß er ständig nach rechts bog. Bald wurde er sehr abschüssig, und sie vermuteten, daß er direkt aufs Weidenwindental zusteuerte: ganz und gar nicht die Richtung, die sie einschlagen wollten. Nach einigem Hin und Her beschlossen sie, diesen irreführenden Pfad zu verlassen und sich nach Norden durchzuschlagen; denn obwohl sie die Straße vom Berggipfel aus nicht hatten sehen können, mußte sie in dieser Richtung liegen, und es konnten nicht viele Meilen dorthin sein. Auch schien das Land nach Norden und links des Pfades trockener und offener zu sein, und es gab dort Abhänge, wo die Bäume nicht so dicht standen, und Tannen und Föhren traten an die Stelle der Eichen und Eschen und der anderen fremdartigen und namenlosen Bäume des dichteren Waldes.

Zuerst schien ihre Wahl gut gewesen zu sein: sie kamen einigermaßen schnell voran, obwohl es jedesmal, wenn sie auf einer Lichtung die Sonne erblickten, so aussah, als seien sie merkwürdig weit nach Osten gekommen. Doch nach einer Weile begannen die Bäume wieder dichter zu werden, gerade da, wo sie aus der Ferne geglaubt hatten, daß sie vereinzelter und weniger zuhauf stünden. Dann entdeckten sie unerwartete tiefe Bodenfalten wie Furchen von Riesenrädern oder breite Wallgräben und versunkene Straßen, die seit langem nicht mehr benutzt und von Brombeeren überwuchert waren. Sie verliefen zumeist quer zu ihrem Weg, und die Hobbits konnten nur hinübergelangen, indem sie hineinkrabbelten und wieder hinaus, was mühselig und schwierig war mit den Ponies. Jedesmal, wenn sie hinunterkletterten, fanden sie die Mulde voll von dichtem Gebüsch und verfilztem Unterholz, das ihnen irgendwie immer den Weg nach links versperrt und ihn nur freigab, wenn sie sich nach rechts wandten. Und sie mußten lange auf der Talsohle bleiben, ehe sie einen Weg die nächste Böschung hinauf fanden. Jedesmal, wenn sie sich hinaufgearbeitet hatten, erschienen die Bäume noch dichter und dunkler, und immer war es am schwierigsten, einen Weg nach links oben zu finden, und so mußten sie zwangsläufig nach rechts und nach unten gehen.

Nach ein oder zwei Stunden hatten sie jeden klaren Richtungssinn verloren, obwohl sie genau wußten, daß sie schon lange gar nicht mehr nach

Norden gingen. Sie wurden einfach abgedrängt und folgten einer Richtung, die sie nicht gewählt hatten – nach Osten und Süden, mitten hinein in den Wald und nicht heraus.

Der Nachmittag verging schon, als sie in eine Senke hineinkrabbelten und stolperten, die breiter und tiefer war als alle bisherigen. Sie war so steil und überwachsen, daß es sich als unmöglich erwies, wieder herauszuklettern, weder vorwärts noch rückwärts, ohne ihre Ponies und ihr Gepäck zurückzulassen. Sie konnten nichts tun, als der Senke zu folgen – abwärts. Der Boden wurde weich und an manchen Stellen sumpfig; Quellen traten aus den Böschungen heraus, und bald merkten sie, daß sie einem Bach folgten, der durch ein krautiges Bett rieselte und plätscherte. Dann begann das Gelände rasch abzufallen, der Bach wurde kräftiger und lauter und floß und sprang geschwind bergab. Sie waren in einem tiefen, dämmerigen Tobel, überwölbt von hoch über ihnen wachsenden Bäumen.

Nachdem sie eine Weile entlang des Bachs dahingestolpert waren, kamen sie plötzlich aus der Dämmerung heraus. Wie durch ein Tor sahen sie vor sich die Sonne. Als sie ins Freie traten, merkten sie, daß sie durch einen Spalt in einem hohen, steilen Abhang, fast einer Felswand, gekommen waren. Zu seinen Füßen lag eine weite, mit Gras und Schilf bestandene Fläche; und in der Ferne war ein zweiter, fast ebenso steiler Abhang zu sehen. Eine goldene Spätnachmittagssonne lag warm und verschlafen über diesem versteckten Land. In der Mitte zwischen den beiden Abhängen schlängelte sich gemächlich ein dunkler Fluß mit braunem Wasser, gesäumt von alten Weiden, überwölbt von Weiden, versperrt durch gestürzte Weiden und gesprenkelt mit Tausenden von verwelkten Weidenblättern. Die ganze Luft war voll von ihnen, denn sie flatterten gelb von den Zweigen, weil eine warme, sanfte Brise leicht durch das Tal wehte; das Schilf raschelte, und die Weidenäste knackten.

»So, nun habe ich wenigstens eine Ahnung, wo wir sind«, sagte Merry. »Wir sind fast entgegengesetzt der Richtung gegangen, in die wir wollten. Das ist der Fluß Weidenwinde. Ich will weitergehen und mich umschauen.«

Er trat hinaus in den Sonnenschein und verschwand zwischen den hohen Gräsern. Nach einer Weile kam er zurück und berichtete, daß der Boden zwischen der Felswand und dem Fluß ziemlich fest sei; an manchen Stellen reiche die Grasnarbe bis zum Wasser. »Und überdies«, sagte er, »scheint so etwas wie ein Fußweg an dieser Seite des Flusses entlangzuführen. Wenn wir uns links halten und ihm folgen, müssen wir bestimmt zu guter Letzt an der Ostseite des Waldes herauskommen.«

»Ich will's glauben!« sagte Pippin. »Das heißt, wenn die Spur so weit geht und uns nicht einfach in einen Sumpf führt und uns da sitzen läßt. Wer hat die Spur gemacht, was meinst du, und warum? Gewiß nicht uns zuliebe. Ich bin allmählich sehr mißtrauisch gegen diesen Wald und alles in ihm, und fange an, alle Geschichten über ihn zu glauben. Und hast du irgendwelche Vorstellung, wie weit nach Osten wir gehen müßten?«

»Nein«, sagte Merry, »habe ich nicht. Ich weiß überhaupt nicht, wie weit unten an der Weidenwinde wir sind, oder wer oft genug hierherkommen könnte, um einen Pfad zu treten. Aber es gibt keinen anderen Weg hinaus, den ich sehen oder mir denken kann.«

Da nichts anderes übrig blieb, marschierten sie im Gänsemarsch los, und Merry führte sie zu dem Pfad, den er entdeckt hatte. Überall waren die Binsen und Gräser üppig und hoch, stellenweise waren sie weit über mannshoch; aber sobald der Pfad einmal gefunden war, konnte man ihm leicht folgen, wie er sich dahinschlängelte und durchwand und sich den festeren Boden zwischen den Sümpfen und Tümpeln aussuchte. Hier und dort kreuzte er andere Bächlein, die in Tobeln aus dem höher gelegenen Waldland der Weidenwinde zueilten, und an diesen Stellen waren Baumstämme oder Reisigbündel darüber gelegt.

Den Hobbits wurde es sehr heiß. Schwärme von Fliegen aller Arten umtanzten ihre Ohren, und die Nachmittagssonne brannte ihnen auf den Rücken. Schließlich kamen sie plötzlich in leichten Schatten; große graue Äste erstreckten sich über den Pfad. Jeder Schritt vorwärts wurde zögernder als der vorige. Schläfrigkeit schien aus dem Boden zu dringen und ihnen die Beine hinaufzukriechen und sanft aus der Luft auf ihre Köpfe und Augen zu rieseln.

Frodo spürte, wie sein Kinn absackte und er mit dem Kopf nickte. Gerade vor ihm fiel Pippin nach vorn auf die Knie. Frodo blieb stehen. »Keinen Zweck«, hörte er Merry sagen. »Kann keinen Schritt mehr ohne Rast. Muß schlafen. Ist kühl unter den Weiden. Weniger Fliegen!«

Frodo gefiel der Ton nicht. »Kommt weiter!« rief er. »Wir können noch nicht schlafen. Erst müssen wir aus dem Wald heraus.« Aber den anderen war schon alles gleichgültig. Sam stand neben ihnen, gähnte und blinzelte ganz benommen.

Plötzlich merkte Frodo, wie auch er vom Schlaf übermannt wurde. Ihm schwamm alles vor den Augen. Es war jetzt kaum noch ein Ton zu hören. Die Fliegen summten nicht mehr. Nur ein leises, kaum hörbares Geräusch, ein leichtes Flattern wie ein halb geflüstertes Lied schien die Äste über ihm erzittern zu lassen. Er hob seine schweren Lieder und sah eine riesige, alte, weißblättrige Weide über sich. Ungeheuer groß sah sie aus, ihre wuchernden Äste reckten sich empor wie greifende Arme mit unzähligen langfingrigen Händen, in ihrem knorrigen und gewundenen Stamm klafften breite Spalten, die schwach knackten, wenn sich die Äste bewegten. Die vor dem hellen Himmel flatternden Blätter blendeten ihn, und er kippte vornüber und blieb auf dem Gras liegen, wie er hingefallen war.

Merry und Pippin schleppten sich ein Stückchen weiter und legten sich dann hin, den Rücken an den Weidenstamm gelehnt. Hinter ihnen klafften die großen Spalten weit auseinander, um sie zu empfangen, während der Baum schwankte und knarrte. Sie sahen hinauf zu den grauen und gelben Blättern, die sich leicht im Licht bewegten und sangen. Sie schlossen die Augen, und dann schien es ihnen, als könnten sie fast Worte hören, beruhigende Worte, bei denen es um Wasser und Schlaf ging. Sie überließen sich dem Zauber und schliefen am Fuß der großen grauen Weide ein.

Frodo lag eine Weile da und kämpfte gegen den Schlaf an, der ihn übermannen wollte; dann rappelte er sich mühsam wieder auf. Er verspürte ein unwiderstehliches Verlangen nach kühlem Wasser. »Wart auf mich, Sam«, stammelte er. »Muß Füße baden eine Minute.«

Halb im Traum taumelte er zu der dem Fluß zugewandten Seite des Baumes, wo dicke, gewundene Wurzeln in das Wasser hineinwuchsen wie knorrige kleine Drachen, die sich bückten, um zu trinken. Auf eine davon setzte er sich rittlings und ließ seine beiden Füße in das kühle braune Wasser hängen; und dort schlief auch er plötzlich ein, mit dem Rücken gegen den Baum.

Sam setzte sich, kratzte sich den Kopf und gähnte wie ein Scheunentor. Er war beunruhigt. Es war schon später Nachmittag, und er fand diese plötzliche Schläfrigkeit unheimlich. »Da steckt mehr dahinter als Sonne und Hitze«, murmelte er vor sich hin. »Mir gefällt dieser dicke, große Baum nicht. Ich trau ihm nicht. Horch nur, wie er jetzt ein Schlaflied singt! Das wird nicht gut gehen!«

Er riß sich zusammen und stand auf, dann torkelte er los, um zu sehen, was aus den Ponies geworden war. Er fand, daß zwei ein ganzes Stück den Pfad entlang gewandert waren; und kaum hatte er sie eingefangen und zu den anderen zurückgebracht, als er zwei Geräusche hörte; das eine war laut und das andere leise, aber sehr deutlich. Das eine war ein Platschen von etwas Schwerem, das in Wasser gefallen war; das andere klang wie das Schnappen eines Schlosses, wenn sich eine Tür leise und schnell schließt.

Er stürzte zum Ufer zurück. Frodo lag im Wasser, dicht am Rand, und eine große Baumwurzel über ihm schien ihn hinunterzudrücken, aber er wehrte sich nicht. Sam packte ihn am Rock, zog ihn unter der Wurzel hervor und schleppte ihn dann mühselig das Ufer hinauf. Fast sofort wachte Frodo auf, hustete und spuckte.

»Weißt du was, Sam«, sagte er schließlich, »dieser gemeine Baum hat mich *reingeworfen!* Ich habe es gespürt. Die dicke Wurzel drehte sich um und kippte mich rein!«

»Du hast geträumt, nehme ich an, Herr Frodo«, sagte Sam. »Du solltest dich nicht an eine solche Stelle setzen, wenn du müde bist.«

»Was ist mit den anderen?« fragte Frodo. »Ich möchte mal wissen, was für Träume sie haben.«

Sie gingen herum auf die andere Seite des Baumes, und dann verstand Sam das Zuschnappen, das er gehört hatte. Pippin war verschwunden. Der Spalt, vor den er sich gelegt hatte, war völlig geschlossen, so daß nicht eine Ritze mehr zu sehen war. Merry war gefangen: ein zweiter Spalt hatte sich über seinem Leib geschlossen; seine Beine lagen draußen, aber alles andere war drinnen in einer dunklen Höhle, und ihre Ränder griffen zu wie eine Zange.

Frodo und Sam schlugen erst auf den Baumstamm ein, wo Pippin gelegen hatte. Dann mühten sie sich verbissen, die Backen des Spalts auseinanderzuziehen, die den armen Merry festhielten. Es war völlig nutzlos.

»Was für eine abscheuliche Geschichte!« rief Frodo wütend. »Warum sind wir je in diesen schrecklichen Wald gekommen? Ich wollte, wir wären alle wieder in Krickloch!« Er trat mit aller Wucht gegen den Baum, ohne Rücksicht auf seine Füße. Ein kaum wahrnehmbarer Schauer lief über den Stamm und hinauf bis zu den Zweigen; die Blätter raschelten und wisperten, aber es klang jetzt wie schwaches und fernes Gelächter.

»Haben wir eigentlich eine Axt in unserem Gepäck, Herr Frodo?« fragte Sam.

»Ich habe nur ein kleines Beil mitgenommen, um Brennholz zu hakken«, sagte Frodo. »Das würde nicht viel nützen!«

»Moment mal«, rief Sam, dem das Wort Brennholz einen Gedanken eingegeben hatte. »Mit Feuer könnten wir was machen!«

»Könnten wir«, meinte Frodo zweifelnd. »Wir könnten es aber auch schaffen, Pippin drinnen lebendig zu rösten.«

»Wenigstens könnten wir versuchen, diesem Baum weh zu tun oder ihm Angst zu machen«, sagte Sam grimmig. »Wenn er sie nicht freiläßt, hacke ich ihn um, und wenn ich ihn abnagen müßte.« Er rannte zu den Ponies und kam gleich mit zwei Zunderbüchsen und dem Beil zurück.

Rasch sammelten sie trockenes Gras und Blätter und Borkenstückchen;

und machten einen Haufen von kleingebrochenen Zweigen und zerhackten Stöcken. Diese schichteten sie gegen den Stamm an der Seite des Baumes, die den Gefangenen entgegengesetzt war. Kaum hatte Sam einen Funken in den Zunder geschlagen, da entzündete sich das trockene Gras, und ein Flammenstoß und Rauch stiegen auf. Die Zweige knackten. Kleine Feuerzungen leckten an der trockenen, eingekerbten Rinde des alten Baumes und versengten sie. Ein Zittern lief durch die ganze Weide. Die Blätter über ihren Köpfen schienen vor Schmerz und Wut zu zischen. Merry gab einen lauten Schrei von sich, und tief aus dem Inneren des Baumes hörten sie einen erstickten Klagelaut von Pippin.

»Macht es aus! Macht es aus!« schrie Merry. »Er drückt mich entzwei, wenn ihr es nicht tut. Er hat es gesagt!«

»Wer? Was?« brüllte Frodo und rannte auf die andere Seite des Baumes.

»Macht es aus! Macht es aus!« bettelte Merry. Die Äste der Weide begannen sich heftig zu bewegen. Man hörte ein Geräusch wie von einem Wind, der sich erhob und auf die Äste aller anderen Bäume ringsum übergriff, als ob sie einen Stein in den ruhigen Schlummer des Flußtals geworfen und damit eine Welle der Wut erregt hätten, die durch den ganzen Wald lief. Sam schob mit dem Fuß das kleine Feuer auseinander und zertrat die Funken. Aber Frodo lief, ohne eine klare Vorstellung zu haben, warum er es tat und was er sich davon erhoffte, den Pfad entlang und schrie: *Hilfe! Hilfe! Hilfe!* Ihm war, als könne er kaum den Ton seiner eigenen schrillen Stimme hören: sobald er die Rufe ausgestoßen hatte, wurden sie von dem Weiden-Wind davongetragen und gingen im Getöse der Blätter unter. Er war verzweifelt: mutlos und ratlos.

Plötzlich blieb er stehen. Es kam eine Antwort, oder wenigstens glaubte er es; aber sie schien aus der anderen Richtung zu kommen, den Pfad weiter hinunter aus dem Wald. Er wandte sich um und lauschte, und bald konnte kein Zweifel mehr sein: jemand sang ein Lied; eine tiefe, fröhliche Stimme sang sorglos und vergnügt, aber sie sang Unsinn:

Dong – long! Dongelong! Läute laute lillo!
Wenn – wann, Weidenmann! Bimmel bammel billo!
Tom Bom! Toller Tom! Tom Bombadillo!

Halb hoffnungsvoll und halb irgendeine neue Gefahr fürchtend, standen Frodo und Sam jetzt beide still. Plötzlich erhob sich aus einer langen Kette von Unsinnwörtern (so erschienen sie jedenfalls) die Stimme laut und klar und sang folgendes Lied:

Dong — long! Dongelong! Dongelong, mein Schätzchen!
Leicht geht der Wetterwind, fliegt das Federspätzchen,
Dort am Fuß des Berges, dort im hellen Sonnenlicht
Wartet meine Holde auf das kalte Sternenlicht,
Steht das Kind der Wasserfrau auf des Hauses Schwelle,
Schlank wie der Weidenzweig, klarer als die Quelle.
Bringt der alte Bombadil Wasserlilien wieder,
Hüpft vor Freude heim zu ihr! Hört ihr seine Lieder?
Dong — long! Dongelong! Dongelonge — lerio!
Goldbeere! Goldenbeer — honiggelbe Beer-io!
Armer alter Weidenmann, zieh doch ein die Wurzeln,
Tom hat Eile, dunkel wird's, mag nicht drüber purzeln,
Tom bringt Wasserlilien mit, bringt sie immer wieder,
Dong — long! Dongelong! Hört Ihr seine Lieder?

Frodo und Sam standen wie bezaubert da. Der Wind legte sich. Die Blätter hingen wieder schweigend an den unbewegten Zweigen. Noch ein Lied erschallte, und dann erschien über dem Schilf, den Weg entlang hüpfend und tänzelnd, ein alter schäbiger Hut mit einem hohen Hutkopf, und eine lange blaue Feder steckte im Band. Mit einem weiteren Hopser und Sprung kam dann ein Mensch in Sicht, oder wenigstens schien es so. Jedenfalls war er zu dick und schwer für einen Hobbit, wenn auch nicht eigentlich lang genug für einen von den Großen Leuten, obschon er Lärm genug für einen machte, wie er so in hohen gelben Stiefeln auf seinen dikken Beinen angestapft kam und durch Gras und Schilf stürmte wie eine Kuh, die zur Tränke geht. Er hatte einen blauen Mantel und einen langen braunen Bart; seine Augen waren blau und strahlend und sein Gesicht rot wie ein reifer Apfel, aber zerknittert von hundert Lachfalten. In den Händen trug er auf einem großen Blatt wie auf einem Tablett ein kleines Häufchen weißer Wasserlilien.

»Hilfe!« schrien Frodo und Sam und rannten mit ausgestreckten Händen auf ihn zu.

»Brr! Halt! Immer mit der Ruhe!« rief der alte Mann, in dem er eine Hand hochhielt, und sie blieben wie angewurzelt stehen, als seien sie vor Schreck erstarrt. »Nun, meine kleinen Burschen, wo wollt ihr denn hin, schnaufend wie ein Blasebalg? Was ist denn hier los? Wißt ihr, wer ich bin? Ich bin Tom Bombadil. Sagt mir, was ihr für Kummer habt. Tom, der hat es eilig jetzt. Drückt mir meine Lilien nicht!«

»Meine Freunde sind in der Weide gefangen!« rief Frodo atemlos.

»Herr Merry wird in einem Spalt zerquetscht!« rief Sam.

»Was?« rief Tom Bombadil und machte einen Luftsprung. »Der Alte Weidenmann? Nichts Schlimmeres als das? Das kann rasch bereinigt werden. Ich kenne die Melodie für ihn. Alter grauer Weidenmann! Ich werde ihm das Mark erstarren lassen, wenn er sich nicht benimmt. Ich werde ihm seine Wurzeln wegsingen! Ich werde einen Wind herbeisingen und ihm Blatt und Ast wegblasen! Alter Weidenmann!«

Vorsichtig legte er seine Lilien ins Gras und rannte zum Baum. Da sah er Merrys Füße noch herausragen – alles andere war schon hineingezogen worden. Tom legte seinen Mund an den Spalt und begann mit leiser Stimme zu singen. Sie konnten die Worte nicht verstehen, aber offensichtlich wurde Merry aufgeweckt. Seine Beine begannen zu strampeln. Tom sprang beiseite, brach einen langen, herabhängenden Zweig ab und schlug die Weide damit. »Du läßt sie jetzt wieder heraus, alter Weidenmann!« sagte er. »Was ist dir denn eingefallen? Du solltest nicht wach sein. Iß Erde! Grabe tief! Trink Wasser! Geh schlafen! Bombadil spricht!« Er packte Merrys Füße und zog ihn aus dem plötzlich nachgebenden Spalt heraus.

Dann gab es ein heftiges Knarren, der andere Spalt brach auf und heraus sprang Pippin, als ob er einen Fußtritt bekommen hätte. Darauf schlossen sich beide Spalte wieder mit einem lauten Schnappen. Ein Schauer lief über den Baum von der Wurzel bis zur Spitze, und dann war es völlig still.

»Vielen Dank«, sagten die Hobbits einer nach dem anderen.

Tom Bombadil brach in Lachen aus. »So, meine kleinen Burschen«, sagte er und bückte sich, um ihnen ins Gesicht zu schauen. »Ihr werdet jetzt mit mir nach Hause kommen. Der Tisch ist reich gedeckt mit gelbem Rahm, Honigwaben, Weißbrot und Butter. Goldbeere wartet schon. Zeit genug für Fragen am Abendbrottisch. Folgt mir, so rasch ihr's vermögt!« Damit nahm er seine Lilien auf, winkte einladend mit der Hand und ging hüpfend und tänzelnd den Pfad nach Osten entlang, immer noch lauter Unsinn singend.

Zu verblüfft und zu erleichtert, um zu reden, folgten ihm die Hobbits, so schnell sie konnten. Aber das war nicht schnell genug. Tom verschwand bald vor ihnen, und sein Gesang wurde schwächer und klang entfernter. Plötzlich drang seine Stimme mit einem lauten Hallo! wieder ganz deutlich zu ihnen.

Hoppe – hopp! Lauft mir nach längs der Weidenwinde,
Tom geleitet euch nach Haus, folget ihm geschwinde,
Westwärts sinkt die Sonne schon, bald, da stolpern alle,

Wenn die Nacht niedersinkt, lockt die warme Halle:
Aus den Fenstern dringt das Licht freundlich gelb und gelber,
Fürchtet keine Finsternis noch die Weide selber,
Weder Wurzel noch Gestrüpp! Tom wird euch geleiten
Und wir wollen gleich das Fest – dongelong – bereiten.

Danach hörten die Hobbits nichts mehr. Fast sofort schien die Sonne zwischen den Bäumen hinter ihnen zu versinken. Sie dachten an das schräge Abendlicht, das auf dem Brandyweinfluß glitzert, und an die Fenster von Bockenburg, die mit Hunderten von Lichtern zu schimmern beginnen. Große Schatten fielen auf sie; Stämme und Äste von Bäumen hingen dunkel und drohend über dem Pfad. Weiße Nebel stiegen auf und wogten über dem Fluß und strichen um die Wurzeln der Bäume an seinen Ufern. Selbst aus dem Boden zu ihren Füßen stieg ein schattenhafter Dampf auf und verquickte sich mit der rasch hereinbrechenden Dämmerung.

Es wurde schwierig, dem Pfad zu folgen, und sie waren sehr müde. Ihre Beine waren wie Blei. Seltsame flüchtige Geräusche zogen durch die Büsche und Binsen zu beiden Seiten; und wenn sie hinaufschauten zum fahlen Himmel, erblickten sie sonderbare knorrige und knotige Gesichter, die sich dunkel gegen das Zwielicht abhoben und auf sie herunterschielten von dem hohen Hang und den Rändern des Waldes. Sie empfanden dieses Land allmählich als unwirklich und hatten das Gefühl, durch einen unheilvollen Traum zu taumeln, der zu keinem Erwachen führt.

Gerade, als sie merkten, daß ihre Schritte immer langsamer wurden, fiel ihnen auf, daß das Gelände leicht anstieg. Das Wasser begann zu murmeln. In der Dunkelheit konnten sie dort den weißen Schimmer von Gischt erkennen, wo der Fluß einen kleinen Wasserfall hinunterfließt. Dann hörten plötzlich die Bäume auf und die Nebel blieben zurück. Die Hobbits traten aus dem Wald heraus und sahen eine große Grasfläche vor sich. Der Fluß, jetzt schmal und hurtig, plätscherte ihnen fröhlich entgegen und schimmerte hier und dort im Licht der Sterne, die schon am Himmel standen.

Das Gras unter ihren Füßen war weich und kurz, als sei es gemäht oder geschnitten worden. Die Ausläufer des Waldes dahinter waren gestutzt, säuberlich wie eine Hecke. Der Pfad war nun leicht erkennbar, gut gepflegt und mit Steinen begrenzt. Er zog sich zum Gipfel einer grasbedeckten Kuppe hinauf, jetzt grau in der fahlen Sternennacht; und dort, immer noch hoch über ihnen auf einem zweiten Hang, sahen sie die Lichter eines Hauses funkeln. Hinunter führte der Pfad und dann wieder hinauf über einen langgestreckten, grasbewachsenen Berghang dem Licht entgegen. Plötzlich ergoß sich ein breiter gelber Strahl hell aus einer Tür, die geöffnet worden war. Da lag Tom Bombadils Haus vor ihnen, hinauf, hinab, unter dem Berg. Hinter ihm erhob sich ein steiler Rücken grau und kahl, und jenseits davon die dunklen Umrisse der Hügelgräberhöhen fern in der östlichen Nacht.

Sie alle hasteten jetzt voran, Hobbits und Ponies. Schon waren ihre Müdigkeit und ihre Ängste halb verflogen. *Dong-long! Dongelong!* schallte es ihnen zur Begrüßung entgegen.

Dong-long! Dongelong! Springt, ihr kleinen Leute!
Hobbits! Ponies! Kommt heran, ja die ganze Meute!
Jetzt beginnt der große Spaß, laßt uns alle singen!

Dann fiel eine andere klare Stimme ein, so jung und so uralt wie der Frühling, gleich der Melodie eines fröhlichen Gewässers, das aus einem strahlenden Morgen in den Bergen hinabfließt in die Nacht, strömte sie ihnen wie Silber entgegen:

Jetzt beginnt unser Lied! Laßt uns alle singen
Von Regen, Sonne, Mond und Stern, Tau auf Vogelschwingen,
Wind über freiem Land, trübem Nebelwetter,
Glockenheide, lichtem Grün zarter junger Blätter,
Schilfrohr am dunklen Teich, Lilien auf dem Weiher,
Singt vom Kind der Wasserfrau und Tom, dem treuen Freier!

Und mit diesem Lied standen die Hobbits auf der Schwelle, und ein goldenes Licht hüllte sie ein.

SIEBTES KAPITEL

IN TOM BOMBADILS HAUS

Die vier Hobbits traten über die breite Steinschwelle und blieben blinzelnd stehen. Sie befanden sich in einem langen, niedrigen Raum, erleuchtet von Lampen, die von den Dachbalken herabhingen; und auf einem Tisch aus dunklem, poliertem Holz standen viele hohe, gelbe Kerzen, die hell brannten.

In einem Stuhl an der Rückwand des Raumes gegenüber der Eingangstür saß eine Frau. Ihr langes goldblondes Haar wallte ihr über die Schultern; ihr Gewand war grün, grün wie junges Schilf, durchwirkt mit Silber wie Tauperlen; und ihr Gürtel war aus Gold, geformt wie eine Kette aus Schwertlilien und besetzt mit blaßblauen Vergißmeinnichtknospen. Zu ihren Füßen standen große Schalen aus grünem und braunem Steingut, in denen Wasserlilien schwammen, so daß es aussah, als throne sie inmitten eines Teiches.

»Tretet ein, liebe Gäste«, sagte sie, und als sie sprach, wußten die Hobbits, daß es ihre klare Stimme gewesen war, die sie hatten singen hören. Sie kamen schüchtern ein paar Schritte weiter in den Raum und verbeugten sich tief, und sie waren ebenso überrascht und verlegen wie Leute, die an einem Bauernhaus klopfen, weil sie um einen Schluck Wasser bitten wollen, und denen eine schöne junge Elbenkönigin in einem Gewand aus lebenden Blumen die Tür öffnet. Aber ehe sie etwas sagen konnten, sprang die Frau leichtfüßig auf und über die Lilienschalen hinweg und lief lachend auf sie zu; und während sie lief, raschelte ihr Gewand leise wie der Wind an den blühenden Ufern eines Flusses.

»Kommt, liebe Leute!« sagte sie und nahm Frodo bei der Hand. »Lacht und seid fröhlich! Ich bin Goldbeere, Tochter des Flusses.« Dann ging sie an ihnen vorbei, schloß die Tür, lehnte sich mit dem Rücken dagegen und breitete ihre weißen Arme davor aus. »Laßt uns die Nacht aussperren!« sagte sie. »Denn vielleicht fürchtet ihr euch immer noch vor Nebel und Baumschatten und tiefem Wasser und bösen Wesen. Fürchtet euch nicht! Denn heute nacht seid ihr unter Tom Bombadils Dach.«

Die Hobbits sahen sie voll Staunen an, und sie schaute jeden von ihnen an und lächelte. »Schöne Frau Goldbeere!« sagte Frodo schließlich und fühlte eine Freude in seinem Herzen aufsteigen, die er nicht verstand. Er war so bezaubert, wie er zuweilen von schönen Elbenstimmen bezaubert gewesen war; aber der Zauber, der ihn jetzt umfing, war von anderer Art: nicht so glühend und überirdisch war das Entzücken, vielmehr tiefer und dem sterblichen Herzen näher; wunderbar, und dennoch nicht unvertraut. »Schöne Frau Goldbeere!« wiederholte er. »Nun ist mir die Freude verständlich, die aus den Liedern sprach –

O schlank wie der Weidenzweig! O klarer als die Quelle!
O Schilfrohr am Wassersaum! O Tochter des Flusses!
O Frühling und Sommerzeit und danach wieder Frühling!
O Wind auf dem Wasserfall und Lachen des Laubes!«

Plötzlich hielt er inne und stammelte, von Erstaunen überwältigt, daß er sich selbst solche Dinge sagen hörte. Aber Goldbeere lachte.

»Willkommen!« sagte sie. »Ich habe nie gewußt, daß die Leute im Auenland solche Dichter sind. Aber ich sehe, du bist ein Elbenfreund; das Leuchten in deinen Augen und der Klang deiner Stimme verraten es. Das ist ein frohes Treffen! Setzt euch und wartet auf den Herrn des Hauses. Er wird nicht lange ausbleiben. Er versorgt eure müden Tiere.«

Die Hobbits setzten sich gern auf die niedrigen Stühle mit den Binsensitzen, während Goldbeere sich am Tisch zu schaffen machte; und die Augen der Hobbits folgten ihr, denn die schlanke Anmut ihrer Bewegungen erfüllte sie mit stiller Freude. Von irgendwo hinter dem Hause schallte Singen herüber. Immer wieder vernahmen sie zwischen so manchem *Dong-long* und *dongelong* und *läute laute lillo* die Worte:

Tom, alter Bombadil, lustiger Gevatter,
Blaue Jacke hat er an, gelbe Stiefel hat er.

»Schöne Frau«, sagte Frodo nach einer Weile. »Sagt mir, wenn meine Frage nicht töricht klingt, wer ist Tom Bombadil?«

»Er ist«, antwortete Goldbeere, hielt in ihren raschen Bewegungen inne und lächelte.

Frodo sah sie fragend an. »Er ist, wie ihr ihn gesehen habt«, sagte sie als Antwort auf seinen Blick. »Er ist der Meister von Wald, Wasser und Berg.«

»Dann gehört ihm dieses ganze sonderbare Land?«

»O nein«, antwortete sie, und ihr Lächeln verblaßte. »Das wäre wahrlich eine Bürde«, fügte sie leise hinzu, als spräche sie zu sich selbst. »Die Bäume und die Gräser und alles, was im Land wächst oder lebt, gehören sich selbst. Tom Bombadil ist der Meister. Niemand hat jemals den alten Tom gefangen, wenn er im Wald wanderte, im Wasser watete, in Licht und Schatten über die Berggipfel sprang. Er hat keine Furcht. Tom Bombadil ist der Meister.«

Eine Tür ging auf, und herein kam Tom Bombadil. Er trug jetzt keinen Hut, und sein dichtes braunes Haar war mit Herbstblättern bekränzt. Er lachte, ging zu Goldbeere und nahm ihre Hand.

»Hier ist meine schöne Herrin«, sagte er, indem er sich vor den Hobbits verbeugte. »Hier ist meine Goldbeere, in Silbergrün gekleidet und mit Blumen im Gürtel! Ist der Tisch gedeckt? Ich sehe gelben Rahm und Honigwaben und weißes Brot und Butter, Milch und Käse, grüne Kräuter und reife Beeren. Ist das genug für uns? Ist das Abendbrot fertig?«

»Ja«, sagte Goldbeere, »aber vielleicht unsere Gäste nicht?«

Tom klatschte in die Hände und rief: »Tom! Tom! Deine Gäste sind müde, und du hättest es fast vergessen! Kommt nun, meine lustigen Freunde, Tom wird euch erfrischen! Schmutzige Hände sollt ihr säubern und müde Gesichter waschen; eure staubigen Mäntel ausziehen und eure Zotteln kämmen!«

Er öffnete die Tür, und sie folgten ihm über einen kurzen Flur und dann scharf um die Ecke. Sie kamen in einen niedrigen Raum mit schrägem Dach (offenbar ein Anbau an der Nordseite des Hauses). Die Mauern waren aus nackten Steinen, aber größtenteils mit grünen Wandmatten und gelben Vorhängen bedeckt. Der Fußboden war mit Fliesen belegt und mit frischen, grünen Binsen bestreut. An einer Seite des Raumes lagen vier dicke Matratzen auf dem Fußboden, jede mit weißen Dekken versehen. An der gegenüberliegenden Wand standen auf einer langen Bank große Steingutschüsseln und daneben braune Krüge, mit Wasser gefüllt, manche kalt, manche dampfend heiß. Weiche grüne Hausschuhe standen neben jedem Bett bereit.

Es dauerte nicht lange, da saßen die Hobbits, gewaschen und erfrischt, am Tisch, zwei an jeder Seite, während an den beiden Enden Goldbeere und der Meister saßen. Es war ein ausgedehntes und fröhliches Mahl. Obwohl die Hobbits so viel aßen, wie nur ausgehungerte Hobbits essen können, mangelte es an nichts. Das Getränk in ihren Humpen schien klares, kaltes Wasser zu sein, doch stieg es ihnen zu Kopf wie Wein und löste ihre Zungen. Die Gäste merkten plötzlich, daß sie fröhlich sangen, als ob es leichter und natürlicher sei als Sprechen.

Schließlich erhoben sich Tom und Goldbeere und räumten rasch den Tisch ab. Den Gästen wurde befohlen zu bleiben, sie wurden in Sessel gesetzt, und jeder erhielt einen Schemel für die müden Füße. In dem großen Kamin vor ihnen brannte ein Feuer, das süß duftete, als wären die Scheite aus Apfelholz. Als alles in Ordnung gebracht war, wurden alle Lichter im Raum ausgelöscht bis auf eine Lampe und ein Paar Kerzen an beiden Seiten des Kamins. Dann kam Goldbeere und stand vor ihnen mit einer Kerze in der Hand; und sie wünschte jedem von ihnen eine gute Nacht und festen Schlaf.

»Habt nun Frieden«, sagte sie, »bis zum Morgen! Kümmert euch nicht um nächtliche Geräusche! Denn nichts dringt hier durch Tür und Fenster als Mondschein und Sternenlicht und der Wind vom Bergesgipfel. Gute Nacht!« Sie verließ das Zimmer mit leisem Schimmer und Rascheln. Ihre Schritte klangen wie ein Bach, der in der Stille der Nacht über kühle Steine sanft zu Tal plätschert.

Tom blieb eine Weile schweigend bei ihnen sitzen, während jeder von ihnen den Mut aufzubringen versuchte, eine der vielen Fragen zu stellen, die er schon beim Abendessen hatte vorbringen wollen. Schlaf lastete schwer auf ihren Augen. Schließlich sprach Frodo: »Habt Ihr mich rufen hören, Meister, oder war es nur der Zufall, der Euch in jenem Augenblick herbeibrachte?«

Tom erwachte wie jemand, der aus einem erfreulichen Traum gerissen wird. »Wie, was?« fragte er. »Ob ich dich habe rufen hören? Nein, ich habe nichts gehört: ich war mit Singen beschäftigt. Bloßer Zufall brachte mich dorthin, wenn du es Zufall nennst. Ich hatte es nicht geplant, obwohl ich auf euch wartete. Wir erhielten Nachricht über euch und erfuhren, daß ihr auf der Wanderschaft seid. Wir vermuteten, daß ihr bald zum Wasser herunterkämt: alle Pfade führen dorthin, zur Weidenwinde hinunter. Der Alte Graue Weidenmann ist ein gewaltiger Sänger; und es ist schwer für kleine Leute, aus seinem listenreichen Irrgarten zu entkommen. Aber Tom hatte dort etwas zu tun, was er nicht zu hindern wagte.« Tom nickte, als ob der Schlaf ihn wieder übermanne; doch fuhr er mit leiser singender Stimme fort:

Dort hatte ich zu tun, wollte etwas holen:
Grüne Blätter holte ich, weiße Wasserlilien.
Goldbeere bring ich sie, Goldbeere freut sich,
Wenn sie ihr zu Füßen blühn, bis es taut im Frühling,
Hol sie ihr in jedem Herbst, eh die Flocken fallen,
Aus dem tiefen Wasserloch an der Weidenwinde;
Denn die ersten blühen dort und spät im Jahr die letzten.
Fand ich doch vor langer Zeit am Weiher dort sie selber,

Holdes Kind der Wasserfrau, saß sie tief im Röhricht,
Klang ihr Singen mir so süß, schlug ihr Herz voll Leben!

Er öffnete die Augen und schaute die Hobbits mit einem plötzlich blauen Aufleuchten an:

Nun! Zum Glücke fiel's Euch aus – wäre nämlich nimmer
In den Wald zurückgekehrt an die Weidenwinde,
Denn das Jahr ist alt; so spät wär ich nicht gekommen
Bis zum Windelpfad hinab, eh' des Stromes Tochter,
Kehrt der Frühling erst zurück, froh hinuntertänzelt,
Um im silberhellen Fluß voller Lust zu baden.

Er verfiel wieder in Schweigen; aber Frodo konnte sich nicht enthalten, ihm noch eine Frage zu stellen: die Frage, an deren Beantwortung ihm am meisten lag. »Erzählt uns, Meister«, sagte er, »vom Weidenmann. Was ist er? Ich habe noch nie von ihm gehört.«

»Nein, bitte nicht!« sagten Merry und Pippin wie aus einem Munde und setzten sich plötzlich auf. »Nicht jetzt! Nicht vor dem Morgen.«

»Das ist richtig«, sagte der alte Mann. »Jetzt ist die Zeit zum Ruhen. Manche Dinge sind nicht gut zu hören, wenn die Welt im Schatten liegt. Schlaft bis zum Morgenlicht, ruht auf dem Kissen! Kümmert euch nicht um nächtliche Geräusche! Fürchtet keine graue Weide!« Und damit nahm er die Lampe herab, blies sie aus, ergriff mit jeder Hand eine Kerze und führte sie aus dem Raum hinaus.

Ihre Matratzen und Kissen waren weich wie Daunen und die Decken aus weißer Wolle. Kaum hatten sie sich auf den niedrigen Betten ausgestreckt und die leichten Decken über sich gezogen, da schliefen sie schon.

Mitten in der Nacht lag Frodo in einem Traum ohne Licht. Dann sah er den jungen Mond aufsteigen; in seinem schwachen Schein erblickte er eine schwarze Felswand, die vor ihm aufragte, durchbrochen von einem dunklen Bogen wie ein großes Tor. Frodo war, als werde er emporgehoben, und während er hinüberglitt, sah er, daß die Felswand zu einem Kranz von Bergen gehörte, die eine Ebene umschlossen, und in der Mitte der Ebene stieg eine Felszinne auf wie ein großer Turm, aber nicht von Händen erbaut. Auf ihrer Spitze stand die Gestalt eines Mannes. Der aufgehende Mond schien einen Augenblick über seinem Kopf zu hängen und schimmerte in seinem weißen Haar, das der Wind bewegte. Aus der dunklen Ebene tief unten drang das Geschrei grausiger Stimmen herauf und das Heulen vieler Wölfe. Plötzlich zog ein Schatten, geformt wie große Flügel, über den Mond. Der Mann hob die Arme, und ein Blitz zuckte an dem Stab, den er schwenkte. Ein mächtiger Adler stieß herab und trug ihn davon. Die Stimmen klagten und die Wölfe winselten. Es hörte sich an, als ob ein starker Wind wehe, und er trug das Geräusch von Hufen herüber, die von Osten heranritten. »Schwarze Reiter!« dachte Frodo, als er aufwachte und im Geist noch das Geräusch der Hufe hörte. Er fragte sich, ob er jemals wieder den Mut haben würde, die Sicherheit dieser Steinmauern zu verlassen. Reglos lag er da und lauschte immer noch; aber alles war jetzt still, und schließlich drehte er sich um und schlief wieder fest ein oder sank in irgendeinen anderen Traum, an den er sich nicht erinnerte.

An seiner Seite lag Pippin und träumte etwas Schönes; aber seine Träume veränderten sich, und er warf sich hin und her und stöhnte. Plötzlich wachte er auf oder glaubte, er sei aufgewacht, und doch hörte er in der Dunkelheit noch das Geräusch, das ihn im Traum verfolgt hatte: *tipp-tapp, quietsch:* es klang wie wenn sich Äste im Wind reiben oder Zweige an Wand und Fenster scharren: *knarr, knarr, knarr.* Er fragte sich, ob dicht am Haus Weiden stünden; und dann plötzlich hatte er das entsetzliche Gefühl, daß er gar nicht in einem richtigen Hause sei, sondern in der Weide, und daß er wieder diese schreckliche, trockene, krächzende Stimme höre, die ihn auslachte. Er setzte sich auf, fühlte, wie die weichen Kissen unter seiner Hand nachgaben, und legte sich erleichtert wieder hin. Er glaubte, das Echo von Worten zu vernehmen: »Fürchtet euch nicht! Habt Frieden bis zum Morgen! Kümmert euch nicht um nächtliche Geräusche!« Dann schlief er wieder ein.

Es war das Geräusch von Wasser, das Merry hörte, als er in ruhigen Schlaf fiel: Wasser, das sanft herabströmte und sich dann ausbreitete, sich unwiderstehlich im ganzen Haus zu einem dunklen uferlosen Pfuhl ausbreitete. Es gurgelte unter den Wänden und stieg langsam, aber stetig. »Ich werde ertrinken«, dachte er. »Es wird den Weg herein finden, und dann werde ich ertrinken.« Er hatte das Gefühl, als läge er in einem weichen, glitschigen Moor; er sprang auf und setzte seinen Fuß auf kalte, harte Fliesen. Da erinnerte er sich, wo er war, und legte sich wieder hin. Er schien zu hören oder sich zu erinnern: »Denn nichts dringt hier durch Tür und Fenster als Mondschein und Sternenlicht und der Wind vom Bergesgipfel.« Ein kleiner Lufthauch bewegte den Vorhang. Er atmete tief und schlief wieder ein.

Soweit Sam sich erinnern konnte, hatte er die ganze Nacht selig wie ein Murmeltier geschlafen, falls Murmeltiere selig schlafen.

Sie wachten, alle vier auf einmal, im Morgenlicht auf. Tom ging im Zimmer umher und pfiff wie ein Star. Als er hörte, daß sie sich rührten, klatschte er in die Hände und rief: »He! Kommt, Dongelong, Kameraden!« Er zog die gelben Vorhänge auf, und die Hobbits sahen, daß sie die Fenster an den beiden Seiten des Zimmers verdeckt hatten, eins ging nach Osten und das andere nach Westen.

Erfrischt sprangen sie auf. Frodo lief an das Ostfenster und blickte hinaus in einen Gemüsegarten, grau von Tau. Er hatte halb erwartet, daß der Rasen bis zu den Wänden reichen und mit Hufspuren übersät sein würde. In Wirklichkeit war ihm die Aussicht durch eine Reihe hoher Stangenbohnen versperrt; über und weit hinter ihnen hob sich indes der graue Gipfel des Berges vor dem Sonnenaufgang ab. Es war ein fahler Morgen: hinter langgezogenen Wolken, die wie Strähnen schmutziger Wolle mit roten Flecken an den Rändern aussehen, lagen im Osten schimmernde gelbe Flächen. Der Himmel versprach Regen; aber das Licht breitete sich rasch aus, und gegen die nassen grünen Blätter begannen die roten Blüten an den Bohnen zu leuchten.

Pippin schaute aus dem Westfenster hinunter in ein Nebelmeer. Der Wald war hinter Nebel verborgen. Es war, wie wenn man von oben auf eine abschüssige Wolkendecke schaut. Da war eine Senke oder Rinne, wo sich der Nebel in viele Schleier und Schwaden teilte: das Tal der Weidenwinde. Der Fluß strömte linker Hand den Berg hinunter und verschwand in den weißen Schatten. Nah am Haus war ein Blumengarten und eine mit einem silbernen Netz überzogene, gestutzte Hecke, und dahinter graues, geschnittenes Gras, fahl schimmernd vor lauter Tautropfen. Es war keine Weide zu sehen.

»Guten Morgen, liebe Freunde!« rief Tom und machte das Ostfenster weit auf. Kühle Luft strömte herein; sie roch nach Regen. »Die Sonne wird sich heute nicht viel sehen lassen, glaube ich. Ich bin schon weit gelaufen und auf den Berggipfel gesprungen, seit der Morgen graute, habe nach Wind und Wetter geschnuppert, nasses Gras unter den Füßen und nassen Himmel über mir. Goldbeere habe ich geweckt, als ich unter dem Fenster sang; aber nichts weckt Hobbit-Leute am frühen Morgen. Nachts wacht das kleine Volk in der Dunkelheit auf, und wenn es hell geworden ist, schläft es! Dong-long! Wacht nun auf, meine fröhlichen Freunde! Vergeßt die nächtlichen Geräusche! Dong-long, dongelong, Kameraden! Wenn ihr bald kommt, findet ihr Frühstück auf dem Tisch. Kommt ihr spät, gibt's Gras und Regenwasser!«

Obwohl Toms Drohung nicht sehr ernst klang, kamen die Hobbits selbstverständlich bald und verließen den Tisch spät, und zwar erst, als er schon ziemlich leer aussah. Weder Tom noch Goldbeere waren da. Tom hörte man im Haus herumwirtschaften, in der Küche klappern, die Treppen hinauf und hinunter springen und draußen singen, mal hier, mal dort. Das Zimmer schaute nach Westen auf das nebelverhangene Tal, und das Fenster war offen. Wasser tropfte von dem strohgedeckten Dachvorsprung. Ehe sie mit dem Frühstück fertig waren, hatten sich die Wolken zu einer geschlossenen Decke zusammengezogen, und ein richtiger grauer Regen fiel sanft und stetig. Er war wie ein dichter Vorhang, der den Wald völlig verhüllte.

Als sie aus dem Fenster schauten, drang zu ihnen sanft, als strömte sie mit dem Regen herab, die klare Stimme von Goldbeere, die über ihnen sang. Sie konnten wenig Wörter verstehen, aber sie erkannten, daß es ein Regenlied war, so süß wie Schauer auf trockene Berge, und es erzählte die Geschichte eines Flusses von der Quelle im Hochland bis zum Meer weit drunten. Die Hobbits lauschten voll Entzücken; und Frodo war im Grunde seines Herzens froh und pries das freundliche Wetter, weil es ihren Abschied verzögerte. Der Gedanke an den Aufbruch hatte von dem Augenblick, da er erwachte, schwer auf ihm gelastet; aber jetzt vermutete er, daß sie an diesem Tag nicht weitergehen würden.

Der Höhenwind blies beständig aus Westen, und tiefer hängende und nassere Wolken rollten heran und luden ihre Regenlast auf den kahlen Gipfeln der Höhen ab. Nichts war um das Haus herum zu sehen als strömendes Wasser. Frodo stand an der offenen Tür und sah zu, wie sich der kreidige Weg in einen kleinen Milchbach verwandelte und hinunter ins Tal plätscherte. Tom Bombadil kam um die Hausecke und schwenkte die Arme, als ob er den Regen abwehrte – und tatsächlich schien er, als er über die Schwelle sprang, trocken zu sein bis auf seine Stiefel. Sie zog er aus und stellte sie in die Kaminecke. Dann setzte er sich auf den größten Stuhl und rief die Hobbits zu sich.

»Heute ist Goldbeeres Waschtag«, sagte er, »und ihr Herbstgroßreinemachen. Zu naß für Hobbits – sie sollen ausruhen, solange sie können! Es ist ein guter Tag für lange Erzählungen, für Fragen und Antworten, und so wird Tom mit dem Reden beginnen.«

Er erzählte ihnen dann viele bemerkenswerte Geschichten, manchmal so, als spräche er mit sich selbst, manchmal schaute er sie plötzlich mit seinen leuchtenden blauen Augen unter den dichten Brauen an. Oft fing er plötzlich an zu singen und stand dann auf und tanzte umher. Er erzählte ihnen von Bienen und Blumen, von den Eigenheiten der Bäume und der seltsamen Geschöpfe im Wald, von bösen Wesen und guten Wesen, freundlichen und unfreundlichen, grausamen und gütigen, und von Geheimnissen, verborgen unter Gestrüpp.

Während sie zuhörten, begannen sie das Leben im Wald zu verstehen, das so ganz anders war als ihr eigenes, ja sich geradezu als Fremdlinge zu empfinden, wo alle anderen Wesen zuhause waren. Immer wieder kam in Toms Erzählungen der Alte Weidenmann vor, und Frodo erfuhr nun genug über ihn, um seine Neugier zu befriedigen, ja mehr als genug, denn es war keine beruhigende Kunde. Toms Worte enthüllten die Herzen der Bäume und ihre Gedanken, die oft dunkel und seltsam waren und voller Haß auf die Lebewesen, die sich frei auf der Erde bewegen und nagen, beißen, brechen, abhacken und verbrennen können: Zerstörer und Eindringlinge. Der Alte Wald trug seinen Namen nicht ohne Grund, denn er war wahrlich uralt, ein Überbleibsel der riesigen vergessenen Wälder; und in ihm lebten noch die Vorväter der Bäume, die sich noch der Zeiten entsannen, da sie die Herren waren, und sie alterten nicht rascher als die Berge. Die unzähligen Jahre hatten sie mit Hochmut und eingewurzelter Weisheit und mit Bosheit erfüllt. Aber keiner war gefährlicher als der große Weidenbaum: sein Herz war schlecht, aber seine Kraft war ungebrochen; und er war hinterhältig und ein Herr der Winde, und sein Singen und Denken lief durch den Wald zu beiden Seiten des Flusses. Sein grauer durstiger Geist zog Kraft aus der Erde und breitete sich wie feine Wurzelfäden im Boden aus und mit unsichtbaren Zweigfingern in der Luft, bis er fast alle Bäume im Wald vom Hag bis zu den Höhen unter seiner Herrschaft hatte.

Plötzlich verließ Toms Erzählen den Wald und sprang den jungen Fluß hinauf, über plätschernde Wasserfälle, über Kiesel und ausgewaschene Felsen, zu kleinen Blumen im dichten Gras und feuchten Schlupfwinkeln und wanderte schließlich die Höhen hinauf. Die Hobbits hörten von den Großen Hügelgräbern und den grünen Grabhügeln und den Steinkreisen auf den Bergen und in den Niederungen zwischen den Bergen. Schafe blökten in Herden. Grüne Mauern und weiße Mauern ragten auf. Festungen standen auf den Höhen. Könige kleiner Königreiche kämpften miteinander, und die junge Sonne schien wie Feuer auf das rote Metall ihrer neuen und ruhmsüchtigen Schwerter. Es gab Siege und Niederlagen; und Türme fielen, Festungen sanken in Schutt und Asche und Flammen stiegen zum Himmel auf. Gold wurde auf den Bahren toter Könige und Königinnen aufgehäuft; und Erdhügel deckten sie, und die Steintore wurden geschlossen; und das Gras wuchs über allem. Schafe zogen eine Weile darüber hin und weideten dort, aber bald waren die Hügel wieder verlassen. Ein Schatten kam von weither aus dunklen Orten, und die Ruhe der

Gebeine in den Erdhügeln wurde gestört. Grabunholde gingen in den Gewölben um, Ringe klirrten an kalten Fingern und goldene Ketten im Wind. Edelsteine grinsten am Boden wie abgebrochene Zähne im Mondschein.

Die Hobbits schauderte es. Selbst im Auenland war das Gerücht von den Grabunholden von den Hügelgräberhöhen jenseits des Waldes vernommen worden. Aber es war keine Erzählung, der ein Hobbit gern zugehört hätte, nicht einmal am gemütlichen Kamin weit fort. Diesen vier fiel nun wieder ein, was die Fröhlichkeit dieses Hauses aus ihrem Sinn verdrängt hatte: Tom Bombadils Haus lag genau unterhalb dieser gefürchteten Berge. Sie verloren den Faden seiner Erzählung, rutschten unruhig hin und her und blickten sich verstohlen an.

Als sie seine Worte wieder aufnahmen, merkten sie, daß er jetzt in fremde Gegenden gewandert war, jenseits ihrer Erinnerung und jenseits ihres bewußt gewordenen Denkens; er war bei Zeiten angelangt, da die Welt noch größer war und die Meere geradenwegs bis zum westlichen Gestade reichten; und immer weiter zurück ging er und kündete von dem uralten Sternenlicht, wo nur Elbenahnen wachten. Dann plötzlich hielt er inne, und sie sahen, daß er nickte, als würde er einschlafen. Die Hobbits saßen still bei ihm, verzaubert; und es schien, als habe sich unter dem Bann seiner Worte der Wind gelegt, als haben sich die Wolken ausgeregnet; der Tag war vergangen und die Dunkelheit von Osten und Westen heraufgezogen, und der ganze Himmel war erfüllt vom Licht weißer Sterne.

Ob Morgen und Abend eines einzigen Tages oder vieler Tage vergangen waren, konnte Frodo nicht sagen. Er war weder hungrig noch müde, sondern nur vom Staunen erfüllt. Die Sterne leuchteten zum Fenster herein, und das Schweigen des Himmels schien um ihn zu sein. Er sprach schließlich aus lauter Staunen heraus und einer plötzlichen Angst vor diesem Schweigen:

»Wer seid Ihr, Meister?« fragte er.

»Wie, was?« sagte Tom und setzte sich auf, und seine Augen glänzten in der Dämmerung. »Weißt du meinen Namen noch nicht? Das ist die einzige Antwort. Sage mir, wer bist du, allein, du selbst und namenlos? Aber du bist jung, und ich bin alt. Der Älteste bin ich. Merkt euch meine Worte, liebe Freunde: Tom war hier vor dem Fluß und vor den Bäumen; Tom erinnert sich an den ersten Regentropfen und die erste Eichel. Er machte Pfade vor den Großen Leuten und sah die kleinen Leute kommen. Er war hier vor den Königen und den Gräbern und den Grabunholden. Als die Elben nach Westen zogen, war Tom schon hier, ehe die Meere bezwungen wurden. Er kannte das Dunkel unter den Sternen, als es noch ohne Schrecken war – ehe der Dunkle Herrscher von Außen kam.«

Ein Schatten schien am Fenster vorbeizugleiten, und die Hobbits blickten schnell durch die Scheiben. Als sie sich wieder umwandten, stand Goldbeere hinten in der Tür, eingerahmt von Licht. Sie hielt eine Kerze und schützte die Flamme vor dem Durchzug mit einer Hand; und das Licht schimmerte hindurch wie Sonnenschein durch eine weiße Muschel.

»Der Regen hat aufgehört«, sagte sie, »und neue Wasser rinnen bergab unter den Sternen. Laßt uns nun lachen und froh sein!«

»Und laßt uns essen und trinken!« rief Tom. »Langes Erzählen macht durstig und langes Zuhören hungrig, morgens, mittags und abends!« Damit sprang er vom Stuhl auf, nahm mit einem Satz eine Kerze vom Kaminsims und zündete sie an der Flamme an, die Goldbeere hielt; dann tanzte er um den Tisch. Plötzlich hüpfte er durch die Tür und verschwand.

Rasch kam er zurück mit einem großen, beladenen Tablett. Dann deckten Tom und Goldbeere den Tisch; und die Hobbits saßen halb staunend und halb lachend dabei: so lieblich und anmutig war Goldbeere und so lustig und seltsam waren Toms Luftsprünge. Doch schienen beide gleichsam einen einzigen Tanz zu tanzen, keiner hinderte den anderen, hinein und hinaus aus dem Zimmer und um den Tisch herum; und im Handumdrehen waren Essen, Geschirr und Leuchter ordentlich hingestellt. Der gedeckte Tisch strahlte im Licht weißer und gelber Kerzen. Tom verbeugte sich vor den Gästen. »Das Abendessen ist bereit«, sagte Goldbeere; und jetzt sahen die Hobbits, daß sie in Silber gekleidet war mit einem weißen Gürtel, und ihre Schuhe waren wie Fischschuppen. Aber Tom war ganz in Hellblau, blau wie regennasse Vergißmeinnicht, und er trug grüne Strümpfe.

Es war sogar ein noch besseres Abendbrot als das erste. Unter dem Zauber von Toms Worten mochten die Hobbits eine Mahlzeit oder viele versäumt haben, aber als das Essen vor ihnen stand, schien es ihnen, als hätten sie seit mindestens einer Woche nichts gegessen. Eine Zeitlang sangen sie nicht und redeten nicht einmal viel, sondern widmeten alle Aufmerksamkeit dem Geschäft des Essens. Doch nach einer Weile belebten sich Herz und Gemüt wieder, und ihre Stimmen erklangen in Frohsinn und Lachen.

Nachdem sie gegessen hatten, sang Goldbeere viele Lieder für sie, Lieder, die fröhlich in den Bergen begannen und leise in Stille ausklangen. Und in der Stille sahen die Hobbits im Geiste Seen und Gewässer, die größer waren als jene, die sie kannten, und als sie hineinschauten, sahen sie den Himmel unter sich und die Sterne wie Juwelen in der Tiefe. Dann wünschte Goldbeere ihnen wiederum gute Nacht, und sie blieben am Kamin sitzen. Doch Tom schien jetzt hellwach zu sein und überschüttete sie mit Fragen.

Offenbar wußte er schon viel von ihnen und all ihren Familien, und auch von der Geschichte und den Geschehnissen im Auenland seit den Zeiten, an die sich die Hobbits selbst kaum erinnern konnten. Es überraschte sie nicht mehr; doch machte er kein Geheimnis daraus, daß er seine Kenntnisse über die letzte Zeit weitgehend dem Bauer Maggot verdankte, den er offensichtlich viel höher einschätzte, als ihnen in den Sinn gekommen wäre. »Er hat Erde unter seinen alten Füßen und Lehm an seinen Fingern; Weisheit in seinen Knochen, und beide Augen hält er offen«, sagte Tom. Auch war klar, daß Tom Beziehungen zu den Elben hatte, und es schien, als seien ihm auf irgendeine Weise von Gildor Nachrichten über Frodos Flucht zugegangen.

Tatsächlich wußte Tom so viel und fragte so listig, daß Frodo ihm mehr von Bilbo und seinen eigenen Hoffnungen und Befürchtungen erzählte, als er sogar Gandalf bis dahin erzählt hatte. Tom nickte mit dem Kopf, und seine Augen blitzten, als er von den Reitern hörte.

»Zeig mir den kostbaren Ring«, sagte er plötzlich mitten in der Geschichte: und zu seiner eigenen Verblüffung zog Frodo das Kettchen aus der Tasche, machte den Ring los und reichte ihn Tom ohne Zögern.

Der Ring schien größer zu werden, als er einen Augenblick auf seiner kräftigen, braunhäutigen Hand lag. Dann hielt Tom ihn mit einem Mal ans Auge und lachte. Eine Sekunde hatten die Hobbits einen sowohl komischen als auch erschreckenden Anblick, als seine leuchtenden blauen Augen durch einen goldenen Kreis glänzten. Dann steckte Tom den Ring auf die Spitze seines kleinen Fingers und hielt ihn hoch ins Kerzenlicht. Zuerst fiel den Hobbits nichts Sonderbares daran auf. Dann hielten sie den Atem an. Tom wurde nicht unsichtbar!

Tom lachte wieder, und dann ließ er den Ring in der Luft herumwirbeln – der wie ein Blitz verschwand. Frodo stieß einen Schrei aus – und Tom beugte sich vor und gab ihn lächelnd zurück.

Frodo sah ihn sich genau und ziemlich argwöhnisch an (wie jemand, der einem Taschenspieler ein Schmuckstück geliehen hatte). Es war derselbe Ring, oder wenigstens sah er genauso aus und fühlte sich genauso schwer an: denn Frodo war es immer so vorgekommen, daß der Ring seltsam schwer in der Hand wog. Aber irgend etwas veranlaßte ihn, sich zu vergewissern. Vielleicht war er eine Spur ärgerlich auf Tom, daß er anscheinend etwas so leicht nahm, was selbst Gandalf so gefährlich wichtig fand. Er wartete auf eine Gelegenheit, als das Gespräch wieder in

Gang war und Tom eine alberne Geschichte von Dachsen und ihrem seltsamen Gehabe erzählte – dann streifte er den Ring auf.
Merry drehte sich zu ihm um und wollte etwas sagen, stutzte und unterdrückte einen Ausruf. Frodo war entzückt (in gewisser Weise): es war wirklich sein Ring, denn Merry starrte fassungslos auf seinen Stuhl und konnte ihn offenbar nicht sehen. Er stand auf und schlich leise vom Kamin zur Tür.

»He da!« rief Tom und schaute ihm mit einem höchst sehenden Ausdruck in seinen leuchtenden Augen nach. »He! Komm, Frodo. Wohin willst du denn? So blind ist der alte Tom Bombadil denn doch nicht. Nimm deinen goldenen Ring ab! Deine Hand ist hübscher ohne ihn. Komm zurück. Gib das Spiel auf und setz dich neben mich! Wir müssen uns noch eine Weile unterhalten und über morgen nachdenken. Tom muß euch den richtigen Weg weisen und eure Füße davor bewahren, in die Irre zu gehen.«

Frodo lachte (und versuchte, erleichtert zu sein), nahm den Ring ab und setzte sich wieder hin. Tom sagte ihnen nun, er schätze, daß am nächsten Tag die Sonne scheine, und es werde einen schönen Morgen und einen hoffnungsvollen Aufbruch geben. Doch täten sie gut daran, sich früh auf den Weg zu machen; denn das Wetter in dieser Gegend sei etwas, das selbst Tom nicht lange voraussagen könne, und manchmal ändere es sich schneller, als er seine Jacke ausziehen könne. »Ich bin kein Wettermeister«, sagte er, »und das ist keiner, der auf zwei Beinen geht.«

Auf seinen Rat hin beschlossen sie, von seinem Haus aus fast genau nach Norden zu gehen, über die westlichen und niedrigeren Abhänge der Höhen: auf diese Weise könnten sie hoffen, die Oststraße in einem Tag zu erreichen und die Hügelgräber zu vermeiden. Er sagte ihnen, sie sollten keine Angst haben – sondern sich nur um ihre eigenen Angelegenheiten kümmern.

»Haltet euch an das grüne Gras. Laßt euch nicht mit alten Steinen oder kalten Unholden ein, und späht nicht in ihre Häuser, sofern ihr nicht standhafte Leute seid und eure Herzen nie schwach werden!« Er sagte das mehr als einmal; und er riet ihnen, jeweils auf der Westseite von Hügelgräbern vorbeizugehen, falls sie einem zufällig nahekämen. Dann lehrte er sie einen Reim, den sie singen sollten, falls sie am nächsten Tag durch ein Mißgeschick in Gefahr oder Schwierigkeiten gerieten:

He, Tom Bombadil! Tom Bombadonne!
Hör den Ruf, eile her, bei Feuer, Mond und Sonne!

Komm, bei Wasser, Wald und Flur, steh uns nun zur Seite!
Komm, bei Weide, Schilf und Ried, aus der Not uns leite!

Als sie ihm das alle zusammen nachgesungen hatten, schlug er jedem von ihnen lachend auf die Schulter, nahm Kerzen und geleitete sie in ihren Schlafraum.

ACHTES KAPITEL

NEBEL AUF DEN HÜGELGRÄBERHÖHEN

In dieser Nacht hörten sie keine Geräusche. Aber Frodo vernahm ein zärtliches Singen, ob im Traum oder nicht, wußte er nicht zu sagen: ein Lied, das auf ihn zukam wie sanftes Licht hinter einem grauen Regenvorhang, und immer lauter wurde und den Schleier ganz in Glas und Silber verwandelte, bis er schließlich zurückgezogen wurde und ein fernes grünes Land unter einer rasch aufgehenden Sonne enthüllte.

Das Traumbild ging in Wachsein über, und da war Tom, der wie ein ganzer Baum voller Vögel pfiff; und die Sonne schien schon schräg den Berg hinunter und ins offene Fenster herein. Draußen war alles grün und blaßgold.

Nach dem Frühstück, das sie wieder allein einnahmen, machten sie sich bereit, Lebewohl zu sagen, mit so schwerem Herzen, wie es nur möglich war an einem solchen Morgen: kühl, strahlend und klar unter einem reingewaschenen, blaßblauen Herbsthimmel. Eine frische Brise wehte von Nordwest. Ihre friedlichen Ponies waren fast ausgelassen, sie schnupperten und stampften unruhig. Tom kam aus dem Haus, schwenkte seinen Hut und tanzte auf der Türschwelle; er hieß die Hobbits aufsteigen, sich auf den Weg machen und sich beeilen.

Sie ritten auf einem Pfad, der sich hinter dem Haus schräg zur nördlichen Spitze des Berges hinaufzog, unter dem es lag. Sie waren gerade abgesessen, um ihre Ponies den letzten steilen Hang hinaufzuführen, als Frodo plötzlich anhielt.

»Goldbeere!« rief er. »Schöne Frau, ganz in Silbergrün gekleidet! Wir haben ihr gar nicht Lebewohl gesagt und sie seit gestern abend überhaupt nicht gesehen!« Er war so betrübt, daß er sich umwandte; aber in diesem Augenblick drang ein heller Ruf zu ihnen herunter. Dort auf der Bergkuppe stand sie und winkte ihnen: ihr Haar hing lose herab und glänzte und schimmerte in der Sonne. Ein Funkeln wie das Glitzern von Wasser auf tauigem Gras blinkte unter ihren Füßen auf, als sie tanzte.

Sie eilten den letzten Hang hinauf und standen atemlos neben ihr. Sie verbeugten sich, aber mit einer Armbewegung gebot sie ihnen, sich umzuschauen; und sie schauten von der Bergspitze über die Lande im Morgenlicht. Die Aussicht von hier war ebenso klar und weit, wie der Blick von der Kuppe im Alten Wald verschleiert und neblig gewesen war, die sie jetzt sahen, wie sie fahl und grün aus den dunklen Bäumen im Westen aufragte. In dieser Richtung erstreckten sich bewaldete Bergketten, grün, gelb und rostrot in der Sonne, und dahinter lag das Tal des Brandywein versteckt. Im Süden, jenseits der Weidenwinde, schimmerte es in der Ferne wie mattes Glas; dort zog der Brandyweinfluß in der Ebene eine große Schleife, und wohin er dann floß, wußten die Hobbits nicht. Nördlich hinter den abfallenden Höhen lief das Land in Mulden und kleinen Buckeln von grauer und grüner und matt erdiger Farbe aus, bis es zu einer umrißlosen und schattenhaften Ferne verblaßte. Östlich erhoben sich die Hügelgräberhöhen in einer Kette hinter der anderen, und wo sie sich dem Blick entzogen, blieb nur eine Ahnung: es war nicht mehr als eine Ahnung in Blau und ein entfernter weißer Schimmer, der mit dem Saum des Himmels verschmolz, aber diese Ahnung ließ sie, nach Erinnerungen und alten Erzählungen, an das hohe und ferne Gebirge denken.

Sie holten tief Luft und hatten das Gefühl, daß ein Sprung und ein paar kräftige Schritte sie hinbringen würden, wohin auch immer sie wollten. Es erschien kleinmütig, mühselig durch die gewundenen Ausläufer der Höhen zur Straße zu trotten, wenn sie eigentlich so lustig wie Tom von Stein zu Stein über die Berge geradenwegs bis zu dem Gebirge hüpfen sollten.

Goldbeere redete mit ihnen und rief ihre Augen und Gedanken zurück. »Lebt nun wohl, liebe Gäste«, sagte sie. »Und behaltet euer Ziel im Auge! Nach Norden mit dem Wind zur Linken, und Glück möge auf euren Schritten liegen. Eilt euch, solange die Sonne scheint!« Und zu Frodo sagte sie: »Gehabe dich wohl, Elbenfreund, es war ein fröhliches Treffen!«

Aber Frodo fand kein Wort zur Antwort. Er verneigte sich tief, stieg auf sein Pony und ritt, gefolgt von seinen Freunden, langsam den sanften Abhang auf der anderen Seite des Berges hinab. Tom Bombadils Haus und das Tal und der Alte Wald waren ihren Blicken entzogen. Es wurde wärmer zwischen den grünen Bergwänden, und der Duft des Grases stieg ihnen kräftig und süß in die Nase. Als sie unten in der Mulde angekommen waren, wandten sie sich um und sahen Goldbeere, jetzt klein und schlank wie eine sonnenbeschienene Blume gegen den Himmel: sie stand ganz still und schaute ihnen nach, und sie hatte die Hände nach ihnen ausgestreckt. Als sich die Hobbits umschauten, stieß sie einen hellen Ruf aus, hob die Hand zum Gruß und verschwand hinter dem Berg.

Ihr Weg zog sich durch die Mulde hindurch und dann um den grünen

Fuß eines steilen Berges in ein zweites tieferes und breiteres Tal, dann über weitere Bergrücken und an ihren langen Ausläufern hinunter, und dann wieder hinauf an ihren sanften Hängen zu neuen Berggipfeln und hinunter in neue Täler. Es gab keinen Baum, noch war irgendwo Wasser zu sehen: es war ein Grasland mit einem kurzen, federnden Grasteppich, und es war nichts zu hören als das Wispern der Luft über den Bergrücken und hoch oben einzelne Schreie fremdartiger Vögel. Allmählich stieg die Sonne höher, und es wurde heiß. Jedesmal, wenn sie einen Kamm erklommen, schien die Brise schwächer geworden zu sein. Als sie einen Blick auf das Land im Westen werfen konnten, sah es aus, als rauchte der Wald, als verdampfte der gefallene Regen wieder von Blatt und Wurzel und Erde. Ein Schatten lag jetzt über dem Rande des Blickfelds, ein dunkler Dunst, über dem der Himmel wie eine blaue Haube war, heiß und schwer.

Gegen Mittag kamen sie zu einem Berg, dessen Gipfel breit und eben war wie eine flache Untertasse mit einem grünen, aufgebogenen Rand. In dieser Mulde regte sich kein Lüftchen, und der Himmel schien bis zu ihren Köpfen zu reichen. Sie ritten hindurch und schauten nach Norden. Dann wurde ihnen leicht ums Herz, denn es schien klar, daß sie schon weiter gekommen waren, als sie erwartet hatten. Gewiß war die Aussicht jetzt dunstig, und die Entfernungen mochten täuschen, doch konnte kein Zweifel bestehen, daß die Höhen nun ein Ende nahmen. Ein langes Tal lag zu ihren Füßen, das sich nach Norden hinzog bis zu einer Lücke zwischen zwei steilen Hängen. Dahinter schienen keine Berge mehr zu sein. Genau nördlich konnten sie schwach eine lange dunkle Linie erkennen. »Das ist eine Baumreihe«, sagte Merry, »und das muß die Straße sein. Auf viele Meilen östlich der Brücke wachsen Bäume an der Straße. Es heißt, sie seien schon in alter Zeit gepflanzt worden.«

»Großartig«, sagte Frodo. »Wenn wir es heute nachmittag so gut machen wie heute morgen, werden die Höhen hinter uns liegen, ehe die Sonne untergeht, und dann werden wir weiterziehen und uns einen Lagerplatz suchen.« Aber während er noch sprach, wandte er seinen Blick nach Osten und sah, daß die Berge auf dieser Seite höher waren und auf sie herabschauten; und all diese Berge waren von Grabhügeln gekrönt, und auf manchen standen senkrechte Steine, die emporragten wie zackige Zähne aus grünen Kiefern.

Dieser Anblick war gewissermaßen beunruhigend; so wandten sie sich ab von dieser Seite und gingen hinunter in die kreisrunde Senke. In ihrer Mitte stand ein einzelner hoher Stein in der Sonne und warf zu dieser Stunde keinen Schatten. Er war formlos und doch bedeutungsvoll; wie eine Landmarke oder ein mahnender Finger oder eher wie eine Warnung. Aber sie waren jetzt hungrig, und die Sonne stand noch hoch im gefahrlosen Süden; so setzten sie sich mit dem Rücken zur Ostseite des Steins. Er war kühl, als ob die Sonne nicht die Kraft hätte, ihn zu wärmen; aber zu dieser Zeit war das noch angenehm. Sie aßen und tranken und hatten ein so gutes Mittagsmahl unter freiem Himmel, wie man es sich nur wünschen konnte; denn ihre Wegzehrung stammte von »unten unterm Berg«. Tom hatte sie reichlich mit allem für den Tag versorgt. Ihrer Last ledig, streunten die Ponies über das Gras.

Über die Berge reiten, sich satt essen, die warme Sonne und der Duft des Grases, ein bißchen zu lange liegen bleiben, die Beine ausstrecken und in den Himmel über ihren Nasen hinaufblicken: das ist vielleicht genug, um zu erklären, was geschah. Wie dem auch sei: plötzlich und unbehaglich erwachten sie aus einem Schlaf, den sie gar nicht vorgehabt hatten. Der aufrecht stehende Stein war kalt, und er warf einen langen, bleichen Schatten, der sich ostwärts über sie erstreckte. Die Sonne, ein blasses und wäßriges Gelb, schimmerte durch den Nebelschleier gerade über den Westwall der Senke, in der sie lagen; im Norden, Süden und Osten war der Nebel jenseits dieses Walles dicht, kalt und weiß. Die Luft war still, schwer und kühl. Ihre Ponies standen mit gesenkten Köpfen eng zusammengedrängt.

Die Hobbits sprangen erschreckt auf und rannten zum westlichen Rand. Sie entdeckten, daß sie sich auf einer Insel im Nebel befanden. Und als sie voll Entsetzen auf die untergehende Sonne blickten, versank sie vor ihren Augen in einem weißen Meer, und ein kalter, grauer Schatten stieg hinter ihnen im Osten auf. Der Nebel zog sich an den Wällen empor und hoch über sie hinweg, und während er stieg, neigte er sich über ihre Köpfe, bis er ein Dach wurde: sie waren eingeschlossen in einer Nebelhalle, deren Mittelsäule der senkrechte Stein war.

Sie hatten das Gefühl, in einer Falle gefangen zu sein; aber sie verloren den Mut nicht ganz. Noch erinnerten sie sich der hoffnungsvollen Aussicht auf die Straße vor ihnen, und sie wußten noch, in welcher Richtung sie lag. Jedenfalls hatten sie jetzt eine solche Abneigung gegen die Kühle bei dem Stein, daß ihnen der Gedanke gar nicht kam, dort zu bleiben. Sie packten zusammen, so schnell es ihre klammen Finger erlaubten.

Bald führten sie ihre Ponies im Gänsemarsch über den Rand und den langen Nordhang des Berges hinab, hinunter in das Nebelmeer. Während sie abstiegen, wurde der Nebel kälter und feuchter, und ihr Haar hing ihnen in feuchten Strähnen über die Stirn. Als sie die Talsohle erreichten, war es so kalt, daß sie anhielten und ihre Mäntel und Kapuzen herausholten, die bald mit grauen Tropfen betaut waren. Dann schwangen sie sich auf ihre Ponies und ritten langsam weiter und tasteten sich vorsichtig nach den Steigen und Fallen des Bodens voran. Sie hielten, so gut sie konnten, auf die torartige Öffnung am nördlichen Ende des langen Tals zu, die sie morgens gesehen hatten. Sobald sie einmal durch die Lücke waren, brauchten sie nur einigermaßen geradeaus weiterzugehen und mußten dann schließlich auf die Straße stoßen. Weiter als bis dahin dachten sie nicht, abgesehen von der vagen Hoffnung, daß vielleicht jenseits der Höhen kein Nebel mehr sein würde.

Sie kamen langsam voran. Damit sie nicht voneinander getrennt würden und womöglich verschiedene Richtungen einschlügen, ritten sie hintereinander und Frodo vorneweg. Sam kam hinter ihm, nach ihm Pippin und dann Merry. Plötzlich sah Frodo ein hoffnungsvolles Zeichen. Auf beiden Seiten schimmerte es dunkel durch den Nebel; und er vermutete, daß sie sich endlich der Lücke zwischen den Bergen näherten, dem Nordtor der Hügelgräberhöhen. Wenn sie dort hindurch könnten, wären sie gerettet.

»Kommt! Folgt mir!« rief er zurück, und er eilte voran. Aber seine Hoffnung verwandelte sich bald in Bestürzung und Schrecken. Die dunklen Stellen wurden dunkler, aber sie wichen zurück; und plötzlich sah er unheilvoll über sich aufragen und sich leicht zueinander neigend wie die Säulen einer kopfteillosen Tür zwei gewaltige aufrechtstehende Steine. Er konnte sich nicht erinnern, irgendeine Spur von ihnen im Tal gesehen zu haben, als er am Morgen vom Berg aus hinabschaute. Er war zwischen ihnen hindurchgeritten, fast ehe er es gemerkt hatte: und während er das tat, schien die Dunkelheit über ihm zusammenzuschlagen. Sein Pony stellte sich auf die Hinterbeine und schnaubte und warf ihn ab. Als er sich umsah, merkte er, daß er allein war: die anderen waren ihm nicht gefolgt.

»Sam!« rief er. »Pippin! Merry! Kommt her! Warum bleibt ihr nicht bei mir?«

Es kam keine Antwort. Er wurde von Angst gepackt und rannte zurück an den Steinen vorbei und schrie wie wild: »Sam! Sam! Merry! Pippin!« Das Pony sprang in den Nebel davon und verschwand. Aus einiger Entfernung, oder so schien es ihm jedenfalls, glaubte er einen Schrei zu hören: »He! Frodo! He!« Es war im Osten, zu seiner Linken, als er unter den großen Steinen stand und in die Dunkelheit starrte. Er stürzte davon in der Richtung des Schreies und merkte, daß es steil bergauf ging.

Während er sich hinaufarbeitete, rief er wieder und immer von neuem und immer lauter; aber eine Zeitlang hörte er keine Antwort, und dann schien sie ihm schwach und weit entfernt und hoch über ihm zu sein. »Frodo! He!« drangen dünne Stimmen aus dem Nebel zu ihm: und dann ein Schrei, der wie *Hilfe!* klang, *Hilfe!* mehrmals hintereinander, und dann ein letztes *Hilfe!*, das in ein Wehklagen überging und plötzlich abbrach. Er stolperte vorwärts, so schnell er nur konnte, den Schreien entgegen; aber das Tageslicht war nun vergangen, und dichte Nacht umschloß ihn, so daß er gar keine Richtung mehr ausmachen konnte. Er schien die ganze Zeit immer nur bergan zu steigen.

Erst als er ebenen Boden unter den Füßen spürte, erkannte er, daß er schließlich den Gipfel eines Grats oder Bergs erreicht hatte. Er war müde, schwitzte und fror trotzdem.

»Wo seid ihr?« rief er unglücklich.

Es kam keine Antwort. Er stand und lauschte. Plötzlich merkte er, daß es sehr kalt wurde und hier oben ein Wind zu wehen begann, ein eisiger Wind. Das Wetter schlug um. Der Nebel zog jetzt in Schwaden und Fetzen an ihm vorüber. Seinen Atem sah er wie ein Dampfwölkchen, und die Dunkelheit war weniger nah und dick. Er schaute nach oben und sah zu seiner Überraschung, daß matte Sterne zwischen eilenden Wolken- und Nebelschleiern durchschimmerten. Der Wind begann über das Gras zu pfeifen.

Ihm war plötzlich, als habe er einen erstickten Schrei gehört, und er wollte ihm nachgehen; und gerade als er sich aufmachte, wurde der Nebel aufgerollt und beiseite geschoben, und der gestirnte Himmel enthüllte sich. Ein Blick zeigte ihm, daß er jetzt mit dem Gesicht nach Süden stand und auf einer runden Bergkuppe war, die er vom Norden her erklommen haben mußte. Aus dem Osten blies der schneidende Wind. Zu seiner Rechten ragte gegen die westlichen Sterne ein dunkles, schwarzes Gebilde drohend auf. Ein großes Hügelgrab stand dort.

»Wo seid ihr?« rief er noch einmal, sowohl ärgerlich als auch ängstlich.

»Hier«, sagte eine Stimme, tief und kalt, die aus dem Boden zu kommen schien. »Ich warte auf dich!«

»Nein«, rief Frodo; aber er lief nicht fort. Seine Knie gaben nach, und er fiel zu Boden. Nichts geschah, und kein Laut war zu hören. Zitternd schaute er hoch, gerade rechtzeitig, um eine hohe, dunkle Gestalt wie einen Schatten gegen die Sterne zu sehen. Sie beugte sich über ihn. Er glaubte zwei Augen zu erkennen, die sehr kalt waren, obwohl sie von einem fahlen Licht erhellt zu sein schienen, das aus weiter Ferne kam. Dann wurde er gepackt, und der Griff war stärker und kälter als Eisen. Die eisige Berührung ließ sein Gebein erstarren, und er erinnerte sich an nichts mehr.

Als er wieder zu sich kam, konnte er sich an nichts entsinnen außer an ein Gefühl des Entsetzens. Dann wußte er plötzlich, daß er eingekerkert war, hoffnungslos gefangen; er war in einem Hügelgrab. Ein Grabunhold hatte ihn mitgenommen, und wahrscheinlich war er jetzt schon unter dem entsetzlichen Bann der Grabunholde, von dem in geflüsterten Erzählungen die Rede war. Er wagte nicht, sich zu rühren, sondern blieb reglos liegen: flach auf dem Rücken auf einem kalten Stein, und die Hände auf der Brust.

Aber obwohl seine Angst so groß war, daß sie geradezu ein Teil der ihn umgebenden Dunkelheit zu sein schien, ertappte er sich dabei, daß er an Bilbo Beutlin und seine Geschichten dachte, an ihre gemeinsamen Spaziergänge auf den Feldwegen im Auenland und ihre Unterhaltungen über Straßen und Abenteuer. Im Herzen auch des fettesten und furchtsamsten Hobbits liegt ein Saatkorn des Muts verborgen (allerdings oft tief) und wartet auf eine entscheidende und ausweglose Gefahr, die es wachsen läßt. Frodo war weder sehr fett noch sehr furchtsam; obwohl er es nicht wußte, hatte Bilbo (und auch Gandalf) ihn für den brauchbarsten Hobbit im Auenland gehalten. Er glaubte, am Ende seines Abenteuers angelangt zu sein, einem entsetzlichen Ende, aber der Gedanke machte ihn hart. Er merkte, wie er sich straffte gleichsam zum letzten Sprung; er fühlte sich nicht mehr schlaff wie ein hilfloses Opfer.

Als er da lag und nachdachte und sich wieder in die Gewalt bekam, merkte er mit einemmal, daß die Dunkelheit langsam verging; ein fahles, grünliches Licht war um ihn. Zuerst ließ es ihn nicht erkennen, an was für einem Ort er war, denn das Licht schien aus ihm selbst zu kommen und aus dem Fußboden neben ihm und hatte das Dach oder die Wand noch nicht erreicht. Er drehte sich um und sah in dem kalten Schimmer, daß Sam, Pippin und Merry neben ihm lagen. Sie waren auf dem Rücken ausgestreckt, und ihre Gesichter waren totenblaß; und sie waren ganz in Weiß gekleidet. Um sie herum lagen viele Schätze, vielleicht aus Gold, obwohl sie in diesem Licht kalt und unschön aussahen. Auf ihren Köpfen hatten sie Diademe, goldene Ketten um den Leib und viele Ringe an den Fingern. Schwerter lagen an ihrer Seite und Schilde zu ihren Füßen. Aber über ihren drei Hälsen lag ein einziges nacktes Schwert.

Plötzlich begann ein Gesang: ein kaltes Murmeln, das stieg und fiel.

Die Stimme schien weit weg zu sein und unermeßlich trostlos, manchmal hoch in der Luft und dünn, manchmal wie ein leises Stöhnen vom Boden. Aus dem formlosen Strom trauriger, aber schauerlicher Töne bildeten sich dann und wann Ketten von Wörtern: grimmige, harte, kalte Wörter, herzlos und unglücklich. Die Nacht schmähte den Morgen, der sie beraubte, und die Kälte verfluchte die Wärme, nach der sie hungerte. Frodo war kalt bis ins Mark. Nach einer Weile wurde der Gesang deutlicher, und mit angsterfülltem Herzen nahm er wahr, daß jetzt eine Zauberformel gesungen wurde:

Kalt sei Hand, Herz und Gebein,
Kalt der Schlaf unterm Stein:
Nimmer steh' vom Bette auf,
Eh' nicht endet der Sonn' und des Mondes Lauf,
Die Sterne zersplittern im schwarzen Wind,
Und fallen herab und liegen hier blind,
Bis der dunkle Herrscher hebt seine Hand
Über tote See und verdorrtes Land.

Hinter seinem Kopf hörte er ein knirschendes und kratzendes Geräusch. Er stützte sich auf einen Arm und sah nun in dem fahlen Licht, daß sie in einer Art Gang waren, der hinter ihnen um die Ecke führte. Um die Ecke tastete sich ein langer Arm vor, und seine Finger wanderten auf Sam zu, der ihm am nächsten war, und zu dem Heft des Schwertes, das auf ihm lag.

Zuerst war es Frodo, als ob er durch die Zauberformel tatsächlich in Stein verwandelt worden sei. Dann durchzuckte ihn ein wilder Gedanke an Flucht. Er überlegte sich, ob er dem Grabunhold, wenn er den Ring aufsetzte, entgehen würde und den Weg nach draußen finden könnte. Er dachte daran, daß er selbst frei über das Gras laufen und zwar um Merry, Sam und Pippin trauern würde, aber selbst frei und lebendig wäre. Gandalf würde zugeben, daß er sonst nichts hätte tun können.

Aber der Mut, der in ihm erweckt worden war, war jetzt zu stark: er konnte seine Freunde nicht so einfach im Stich lassen. Er zauderte, tastete in seiner Tasche und focht dann wieder einen Kampf mit sich aus; und derweil kroch der Arm näher. Plötzlich festigte sich sein Entschluß, und er ergriff ein kurzes Schwert, das neben ihm lag, kniete sich hin und beugte sich vor über die Körper seiner Gefährten. Mit aller Kraft, die er hatte, hieb er auf den kriechenden Arm in der Nähe des Handgelenks, und die Hand brach ab; aber im selben Augenblick zersplitterte das

Schwert bis zum Heft. Ein Schmerzensschrei ertönte, und das Licht verschwand. Im Dunkeln hörte man ein Fauchen.

Frodo fiel nach vorn auf Merry, und Merrys Gesicht fühlte sich kalt an. Mit einemmal kam ihm wieder in den Sinn, was er vergessen hatte, seit sie in den Nebel geraten waren, nämlich die Erinnerung an das Haus unten unterm Berg und an Toms Gesang. Er entsann sich des Reims, den Tom sie gelehrt hatte. Mit leiser, verzweifelter Stimme begann er: *He, Tom Bombadil!*, und kaum hatte er den Namen ausgesprochen, schien seine Stimme lauter zu werden: sie hatte einen vollen und lebendigen Klang, und die dunkle Kammer hallte wider wie von Trommeln und Trompeten.

He, Tom Bombadil! Tom Bombadonne!
Hör den Ruf, eile her, bei Feuer, Mond und Sonne!
Komm, bei Wasser, Wald und Flur, steh uns nun zur Seite!
Komm, bei Weide, Schilf und Ried, aus der Not uns leite!

Plötzlich herrschte tiefes Schweigen, und Frodo konnte sein Herz schlagen hören. Nach einem langwährenden Augenblick hörte er deutlich, aber weit entfernt, als ob sie unten durch die Erde käme oder durch dicke Wände, eine antwortende Stimme:

Tom, alter Bombadil, lustiger Gevatter,
Blaue Jacke hat er an, gelbe Stiefel hat er,
Fing ihn niemals niemand ein, denn er ist der Meister,
Seine Lieder haben Macht über böse Geister.

Es gab ein rumpelndes Geräusch, als ob Steine rollten und fielen, und plötzlich strömte Licht herein, wirkliches Licht, das helle Tageslicht. Eine niedrige, türartige Öffnung tat sich am Ende der Kammer hinter Frodos Füßen auf; und da war Toms Kopf (Hut, Feder und alles), umrahmt vom Licht der hinter ihm rot aufgehenden Sonne. Das Licht fiel auf den Boden und auf die Gesichter der drei Hobbits, die neben Frodo lagen. Sie rührten sich nicht, aber die krankhafte Blässe war verschwunden. Sie sahen jetzt aus, als ob sie sehr fest schliefen.

Tom bückte sich, nahm seinen Hut ab, kam in die dunkle Kammer und sang:

Raus hier, übler Wicht! In die helle Sonne!
Schwinde wie der Nebelhauch, heule mit dem Winde,

In die wüsten Lande zieh über alle Berge!
Laß die Grube leer zurück, niemals kehre wieder!
Sei vergessen und verloren, dunkler als das Dunkel,
Wo das Tor verschlossen steht, bis die Welt geheilt wird.

Bei diesen Worten ertönte ein Schrei, und ein Teil des inneren Endes der Kammer stürzte krachend ein. Dann hörte man einen langgezogenen Schmerzensschrei, der in einer unvorstellbaren Entfernung verklang: und danach war Stille.

»Komm, Freund Frodo«, sagte Tom. »Laß uns hinausgehen auf das reine Gras! Du mußt mir helfen, sie zu tragen.«

Zusammen trugen sie Merry, Pippin und Sam hinaus. Als Frodo die Gruft zum letzten Mal verließ, glaubte er in einem Haufen herabgefallener Erde eine abgetrennte Hand zu sehen, die noch zuckte wie eine verletzte Spinne. Tom ging noch einmal hinein, und man hörte viel Poltern und Stampfen. Als er herauskam, trug er in seinen Armen eine ganze Ladung Schätze: Dinge aus Gold, Silber, Kupfer und Bronze: viele Perlen und Ketten und mit Edelsteinen besetzte Geräte. Er erklomm das grüne Hügelgrab und legte alles obenauf in die Sonne.

Dort stand er, den Hut in der Hand und den Wind im Haar, und schaute hinab auf die drei Hobbits, die sie auf der Westseite des Grabhügels im Gras auf den Rücken gelegt hatten. Er hob die rechte Hand und sagte mit klarer, befehlender Stimme:

Auf nun, ihr lieben Leut! Auf und hört mich rufen!
Herz und Glieder wieder warm, kalter Stein geborsten;
Dunkle Tür ist aufgetan, Totenhand gebrochen.
Nacht floh zu Nacht hinab, Tor steht weit und offen.

Zu Frodos großer Freude regten sich die Hobbits, streckten die Arme, rieben die Augen und sprangen dann plötzlich auf. Sie schauten erstaunt um sich, zuerst sahen sie Frodo und dann Tom, der in voller Lebensgröße hoch über ihnen auf dem Hügelgrab stand; und schließlich betrachteten sie sich selbst in ihren dünnen, weißen Fetzen, gekrönt und gegürtet mit bleichem Gold und klirrend von Geschmeide.

»Was um alles in der Welt ...«, begann Merry und befühlte das goldene Diadem, das ihm über ein Auge gerutscht war. Dann hielt er inne, und ein Schatten huschte über sein Gesicht, und er schloß die Augen. »Natürlich, ich erinnere mich!« sagte er. »Die Männer von Carn Dûm kamen über uns in der Nacht, und wir wurden überwältigt. Ah, der Speer in meinem Herzen!« Er griff nach seiner Brust. »Nein! Nein!« sagte er und öffnete die Augen. »Wovon rede ich? Ich habe geträumt. Wo bist denn du gewesen, Frodo?«

»Ich glaubte, daß ich mich verirrt hatte«, antwortete Frodo. »Aber ich will nicht davon sprechen. Laßt uns darüber nachdenken, was wir jetzt tun sollen. Laßt uns weitergehen!«

»In der Aufmachung, Herr?« fragte Sam. »Wo sind meine Kleider?« Er schleuderte Diadem, Gürtel und Ringe auf das Gras und sah sich hilfesuchend um, als ob er erwartete, daß sein Mantel, Wams, Hosen und andere Hobbitkleidungsstücke irgendwo herumliegen würden.

»Ihr werdet eure Kleider nicht wiederfinden«, sagte Tom, der vom Grabhügel herunterhüpfte und lachend im Sonnenschein um sie herumtanzte. Man hätte denken können, daß nichts Gefährliches oder Entsetzliches geschehen sei; und tatsächlich verschwand das Grauen aus ihren Herzen, als sie ihm zuschauten und das vergnügte Glitzern in seinen Augen sahen.

»Was meinst du damit?« fragte Pippin, halb verwundert und halb belustigt. »Warum nicht?«

Doch Tom schüttelte den Kopf und sagte: »Ihr habt euch selbst wiedergefunden, aus tiefem Wasser kommend. Kleider sind nur ein geringer Verlust, wenn man dem Ertrinken entgeht. Seid froh, meine lieben Freunde, und laßt euch jetzt vom warmen Sonnenschein Herz und Glieder erwärmen! Werft diese kalten Fetzen ab! Lauft nackend auf dem Gras herum, während Tom auf die Jagd geht!«

Er sprang den Berg hinab, pfeifend und rufend. Als Frodo ihm nachschaute, sah er ihn nach Süden die grüne Mulde zwischen ihrem Berg und dem nächsten entlanglaufen, immer noch pfeifend und rufend:

Dong-long! Dongelong! Wohin wollt ihr pilgern?
Auf, ab, nah und fern – hierhin, dorthin, nirgends?
Löffelohr, Schnüffelschnauz, Wedelschwanz und Humpel,
Kleiner Schelm im weißen Strumpf und mein altes Plumpel!

So sprang er, rannte geschwind, warf seinen Hut in die Luft und fing ihn wieder auf, bis er hinter einer Bodenfalte verschwand. Aber eine Zeitlang wurde sein *Dongelong* immer noch vom Wind, der nach Süden gedreht hatte, herübergetragen.

Es wurde wieder sehr warm. Die Hobbits rannten eine Weile auf dem Gras herum, wie er es ihnen geraten hatte. Dann legten sie sich zu einem

Sonnenbad hin und genossen es so wie Leute, die plötzlich aus bitterkaltem Winter in ein freundlicheres Klima kommen oder wie diejenigen, die nach langer Krankheit und Bettlägerigkeit eines Tages aufwachen und feststellen, daß es ihnen unerwartet gut geht und der Tag voll neuer Verheißungen ist.

Als Tom zurückkam, fühlten sie sich wieder kräftig (und waren hungrig). Er tauchte, Hut zuerst, über dem Kamm des Berges auf, und hinter ihm kamen brav eines nach dem anderen *sechs* Ponies: ihre fünf und eins dazu. Das letzte war deutlich das alte Dicke Plumpel: es war größer, kräftiger, dicker (und älter) als ihre Ponies. Merry, dem die anderen gehörten, hatte ihnen niemals Namen gegeben, aber für den Rest ihres Lebens hörten sie auf die neuen Namen, die Tom ihnen gegeben hatte. Tom rief sie eins nach dem anderen auf, und sie erklommen den Kamm und stellten sich in einer Reihe auf. Dann verbeugte sich Tom vor den Hobbits.

»So, da sind eure Ponies«, sagte er. »Sie haben (in mancher Beziehung) mehr Verstand als ihr wandernden Hobbits – mehr Verstand in ihren Nasen. Denn sie wittern die Gefahr im voraus, in die ihr einfach hineinmarschiert; und wenn sie fortlaufen, um sich zu retten, dann laufen sie in der richtigen Richtung. Ihr müßt ihnen verzeihen; denn wenn ihre Herzen auch treu sind, so waren sie doch nicht dafür geschaffen, den Schrecken der Grabunholde die Stirn zu bieten. Seht, hier kommen sie wieder und bringen ihre ganze Last!«

Merry, Sam und Pippin zogen sich nun Kleidungsstücke an, die sie in ihren Rucksäcken fanden; und bald war ihnen zu heiß, denn es waren dikkere und wärmere Sachen, die sie für den Winter mitgenommen hatten.

»Wo kommt das alte Pony her, dieses Dicke Plumpel?« fragte Frodo.

»Das ist meins«, sagte Tom. »Mein vierbeiniger Freund; obwohl ich selten auf ihm reite, und oft wandert er für sich allein weit über die Berge. Als eure Ponies bei mir waren, freundeten sie sich mit Plumpel an; und sie rochen ihn in der Nacht und rannten rasch zu ihm. Ich hatte mir schon gedacht, daß er nach ihnen Ausschau halten und ihnen mit seinen weisen Worten ihre Furcht nehmen würde. Aber jetzt, mein liebes Plumpel, wird der alte Tom reiten. Jawohl, er kommt mit euch mit, um euch auf den richtigen Weg zu bringen; also braucht er ein Pony. Denn man kann sich nicht so gut mit Hobbits unterhalten, die reiten, wenn man auf den eigenen zwei Beinen versucht, neben ihnen herzutrotten.«

Die Hobbits freuten sich sehr, als sie das hörten, und dankten Tom vielmals; er aber lachte und sagte, sie verstünden es so gut, sich zu verirren, daß er erst beruhigt wäre, wenn er sie heil und sicher über die Grenzen seines Landes gebracht habe. »Ich habe allerhand zu erledigen«, sagte er, »mein Tun und mein Singen, mein Reden und mein Laufen und das Land bewachen! Tom kann nicht immer in der Nähe sein, um Türen und Weidenspalten aufzumachen. Ums Haus muß Tom sich kümmern, und Goldbeere wartet schon.«

Nach dem Sonnenstand war es immer noch ziemlich früh, etwa zwischen neun und zehn, und die Hobbits begannen ans Essen zu denken. Ihre letzte Mahlzeit war das Mittagessen neben dem senkrechten Stein am Tag zuvor gewesen. Sie aßen nun zum Frühstück den Rest von Toms Vorräten, die als Abendbrot gedacht gewesen waren, und außerdem das, was Tom noch mitgebracht hatte. Es war kein großen Mahl (für Hobbits und in Anbetracht der Umstände), aber sie fühlten sich danach doch sehr viel besser. Während sie aßen, ging Tom zu dem Grabhügel hinauf und sah die Schätze durch. Die meisten legte er auf einen Haufen, der auf dem Gras glitzerte und funkelte. Er hieß sie dort liegen »frei für alle Finder, Vögel, Tiere, Elben oder Menschen und alle freundlichen Geschöpfe«; denn so würde der Bann des Grabhügels gebrochen und vereitelt, und kein Unhold würde jemals hierher zurückkehren. Für sich selbst suchte er aus dem Haufen eine Brosche heraus, besetzt mit blauen Steinen in vielen Schattierungen wie Flachsblüten oder Flügel von blauen Schmetterlingen. Er schaute sie lange an, als ob ihm eine Erinnerung käme, dann schüttelte er den Kopf und sagte schließlich:

»Das ist eine hübsche Kleinigkeit für Tom und seine Herrin! Schön war sie, die vor langer Zeit dies auf ihrer Schulter trug. Goldbeere soll es jetzt tragen, und wir werden sie nicht vergessen!«

Für jeden der Hobbits wählte er einen Dolch aus, lang, geformt wie ein Blatt und scharf, herrlich gearbeitet, damasziert mit Schlangenfiguren in rot und gold. Sie blitzten, als er sie aus den schwarzen Scheiden zog, die aus einem ungewöhnlichen Metall geschmiedet waren, leicht und stark und mit vielen feurigen Steinen besetzt. Ob es an irgendeiner Eigenschaft dieser Scheiden lag oder an dem Zauber, der den Grabhügel im Bann gehalten hatte, jedenfalls schienen die Klingen von der Zeit unberührt zu sein, ohne Rost, scharf und in der Sonne glitzernd.

»Alte Messer sind lang genug als Schwerter für Hobbits«, sagte er. »Scharfe Klingen zu haben ist gut, wenn Leute aus dem Auenland nach Osten, Süden oder in ferne Dunkelheit und Gefahr gehen.« Dann erzählte er ihnen, daß diese Klingen vor vielen langen Jahren von den Menschen aus Westernis geschmiedet worden seien: sie waren Feinde des Dunklen Herrschers, doch wurden sie von dem bösen König von Carn Dûm im Lande Angmar überwältigt.

»Wenige erinnern sich ihrer jetzt noch«, murmelte Tom, »doch einige sind noch unterwegs, Söhne vergessener Könige, die in Einsamkeit wandern und sorglose Leute vor bösen Dingen behüten.«

Die Hobbits verstanden seine Worte nicht, aber während er sprach, war ihnen, als schauten sie über lange Jahre zurück wie über ein unendliche schattenhafte Ebene, auf der menschliche Gestalten dahinzogen, große und grimmige mit blinkenden Schwertern, und zuletzt kam einer mit einem Stern auf der Stirn. Dann verblaßte die Schau, und sie waren wieder in der sonnenhellen Welt. Es war Zeit aufzubrechen. Sie machten sich bereit, packten ihre Rucksäcke und beluden die Ponies. Ihre neuen Waffen hängten sie an ihre Ledergürtel unter ihren Wämsen, empfanden sie als sehr lästig und fragten sich, ob sie wohl jemals zu etwas nutze sein würden. Der Gedanke war ihnen niemals gekommen, daß Kampf eines der Abenteuer sein könne, in die ihre Flucht sie verwickeln würde.

Schließlich machten sie sich auf den Weg. Bergab führten sie ihre Ponies; dann saßen sie auf und trabten rasch das Tal entlang. Sie schauten sich um und sahen den Gipfel des alten Grabhügels auf dem Berg, und dort stiegen von dem Gold die Sonnenstrahlen wie eine gelbe Flamme empor. Dann ritten sie um einen Bergrücken und sahen nichts mehr.

Obwohl Frodo nach allen Seiten Ausschau hielt, erblickte er keine Spur der großen Steine, die wie ein Tor dagestanden hatten, und es dauerte nicht lange, da kamen sie zu der nördlichen Lücke und ritten rasch hindurch, und das Land fiel vor ihnen ab. Es war ein fröhlicher Ritt mit Tom Bombadil, wie er vergnügt auf dem Dicken Plumpel, das sich viel schneller bewegte, als sein Leibesumfang verhieß, bald neben und bald vor ihnen trabte. Tom sang die meiste Zeit, aber es war hauptsächlich Unsinn, oder vielleicht auch eine fremde Sprache, die die Hobbits nicht kannten, eine alte Sprache, deren Wörter vor allem Staunen und Entzücken ausdrückten.

Sie kamen stetig voran, aber bald sahen sie, daß die Straße weiter weg war, als sie sich vorgestellt hatten. Selbst ohne Nebel hätte ihr Mittagsschlaf am Tag zuvor verhindert, daß sie sie vor Einbruch der Nacht erreichten. Die dunkle Linie, die sie gesehen hatten, war nicht eine Baumreihe, sondern eine Reihe Büsche, und sie standen am Rande eines tiefen Grabens mit einer steilen Böschung auf der gegenüberliegenden Seite. Tom sagte, das sei einstmals die Grenze eines Königreiches gewesen, aber vor sehr langer Zeit. Ihm schien dabei irgend etwas Trauriges einzufallen, und er wollte nicht viel darüber sagen.

Sie stiegen hinunter in den Graben und wieder heraus durch einen Einschnitt in der Böschung, und dann wandte sich Tom genau nach Norden, denn sie waren etwas zu weit nach Westen gekommen. Vor ihnen lag jetzt offenes und ziemlich ebenes Land, und sie beschleunigten ihren Schritt, doch stand die Sonne schon tief, als sie eine Reihe hoher Bäume vor sich sahen und wußten, daß sie nach vielen unerwarteten Abenteuern endlich die Straße erreicht hatten. Das letzte Stück ließen sie ihre Ponies galoppieren und hielten dann unter den langen Schatten der Bäume an. Sie standen oben auf einem steilen Abhang, und die Straße, jetzt schwach erkennbar, da es Abend wurde, zog sich unterhalb von ihnen hin. An diesem Punkt verlief sie annähernd von Südwesten nach Nordosten, und zur Rechten der Hobbits fiel sie rasch ab in eine breite Niederung. Sie war ausgefahren und trug deutliche Spuren von heftigen Regenfällen in letzter Zeit; es waren Pfützen da und Schlaglöcher voller Wasser.

Sie ritten die Böschung hinunter und schauten nach beiden Seiten. Nichts war zu sehen. »So, hier sind wir endlich wieder«, sagte Frodo. »Ich nehme an, wir haben nicht mehr als zwei Tage durch meine Abkürzung durch den Wald verloren – es mag sie von unserer Fährte abgelenkt haben.«

Die anderen schauten ihn an. Der Schatten der Furcht vor den Schwarzen Reitern überfiel sie plötzlich wieder. Seit sie den Alten Wald betreten hatten, waren ihre Gedanken hauptsächlich darauf gerichtet gewesen, wieder zur Straße zu kommen; erst jetzt, da sie zu ihren Füßen lag, erinnerten sie sich der Gefahr, die sie verfolgte und die höchstwahrscheinlich auf eben dieser Straße auf sie lauerte. Ängstlich schauten sie zurück auf die untergehende Sonne, doch war die Straße braun und leer.

»Glaubt Ihr«, fragte Pippin zögernd, »glaubt Ihr, daß wir heute nacht noch verfolgt werden?«

»Nein, heute nacht nicht, hoffe ich«, antwortete Tom Bombadil. Und morgen vielleicht auch nicht. Aber verlaßt euch nicht auf meine Vermutung; denn genau weiß ich es nicht. Fern im Osten versagt mein Wissen. Tom ist nicht Meister der Reiter vom Schwarzen Land weit jenseits dieses Landes.«

Trotzdem hätten es die Hobbits gern gesehen, daß er sie begleite. Sie glaubten, er werde wissen, wie man mit Schwarzen Reitern fertig wird, wenn es überhaupt jemand wußte. Bald würden sie nun in Länder kommen, die ihnen völlig fremd waren und über die es im Auenland nur ganz ungenaue und weit zurückliegende Sagen gab, und in der aufkommenden Dämmerung hatten sie Heimweh. Ein Gefühl von Einsamkeit und Verlassenheit lastete auf ihnen. Sie standen schweigend da, es widerstrebte ihnen, endgültig Abschied zu nehmen, und erst allmählich merkten sie, daß Tom ihnen alles Gute wünschte und ihnen sagte, sie sollten guten Muts sein und ohne anzuhalten bis zum Einbruch der Dunkelheit weiterreiten.

»Tom wird euch guten Rat geben, bis dieser Tag vorüber ist (danach muß euer Glück euch begleiten und euch führen): nach vier Meilen auf dieser Straße kommt ihr zu einem Dorf, Bree unter dem Breeberg, und seine Türen schauen nach Westen. Dort werdet ihr ein altes Gasthaus finden, das *Zum Tänzelnden Pony* heißt. Gerstenmann Butterblume ist der brave Wirt. Dort könnt ihr übernachten, und danach wird der Morgen euren Weg beschleunigen. Seid kühn, aber vorsichtig! Laßt den Mut nicht sinken und reitet eurem Glück entgegen!«

Sie baten ihn, doch wenigstens bis zum Gasthaus mitzukommen und noch einen Schluck mit ihnen zu trinken; aber er lachte und lehnte es ab:

Toms Reich endet hier, er wird es nicht verlassen,
Tom hütet Haus und Hof, und Goldbeere wartet.

Dann drehte er sich um, warf seinen Hut in die Luft, sprang auf Plumpels Rücken, ritt die Böschung hinauf und davon und sang in die Dämmerung.

Die Hobbits kletterten auch hinauf und schauten ihm nach, bis er außer Sicht war.

»Es tut mir leid, von Meister Bombadil Abschied zu nehmen«, sagte Sam. »Er ist gewiß ein komischer Kauz. Vermutlich können wir eine ganze Weile suchen, und wir finden nichts Besseres oder Verrückteres. Aber ich will nicht leugnen, daß ich mich auf dieses *Tänzelnde Pony* freue, von dem er sprach. Ich hoffe, es wird ähnlich sein wie der *Grüne Drachen* daheim! Was für Leute leben denn in Bree?«

»Es gibt Hobbits in Bree«, sagte Merry, »und Große Leute auch. Ich glaube, es wird ziemlich wie daheim sein. Das *Pony* ist ein gutes Wirtshaus, nach allem, was man hört. Meine Familie reitet ab und zu dorthin.«

»Mehr können wir uns gar nicht wünschen«, sagte Frodo. »Aber immerhin liegt es außerhalb des Auenlands. Tut nicht zu sehr, als ob ihr zu Hause wärt! Bitte denkt daran – ihr alle –, daß der Name Beutlin *nicht* erwähnt werden darf. Ich bin Herr Unterberg, wenn ein Name genannt werden muß.«

Sie schwangen sich jetzt auf ihre Ponies und ritten schweigend durch den Abend. Es wurde rasch dunkel, als es langsam bergab und dann wieder bergauf ging, bis sie schließlich in einiger Entfernung Lichter aufblinken sahen.

Vor ihnen erhob sich der Breeberg und versperrte den Weg, eine dunkle Masse vor den dunstigen Sternen; und an seiner westlichen Flanke lag ein großes Dorf. Dorthin eilten sie jetzt und sehnten sich nur danach, ein Feuer zu finden und eine Tür, die die Nacht aussperrt.

NEUNTES KAPITEL

IM GASTHAUS ZUM TÄNZELNDEN PONY

Bree war der Hauptort des Breelandes, eines kleinen bewohnten Gebiets, gleichsam einer Insel inmitten der entvölkerten Lande. Außer Bree selbst gab es an der anderen Seite des Berges noch Stadel, in einem tiefen Tal ein wenig weiter östlich Schlucht und am Rande des Chetwaldes Archet. Um den Breeberg und die Dörfer erstreckte sich ein Landstrich mit Ackerland und durchforsteten Waldungen, der aber nur einige Meilen breit war.

Die Menschen in Bree waren braunhaarig, plump und ziemlich untersetzt, fröhlich und unabhängig: sie waren niemandem untertan als sich selbst; aber mit Hobbits, Zwergen, Elben und anderen Bewohnern der sie umgebenden Welt standen sie freundschaftlicher und vertrauter, als es für Große Leute üblich war (oder ist). Nach ihren eigenen Überlieferungen waren sie die Ureinwohner und Nachkommen der allerersten Menschen, die von Mittelerde nach dem Westen gewandert waren. Wenige hatten die Wirren der Altvorderenzeit überlebt; aber als die Könige wieder über die Großen Meere zurückkehrten, fanden sie die Bree-Menschen immer noch vor, und auch jetzt, da über die Erinnerung an die alten Könige schon Gras gewachsen war, waren sie noch hier.

In jenen Tagen hatten keine anderen Menschen feste Wohnsitze so weit westlich, nämlich im Umkreis von hundert Wegstunden vom Auenland. Doch waren in den Wilden Landen jenseits von Bree geheimnisvolle Wanderer unterwegs. Die Leute in Bree nannten sie Waldläufer und wußten nichts über ihre Herkunft. Sie waren größer und dunkler als die Menschen in Bree, und man glaubte von ihnen, daß sie ein besonderes Sehvermögen und einen ungewöhnlichen Gehörsinn besäßen und die Sprachen der Tiere und Vögel verstünden. Sie wanderten, wie es ihnen gefiel, nach Süden und Osten und sogar bis zum Nebelgebirge; aber es gab ihrer nur noch wenige, und man bekam sie selten zu Gesicht. Wenn sie kamen, brachten sie Neuigkeiten von weither mit und erzählten merkwürdige, vergessene Geschichten, denen gespannt gelauscht wurde; doch waren die Leute in Bree nicht gut Freund mit ihnen.

Auch lebten viele Hobbitfamilien in Breeland; und *sie* behaupteten, sie seien die älteste Hobbitsiedlung der Welt, die schon lange gegründet worden sei, ehe der Brandywein überschritten und das Auenland besiedelt wurde. Die Mehrzahl von ihnen wohnte in Stadel, obwohl es auch in Bree selbst Hobbits gab, besonders auf den höheren Hängen des Berges oberhalb der Häuser der Menschen. Das Große Volk und das Kleine Volk (wie sie einander nannten) standen auf freundschaftlichem Fuße, die einen mischten sich nicht in die Angelegenheiten der anderen, aber beide Gruppen betrachteten sich mit Recht als unentbehrliche Bestandteile des Breevolkes. Nirgends sonst auf der Welt fand man dieses eigenartige (und ausgezeichnete) Einvernehmen.

Das Breevolk, groß und klein, wanderte selbst nicht viel und kümmerte sich hauptsächlich um das, was in den vier Dörfern geschah. Gelegentlich machten die Hobbits von Bree einen Besuch in Bockland oder im Ostviertel; aber obwohl ihr kleines Land nicht viel weiter als einen Tagesritt östlich der Brandyweinbrücke lag, kamen die Hobbits aus dem Auenland jetzt selten nach Bree. Dann und wann kam ein Bockländer oder ein abenteuerlustiger Tuk für ein oder zwei Nächte in das Gasthaus, doch selbst das geschah immer seltener. Die Hobbits im Auenland bezeichneten diejenigen in Bree und alle anderen, die außerhalb ihrer Grenzen lebten, als Außenseiter und nahmen sehr wenig Anteil an ihrem Ergehen, fanden sie langweilig und ungehobelt. Wahrscheinlich gab es in jenen Tagen verstreut im Westen der Welt viel mehr Außenseiter, als die Leute im Auenland ahnten. Gewiß, manche waren nicht viel mehr als Landstreicher, bereit, sich in irgendeiner Böschung eine Höhle zu graben und nur so lange zu bleiben, wie es ihnen paßte. Aber im Breeland jedenfalls waren die Hobbits wohlanständig und wohlhabend und auch nicht bäurischer als die meisten ihrer entfernten Verwandten im Inland. Es war noch nicht vergessen, daß es eine Zeit gegeben hatte, da ein ständiges Kommen und Gehen zwischen dem Auenland und Bree gang und gäbe war. Und die Brandybocks hatten nach allem, was man hörte, Breeblut in den Adern.

Im Dorf Bree gab es einige hundert Steinhäuser des Großen Volkes, die zumeist oberhalb der Straße lagen, an den Berghang geschmiegt und mit Fenstern nach Westen. Auf jener Seite erstreckte sich in mehr als einem Halbkreis vom Berg und wieder zurück ein tiefer Graben mit einer dichten Hecke auf der inneren Seite. Diesen Graben überquerte die Straße auf einem Damm; aber wo sie durch die Hecke stieß, war sie mit einem großen Tor versperrt. Die Tore wurden bei Einbruch der Nacht geschlossen; doch unmittelbar innerhalb standen kleine Pförtnerhäuser für die Torwächter.

Weiter unten an der Straße, wo sie sich nach rechts um den Fuß des Berges herumzog, befand sich ein großes Gasthaus. Es war schon vor langer Zeit gebaut worden, als der Verkehr auf den Straßen weit lebhafter gewesen war. Denn Bree lag an einer alten Wegscheide; eine zweite alte Straße kreuzte die Oststraße gerade außerhalb des Grabens am westlichen Dorfausgang, und in den alten Tagen war sie von Menschen und anderen Leuten aller Art viel benutzt worden. *Seltsam wie Neuigkeiten aus Bree* war immer noch eine Redensart im Ostviertel, die aus jener Zeit stammte, als Neuigkeiten aus Norden, Süden und Osten im Gasthaus ausgetauscht wurden und die Auenland-Hobbits häufig dort hinzugehen pflegten, um sie zu hören. Aber die Nördlichen Lande waren schon lange verödet, und die Nordstraße wurde jetzt selten begangen; sie war von Gras überwuchert, und die Leute in Bree nannten sie Grünweg.

Das Gasthaus von Bree war indes immer noch da, und der Wirt war eine wichtige Persönlichkeit. Sein Haus war der Treffpunkt der Arbeitsscheuen, Geschwätzigen und Neugierigen unter den großen und kleinen Bewohnern der vier Dörfer; und das Stammlokal der Waldläufer und anderer Wanderer und derjenigen, die noch immer über die Oststraße zum und vom Gebirge zogen (hauptsächlich Zwerge).

Es war dunkel, und weiße Sterne leuchteten, als Frodo und seine Gefährten schließlich die Grünwegkreuzung erreichten und sich dem Dorf näherten. Sie kamen zum Westtor und fanden es geschlossen, aber dahinter saß an der Tür des Pförtnerhauses ein Mann. Er sprang auf, holte eine Laterne und sah die Hobbits über das Tor hinweg überrascht an.

»Was wollt Ihr und woher kommt Ihr?« fragte er barsch.

»Wir wollen ins Gasthaus«, antwortete Frodo. »Wir reisen nach dem Osten und können heute abend nicht weiter.«

»Hobbits! Vier Hobbits! Und noch dazu aus dem Auenland nach ihrer Redeweise«, sagte der Torhüter leise, als spräche er zu sich selbst. Er starrte sie einen Augenblick finster an, dann öffnete er langsam das Tor und ließ sie durchreiten.

»Wir sehen nicht oft Leute aus dem Auenland nachts auf der Straße reiten«, fuhr er fort, als sie einen Augenblick an seiner Tür anhielten.

»Ihr werdet entschuldigen, wenn ich gern wissen möchte, welche Angelegenheiten Euch weit östlich von Bree führen. Darf ich fragen, wie Ihr heißt?«

»Unsere Namen und unsere Angelegenheiten sind unsere Sache, und dies scheint mir nicht der richtige Ort zu sein, um uns darüber zu unterhalten«, sagte Frodo, dem weder der Mann noch sein Ton gefielen.

»Eure Angelegenheiten sind Eure Sache, zweifellos«, erwiderte der Mann; »aber meine Angelegenheit ist es, nach Einbruch der Nacht Fragen zu stellen.«

»Wir sind Hobbits aus Bockland, und es beliebt uns, zu reisen und hier im Gasthaus zu übernachten«, mischte sich Merry ein. »Ich bin Herr Brandybock. Genügt Euch das? Die Leute in Bree pflegten zu Reisenden höflich zu sein, oder wenigstens habe ich das gehört.«

»Schon gut, schon gut!« sagte der Mann. »Ich habe es nicht böse gemeint. Aber Ihr werdet vielleicht sehen, daß Euch noch andere als nur der alte Heinrich am Tor Fragen stellen. Es sind sonderbare Leute unterwegs. Wenn Ihr zum *Pony* geht, werdet Ihr sehen, daß Ihr nicht die einzigen Gäste seid.«

Er wünschte ihnen Gute Nacht, und sie sagten nichts mehr; aber Frodo konnte im Schein der Laterne sehen, daß der Mann sie immer noch neugierig anstarrte. Er war froh, als er hörte, wie das Tor hinter ihnen zuschlug, während sie weiterritten. Er fragte sich, warum der Mann so argwöhnisch gewesen war, und ob sich wohl irgend jemand nach einer Gruppe von Hobbits erkundigt habe. Konnte es Gandalf gewesen sein? Er mochte inzwischen angekommen sein, während sie im Wald und auf den Höhen aufgehalten wurden. Aber irgend etwas im Ausdruck und in der Stimme des Torwächters machte ihn unruhig.

Der Mann starrte den Hobbits einen Augenblick nach, dann ging er wieder in sein Häuschen. Kaum hatte er den Rücken gekehrt, da kletterte eine dunkle Gestalt rasch über das Tor und verschwand im Schatten der Dorfstraße.

Die Hobbits ritten eine sanfte Steigung hinauf, kamen an ein paar einzelstehenden Häusern vorbei und hielten dann vor dem Gasthaus an. Die Häuser erschienen ihnen groß und fremdartig. Sam starrte zum Gasthof hinauf mit seinen drei Stockwerken und vielen Fenstern, und der Mut sank ihm. Er hatte sich vorgestellt, daß er irgendwann im Laufe dieser Fahrt Riesen begegnen würde, größer als Bäume, und anderen Geschöpfen, die womöglich noch furchterregender wären; aber in diesem Augenblick reichte ihm der erste Anblick von Menschen und ihren hohen Häusern vollkommen, ja für das dunkle Ende eines anstrengenden Tages war eigentlich das schon zuviel. Er malte sich schwarze Pferde aus, die fertig gesattelt im Schatten des Wirtshaushofes stünden, und Schwarze Reiter, die oben aus den dunklen Fenstern starrten.

»Wir werden doch nicht etwa hier übernachten, Herr?« rief er aus. »Wenn es Hobbits in dieser Gegend gibt, warum suchen wir uns dann nicht welche, die uns aufnehmen wollen? Es wäre mehr wie zu Hause.«

»Was hast du gegen das Gasthaus?« fragte Frodo. »Tom Bombadil hat es empfohlen. Drinnen wird es vermutlich ziemlich wie zu Hause sein.«

Selbst von außen sah das Gasthaus für Augen, die mit ihm vertraut waren, sehr einladend aus. Es hatte eine Front zur Straße und zwei Flügel nach hinten, die in die niedrigen Hänge des Berges hineingebaut waren, so daß die rückwärtigen Fenster im zweiten Stock zu ebener Erde lagen. Ein breiter Torbogen führte zu einem Hof, der zwischen den beiden Flügeln lag, und links unter dem Torbogen war der Hauseingang, den man über ein paar Stufen erreichte. Die Tür stand offen, und Licht strömte heraus. Über dem Torbogen hing eine Lampe und darunter ein großes Wirtshausschild: ein fettes, weißes Pony, das sich auf die Hinterbeine aufbäumt. Über der Tür stand in weißen Buchstaben: ZUM TÄNZELNDEN PONY, BESITZER GERSTENMANN BUTTERBLUME. Aus vielen der unteren Fenster schimmerte Licht durch dicke Vorhänge.

Als sie noch zögernd draußen in der Dämmerung standen, stimmte drinnen jemand ein fröhliches Lied an, und viele vergnügte Stimmen fielen laut im Chor ein. Die Hobbits lauschten diesem ermutigenden Lärm einen Augenblick und saßen dann von ihren Ponies ab. Das Lied war zu Ende, und lautes Lachen und Klatschen erscholl.

Sie führten ihre Ponies unter dem Torbogen durch, ließen sie im Hof stehen und gingen dann die Stufen hinauf. Frodo ging voran und wäre fast mit einem untersetzten, dicken Mann mit einer Glatze und einem roten Gesicht zusammengestoßen. Er trug eine weiße Schürze und stürzte mit einem Tablett voller Bierkrüge aus einer Tür heraus und durch eine andere wieder hinein.

»Können wir ...«, begann Frodo.

»Eine Sekunde, bitte schön«, rief der Mann über die Schulter und verschwand in einem Gewirr von Stimmen und einer Wolke von Rauch. Einen Augenblick später war er wieder draußen und wischte sich die Hand an der Schürze ab.

»Guten Abend, kleiner Herr!« sagte er, indem er sich bückte. »Was habt Ihr für Wünsche?«

»Betten für vier und Unterkunft für fünf Ponies, wenn es sich machen läßt. Seid Ihr Herr Butterblume?«

»Jawohl, mein Name ist Gerstenmann. Gerstenmann Butterblume zu Euren Diensten! Ihr seid aus dem Auenland, nicht wahr?« sagte er, und dann schlug er sich plötzlich auf die Stirn, als ob er versuchte, sich an etwas zu erinnern. »Hobbits!« rief er. »Was fällt mir denn dabei ein? Darf ich nach Euren Namen fragen, Herr?«

»Herr Tuk und Herr Brandybock«, stellte Frodo vor. »Und das ist Sam Gamdschie. Mein Name ist Unterberg.«

»Na, so was«, sagte Herr Butterblume und schnalzte mit den Fingern. »Nun ist es wieder futsch! Aber es wird mir wieder einfallen, wenn ich Zeit zum Nachdenken habe. Ich laufe mir gewiß schon die Hacken ab, aber ich werde sehen, was ich für Euch tun kann. Wir haben heutzutage nicht oft Gäste aus dem Auenland, und es würde mir leid tun, wenn ich Euch nicht aufnehmen könnte. Aber heute abend ist ein derartiger Betrieb im Haus, wie wir ihn lange nicht hatten. Wenn es einmal regnet, dann gießt es gleich, wie wir in Bree sagen.«

»He, Kunz!« schrie er. »Wo steckst du denn, du wollfüßiges Faultier! Kunz!«

»Komme schon, Herr, komme schon!« Ein vergnügt aussehender Hobbit schoß aus einer Tür heraus, und als er die neuen Gäste sah, blieb er wie angewurzelt stehen und starrte sie höchst neugierig an.

»Wo ist Hinz?« fragte der Wirt. »Das weißt du nicht? Dann such ihn. Schneller, schneller! Ich habe keine sechs Beine, und sechs Augen auch nicht! Sage Hinz, da sind fünf Ponies im Stall unterzubringen. Er muß irgendwie Platz schaffen.« Kunz trottete grinsend und mit den Augen zwinkernd davon.

»Ja, was wollte ich denn sagen?« fragte Herr Butterblume und schlug sich an die Stirn. »Eins verdrängt das andere, sozusagen. Ich habe so viel um die Ohren heute abend, daß mir der Kopf schwirrt. Da ist eine Gruppe, die kam gestern nacht den Grünweg von Süden herauf – und das war schon mal merkwürdig. Dann ist heute abend eine Reisegesellschaft von Zwergen gekommen, die nach dem Westen unterwegs ist. Und jetzt Ihr. Wenn Ihr nicht Hobbits wäret, würde ich Euch wohl nicht unterbringen können. Aber wir haben ein paar Zimmer im Nordflügel, die eigens für Hobbits vorgesehen wurden, als dieses Haus gebaut wurde. Zu ebener Erde, was sie gewöhnlich schätzen; mit runden Fenstern und allem, wie sie es gern haben. Ich hoffe, Ihr werdet Euch dort wohlfühlen. Sicher wollt Ihr Abendessen haben. Sobald es irgend geht. Jetzt hier lang.«

Er führte sie ein kurzes Stück über einen Gang und öffnete eine Tür. »Hier ist eine nette kleine Gaststube«, sagte er. »Ich hoffe, es wird recht sein. Entschuldigt mich jetzt. Ich habe so viel zu tun. Keine Zeit zum Plaudern. Immer im Trab. Schwere Arbeit für zwei Beine, aber ich werde nicht dünner. Ich gucke später nochmal herein. Wenn Ihr irgend etwas wollt, läutet die Handglocke, Kunz wird dann kommen. Wenn er nicht kommt, läutet und ruft!«

Endlich ging er, und sie fühlten sich ziemlich atemlos. Er schien endlos reden zu können, wieviel er auch zu tun haben mochte. Sie befanden sich in einem kleinen, gemütlichen Raum. Im Kamin brannte ein Feuer, und davor standen ein paar niedrige, bequeme Sessel. Ein runder Tisch war bereits weiß gedeckt, und auf ihm stand eine große Handglocke. Aber Kunz, der Hobbit-Hausdiener, kam schon, ehe sie überhaupt daran gedacht hatten, zu läuten. Er brachte Kerzen und ein Tablett mit Tellern.

»Wünschen die Herren etwas zu trinken?« fragte er. »Und soll ich Euch die Schlafzimmer zeigen, bis das Essen fertig ist?«

Sie hatten sich gewaschen und schon einen kräftigen Zug aus den hohen Bierkrügen getan, als Herr Butterblume und Kunz wieder erschienen. Im Handumdrehen war der Tisch gedeckt. Es gab heiße Suppe, kaltes Fleisch, eine Brombeertorte, frisches Brot und Butter und einen halben reifen Käse: gute handfeste Kost, wie sie im Auenland nicht hätte besser sein können und genügend »wie zu Hause«, um Sams letzte Zweifel zu zerstreuen (die bereits durch das vortreffliche Bier erheblich besänftigt waren).

Der Wirt hielt sich eine Weile bei ihnen auf und schickte sich dann zum Gehen an. »Ich weiß nicht, ob Ihr Euch gern der Gesellschaft anschließen würdet, wenn Ihr gegessen habt«, sagte er, als er an der Tür stand. »Vielleicht würdet Ihr lieber zu Bett gehen. Jedenfalls würde die Gesellschaft Euch sehr gern begrüßen, wenn Euch der Sinn danach steht. Wir haben nicht oft Außenseiter hier – Reisende aus dem Auenland sollte ich wohl sagen, ich bitte um Vergebung; und wir hören gern ein paar Neuigkeiten oder irgendeine Geschichte oder ein Lied, die Ihr vielleicht wißt. Aber wie Ihr wünscht! Läutet die Glocke, wenn irgend etwas fehlt!«

Am Ende ihrer Mahlzeit (die etwa eine Dreiviertelstunde dauerte und nicht von unnötigem Gerede unterbrochen wurde) fühlten sich Frodo, Pippin und Sam so erfrischt und ermutigt, daß sie beschlossen, sich der Gesellschaft anzuschließen. Merry meinte, es würde langweilig sein. »Ich werde hier noch eine Weile still und friedlich am Feuer sitzen bleiben und dann vielleicht noch mal hinausgehen, um ein bißchen Luft zu schnappen. Hütet eure Zungen und vergeßt nicht, daß eure Flucht geheimbleiben soll und ihr noch auf der großen Straße und nicht weit vom Auenland seid!«

»Sehr richtig!« sagte Pippin. »Denke selbst daran! Verlauf dich nicht und vergiß nicht, daß es drinnen sicherer ist.«

Sie gingen hinüber in die große Wirtsstube. Die Gesellschaft war zahlreich und buntgemischt, wie Frodo feststellte, als seine Augen sich an das Licht gewöhnt hatten. Es kam hauptsächlich von einem lodernden Holzfeuer, denn die drei Lampen, die an den Deckenbalken hingen, waren trübe und halb verschleiert vom Rauch. Gerstenmann Butterblume stand in der Nähe des Feuers und unterhielt sich mit ein paar Zwergen und einigen seltsam aussehenden Menschen. Auf den Bänken saß allerlei Volk: Menschen aus Bree, eine Gruppe ortsansässiger Hobbits (die miteinander schwätzten), noch ein paar Zwerge und andere undeutliche Gestalten, die im Schatten und in den Winkeln schlecht zu erkennen waren.

Als die Auenland-Hobbits hereinkamen, wurden sie von den Breeländern im Chor begrüßt. Die Fremden, besonders jene, die den Grünweg heraufgekommen waren, starrten sie neugierig an. Der Wirt machte sie mit den Leuten aus Bree bekannt, aber so rasch, daß sie zwar viele Namen verstanden, aber selten sicher waren, zu wem welcher Name gehörte. Die Menschen in Bree schienen alle ziemlich botanische (und für Leute aus dem Auenland merkwürdig klingende) Namen zu haben, etwa Binsenlicht, Geißblatt, Heidezehen, Affalter, Distelwolle und Farning (ganz zu schweigen von Butterblume). Einige der Hobbits hatten ähnliche Namen. Die Labkrauts zum Beispiel schienen zahlreich zu sein. Aber die meisten Hobbits hatten natürliche Namen wie Hang, Dachsbau, Langhöhlen, Sandheber und Stollen, von denen viele auch im Auenland gebräuchlich waren. Es gab mehrere Unterbergs aus Stadel, und da sie sich nicht vorstellen konnten, daß jemand denselben Namen hat, ohne verwandt zu sein, drückten sie Frodo als einen lange verlorenen Vetter ans Herz.

Die Bree-Hobbits waren wirklich sehr freundlich und neugierig, und Frodo merkte bald, daß er irgendeine Erklärung über sein Tun und Lassen würde abgeben müssen. Er gab an, er interessiere sich für Geschichte und Geographie (was viel Kopfschütteln hervorrief, obwohl keins dieser Wörter im Bree-Dialekt oft gebraucht wurde). Er sagte, er denke daran, ein Buch zu schreiben (woraufhin ringsum verblüfftes Schweigen herrschte), und er und seine Freunde wollten Unterlagen sammeln über Hobbits, die außerhalb des Auenlands, besonders in den östlichen Ländern, wohnten.

Darauf erhob sich nun ein Stimmengewirr. Hätte Frodo wirklich ein Buch schreiben wollen und viele Ohren gehabt, dann hätte er in wenigen Minuten genug für mehrere Kapitel erfahren. Und als ob das noch nicht reichte, erhielt er eine ganze Liste von Leuten, angefangen mit »der alte Gerstenmann hier«, bei denen er weitere Erkundigungen einziehen könne. Aber nach einiger Zeit, als Frodo keine Anstalten traf, das Buch auf der Stelle zu schreiben, kehrten die Hobbits zu ihren Fragen über die Geschehnisse im Auenland zurück. Frodo erwies sich als nicht sehr mitteilsam, und bald saß er allein in einer Ecke, hörte zu und schaute sich um.

Die Menschen und Zwerge sprachen hauptsächlich von fernen Ereignissen und berichteten Neuigkeiten, die allmählich nur allzu vertraut wurden. Im Süden gab es Unruhe, und die Menschen, die den Grünweg heraufgekommen waren, schienen unterwegs zu sein, um Länder zu suchen, wo sie etwas Frieden finden würden. Die Leute in Bree waren voller Mitgefühl, aber offensichtlich nicht sehr darauf erpicht, in ihrem kleinen Land Fremde in großer Zahl aufzunehmen. Einer der Reisenden, ein schielender, häßlicher Bursche, sagte voraus, daß demnächst immer mehr Leute nach dem Norden kommen würden. »Wenn kein Platz für sie geschaffen wird, werden sie sich selbst welchen schaffen. Sie haben ein Recht zu leben, genausogut wie andere Leute«, sagte er laut. Die Ortsansässigen zeigten sich nicht gerade erfreut über diese Aussicht.

Die Hobbits schenkten all dem nicht allzu viel Aufmerksamkeit, und im Augenblick schien es die Hobbits auch nicht zu betreffen. Große Leute konnten schwerlich um Unterkunft in Hobbithöhlen bitten. Sie fanden Sam und Pippin viel interessanter, die sich jetzt ganz wie zu Hause fühlten und fröhlich über Ereignisse im Auenland plauderten. Pippin erregte viel Heiterkeit mit einem Bericht darüber, wie das Dach der Stadthöhle in Michelbinge einstürzte: Willi Weißfuß, der Bürgermeister und fetteste Hobbit im Westviertel, war unter Kalk begraben worden und kam heraus wie ein bemehlter Kloß. Aber es wurden verschiedene Fragen gestellt, die Frodo etwas beunruhigten. Einer der Breeländer, der offenbar mehrmals im Auenland gewesen war, wollte wissen, wo die Unterbergs eigentlich lebten und mit wem sie verwandt seien.

Plötzlich merkte Frodo, daß ein ungewöhnlich aussehender, wettergegerbter Mann, der im Dunkeln an der Wand saß, ebenfalls sehr aufmerksam der Hobbit-Unterhaltung lauschte. Er hatte einen hohen Bierkrug vor sich und rauchte aus einer seltsam geschnitzten langstieligen Pfeife. Seine Beine hatte er ausgestreckt, sie steckten in hohen Stiefeln aus weichem Leder, die ihm wie angegossen saßen, aber sehr abgetragen und jetzt schmutzverkrustet waren. Er hatte einen fleckigen Mantel aus schwerem, dunkelgrünem Tuch übergeworfen und trug trotz der Hitze im Raum eine Kapuze, die sein Gesicht beschattete; aber seine Augen sah man funkeln, als er die Hobbits beobachtete.

»Wer ist denn das?« fragte Frodo, als er Gelegenheit hatte, mit Herrn Butterblume zu flüstern. »Den habt Ihr, glaube ich, nicht vorgestellt.«

»Der?« sagte der Wirt und schielte zu ihm hinüber, ohne den Kopf zu drehen. »Das weiß ich selbst nicht genau. Er ist einer von dem wandernden Volk – Waldläufer nennen wir sie. Er redet selten, es sei denn, er erzählt, wenn ihm der Sinn danach steht, eine ungewöhnliche Geschichte. Mal verschwindet er für einen Monat oder ein Jahr, und dann taucht er plötzlich wieder auf. Im Frühjahr war er ziemlich oft hier; aber in letzter Zeit hat er sich nicht mehr sehen lassen. Seinen richtigen Namen habe ich nie gehört; aber hier in der Gegend ist er als Streicher bekannt. Er holt gut aus mit seinen langen Beinen; obwohl er niemandem sagt, aus welchem Grunde er sich so eilt. Aber es gibt keine Erklärung für Ost und West, wie wir in Bree sagen, womit die Waldläufer und die Leute im Auenland gemeint sind, bitte um Vergebung. Komisch, daß Ihr nach ihm fragt.« Aber in eben diesem Augenblick wurde Herr Butterblume abgerufen, weil mehr Bier verlangt wurde, und seine letzte Bemerkung blieb ungeklärt.

Frodo bemerkte, daß Streicher ihn jetzt ansah, als ob er alles, was gesagt worden war, gehört oder erraten habe. Mit einemmal lud er Frodo mit einer Handbewegung und einem Kopfnicken ein, sich zu ihm zu setzen. Als Frodo herüberkam, warf er seine Kapuze zurück und enthüllte einen strubbeligen Kopf mit dunklem, graudurchzogenem Haar, und in einem bleichen strengen Gesicht ein Paar scharfe, graue Augen.

»Ich werde Streicher genannt«, sagte er leise. »Ich freue mich, Euch kennenzulernen, Herr – Unterberg, wenn der alte Butterblume Euren Namen richtig verstanden hat.«

»Hat er«, sagte Frodo steif. Er fühlte sich keineswegs wohl unter dem Blick dieser scharfen Augen.

»Nun, Herr Unterberg«, sagte Streicher, »an Eurer Stelle würde ich verhindern, daß Eure jungen Freunde zu viel reden. Trinken, Feuer und eine lustige Gesellschaft sind angenehm genug, aber schließlich sind wir hier nicht im Auenland. Es sind sonderbare Leute unterwegs. Obwohl vielleicht nicht gerade ich das sagen sollte, werdet Ihr wohl denken«, fügte er mit einem verzerrten Lächeln hinzu, als er Frodos Blick bemerkte. »Und in letzter Zeit sind sogar noch merkwürdigere Reisende durch Bree gekommen«, fuhr er fort und beobachtete dabei Frodos Gesicht.

Frodo erwiderte seinen Blick, sagte aber nichts; und Streicher machte keine weitere Andeutung. Seine Aufmerksamkeit schien sich plötzlich Pippin zuzuwenden. Frodo war bestürzt, als er merkte, daß der alberne junge Tuk, ermutigt durch seinen Erfolg mit dem dicken Bürgermeister von Michelbinge, jetzt tatsächlich sehr drastisch von Bilbos Abschiedsfeier berichtete. Schon war er bei der Rede angelangt und näherte sich dem erstaunlichen Verschwinden.

Frodo war ärgerlich. Für die meisten der ortsansässigen Hobbits war das zweifellos eine ganz harmlose Geschichte: eben etwas Komisches von den komischen Leuten jenseits des Flusses; aber manche (zum Beispiel der alte Butterblume) wußten das eine oder andere und hatten wahrscheinlich schon längst Gerüchte über Bilbos Verschwinden gehört. Es würde ihnen wieder den Namen Beutlin in Erinnerung rufen, besonders, wenn in Bree nach diesem Namen geforscht worden war.

Frodo rutschte unruhig hin und her und fragte sich, was zu tun sei. Pippin genoß offensichtlich das Aufsehen, das er erregte, und hatte ganz vergessen, in welcher Gefahr sie waren. Frodo befürchtete plötzlich, daß er in seiner augenblicklichen Stimmung sogar den Ring erwähnen könnte, und das mochte verhängnisvoll werden.

»Ihr solltet lieber rasch etwas tun«, flüsterte Streicher ihm ins Ohr.

Frodo stand auf, sprang auf einen Tisch und begann zu reden, und damit war die Aufmerksamkeit der Zuhörer von Pippin abgelenkt. Einige Hobbits schauten Frodo an, lachten und klatschten und glaubten, Herr Unterberg habe mehr Bier zu sich genommen, als ihm gut tat.

Frodo kam sich mit einemmal sehr töricht vor und merkte, daß er (wie es seine Gewohnheit war, wenn er eine Rede hielt) mit den Dingen in seiner Tasche spielte. Er fühlte den Ring an seiner Kette, und unerklärlicher Weise überkam ihn der Wunsch, ihn aufzustreifen und aus dieser albernen Situation zu verschwinden. Irgendwie hatte er das Gefühl, daß der Anstoß von außen kam, von irgend jemandem oder irgend etwas im Raum. Er widerstand der Versuchung entschlossen und umklammerte den Ring mit der Hand, als wollte er ihn festhalten und verhindern, daß er sich davonmache oder irgendein Unheil anrichte. Eine Anregung vermittelte er ihm jedenfalls nicht. Er sprach »ein paar passende Wort«, wie man im Auenland gesagt hätte: *Wir sind alle sehr dankbar für die freundliche Aufnahme, und ich wage zu hoffen, daß mein kurzer Besuch die alten Bande der Freundschaft zwischen Bree und dem Auenland wieder neu knüpfen wird;* und dann zögerte er und hustete.

Jeder im Raum sah ihn jetzt an. »Ein Lied!« rief einer der Hobbits. »Ein Lied! Ein Lied!« riefen alle anderen. »Los nun, Herr, singt uns etwas, was wir noch nicht gehört haben!«

Einen Augenblick stand Frodo mit offenem Mund da. Dann stimmte er in seiner Verzweiflung ein lächerliches Lied an, das Bilbo recht gern gehabt hatte (und auf das er sogar ziemlich stolz gewesen war, denn den Text hatte er selbst verfaßt). Es handelte von einem Gasthaus; und das war vermutlich der Grund, warum es Frodo gerade einfiel. Hier ist der volle Wortlaut. Heutzutage sind zumeist nur noch ein paar Worte davon in Erinnerung.

Ein alter Krug, ein fröhlicher Krug
  Lehnt grau am grauen Hang.
Dort brauen sie ein Bier so braun,
Daß selbst der Mann im Mond kam schaun
  Und lag im Rausche lang.

Der Stallknecht hat einen Kater – miau! –
  Der streicht im Suff die Fiedel.
Sein Bogen sägt die Saiten quer,
Mal quietscht es laut, mal brummt es sehr
  Von seinem grausigen Liedel.

Der Schankwirt hält sich einen Hund,
  Der hat viel Sinn für Spaß.
Geht's in der Stube lustig her,
Spitzt er das Ohr und freut sich sehr
  Und lacht und lacht sich was!

Auch haben sie eine Hörnerkuh,
  Stolz wie ein Königskind,
Der steigt Musik wie Bier zu Kopf,
Sie schwenkt den Schwanz bis hin zum Schopf
  Und tanzt, das gute Rind.

Und erst das silberne Geschirr
  Und Löffel haufenweis!
Am Sonntag kommt das Beste dran,
Das fangen sie schon am Samstag an
  Zu putzen voller Fleiß.

Der Mann im Mond trank noch eine Maß
  Der Kater jaulte laut,
Es tanzten Teller und Besteck,
Die Kuh schlug hinten aus vor Schreck,
  Der Hund war nicht erbaut.

Der Mann im Mond trank noch eine Maß
  Und rollte sanft vom Faß;
Dann schlief er und träumte von braunem Bier
Am Himmel standen nur noch vier,
  Vier Sterne morgenblaß.

Da rief der Knecht seiner blauen Katz:
»Die Mondschimmel schäumen schon
Und beißen auf den Trensen herum,
Der Mondmann aber, der liegt krumm,
Und bald geht auf die Sonn'!«

Da spielte der Kater hei-didel-dum-didel,
Als rief er die Toten herbei;
Er sägte ganz jämmerlich schneller und schneller,
Der Wirt rief: »He, Mann! Es wird heller und heller,
Schon längst schlug die Glocke drei!«

Sie rollten ihn mühsam den Hang hinan
Und plumps! in den Mond hinein,
Die Mondschimmel – hui! – gingen durch vor Schreck,
Die Kuh wurde toll, und das Silberbesteck
Das tanzte Ringelreihn.

Beim Didel-dum-didel der Jammerfiedel
Jaulte das Hündlein sehr,
Da standen die Kuh und die Rösser kopf,
Die Gäste soffen aus Tasse und Topf
Und ließen die Betten leer.

Da riß die Saite und plötzlich sprang
Die Kuh übern Mond ins Gras,
Das Hündlein lachte und freute sich schon,
Doch das Samstagsgeschirr klirrte schamlos davon
Mit Sonntagslöffel und -glas.

Der Vollmond rollte hinter den Hang,
Die Sonne erhob ihr Haupt.
Da gingen die Leute am hellichten Tag
Zu Bett – welch verrückter Menschenschlag!
Das hätte sie nie geglaubt!

Es gab langanhaltenden und lauten Beifall. Frodo hatte eine gute Stimme; und das Lied war ganz nach ihrem Geschmack gewesen. »Wo ist der alte Gerstenmann?« schrien sie. »Das muß er hören. Hinz soll seiner Katze das Fiedeln beibringen, und dann spielt sie uns zum Tanz auf.« Sie riefen nach mehr Bier und begannen zu brüllen: »Singt es noch einmal, Herr! Kommt schon! Noch einmal!«

Sie nötigten Frodo, noch etwas zu trinken und dann das Lied nochmal zu beginnen, und viele von ihnen stimmten mit ein; denn die Melodie war wohlbekannt, und Verse lernten sie rasch. Jetzt war Frodo an der Reihe, sich geschmeichelt zu fühlen. Er kletterte auf einen Tisch, und als er das zweite Mal bei *Sprang die Kuh übern Mond* angelangt war, machte er einen Luftsprung. Viel zu schwungvoll, denn er landete, peng, auf einem Tablett voller Bierkrüge, rutschte aus und rollte mit einem Krachen, Klirren und einem Bums unter den Tisch. Die Zuhörer sperrten schon den Mund auf, um herzhaft zu lachen, hielten plötzlich an und starrten ohne einen Laut; denn der Sänger war verschwunden. Er war einfach weg, als sei er geradenwegs durch den Fußboden gegangen, ohne ein Loch zu hinterlassen!

Die ortsansässigen Hobbits saßen völlig verblüfft da, dann sprangen sie auf und riefen nach Gerstenmann. Die ganze Gesellschaft zog sich von Pippin und Sam zurück, die allein in einer Ecke sitzenblieben und aus einigem Abstand finster und zweifelnd beäugt wurden. Es war klar, daß viele Leute sie jetzt für die Gefährten eines wandernden Zauberers mit unbekannten Fähigkeiten und Absichten hielten. Aber da war ein schwärzlicher Breeländer, der sah sie mit einem so wissenden und halb spöttischen Ausdruck an, daß ihnen ganz unbehaglich wurde. Plötzlich schlüpfte er zur Tür hinaus, gefolgt von dem schielenden Südländer: die beiden hatten den Abend über eine ganze Menge zusammen getuschelt. Hinter ihnen ging auch Heinrich, der Torwächter, hinaus.

Frodo kam sich sehr töricht vor. Da er nicht wußte, was er sonst tun sollte, krabbelte er unter den Tischen hindurch in die dunkle Ecke zu Streicher, der ungerührt dasaß und nicht erkennen ließ, was er dachte. Frodo lehnte sich an die Wand und zog den Ring ab. Wie er auf seinen Finger geraten war, konnte er nicht sagen. Er konnte sich nur vorstellen, daß er in der Tasche mit ihm gespielt hatte, während er sang, und daß er irgendwie hinaufgerutscht war, als er die Hand ruckartig ausstreckte, um sich beim Sturz abzustützen. Einen Augenblick fragte er sich, ob ihm nicht der Ring selbst einen Streich gespielt habe; vielleicht hat er versucht, sich bemerkbar zu machen, um einem Wunsch oder Befehl zu entsprechen, den er im Raum spürte. Ihm gefielen die Männer nicht, die hinausgegangen waren.

»Nun?« sagte Streicher, als Frodo wieder sichtbar war. »Warum habt Ihr das getan? Es war schlimmer als alles, was Eure Freunde hätten sagen können. Jetzt seid Ihr mit Eurem Fuß ins Fettnäpfchen geraten, oder sollte ich sagen: mit Eurem Finger?«

»Ich weiß nicht, was Ihr meint«, sagte Frodo, verärgert und beunruhigt.

»O doch, das wißt Ihr«, antwortete Streicher. »Aber wir wollen lieber warten, bis sich der Aufruhr gelegt hat. Dann, wenn's recht ist, Herr *Beutlin*, würde ich gern in aller Ruhe ein Wort mit Euch reden.«

»Worüber?« fragte Frodo und hörte über die plötzliche Verwendung seines richtigen Namens hinweg.

»Über eine Sache von einiger Bedeutung – für uns beide«, antwortete Streicher und sah Frodo in die Augen. »Es mag sein, daß Ihr etwas hört, was von Nutzen für Euch ist.«

»Sehr schön«, sagte Frodo; er versuchte, unbeteiligt zu erscheinen. »Ich werde später mit Euch reden.«

Am Kamin fand derweil eine Auseinandersetzung statt. Herr Butterblume war hereingekommen und bemühte sich jetzt, verschiedenen widersprechenden Berichten über das Ereignis gleichzeitig zu folgen.

»Ich sah ihn, Herr Butterblume«, sagte ein Hobbit. »Oder vielmehr, ich sah ihn nicht, wenn Ihr versteht, was ich meine. Er hat sich einfach in Luft aufgelöst, sozusagen.«

»Was Ihr nicht sagt, Herr Labkraut!« sagte der Wirt, der ganz verstört aussah.

»Doch«, beteuerte Labkraut. »Und ich meine es wortwörtlich, was noch mehr heißen will.«

»Da liegt irgendein Irrtum vor«, sagte Butterblume und schüttelte den Kopf. »Dieser Herr Unterberg war viel zu leibhaftig, als daß er sich einfach in Luft auflösen könnte.«

»Ja, wo ist er denn dann?« schrien verschiedene Stimmen.

»Woher soll ich das wissen? Er kann gehen, wohin er will, vorausgesetzt, daß er am Morgen seine Rechnung bezahlt. Da ist Herr Tuk: der ist nicht verschwunden.«

»Na, was ich gesehen habe, habe ich gesehen«, erklärte Labkraut hartnäckig.

»Und ich sage, da liegt ein Irrtum vor«, wiederholte Butterblume, nahm das Tablett und sammelte das zerbrochene Geschirr auf.

»Natürlich ist es ein Irrtum«, sagte Frodo. »Ich bin nicht verschwunden. Hier bin ich ja. Ich habe nur ein paar Worte mit Streicher da in der Ecke gewechselt.«

Er trat nach vorn in den Schein des Kaminfeuers; aber die Mehrzahl der Anwesenden wich vor ihm zurück und war sogar noch befremdeter als vorher. Seine Erklärung, daß er nach seinem Sturz rasch unter den Tischen durchgekrochen sei, befriedigte sie nicht im geringsten. Die meisten Hobbits und Menschen aus Bree waren verstimmt und gingen sofort nach Hause, an diesem Abend stand ihnen der Sinn nicht mehr nach Unterhaltung. Ein oder zwei warfen Frodo einen finsteren Blick zu und murmelten etwas vor sich hin, als sie aufbrachen. Die Zwerge und die zwei oder drei fremden Menschen, die noch geblieben waren, standen auf und sagten dem Wirt gute Nacht, nicht aber Frodo und seinen Freunden. Es dauerte nicht lange, da war nur noch Streicher da, der unbeachtet an der Wand saß.

Herr Butterblume schien die Fassung nicht verloren zu haben. Er rechnete sich sehr wahrscheinlich aus, daß sein Haus an vielen zukünftigen Abenden wieder voll sein würde, bis das jetzige Rätsel gründlich durchgesprochen wäre. »Na, was habt Ihr denn bloß gemacht, Herr Unterberg?« fragte er. »Mit Eurer Akrobatik habt Ihr meine Gäste erschreckt und mein Geschirr zerbrochen!«

»Es tut mir sehr leid, daß ich Unruhe gestiftet habe«, sagte Frodo. »Es war ganz unbeabsichtigt, das versichere ich Euch. Ein höchst bedauerliches Mißgeschick.«

»Schon gut, Herr Unterberg! Aber wenn Ihr Euch mal wieder als Akrobat oder Zauberkünstler oder was immer es war betätigen wollt, dann warnt die Leute vorher – und warnt *mich*. Wir sind hier ein bißchen mißtrauisch gegen alles, was ungewöhnlich ist – nicht ganz geheuer, wenn Ihr versteht, was ich meine; und so plötzlich können wir uns nicht dran gewöhnen.«

»Ich werde nichts dergleichen wieder tun, Herr Butterblume, das verspreche ich. Und jetzt werde ich wohl ins Bett gehen. Wir wollen früh aufbrechen. Würdet Ihr bitte dafür sorgen, daß unsere Ponies um acht Uhr bereit sind?«

»Sehr gut! Aber ehe Ihr geht, hätte ich Euch gern noch unter vier Augen gesprochen, Herr Unterberg. Mir ist gerade etwas wieder eingefallen, das ich Euch sagen sollte. Ich hoffe, Ihr werdet es nicht übelnehmen. Ich habe noch ein paar Kleinigkeiten zu erledigen, dann komme ich in Euer Zimmer, wenn's recht ist.«

»Gewiß!« sagte Frodo; aber ihm wurde schwer ums Herz. Er fragte sich, wieviel Gespräche unter vier Augen ihm vor dem Schlafengehen noch bevorstünden und was sich dabei herausstellen würde. Hatten sich diese Leute alle gegen ihn verbündet? Ihm kam der Verdacht, ob sich nicht selbst hinter dem fetten Gesicht des alten Butterblume finstere Absichten verbergen.

ZEHNTES KAPITEL

STREICHER

Frodo, Pippin und Sam gingen zurück in die kleine Gaststube. Es brannte kein Licht. Merry war nicht da, und das Feuer war heruntergebrannt. Erst als sie die Glut wieder zum Aufflammen gebracht und ein paar Scheite nachgelegt hatten, merkten sie, daß Streicher mitgekommen war. Da saß er ganz still auf einem Stuhl an der Tür.

»Hallo!« sagte Pippin. »Wer seid Ihr und was wollt Ihr?«

»Ich werde Streicher genannt«, antwortete er. »Und obwohl er es vergessen haben mag, hat Euer Freund versprochen, sich in Ruhe mit mir zu unterhalten.«

»Ihr sagtet, glaube ich, ich würde etwas hören, das von Nutzen für mich sei«, sagte Frodo. »Was habt Ihr zu sagen?«

»Verschiedenes«, antwortete Streicher. »Aber natürlich kostet es etwas.«

»Was meint Ihr damit?« fragte Frodo scharf.

»Beruhigt Euch! Ich meine nur folgendes: »Ich werde Euch sagen, was ich weiß, und Euch einige gute Ratschläge geben — aber ich erwarte eine Belohnung.«

»Und worin soll die bestehen, bitte schön?« sagte Frodo. Er fürchtete jetzt, einem Erpresser in die Hände gefallen zu sein, und er dachte voll Unbehagen daran, daß er nur wenig Geld bei sich hatte. Die Gesamtsumme würde einen Gauner kaum zufriedenstellen, und eigentlich konnte er gar nichts davon entbehren.

»Nicht mehr, als Ihr Euch leisten könnt«, antwortete Streicher mit einem schwachen Lächeln, als habe er Frodos Gedanken erraten. »Nur folgendes: Ihr müßt mich so lange mitnehmen, bis ich Euch verlassen will.«

»Ach wirklich!« erwiderte Frodo, überrascht, aber nicht sehr erleichtert. »Selbst wenn ich einen weiteren Gefährten wünschte, würde ich mit derlei nicht einverstanden sein, solange ich nicht erheblich mehr über Euch und Eure Angelegenheiten wüßte.«

»Ausgezeichnet!« rief Streicher, schlug die Beine über und setzte sich bequem hin. »Ihr scheint Euren Verstand wieder beisammen zu haben, und das ist auch gut. Bisher seid Ihr viel zu leichtsinnig gewesen. Nun gut. Ich werde Euch sagen, was ich weiß, und Euch die Belohnung überlassen. Ihr werdet sie vielleicht gern gewähren, wenn Ihr mich angehört habt.«

»Also fangt an«, sagte Frodo. »Was wißt Ihr?«

»Zu viel; zu viele dunkle Dinge«, antwortete Streicher grimmig. »Aber was Eure Angelegenheit betrifft ...« Er stand auf und ging zur Tür, öffnete sie rasch und schaute hinaus. Dann schloß er sie leise und setzte sich wieder hin. »Ich habe scharfe Ohren«, fuhr er fort und senkte die Stimme, »und wenngleich ich nicht verschwinden kann, so habe ich doch viele wilde und wachsame Geschöpfe gejagt und kann es, wenn ich will, gewöhnlich vermeiden, gesehen zu werden. Ja, ich war heute abend hinter der Hecke an der Straße westlich von Bree, als vier Hobbits aus der Gegend der Höhen kamen. Ich brauche nicht alles zu wiederholen, was sie zum alten Bombadil oder untereinander sagten, aber etwas interessierte mich. *Bitte denkt daran, daß der Name Beutlin nicht erwähnt werden darf. Ich bin Herr Unterberg, wenn ein Name genannt werden muß.* Das interessierte mich so sehr, daß ich ihnen bis hierher folgte. Ich kletterte gleich nach ihnen über das Tor. Vielleicht hat Herr Beutlin einen ehrenhaften Grund, seinen Namen abzulegen; aber selbst dann würde ich ihm und seinen Freunden raten, vorsichtiger zu sein.«

»Ich begreife nicht, welches Interesse irgend jemand in Bree an meinem Namen haben könnte«, erwiderte Frodo ärgerlich, »und es ist mir auch nicht bekannt, warum er Euch interessiert. Herr Streicher mag einen ehrenhaften Grund haben, zu spionieren und zu lauschen, aber selbst dann würde ich ihm raten, den Grund zu erklären.«

»Gut geantwortet«, sagte Streicher lachend. »Aber die Erklärung ist einfach: Ich hielt Ausschau nach einem Hobbit mit Namen Frodo Beutlin. Ich wollte ihn schnell finden. Ich hatte erfahren, daß er aus dem Auenland ein – nun ja, ein Geheimnis mitbringt, das mich und meine Freunde angeht.«

»Nein, mißversteht mich nicht!« rief er, als sich Frodo erhob und Sam mit einem finsteren Ausdruck aufsprang. »Ich werde das Geheimnis vorsichtiger bewahren als Ihr. Und Vorsicht ist vonnöten!« Er beugte sich vor und schaute sie an. »Beobachtet jeden Schatten!« sagte er leise. »Schwarze Reiter sind durch Bree geritten. Einer kam, wie es heißt, am Montag den Grünweg herunter; und ein zweiter traf später ein, er kam den Grünweg von Süden herauf.«

Es trat ein Schweigen ein. Schließlich sagte Frodo zu Pippin und Sam: »Ich hätte es mir denken können nach der Art und Weise, wie der Torwächter uns begrüßte. Und der Wirt scheint auch etwas gehört zu haben.

Warum hat er uns nur gedrängt, uns der Gesellschaft anzuschließen? Und warum in aller Welt haben wir uns so töricht benommen: wir hätten ruhig hierbleiben sollen.« »Das wäre besser gewesen«, sagte Streicher. »Ich hätte Euch davon abgehalten, in die große Gaststube zu gehen, wenn ich gekonnte hätte. Aber der Wirt wollte mich nicht hereinlassen und auch keine Botschaft überbringen.«

»Glaubt Ihr, daß er ...« begann Frodo.

»Nein, ich glaube nichts Böses vom alten Butterblume. Nur mag er solche geheimnisvollen Vagabunden wie mich nicht allzu gern.« Frodo sah ihn verwundert an. »Ja, ich sehe ein bißchen verkommen aus, nicht wahr?« sagte Streicher mit verächtlich gekräuselten Lippen und einem sonderbaren Glanz in den Augen. »Aber ich hoffe, wir werden einander noch besser kennenlernen. Wenn ja, dann werdet Ihr mir hoffentlich erklären, was am Ende Eures Liedes geschah. Denn dieser Scherz ...«

»Das war nichts als ein Mißgeschick!« unterbrach ihn Frodo.

»Na, ich weiß nicht recht«, meinte Streicher. »Also schön, Mißgeschick. Dieses Mißgeschick hat Eure Lage gefährlich gemacht.«

»Kaum mehr, als sie schon war«, antwortete Frodo. »Ich wußte, daß mich diese Reiter verfolgen; aber jetzt scheinen sie mich jedenfalls verfehlt zu haben und sind weggegangen.«

»Darauf dürft Ihr nicht rechnen!« sagte Streicher scharf. »Sie werden wiederkommen. Und mehr werden kommen. Es gibt noch andere. Ich kenne ihre Zahl. Ich kenne diese Reiter.« Er hielt inne, und seine Augen waren kalt und hart. »Und es gibt einige Leute in Bree, denen nicht zu trauen ist«, fuhr er fort. »Lutz Farning zum Beispiel. Er hat einen schlechten Ruf in Breeland, und sonderbares Volk sucht ihn in seinem Haus auf. Ihr müßt ihn bemerkt haben in der Gesellschaft: ein schwärzlicher, höhnischer Bursche. Er saß ständig bei einem Fremden aus dem Süden, und gleich nach Eurem ›Mißgeschick‹ gingen sie zusammen hinaus. Nicht alle jene Südländer meinen es gut; und was Farning betrifft, so würde er jedem alles verraten; oder Unheil anrichten bloß zum Spaß.«

»Was soll Farning verraten und was hat mein Mißgeschick mit ihm zu tun?« fragte Frodo, der immer noch entschlossen war, Streichers Andeutungen nicht zu verstehen.

»Nachrichten über Euch natürlich«, antwortete Streicher. »Ein Bericht über Eure Darbietung wäre für gewisse Leute sehr interessant. Danach wäre es kaum noch nötig, ihnen Euren wirklichen Namen zu verraten. Ich halte es für nur allzu wahrscheinlich, daß sie davon hören werden, ehe die Nacht vorbei ist. Ist das genug? Ihr könnt es mit meiner Belohnung nach Belieben halten: mich als Führer nehmen oder nicht. Aber ich darf sagen, daß ich alle Länder zwischen dem Auenland und dem Nebelgebirge kenne, denn ich habe sie seit vielen Jahren durchwandert. Ich bin älter, als ich aussehe. Ich könnte mich als nützlich erweisen. Nach dem heutigen Abend werdet Ihr die offene Straße vermeiden müssen; denn die Reiter werden sie Tag und Nacht beobachten. Es mag sein, daß Ihr aus Bree entkommt und man Euch gehen läßt, solange die Sonne scheint; aber Ihr werdet nicht weit kommen. Sie werden Euch in der Wildnis überfallen, an irgendeinem dunklen Ort, wo es keine Hilfe gibt. Wollt Ihr, daß sie Euch finden? Sie sind entsetzlich!«

Die Hobbits schauten ihn an und sahen zu ihrer Überraschung, daß sein Gesicht gleichsam schmerzverzerrt war und seine Hände die Sessellehnen umklammerten. Das Zimmer war ganz ruhig und still, und das Licht schien dämmrig geworden zu sein. Eine Weile saß er mit leerem Blick da, als erginge er sich in fernen Erinnerungen oder lauschte Geräuschen in der Nacht weit fort.

»Ja!« rief er nach einem Augenblick und fuhr sich mit der Hand über die Stirn. »Vielleicht weiß ich mehr über diese Verfolger als Ihr. Ihr fürchtet sie, aber Ihr fürchtet sie noch nicht genug. Morgen werdet Ihr entkommen müssen, wenn Ihr könnt. Streicher kann Euch auf Pfaden führen, die selten begangen werden. Wollt Ihr ihn haben?«

Es herrschte ein bedrücktes Schweigen. Frodo antwortete nicht, sein Sinn war verwirrt von Zweifel und Furcht. Sam runzelte die Stirn, schaute seinen Herrn an und platzte schließlich heraus:

»Wenn du erlaubst, Herr Frodo: ich würde *nein* sagen! Dieser Streicher warnt uns und sagt, wir sollten vorsichtig sein; und dazu sage ich *ja*, und zwar zuerst einmal ihm gegenüber. Er kommt aus der Wildnis, und über solche Leute habe ich nie was Gutes gehört. Er weiß etwas, das ist klar, und mehr, als mir lieb ist; aber das ist kein Grund, warum wir zulassen sollten, daß er uns an irgendeinen dunklen Ort führt, wo es keine Hilfe gibt, wie er sich ausdrückt.«

Pippin rutschte unruhig hin und her und sah verlegen aus. Streicher gab Sam keine Antwort, sondern richtete seine scharfen Augen auf Frodo. Frodo spürte seinen Blick und schaute weg. »Nein«, sagte er bedächtig. »Der Meinung bin ich nicht. Ich glaube, Ihr seid nicht wirklich, was zu sein Ihr vorgebt. Zuerst habt Ihr mit mir geredet wie die Bree-Leute, aber Eure Stimme hat sich verändert. Immerhin hat Sam insoweit recht: ich sehe nicht ein, warum Ihr uns warnen solltet, vorsichtig zu sein, und uns dennoch auffordert, Euch zu vertrauen. Warum die Verstellung? Wer seid Ihr? Was wißt Ihr wirklich über — über meine Angelegenheit; und woher wißt Ihr es?«

»Die Lektion in Vorsicht ist gut gelernt worden«, sagte Streicher mit einem grimmigen Lächeln. »Aber Vorsicht und Zaudern sind zweierlei. Allein werdet Ihr niemals nach Bruchtal kommen, und Ihr habt keine andere Wahl, als mir zu vertrauen. Ihr müßt Euch entscheiden. Einige Eurer Fragen will ich beantworten, wenn das Eure Entscheidung erleichtert. Aber warum solltet Ihr meiner Geschichte Glauben schenken, wenn Ihr mir nicht schon vertraut? Immerhin, hier ist sie ...«

In diesem Augenblick wurde an die Tür geklopft. Herr Butterblume erschien mit Kerzen, und hinter ihm kam Kunz mit Heißwasserkannen. Streicher zog sich in eine dunkle Ecke zurück.

»Ich bin gekommen, um Euch gute Nacht zu wünschen«, sagte der Wirt und stellte die Kerzen auf den Tisch. »Kunz! Bring das Wasser in die Zimmer!« Er trat ein und schloß die Tür.

»Es ist folgendes«, begann er zögernd und sah richtig bekümmert aus. »Wenn ich irgendwelchen Schaden angerichtet habe, dann tut es mir wirklich leid. Aber eins verdrängt das andere, wie Ihr zugeben werdet; und ich bin ein vielbeschäftigter Mann. Aber erst eine Sache und dann noch eine in dieser Woche haben mein Gedächtnis aufgefrischt, wie man so sagt; und nicht zu spät, hoffe ich. Ich war nämlich gebeten worden, nach Hobbits aus dem Auenland Ausschau zu halten, und besonders nach einem mit Namen Beutlin.«

»Und was hat das mit mir zu tun?« fragte Frodo.

»Ach, das werdet Ihr wohl am besten wissen«, meinte der Wirt vielsagend. »Ich werde Euch nicht verraten; aber mir wurde gesagt, daß dieser Beutlin unter dem Namen Unterberg reist, und mir wurde eine Beschreibung gegeben, die genau auf Euch paßt, wenn ich so sagen darf.«

»Ach, wirklich? Dann gebt sie mal zum besten«, unterbrach ihn Frodo töricht.

»Ein dicker kleiner Kerl mit roten Wangen«, sagte Herr Butterblume feierlich. Pippin kicherte, aber Sam sah entrüstet aus. *»Das wird nicht viel nützen, denn es trifft auf die meisten Hobbits zu, Gerstenmann,* sagt er zu mir«, fuhr Herr Butterblume mit einem Seitenblick auf Pippin fort. *»Aber dieser eine ist größer als manche und hat hellere Haare als die meisten, und er hat ein gespaltenes Kinn: ein kecker Bursche mit klugen Augen.* Ich bitte um Entschuldigung, aber er hat das gesagt, nicht ich.«

»Er hat das gesagt? Und wer war das?« fragte Frodo gespannt.

»Ach, das war Gandalf, wenn Ihr wißt, wen ich meine. Ein Zauberer soll er sein, aber er ist ein guter Freund von mir, wie dem auch sei. Aber ich weiß jetzt nicht, was er mir antun wird, wenn ich ihn wiedersehe: all mein Bier sauer werden lassen oder mich in einen Holzklotz verwandeln, es würde mich nicht wundern. Er ist ein wenig ungestüm. Immerhin, was geschehen ist, läßt sich nicht ungeschehen machen.«

»Aber was ist denn geschehen?« fragte Frodo, der allmählich ungeduldig wurde bei der langsamen Entwirrung von Butterblumes Gedanken.

»Wo war ich?« sagte der Wirt, hielt inne und schnalzte mit den Fingern. »Ach ja, beim alten Gandalf. Vor drei Monaten kam er schlankweg in mein Zimmer, ohne anzuklopfen. *Gersten,* sagt er, *in der Früh muß ich weg. Willst du etwas für mich tun? Du brauchst es bloß zu nennen,* sagte ich. *Ich bin in Eile,* sagte er, *und ich habe selbst keine Zeit, aber ich möchte, daß eine Botschaft ins Auenland gebracht wird. Hast du jemanden, den du schicken kannst und auf den Verlaß ist, daß er geht? Ich kann einen finden,* sagte ich, *morgen vielleicht oder übermorgen. Mach es morgen,* sagt er, und dann gab er mir einen Brief.

Er ist deutlich genug adressiert«, sagte Herr Butterblume, zog einen Brief aus der Tasche und las die Adresse langsam und stolz vor (denn er legte Wert auf seinen Ruf als gebildeter Mann):

HERRN FRODO BEUTLIN, BEUTELSEND, HOBBINGEN IM AUENLAND.

»Ein Brief für mich von Gandalf!« rief Frodo.

»Aha!« sagte Herr Butterblume. »Dann ist Euer richtiger Name also Beutlin?«

»Ja«, antwortete Frodo, »und Ihr gebt mir den Brief besser sofort und erklärt mir, warum Ihr ihn nicht geschickt habt. Um mir das zu sagen, seid Ihr wohl hergekommen, obwohl Ihr lange gebraucht habt, um zur Sache zu kommen.«

Der arme Herr Butterblume sah bekümmert aus. »Ihr habt recht, Herr«, sagte er, »und ich bitte um Entschuldigung. Und ich habe fürchterliche Angst, was Gandalf sagen wird, wenn ein Unheil daraus entsteht. Aber ich habe den Brief nicht absichtlich zurückgehalten. Ich habe ihn sicher aufgehoben. Dann konnte ich keinen finden, der bereit war, am nächsten oder übernächsten Tag ins Auenland zu gehen, und von meinen Leuten konnte ich keinen entbehren; und dann verdrängte eine Sache nach der anderen den Brief aus meinem Gedächtnis. Ich bin ein vielbeschäftigter Mann. Ich will mein Möglichstes tun, um die Sache in Ordnung zu bringen, und wenn ich irgendwie behilflich sein kann, braucht Ihr es nur zu sagen. Ganz abgesehen von dem Brief, hatte ich das auch Gandalf versprochen. *Gersten,* sagte er zu mir, *dieser Freund von mir aus dem Auenland mag vielleicht bald hier vorbeikommen, er und ein anderer. Er wird sich Unterberg nennen. Denke daran! Aber du brauchst keine Fragen zu stellen. Und wenn ich nicht bei ihm bin, wird er vielleicht in Schwierigkeiten sein und Hilfe brauchen. Tu für ihn, was immer du kannst, und ich werde dir dankbar sein.* Und nun seid Ihr hier und die Schwierigkeiten sind offenbar nicht fern.«

»Was meint Ihr damit?« fragt Frodo.

»Diese schwarzen Männer«, sagte der Wirt und senkte die Stimme. »Sie suchen *Beutlin,* und wenn sie was Gutes im Schilde führen, dann bin ich ein Hobbit. Es war am Montag, und alle Hunde jaulten und die Gänse fauchten. Unheimlich, habe ich es genannt. Kunz kam und sagte mir, daß zwei schwarze Männer an der Tür seien und nach einem Hobbit mit Namen Beutlin fragten. Kunz standen die Haare zu Berge. Ich schickte die schwarzen Gesellen fort und schlug ihnen die Tür vor der Nase zu; aber dieselbe Frage haben sie den ganzen Weg bis nach Archet gestellt, wie ich höre. Und dieser Waldläufer Streicher hat auch Fragen gestellt. Versuchte, hier hereinzukommen und Euch zu sehen, ehe Ihr einen Happen gegessen hattet, jawohl.«

»Jawohl«, sagte Streicher plötzlich und trat ins Licht. »Und viel Ungemach wäre uns erspart geblieben, wenn Ihr ihn hereingelassen hättet, Gerstenmann.«

Der Wirt fuhr erschrocken zusammen. »Ihr!« rief er. »Immer taucht Ihr plötzlich auf. Was wollt Ihr denn jetzt?«

»Er ist mit meiner Erlaubnis hier«, sagt Frodo. »Er kam, mir seine Hilfe anzubieten.«

»Ihr wißt über Eure Angelegenheit vielleicht selbst Bescheid«, sagte Herr Butterblume, »aber wenn ich in Eurer Lage wäre, würde ich mich nicht an einen Waldläufer wenden.«

»An wen würdet Ihr Euch denn wenden?« fragte Streicher. »An einen fetten Gastwirt, der seinen eigenen Namen nur deshalb behält, weil ihn die Leute den ganzen Tag brüllen? Sie können nicht ewig im *Pony* bleiben, und nach Hause können sie auch nicht. Sie haben einen langen Weg vor sich. Wollt Ihr mit ihnen gehen und ihnen die schwarzen Männer vom Halse halten?«

»Ich? Bree verlassen? Nicht um alle Schätze der Welt würde ich das tun«, sagte Herr Butterblume und sah jetzt ganz erschrocken aus. »Aber warum könnt Ihr nicht ruhig eine Weile hierbleiben, Herr Unterberg? Was bedeuten all diese seltsamen Vorgänge? Worauf haben es diese schwarzen Männer abgesehen, und wo kommen sie her, das würde ich gern mal wissen.«

»Es tut mir leid, ich kann das alles nicht erklären«, antwortete Frodo.

»Ich bin müde und sehr besorgt, und es ist eine lange Geschichte. Aber wenn Ihr wirklich vorhabt, mir zu helfen, muß ich Euch warnen, denn Ihr seid in Gefahr, solange ich in Eurem Hause bin. Diese Schwarzen Reiter – ich bin nicht sicher, aber ich glaube, ich fürchte, sie kommen aus ...«

»Sie kommen aus Mordor«, sagte Streicher leise. »Aus Mordor, Gerstenmann, wenn Euch das etwas sagt.«

»Bewahr uns!« rief Herr Butterblume und wurde blaß; der Name war ihm offensichtlich bekannt. »Das ist die schlimmste Nachricht, die zu meinen Lebzeiten Bree erreicht hat.«

»Ja«, sagte Frodo. »Seid Ihr immer noch gewillt, mir zu helfen?«

»Bin ich«, antwortete Herr Butterblume. »Mehr denn je. Obwohl ich nicht weiß, was meinesgleichen tun kann gegen, gegen ...« Ihm versagte die Stimme.

»Gegen den Schatten im Osten«, sagte Streicher ruhig. »Nicht viel, Gerstenmann, aber jedes bißchen hilft. Ihr könnt Herrn Unterberg heute nacht als Herrn Unterberg hier bleiben lassen und könnt den Namen Beutlin vergessen, bis er weit fort ist.«

»Das will ich tun«, sagte Butterblume. »Aber ich fürchte, sie werden auch ohne meine Hilfe herausfinden, daß er hier ist. Zu schade, daß Herr Beutlin heute abend die Aufmerksamkeit auf sich lenkte, um nicht mehr zu sagen. Die Geschichte, wie dieser Herr Bilbo weggegangen ist, ist schon vor heute abend in Bree gehört worden. Selbst unser Kunz mit seinem schwerfälligen Schädel hat ein paar Vermutungen angestellt; und es gibt andere in Bree, die schneller begreifen als er.«

»Ja, wir können nur hoffen, daß die Reiter noch nicht zurückkommen«, sagte Frodo.

»Das hoffe ich auch«, sagte Butterblume. »Aber Spuk oder kein Spuk, jedenfalls werden sie nicht so leicht in das *Pony* gelangen. Macht Euch bis zum Morgen keine Sorgen. Kunz wird kein Wort sagen. Kein schwarzer Mann soll meine Schwelle überschreiten, solange ich auf meinen Beinen stehen kann. Ich und meine Leute werden heute nacht Wache halten; aber Ihr solltet ein wenig schlafen, wenn Ihr könnt.«

»Jedenfalls müssen wir bei Morgengrauen geweckt werden«, sagte Frodo. »Wir müssen so früh wie möglich aufbrechen. Frühstück bitte um halb sieben.«

»Gut! Ich werde die Anweisung geben«, sagte der Wirt. »Gute Nacht, Herr Beutlin – Unterberg, sollte ich sagen! Gute Nacht – du lieber Himmel? Wo ist denn Euer Herr Brandybock?«

»Ich weiß es nicht«, sagte Frodo, plötzlich sehr besorgt. Sie hatten Merry ganz vergessen, und es wurde spät. »Ich fürchte, er ist ausgegangen. Er hatte etwas gesagt, daß er Luft schnappen wollte.«

»Na, um Euch muß man sich ja gewißlich kümmern: man sollte denken, Ihr seid auf einer Ferienreise!« sagte Butterblume. »Ich muß gehen und rasch die Türen versperren, aber ich werde dafür sorgen, daß Euer Freund hereingelassen wird, wenn er kommt. Besser noch, ich schicke Kunz, ihn zu suchen. Gute Nacht allerseits!«

Endlich ging Herr Butterblume, mit einem letzten zweifelnden Blick auf Streicher und einem Kopfschütteln. Seine Schritte verhallten auf dem Gang.

»Nun?« fragte Streicher. »Wann wollt Ihr den Brief öffnen?« Frodo betrachtete das Siegel genau, ehe er es erbrach. Es schien gewiß Gandalfs zu sein. Darin fand sich in des Zauberers kräftiger, aber anmutiger Handschrift die folgende Botschaft:

ZUM TÄNZELNDEN PONY, BREE, MITTJAHRSTAG, AUENLAND-JAHR 1418

Lieber Frodo,

Schlechte Nachrichten haben mich hier erreicht. Ich muß sofort aufbrechen. Du gehst besser bald aus Beutelsend fort und verläßt das Auenland spätestens vor Ende Juli. Ich werde zurückkommen, sobald ich kann; und ich werde Dir folgen, falls Du schon fort bist. Hinterlasse hier eine Nachricht für mich, wenn Du durch Bree kommst. Du kannst dem Wirt (Butterblume) vertrauen. Es mag sein, daß Du unterwegs einen Freund von mir triffst: einen Menschen, schlank, dunkel, groß, von manchen Streicher genannt. Er weiß über unsere Angelegenheit Bescheid und wird Dir helfen. Mache Dich nach Bruchtal auf. Dort werden wir uns, hoffe ich, wiedertreffen. Wenn ich nicht komme, wird Elrond Dir Rat geben.

In Eile Dein
GANDALF

PS. Benütze Ihn NICHT wieder, aus welchem Grunde auch immer! Wandere nicht des Nachts!

PPS. Vergewissere Dich, daß es der richtige Streicher ist. Es gibt viele merkwürdige Menschen auf den Straßen. Sein wirklicher Name ist Aragorn.

Nicht alles, was Gold ist, funkelt,
Nicht jeder, der wandert, verlorn,
Das Alte wird nicht verdunkelt
Noch Wurzeln der Tiefe erfrorn.

Aus Asche wird Feuer geschlagen,
Aus Schatten geht Licht hervor;
Heil wird geborstnes Schwert,
Und König, der die Krone verlor.

PPPS. *Ich hoffe, Butterblume sendet dies sofort. Ein ehrenwerter Mann, aber sein Gedächtnis ist wie eine Rumpelkammer: was man braucht, ist immer vergraben. Wenn er es vergißt, werde ich ihn rösten. Lebe wohl!*

Frodo las den Brief, dann reichte er ihn Pippin und Sam hinüber. »Der alte Butterblume hat wirklich was Schönes angerichtet!« sagte er. »Er verdient geröstet zu werden. Hätte ich das sofort bekommen, könnten wir alle jetzt in Bruchtal in Sicherheit sein. Aber was mag mit Gandalf geschehen sein? Er schreibt, als ginge er großen Gefahren entgegen.«

»Das hat er seit vielen Jahren getan«, sagte Streicher.

Frodo wandte sich um und sah ihn nachdenklich an; er war unsicher über Gandalfs zweite Nachschrift. »Warum habt Ihr mir nicht gleich gesagt, daß Ihr Gandalfs Freund seid?« fragte er. »Es hätte Zeit gespart.«

»Wirklich? Würde einer von Euch mir geglaubt haben?« gab Streicher zurück. »Ich wußte nichts von diesem Brief. Ich wußte nur, daß ich Euch überreden mußte, mir ohne Beweise zu vertrauen, wenn ich Euch helfen sollte. Jedenfalls hatte ich nicht vor, Euch sofort alles über mich zu erzählen. Ich mußte *Euch* erst prüfen und mich vergewissern. Der Feind hat mir schon früher Fallen gestellt. Sobald ich mich entschieden hätte, war ich bereit, jede Eurer Fragen zu beantworten. Aber ich muß zugeben«, fügte er mit einem seltsamen Lachen hinzu, »daß ich gehofft hatte, Ihr würdet mich um meiner selbst willen nehmen. Ein gejagter Mann ist manchmal das Mißtrauen leid und sehnt sich nach Freundschaft. Doch spricht, glaube ich, mein Äußeres gegen mich.«

»Allerdings – jedenfalls auf den ersten Blick«, lachte Pippin, plötzlich erleichtert, nachdem er Gandalfs Brief gelesen hatte. »Aber hübsch ist, wer hübsch tut, wie wir im Auenland sagen; und ich vermute, wir werden alle ziemlich genauso aussehen, wenn wir tagelang in Hecken und Gräben gelegen haben.«

»Es würde mehr brauchen, als ein paar Tage oder Wochen oder Jahre in der Wildnis zu wandern, um wie Streicher auszusehen«, antwortete er. »Und Ihr würdet vorher sterben, sofern Ihr nicht aus härterem Holz geschnitzt seid, als es den Anschein hat.«

Pippin schwieg still, aber Sam war nicht so leicht einzuschüchtern, und er hatte immer noch seine Zweifel über Streicher. »Woher wissen wir, daß Ihr der Streicher seid, von dem Gandalf gesprochen hat?« fragte er. »Ihr habt Gandalf überhaupt nicht erwähnt, ehe dieser Brief kam. Ihr könntet ein schauspielernder Späher sein, soweit ich sehen kann, um uns zum Mitgehen zu bewegen. Ihr könntet den richtigen Streicher umgebracht und die Kleider genommen haben. Was habt Ihr dazu zu sagen?«

»Daß du ein wackerer Bursch bist«, antwortete Streicher. »Aber ich fürchte, meine einzige Antwort an dich, Sam Gamdschie, ist folgende. Wenn ich den richtigen Streicher getötet hätte, könnte ich auch *dich* töten. Und ich hätte dich ohne so viel Gerede getötet. Wenn ich hinter dem Ring her wäre, könnte ich ihn haben – JETZT!«

Er stand auf und schien plötzlich größer zu werden. In seinen Augen blitzte es auf, stark und gebieterisch. Er warf seinen Mantel zurück und legte die Hand auf das Heft des Schwertes, das verborgen an seiner Seite gehangen hatte. Sie wagten sich nicht zu rühren. Sam saß mit offenem Munde da und starrte ihn stumm an.

»Aber ich bin zum Glück der richtige Streicher«, sagte er, schaute zu ihnen herab, und sein Gesicht wurde sanft durch ein plötzliches Lächeln. »Ich bin Aragorn, Arathorns Sohn, und wenn ich durch Leben oder Tod euch retten kann, dann will ich es tun.«

Es trat ein langes Schweigen ein. Zögernd sprach Frodo schließlich. »Schon ehe der Brief kam, glaubte ich, daß Ihr ein Freund seid«, sagte er. »Oder zumindest wünschte ich es. Ihr habt mich heute abend mehrmals erschreckt, aber niemals so, wie es die Diener des Feindes tun würden, oder so stelle ich es mir jedenfalls vor. Ich glaube, einer seiner Späher würde – nun ja, anständiger aussehen und gemeiner denken, wenn Ihr das versteht.«

»Ja, das verstehe ich«, lachte Streicher. »Ich sehe gemein aus und denke anständig. Ist es so? *Nicht alles, was Gold ist, funkelt, nicht jeder, der wandert, verlorn.*«

»Beziehen sich die Verse denn auf Euch?« fragte Frodo. »Ich habe nicht begriffen, worum es sich dabei handelte. Aber woher wußtet Ihr, daß sie in Gandalfs Brief stehen, wenn Ihr ihn gar nicht gesehen habt?«

»Ich wußte es nicht«, antwortete er. »Aber ich bin Aragorn, und diese Verse gehören zu dem Namen.« Er zog sein Schwert hervor, und sie sahen, daß die Klinge tatsächlich einen Fuß unter dem Heft geborsten war. »Nicht viel nütze ist es, nicht wahr, Sam?« fragte Streicher. »Aber die Zeit ist nahe, da es neu geschmiedet werden wird.«

Sam erwiderte nichts.

»So«, sagte Streicher, »mit Sams Erlaubnis werden wir das als erledigt betrachten. Streicher wird euer Führer sein. Morgen werden wir ein hartes Stück Wegs haben. Selbst wenn man uns ungehindert aus Bree hinausläßt, können wir kaum hoffen, es unbemerkt zu verlassen. Aber ich werde versuchen, sobald als möglich unterzutauchen. Ich kenne noch ein paar andere Wege als nur die Hauptstraße, die aus dem Breeland hinausführen. Sobald wir die Verfolger einmal abgeschüttelt haben, werde ich auf die Wetterspitze zuhalten.«

»Die Wetterspitze?« fragte Sam. »Was ist denn das?«

»Ein Berg, genau nördlich der Straße, etwa auf halbem Wege zwischen hier und Bruchtal. Von dort hat man eine weite Aussicht nach allen Seiten, und dort werden wir Gelegenheit haben, uns umzuschauen. Gandalf wird auch dorthin kommen, wenn er uns folgt. Hinter der Wetterspitze wird unsere Fahrt schwieriger werden, und wir werden uns entscheiden müssen zwischen verschiedenen Gefahren.«

»Wann habt Ihr Gandalf zuletzt gesehen?« fragte Frodo. »Wißt Ihr, wo er ist oder was er tut?«

Streicher sah ernst aus. »Was er tut, weiß ich nicht«, sagte er. »Ich kam im Frühjahr mit ihm nach dem Westen. In den letzten Jahren habe ich oft an den Grenzen des Auenlands Wache gehalten, wenn er anderweitig beschäftigt war. Er ließ das Auenland selten unbewacht. Zuletzt trafen wir uns am 1. Mai: bei Sarnfurt unten am Brandywein. Er sagte mir, seine Angelegenheit mit Euch sei gut gegangen, und Ihr würdet Euch in der letzten Septemberwoche auf den Weg nach Bruchtal machen. Da ich wußte, daß er auf Eurer Seite war, begab ich mich meinerseits auf eine Fahrt. Und das erwies sich als unheilvoll; denn es war klar, daß ihn irgendwelche Nachrichten erreichten, und ich war nicht zur Hand, um zu helfen.

Ich bin beunruhigt, zum ersten Mal, seit ich ihn kenne. Wir hätten Botschaften von ihm erhalten müssen, auch wenn er selbst nicht kommen konnte. Als ich vor vielen Tagen zurückkehrte, hörte ich die schlechten Nachrichten. Die Neuigkeit war weit und breit bekannt, daß Gandalf vermißt wurde und die Reiter gesichtet worden waren. Das Elbenvolk von Gildor hat mir das erzählt; und später berichteten sie mir, daß Ihr von zu Hause aufgebrochen seid; aber es lag keine Nachricht darüber vor, daß Ihr Bockland verlassen hattet. Ich habe die Oststraße ängstlich beobachtet.«

»Glaubt Ihr, daß die Schwarzen Reiter etwas damit zu tun haben — mit Gandalfs Abwesenheit, meine ich?« fragte Frodo.

»Ich weiß nicht, was ihn sonst abgehalten haben könnte, wenn nicht der Feind selbst«, sagte Streicher. »Aber gebt die Hoffnung nicht auf. Gandalf ist größer, als Ihr im Auenland wißt – in der Regel seht Ihr nur seine Scherze und Spielereien. Aber diese unsere Angelegenheit wird seine größte Aufgabe sein.«

Pippin gähnte. »Entschuldigung«, sagte er, »aber ich bin todmüde. Trotz aller Gefahr und Sorge muß ich ins Bett oder ich schlafe im Sitzen ein. Wo ist dieser alberne Merry? Das fehlte gerade noch, daß wir im Dunkeln hinausgehen müßten und nach ihm suchen.«

In diesem Augenblick hörten sie eine Tür schlagen; dann Schritte, die den Gang entlangrannten. Merry kam hereingestürzt, gefolgt von Kunz. Er schloß hastig die Tür und lehnte sich dagegen. Er war außer Atem. Sie starrten ihn erschreckt einen Augenblick an, bis er hervorstieß: »Ich habe sie gesehen, Frodo! Ich habe sie gesehen! Schwarze Reiter!«

»Schwarze Reiter!« rief Frodo. »Wo?«

»Hier. Im Dorf. Ich bin eine Stunde hier sitzen geblieben. Als ihr dann immer noch nicht kamt, wollte ich einen kleinen Bummel machen. Ich war schon wieder zurückgekommen und stand gerade außerhalb des Lichtscheins der Laterne und betrachtete die Sterne. Plötzlich überlief mich ein Schauer und ich spürte, daß etwas Entsetzliches näherkroch: da war sozusagen ein tieferer Schatten zwischen den Schatten jenseits der Straße, gleich hinter dem Lichtkreis der Lampe. Er verschwand sofort geräuschlos im Dunkeln. Ein Pferd war nicht da.«

»In welcher Richtung ging er?« fragte Streicher plötzlich scharf.

Merry fuhr zusammen, denn er hatte den Fremden vorher nicht bemerkt. »Rede nur weiter«, sagte Frodo. »Er ist ein Freund von Gandalf. Ich erkläre es dir nachher.«

»Er schien die Straße nach Osten entlangzugehen«, fuhr Merry fort. »Ich versuchte, ihm zu folgen. Natürlich verschwand er sofort; aber ich ging um die Ecke und dann weiter bis zum letzten Haus an der Straße.«

Streicher sah Merry erstaunt an. »Ihr seid sehr beherzt«, sagte er. »Aber es war töricht.«

»Ich weiß nicht«, sagte Merry. »Weder tapfer noch albern, glaube ich. Ich konnte kaum anders. Irgendwie schien ich gezogen zu werden. Jedenfalls ging ich, und plötzlich hörte ich Stimmen an der Hecke. Eine murmelte, und die andere flüsterte oder zischte. Ich konnte kein Wort verstehen, das gesprochen wurde. Ich kroch nicht näher, weil ich einfach zu zittern begann. Dann bekam ich Angst und wandte mich um und wollte gerade nach Hause stürzen, als etwas hinter mir herkam und ich ... ich fiel hin.«

»Ich habe ihn gefunden, Herr«, schaltete sich Kunz ein. »Herr Butterblume hatte mich mit einer Laterne hinausgeschickt. Ich ging hinunter zum Westtor und dann zurück in Richtung Südtor. Ganz nahe bei Lutz Farnings Haus glaubte ich, etwas auf der Straße liegen zu sehen. Ich könnte es nicht beschwören, aber mir war so, als ob sich zwei Männer über etwas bückten und es aufhoben. Ich rief, aber als ich zu der Stelle kam, war keine Spur mehr von ihnen, und nur Herr Brandybock lag am Straßenrand. Er schien zu schlafen. ›Ich glaubte, ich sei in tiefes Wasser gefallen‹, sagt er zu mir, als ich ihn schüttelte. Sehr komisch war er, und kaum hatte ich ihn aufgeweckt, da stand er auf und rannte hierher zurück wie ein Hase.«

»Das stimmt, fürchte ich«, sagte Merry. »Obwohl ich nicht weiß, was ich gesagt habe. Ich hatte einen häßlichen Traum, an den ich mich nicht erinnern kann. Ich war einfach fix und fertig. Ich weiß nicht, was über mich gekommen ist.«

»Ich weiß es«, sagte Streicher. »Der Schwarze Atem. Die Reiter müssen ihre Pferde draußen gelassen haben und heimlich durch das Südtor wieder hereingekommen sein. Sie werden jetzt über alles Bescheid wissen, denn sie haben Lutz Farning besucht; und wahrscheinlich war auch der Südländer ein Späher. Es mag noch etwas geschehen in der Nacht, ehe wir Bree verlassen.«

»Was wird geschehen?« fragte Merry. »Werden sie das Gasthaus angreifen?«

»Nein, das glaube ich nicht«, antwortete Streicher. »Sie sind noch nicht alle hier. Und jedenfalls ist das nicht ihre Art. In Dunkelheit und Einsamkeit sind sie am stärksten; sie werden nicht offen ein Haus angreifen, in dem Licht brennt und viele Leute sind – nicht, ehe sie ganz verzweifelt sind, nicht, während noch all die Meilen von Eriador vor uns liegen. Aber ihre Macht beruht auf Schrecken, und einige in Bree sind schon in ihren Klauen. Sie werden diese Unglücklichen zu bösen Taten anstiften: Farning und einige von den Fremden und vielleicht auch den Torwächter. Sie sprachen am Montag mit Heinrich am Westtor. Ich habe sie beobachtet. Er war weiß und zitterte, als sie ihn verließen.«

»Wir scheinen Feinde ringsum zu haben«, sagte Frodo. »Was sollen wir tun?«

»Hierbleiben und nicht in Eure Zimmer gehen! Sie haben bestimmt herausgefunden, welche das sind. Die Hobbitzimmer haben Fenster nach Norden und dicht am Boden. Wir werden alle zusammen hierbleiben und Fenster und Tür versperren. Aber zuerst werden Kunz und ich Euer Gepäck holen.«

Während Streicher weg war, berichtete Frodo Merry rasch über alles, was sich seit dem Abendessen ereignet hatte. Merry hatte gerade Gandalfs Brief gelesen und dachte darüber nach, als Streicher und Kunz zurückkamen.

»So, meine Herren«, sagte Kunz, »ich habe das Bettzeug aufgewühlt und in jedes Bett der Länge nach eine Schlummerrolle gelegt. Und eine hübsche Nachahmung Eures Kopfes habe ich mit einer braunen Wolldecke gemacht, Herr Beut-Unterberg«, fügte er grinsend hinzu.

Pippin lachte. »Sehr naturgetreu!« sagte er. »Aber was wird geschehen, wenn sie den Mummenschanz durchschaut haben?«

»Das werden wir sehen«, antwortete Streicher. »Wir hoffen, daß wir bis morgen früh die Stellung halten können.«

»Gute Nacht«, sagte Kunz und ging, um seinen Wachposten an der Tür zu beziehen.

Ihre Rucksäcke und Kleider stapelten sie auf dem Fußboden. Vor die Tür schoben sie einen niedrigen Sessel und schlossen das Fenster. Als Frodo hinausschaute, sah er, daß die Nacht noch klar war. Die Sichel * stand hell über den Hängen des Breeberges. Dann schloß und verriegelte er die schweren Innenläden und zog die Vorhänge zu. Streicher legte das Feuer nach und blies die Kerzen aus.

Die Hobbits legten sich auf ihre Decken mit den Füßen zum Kamin; aber Streicher setzte sich auf den Sessel vor der Tür. Sie unterhielten sich noch eine Weile, denn Merry hatte noch verschiedene Fragen.

»Sprang übern Mond!« kicherte er, als er sich in seine Decke einwickelte. »Sehr lächerlich von dir, Frodo! Aber ich wollte, ich wäre dabeigewesen. Die würdigen Breeländer werden in hundert Jahren noch davon reden.«

»Das hoffe ich«, sagte Streicher. Dann schwiegen sie, und einer nach dem anderen schliefen die Hobbits ein.

* Der Hobbitname für den Wagen oder Großen Bären.

ELFTES KAPITEL

EIN MESSER IM DUNKELN

Als sie sich im Gasthaus in Bree zum Schlafen fertigmachten, war Bockland in Dunkelheit gebettet; Dunst lagerte über den Tälern und dem Flußufer. Das Haus in Krickloch lag still da. Dick Bolger öffnete vorsichtig die Tür und spähte hinaus. Den ganzen Tag war ein Angstgefühl in ihm immer mächtiger geworden, und er konnte einfach nicht ruhig sitzen bleiben oder ins Bett gehen. Eine schwerlastende Drohung war in der windstillen Nacht. Als er in die Finsternis hinausstarrte, bewegte sich ein schwarzer Schatten unter den Bäumen; das Tor schien sich ganz von selbst zu öffnen und schloß sich wieder lautlos. Dick wurde von Grauen gepackt. Er wich zurück und stand einen Augenblick zitternd in der Halle. Dann schloß er die Tür und verriegelte sie.

Die Nacht wurde schwärzer. Nun war ein leises Geräusch von Pferden zu vernehmen, die in aller Heimlichkeit den Fußweg entlang geführt wurden. Vor dem Tor hielten sie an, und drei schwarze Gestalten kamen herein, wie Schatten der Nacht, die über den Boden krochen. Eine ging zur Tür, je eine stellte sich zu beiden Seiten an die Ecken des Hauses; und dort standen sie, still wie Schatten aus Stein, während die Nacht langsam voranschritt. Das Haus und die unbewegten Bäume schienen atemlos zu warten.

Dann regte sich ein schwaches Lüftchen in den Blättern, und ein Hahn krähte in der Ferne. Die kalte Stunde vor dem Morgengrauen verging. Die Gestalt an der Tür regte sich. In der Finsternis ohne Mond oder Sterne glänzte ein gezogenes Schwert, als ob ein kaltes Licht aus der Scheide gezogen worden wäre. Es gab einen Schlag, leise, aber kräftig, und die Tür erzitterte.

»Öffne, im Namen von Mordor!« sagte eine dünne, aber drohende Stimme.

Bei einem zweiten Schlag gab die Tür nach und stürzte ein, das Holz zersplitterte und das Schloß zerbrach. Die schwarzen Gestalten glitten rasch hinein.

In diesem Augenblick erklang zwischen den Bäumen nahebei ein Horn. Es zerriß die Nacht wie Feuer auf einem Berggipfel.

ERWACHT! GEFAHR! FEUER! FEINDE! ERWACHT!

Dick Bolger war nicht müßig gewesen. Kaum hatte er die dunklen Schatten vom Garten herankriechen sehen, da wußte er, daß er rennen mußte, wenn ihm sein Leben lieb war. Und er rannte zur Hintertür hinaus, durch den Garten und über die Wiesen. Als er das nächste Haus erreicht hatte, mehr als eine Meile entfernt, brach er auf der Schwelle zusammen. »Nein, nein, nein!« schrie er. »Nein, nicht ich! Ich habe ihn nicht!« Es dauerte einige Zeit, bis irgend jemand begriff, was er eigentlich stammelte. Schließlich kamen sie auf den Gedanken, es könnten Feinde in Bockland sein, irgendein fremder Überfall aus dem Alten Wald. Und dann verloren sie keine Zeit mehr.

GEFAHR! FEUER! FEINDE!

Die Brandybocks bliesen das Hornsignal von Bockland, das seit hundert Jahren nicht mehr vernommen worden war, nicht seit die weißen Wölfe in dem Grausamen Winter gekommen waren, als der Brandywein zugefroren war.

ERWACHT! ERWACHT!

Weit in der Ferne hörte man antwortende Hörner. Der Alarm wurde weitergegeben.

Die schwarzen Gestalten flohen aus dem Haus. Eine von ihnen ließ, als sie davonstürzte, einen Hobbitmantel auf der Schwelle fallen. Auf dem Fußweg hörte man Hufgetrappel, das sich zu einem Galopp steigerte und in der Dunkelheit dahinhämmerte. Rings um Krickloch hallte alles wider von Hörnerblasen und schreienden Stimmen und rennenden Füßen. Aber die Schwarzen Reiter ritten wie der Sturmwind zum Nordtor. Das kleine Volk soll nur blasen! Sauron wird später schon mit ihnen fertig werden. Sie hatten derweil eine andere Aufgabe: jetzt wußten sie, daß das Haus leer war und der Ring fort. Sie überritten die Wachen am Tor und verschwanden aus dem Auenland.

Früh in der Nacht erwachte Frodo plötzlich aus tiefem Schlaf, als habe irgendein Laut oder die Gegenwart von irgend jemandem ihn aufgeschreckt. Er sah, daß Streicher hellwach auf seinem Sessel saß: seine Augen glänzten im Schein des Feuers, das er in Gang gehalten hatte und das hell brannte; aber er gab kein Zeichen und bewegte sich nicht.

Frodo schlief bald wieder ein; doch abermals wurden seine Träume gestört durch das Geräusch von Wind und galoppierenden Hufen. Der Wind schien um das Haus herumzuwirbeln und es zu schütteln, und in der Ferne hörte er ein Horn wild blasen. Er öffnete die Augen und hörte einen Hahn lustig im Hof krähen. Streicher hatte die Vorhänge aufgezogen und krachend die Läden aufgestoßen. Das erste graue Licht des Tages war im Raum, und kalte Luft drang durch das offene Fenster herein.

Sobald Streicher sie alle geweckt hatte, ging er voran in ihre Schlafzimmer. Als sie sie sahen, waren sie froh, daß sie seinem Rat gefolgt waren: die Fenster waren aufgebrochen und schlugen hin und her, und die Gardinen flatterten; die Betten waren durchwühlt und die Schlummerrollen aufgeschlitzt und auf den Boden geworfen; die braune Decke war in Fetzen gerissen.

Streicher ging gleich, um den Wirt zu holen. Der arme Herr Butterblume sah verschlafen und verängstigt aus. Er hatte die ganze Nacht kaum ein Auge zugetan (sagte er), aber gehört hatte er nichts.

»Nie in meinem Leben ist so etwas passiert!« rief er und hob voll Entsetzen die Hände. »Daß Gäste nicht in ihren Betten schlafen können und gute Schlummerrollen ruiniert werden und was nicht alles! Was kommt denn nun noch?«

»Dunkle Zeiten«, sagte Streicher. »Aber im Augenblick werdet Ihr vielleicht in Ruhe gelassen werden, sobald Ihr uns los seid. Wir wollen sofort aufbrechen. Macht Euch keine Mühe mit dem Frühstück: ein Schluck zu trinken und ein Bissen im Stehen wird uns reichen müssen. In ein paar Minuten haben wir gepackt.«

Herr Butterblume eilte davon, um dafür zu sorgen, daß ihre Ponies gesattelt würden, und um ihnen einen »Bissen« zu holen. Aber sehr bald kam er bestürzt zurück. Die Ponies waren verschwunden! Die Stalltüren waren in der Nacht aufgebrochen worden, und sie waren fort: nicht nur Merrys Ponies, sondern alle anderen Pferde und Tiere auch.

Frodo war ganz niedergeschmettert von dieser Nachricht. Wie konnte er hoffen, Bruchtal zu Fuß zu erreichen, wenn er von berittenen Feinden verfolgt wurde? Genauso gut könnten sie sich nach dem Mond aufmachen. Streicher saß eine Weile schweigend da und sah die Hobbits an, als ob er ihre Kraft und ihren Mut abwäge.

»Ponies würden uns auch nicht helfen, auf Pferden reitenden Verfolgern zu entkommen«, sagte er schließlich nachdenklich, als ob er Frodos Gedanken erraten hätte. »Zu Fuß werden wir auch nicht viel langsamer sein, jedenfalls nicht auf den Wegen, die ich einzuschlagen gedenke. Ich wollte sowieso laufen. Nur die Lebensmittel und Vorräte machen mir Sorgen. Wir können nicht darauf rechnen, zwischen hier und Bruchtal etwas zu essen zu bekommen, abgesehen von dem, was wir mitnehmen; und wir sollten einen großen Vorrat dabeihaben; denn wir könnten aufgehalten werden oder zu Umwegen gezwungen sein, die uns weit vom direkten Weg wegführen. Wieviel seid ihr bereit auf dem Rücken zu tragen?«

»Soviel wie nötig«, sagte Pippin etwas beklommen, denn er wollte zeigen, daß er zäher war, als er aussah (oder sich fühlte).

»Ich kann gut und gern für zwei tragen«, sagte Sam kühn.

»Ist denn gar nichts zu machen, Herr Butterblume?« fragte Frodo. »Können wir nicht im Dorf ein paar Ponies bekommen, oder wenigstens eins für das Gepäck? Ich nehme nicht an, daß wir sie leihen können, aber vielleicht könnten wir sie kaufen«, fügte er hinzu und fragte sich, ob er es sich eigentlich leisten könne.

»Das bezweifle ich«, meinte der Wirt unglücklich. »Die zwei oder drei Reitponies, die es in Bree gab, waren in meinem Stall untergebracht, und sie sind auch weg. Und was andere Lasttiere betrifft, Pferde oder Ponies, so werden sie nicht verkäuflich sein. Aber ich werde sehen, was ich tun kann. Ich werde Hinz aus dem Bett jagen und ihn sobald als möglich losschicken.«

»Ja«, meinte Streicher widerstrebend, »es wäre gut, wenn Ihr das tätet. Ich fürchte, wir müssen versuchen, wenigstens ein Pony zu bekommen. Aber damit wird unsere Hoffnung zunichte, früh aufzubrechen und uns heimlich davonzustehlen! Genauso gut hätten wir ein Horn blasen können, um unseren Abmarsch anzukündigen. Das war zweifellos ein Teil ihres Plans.«

»Ein kleiner Trost ist dabei«, sagte Merry, »und mehr als ein kleiner, hoffe ich: wir können frühstücken, während wir warten – und uns sogar dazu hinsetzen. Laßt uns Kunz gleich Bescheid sagen!«

Am Ende gab es einen Zeitverlust von mehr als drei Stunden. Hinz kam zurück und berichtete, daß in der Nachbarschaft weder für Geld noch gute Worte ein Pferd oder ein Pony zu haben sei – mit Ausnahme von einem: Lutz Farning hatte eins, das er vielleicht verkaufen würde. »Ein jämmerliches, altes, halb verhungertes Vieh ist es«, sagte Hinz. »Aber wie ich Lutz Farning kenne, wird er es in Anbetracht Eurer Lage nicht hergeben, wenn er nicht mindestens das Dreifache dessen bekommt, was es wert ist.«

»Lutz Farning?« sagte Frodo. »Steckt da nicht ein Trick dahinter? Wird das Tier nicht mit all unserem Zeug zu ihm zurückrennen oder helfen, unsere Spur zu verfolgen oder sonst was?«

»Ich weiß nicht«, sagte Streicher. »Ich kann mir kein Tier vorstellen, das wieder zu ihm läuft, wenn es einmal weg ist. Ich vermute, der liebenswürdige Herr Farning hat einfach den Hintergedanken dabei, seinen Gewinn bei dieser ganzen Geschichte zu erhöhen. Die Hauptgefahr ist, daß das arme Vieh wahrscheinlich an der Schwelle des Todes steht. Aber es bleibt uns keine Wahl. Was will er dafür haben?«

Lutz Farnings Preis war zwölf Silberpfennige; und das war tatsächlich mindestens das Dreifache dessen, was ein Pony in jenen Gegenden wert war. Es stellte sich heraus, daß es ein knochiges, unterernährtes und abgestumpftes Tier war; aber es sah nicht so aus, als sei es schon am Sterben. Herr Butterblume bezahlte es selbst und bot Merry weitere achtzehn Pfennige als Entschädigung für die verlorenen Ponies. Er war ein Ehrenmann und galt in Bree als wohlhabend; aber dreißig Silberpfennige waren ein schwerer Schlag für ihn, und von Lutz Farning betrogen worden zu sein, machte es noch schwerer erträglich.

Tatsächlich ging am Ende jedoch alles gut für ihn aus. Es erwies sich später, daß nur ein Pferd wirklich gestohlen worden war. Die anderen waren weggetrieben worden oder waren vor Schreck davongestürzt; sie wurden in verschiedenen Winkeln des Breelandes wiedergefunden. Merrys Ponies waren allesamt entkommen und hatten schließlich (da sie eine ganze Menge Verstand besaßen) den Weg nach den Höhen eingeschlagen, auf der Suche nach Plumpel. So kamen sie für eine Weile in Tom Bombadils Obhut und waren gut dran. Als Tom aber von den Ereignissen in Bree hörte, schickte er sie Herrn Butterblume, der auf diese Weise fünf gute Tiere zu einem sehr günstigen Preis erhielt. Sie mußten schwerer arbeiten in Bree, aber Hinz behandelte sie gut; so hatten sie im großen und ganzen Glück: ihnen blieb eine dunkle und gefährliche Fahrt erspart. Aber sie kamen nie nach Bruchtal.

Einstweilen wußte Herr Butterblume indes nur, daß er sein Geld los war. Und er hatte noch mehr Verdruß. Denn es gab eine große Aufregung, nachdem die übrigen Gäste aufgestanden waren und von dem Überfall auf das Gasthaus gehört hatten. Die Reisenden aus dem Süden hatten mehrere Pferde eingebüßt und gaben lauthals dem Wirt die Schuld, bis sich herausstellte, daß einer aus ihrer eigenen Gruppe ebenfalls im Laufe der Nacht verschwunden war, und zwar niemand anderes als Lutz Farnings schielender Gefährte. Der Verdacht fiel sofort auf ihn.

»Wenn Ihr Euch mit einem Pferdedieb einlaßt und ihn in mein Haus bringt«, sagte Butterblume wütend, »dann solltet Ihr selbst für alle Schäden bezahlen und mich nicht anschreien. Geht doch und fragt Farning, wo Euer feiner Freund ist!« Aber es schien, als sei er niemandes Freund, und niemand konnte sich erinnern, wann er sich der Reisegesellschaft angeschlossen hatte.

Nach dem Frühstück mußten die Hobbits neu packen und weitere Vorräte auftreiben, denn jetzt war damit zu rechnen, daß ihre Fahrt länger dauern würde. Es war fast zehn Uhr, als sie schließlich wegkamen. Zu dieser Zeit summte ganz Bree vor Aufregung. Frodos Verschwindekunststück; das Auftauchen der schwarzen Reiter; der Einbruch in die Ställe; und nicht zuletzt die Nachricht, daß Streicher, der Waldläufer, sich den geheimnisvollen Hobbits angeschlossen hatte; all das ergab eine Geschichte, die für viele ereignislose Jahre reichen würde. Die Mehrzahl der Bewohner von Bree und Stadel und sogar viele aus Schlucht und Archet drängten sich auf der Straße, um den Aufbruch mitzuerleben. Die anderen Gäste des Wirtshauses standen an der Tür oder schauten aus den Fenstern.

Streicher hatte seinen Plan geändert und beschlossen, Bree über die Hauptstraße zu verlassen. Jeder Versuch, sofort querfeldein zu gehen, würde die Sache nur schlimmer machen: die Hälfte der Bewohner würden ihnen folgen, um zu sehen, was sie vorhätten, und um zu verhindern, daß sie über ihre Felder und Wiesen gingen.

Sie verabschiedeten sich von Kunz und Hinz, sagten Herrn Butterblume Lebewohl und bedankten sich sehr. »Ich hoffe, wir werden uns eines Tages wiedersehen, wenn die Lage erfreulicher ist«, sagte Frodo. »Mir wäre nichts lieber, als eine Weile friedlich in Eurem Haus zu bleiben.«

Sie zogen los, verängstigt und niedergeschlagen, unter den Blicken der Menge. Nicht alle Gesichter waren freundlich, und auch nicht alle Worte, die gerufen wurden. Aber Streicher schien den meisten Breeländern Furcht einzuflößen, und diejenigen, die er anschaute, hielten ihren Mund und zogen sich zurück. Er ging voran mit Frodo; dann kamen Merry und Pippin und als letzter Sam, der das Pony führte. Sie hatten ihm so viel von ihrem Gepäck aufgeladen, wie sie nur über das Herz brachten; aber das Tier sah schon nicht mehr so mutlos aus, sondern schien mit seinem neuen Schicksal ganz einverstanden. Sam kaute nachdenklich einen Apfel. Er hatte die ganze Tasche voll Äpfel: ein Abschiedsgeschenk von Kunz und Hinz. »Äpfel fürs Laufen und eine Pfeife fürs Sitzen«, sagte er. »Aber ich schätze, es wird nicht lange dauern, bis ich auf beides verzichten muß.«

Die Hobbits beachteten nicht die neugierigen Köpfe, die aus den Türen herausschauten und über Mauern und Zäunen auftauchten, als sie vorbeigingen. Aber als sie sich dem zweiten Tor näherten, sah Frodo ein dunkles, verwahrlostes Haus hinter einer dichten Hecke; es war das letzte Haus des Dorfes. In einem der Fenster tauchte flüchtig ein fahles Gesicht mit verschlagenen, schrägstehenden Augen auf; aber es verschwand sofort.

»So, da versteckt sich also der Südländer!« dachte er. »Er sieht wirklich wie ein halber Unhold aus.«

Über die Hecke starrte frech ein anderer Mensch. Er hatte dicke schwarze Augenbrauen und dunkle, hämische Augen; sein großer Mund kräuselte sich zu einem Hohnlächeln. Er rauchte eine kurze, schwarze Pfeife. Als sie näherkamen, nahm er sie aus dem Mund und spuckte.

»Morgen, Langbein«, sagte er. »So früh schon fort? Endlich ein paar Freunde gefunden?« Streicher nickte, gab aber keine Antwort.

»Morgen, meine kleinen Freunde«, sagte er zu den anderen. »Ich nehme an, ihr wißt, mit wem ihr euch da eingelassen habt? Der schreckt nämlich vor nichts zurück, dieser Streicher. Obwohl ich noch andere Namen gehört habe, die nicht so hübsch sind. Paßt nur auf heute nacht! Und Sam, du Knirps, behandle mein armes altes Pony gut! Pah!« Er spuckte wieder.

Sam drehte sich rasch um. »Und du, Farning«, sagte er, »geh mir mit deinem häßlichen Gesicht aus den Augen, sonst nimmt es Schaden.« Mit einer blitzschnellen Bewegung schleuderte er einen Apfel und traf Lutz genau auf der Nase. Er duckte sich zu spät, und Flüche kamen hinter der Hecke hervor. »Schade um den guten Apfel«, sagte Sam bedauernd und ging weiter.

Schließlich ließen sie das Dorf hinter sich. Die Kinder und Schaulustigen, die ihnen nachgelaufen waren, wurden es leid und drehten am Südtor um. Sie gingen durch das Tor und noch einige Meilen auf der Straße weiter. Sie beschrieb einen Bogen nach links und nahm, während sie sich um den Fuß des Breeberges herumzog, wieder ihre östliche Richtung auf und führte dann rasch hinunter in waldiges Gelände. Zu ihrer Linken konnten sie einige Häuser und Hobbithöhlen von Stadel an den flacheren südöstlichen Hängen des Berges sehen; unten in einer tiefen Mulde weit nördlich der Straße zeigten Rauchwölkchen, daß dort Schlucht lag; Archet dahinter war durch Bäume verborgen.

Nachdem die Straße ein Stück bergab verlaufen war und der Breeberg hoch und braun hinter ihnen geblieben war, kamen sie zu einem schmalen Pfad, der nach Norden führte. »Hier verlassen wir das offene Gelände und gehen in Deckung«, sagte Streicher.

»Hoffentlich kein ›gerader Weg‹ «, sagte Pippin. »Unser letzter gerader Weg durch den Wald endete fast im Unglück.«

»Ach, da hattet ihr ja auch mich nicht dabei«, lachte Streicher. »Meine Wege, ob gerad oder krumm, gehen nicht fehl.« Er schaute die Straße hinauf und hinunter. Niemand war zu sehen; und dann führte er sie rasch hinab in das bewaldete Tal.

Sein Plan, soweit sie ihn verstehen konnten, ohne die Gegend zu kennen, bestand darin, zuerst in Richtung Archet zu gehen, aber rechts davon zu bleiben und östlich daran vorbeizugehen, und dann so geradeaus, wie in dem unwegsamen Gelände nur möglich, auf die Wetterspitze zuzuhalten. Auf diese Weise würden sie, wenn alles gut ging, eine große Schleife der Straße abschneiden, denn die Straße zog sich weiter nach Süden, um die Mückenwassermoore zu umgehen. Sie würden natürlich die Moore überqueren müssen, und Streichers Beschreibung davon war nicht ermutigend.

Einstweilen war das Laufen indes nicht unangenehm. Ohne die beunruhigenden Ereignisse der letzten Nacht hätten sie sogar diesen Teil ihrer Wanderung mehr genossen als alle bisherigen. Die Sonne schien klar, aber nicht zu heiß. Die Wälder im Tal waren noch belaubt und farbenprächtig und schienen friedlich und ungefährlich zu sein. Streicher führte sie sicher zwischen vielen Kreuzpfaden hindurch, und wenn sie allein gewesen wären, hätten sie sich bestimmt bald verirrt. Er schlug immer wieder Haken auf seinem Weg, um etwaige Verfolger abzuschütteln.

»Lutz Farning wird beobachtet haben, wo wir die Straße verlassen haben, das ist sicher«, sagte er. »Obwohl ich nicht glaube, daß er uns selbst folgt. Er kennt die Gegend hier gut genug, aber er weiß, daß er es im Wald nicht mit mir aufnehmen kann. Ich befürchte nur, daß er anderen Bescheid sagt. Vermutlich sind sie nicht fern. Wenn sie glauben, daß wir nach Archet gehen, dann um so besser.«

Ob es an Streichers Geschicklichkeit lag oder einen anderen Grund hatte, jedenfalls sahen und hörten sie den ganzen Tag kein anderes Lebewesen: weder zweibeinige außer Vögeln noch vierfüßige außer einem Fuchs und ein paar Eichhörnchen. Am nächsten Tag begannen sie sich stetig nach Osten zu halten. Am dritten Tag seit Bree ließen sie den Chetwald hinter sich. Das Gelände war die ganze Zeit abschüssig gewesen, seit sie die Straße verlassen hatten, und jetzt kamen sie in eine weite Ebene, die viel schwieriger zu durchqueren war. Sie waren weit jenseits der Grenzen des Breelandes in der pfadlosen Wildnis und näherten sich den Mückenwassermooren.

Der Boden wurde jetzt feucht und stellenweise sumpfig, und dann und wann stießen sie auf Tümpel und große Flächen mit Schilf und Binsen, in denen verborgen kleine Vögel zwitscherten. Sie mußten sich vorsichtig ihren Weg bahnen, damit ihre Füße trocken blieben und sie ihren richtigen Kurs einhielten. Zuerst kamen sie recht gut voran, aber mit der Zeit ging es immer langsamer, und ihr Weg war gefährlicher. Die Moore waren verwirrend und tückisch, und nicht einmal Waldläufer vermochten in den sich ständig verlagernden Morasten einen durchgehenden Pfad zu finden. Die Fliegen begannen sie zu quälen, und sie waren eingehüllt in ganze Schwärme winziger Mücken, die ihnen in die Ärmel und Hosen krochen und sich in die Haare setzten.

»Ich werde bei lebendigem Leibe aufgefressen!« rief Pippin. »Mückenwasser! Es gibt mehr Mücken als Wasser!«

»Wovon leben sie, wenn sie keinen Hobbit bekommen können?« fragte Sam und kratzte sich den Hals.

Sie verbrachten einen abscheulichen Tag in dieser einsamen und unerfreulichen Gegend. Ihr Lagerplatz war feucht, kalt und unbehaglich, und die stechenden Insekten ließen sie nicht schlafen. Außerdem gab es in den Binsen und Gräsern widerwärtige Geschöpfe, die, nach dem Geräusch zu urteilen, das sie von sich gaben, bösartige Verwandte der Grillen waren. Es waren Tausende, und die ganze Nacht hindurch war überall ihr *Zirp-kirp, Kirp-zirp* zu hören, bis die Hobbits fast verrückt wurden.

Der nächste Tag, der vierte, war kaum besser, und die Nacht fast ebenso unbehaglich. Obwohl die Zirperkirper (wie Sam sie genannt hatte) zurückgeblieben waren, verfolgten die Mücken sie immer noch.

Als Frodo müde, aber unfähig, die Augen zu schließen, dalag, schien es ihm, als sähe er ein Licht fern am östlichen Himmel: es leuchtete viele Male auf und verging wieder. Es war nicht die Morgendämmerung, denn dafür war es noch um Stunden zu früh.

»Was ist das für ein Licht?« fragte er Streicher, der aufgestanden war und in die Nacht hinausschaute.

»Ich weiß es nicht«, antwortete Streicher. »Es ist zu fern, um es zu erkennen. Es sieht aus wie Wetterleuchten, das von den Bergspitzen auflodert.«

Frodo legte sich wieder hin, aber noch lange sah er die weißen Blitze und davor Streichers hohe, dunkle Gestalt, der schweigend und wachsam dastand. Schließlich sank er in einen unruhigen Schlaf.

Am fünften Tag waren sie noch nicht weit gegangen, als sie endlich die verstreut liegenden Tümpel und Röhrichte der Moore hinter sich ließen. Das Land vor ihnen begann wieder zu steigen. Fern im Osten konnten sie jetzt eine Bergkette sehen. Der höchste Gipfel lag am rechten Ende der Kette und war etwas getrennt von den anderen. Er war kegelförmig und oben etwas abgeflacht.

»Das ist die Wetterspitze«, sagte Streicher. »Die alte Straße, die wir weit rechts haben liegen lassen, läuft südlich an ihr vorbei, dicht an ihrem Fuße. Wir könnten bis morgen mittag dort sein, wenn wir gerade darauf zuhalten. Und das sollten wir, glaube ich, besser tun.«

»Was meinst du damit?« fragte Frodo.

»Ich meine: wenn wir dort hinkommen, kann man nicht wissen, was wir vorfinden. Es ist nahe der Straße.«

»Aber sicherlich hoffen wir doch, Gandalf dort zu finden?«

»Ja. Aber die Hoffnung ist schwach. Wenn er überhaupt diesen Weg nimmt, könnte es sein, daß er nicht durch Bree kommt, und so wird er vielleicht nicht erfahren, was wir vorhaben. Und sofern wir nicht durch schieres Glück fast gleichzeitig auf der Wetterspitze eintreffen, werden wir uns sowieso verpassen; denn weder er noch wir werden uns ungefährdet lange dort aufhalten können. Wenn die Reiter uns in der Wildnis nicht finden, werden auch sie sich wahrscheinlich zur Wetterspitze aufmachen. Von dort hat man einen weiten Blick nach allen Seiten. Ja, es gibt viele Vögel und Tiere in diesem Land, die uns sehen könnten, wenn wir dort auf der Bergspitze stehen. Nicht allen Vögeln kann man vertrauen, und es gibt noch andere Späher, die sogar noch böser sind.«

Die Hobbits blickten ängstlich auf die fernen Berge. Sam schaute empor zum blassen Himmel und fürchtete, Falken oder Adler zu sehen, die mit hellen, unfreundlichen Augen über ihnen schwebten. »Du bringst es fertig, Streicher, daß ich mich ganz unbehaglich und einsam fühle!« sagte er.

»Was rätst du uns zu tun?« fragte Frodo.

»Ich glaube«, sagte Streicher langsam, als sei er selbst nicht ganz sicher, »ich glaube, es ist das beste, wenn wir von hier möglichst nach Osten gehen, um die Bergkette zu erreichen, und nicht direkt zur Wetterspitze. Dort kenne ich einen Pfad, der am Fuß der Berge entlangläuft; er wird uns von Norden her und nicht so ungeschützt zur Wetterspitze bringen. Dann werden wir weiter sehen.«

Den ganzen Tag schleppten sie sich dahin, bis der kalte und frühe Abend hereinbrach. Das Land wurde trockner und unfruchtbarer; doch hinter ihnen über den Mooren lag Nebel und Dunst. Ein paar melancholische Vögel piepsten und klagten, bis die runde rote Sonne langsam hinter den westlichen Schatten versank; dann hüllte eine unheimliche Stille sie ein. Die Hobbits dachten an den sanften Schein des Sonnenuntergangs, der durch die freundlichen Fenster des fernen Beutelsend schimmerte.

Als der Tag endete, kamen sie zu einem Bach, der von den Bergen herabrann, um sich in den sumpfigen Mooren zu verlieren, und an seinen

Ufern gingen sie entlang, solange es hell blieb. Es war schon Nacht, als sie endlich haltmachten und ihr Lager unter ein paar verkrüppelten Erlen am Bachufer aufschlugen. Vor ihnen erhoben sich jetzt gegen den dämmrigen Himmel die kahlen und baumlosen Bergrücken. In jener Nacht stellten sie eine Wache auf, und Streicher schien überhaupt nicht zu schlafen. Es war zunehmender Mond, und in den frühen Nachtstunden lag ein kaltes, graues Licht über dem Land.

Am nächsten Morgen brachen sie gleich nach Sonnenaufgang auf. Die Luft war kühl und der Himmel von blasser, klarer Bläue. Die Hobbits fühlten sich erfrischt, als wenn sie die ganze Nacht durchgeschlafen hätten. Sie gewöhnten sich schon daran, viel zu laufen bei schmaler Kost – schmaler jedenfalls als das, was sie im Auenland kaum als ausreichend erachtet hätten, um sich auf den Beinen zu halten. Pippin erklärte, daß Frodo doppelt so kräftig sei wie zuvor.

»Sehr merkwürdig«, sagte Frodo, indem er seinen Gürtel enger schnallte, »wenn man bedenkt, daß ich in Wirklichkeit erheblich weniger geworden bin. Ich hoffe, die Abmagerungskur wird sich nicht ins Unendliche fortsetzen, sonst werde ich ein Geist.«

»Sprecht nicht von solchen Dingen!« sagte Streicher schnell und mit überraschendem Ernst.

Die Berge kamen näher. Sie bildeten einen wellenförmigen Kamm, oft erhoben sie sich fast bis zu tausend Fuß Höhe, und hier und da fielen sie wieder ab zu niedrigen Schluchten oder Pässen, die in das östliche Land dahinter führten. Auf dem Grat der Bergkette konnten die Hobbits etwas erkennen, das wie Reste von grünbewachsenen Wällen und Gräben aussah, und in den Schluchten standen noch die Ruinen alter Steinbauten. Als es Nacht wurde, hatten sie den Fuß der westlichen Hänge erreicht, und dort lagerten sie. Es war die Nacht des fünften Oktober, und seit Bree waren sie jetzt sechs Tage unterwegs.

Am Morgen fanden sie zum ersten Mal, nachdem sie den Chetwald verlassen hatten, einen deutlich sichtbaren Pfad. Er bog rechts ab, und sie folgten ihm nach Süden. Er war sehr listig angelegt und verlief so, daß er nach Möglichkeit dem Blick entzogen war, sowohl von den Berggipfeln aus als auch von der Ebene im Westen. Er tauchte in schmale Täler und schmiegte sich an steile Hänge; und wo er flacheres und mehr offenes Gelände überquerte, lagen auf beiden Seiten Reihen großer Findlinge und behauener Steine, die die Wanderer fast wie eine Hecke abschirmten.

»Ich möchte gern wissen, wer diesen Pfad angelegt hat, und wofür«, sagte Merry, als sie an einer dieser Stellen vorbeikamen, wo die Steine besonders groß waren und dicht beieinander standen. »Er gefällt mir eigentlich nicht so recht: er sieht so nach – nun ja, nach Grabunholden aus. Gibt es irgendwelche Hügelgräber auf der Wetterspitze?«

»Nein. Es gibt kein Hügelgrab auf der Wetterspitze, und auch auf keinem anderen dieser Berge«, antwortete Streicher. »Die Menschen des Westens lebten hier nicht; obwohl sie in späterer Zeit die Berge eine Weile gegen das Böse verteidigten, das aus Angmar kam. Dieser Pfad wurde zur Versorgung der Festen entlang der Schutzwälle gebraucht. Aber viel früher, in den Tagen des Nördlichen Königreiches, bauten sie einen großen Wachtturm auf der Wetterspitze, Amon Sûl nannten sie ihn. Er wurde niedergebrannt und geschleift, und nichts blieb von ihm als ein zusammengestürztes Rund wie eine rauhe Krone auf dem Kopf des alten Berges. Doch war er einst hoch und schön. Es heißt, daß Elendil dort stand, als er Ausschau hielt nach Gil-galad, der aus dem Westen kommen sollte in den Tagen des Letzten Bündnisses.«

Die Hobbits starrten Streicher an. Er schien ebenso beschlagen zu sein in alten Sagen wie im Leben in der Wildnis.

»Wer war Gil-galad?« fragte Merry. Aber Streicher antwortete nicht, er schien in Gedanken versunken. Plötzlich murmelte eine leise Stimme:

Gil-galad war ein Elbenfürst.
Die Harfe klagt im Liede noch:
Von Berg und Meer umfriedet lag
Sein Reich im Glanz und ohne Joch.

Sein Schwert war lang, sein Speer war kühn,
Weithin sein Helm aus Silber schien;
Und silbern spiegelte sein Schild
Der Sterne tausendfaches Bild.

Doch lange schon ritt er davon,
Weiß keiner, wo der Reiter blieb;
Sein Stern versank in Düsternis
In Mordors finsterem Verließ.

Die anderen wandten sich erstaunt um, denn die Stimme gehörte Sam.

»Mach doch weiter!« sagte Merry.

»Mehr weiß ich nicht«, stammelte Sam errötend. »Ich habe es von Herrn Bilbo gelernt, als ich ein Junge war. Er pflegte mir solche Sagen zu erzählen, denn er wußte, daß ich immer gern von den Elben hörte. Herr Bilbo war's auch, der mir Lesen und Schreiben beibrachte. Er war mächtig gelehrt, der liebe alte Herr Bilbo. Und er schrieb *Gedichte*. Was ich eben aufgesagt habe, hat er auch geschrieben.«

»Er hat es nicht verfaßt«, sagte Streicher. »Es gehört zu einem Lied in einer alten Sprache, das *Gil-galads Untergang* heißt. Bilbo muß es übersetzt haben. Ich wußte das gar nicht.«

»Und es war noch viel länger«, sagte Sam. »Alles über Mordor. Den Teil habe ich nicht gelernt, dabei fuhr es mir immer kalt über den Rükken. Ich hätte nie gedacht, daß ich selbst einmal den Weg gehen würde.«

»Nach Mordor gehen!« rief Pippin. »Ich hoffe doch, daß es dazu nicht kommt!«

»Sprecht den Namen nicht so laut aus!« sagte Streicher.

Es war schon Mittag, als sie zum südlichen Ende des Pfades kamen und vor sich im blassen, klaren Licht der Oktobersonne eine graugrüne Böschung sahen, die wie eine Brücke zum Nordhang des Berges hinaufführte. Sie beschlossen, sich gleich zum Gipfel aufzumachen, solange der Tag noch hell war. Sich zu verbergen war nicht länger möglich, und sie konnten nur hoffen, daß kein Feind oder Späher sie beobachtete. Auf dem Berg sahen sie keine Bewegung. Wenn Gandalf in der Nähe war, so war jedenfalls keine Spur von ihm zu sehen.

Auf der Westseite der Wetterspitze fanden sie eine geschützte Senke, an deren tiefster Stelle eine schalenförmige Mulde mit grasbewachsenen Wänden war. Dort ließen sie Sam und Pippin mit dem Pony und ihren Rucksäcken und dem sonstigen Gepäck. Die drei anderen gingen weiter. Nach einer halbstündigen mühseligen Kletterei erreichte Streicher den Berggipfel; Frodo und Merry folgten ihm, müde und atemlos. Der letzte Hang war steil und felsig gewesen.

Auf dem Gipfel fanden sie, wie Streicher gesagt hatte, ein weites Rund von altem Mauerwerk, das jetzt verfallen und mit hohem Gras überwuchert war. Doch in der Mitte war ein Hügel aus Schottersteinen aufgeschichtet. Sie waren geschwärzt wie von Feuer. Um sie herum war der Rasen bis auf die Wurzeln niedergebrannt, und überall innerhalb des Kreises war das Gras versengt und verdorrt, als ob die Flammen über den ganzen Berggipfel geschlagen wären; aber es war keine Spur von irgendeinem Lebewesen.

Als sie am Rande der kreisrunden Ruine standen, hatten sie einen weiten Blick nach allen Seiten; zum größten Teil war das Land kahl und eintönig, mit Ausnahme von einigen bewaldeten Streifen im Süden, hinter denen sie hier und dort Wasser schimmern sahen. Unter ihnen an dieser südlichen Seite zog sich wie ein Band die Alte Straße hin, die vom

Westen kam und bergauf und bergab lief, bis sie im Osten hinter einem dunklen Landrücken verschwand. Nichts bewegte sich auf ihr. Als sie ihr mit den Augen nach Osten folgten, sahen sie das Gebirge: die näher gelegenen Vorberge waren braun und düster; hinter ihnen erhoben sich höhere, graue Berge, und hinter ihnen wiederum sah man hohe weiße Gipfel durch die Wolken schimmern.

»So, da sind wir«, sagte Merry. »Und es sieht sehr trostlos und wenig einladend aus! Es gibt kein Wasser und keinen Schutz. Und keine Spur von Gandalf. Ich mache ihm keinen Vorwurf, daß er nicht gewartet hat – wenn er überhaupt hier war.«

»Ich weiß nicht recht«, sagte Streicher und schaute nachdenklich um sich. »Selbst wenn er ein oder zwei Tage nach uns in Bree war, hätte er vor uns hier gewesen sein können. Er vermag sehr schnell zu reiten, wenn es nötig ist.« Plötzlich bückte er sich und betrachtete den zuoberst auf dem Steinhaufen liegenden Stein; er war flacher als die anderen und weißer, als sei er dem Feuer entgangen. Er nahm ihn auf und betrachtete ihn genau, indem er ihn hin- und herwendete. »Den hat kürzlich jemand in der Hand gehabt«, sagte er. »Was haltet ihr von diesen Zeichen?«

Auf der flachen Unterseite sah Frodo etwas Eingeritztes |״·|||. »Das scheint ein Strich zu sein, ein Punkt und noch drei Striche«, sagte er.

»Der Strich links könnte eine G-Rune mit dünnen Verästelungen sein«, sagte Streicher. »Es könnte ein Zeichen sein, das Gandalf hinterlassen hat, obwohl man nicht sicher sein kann. Das Eingeritzte ist fein und offensichtlich frisch. Aber die Zeichen können ganz etwas anderes bedeuten und nichts mit uns zu tun haben. Waldläufer benutzen Runen, und sie kommen manchmal hierher.«

»Was könnten die Zeichen bedeuten, wenn wirklich Gandalf sie gemacht hätte?«

»Ich würde denken«, antwortete Streicher, »daß sie G 3 bedeuten und besagen sollen, daß Gandalf am 3. Oktober hier war; das wäre vor drei Tagen gewesen. Es würde auch ein Zeichen dafür sein, daß er in Eile war und Gefahr drohte, so daß er entweder keine Zeit hatte oder nicht wagte, ausführlicher oder deutlicher zu schreiben. Wenn dem so ist, müssen wir vorsichtig sein.«

»Ich wollte, wir könnten sicher sein, daß er die Zeichen machte, was immer sie bedeuten«, sagte Frodo. »Es wäre ein großer Trost, wenn wir wüßten, daß er unterwegs ist, vor uns oder hinter uns.«

»Vielleicht«, sagte Streicher. »Was mich betrifft, so glaube ich, daß er hier war und in Gefahr. Hier ist ein sengendes Feuer gewesen; und jetzt fällt mir der Lichtschein wieder ein, den wir vor drei Nächten am östlichen Himmel sahen. Ich vermute, er ist auf dem Berggipfel angegriffen worden, aber mit welchem Ergebnis, das kann ich nicht sagen. Er ist nicht mehr da, und wir müssen uns jetzt selbst um uns kümmern und unseren Weg nach Bruchtal finden, so gut wir können.«

»Wie weit ist es nach Bruchtal?« fragte Merry und schaute sich niedergeschlagen um. Die Welt sah wüst und groß aus von der Wetterspitze.

»Ich weiß nicht, ob die Straße jenseits der *Verlassenen Herberge* eine Tagesreise östlich von Bree jemals in Meilen gemessen wurde«, antwortete Streicher. »Manche sagen, es sei so und so weit, und manche sagen wieder etwas anderes. Es ist eine seltsame Straße, und die Leute sind froh, wenn sie ihr Ziel erreicht haben, ob die Zeit nun lang oder kurz war. Aber ich weiß, wie lange ich auf meinen eigenen Beinen brauchen würde, bei gutem Wetter ohne Mißgeschick: zwölf Tage von hier zur Bruinenfurt, wo die Straße die Lautwasser überquert, die von Bruchtal kommt. Wir haben einen Weg von mindestens vierzehn Tagen vor uns, denn ich glaube nicht, daß wir auf der Straße gehen können.«

»Vierzehn Tage!« sagte Frodo. »Eine Menge kann in dieser Zeit geschehen.«

»Kann es auch«, sagte Streicher.

Sie standen eine Weile schweigend am südlichen Rand des Berggipfels. An diesem einsamen Ort wurde sich Frodo zum erstenmal seiner Heimatlosigkeit und Gefahr voll bewußt. Er wünschte bitterlich, das Schicksal hätte ihn in dem ruhigen und geliebten Auenland gelassen. Er starrte hinunter auf die verhaßte Straße, die nach Westen führte – nach Hause. Plötzlich bemerkte er zwei schwarze Pünktchen, die sich langsam in westlicher Richtung bewegten, und als er noch einmal hinschaute, sah er drei weitere, die nach Osten krochen, ihnen entgegen. Er stieß einen Schrei aus und packte Streicher am Arm.

»Schau!« sagte er und zeigte nach unten.

Sofort warf sich Streicher hinter dem Steinwall auf den Boden und zog Frodo mit herunter. Merry warf sich daneben hin.

»Was ist das?« flüsterte er.

»Ich weiß es nicht, aber ich fürchte das Schlimmste«, antwortete Streicher.

Langsam krochen sie wieder zum Rand und spähten durch einen Spalt zwischen zwei gezackten Steinen. Es war nicht mehr sehr hell, denn der klare Morgenhimmel hatte sich bezogen, und Wolken hatten sich vom Osten her vor die Sonne geschoben, die jetzt zu sinken begann. Sie alle sahen die schwarzen Pünktchen, aber weder Frodo noch Merry konnten die Gestalten ganz genau erkennen; doch irgend etwas sagte ihnen, daß sich dort, weit unten, Schwarze Reiter auf der Straße jenseits des Fußes des Berges sammelten.

»Ja«, sagte Streicher, dessen schärferes Sehvermögen ihn nicht im Zweifel ließ. »Der Feind ist da.«

Hastig krochen sie wieder zurück und eilten den Nordhang des Berges hinunter zu ihren Gefährten.

Sam und Peregrin waren nicht müßig gewesen. Sie hatten das kleine Tal und die umgebenden Hänge erforscht. Nicht weit weg hatten sie eine klare Quelle gefunden und nahebei Fußabdrücke, die nicht älter als ein oder zwei Tage waren. In der Mulde selbst fanden sie frische Spuren eines Feuers und andere Anzeichen eines hastigen Lagers. Ein paar herabgestürzte Felsbrocken lagen am Rand der Mulde auf der Seite zum Berg. Dahinter stieß Sam auf einen kleinen Vorrat von säuberlich aufgestapeltem Feuerholz.

»Ich möchte mal wissen, ob der alte Gandalf hier gewesen ist«, sagte er zu Pippin. »Wer immer das Zeug hierher gelegt hat, er wollte offenbar wiederkommen.«

Streicher fand diese Entdeckungen sehr bemerkenswert. »Ich wollte, ich hätte gewartet und das Gelände hier unten selbst erkundet«, sagte er und eilte zur Quelle, um die Fußabdrücke zu untersuchen.

»Genau das habe ich befürchtet«, sagte er, als er zurückkam. »Sam und Pippin haben den weichen Boden zertrampelt, und die Spuren sind zerstört oder undeutlich geworden. Waldläufer sind kürzlich hier gewesen. Aber es sind auch verschiedene neuere Spuren da, die nicht von Waldläufern stammen. Zumindest ein Paar ist erst vor ein oder zwei Tagen von schweren Stiefeln gemacht worden. Zumindest ein Paar. Ich weiß es jetzt nicht sicher, aber ich glaube, es waren viele Füße in Stiefeln.« Er hielt inne und dachte angestrengt nach.

Jeder der Hobbits sah im Geist die in Mäntel gehüllten und gestiefelten Reiter vor sich. Wenn sie die Mulde schon gefunden hatten, dann wäre es um so besser, je schneller Streicher sie woanders hinführte. Sam betrachtete die Senke jetzt mit Widerwillen, nachdem er gehört hatte, daß ihre Feinde nur ein paar Meilen entfernt auf der Straße seien.

»Sollten wir uns nicht lieber schnell davonmachen, Herr Streicher?« fragte er ungeduldig. »Es wird immer später, und ich mag dieses Loch nicht: es macht mich irgendwie mutlos.«

»Ja, wir müssen gewiß sofort entscheiden, was wir tun wollen«, antwortete Streicher, schaute auf und zog Zeit und Wetter in Betracht. »Nun, Sam«, sagte er schließlich, »mir gefällt der Ort auch nicht; aber ich kann mir nicht vorstellen, daß wir irgendeinen besseren erreichen könnten, ehe die Nacht hereinbricht. Wenigstens sind wir im Augenblick außer Sicht, und wenn wir weitergehen, ist es viel wahrscheinlicher, daß wir von Spähern gesehen werden. Höchstens könnten wir einen Umweg nach Norden machen auf dieser Seite der Bergkette, wo das Gelände ziemlich ähnlich ist wie hier. Die Straße wird beobachtet, und wir müßten sie überqueren, wenn wir versuchen wollten, in den Dickichten weiter südlich Deckung zu suchen. Nördlich der Straße ist jenseits der Berge das Land auf Meilen kahl und flach.«

»Können die Reiter *sehen?*« fragte Merry. »Ich meine, gewöhnlich scheinen sie, zumindest bei Tage, mehr ihre Nasen als ihre Augen gebraucht und nach uns geschnüffelt zu haben, wenn Schnüffeln das richtige Wort ist. Aber wir mußten uns flach hinlegen, als du sie unten gesehen hast, und jetzt redest du davon, daß wir gesehen werden könnten, wenn wir weitergehen.«

»Ich war zu leichtsinnig auf dem Berggipfel«, antwortete Streicher. »Es lag mir viel daran, ein Zeichen von Gandalf zu finden; aber es war ein Fehler, daß wir zu dritt hinaufgegangen sind und dort so lange gestanden haben. Denn die schwarzen Pferde können sehen, und die Reiter bedienen sich der Menschen und anderer Geschöpfe als Späher, wie wir in Bree festgestellt haben. Sie selbst sehen die Welt des Lichts nicht so wie wir, aber unsere Gestalten werfen in ihrem Geist Schatten, die nur die Mittagssonne zerstört; und in der Dunkelheit nehmen sie viele Zeichen und Formen wahr, die uns verborgen sind: dann sind sie am meisten zu fürchten. Und zu jeder Zeit riechen sie das Blut von lebenden Wesen, begehren und hassen es. Auch gibt es andere Sinneswahrnehmungen als Sehen oder Riechen. Wir spüren ihre Gegenwart – wir waren unruhig, sobald wir hierher gekommen waren und ehe wir sie überhaupt gesehen hatten; und sie spüren unsere Gegenwart noch stärker. Außerdem«, fügte er hinzu und dämpfte die Stimme zu einem Flüstern, »zieht sie der Ring an.«

»Gibt es denn kein Entkommen?« fragte Frodo und blickte verstört um sich. »Wenn ich gehe, werde ich gesehen und gejagt! Wenn ich mich still verhalte, ziehe ich sie zu mir!«

Streicher legte ihm die Hand auf die Schulter. »Noch ist Hoffnung«, sagte er. »Du bist nicht allein. Nehmen wir dieses Holz, das zum Feuermachen vorbereitet ist, als Zeichen. Hier gibt es wenig Schutz oder Verteidigungsmöglichkeiten, aber Feuer wird uns beides gewähren. Sauron kann sich des Feuers, wie aller Dinge, für seine bösen Zwecke bedienen, aber diese Reiter lieben es nicht und fürchten diejenigen, die es gebrauchen. Feuer ist unser Freund in der Wildnis.«

»Vielleicht«, murmelte Sam. »Aber abgesehen vom Rufen ist es die beste Weise, die ich mir denken kann, um zu sagen: ›hier sind wir‹.«

Unten in der tiefsten und geschütztesten Ecke der Mulde entfachten sie ein Feuer und bereiteten eine Mahlzeit. Die Schatten des Abends begannen zu fallen, und es wurde kalt. Sie merkten plötzlich, wie hungrig sie waren, denn sie hatten seit dem Frühstück nichts gegessen; aber sie wagten nicht, sich mehr zu gönnen als ein karges Abendessen. In den vor ihnen liegenden Gegenden gab es nichts außer Vögeln und wilden Tieren, unwirtliche Orte, die von allen Lebewesen der Welt verlassen worden waren. Waldläufer gingen zuzeiten jenseits der Berge vorbei, aber es waren wenige, und sie blieben nicht lange. Andere Wanderer waren selten und von übler Art: Trolle kamen manchmal herab aus den nördlichen Tälern des Nebelgebirges. Nur auf der Straße traf man Reisende, meistens Zwerge, die in eigenen Geschäften unterwegs waren und für Fremde keine Hilfe und wenig Worte übrig hatten.

»Ich weiß nicht, wie wir mit unseren Lebensmitteln auskommen sollen«, sagte Frodo. »Wir waren sparsam genug in den letzten Tagen, und dieses Abendbrot ist kein Festmahl; aber wir haben mehr verbraucht, als wir dürften, wenn wir noch zwei Wochen und vielleicht mehr vor uns haben.«

»Man findet immer etwas zu essen in der Wildnis«, sagte Streicher. »Beeren und Wurzeln und Kräuter; notfalls besitze ich einige Erfahrung als Jäger. Ihr braucht nicht zu befürchten, daß ihr verhungert, ehe der Winter kommt. Aber etwas Eßbares zu sammeln oder zu fangen ist zeitraubend und mühselig, und wir müssen uns eilen. Also schnallt eure Riemen enger und denkt voll Hoffnung an die Tafel in Elronds Haus!«

Die Kälte nahm zu mit der Dunkelheit. Als sie vom Rand der Mulde hinausstarrten, konnten sie nichts sehen als graues Land, das rasch im Schatten versank. Der Himmel über ihnen hatte sich wieder aufgeklärt und war bald von blinkenden Sternen übersät. Frodo und seine Gefährten hatten sich am Feuer zusammengekauert und sich in alle Kleidungsstücke und Decken gehüllt, die sie besaßen; aber Streicher begnügte sich mit einem einzigen Mantel, saß ein wenig abseits und zog nachdenklich an seiner Pfeife.

Als es richtig Nacht wurde und der Schein des Feuers hell leuchtete, begann er, ihnen Geschichten zu erzählen, um sie von ihrer Furcht abzulenken. Er kannte viele Geschichten und Sagen aus alter Zeit, von Elben und Menschen und von guten und bösen Taten in der Altvorderenzeit. Sie fragten sich, wie alt er wohl sei und woher er dieses Wissen habe.

»Erzähl uns doch von Gil-galad«, sagte Merry plötzlich, als Streicher am Ende einer Geschichte über die Königreiche der Elben angelangt war und einen Augenblick innehielt. »Weißt du noch mehr von dem alten Lied, von dem du sprachst?«

»Allerdings«, sagte Streicher, »und Frodo auch, denn es ist für uns beide sehr wichtig.« Merry und Pippin blickten Frodo an, der ins Feuer starrte.

»Ich weiß nur das wenige, das Gandalf mir erzählt hat«, sagte Frodo zögernd. »Gil-galad war der letzte der großen Elbenkönige von Mittelerde. Gil-galad heißt *Sternenlicht* in ihrer Sprache. Mit Elendil, dem Elbenfreund, ging er in das Land ...«

»Nein«, unterbrach ihn Streicher. »Ich glaube nicht, daß diese Geschichte jetzt, da die Diener des Feindes in der Nähe sind, erzählt werden sollte. Wenn wir uns zu Elronds Haus durchschlagen, könnt ihr sie dort ganz hören.«

»Dann erzähl uns doch eine andere Geschichte aus den alten Tagen«, bat Sam. »Eine Geschichte von den Elben vor der Zeit des Niedergangs. Ich würde so gern mehr über die Elben hören. Die Dunkelheit scheint sich so nahe heranzudrängen.«

»Ich werde euch die Geschichte von Tinúviel erzählen«, sagte Streicher. »Mit kurzen Worten, denn es ist eine lange Geschichte, deren Ende noch unbekannt ist; und außer Elrond gibt es heute niemanden, der sich ihrer noch so erinnert, wie sie früher erzählt wurde. Es ist eine schöne Geschichte, obwohl sie traurig ist, wie alle Geschichten von Mittelerde, und doch mag sie euerem Herz Mut machen.« Er schwieg eine Weile, dann begann er nicht zu sprechen, sondern leise zu singen:

Das Gras war grün, das Laub hing dicht,
Die Schierlingsdolden blühten breit,
Da huschte durch den Wald ein Licht,
Wie Sternenglanz zur Erde fällt.
Tinúviel tanzte, Elbenmaid,
Zur Flöte, hold von Angesicht,
Von Sternen funkelte ihr Kleid
Und war ihr dunkles Haar erhellt.

Da irrte Beren durch den Wald,
Vom Berge kam er her allein,
Den Strom der Elben fand er bald
Und ging ihm voller Trauer nach.

Doch plötzlich sah er einen Schein
Von Licht im dunklen Waldgemach,
Von wehenden Schleiern einen Schein
Und goldene Funken tausendfach.

Da stürzt, beseelt von neuer Kraft,
Der Wanderer aus fernem Land
Tinúviel nach in Leidenschaft,
Er greift nach ihr mit Ungestüm.
Ein Mondstrahl bleibt ihm in der Hand,
Durchs Dickicht tanzt sie leicht dahin,
Läßt ungestillt die Leidenschaft,
Und er muß einsam weiterziehn.

Wie oft vernimmt er flüchtigen Schritt
Von Füßen, leicht wie Lindenlaub,
Und unterirdische Musik,
Verwehend wie ein sterbender Ton.
Mit Nebelrauch und Silberstaub
Des Rauhreifs naht des Winters Tritt,
Mit leisem Wispern Blatt um Blatt
Fällt's aus der Buchen welker Kron.

Er sucht sie ewig, unverzagt,
Wo dicht der Blätterteppich liegt,
Bei Mond und Stern und wenn es tagt.
Ihr Schleier weht im Silberglanz,
So dreht sich schwerelos und fliegt
Tinúviel, die Elbenmagd,
Wie sich die Flocke wirbelnd wiegt
Dahin im Tanz, dahin im Tanz.

Als um der Winter, kehrte sie
Zurück und sang den Frühling wach
Mit Vogellied und Melodie
Des Regens auf vereistem Bach.
Die Sehnsucht trieb ihn wie noch nie
Zum Tanz, zu ihr, es lockte ihn,
Mit ihr so leicht dahinzuziehn,
So leicht im Tanz dahinzuziehn.

Sie floh – er rief den Namen schnell,
Mit Elbenlaut rief er sie an:
Tinúviel! Tinúviel!
Da hielt sie ein im raschen Lauf,
Die Stimme schlug sie in den Bann.
Schon eilt er zu Tinúviel,
Da sah sie ihn verzaubert an:
Er fing sie in den Armen auf.

Und unter ihrem Schattenhaar
Sah Beren hell der Sterne Licht
Gespiegelt in dem Augenpaar
Der Elbin, der unsterblichen.
Verfallen war sie dem Gericht.
Sie schlang die Arme wunderbar
Um ihn: Er sah ins Angesicht
Der elbisch unverderblichen.

Lang trieb sie dann das Schicksal um
Durch Felsgeklüft und kalte Nacht,
Durch finstre Wälder, fremd und stumm,
Dann trennte sie das weite Meer.
Und dennoch war zuletzt die Nacht,
Gericht und Zeit der Prüfung um,
Vereinte sie des Schicksals Macht –
Und lange, lange ist es her.

Streicher seufzte und hielt eine Weile inne, ehe er weitersprach. »Das ist ein Lied«, sagte er, »in der Tonart, die von den Elben *ann-thennath* genannt wird, aber es läßt sich schwer in unserer Gemeinsamen Sprache wiedergeben, und das hier ist nur ein schwaches Echo. Es erzählt von der Begegnung zwischen Beren, Barahirs Sohn, und Lúthien Tinúviel. Beren war ein Sterblicher, doch Lúthien war die Tochter Thingols, eines Königs der Elben in Mittelerde, als die Welt noch jung war; und sie war die schönste Jungfrau, die es je unter den Kindern dieser Welt gab. Sie war lieblich wie die Sterne über den Nebeln der nördlichen Lande, und ihr Gesicht war wie ein schimmerndes Licht. In jenen Tagen weilte der Große Feind, von dem Sauron von Mordor lediglich ein Diener war, in Angband im Norden, und als die Elben aus dem Westen nach Mittelerde zurückkehrten, führten sie Krieg gegen ihn, um die Simarils wiederzugewinnen, die er gestohlen hatte; und die Väter der Menschen halfen den

Elben. Aber der Feind war siegreich, und Barahir wurde erschlagen, und Beren, der großen Gefahren entgangen war, kam über das Gebirge des Schreckens in Thingols heimliches Königreich, im Walde von Neldoreth. Dort erblickte er Lúthien, die auf einer Waldwiese nahe dem verzauberten Fluß Esgalduin sang und tanzte; und er nannte sie Tinúviel, das heißt Nachtigall in der alten Sprache. Viel Leid widerfuhr ihnen später, und lange waren sie getrennt. Tinúviel rettete Beren aus Saurons Verliesen, und gemeinsam bestanden sie große Gefahren, stießen sogar den Großen Feind von seinem Thron und nahmen aus seiner eisernen Krone einen der drei Simarils, den strahlendsten aller Edelsteine, der Lúthiens Brautgabe an Thingol, ihren Vater, sein sollte. Doch schließlich wurde Beren von dem Wolf getötet, der von Angbands Toren gekommen war, und er starb in Tinúviels Armen. Sie aber wählte die Sterblichkeit und wollte die Welt verlassen, damit sie ihm folgen könne; und so heißt es in dem Lied, daß sie sich jenseits des Trennenden Meeres wiedertrafen, und nach einer kurzen Zeit wandelten sie wieder lebendig in den grünen Wäldern, und vereint überschritten sie vor langer Zeit die Grenzen dieser Welt. So kam es, daß Lúthien Tinúviel als einzige des Elbengeschlechts gestorben ist und die Welt verlassen hat, und sie haben jene verloren, die sie am meisten geliebt haben. Aber von ihr stammte das Geschlecht der alten Elbenfürsten unter den Menschen ab. Jene, deren Stammutter Lúthien war, leben noch, und es heißt, daß ihr Geschlecht niemals aussterben wird. Elrond von Bruchtal gehört zu dieser Familie. Denn der Sohn von Beren und Lúthien war Dior, Thingols Erbe; und dessen Tochter war Elwing die Weiße, die Eärendil ehelichte, Eärendil, der sein Schiff aus den Nebeln der Welt in die Meere des Himmels segelte, den Silmaril auf der Stirn. Und von Eärendil stammen ab die Könige von Númenor, das ist Westernis.«

Als Streicher sprach, beobachteten sie sein fremdartiges, lebhaftes Gesicht, das von der roten Glut des Holzfeuers schwach beleuchtet war. Seine Augen glänzten, und seine Stimme war volltönend und tief. Über ihm war ein schwarzer, gestirnter Himmel. Plötzlich erschien ein bleiches Licht über dem Gipfel der Wetterspitze hinter ihm. Der zunehmende Mond stieg langsam über den Berg, in dessen Schatten sie saßen, und die Sterne über dem Gipfel verblaßten.

Die Geschichte war zu Ende. Die Hobbits reckten und streckten sich. »Schaut!« sagte Merry. »Der Mond geht auf; es muß spät sein.«

Die anderen blickten empor. Gerade als sie das taten, sahen sie auf der Spitze des Berges vor dem Schein des aufgehenden Mondes etwas Kleines und Dunkles. Vielleicht war es nur ein großer Stein oder ein vorspringender Fels, der in dem bleichen Licht hervortrat.

Sam und Merry standen auf und gingen vom Feuer weg. Frodo und Pippin blieben schweigend sitzen. Streicher beobachtete aufmerksam das Mondlicht auf dem Berg. Alles schien ruhig und still, aber Frodo fühlte, wie sich jetzt, da Streicher schwieg, eine kalte Furcht schwer auf sein Herz legte. Er kauerte sich dichter ans Feuer. In diesem Augenblick kam Sam rennend vom Rand der Mulde zurück.

»Ich weiß nicht, was es ist«, sagte er, »aber ich fürchte mich plötzlich. Nicht für Geld und gute Worte würde ich jetzt wagen, aus der Mulde herauszugehen; ich hatte das Gefühl, daß etwas den Abhang heraufkriecht.«

»Hast du etwas *gesehen*?« fragte Frodo und sprang auf.

»Nein, Herr. Ich habe nichts gesehen, aber ich habe nicht angehalten, um zu schauen.«

»Ich sah etwas«, sagte Merry. »Oder ich glaubte jedenfalls, etwas zu sehen – dort drüben im Westen, wo das Mondlicht auf die Ebene fällt hinter dem Schatten der Berggipfel, da *glaubte* ich, seien zwei oder drei schwarze Gestalten. Sie schienen sich in dieser Richtung zu bewegen.«

»Bleibt dicht am Feuer, das Gesicht nach außen!« rief Streicher. »Nehmt ein paar von den längeren Stöcken in die Hand.«

Eine Zeitlang saßen sie atemlos da, schweigend und wachsam, den Rükken dem Feuer zugekehrt und in die Schatten starrend, die sie umgaben. Nichts geschah. Kein Ton und keine Bewegung war in der Nacht. Frodo rührte sich, er hatte das Gefühl, er müsse das Schweigen brechen: er sehnte sich danach, laut zu rufen.

»Pst!« flüsterte Streicher. »Was ist das?« keuchte Pippin im selben Augenblick.

Über den Rand der kleinen Mulde auf der dem Berg abgewandten Seite spürten sie eher, als daß sie es sahen, wie sich ein Schatten erhob, ein Schatten oder mehr als einer. Sie strengten ihre Augen an, und die Schatten schienen zu wachsen. Bald konnte kein Zweifel mehr sein: drei oder vier große schwarze Gestalten standen dort auf dem Hang und schauten auf sie herab. So schwarz waren sie, daß sie schwarze Löcher in dem tiefen Schatten dahinter zu sein schienen. Frodo glaubte ein schwaches Zischen wie von giftigem Atem zu hören und hatte ein Gefühl von durchbohrender Kälte. Dann gingen die Gestalten langsam auf sie zu.

Entsetzen überkam Pippin und Merry, und sie warfen sich flach auf den Boden. Sam wich zurück an Frodos Seite. Frodo war kaum weniger verängstigt als seine Gefährten; er zitterte, als ob er bitterlich fröre, aber seine Angst ging in der plötzlichen Versuchung unter, den Ring aufzustreifen. Das Verlangen, das zu tun, packte ihn so, daß er an nichts anderes denken konnte. Er vergaß nicht das Hügelgrab und auch nicht die Botschaft von Gandalf; aber irgend etwas schien ihn zu zwingen, alle Warnungen zu mißachten, und es drängte ihn nachzugeben. Nicht in der Hoffnung, zu entkommen oder etwas zu tun, ob es gut oder schlecht war: er hatte einfach das Gefühl, er müsse den Ring nehmen und ihn auf den Finger stecken. Er konnte nicht sprechen. Er spürte, daß Sam ihn anschaute, als ob er wisse, daß sein Herr in arger Not sei, aber er konnte sich nicht zu ihm umwenden. Er schloß die Augen und kämpfte eine Weile mit sich; aber er vermochte nicht länger zu widerstehen, und schließlich zog er langsam das Kettchen heraus und ließ den Ring auf den Zeigefinger der linken Hand gleiten.

Obwohl alles wie vorher blieb, düster und dunkel, wurden die Gestalten sofort erschreckend deutlich. Er vermochte unter ihre schwarzen Hüllen zu schauen. Es waren fünf große Gestalten: zwei standen am Rand der Mulde, drei gingen auf ihn zu. In ihren weißen Gesichtern brannten scharfe und gnadenlose Augen; unter ihren Mänteln trugen sie lange graue Gewänder, auf ihren grauen Haaren Helme aus Silber; in ihren hageren Händen hielten sie Schwerter aus Stahl. Ihr Blick fiel auf ihn und durchbohrte ihn, als sie auf ihn zustürzten. Verzweifelt zog auch er sein Schwert, und ihm schien, als flackere es rot wie ein brennendes Holzscheit. Zwei der Gestalten blieben stehen. Der dritte Reiter war größer als die anderen: sein Haar war lang und schimmernd, und auf seinem Helm war eine Krone. In der Hand hielt er ein langes Schwert, in der anderen ein Messer; sowohl das Messer als auch die Hand, die es hielt, schimmerten in einem bleichen Licht. Er machte einen Satz vorwärts und sprang auf Frodo zu.

In diesem Augenblick warf sich Frodo nach vorn auf den Boden, und er hörte sich selbst laut rufen: *O Elbereth! Gilthoniel!* Gleichzeitig führte er einen Hieb gegen die Füße seines Feindes. Ein schriller Schrei durchdrang die Nacht; und Frodo fühlte einen Schmerz, als ob ein Pfeil aus vergiftetem Eis seine linke Schulter durchbohre. Gerade, als er in eine Ohnmacht sank, sah er wie durch einen wirbelnden Nebel Streicher aus der Dunkelheit springen mit einem flammenden Holzscheit in jeder Hand. Mit letzter Kraft ließ Frodo sein Schwert sinken, zog den Ring vom Finger und umschloß ihn fest mit der rechten Hand.

ZWÖLFTES KAPITEL

FLUCHT ZUR FURT

Als Frodo wieder zu sich kam, umklammerte er noch verzweifelt den Ring. Er lag am Feuer, das jetzt hoch aufgeschichtet war und hell brannte. Seine drei Gefährten beugten sich über ihn.

»Was ist geschehen? Wo ist der bleiche König?« fragte er verstört.

Sie waren so von Freude überwältigt, daß er gesprochen hatte, daß sie eine Weile nicht antworteten; auch hatten sie seine Frage nicht verstanden. Schließlich erfuhr er von Sam, daß sie nichts gesehen hatten als die undeutlichen, schattenhaften Gestalten, die auf sie zugekommen waren. Plötzlich hatte Sam zu seinem Entsetzen gemerkt, daß sein Herr verschwunden war; und in eben diesem Augenblick stürzte ein schwarzer Schatten an ihm vorbei, und er fiel hin. Er hörte Frodos Stimme, aber es war, als ob sie aus großer Ferne oder von unter der Erde käme, und sie rief fremdartige Wörter. Sie sahen nichts mehr, bis sie über Frodo stolperten, der wie tot mit dem Gesicht nach unten auf dem Gras lag, sein Schwert unter sich. Streicher befahl ihnen, ihn aufzuheben und in die Nähe des Feuers zu legen, und dann verschwand er. Das war jetzt schon ziemlich lange her.

Offenbar stiegen Sam wieder Zweifel über Streicher auf; aber während sie noch redeten, kam er zurück und tauchte plötzlich aus den Schatten auf. Sie fuhren zusammen, und Sam zog sein Schwert und stellte sich vor Frodo; aber Streicher kniete sich rasch neben ihn.

»Ich bin kein Schwarzer Reiter, Sam», sagte er freundlich, »und auch nicht mit ihnen im Bunde. Ich habe versucht herauszufinden, wohin sie gegangen sind, aber ich habe nichts feststellen können. Ich verstehe nicht, warum sie sich zurückgezogen haben und nicht wieder angreifen. Aber nirgends in der Nähe ist ihre Anwesenheit zu spüren.«

Als er hörte, was Frodo zu sagen hatte, wurde er sehr besorgt, schüttelte den Kopf und seufzte. Dann befahl er Pippin und Merry, so viel Wasser heiß zu machen, als sie in ihren kleinen Kesseln nur konnten, und die Wunde damit zu baden.

»Haltet das Feuer gut in Gang und haltet Frodo warm!« sagte er. Dann stand er auf und ging fort und rief Sam zu sich. »Ich glaube, ich begreife jetzt alles besser«, sagte er leise. »Es scheinen nur fünf Feinde gewesen zu sein. Warum sie nicht alle hier waren, weiß ich nicht; aber ich glaube, sie erwarteten keinen Widerstand. Vorläufig haben sie sich zurückgezogen. Aber nicht weit, fürchte ich. Sie werden in einer anderen Nacht wiederkommen, wenn wir ihnen nicht entfliehen können. Sie warten nur, weil sie glauben, ihr Ziel sei fast erreicht und der Ring könne ihnen nicht mehr entgehen. Ich fürchte, Sam, daß sie glauben, dein Herr habe eine tödliche Wunde, die ihn ihrem Willen unterwerfen wird. Wir werden sehen!«

Sam kamen die Tränen. »Verzweifle nicht!« sagte Streicher. »Du mußt mir jetzt vertrauen. Dein Frodo ist aus härterem Holz geschnitzt, als ich vermutet hatte, obwohl Gandalf angedeutet hatte, daß es so sein könnte. Er ist nicht tot und wird, glaube ich, der bösen Macht der Wunde länger widerstehen, als seine Feinde erwarten. Ich will alles tun, was ich vermag, um ihn zu heilen. Bewache ihn gut, während ich fort bin!« Er eilte davon und verschwand in der Dunkelheit.

Frodo lag in leichtem Schlummer, obwohl seine Wunde immer stärker schmerzte und eine tödliche Kälte sich von seiner Schulter in den Arm und die ganze Seite ausbreitete. Seine Freunde wachten über ihm, wärmten ihn und badeten seine Wunde. Die Nacht verging langsam und eintönig. Der Morgen graute am Himmel und ein fahles Licht erfüllte die Mulde, als Streicher endlich zurückkehrte. »Schaut!« rief er; und er bückte sich und hob vom Boden einen schwarzen Mantel auf, der dort, durch die Dunkelheit verborgen, gelegen hatte. Einen Fuß hoch über dem unteren Saum war ein Riß. »Das war der Streich von Frodos Schwert«, sagte er. »Und die einzige Wunde, die es dem Feind beibrachte, fürchte ich. Denn es war unbeschädigt, und alle Klingen, die diesen entsetzlichen König durchbohren, vergehen. Tödlicher für ihn war der Name Elbereth.«

»Und tödlicher für Frodo war dies!« er bückte sich noch einmal und hob ein langes, dünnes Messer auf. Es lag ein kalter Glanz auf ihm. Als Streicher es hochhob, sahen sie, daß die Schneide an ihrem Ende gezackt und die Spitze abgebrochen war. Aber während er es noch in dem zunehmenden Licht hochhielt, starrten sie voll Verwunderung, denn die Klinge schien zu schmelzen und verschwand wie Rauch in der Luft, und nur das Heft blieb in Streichers Hand. »Ach!« rief er. »Es war dieses verfluchte Messer, das die Wunde gemacht hat. Wenige sind heute so heilkundig, daß sie es mit derart schlimmen Waffen aufnehmen können. Aber ich will tun, was ich vermag.«

Er setzte sich auf den Boden, nahm den Dolchgriff, legte ihn auf seine Knie und sang darüber eine getragene Melodie in einer fremden Sprache.

Dann legte er den Dolchgriff beiseite, wandte sich zu Frodo und sprach in sanftem Ton Wörter, die die anderen nicht verstehen konnten. Aus dem Beutel an seinem Gürtel zog er lange Blätter einer Pflanze heraus.

»Um diese Blätter zu finden«, sagte er, »bin ich weit gewandert; denn diese Pflanze wächst nicht in den kahlen Bergen; in den Dickichten weit südlich der Straße habe ich sie nach dem Geruch ihrer Blätter im Dunkeln gefunden.« Er zerrieb ein Blatt zwischen den Fingern, und ein süßer und prickelnder Duft stieg auf. »Es ist ein Glück, daß ich sie finden konnte, denn es ist eine Heilpflanze, die die Menschen des Westens nach Mittelerde gebracht haben. *Athelas* nannten sie sie, und sie wächst jetzt spärlich und nur in der Nähe von Orten, wo die Menschen einst gewohnt oder gelagert haben; und im Norden ist sie nicht bekannt, außer bei einigen, die in der Wildnis wandern. Sie ist sehr wirksam, aber bei einer solchen Wunde wie dieser mögen ihre Heilkräfte klein sein.«

Er warf die Blätter in kochendes Wasser und badete Frodos Schulter. Der Duft des Dampfes war erfrischend, und diejenigen, die unverletzt waren, spürten, wie ihr Geist ruhiger und klarer wurde. Das Kraut hatte aber auch Macht über die Wunde, denn Frodo merkte, wie der Schmerz und auch das Kältegefühl in seiner Seite nachließen. Doch das Leben kehrte in seinen Arm nicht zurück, und er konnte die Hand weder heben noch gebrauchen. Er bereute bitterlich seine Torheit und machte sich Vorwürfe wegen seiner Willensschwäche; denn er erkannte jetzt, daß er, als er den Ring aufsetzte, nicht seinem eigenen Verlangen gehorcht hatte, sondern dem Befehl seiner Feinde. Er fragte sich, ob er sein Leben lang verkrüppelt bleiben würde, und wie es ihnen gelingen sollte, ihre Wanderung fortzusetzen. Er war so schwach, daß er nicht stehen konnte.

Die anderen erörterten eben diese Frage. Sie kamen rasch zu dem Entschluß, die Wetterspitze sobald als möglich zu verlassen. »Ich glaube jetzt«, sagte Streicher, »daß der Feind diesen Ort schon seit einigen Tagen beobachtet hat. Wenn Gandalf überhaupt hierher kam, dann wird er gezwungen worden sein, fortzureiten, und er wird nicht zurückkehren. Jedenfalls sind wir hier nach dem Angriff der letzten Nacht nach Einbruch der Dunkelheit in großer Gefahr, und wo immer wir auch hingehen, kann die Gefahr kaum größer sein.«

Sobald es richtig hell war, nahmen sie eine eilige Mahlzeit zu sich und packten. Frodo konnte unmöglich laufen, deshalb teilten die vier anderen den größeren Teil des Gepäcks unter sich auf und ließen Frodo auf dem Pony reiten. In den letzten Tagen hatte sich das arme Tier prächtig herausgemacht; es schien bereits fetter und kräftiger zu sein und Zuneigung zu seinen neuen Herren zu zeigen, besonders zu Sam. Lutz Farnings Behandlung mußte wirklich recht schlecht gewesen sein, daß dem Pony eine Wanderung in der Wildnis besser erschien als sein früheres Leben.

Sie brachen in südlicher Richtung auf. Das bedeutete zwar, daß sie die Straße überqueren mußten, aber es war der schnellste Weg in waldreicheres Gelände. Und sie brauchten Brennholz; denn Streicher sagte, daß Frodo warm gehalten werden müsse, besonders des Nachts, und Feuer würde überdies für sie alle ein Schutz sein. Außerdem wollte er ein Stück Wegs abkürzen, denn die Straße machte hinter der Wetterspitze eine große Schleife nach Norden.

Sie umgingen langsam und vorsichtig die südwestlichen Hänge des Berges und kamen nach einer kleinen Weile zur Straße. Von den Reitern war keine Spur zu sehen. Aber gerade, als sie sie eiligst überquerten, hörten sie in der Ferne zwei Schreie: eine kalte Stimme rief, und eine zweite kalte Stimme antwortete. Zitternd sprangen sie vorwärts und eilten sich, in das Dickicht zu kommen, das vor ihnen lag. Das Land fiel nach Süden ab, aber es war wild und weglos; Büsche und verkrüppelte Bäume standen in Gruppen dicht beieinander, und dazwischen lagen öde Strecken. Das Gras war spärlich, rauh und grau; und die Blätter in den Gebüschen waren verwelkt und fielen ab. Es war ein trostloses Land, und sie wanderten langsam und bedrückt dahin. Sie sprachen wenig. Frodo war bekümmert, als er sah, wie sie mit gesenkten Köpfen neben ihm hergingen und ihre Rücken gebeugt waren unter ihren Lasten. Selbst Streicher schien müde und niedergeschlagen zu sein.

Ehe der erste Tagesmarsch vorüber war, wurden Frodos Schmerzen wieder stärker, aber er erwähnte es lange Zeit nicht. Vier Tage verstrichen, ohne daß sich das Gelände oder die Gegend viel änderten, abgesehen davon, daß die Wetterspitze langsam hinter ihnen versank und die fernen Berge vor ihnen etwas näherrückten. Doch hatten sie seit jenem fernen Schrei kein Anzeichen dafür gehört oder gesehen, daß der Feind ihre Flucht bemerkt hätte oder ihnen folgte. Sie fürchteten die dunklen Stunden und hielten nachts zu zweit Wache, denn sie erwarteten jeden Augenblick, schwarze Gestalten in der grauen Nacht umgehen zu sehen, die durch den wolkenverhangenen Mond nur schwach erhellt war; aber sie sahen nichts und hörten keinen Laut außer dem Seufzen von verwelkten Blättern und Gras. Kein einziges Mal empfanden sie die Gegenwart von etwas Bösem, wie sie es vor dem Angriff in der Mulde gespürt hatten. Sie wagten kaum zu hoffen, daß die Reiter ihre Spur schon wieder verloren hätten. Vielleicht warteten sie, um irgendwo an einer engen Stelle einen Hinterhalt zu legen?

Am Ende des fünften Tages begann das Gelände wieder langsam anzusteigen aus dem weiten flachen Tal, in das sie hinabgewandert waren. Streicher lenkte nun seine Schritte wieder nach Nordosten, und am sechsten Tag erreichten sie den Gipfel eines langen, gemächlich ansteigenden Rückens und sahen weit voraus eine Gruppe bewaldeter Berge. Tief unten konnten sie die Straße sehen, die sich um den Fuß der Berge herumwand; und zu ihrer Rechten schimmerte ein grauer Fluß bleich im dünnen Sonnenschein. In der Ferne erkannten sie in einem steinigen und halb von Nebel verschleierten Tal einen zweiten Fluß.

»Ich fürchte, wir müssen hier wieder eine Zeitlang auf die Straße zurück«, sagte Streicher. »Wir sind jetzt zum Fluß Weißquell gekommen, den die Elben Mitheithel nennen. Er entspringt in den Ettenöden, den Troll-Höhen nördlich von Bruchtal, und vereinigt sich weit im Süden mit der Lautwasser. Von da an nennen ihn manche die Grauflut. Er ist ein gewaltiger Strom geworden, wenn er schließlich ins Meer mündet. Es gibt keinen anderen Weg hinüber unterhalb seiner Quellen in den Ettenöden als die Letzte Brücke, auf der ihn die Straße überquert.«

»Welcher Fluß ist denn das, den man dort weit hinten sieht?« fragte Merry.

»Das ist die Lautwasser, der Bruinen von Bruchtal«, antwortete Streicher. »Von der Brücke bis zur Bruinenfurt verläuft die Straße auf viele Meilen hart an den Bergen. Aber wie wir über jenen Fluß kommen sollen, darüber habe ich noch nicht nachgedacht. Immer ein Fluß nach dem anderen! Wir werden von Glück sagen können, wenn wir die Brücke unbesetzt finden.«

Früh am nächsten Morgen kamen sie wieder hinunter zur Straße. Sam und Streicher gingen voraus, aber sie sahen keinerlei Fußgänger oder Reiter. Hier im Schatten der Berge hatte es etwas geregnet. Streicher schätzte, daß es zwei Tage her war, und der Regen hatte alle Fußspuren weggewaschen. Kein Reiter war seither vorbeigekommen, soweit sie sehen konnten.

Sie eilten weiter, so rasch sie vermochten, und nach ein oder zwei Meilen sahen sie die Letzte Brücke vor sich, am Fuße eines kurzen, steilen Hanges. Sie fürchteten, daß dort schwarze Gestalten warten könnten, aber sie sahen keine. Streicher ließ sie Deckung nehmen in einem Gebüsch am Straßenrand, während er selbst zur Erkundung vorausging.

Es dauerte nicht lange, da kam er eilig zurück. »Ich kann keine Spur des Feindes entdecken«, sagte er, »und ich frage mich wirklich, was das bedeutet. Aber ich habe etwas sehr Merkwürdiges gefunden.«

Er streckte die Hand aus und zeigte einen einzelnen blaßgrünen Edelstein. »Ich fand ihn im Straßenschmutz mitten auf der Brücke«, sagte er. »Es ist ein Beryll, ein Elbenstein. Ob er absichtlich dort hingelegt oder zufällig verloren wurde, kann ich nicht sagen. Aber er gibt mir Hoffnung. Ich will ihn als ein Zeichen dafür ansehen, daß wir die Brücke passieren dürfen; doch auf dem jenseitigen Ufer wage ich nicht auf der Straße zu bleiben ohne ein deutlicheres Zeichen.«

Sie gingen sofort weiter. Sie überquerten die Brücke ungefährdet und hörten nichts als die Strudel des Wassers an den drei großen Brückenbögen. Nach einer Meile kamen sie in eine enge Schlucht, die nach Norden durch das steile Gelände links der Straße führte. Hier bog Streicher ein, und bald waren sie inmitten einer düsteren Landschaft von dunklen Bäumen, die sich um den Fuß der finsteren Berge herumzog.

Die Hobbits waren froh, die eintönige Ebene und die gefährliche Straße hinter sich zu lassen; aber diese neue Landschaft schien bedrohlich und feindselig zu sein. Als sie weitergingen, wurden die Berge immer höher. Hier und dort erblickten sie auf den Anhöhen und Graten alte Steinwälle und verfallene Türme: sie sahen unheimlich aus. Frodo, der nicht ging, hatte Zeit, vorauszuschauen und nachzudenken. Er erinnerte sich an Bilbos Bericht über seine Wanderung und die bedrohlichen Türme auf den Bergen nördlich der Straße in der Nähe des Trollwaldes, wo er sein erstes ernstliches Abenteuer erlebt hatte. Frodo vermutete, daß sie sich jetzt in derselben Gegend befanden, und fragte sich, ob sie wohl zufällig an eben der Stelle vorbeikommen würden.

»Wer lebt in diesem Land?« fragte er. »Und wer hat diese Türme gebaut. Ist dies das Troll-Land?«

»Nein«, sagte Streicher. »Trolle bauen nicht. Niemand lebt in diesem Land. Früher wohnten Menschen hier, vor langen Zeiten; aber jetzt sind keine mehr hier. Sie sind ein böses Volk geworden, wie die Sagen berichten, denn sie verfielen dem Schatten von Angmar. Aber alle gingen zugrunde in dem Krieg, der das Ende des Nördlichen Königsreichs brachte. Doch das ist jetzt schon so lange her, daß die Berge die Menschen vergessen haben, obwohl noch immer Schatten auf dem Land liegt.«

»Wo hast du diese Geschichten gelernt, wenn das ganze Land leer und vergessen ist?« fragte Peregrin. »Vögel und Tiere erzählen doch keine Geschichten dieser Art.«

»Elendils Erben vergessen nicht alle vergangenen Dinge«, sagte Streicher. »Und in Bruchtal weiß man noch viel mehr, als ich erzählen kann.«

»Bist du oft in Bruchtal gewesen?« fragte Frodo.

»Ja«, sagte Streicher. »Früher wohnte ich dort, und ich kehre dorthin zurück, wann immer ich kann. Dort ist mein Herz; aber es ist nicht mein Schicksal, irgendwo friedlich zu verweilen, nicht einmal in Elronds schönem Haus.«

Die Berge begannen jetzt, sie einzuschließen. Die Straße hinter ihnen hielt die Richtung zum Fluß Bruinen ein, aber Fluß und Straße waren nun ihrem Blick entzogen. Die Wanderer kamen in ein langes Tal; schmal, tief eingeschnitten, dunkel und still. Bäume mit alten und verschlungenen Wurzeln hingen über Felsen und türmten sich dahinter zu hohen Kiefernwäldern auf.

Die Hobbits wurden sehr müde. Sie kamen langsam voran, denn sie mußten sich ihren Weg durch pfadloses Gelände bahnen und waren behindert durch umgestürzte Bäume und herabgefallene Felsen. Solange es möglich war, vermieden sie das Klettern um Frodos willen, und außerdem war es auch sehr schwierig, einen Weg aus den schmalen Tälern zu finden. Sie waren zwei Tage in dieser Landschaft, als das Wetter umschlug. Der Wind begann stetig von Westen zu blasen, und das Wasser aus den fernen Meeren ergoß sich über die dunklen Kuppen der Berge in einem feinen, anhaltenden Regen. Als die Nacht hereinbrach, waren sie bis auf die Haut durchnäßt, und ihr Lager war trostlos, denn sie konnten kein Feuer in Gang bringen. Am nächsten Tag türmten sich die Berge noch höher und steiler vor ihnen, und sie mußten ihre Richtung aufgeben und nach Norden gehen. Streicher schien besorgt zu sein: sie waren jetzt fast zehn Tage unterwegs, seit sie von der Wetterspitze aufgebrochen waren, und ihre Vorräte wurden knapp. Es regnete immer noch.

In jener Nacht lagerten sie auf einem steinigen Vorsprung, und hinter ihnen erhob sich eine Felswand, in der eine flache Höhle war, eine bloße Mulde im Fels. Frodo war unruhig. Durch die Kälte und Nässe quälte ihn seine Wunde mehr denn je, und der anhaltende Schmerz und das Gefühl von tödlicher Kälte ließen ihn nicht schlafen. Er warf sich unruhig herum und lauschte ängstlich den heimlichen Nachtgeräuschen: dem Wind in Felsspalten, tropfendem Wasser, einem Knacken, dem plötzlichen polternden Fallen eines Steins, der sich gelöst hatte. Er hatte das Gefühl, daß schwarze Gestalten auf ihn zukämen, um ihn zu ersticken; aber als er sich aufrichtete, sah er nichts als Streichers Rücken, der sitzend seine Pfeife rauchte und wachte. Er legte sich wieder hin und sank in einen unruhigen Traum, in dem er über den Rasen in seinem Garten im Auenland ging, aber er erschien ihm blaß und undeutlich, weniger klar als die hohen schwarzen Schatten, die an der Hecke standen und herüberschauten.

Als er am Morgen erwachte, hatte der Regen aufgehört. Es waren noch dicke Wolken am Himmel, aber sie rissen auf, und blasse Streifen von Blau erschienen zwischen ihnen. Der Wind drehte sich wieder. Sie brachen nicht früh auf. Gleich nach ihrem kalten und unbehaglichen Frühstück ging Streicher allein weg und sagte den anderen, sie sollten im Schutz der Felswand bleiben, bis er zurückkäme. Er wollte, wenn er könnte, auf den Berg steigen und sich die Lage der Dinge betrachten.

Als er zurückkam, klang sein Bericht nicht sehr ermutigend. »Wir sind zu weit nach Norden gekommen«, sagte er. »Wir müssen einen Weg finden, der uns wieder mehr nach Süden führt. Wenn wir so weitergehen wie bisher, kommen wir in die Ettentäler weit nördlich von Bruchtal. Das ist ein Troll-Land, und ich kenne es kaum. Wir könnten uns vielleicht zurechtfinden und Bruchtal von Norden her erreichen; aber es würde zu lange dauern, weil ich den Weg nicht weiß, und unsere Lebensmittel würden nicht reichen. So müssen wir uns also irgendwie zur Bruinenfurt durchschlagen.«

Den Rest des Tages verbrachten sie damit, über felsiges Gelände zu klettern. Sie fanden einen Durchgang zwischen zwei Bergen und gelangten in ein Tal, das sich nach Südosten erstreckte, also in der Richtung, die sie einschlagen wollten; aber als sich der Tag seinem Ende zuneigte, war ihnen der Weg wieder durch einen hohen Bergrücken versperrt; sein dunkler Kamm, der sich vom Himmel abhob, war grob gezackt wie eine stumpfe Säge. Sie hatten die Wahl, entweder umzukehren oder den Bergrücken zu erklimmen.

Sie beschlossen, die Kletterei zu versuchen, aber sie erwies sich als sehr schwierig. Es dauerte nicht lange, da mußte Frodo absteigen und sich zu Fuß weiterquälen. Selbst so zweifelten sie oft daran, wie sie das Pony hinaufbringen oder auch für sich selbst, beladen wie sie waren, einen Pfad finden sollten. Es war schon fast dunkel und sie waren alle erschöpft, als sie schließlich den Kamm erreichten. Sie befanden sich auf einem schmalen Sattel zwischen zwei höheren Gipfeln, und vor ihnen fiel das Land nach einer kurzen Strecke wieder steil ab. Frodo warf sich hin und lag fröstelnd auf dem Boden. Sein linker Arm war abgestorben, und seine Seite und Schulter fühlten sich an, als lägen eisige Klauen auf ihnen. Die Bäume und Felsen um ihn herum erschienen ihm schattenhaft und düster.

»Wir können nicht weitergehen«, sagte Merry zu Streicher. »Ich fürchte, daß es für Frodo zu viel gewesen ist. Ich mache mir schreckliche Sorgen um ihn. Was sollen wir nur tun? Glaubst du, sie werden ihn in Bruchtal heilen können, wenn wir je dorthin kommen?«

»Wir werden sehen«, antwortete Streicher. »Ich kann jedenfalls hier in der Wildnis nichts weiter tun; und hauptsächlich wegen seiner Wunde liegt mir daran, schnell weiterzukommen. Aber ich bin auch der Meinung, daß wir heute abend hierbleiben müssen.«

»Was ist mit meinem Herrn los?« fragte Sam leise und sah Streicher flehentlich an. »Seine Wunde war klein und hat sich jetzt schon geschlossen. Es ist nichts mehr zu sehen als eine kalte weiße Stelle auf seiner Schulter.«

»Frodo ist von den Waffen des Feindes verletzt worden«, sagte Streicher, »und da ist irgendein Gift oder etwas Böses am Werk, das ich nicht auszutreiben vermag. Aber gib die Hoffnung nicht auf, Sam!«

Die Nacht war kalt auf dem hohen Grat. Sie zündeten ein kleines Feuer unter den knorrigen Wurzeln einer alten Kiefer an, die über eine flache Grube hing: sie sah aus, als seien einst dort Steine gebrochen worden. Sie saßen eng aneinandergekauert da. Der Wind pfiff kalt über den Paß, und sie hörten die Baumwipfel weiter unten stöhnen und seufzen. Frodo lag halb im Traum und bildete sich ein, daß unaufhörlich schwarze Flügel über ihn hinwegfegten und daß auf den Flügeln Verfolger ritten, die in allen Bergtälern nach ihm suchten.

Der Morgen dämmerte hell und schön; die Luft war rein und das Licht blaß und klar in einem vom Regen reingewaschenen Himmel. Ihnen war leichter ums Herz, aber sie sehnten sich nach der Sonne, damit sie ihre kalten, steifen Glieder wärme. Sobald es hell war, ging Streicher mit Merry auf die Höhe hinauf, um einen Blick auf das Land östlich des Passes zu werfen. Die Sonne war aufgegangen und schien hell, als er mit tröstlicheren Nachrichten zurückkam. Sie waren jetzt mehr oder weniger in der richtigen Richtung. Wenn sie jenseits des Grats weitergingen, würden sie das Gebirge zur Linken haben. Ein Stück Wegs voraus hatte Streicher die Lautwasser erblickt, und obwohl die Straße zur Furt dem Blick entzogen war, wußte er, daß sie nicht weit vom Fluß verlief, und zwar auf der ihnen zunächst liegenden Seite.

»Wir müssen uns wieder zur Straße aufmachen«, sagte er. »Wir können nicht darauf hoffen, einen Pfad durch diese Berge zu finden. Welche Gefahr dort auch lauern mag, die Straße ist dennoch der einzige mögliche Weg zur Furt.«

Sobald sie gegessen hatten, brachen sie auf. Langsam kletterten sie den Südhang des Grats hinunter; doch war der Weg viel einfacher, als sie vermutet hatten, denn der Hang war auf dieser Seite weit weniger steil, und es dauerte nicht lange, da konnte Frodo wieder reiten. Lutz Farnings armes altes Pony entwickelte ein unerwartetes Gespür, einen Pfad zu finden und seinem Reiter möglichst viele Stöße zu ersparen. Die Stimmung der Wanderer stieg wieder. Selbst Frodo fühlte sich besser am hellichten Morgen, aber dann und wann schien ihm ein Nebel den Blick zu trüben, und er fuhr sich mit der Hand über die Augen.

Pippin war den anderen ein wenig voraus. Plötzlich wandte er sich zu ihnen um. »Dort ist ein Pfad!« rief er.

Als sie ihn eingeholt hatten, sahen sie, daß er sich nicht getäuscht hatte: dort begann deutlich ein Pfad, der sich in vielen Windungen durch den tiefer liegenden Wald zog und auf dem Berggipfel dahinter verschwand. Stellenweise war er jetzt nur schwach erkennbar und zugewachsen oder durch herabgefallene Steine und Bäume versperrt; aber es schien, als sei er früher viel benutzt worden. Es war ein Pfad, den starke Arme und klobige Füße gebahnt hatten. Hier und dort waren alte Bäume gefällt oder abgebrochen und große Felsen gespalten oder weggewälzt worden, um einen Weg zu schaffen.

Sie folgten der Spur eine Zeitlang, denn es war das Bequemste für den Abstieg, aber sie gingen vorsichtig, und ihre Ängstlichkeit wuchs, als sie in den dunklen Wald kamen und der Pfad deutlicher und breiter wurde. Plötzlich ließ er eine Reihe Kiefern hinter sich und zog sich einen steilen Hang hinunter, dann wandte er sich scharf nach links und verschwand hinter einem Felsvorsprung. Als sie zu der Ecke kamen, schauten sie sich um und sahen, daß der Pfad nun eben verlief unter einer niedrigen Felswand, die von Bäumen überhangen war. In der Felswand war eine Tür, die halboffen und schief an einer großen Angel hing.

Vor der Tür hielten sie an. Es war eine Höhle oder eine Felskammer dahinter, aber in der Dämmerung drinnen war nichts zu sehen. Streicher, Sam und Merry gelang es mit aller Kraft, die Tür etwas weiter aufzustoßen, und dann gingen Streicher und Merry hinein. Sie gingen nicht weit, denn auf dem Boden lagen viele alte Knochen, und in der Nähe des Eingangs war nichts zu sehen als einige leere Krüge und zerbrochene Töpfe.

»Gewiß ist das eine Trollhöhle, wenn es je eine gab!« sagte Pippin. »Kommt heraus, ihr beiden, und laßt uns weitergehen. Jetzt wissen wir, wer den Pfad gemacht hat – da ist es am besten, wir verdrücken uns rasch.«

»Das ist nicht nötig, glaube ich«, sagte Streicher, als er herauskam. »Gewiß ist es eine Trollhöhle, aber sie scheint schon lange verlassen zu sein. Ich glaube nicht, daß wir Angst haben müssen. Laßt uns vorsichtig hinuntergehen, dann werden wir weitersehen.«

Der Pfad führte von der Tür aus weiter, wandte sich wieder nach rechts über das ebene Stück, und dann ging es einen dicht bewaldeten Abhang hinunter. Pippin, der Streicher nicht gern zeigen wollte, daß er Angst hatte, ging mit Merry voran. Sam und Streicher kamen hinterher, und in der Mitte zwischen ihnen trabte Frodos Pony. Denn der Pfad war jetzt so breit, daß vier oder fünf Hobbits nebeneinander gehen konnten. Aber sie waren noch nicht weit gekommen, als Pippin zurückgerannt kam, gefolgt von Merry. Sie sahen beide ganz erschrocken aus.

»Da *sind* Trolle!« keuchte Pippin. »Unten auf einer Lichtung im Wald, nicht weit hinab. Wir haben sie durch die Baumstämme gesehen. Sie sind sehr groß.«

»Wir wollen sie uns gleich mal anschauen«, sagte Streicher und nahm einen Stock auf. Frodo sagte nichts, aber Sam sah verstört aus.

Die Sonne stand jetzt hoch und schien durch die halb kahlen Zweige der Bäume und warf Lichtflecken auf die Lichtung. Sie blieben am Rand stehen und spähten mit angehaltenem Atem zwischen den Baumstämmen hindurch. Da standen die Trolle: drei große Trolle. Einer bückte sich, und die anderen starrten ihn an.

Streicher ging unbekümmert auf sie zu. »Steh auf, alter Stein!« sagte er und zerbrach seinen Stock an dem gebückten Troll. Nichts geschah. Die Hobbits waren starr vor Staunen, und dann mußte selbst Frodo lachen. »Ja«, sagte er, »wir vergessen unsere Familiengeschichte! Das müssen eben die drei sein, die von Gandalf geschnappt wurden, als sie sich über die richtige Methode stritten, dreizehn Zwerge und einen Hobbit zu kochen.«

»Ich hatte keine Ahnung, daß wir in dieser Gegend sind«, sagte Pippin. Er kannte die Geschichte gut. Bilbo und Frodo hatten sie oft erzählt; aber eigentlich hatte er sie immer nur halb geglaubt. Selbst jetzt betrachtete er die Steintrolle noch mißtrauisch und fragte sich, ob nicht irgendein Zauber sie plötzlich wieder lebendig machen würde.

»Ihr vergeßt nicht nur eure Familiengeschichte, sondern alles, was ihr je über Trolle gehört habt«, sagte Streicher. »Es ist hellichter Tag und strahlender Sonnenschein, und trotzdem versucht ihr, mich mit einer Geschichte von lebendigen Trollen zu erschrecken, die auf dieser Lichtung auf uns warten! Jedenfalls hättet ihr bemerken können, daß einer von ihnen ein altes Vogelnest hinter dem Ohr hat. Das wäre ein sehr ungewöhnlicher Schmuck für einen lebendigen Troll!«

Sie lachten alle. Frodos Lebensgeister erwachten wieder: die Erinnerung an Bilbos erstes erfolgreiches Abenteuer war herzerfrischend. Auch war die Sonne warm und tröstlich, und der Nebel vor seinen Augen schien sich ein wenig zu verziehen. Sie rasteten eine Weile auf der Lichtung und nahmen ihr Mittagsmahl direkt im Schatten der großen Trollbeine ein.

»Will uns nicht jemand etwas vorsingen, während die Sonne noch hoch steht?« schlug Merry vor, als sie mit dem Essen fertig waren. »Wir haben seit Tagen kein Lied und keine Geschichte gehört.«

»Nicht seit der Wetterspitze«, sagte Frodo. Die anderen sahen ihn an. »Macht euch keine Sorgen um mich«, fügte er hinzu. »Ich fühle mich viel besser, aber ich glaube nicht, daß ich singen könnte. Vielleicht kann Sam etwas aus seinem Gedächtnis ausgraben.«

»Los, Sam«, sagte Merry. »In deinem Kopf ist mehr auf Lager, als du zugeben willst.«

»Das weiß ich nicht«, sagte Sam. »Aber wie wäre es damit? Es ist nicht gerade das, was ich Poesie nenne, wenn ihr mich versteht: nur ein bißchen Unsinn. Aber diese alten Bildsäulen haben es mir wieder in Erinnerung gerufen.« Er stand auf, die Hände auf dem Rücken, als ob er in der Schule sei, und nach einer alten Melodie begann er zu singen.

Troll saß allein auf einem Stein
Und kaute und nagte an altem Gebein
Schon Jahr um Jahr, denn Fleisch ist rar
Und eine seltene Gabe.
Habe! Labe.
Und Troll lebt immerzu allein,
Und Fleisch ist kaum zu haben.

Da kam mit Meilenstiefeln an
Der Tom und rief: »He, Trollemann!
Mir scheint das schlimm, du nagst an Tim,
Meinem Onkel, der längst verschieden,
Er ruhe in Frieden!
Lang ist er tot, der würdige Mann,
Und ich dachte, er läg in Frieden.«

»Ja, Jungchen«, grinst Troll, »ich stahl den Schatz,
Was braucht ein Gerippe noch so viel Platz?
Dein Onkel war tot ohne Kummer und Not,
Schon eh ich an seinen Knochen
Geroh- gerochen!
Mir altem Troll gibt er gern was ab,
Denn er braucht nicht die alten Knochen.«

Sagt Tom: »Auch brauchen nicht solche wie du
An Knochen zu nagen! Hör auf! Hör zu!
Die gib uns zurück jedes einzige Stück,
Die gehören in die Familie!
Diebsbruder! Luder!
Ein Toter will schließlich auch seine Ruh
Im Schoße der Familie.«

»Gib nicht so an«, sagt Troll, »lieber Mann,
Ich mach mich gleich an dich selber ran!
Solch frisches Gericht hatt ich lange nicht
Für meine Nagezähne,
Ähne! Dähne!
Ich hab die Gerippe weidlich satt,
Riech ich so junge Hähne!«

Schon schien ihm sicher das köstliche Mahl,
Da entwischte ihm Tom so glatt wie ein Aal
Und hob den Fuß zum Stiefelgruß,
Ihn eines bessern zu lehren,
In Ehren lehren!
Tom hob den Stiefel voller Genuß
Den Troll eines bessern zu lehren.

Aber härter als Stein ist Gesäß und Gebein
Eines Trolls, und fühllos noch obendrein.
Man könnt ebensogut in ohnmächtiger Wut
Den Felsen mit Tritten bedenken!
Verrenken! Ertränken!
Wie lachte Troll, als Tom wie toll
Tat seinen Stiefel schwenken.

Und seit er damals nach Hause kam
Blieb sein Fuß ohne Stiefel und dauerlahm.
Aber was geschah, geht Troll nicht nah,
Und den Knochen hat er behalten,
Den miesen alten!
Sein Rückenteil blieb leider ganz heil,
Und den Knochen hat er behalten.

»So, das ist eine Warnung für uns alle!« lachte Merry. »Gut, daß du einen Stock genommen hast, Streicher, und nicht deine Hand!«

»Wo hast du das her, Sam?« fragte Pippin. »Ich habe diese Verse noch nie gehört.«

Sam murmelte etwas Unverständliches. »Das hat er natürlich selbst erfunden«, sagte Frodo. »Ich lerne auf dieser Fahrt eine Menge über Sam Gamdschie. Erst war er Verschwörer, jetzt ist er Possenreißer. Zu guter Letzt wird er noch Zauberer – oder Krieger!«

»Das hoffe ich nicht«, sagte Sam. »Keins von beiden will ich sein!«

Am Nachmittag gingen sie weiter hinab durch den Wald. Wahrscheinlich war es genau derselbe Weg, den Gandalf, Bilbo und die Zwerge vor vielen Jahren gegangen waren. Nach ein paar Meilen kamen sie oberhalb einer hohen Böschung an der Straße heraus. An diesem Punkt hatte die Straße den Weißquell in seinem engen Tal schon weit hinter sich gelassen, schmiegte sich jetzt dicht an den Fuß der Berge und zog sich in vielen Windungen zwischen Wäldern und heidebewachsenen Hängen zur Furt und zum Gebirge hin. Ein Stückchen weiter unten an der Böschung zeigte Streicher auf einen Stein im Gras. Auf ihm konnte man noch roh hineingehauene und jetzt stark verwitterte Zwergenrunen und geheime Zeichen erkennen.

»Aha«, sagte Merry. »Das muß der Stein sein, der die Stelle kennzeichnet, wo das Gold der Trolle versteckt war. Wieviel mag von Bilbos Anteil wohl noch übrig sein, Frodo?«

Frodo betrachtete den Stein und wünschte, daß Bilbo keine gefährlicheren oder weniger leicht loszuwerdenden Schätze heimgebracht hätte. »Überhaupt nichts«, sagte er. »Bilbo hat alles verschenkt. Er sagte mir, er habe das Gefühl, es gehöre ihm eigentlich gar nicht, da es von Räubern stammte.«

Die Straße lag still da unter den langen Schatten des frühen Abends. Von irgendwelchen anderen Wanderern war keine Spur zu sehen. Da es ihnen nicht möglich war, eine andere Richtung einzuschlagen, kletterten sie die Böschung hinunter und bogen nach links auf die Straße ein und gingen, so schnell sie konnten. Bald verschwand die im Westen untergehende Sonne hinter einem Bergrücken. Ein kalter Wind blies vom Gebirge vor ihnen herab.

Sie begannen schon, sich nach einem Platz abseits der Straße umzuschauen, wo sie ihr Lager für die Nacht aufschlagen könnten, als sie ein Geräusch hörten, das ihr Herz wieder mit Furcht erfüllte: das Geräusch von Hufen hinter ihnen. Sie schauten zurück, konnten aber wegen der vielen Windungen und Biegungen der Straße nichts sehen. So rasch sie konnten, gingen sie seitwärts über die mit niedrigem Heidekraut und Blaubeersträuchern bewachsenen Hänge, bis sie zu einem dichten Haselnußgebüsch kamen. Als sie durch die Büsche spähten, konnten sie die Straße, undeutlich und grau in der Dämmerung, etwa dreißig Fuß unter sich liegen sehen. Das Geräusch der Hufe kam näher. Sie schlugen schnell, mit einem leichten Klippedi Klippedi Klipp. Dann hörten sie schwach, als ob es der Wind von ihnen wegtrüge, ein leises Läuten wie von kleinen Glöckchen.

»Das klingt nicht wie das Pferd eines Schwarzen Reiters!« sagte Frodo, der angespannt lauschte. Die anderen Hobbits stimmten ihm hoffnungsvoll bei, doch waren sie alle noch mißtrauisch. Sie hatten sich so lange vor Verfolgung gefürchtet, daß jedes Geräusch von hinten ihnen unheilvoll und feindselig erschien. Aber Streicher beugte sich jetzt vor und legte den Kopf mit der Hand am Ohr auf den Boden, er hatte einen freudigen Gesichtsausdruck.

Das Tageslicht verblaßte, und die Blätter an den Büschen raschelten leise. Klarer und näher läuteten jetzt die Glöckchen, und klippedi klipp klang das Hufgetrappel. Plötzlich kam unten ein weißes Pferd in raschem Lauf in Sicht, das durch die Schatten schimmerte und rasch dahineilte. In der Dämmerung glänzte und blitzte sein Stirnriemen, als sei er mit Edelsteinen wie mit leibhaftigen Sternen besetzt. Der Mantel des Reiters flatterte hinter ihm, und seine Kapuze war zurückgeworfen; sein goldenes Haar flutete schimmernd im Wind. Frodo kam es so vor, als schiene ein weißes Licht durch die Gestalt und das Gewand des Reiters wie durch einen dünnen Schleier.

Streicher sprang aus dem Versteck hervor und stürzte mit einem Ruf über die Heide zur Straße; aber schon ehe er sich gerührt oder gerufen hatte, hatte der Reiter die Zügel angezogen und gehalten; er blickte hinauf zu dem Gebüsch, wo sie standen. Als er Streicher sah, stieg er ab, lief ihm entgegen und rief: *Ai na vedui Dúnadan! Mae govannen!* Seine Sprache und seine hell klingende Stimme ließen keinen Zweifel in ihren Herzen: der Reiter gehörte zum Volk der Elben. Keine anderen Bewohner der weiten Welt hatten so schöne Stimmen. Aber Hast oder Furcht schien in seinem Ruf mitzuschwingen, und sie sahen, daß er jetzt schnell und drängend mit Streicher sprach.

Bald winkte Streicher ihnen, die Hobbits kamen aus den Büschen hervor und eilten hinunter zur Straße. »Das ist Glorfindel, der in Elronds Haus wohnt«, sagte Streicher.

»Heil! Gut, daß wir uns endlich treffen!« sagte der Elbenfürst zu Frodo. »Ich bin von Bruchtal ausgesandt worden, um nach dir zu suchen. Wir fürchteten, du könntest auf der Straße in Gefahr sein.«

»Dann ist Gandalf in Bruchtal eingetroffen?« rief Frodo voller Freude.

»Nein. Jedenfalls noch nicht, als ich losritt. Aber das war vor neun Tagen«, antwortete Glorfindel. »Elrond erhielt Nachrichten, die ihn bekümmerten. Einige von meiner Sippe, die in eurem Land jenseits des Baranduin * wanderten, erfuhren, daß die Dinge nicht gut stünden, und schickten Botschaften, so schnell sie konnten. Sie sagten, daß die Neun unterwegs seien und du eine schwere Bürde tragest ohne Führung, denn Gandalf sei nicht zurückgekehrt. Selbst in Bruchtal gibt es nur wenige, die offen gegen die Neun reiten können; aber jene, die da waren, schickte Elrond nach Norden, Westen und Süden. Wir glaubten, daß du vielleicht weit vom Wege abweichen würdest, um der Verfolgung zu entgehen, und dich in der Wildnis verirren könntest.

Mir fiel es zu, die Straße zu überwachen, und ich kam zur Brücke über den Mitheithel und ließ ein Zeichen dort, vor fast sieben Tagen. Drei von Saurons Dienern waren auf der Brücke, doch zogen sie sich zurück, und ich verfolgte sie nach Westen. Ich stieß noch auf zwei weitere, doch sie wandten sich nach Süden. Seitdem habe ich nach eurer Spur gesucht. Vor zwei Tagen fand ich sie und folgte ihr über die Brücke; und heute fand ich die Stelle, an der ihr wieder von den Bergen herabgekommen seid. Aber kommt! Es ist keine Zeit für den Austausch weiterer Neuigkeiten. Da ihr nun hier seid, müssen wir die Gefahr der Straße auf uns nehmen und gehen. Es sind fünf hinter uns, und wenn sie eure Spur auf der Straße finden, werden sie wie der Wind hinter uns herreiten. Und das sind nicht alle. Wo die anderen vier sein mögen, weiß ich nicht. Ich fürchte, daß wir die Furt schon besetzt vorfinden.«

Während Glorfindel sprach, wurden die Abendschatten schwärzer. Frodo merkte, wie ihn eine große Schwäche überkam. Schon seit die Sonne zu sinken begonnen hatte, war der Nebel vor seinen Augen dunkler geworden, und er fühlte, daß ein Schatten zwischen ihn und die Gesichter seiner Freunde trat. Jetzt wurde er von Schmerzen gepackt, und ihm war kalt. Er schwankte und hielt sich an Sams Arm fest.

»Mein Herr ist krank und verwundet«, sagte Sam aufgebracht. »Er kann nach Einbruch der Nacht nicht weiterreiten. Er braucht Ruhe.«

Glorfindel fing Frodo auf, als er zu Boden sank, nahm ihn sanft in die Arme und schaute ihm mit ernster Sorge ins Gesicht.

* Der Brandyweinfluß

Streicher berichtete kurz von dem Angriff auf ihr Lager bei der Wetterspitze und von dem tödlichen Messer. Er zog das Heft heraus, das er aufgehoben hatte, und gab es dem Elben. Glorfindel schauderte, als er es nahm, aber er betrachtete es genau.

»Böse Dinge stehen auf diesem Heft geschrieben«, sagte er. »Wenn eure Augen sie vielleicht auch nicht sehen können. Behalte es, Aragorn, bis wir zu Elronds Haus kommen! Aber sei vorsichtig und berühre es so wenig als möglich! Ach, die Wunden dieser Waffe vermag ich nicht zu heilen. Ich will tun, was ich kann – aber um so mehr bitte ich euch dringend, jetzt ohne Rast weiterzugehen.«

Er befühlte die Wunde auf Frodos Schulter mit dem Finger, und sein Gesicht wurde ernster, als ob er etwas festgestellt habe, das ihn beunruhigte. Aber Frodo fühlte, daß die Kälte in seiner Seite und seinem Arm nachließ; ein wenig Wärme wanderte von seiner Schulter hinunter in seine Hand, und der Schmerz ließ nach. Die Abenddämmerung schien lichter zu werden, als ob eine Wolke fortgezogen sei. Er sah die Gesichter seiner Freunde wieder deutlicher, und neue Hoffnung und Kraft erfüllte ihn.

»Du sollst auf meinem Pferd reiten«, sagte Glorfindel. »Ich werde die Steigbügel bis zu den Satteltaschen kürzen, und du mußt möglichst fest im Sattel sitzen. Aber du brauchst keine Angst zu haben: mein Pferd läßt keinen Reiter fallen, wenn ich ihm befehle, ihn zu tragen. Sein Schritt ist leicht und ruhig; und wenn die Gefahr zu nahe herandrängt, wird es dich in so raschem Lauf davontragen, daß nicht einmal die schwarzen Rösser des Feindes es mit ihm aufnehmen können.«

»Nein«, sagte Frodo. »Ich will das Pferd nicht reiten, wenn es mich nach Bruchtal oder sonstwohin bringt und meine Freunde in der Gefahr zurückbleiben.«

Glorfindel lächelte. »Ich bezweifle sehr stark«, sagte er, »daß deine Freunde in Gefahr sind, wenn du nicht bei ihnen wärst! Die Verfolger würden dir nacheilen und uns in Frieden lassen, glaube ich. Du bist es, Frodo, und das, was du bei dir hast, was uns alle in Gefahr bringt.«

Darauf wußte Frodo keine Antwort, und er ließ sich überreden, Glorfindels weißes Pferd zu besteigen. Das Pony wurde statt dessen mit einem großen Teil des Gepäcks der anderen beladen, so daß sie jetzt unbeschwerter laufen konnten und eine Zeitlang rasch vorankamen. Doch fiel es den Hobbits allmählich schwer, mit den schnellen, unermüdlichen Füßen des Elben Schritt zu halten. Immer weiter führte er sie in den Rachen der Dunkelheit und immer noch weiter in die wolkenverhangene

Nacht. Weder Sterne noch Mond leuchteten. Erst als die Morgendämmerung graute, erlaubte er ihnen anzuhalten. Pippin, Merry und Sam schliefen inzwischen fast auf ihren vorwärtsstolpernden Beinen; und nach Streichers hängenden Schultern zu urteilen, war auch er müde. Frodo saß in einem dunklen Traum auf dem Pferd.

Sie warfen sich in die Heide, nur ein paar Fuß vom Straßenrand entfernt, und schliefen sofort ein. Es schien ihnen, als hätten sie kaum die Augen geschlossen, als Glorfindel, der unterdessen Wache gehalten hatte, sie wieder weckte. Die Sonne stand schon hoch im Osten, und Wolken und Nebel hatten sich verzogen.

»Trinkt das!« sagte Glorfindel zu ihnen und schenkte jedem reihum aus seiner silberbeschlagenen Lederflasche einen Trunk ein. Er war klar wie Quellwasser und hatte keinen Geschmack und war im Munde weder kalt noch warm; doch schienen Kraft und Stärke in ihre Glieder zu fließen, als sie ihn tranken. Nach diesem Trunk stillten das altbackene Brot und die getrockneten Früchte (das einzige, was sie übrig hatten) ihren Hunger besser als so manches reichliche Frühstück im Auenland.

Sie hatten weniger als fünf Stunden gerastet, als sie sich wieder auf den Weg machten. Glorfindel trieb sie immer noch voran und ließ nur zwei kurze Unterbrechungen während des Tagesmarschs zu. Auf diese Weise legten sie vor Einbruch der Nacht fast zwanzig Meilen zurück und erreichten den Punkt, an dem die Straße eine Kehre nach rechts macht und hinunterführt auf die Sohle des Tals und von dort schnurgerade auf den Bruinen zu. Bisher hatten die Hobbits von den Verfolgern nichts gesehen oder gehört; aber oft, wenn sie zurückgeblieben waren, hielt Glorfindel einen Augenblick inne und lauschte, und sein Gesicht sah besorgt aus. Ein- oder zweimal redete er mit Streicher in der Elbensprache.

Aber wie sehr ihre Führer auch in Sorge sein mochten, es war klar, daß die Hobbits an diesem Abend nicht weitergehen konnten. Vor Ermüdung benommen torkelten sie weiter und konnten an nichts anderes als ihre Beine und Füße denken. Frodos Schmerzen hatten sich wieder verstärkt, und während des Tages verblaßten die Dinge um ihn herum zu Schatten von gespenstigem Grau. Er wünscht fast, daß die Nacht käme, da dann die Welt weniger fahl und leer erschien.

Die Hobbits waren noch müde, als sie früh am nächsten Morger wieder aufbrachen. Es lagen zwischen ihnen und der Furt noch mehrere Meilen, und sie humpelten weiter, so rasch sie konnten.

»Die Gefahr wird für uns am größten sein, gerade ehe wir den Fluß erreichen«, sagte Glorfindel; »denn mein Herz warnt mich, daß die Verfolger jetzt dicht hinter uns sind, und andere Gefahren warten vielleicht an der Furt auf uns.«

Die Straße lief immer noch stetig bergab, und stellenweise war jetzt dichtes Gras an beiden Seiten, auf dem die Hobbits nach Möglichkeit liefen, um ihre müden Füße zu schonen. Am späten Nachmittag kamen sie zu einer Stelle, wo die Straße plötzlich in den dunklen Schatten hoher Kiefern eintauchte und dann in einem tiefen Durchstich mit steilen, feuchten Wänden aus rotem Stein verschwand. Ihre Schritte riefen ein Echo hervor, als sie vorwärtseilten, und es klang, als ob sie verfolgt würden. Dann trat die Straße mit einemmal gleichsam durch einen Torweg aus Licht am Ende des Tunnels wieder ins Freie. Dort am Fuße eines steilen Abhangs sahen sie flaches Land, etwa eine Meile lang, und dahinter die Furt von Bruchtal vor sich liegen. Am jenseitigen Ufer war eine steile braune Böschung, auf die sich ein gewundener Pfad hinaufzog; und dahinter reckten sich die hohen Berge, Rücken über Rücken und Gipfel über Gipfel, in den blassen Himmel.

Es war immer noch ein Echo zu hören wie von Füßen, die ihnen durch den Tunnel folgten; ein raschelndes Geräusch, als ob sich ein Wind erhoben habe und durch die Äste der Kiefern fahre. Einen Augenblick wandte sich Glorfindel um und lauschte, dann sprang er mit einem Schrei vorwärts.

»Fliehe!« rief er. »Fliehe! Der Feind ist über uns!«

Das weiße Pferd machte einen Satz. Die Hobbits rannten den Abhang hinunter. Glorfindel und Streicher folgten als Nachhut. Sie hatten das flache Land erst halb überquert, als sie plötzlich Pferde galoppieren hörten. Aus dem Durchstich zwischen den Bäumen, den sie gerade verlassen hatten, ritt ein Schwarzer Reiter. Er zog die Zügel an und hielt, und er schwankte im Sattel hin und her. Ein zweiter folgte ihm, und dann noch einer; und dann noch zwei.

»Reite voraus! Reite!« rief Glorfindel Frodo zu.

Er gehorchte nicht sofort, denn ein seltsames Widerstreben ergriff ihn. Er ließ sein Pferd im Schritt gehen und schaute sich um. Die Reiter schienen auf ihren großen Rössern wie drohende Statuen auf einem Berg zu sitzen, dunkel und starr, während der Wald und das Land ringsum wie in Nebel zurückzuweichen schienen. Plötzlich wußte er in seinem Herzen, daß sie ihm wortlos befahlen, zu warten. Da erwachten in ihm Furcht und Haß zugleich. Seine Hand ließ den Zügel los und griff nach dem Heft seines Schwerts, und rot blitzte es auf, als er es aus der Scheide zog.

»Reite weiter! Reite weiter!« schrie Glorfindel, und dann rief er laut und klar dem Pferd in der Elbensprache zu: *noro lim, noro lim, Asfaloth*!

Sofort sprengte das weiße Pferd davon und fegte wie der Wind über das letzte Stück Straße. Im gleichen Augenblick stürzten die schwarzen Pferde den Berg hinunter und nahmen die Verfolgung auf, und die Reiter stießen einen furchtbaren Schrei aus, wie Frodo ihn voll Grauen weit weg in den Wäldern des Ostviertels gehört hatte. Es kam eine Antwort; und zu Frodos und seiner Freunde Entsetzen brachen zwischen den Bäumen und Felsen zur Linken noch vier Reiter hervor. Zwei ritten auf Frodo zu; zwei galoppierten wie wild zur Furt, um ihm den Fluchtweg abzuschneiden. Sie schienen ihm dahinzufliegen wie der Wind und rasch größer und dunkler zu werden, als sie nun in derselben Richtung ritten wie er.

Frodo blickte sich einen Augenblick um. Er konnte seine Freunde nicht mehr sehen. Die Reiter hinter ihm blieben zurück: selbst ihre großen Rösser konnten es an Schnelligkeit mit Glorfindels weißem Elbenpferd nicht aufnehmen. Er schaute wieder nach vorn, und seine Hoffnung schwand. Es schien keine Aussicht zu bestehen, die Furt zu erreichen, ehe er von jenen abgeschnitten wurde, die im Hinterhalt gelegen hatten. Er konnte sie jetzt deutlich sehen: offenbar hatten sie ihre Kapuzen und schwarzen Mäntel abgeworfen und waren nun weiß und grau gekleidet. Nackte Schwerter hielten sie in den bleichen Händen; Helme trugen sie auf dem Kopf. Ihre kalten Augen glitzerten, und sie riefen ihn mit unheimlichen Stimmen.

Furcht erfüllte jetzt Frodo ganz. Er dachte nicht mehr an sein Schwert. Kein Schrei entfuhr ihm. Er schloß die Augen und klammerte sich an die Mähne des Pferdes. Der Wind pfiff ihm in den Ohren, und die Glöckchen am Zaumzeug läuteten wild und schrill. Ein Hauch von tödlicher Kälte durchbohrte ihn wie ein Speer, als das Elbenpferd mit einer letzten Anstrengung wie ein weißfeuriger Blitz und so schnell, als habe es Flügel, unmittelbar an dem vordersten Reiter vorbeisprengte.

Frodo hörte Wasser klatschen. Es schäumte zu seinen Füßen. Er spürte das rasche Wogen, als das Pferd den Fluß verließ und den steinigen Pfad erklomm. Es kletterte die steile Böschung hinauf. Er war jenseits der Furt.

Aber die Verfolger waren ihm dicht auf den Fersen. Oben auf der Böschung hielt das Pferd an, wandte sich um und wieherte heftig. Neun Reiter waren unten am Rande des Wassers, und Frodos Herz erzitterte vor der Drohung ihrer emporgerichteten Gesichter. Er wußte nicht, was sie hindern könnte, die Furt ebenso leicht zu durchqueren wie er; und er hatte das Gefühl, daß der Versuch zwecklos sei, über den langen, unbekannten Pfad von der Furt bis nach Bruchtal zu entkommen, sobald die

Reiter einmal am anderen Ufer waren. Jedenfalls spürte er, daß ihm dringend befohlen wurde, anzuhalten. Haß regte sich wieder in ihm, aber er hatte nicht mehr die Kraft, sich zu widersetzen.

Plötzlich gab der vorderste Reiter seinem Pferd die Sporen. Es scheute am Wasser und bäumte sich auf. Unter großer Anstrengung setzte sich Frodo auf und zückte sein Schwert.

»Geht zurück!« rief er. »Geht zurück in das Land Mordor und folgt mir nicht mehr!« Seine Stimme klang ihm selbst dünn und schrill in den Ohren. Die Reiter verhielten, aber Frodo hatte nicht Bombadils Macht. Seine Feinde antworteten ihm mit einem mißtönenden und schauerlichen Gelächter. »Komm zurück! Komm zurück!« riefen sie. »Nach Mordor wollen wir dich bringen!«

»Geht zurück!« flüsterte er.

»Der Ring! Der Ring!« schrien sie mit tödlichen Stimmen; und gleich darauf trieb ihr Anführer sein Pferd voran ins Wasser, dicht gefolgt von zwei anderen.

»Bei Elbereth und Lúthien der Schönen!« sagte Frodo mit letzter Kraft und hob sein Schwert. »Weder den Ring noch mich sollt ihr haben!«

Dann richtete sich der Anführer, der die Furt jetzt halb durchquert hatte, drohend in den Steigbügeln auf und hob die Hand. Frodo wurde mit Stummheit geschlagen. Er fühlte, wie ihm die Zunge am Gaumen klebte und sein Herz schwer schlug. Sein Schwert zerbarst und fiel ihm aus der Hand. Das Elbenpferd bäumte sich auf und schnaubte. Das vorderste der schwarzen Pferde hatte schon fast den Fuß auf das Ufer gesetzt.

In diesem Augenblick erhob sich ein Brausen und Tosen: ein Rauschen von lauten Wassern, die viele Steine mit sich reißen. Undeutlich sah Frodo, wie der Fluß unter ihm stieg und eine ganze Reiterschar von Wellen das Flußbett herunterkam. Weiße Flammen schienen auf ihren Kämmen zu flackern, und halb bildete sich Frodo ein, inmitten des Wassers weiße Reiter auf weißen Pferden mit schäumenden Mähnen zu erkennen. Die drei Reiter, die noch mitten in der Furt waren, wurden umgerissen: sie verschwanden, unter wütendem Gischt plötzlich begraben. Diejenigen, die nach ihnen kamen, schreckten entsetzt zurück.

Während ihm schon die Sinne schwanden, hörte Frodo noch Schreie, und er meinte, hinter den Reitern, die am Ufer zögerten, eine strahlende Gestalt aus weißem Licht zu sehen; und hinter ihr liefen kleine, schattenhafte Gestalten und schwenkten Flammen, die rot flackerten in dem grauen Nebel, der sich über die Welt senkte.

Die schwarzen Pferde wurden von Raserei gepackt; sie sprangen voll Schrecken vorwärts und trugen ihre Reiter in die tosende Flut. Ihre gellenden Schreie gingen unter im Tosen des Flusses, als er sie mitriß. Dann fühlte Frodo, daß er selbst stürzte, und das Brausen und die Strudel schienen emporzusteigen und ihn zusammen mit seinen Feinden zu verschlingen. Er sah und hörte nichts mehr.

ZWEITES BUCH

ERSTES KAPITEL

VIELE BEGEGNUNGEN

Frodo wachte auf und entdeckte, daß er im Bett lag. Zuerst glaubte er, daß er lange geschlafen und etwas Unerfreuliches geträumt habe, das immer noch am Rande seiner Erinnerung lauerte. Oder war er vielleicht krank gewesen? Aber die Zimmerdecke sah fremd aus; sie war flach und hatte dunkle, reich geschnitzte Balken. Er blieb noch eine Weile liegen, betrachtete die Sonnenlichtflecke auf der Wand und lauschte dem Rauschen eines Wasserfalls.

»Wo bin ich, und wie spät ist es?« fragte er dann laut.

»In Elronds Haus, und es ist zehn Uhr morgens«, antwortete eine Stimme. »Es ist der Morgen des vierundzwanzigsten Oktobers, wenn du es wissen willst.«

»Gandalf!« rief Frodo und richtete sich auf. Da war der alte Zauberer, er saß auf einem Stuhl am offenen Fenster.

»Ja«, sagte er. »Ich bin hier. Und du hast Glück, daß du auch hier bist, nach all den törichten Dingen, die du getan hast, seit du von zu Hause aufgebrochen bist.«

Frodo legte sich wieder hin. Er fühlte sich zu behaglich und friedlich, um sich zu verteidigen, und außerdem glaubte er, daß er dabei sowieso den kürzeren ziehen würde. Er war jetzt ganz wach, und die Erinnerung an seine Fahrt kam ihm wieder: der verhängnisvolle »gerade Weg« durch den Alten Wald; das »Mißgeschick« im *Tänzelnden Pony;* und daß er so verrückt gewesen war, in der Mulde unterhalb der Wetterspitze den Ring aufzusetzen. Während er noch an all das dachte und vergeblich versuchte, in der Erinnerung bis zu seiner Ankunft in Bruchtal weiterzugehen, herrschte ein langes Schweigen, das nur durch das leise Paffen von Gandalf, der weiße Rauchringe zum Fenster hinausblies, unterbrochen wurde.

»Wo ist Sam?« fragte Frodo endlich. »Und geht es den anderen gut?«

»Ja, sie sind alle gesund und munter«, antwortete Gandalf. »Sam war hier, bis ich ihn vor etwa einer halben Stunde wegschickte, damit er sich etwas ausruht.«

»Was hat sich an der Furt ereignet?« fragte Frodo. »Es schien mir alles irgendwie so unklar; und das ist es mir noch.«

»Ja, das glaube ich. Du begannst zu schwinden«, sagte Gandalf. »Die Wunde hat dich schließlich übermannt. Noch ein paar Stunden, und wir hätten dir nicht mehr helfen können. Aber du hast einige Kraft in dir, mein lieber Hobbit! Wie du in dem Hügelgrab bewiesen hast. Da stand es auf Messers Schneide: vielleicht der gefährlichste Augenblick von allen. Ich wünschte, du hättest an der Wetterspitze durchhalten können.«

»Du scheinst schon eine ganze Menge zu wissen«, sagte Frodo. »Ich habe mit den anderen gar nicht über das Hügelgrab gesprochen. Zuerst war es zu grauenvoll, und nachher gab es andere Dinge zu bedenken. Woher weißt du davon?«

»Du hast viel im Schlaf geredet, Frodo«, sagte Gandalf freundlich. »Und es war nicht schwer für mich, deine Gedanken und Erinnerungen zu deuten. Mach dir keine Sorgen! Wenn ich eben ›töricht‹ sagte, so meinte ich das nicht ernst. Ich halte viel von dir – und den anderen. Es ist keine kleine Leistung, daß ihr so weit gekommen seid und trotz solcher Gefahren den Ring immer noch habt.«

»Ohne Streicher hätten wir es niemals geschafft«, meinte Frodo. »Aber dich hätten wir gebraucht. Ich wußte nicht, was ich ohne dich tun sollte.«

»Ich bin aufgehalten worden«, sagte Gandalf, »und das hätte fast unseren Untergang bedeutet. Und dennoch bin ich nicht sicher: vielleicht war es besser so.«

»Ich wünschte, du würdest mir erzählen, was geschehen ist.«

»Alles zu seiner Zeit! Auf Elronds Befehl darfst du heute weder reden noch dir über irgend etwas Sorgen machen.«

»Das Reden würde aber bewirken, daß ich nicht mehr nachdenke und grübele, was ebenso anstrengend ist«, sagte Frodo. »Ich bin jetzt hellwach und erinnere mich an vielerlei, das eine Erklärung verlangt. Warum wurdest du aufgehalten? Das zumindest solltest du mir sagen.«

»Du wirst bald alles hören, was du wissen willst«, antwortete Gandalf. »Wir werden einen Rat abhalten, sobald es dir gut genug geht. Im Augenblick will ich nur sagen, daß ich gefangen gehalten wurde.«

»Du?« rief Frodo.

»Ja, ich, Gandalf der Graue«, sagte der Zauberer ernst. »Es gibt viele Mächte in der Welt, gute und böse. Manche sind größer als ich. Und mit manchen habe ich mich noch nicht gemessen. Aber meine Zeit naht. Der Morgul-Fürst und seine Schwarzen Reiter sind wieder in Erscheinung getreten. Der Krieg bereitet sich vor!«

»Dann wußtest du schon von den Reitern – ehe ich sie traf?«

»Ja, ich wußte von ihnen. Ich habe sie sogar einmal dir gegenüber erwähnt; denn die Schwarzen Reiter sind die Ringgeister, die Neun Diener des Herrn der Ringe. Aber ich wußte nicht, daß sie sich wieder erhoben hatten, denn sonst wäre ich sofort mit dir geflohen. Nachrichten über sie erhielt ich erst, nachdem ich dich im Juni verlassen hatte; aber diese Geschichte muß warten. Für den Augenblick sind wir durch Aragorn vor dem Verhängnis bewahrt worden.«

»Ja«, bestätigte Frodo. »Streicher hat uns gerettet. Dabei hatte ich zuerst Angst vor ihm. Sam hat ihm nie ganz getraut, glaube ich, jedenfalls nicht, ehe wir Glorfindel trafen.«

Gandalf lächelte. »Ich habe alles über Sam gehört«, sagte er. »Jetzt hat er keine Zweifel mehr.«

»Das freut mich«, erwiderte Frodo. »Denn ich habe Streicher wirklich sehr gern. Allerdings ist *gern* nicht das richtige Wort. Ich meine, er ist mir teuer; obwohl er fremdartig ist und zuzeiten grimmig. Eigentlich erinnert er mich oft an dich. Ich wußte gar nicht, daß manche von den Großen Leuten so sind. Ich dachte, nun ja, daß sie bloß groß sind und ziemlich dumm: freundlich und dumm wie Butterblume; oder dumm und böse wie Lutz Farning. Aber schließlich wissen wir im Auenland nicht viel über die Menschen, höchstens über die Breeländer.«

»Nicht einmal über sie wißt ihr viel, wenn du den alten Gerstenmann für dumm hältst«, sagte Gandalf. »Auf seinem eigenen Gebiet ist er weise genug. Er denkt weniger, als er redet, und langsamer; und doch kann er rechtzeitig durch eine Steinmauer gucken (wie sie in Bree sagen). Aber nur noch wenige sind in Mittelerde wie Aragorn, Arathorns Sohn. Das Geschlecht der Könige von jenseits des Meeres ist fast ausgestorben. Es mag sein, daß dieser Ringkrieg ihr letztes Abenteuer wird.«

»Meinst du wirklich, daß Streicher zum Volk der alten Könige gehört?« fragte Frodo erstaunt. »Ich dachte, sie seien alle schon lange verschwunden. Ich dachte, er sei nur ein Waldläufer.«

»Nur ein Waldläufer!« rief Gandalf. »Mein lieber Frodo, das ist es gerade, was die Waldläufer sind: die letzten Überlebenden im Norden jenes großen Volkes, der Menschen des Westens. Sie haben mir schon früher geholfen; und ich werde ihre Hilfe auch in den kommenden Tagen brauchen; denn wir haben zwar Bruchtal erreicht, aber der Ring ist noch nicht zur Ruhe gekommen.

»Das glaube ich auch«, sagte Frodo. »Doch bisher war mein einziger Gedanke, hierher zu gelangen; und ich hoffe, daß ich nicht weiterzugehen brauche. Es ist sehr angenehm, bloß zu ruhen. Ich habe einen Monat Verbannung und Abenteuer hinter mir, und das reicht mir eigentlich.«

Er schwieg und schloß die Augen. Nach einer Weile fuhr er fort. »Ich habe nachgerechnet, und ich komme nicht auf den vierundzwanzigsten

Oktober. Es müßte der einundzwanzigste sein. Wir müssen die Furt am zwanzigsten erreicht haben.«

»Du hast mehr geredet und gerechnet, als dir gut tut«, sagte Gandalf. »Was macht deine Seite und die Schulter?«

»Ich weiß es nicht«, antwortete Frodo. »Ich fühle sie gar nicht. Was ein Fortschritt ist. Aber —« er machte einen Versuch — »ich kann meinen Arm ein wenig bewegen. Ja, es ist wieder Leben in ihm. Er ist nicht mehr kalt«, fügte er hinzu, als er mit der rechten nach seiner linken Hand faßte.

»Gut«, sagte Gandalf. »Es bessert sich rasch. Bald wirst du wieder gesund sein. Elrond hat dich geheilt: tagelang hat er dich gepflegt, seit du hergebracht wurdest.«

»Tagelang?« fragte Frodo.

»Ja, vier Nächte und drei Tage, um genau zu sein. Die Elben haben dich am Abend des zwanzigsten von der Furt hergebracht, und da bist du aus der Zeitrechnung gekommen. Wir haben entsetzlich Sorgen gehabt, und Sam ist bei Tag und bei Nacht kaum von deiner Seite gewichen, außer wenn er Botengänge zu erledigen hatte. Elrond ist ein Meister der Heilkunst, aber die Waffen unseres Feindes sind tödlich. Um dir die Wahrheit zu sagen, ich hatte sehr wenig Hoffnung; denn ich vermutete, daß ein Bruchstück der Klinge noch in der geschlossenen Wunde sei. Erst gestern abend konnte es gefunden werden. Dann hat Elrond den Splitter entfernt. Er saß sehr tief und wirkte nach innen.«

Frodo schauderte, denn er erinnerte sich des grausamen Dolchs mit der gezackten Klinge, die sich in Streichers Hand aufgelöst hatte. »Ängstige dich nicht!« sagte Gandalf. »Er ist nicht mehr da. Er ist eingeschmolzen worden. Und es scheint, daß Hobbits nur sehr widerstrebend dahinschwinden. Ich habe starke Krieger der Großen Leute gekannt, die diesem Splitter rasch erlegen wären, den du siebzehn Tage im Leib gehabt hast.«

»Was hätten sie mir angetan?« fragte Frodo. »Was versuchten die Reiter zu tun?«

»Sie versuchten, dein Herz mit einem Morgul-Messer zu durchbohren, das in der Wunde bleibt. Wenn es ihnen geglückt wäre, wärst du wie sie geworden, nur schwächer und unter ihrem Befehl. Du wärst ein Geist geworden unter dem Bann des Dunklen Herrschers; und er hätte dich gefoltert zur Strafe dafür, daß du versucht hast, seinen Ring zu behalten, wenn eine größere Folter möglich wäre, als seiner beraubt zu sein und ihn an seiner Hand zu sehen.«

»Ein Glück, daß ich mir über die fürchterliche Gefahr nicht klar war!« sagte Frodo matt. »Natürlich hatte ich entsetzliche Angst; aber wenn ich mehr gewußt hätte, hätte ich mich nicht mehr zu rühren gewagt. Es ist ein Wunder, daß ich entkam!«

»Ja, Glück oder Schicksal haben dir geholfen«, sagte Gandalf. »Ganz zu schweigen vom Mut. Denn nicht dein Herz, sondern nur deine Schulter ist durchbohrt worden; und das lag daran, daß du bis zuletzt Widerstand geleistet hast. Aber es war ein ganz knappes Entrinnen, sozusagen. Du warst in höchster Gefahr, solange du den Ring trugst, denn dann warst du selbst halb in der Geisterwelt, und sie hätten dich ergreifen können. Du konntest sie sehen, und sie konnten dich sehen.«

»Ich weiß«, sagte Frodo. »Sie waren grauenhaft anzuschauen! Aber warum konnten wir alle ihre Pferde sehen?«

»Weil es wirkliche Pferde sind; ebenso wie die schwarzen Gewänder wirkliche Gewänder sind, die sie tragen, um ihr Nichtsein zu verhüllen, wenn sie mit den Lebenden zu tun haben.«

»Warum dulden dann aber diese schwarzen Pferde solche Reiter? Alle anderen Tiere sind voll Schrecken, wenn ihnen die Reiter nahe kommen, sogar Glorfindels Elbenpferd. Die Hunde jaulen, und die Gänse zischen sie an.«

»Weil diese Pferde für den Dienst des Dunklen Herrschers in Mordor geboren und gezüchtet werden. Nicht alle seine Sklaven und Leibeigenen sind Geister! Es gibt Orks und Trolle und Warge und Werwölfe; und es hat viele Menschen gegeben und gibt sie noch, Krieger und Könige, die lebendig unter der Sonne wandeln und doch unter seinem Banne stehen. Und ihre Zahl wächst täglich.«

»Was ist mit Bruchtal und den Elben? Ist Bruchtal sicher?«

»Ja, zur Zeit, bis alles andere unterworfen ist. Die Elben mögen den Dunklen Herrscher fürchten, und sie mögen vor ihm fliehen, aber sie werden nie wieder auf ihn hören oder ihm dienen. Und hier in Bruchtal leben noch einige seiner Hauptfeinde: die Elbenweisen, die Herren von Eldar jenseits der weitesten Meere. Sie fürchten die Ringgeister nicht, denn jene, die im Glückseligen Land geweilt haben, leben in beiden Welten zugleich, und sowohl den Sichtbaren wie den Unsichtbaren gegenüber haben sie große Macht.«

»Ich glaubte eine weiße Gestalt gesehen zu haben, die schimmerte und nicht undeutlich wurde wie die anderen. War das Glorfindel?«

»Ja, du hast ihn einen Augenblick so gesehen, wie ihn die andere Seite sieht: als einen der Mächtigen unter den Erstgeborenen. Es ist ein Herr der Elben aus einem Fürstenhaus. Tatsächlich gibt es in Bruchtal eine Macht, die der Gewalt von Mordor eine Zeitlang widerstehen kann; und auch anderswo gibt es noch Macht. Sogar im Auenland gibt es Macht, wenngleich von anderer Art. Doch alle diese Orte werden bald belagerte Inseln sein, wenn die Dinge so weitergehen wie bisher. Der Dunkle Herrscher spielt seine ganze Stärke aus.

»Indes«, sagte er, stand plötzlich auf und steckte das Kinn vor, so daß sich sein Bart sträubte wie Drahtborsten, »indes dürfen wir den Mut nicht sinken lassen. Du wirst bald wieder wohlauf sein, wenn ich dich nicht zu Tode rede. Du bist in Bruchtal, und im Augenblick brauchst du dir keine Sorgen zu machen.«

»Ich habe gar keinen Mut mehr, den ich sinken lassen könnte«, sagte Frodo, »aber Sorgen mache ich mir zur Zeit nicht. Sag mir nur, wie es meinen Freunden geht, und erzähle mir, wie die Geschichte an der Furt ausging, wonach ich immerzu frage, und dann werde ich einstweilen zufrieden sein. Ich glaube, ich werde noch etwas schlafen; aber bestimmt kann ich die Augen nicht zumachen, ehe du nicht mit der Geschichte fertig bist.«

Gandalf rückte seinen Stuhl neben das Bett und betrachtete Frodo eingehend. Sein Gesicht hatte wieder Farbe, und seine Augen waren klar und hellwach. Er lächelte, und es schien ihm kaum etwas zu fehlen. Doch des Zauberers scharfe Augen bemerkten eine leichte Veränderung bei ihm, sozusagen eine Andeutung von Durchsichtigkeit, und besonders bei der linken Hand, die auf der Decke lag.

»Das war immerhin zu erwarten«, sagte Gandalf zu sich. »Er hat es noch nicht halb hinter sich, und was letztlich daraus wird, kann nicht einmal Elrond voraussagen. Nichts Böses, glaube ich. Vielleicht wird er wie ein Glas, das für Augen, die sehen können, mit einem klaren Licht gefüllt ist.«

»Du siehst großartig aus«, sagte er laut. »Ich will einen kurzen Bericht wagen, ohne Elrond zu befragen. Aber ganz kurz, hörst du, und dann mußt du wieder schlafen. Folgendes ist geschehen, soweit ich es mir zusammenreimen kann. Die Reiter hielten stracks auf dich zu, sobald du die Flucht ergriffen hattest. Sie brauchten sich nicht mehr von ihren Pferden leiten lassen: du warst für sie sichtbar geworden, denn du befandest dich schon auf der Schwelle zu ihrer Welt. Und auch der Ring zog sie an. Deine Freunde sprangen beiseite, von der Straße fort, denn sonst wären sie niedergeritten worden. Sie wußten, daß nichts dich retten konnte, wenn nicht das weiße Pferd. Die Reiter waren zu schnell, um überholt werden, und zu zahlreich, um sich ihnen entgegenstellen zu können. Zu Fuß hätten selbst Glorfindel und Aragorn zusammen nicht allen Neun auf einmal widerstehen können.

Als die Ringgeister an ihnen vorübergefegt waren, rannten deine

Freunde hinter ihnen her. Dicht bei der Furt ist eine kleine Mulde neben der Straße, verborgen hinter ein paar verkrüppelten Bäumen. Dort zündeten sie rasch Feuer an; denn Glorfindel wußte, daß eine Flut kommen würde, wenn die Reiter die Furt zu durchqueren versuchten, und dann würde er mit denjenigen zu tun haben, die auf seiner Seite des Flusses geblieben waren. In dem Augenblick, als die Flut kam, stürzte er, gefolgt von Aragorn und den anderen, mit brennenden Holzscheiten aus der Mulde heraus. Als die Reiter zwischen Feuer und Wasser gefangen waren und einen Herrn der Elben in seinem Zorn sahen, entsetzten sie sich, und ihre Pferde wurden von Raserei gepackt. Drei waren von der ersten Flutwelle davongetragen worden; jetzt wurden die anderen von ihren Pferden ins Wasser geschleudert und fortgerissen.«

»Und ist das das Ende der Schwarzen Reiter?« fragte Frodo.

»Nein«, sagte Gandalf. »Ihre Pferde müssen zugrunde gegangen sein, und ohne sie sind sie kampfunfähig. Aber die Ringgeister selbst können nicht so leicht vernichtet werden. Indes ist im Augenblick nichts von ihnen zu befürchten. Deine Freunde durchquerten die Furt, als die Flut vorüber war; und sie fanden dich oben auf der Böschung auf dem Gesicht liegend, und ein zerbrochenes Schwert unter dir. Das Pferd hielt neben dir Wache. Du warst bleich und kalt, und sie fürchteten, du seiest tot oder noch etwas Schlimmeres. Elronds Leute kamen ihnen entgegen und trugen dich langsam nach Bruchtal.«

»Wer hatte die Flut bewirkt?« fragte Frodo.

»Elrond hatte sie befohlen«, antwortete Gandalf. »Der Fluß dieses Tals untersteht seiner Macht, und er schwillt zornig an, wenn die dringende Notwendigkeit besteht, die Furt zu sperren. Sobald der Anführer der Ringgeister in das Wasser hineinritt, wurde die Flut ausgelöst. Wenn ich das sagen darf, habe ich auch meinerseits etwas dazu beigetragen: vielleicht hast du es nicht bemerkt, aber einige der Wellen nahmen die Form von großen weißen Pferden mit schimmernden weißen Reitern an; und da waren viele rollende und mahlende Felsblöcke. Einen Augenblick fürchtete ich, wir hätten allzu große Naturgewalten entfesselt und würden die Herrschaft über die Flut verlieren, und sie würde euch alle hinwegreißen. Es ist eine große Kraft in den Wassern, die herabkommen von den Schneegefilden des Nebelgebirges.«

»Ja, jetzt kommt mir alles wieder«, sagte Frodo. »Das entsetzliche Tosen. Ich glaubte, ich würde ertrinken mit meinen Freunden und Feinden und allem. Aber jetzt sind wir in Sicherheit.«

Gandalf blickte Frodo rasch an, der aber die Augen geschlossen hatte. »Ja, im Augenblick seid ihr alle in Sicherheit. Bald gibt es ein Festmahl und fröhliches Treiben, um den Sieg an der Bruinenfurt zu feiern, und ihr alle werdet Ehrenplätze erhalten.«

»Großartig!« sagte Frodo. »Es ist wunderbar, daß Elrond und Glorfindel und derart große Herren, ganz zu schweigen von Streicher, solche Mühen auf sich nehmen und mir so viel Freundlichkeit erweisen.«

»Nun, dafür gibt es mancherlei Gründe«, sagte Gandalf lächelnd. »Ein guter Grund bin ich. Der Ring ist ein weiterer: du bist der Ringträger. Und du bist der Erbe von Bilbo, dem Ringfinder.«

»Lieber Bilbo«, sagte Frodo schläfrig. »Ich möchte gern wissen, wo er ist. Ich wünschte, er wäre hier und könnte alles darüber hören. Er würde was zu lachen haben. Die Kuh sprang übern Mond. Und der arme alte Troll!« Und damit schlief er fest ein.

Frodo war nun in Sicherheit im Letzten Heimeligen Haus östlich der See. Dieses Haus war, wie Bilbo schon vor langer Zeit berichtet hatte, »ein vollkommenes Haus, ob du nun essen und schlafen möchtest, Geschichtenerzählen und Gesang gern hast oder am liebsten nur dasitzen und nachdenken willst, oder eine schöne Mischung von allem vorziehst«. Das bloße Dortsein genügte, um Müdigkeit, Furcht und Traurigkeit zu heilen.

Gegen Abend wachte Frodo wieder auf und merkte, daß er kein Bedürfnis mehr nach Ruhe und Schlaf hatte, sondern ihm der Sinn nach Essen und Trinken stand, und später dann wahrscheinlich nach Singen und Geschichtenerzählen. Er stieg aus dem Bett und entdeckte, daß er seinen Arm fast so gut wie früher gebrauchen konnte. Er fand saubere Kleider aus grünem Stoff, die für ihn bereitgelegt waren und ihm ausgezeichnet paßten. Als er in den Spiegel schaute, war er erstaunt, daß er viel dünner war, als er sich in Erinnerung hatte: sein Spiegelbild sah Bilbos jungem Neffen, der mit seinem Onkel im Auenland zu wandern pflegte, erstaunlich ähnlich; doch die Augen blickten ihn nachdenklich an.

»Ja, du hast einiges erlebt, seit du das letzte Mal aus einem Spiegel herausgeschaut hast«, sagte er zu seinem Spiegelbild. »Aber nun auf zum fröhlichen Feiern!« Er reckte die Arme und pfiff ein Lied.

In diesem Augenblick klopfte es an der Tür, und Sam kam herein. Er rannte auf Frodo zu und nahm seine linke Hand, verlegen und schüchtern. Er streichelte sie liebevoll, dann errötete er und wandte sich hastig ab.

»Hallo, Sam!« sagte Frodo.

»Sie ist warm«, sagte Sam. »Ich meine deine Hand, Herr Frodo. Sie hat sich so kalt angefühlt in den langen Nächten. Aber getrommelt und gepfiffen!« rief er, drehte sich mit strahlenden Augen um und tanzte umher. »Es ist schön, daß du auf bist und wieder ganz in Ordnung! Gandalf bat mich, nachzusehen, ob du bereit seist, herunterzukommen, und ich dachte, er macht Spaß!«

»Ich bin bereit«, sagte Frodo. »Laß uns gehen und nach den anderen schauen!«

»Ich kann dich zu ihnen hinbringen«, sagte Sam. »Das ist ein großes Haus hier, und sehr eigenartig. Es gibt immer noch etwas zu entdecken, und nie weiß man, was man hinter der nächsten Ecke findet. Und Elben, Herr! Überall sind Elben. Manche sind wie Könige, ehrfurchtgebietend und prächtig; und manche sind fröhlich wie Kinder. Und die Musik und das Singen – nicht, daß ich Zeit oder Lust gehabt hätte, viel zuzuhören, seit wir hierher gekommen sind. Aber ich kenne die Art des Hauses allmählich.«

»Ich weiß, was du getan hast, Sam«, sagte Frodo und faßte ihn am Arm. »Aber heute abend sollst du fröhlich sein und nach Herzenslust zuhören. Komm, zeige mir den Weg.«

Sam führte ihn über mehrere Gänge und viele Stufen hinab in einen Garten, der hoch über den steilen Ufern des Flusses lag. Er fand seine Freunde, die auf einem Söller an der Ostseite des Hauses saßen. Schatten waren unten auf das Tal gefallen, aber auf den Berghängen hoch oben war immer noch Licht. Die Luft war warm. Laut klang das Geräusch von fließendem und fallendem Wasser, und der Abend war erfüllt von einem schwachen Duft von Bäumen und Blumen, als ob noch der Sommer in Elronds Garten verweilte.

»Hurra!« rief Pippin und sprang auf. »Hier ist unser edler Vetter! Macht Platz für Frodo, den Herrn des Rings!«

»Pst!« sagte Gandalf aus den Schatten im Hintergrund des Söllers. »Nichts Böses dringt in dieses Tal; trotzdem sollten wir es nicht mit Namen nennen. Der Herr des Rings ist nicht Frodo, sondern der Gebieter des Dunklen Turms von Mordor, dessen Macht sich wieder auf der Welt ausbreitet! Wir sitzen in einer Festung. Draußen wird es dunkel.«

»Gandalf hat viele so aufmunternde Reden wie diese geführt«, sagte Pippin. »Er glaubt, ich müsse zur Ordnung gerufen werden. Aber irgendwie ist es unmöglich, an diesem Ort betrübt oder niedergeschlagen zu sein. Mir ist, als ob ich singen könnte, wenn ich das richtige Lied für diese Gelegenheit wüßte.«

»Mir ist auch nach Singen zumute«, lachte Frodo. »Obwohl mir im Augenblick mehr zumute ist nach Essen und Trinken!«

»Das wird dir bald zuteil werden«, sagte Pippin. »Du hast deine übliche Schläue bewiesen, indem du gerade rechtzeitig zu einer Mahlzeit aufgestanden bist.«

»Mehr als eine Mahlzeit! Ein Festmahl«, sagte Merry. »Sobald Gandalf berichtet hatte, daß es dir besser ging, begannen die Vorbereitungen.« Kaum hatte er das ausgesprochen, da wurden sie durch das Läuten vieler Glocken in die Halle gerufen.

Die Halle in Elronds Haus war voller Leute: zum größten Teil Elben, aber es waren auch ein paar andere Gäste da. Elrond hatte, wie es seine Gewohnheit war, auf einem erhöhten Sitz am Ende der langen Tafel Platz genommen; neben ihm saßen auf der einen Seite Glorfindel, auf der anderen Gandalf.

Frodo betrachtete sie voll Staunen; denn er hatte Elrond, von dem so viel erzählt wurde, noch niemals gesehen; und wie sie da zu seiner Rechten und seiner Linken saßen, wurde offenbar, daß Glorfindel und selbst Gandalf, den er so gut zu kennen glaubte, Herren von Rang und Macht waren.

Gandalf war von untersetzterer Statur als die beiden anderen; aber sein langes weißes Haar, sein wallender Silberbart und seine breiten Schultern ließen ihn wie einen weisen König aus einer alten Sage erscheinen. Unter dichten, schneeweißen Brauen waren seine dunklen Augen wie Kohlen, die plötzlich Feuer sprühen konnten.

Glorfindel war von hohem Wuchs und schlank; sein Haar war schimmerndes Gold, sein Gesicht schön und jung und furchtlos und voller Frohsinn; seine Augen waren klar und scharf, und seine Stimme wie Musik; seine Stirn verhieß Weisheit und seine Hand Kraft.

Elronds Gesicht war zeitlos – weder alt noch jung, obwohl die Erinnerung an viele Dinge, freudige und gramvolle, ihm auf der Stirn geschrieben stand. Sein Haar war dunkel wie die Schatten der Dämmerung, und er trug darauf ein silbernes Diadem; seine Augen waren grau wie ein klarer Abend, und ein Licht leuchtete in ihnen wie Sternenlicht. Verehrungswürdig erschien er wie ein König, der viele Winter erlebt hat, und doch rüstig wie ein kampferfahrener Krieger in der Fülle seiner Kraft. Er war der Herr von Bruchtal und mächtig unter Elben und Menschen.

In der Mitte der Tafel vor den Wandteppichen stand ein Sessel unter einem Baldachin, und dort saß eine Frau, die lieblich anzuschauen war, und so ähnlich war sie Elrond, ins Weibliche übertragen, daß Frodo vermutete, sie müsse eine nahe Verwandte sein. Jung war sie, und doch wieder nicht. Die Flechten ihres dunklen Haares waren noch von keinem Reif berührt, ihre weißen Arme und ihr klares Gesicht waren makellos und glatt, und das Licht von Sternen war in ihren leuchtenden Augen, die grau wie eine wolkenlose Nacht waren; doch sah sie königlich aus, und in ihrem nachdenklichen Blick lag Weisheit wie bei jemandem, der viele Dinge kennt, die die Jahre bringen. Über ihrer Stirn war ihr Kopf bedeckt mit einer Kappe aus Silberspitze, besetzt mit kleinen, weiß glitzernden Edelsteinen. Doch ihr zartgraues Gewand hatte keinen Schmuck außer einem Gürtel aus silbergetriebenen Blättern.

So kam es, daß Frodo sie erblickte, die wenige Sterbliche je gesehen hatten: Arwen, Elronds Tochter, mit der, wie es hieß, Lúthiens Ebenbild wieder auf die Erde gekommen war; und sie wurde Undómiel genannt, denn sie war der Abendstern ihres Volkes. Lange war sie im Land der Verwandten ihrer Mutter gewesen, in Lórien jenseits des Gebirges, und erst kürzlich war sie nach Bruchtal in ihres Vaters Haus zurückgekehrt. Doch ihre Brüder, Elladan und Elrohir, waren noch auf der Ritterfahrt: denn oft ritten sie mit den Waldläufern des Nordens weit über Land und vergaßen niemals die Folter ihrer Mutter in den Höhlen der Orks.

Soviel Lieblichkeit hatte Frodo niemals zuvor an einem lebenden Wesen gesehen oder sich vorstellen können; und er war überrascht und zugleich verlegen, daß er inmitten dieses edlen und schönen Volkes an Elronds Tafel saß. Obwohl er einen passenden Stuhl hatte und hoch auf mehrere Kissen gesetzt worden war, kam er sich sehr klein und ziemlich fehl am Platz vor; aber dieses Gefühl verging rasch. Das Festmahl war fröhlich und das Essen so, wie es sich sein Hunger nur wünschen konnte. Es dauerte einige Zeit, bis er wieder um sich blickte oder sich auch nur seinem Nachbarn zuwandte.

Zuerst schaute er nach seinen Freunden. Sam hatte gebeten, seinem Herrn aufwarten zu dürfen, doch war ihm gesagt worden, daß er heute Ehrengast sei. Frodo sah ihn jetzt mit Pippin und Merry am oberen Ende eines der Seitentische dicht an der Estrade sitzen. Von Streicher entdeckte er keine Spur.

Zu Frodos Rechten saß ein Zwerg, eine eindrucksvolle Erscheinung und reich gekleidet. Sein Bart, sehr lang und gegabelt, war weiß, fast so weiß wie das schneeweiße Tuch seines Gewands. Er trug einen silbernen Gürtel und um den Hals eine Kette aus Silber und Diamanten. Frodo hörte auf zu essen, um ihn zu betrachten.

»Willkommen und sehr erfreut!« sagte der Zwerg, indem er sich zu ihm umwandte. Dann erhob er sich sogar von seinem Stuhl und verbeugte sich. »Glóin zu Euren Diensten«, sagte er und verbeugte sich noch tiefer.

»Frodo Beutlin zu Euren und Eurer Familie Diensten«, sagte Frodo, wie es sich gehörte, erhob sich überrascht und warf dabei alle Kissen herunter. »Vermute ich richtig, daß Ihr *der* Glóin seid, einer der zwölf Gefährten des großen Thorin Eichenschild?«

»Ganz recht«, antwortete der Zwerg, sammelte die Kissen auf und half Frodo höflich, wieder Platz zu nehmen. »Und ich frage nicht, denn mir ist bereits gesagt worden, daß Ihr der Verwandte und Erbe unseres berühmten Freundes Bilbo seid. Erlaubt mir, Euch zu Eurer Genesung zu beglückwünschen.«

»Danke vielmals«, sagte Frodo.

»Ihr habt einige sehr seltsame Abenteuer erlebt, höre ich«, sagte Glóin. »Es verwundert mich sehr, was *vier* Hobbits wohl zu einer so langen Fahrt veranlaßt. Nichts dergleichen hat es gegeben, seit Bilbo uns begleitete. Aber vielleicht sollte ich mich nicht allzu genau erkundigen, da Elrond und Gandalf nicht geneigt zu sein scheinen, darüber zu reden?«

»Ich glaube, wir wollen nicht davon sprechen, zumindest jetzt noch nicht«, sagte Frodo höflich. Er vermutete, daß selbst in Elronds Haus die Angelegenheit des Ringes kein Thema zum Plaudern war; und außerdem wollte er seine Mißlichkeiten gern eine Weile vergessen. »Doch bin ich ebenso begierig zu erfahren«, fuhr er fort, »was einen so bedeutenden Zwerg so weit vom Einsamen Berg fortführt.«

Glóin schaute ihn an. »Wenn Ihr es noch nicht gehört habt, dann wollen wir davon gleichfalls noch nicht sprechen. Meister Elrond wird uns, glaube ich, binnen kurzem alle zusammenrufen, und dann werden wir vieles hören. Aber es gibt noch manches, was erzählt werden kann.«

Während der weiteren Mahlzeit unterhielten sie sich miteinander, aber Frodo hörte mehr zu, als daß er redete; denn abgesehen vom Ring schienen die Neuigkeiten aus dem Auenland unbedeutend und entrückt und unwichtig, während Glóin viel zu berichten hatte von Ereignissen in den nördlichen Gebieten von Wilderland. Frodo erfuhr, daß Grimbeorn der Alte, Beorns Sohn, jetzt der Herrscher über viele standhafte Menschen war, und daß in ihr Land zwischen dem Gebirge und Düsterwald weder Ork noch Wolf einzudringen wagten.

»Ja«, sagte Glóin, »wenn die Beorninger nicht wären, wäre es schon lange unmöglich, von Thal nach Bruchtal zu gelangen. Es sind tapfere Männer, und sie halten den Hohen Paß und die Furt von Carrock offen. Aber ihr Zoll ist hoch«, fügte er hinzu und schüttelte den Kopf. »Und wie Beorn früher schätzen sie Zwerge nicht übermäßig. Immerhin sind sie vertrauenswürdig, und das ist viel heutzutage. Nirgends sind Menschen so freundlich zu uns wie die Menschen von Thal. Das sind gute Leute, die

Bardinger. Der Enkel von Bard, dem Bogenschützen, herrscht über sie, Brand, Bains Sohn, der Bards Sohn war. Er ist ein starker König, und sein Reich erstreckt sich jetzt weit südlich und östlich von Esgaroth.«

»Und wie steht es mit Eurem eigenen Volk?« fragte Frodo.

»Da gibt es viel zu erzählen, Gutes und Schlechtes«, antwortete Glóin. »Doch zumeist Gutes. Wir haben bisher Glück gehabt, obwohl wir dem Schatten dieser Zeiten nicht entgehen. Wenn Ihr wirklich von uns hören wollt, dann werde ich Euch gern die Neuigkeiten berichten. Doch unterbrecht mich, wenn Ihr müde seid! Die Zungen der Zwerge stehen nicht still, wenn sie von ihren eigenen Werken berichten, heißt es.«

Und damit begann er einen langen Bericht über das Geschehen im Zwergen-Königreich. Er war entzückt, einen so höflichen Zuhörer gefunden zu haben; denn Frodo ließ keine Müdigkeit erkennen und machte keinen Versuch, das Thema zu wechseln, obwohl er bald ziemlich verwirrt war durch all die fremden Namen von Leuten und Orten, die er nie zuvor gehört hatte. Indes interessierte es ihn zu hören, daß Dáin immer noch König unter dem Berg war, daß er jetzt alt (sein zweihundertfünfzigstes Jahr hatte er überschritten), verehrungswürdig und märchenhaft reich war. Von den zehn Gefährten, die die Schlacht der Fünf Heere überlebt hatten, waren sieben noch bei ihm: Dwalin, Glóin, Dori, Nori, Bifur, Bofur und Bombur. Bombur war jetzt so dick, daß er nicht mehr allein von seinem Bett zu seinem Stuhl bei Tisch gelangen konnte, und es waren sechs junge Zwerge nötig, um ihn aufzuheben.

»Und was ist aus Balin und Ori und Óin geworden?« fragte Frodo.

Ein Schatten glitt über Glóins Gesicht. »Wir wissen es nicht«, sagte er. »Es ist weitgehend Balins wegen, daß ich hergekommen bin, um den Rat derer zu erbitten, die in Bruchtal wohnen. Aber heute abend wollen wir von fröhlicheren Dingen sprechen!«

Glóin begann dann von den Werken seines Volkes zu reden und erzählte Frodo von ihren großen Arbeiten in Thal und unter dem Berg. »Wir waren recht erfolgreich«, sagte er. »Doch in Metallarbeiten können wir es mit unseren Vätern nicht aufnehmen, denn viele ihrer Geheimnisse sind verlorengegangen. Wir machen gute Waffen und scharfe Schwerter, doch vermögen wir noch nicht wieder Kettenpanzer oder Klingen herzustellen, die denen gleichkämen, die vor der Ankunft des Drachens gemacht wurden. Nur im Bergbau und in der Baukunst haben wir die alten Zeiten übertroffen. Ihr solltet die Wasserstraßen von Thal sehen, Frodo, und die Berge und die Teiche! Ihr solltet die vielfarbigen Steinpflaster der Straßen sehen! Und die Hallen und unterirdischen Straßen mit Bögen, die gemeißelt sind wie Bäume; und die Terrassen und Türme auf den Hängen des

Berges! Dann würdet Ihr sehen, daß wir nicht müßig gewesen sind.«

»Ich will gern kommen und mir alles anschauen, sobald ich nur kann«, sagte Frodo. »Wie würde Bilbo über all die Veränderungen in Smaugs Einöde staunen!«

Glóin blickte Frodo an und lächelte. »Ihr habt Bilbo sehr gern gehabt, nicht wahr?« fragte er.

»Ja«, antwortete Frodo. »Ihn würde ich lieber sehen als alle Türme und Paläste der Welt.«

Schließlich fand das Festmahl ein Ende. Elrond und Arwen erhoben sich und schritten durch die Halle, und die Gesellschaft folgte ihnen in gebührender Gemessenheit. Die Türen wurden geöffnet, und sie gingen über einen breiten Gang durch andere Türen und kamen dann in eine zweite Halle. Hier standen keine Tische, doch ein helles Feuer brannte in einem großen Kamin zwischen den geschnitzten Säulen auf beiden Seiten.

Frodo ging neben Gandalf. »Das ist die Halle des Feuers«, sagte der Zauberer. »Hier wirst du viele Lieder und Erzählungen hören — wenn du wachbleiben kannst. Doch außer an hohen Festtagen ist die Halle gewöhnlich leer und still, und hierher kommen Leute, die Ruhe haben wollen zum Nachdenken. Es brennt immer ein Feuer hier, das ganze Jahr hindurch, aber sonst ist kaum Licht da.«

Als Elrond eintrat und auf den für ihn vorbereiteten Sessel zuging, begannen Elben-Spielleute eine süße Musik. Langsam füllte sich die Halle, und Frodo schaute voll Entzücken auf die vielen schönen Gesichter, die sich hier zusammenfanden; das goldene Licht des Kaminfeuers spielte auf ihnen und schimmerte in ihrem Haar. Plötzlich bemerkte er, nicht weit von der anderen Seite des Feuers, eine kleine dunkle Gestalt, die auf einem Schemel saß und den Rücken gegen eine Säule lehnte. Auf dem Boden stand eine Trinkschale, und Brot lag daneben. Frodo fragte sich, ob es ein Kranker sei (falls die Leute in Bruchtal überhaupt krank würden), der nicht zum Festmahl hatte kommen können. Sein Kopf schien ihm im Schlaf tief auf die Brust gesunken, und eine Falte seines dunklen Mantels war über sein Gesicht gezogen.

Elrond ging auf die schweigende Gestalt zu. »Wacht auf, kleiner Herr!« sagte er lächelnd. Dann drehte er sich zu Frodo um und winkte ihm. »Jetzt endlich ist die Stunde gekommen, die du ersehnt hast, Frodo«, sagte er. »Hier ist ein Freund, den du lange entbehrt hast.«

Die dunkle Gestalt hob den Kopf und zog den Mantel vom Gesicht.

»Bilbo!« rief Frodo, als er ihn erkannte, und sprang auf ihn zu.

»Hallo, Frodo, mein Junge«, sagte Bilbo. »So bist du also endlich hergekommen. Ich hatte gehofft, daß du es schaffen würdest. Gut, gut. All dieses Feiern ist also dir zu Ehren, wie ich höre. Ich hoffe, du hast dich gut unterhalten?«

»Warum bist du nicht dabei gewesen?« rief Frodo. »Und warum habe ich dich nicht früher sehen dürfen?«

»Weil du geschlafen hast. Von *dir* habe ich eine ganze Menge gesehen. Jeden Tag habe ich mit Sam an deinem Bett gesessen. Aber was das Festmahl betrifft, so mache ich mir jetzt nicht mehr viel aus derlei Dingen. Und ich hatte etwas anderes zu tun.«

»Was hast du denn getan?«

»Nun, dagesessen und gedacht. Das tue ich heutzutage viel, und für gewöhnlich ist das hier der beste Ort dafür. Wacht auf! Wirklich!«, sagte er und warf Elrond einen verschmitzten Blick zu, in dem Frodo keinerlei Anzeichen von Schläfrigkeit erkennen konnte. »Wacht auf! Ich habe nicht geschlafen, Herr Elrond. Wenn Ihr es wissen wollt, Ihr seid alle zu früh von Eurem Festmahl gekommen und habt mich gestört – ich war gerade dabei, ein Gedicht zu machen. Ein oder zwei Zeilen stimmten nicht, und ich dachte eben über sie nach; aber jetzt werde ich sie wohl nicht mehr fertigbekommen. Es wird hier so viel Gesang geben, daß mir alle Gedanken aus dem Kopf getrieben werden. Ich werde meinen Freund, den Dúnadan, brauchen, damit er mir hilft. Wo ist er?«

Elrond lachte. »Er soll gefunden werden«, sagte er. »Dann sollt ihr beide in einen Winkel gehen und eure Aufgabe vollenden, und wir werden sie hören und beurteilen, ehe unser Fest zu Ende ist.« Boten wurden ausgesandt, um Bilbos Freund zu suchen, obwohl niemand wußte, wo er war oder warum er nicht am Festmahl teilgenommen hatte.

Inzwischen saßen Frodo und Bilbo nebeneinander, und Sam kam rasch und gesellte sich zu ihnen. Sie unterhielten sich leise und vergaßen die Fröhlichkeit und Musik in der Halle. Bilbo hatte nicht viel von sich zu erzählen. Nachdem er Hobbingen verlassen hatte, war er ziellos dahingewandert, der Straße entlang oder durch das Land auf beiden Seiten; aber irgendwie war die ganze Zeit Bruchtal sein Ziel gewesen.

»Ich bin ohne viel Abenteuer hierher gelangt«, sagte er, »und nach einer Rast habe ich mich dann mit den Zwergen nach Thal aufgemacht: meine letzte Fahrt. Ich will nicht mehr wandern. Der alte Balin war fort. Dann kam ich hierher zurück, und hier bin ich geblieben. Ich habe dies und das getan. Ich habe an meinem Buch weitergeschrieben, und, natürlich, ein paar Lieder gemacht. Sie singen sie gelegentlich: nur um mir eine Freude zu machen, glaube ich; denn eigentlich sind sie nicht gut genug für Bruchtal. Und ich höre zu und denke nach. Die Zeit scheint hier nicht zu vergehen: sie ist einfach da. Alles in allem ein bemerkenswerter Ort.

Ich höre allerlei Neuigkeiten, von jenseits des Gebirges und aus dem Süden, aber kaum vom Auenland. Natürlich habe ich über den Ring gehört. Gandalf ist oft hier gewesen. Nicht, daß er mir viel erzählt hätte. Er war in den letzten Jahren zugeknöpfter denn je. Der Dúnadan hat mir mehr erzählt. Wenn man sich vorstellt, daß dieser Ring von mir eine solche Verwirrung stiftet! Schade, daß Gandalf nicht früher mehr darüber herausgefunden hat. Ich hätte den Ring schon längst selbst hierher bringen können ohne so viel Verdruß. Manches Mal habe ich daran gedacht, wieder nach Hobbingen zurückzugehen und ihn zu holen; aber ich werde alt, und sie ließen mich nicht: Gandalf und Elrond, meine ich. Sie schienen zu glauben, daß der Feind überall nach mir suche und Hackfleisch aus mir machen würde, wenn er mich, durch die Wildnis wankend, fände.

Und Gandalf sagte: ›Der Ring ist in andere Hände übergegangen, Bilbo. Es wäre weder für dich noch für andere gut, wenn du versuchen würdest, dich wieder einzumischen.‹ Komische Bemerkung, sieht Gandalf ähnlich. Aber er sagte, er würde sich um dich kümmern, also ließ ich die Sache laufen. Ich freue mich schrecklich, dich wohl und munter zu sehen.« Er hielt inne und sah Frodo zweifelnd an.

»Hast du ihn da?« fragte er flüsternd. »Ich kann's nicht ändern, aber ich bin einfach neugierig nach allem, was ich gehört habe. Ich würde sehr gern nur eben mal wieder einen Blick darauf werfen.«

»Ja, ich habe ihn«, antwortete Frodo, der ein seltsames Widerstreben empfand. »Er sieht genauso aus wie immer.«

»Ach, laß ihn mich doch einen Augenblick anschauen«, sagte Bilbo.

Beim Anziehen hatte Frodo festgestellt, daß ihm der Ring, während er schlief, an einer neuen Kette, die leicht, aber kräftig war, um den Hals gehängt worden war. Langsam zog er ihn jetzt heraus. Bilbo streckte die Hand aus. Aber Frodo zog den Ring rasch zurück. Bekümmert und verblüfft stellte er fest, daß er Bilbo gar nicht mehr sah; ein Schatten schien zwischen sie gefallen zu sein, und durch diesen Schatten sah er ein kleines, runzliges Geschöpf mit einem gierigen Gesicht und knochigen, grapschenden Händen. Er verspürte den Wunsch, ihn zu schlagen.

Die Musik und das Singen um sie her schienen leiser zu werden, und es trat ein Schweigen ein. Bilbo warf einen raschen Blick auf Frodos Gesicht, dann fuhr er sich mit der Hand über die Augen. »Jetzt verstehe ich«, sagte er. »Steck ihn weg! Es tut mir leid; leid, daß du jetzt diese Bürde trägst, alles tut mir leid. Nehmen Abenteuer denn nie ein Ende? Wahrscheinlich nicht. Irgend jemand anderes muß die Geschichte fortsetzen.

Nun, es läßt sich nicht ändern. Ich frage mich, ob es überhaupt lohnt, mein Buch fertigzuschreiben? Aber darüber wollen wir uns jetzt keine Sorgen machen – laß uns ein paar wirkliche Neuigkeiten hören! Erzähle mir alles vom Auenland!«

Frodo steckte den Ring weg, der Schatten verging und hinterließ kaum eine Erinnerung. Das Licht und die Musik von Bruchtal umfingen ihn wieder. Bilbo lächelte und lachte glücklich. Jede kleinste Kleinigkeit, die Frodo aus dem Auenland nur zu berichten wußte – hin und wieder von Sam unterstützt und berichtigt –, interessierte ihn aufs höchste, angefangen vom Fällen des geringsten Baums bis zu den Streichen des kleinsten Kindes in Hobbingen. Sie waren so in die Geschehnisse der Vier Viertel vertieft, daß sie das Kommen eines in dunkelgrünes Tuch gekleideten Mannes gar nicht bemerkten. Mehrere Minuten stand er da und schaute lächelnd auf sie herab.

Plötzlich blickte Bilbo auf. »Ah, da bist du ja endlich, Dúnadan!« rief er.

»Streicher!« sagte Frodo. »Du scheinst eine Menge Namen zu haben.«

»Nun, *Streicher* habe ich jedenfalls noch nie gehört«, sagte Bilbo. »Warum nennst du ihn so?«

»So nennen sie mich in Bree«, sagte Streicher lachend, »und so bin ich ihm vorgestellt worden!«

»Und warum nennst du ihn Dúnadan?« fragte Frodo.

»*Den* Dúnadan«, antwortete Bilbo. »So wird er hier oft genannt. Aber ich dachte, du könntest genug Elbisch, um wenigstens *dún-adan* zu verstehen: Mensch des Westens, Númenorer. Aber jetzt ist nicht die richtige Zeit für Unterricht!« Er wandte sich an Streicher. »Wo bist du gewesen, mein Freund? Warum warst du nicht bei dem Festmahl? Frau Arwen war da.«

Streicher sah Bilbo ernst an. »Ich weiß«, sagte er. »Aber oft muß ich auf die Freuden verzichten. Elladan und Elrohir sind unerwartet aus der Wildnis zurückgekehrt und haben Nachrichten mitgebracht, die ich sofort hören wollte.«

»Nun, mein lieber Freund«, sagte Bilbo, »hast du jetzt, nachdem du die Neuigkeiten gehört hast, einen Augenblick für mich Zeit? Ich brauche deine Hilfe bei etwas Dringendem. Elrond sagt, dieses Lied von mir müsse fertig sein, ehe der Abend zu Ende ist, und ich sitze fest. Laß uns in eine Ecke gehen und der Sache den letzten Schliff geben!«

Streicher lächelte. »Dann komm!« sagte er. »Laß es mich hören.«

Frodo blieb eine Weile sich selbst überlassen, denn Sam war fest eingeschlafen. Er kam sich ziemlich einsam und verlassen vor, obwohl rings um ihn die Leute von Bruchtal versammelt waren. Aber diejenigen, die in seiner Nähe saßen, schwiegen und lauschten ganz versunken der Musik der Stimmen und Instrumente und achteten auf nichts anderes. Frodo fing an zuzuhören.

Zuerst bezauberten ihn die Schönheit der Melodien und die eingeflochtenen Wörter in der Elbensprache, obwohl er sie kaum verstand, sobald er begonnen hatte, aufzumerken. Fast schien es, als nähmen die Wörter Gestalt an, und Visionen von fernen Landen und hellen Dingen, die er sich niemals hatte vorstellen können, erschlossen sich vor ihm; und die vom Feuer erleuchtete Halle wurde zu einem goldenen Nebel über unermeßlichen Meeren, die an den Rändern der Welt seufzten. Dann wurde die Verzauberung immer traumähnlicher, bis er das Gefühl hatte, über ihn fließe ein endloser Strom von wallendem Gold und Silber hinweg, der zu vielfältig war, als daß er sein Muster hätte begreifen können; der Strom wurde ein Teil der Luftschwingungen und durchtränkte und überflutete ihn. Rasch sank er unter seinem schimmernden Gewicht in ein tiefes Reich des Schlafes.

Dort wanderte er lange in einem Traum, in dem sich Musik in fließendes Wasser verwandelte und dann plötzlich in eine Stimme. Es schien Bilbos Stimme zu sein, der Verse sang. Undeutlich zuerst und dann klarer wurden die Worte.

Eärendil hieß ein Schiffer kühn,
Der weilte in Avernien,
Schlug Holz und baute sich ein Schiff,
Von Nimbrethil auf Fahrt zu gehn.
Die Segel zog er silbern auf,
Laternen silbern hing er aus,
Den Bug schuf er dem Schwane gleich,
Die Wimpel flogen hell im Licht.

Dem alten Königsbrauch gemäß
Legte er Helm und Rüstung an,
Grub Runen in den Silberschild
Zum Schutze gegen Harm und Not;
Sein Bogen war aus Drachenhorn,
Aus Ebenholz ein jeder Pfeil,
Sein Köcher war aus Chalzedon,
Sein kräftiges Schwert aus blankem Stahl.

Sein Helm war adamanten hart
Und Adlerfedern krönten ihn,
Aus Silber war sein Panzerhemd,
Auf seiner Brust schien ein Smaragd.

Es trieb ihn unter Mond und Stern
Weitab vom Nördlichen Gestad,
Und irrend übers wilde Meer
Verlor er Sicht und Menschenspur.
Von Eisesgründen wandte er
Sich ab, wo ewig Schatten herrscht,
Die Wüstenhitze auch verließ
Er eilends, trieb noch weit umher
Auf dunklen Wassern ohne Stern
Bis in die Nacht des Nichts hinein.
Auch diese ließ er hinter sich,
Doch nie erblickt' er unterwegs
Der heißersehnten Küste Licht.
Der Winde Wüten jagte ihn
Geblendet durch den wilden Gischt
Von West nach Osten willenlos
Und nirgends freundlich angesagt.

Da nahte Elwing sich im Flug,
Und Licht durchflammte schwarze Nacht,
Von ihrer Kette glomm es weiß,
Viel heller noch als Diamant.
Sie heftete den Silmaril
Ans Haupt des Schiffers, krönte ihn
Mit Licht, das nie verlöschen kann.
Beherzt warf er das Ruder um;
Und in der Nacht erhob sich Sturm
Von jenseits aller Meere her.
Es wehte frei und voller Kraft
Ein Wind der Macht von Tarmenel:
Auf Wasserpfaden, unbekannt
Den Sterblichen, trieb er ihn nun
Mit Urgewalt durch graue Flut
Von Osten her gen Westen hin.

Durch Immernacht trug's ihn zurück
Auf tosend aufgetürmter See
Hin über lang versunknes Land,
Von schwarzen Fluten überrollt,
Bis endlich er Musik vernahm
Und an der Erde Grenzen kam,
Wo ewig sanfter Wellenschlag
Gold an die Perlenküste spült.
Er sah den Berg in Dämmergrau
Aufragend zwischen Valinor
Und Eldamar, im Lichte noch
Verblauen hinter ferner See.
Ein Wanderer, der Nacht entflohn,
Lief endlich in den Hafen ein
Im Elbenlande weiß und grün;
Die Luft war mild, durchsichtig-blaß,
Dem Hügel nah von Ilmarin,
Da spiegelte der Schattensee
Das Licht der Türme Tirions.
Hier ruhte er von Irrfahrt aus,
Hier lehrte man ihn Lied und Sang,
Und alte Märchen wurden laut
Bei Harfenklang und goldnem Schall.
Er trug ein elbenweißes Kleid,
Ihm brannten sieben Leuchter vor,
Als er durch's Calacirian
In tief verborgne Lande zog.
In jene Hallen, wo man nicht
Vergangenheit noch Zukunft kennt,
Gelangte er, wo immerdar
Der König der Altvordernzeit
Herrscht auf dem Berg in Ilmarin.
Von Sterblichen und Elbenvolk
Geheime Dinge sprach man dort,
Gesichte wurden ihm zuteil,
Die nie ein Mensch erblicken darf.

Sie bauten ihm ein neues Schiff
Aus Mithril und aus Elbenglas
Mit stolzem Bug, doch ruderlos,

Mit Silbermast, doch ohne Tuch,
Und Elbereth kam selbst herab:
Sie schuf dem Schiff den Silmaril
Zum Banner, ein lebendiges Licht,
Ein heller Schein, der nie verblaßt.
Und Flügel gab sie ihm dazu
Und sprach das Urteil: Jenseits Mond
Und Sonne muß er ewig ziehn
Durch küstenlose Himmel hin.

Vom hohen Immerabendland
Wo silbern die Fontänen sprühn,
Trug ihn die Schwinge licht hinan
Und über das Gebirg hinweg.
Schon sanken hinter ihm dahin
Der Erde Grenzen, wandte er,
Verzehrt von Sehnsucht, sich nach Haus,
Den Weg zu suchen durch die Nacht,
Und ganz allein, ein heller Stern,
Weit über allen Wolken flog
Im Morgengrauen sonnenwärts
Dies Licht, ein Wunder anzuschaun.

Schon sah er Mittelerde weit,
Weit unter sich, schon hörte er
Die Frauen der Altvorderzeit
Und Elbenmaiden klagen laut.
Ihm aber war es auferlegt,
Am Himmel seine Bahn zu ziehn,
Solange bis der Mond verblaßt,
Und nie am Ufer dieser Welt
Zu rasten bei den Sterblichen,
Ein Herold, seinem Auftrag treu,
Das Licht zu tragen durch die Zeit,
Der Flammifer der Westernis.

Der Gesang endete. Frodo öffnete die Augen und sah, daß Bilbo auf seinem Schemel von einem Kreis von Zuhörern umgeben war, die lächelten und Beifall klatschten.

»Nun sollten wir es aber noch einmal hören«, sagte ein Elb.

Bilbo stand auf und verbeugte sich. »Ich bin geschmeichelt, Lindir«, sagte er. »Aber es wäre zu ermüdend, alles zu wiederholen.«

»Nicht zu ermüdend für dich«, antworteten die Elben lachend. »Du wirst es doch nie müde, deine eigenen Verse vorzutragen. Aber wir können wirklich deine Frage nicht beantworten, wenn wir es nur einmal gehört haben!«

»Was!« rief Bilbo. »Ihr könnt nicht sagen, welche Teile von mir waren und welche vom Dúnadan?«

»Es ist nicht leicht für uns, zwischen zwei Sterblichen zu unterscheiden«, sagte der Elb.

»Unsinn, Lindir«, schnaubte Bilbo. »Wenn du nicht zwischen einem Menschen und einem Hobbit unterscheiden kannst, dann ist dein Urteilsvermögen armseliger, als ich dachte. Sie sind so verschieden wie Erbsen und Äpfel.«

»Vielleicht. Schafen erscheinen andere Schafe zweifellos verschieden«, lachte Lindir. »Oder Schäfern. Aber mit Sterblichen haben wir uns nicht beschäftigt. Uns geht es um anderes.«

»Ich will nicht mir dir streiten«, sagte Bilbo. »Ich bin schläfrig nach so viel Musik und Gesang. Ich überlaß es euch, es zu erraten, wenn ihr wollt.«

Er stand auf und kam zu Frodo. »So, das ist geschafft«, sagte er leise. »Es ging besser, als ich erwartet hatte. Ich werde nicht oft um eine zweite Lesung gebeten. Was hältst du davon?«

»Ich will nicht versuchen, es zu raten«, sagte Frodo lächelnd.

»Brauchst du auch nicht«, antwortete Bilbo. »In Wirklichkeit war alles von mir. Abgesehen davon, daß Aragorn unbedingt wollte, daß ich einen grünen Stein erwähnte. Er schien das für wichtig zu halten. Warum, weiß ich nicht. Ansonsten fand er offenbar, daß die ganze Sache eigentlich zu hoch für mich sei, und er sagte, wenn ich schon die Stirn besäße, in Elronds Haus Verse über Eärendil zu machen, dann sei das meine Sache. Ich nehme an, er hatte recht.«

»Ich weiß nicht«, sagte Frodo. »Mir schien es irgendwie zu passen, obwohl ich es nicht erklären kann. Ich war halb eingeschlafen, als du anfingst, und es kam mir vor wie die Fortsetzung von etwas, das ich träumte. Daß du es warst, der sprach, habe ich erst kurz vor dem Ende begriffen.«

»Es ist wirklich schwierig, hier wachzubleiben, bis man daran gewöhnt ist«, sagte Bilbo. »Nicht, daß Hobbits jemals so viel Geschmack an Musik und Poesie und Erzählungen finden werden wie Elben. Sie scheinen sich ebenso viel daraus zu machen wie aus Essen und Trinken. Jetzt werden sie noch lange dabeibleiben. Was meinst du, wollen wir uns zu einer etwas ruhigeren Unterhaltung davonstehlen?«

»Kann man das?« fragte Frodo.

»Natürlich. Das hier ist Vergnügen und keine Pflichtübung. Du kannst kommen und gehen, wie es dir gefällt, solange du keinen Lärm machst.«

Sie standen auf, zogen sich still in den Schatten zurück und gingen zur Tür. Sam ließen sie dort, denn er schlief fest mit einem Lächeln auf den Lippen. So sehr sich Frodo über Bilbos Gesellschaft freute, empfand er doch eine Spur Bedauern, als sie die Halle des Feuers verließen. Gerade als sie auf der Schwelle waren, stimmte eine einzelne klare Stimme ein Lied an.

A Elbereth Gilthoniel,
silivren penna míriel
o menel aglar elenath!
Na-chaered palan-díriel
o galadhremmin ennorath,
Fanuilos, le linnathon
nef aear, sí nef aearon!

Frodo blieb einen Augenblick stehen und schaute zurück. Elrond saß auf seinem Sessel, und der Feuerschein auf seinem Gesicht war wie Sommerlicht auf den Bäumen. In seiner Nähe saß Frau Arwen. Zu seiner Überraschung sah Frodo, daß Aragorn neben ihr stand; seinen dunklen Mantel hatte er zurückgeworfen; darunter schien er ein Elben-Kettenhemd zu tragen, und ein Stern leuchtete auf seiner Brust. Sie sprachen miteinander, und dann plötzlich war es Frodo, als ob Arwen sich zu ihm wandte, und das Licht ihrer Augen fiel von fern auf ihn und durchbohrte sein Herz.

Er stand verzaubert da, während die süßen Laute des Elbenliedes herabsanken wie klare Edelsteine, aus Wort und Melodie, die ineinander übergehen. »Es ist ein Lied an Elbereth«, sagte Bilbo. »Dieses und andere Lieder des Glückseligen Reichs werden sie heute abend noch viele Male singen. Komm weiter!«

Er führte Frodo in sein kleines Zimmer. Es ging auf den Garten hinaus und schaute nach Süden über die Bruinen-Schlucht. Dort saßen sie eine Weile, betrachteten durch das Fenster die leuchtenden Sterne über den steil aufragenden Wäldern und unterhielten sich leise. Sie sprachen nicht mehr von den kleinen Ereignissen im weit entfernten Auenland, und auch nicht von den dunklen Schatten und Gefahren, die sie umringten, sondern von den schönen Dingen, die sie gemeinsam in der Welt gesehen hatten, von den Elben, den Sternen, von Bäumen und vom sanften Fallen des lichten Jahrs in den Wäldern.

Schließlich klopfte es an der Tür. »Ich bitte um Entschuldigung«, sagte Sam und streckte den Kopf herein, »aber ich frage mich, ob ihr irgendwelche Wünsche habt.«

»Und ich bitte auch um Entschuldigung, Sam Gamdschie«, antwortete Bilbo. »Du findest vermutlich, daß es für deinen Herrn Zeit ist, ins Bett zu gehen?«

»Nun ja, Herr, morgen früh soll eine Beratung sein, wie ich höre, und er ist heute zum erstenmal aufgestanden.«

»Ganz recht, Sam«, lachte Bilbo. »Du kannst umkehren und Gandalf sagen, daß er ins Bett gegangen ist. Gute Nacht, Frodo! Meiner Treu, es hat gut getan, dich wiederzusehen! Es geht doch nichts über Hobbits, wenn man ein wirklich gutes Gespräch führen will. Ich werde sehr alt und fragte mich schon, ob ich es noch erleben würde, deine Kapitel von unserer Geschichte zu sehen. Gute Nacht! Ich werde wohl noch einen Spaziergang machen und im Garten einen Blick auf Elbereths Sterne werfen. Schlaf wohl!«

ZWEITES KAPITEL

DER RAT VON ELROND

Am nächsten Tag wachte Frodo früh auf und fühlte sich frisch und munter. Er erging sich auf den Terrassen über dem lautfließenden Bruinen und beobachtete, wie die blasse, kühle Sonne über dem fernen Gebirge aufging und ihre schrägen Strahlen durch den dünnen, silbrigen Nebel schickte; der Tau auf den gelben Blättern flimmerte, und die Fäden des Altweibersommers glitzerten auf jedem Busch. Sam ging neben ihm, sagte nichts, sondern schnupperte in der Luft und blickte immer wieder voll Staunen auf die hohen Berge im Osten. Der Schnee war weiß auf ihren Gipfeln.

Auf einer in den Fels gehauenen Sitzbank an einer Biegung des Pfads fanden sie Gandalf und Bilbo ins Gespräch vertieft. »Hallo! Guten Morgen!« sagte Bilbo. »Bist du bereit für den großen Rat?«

»Ich bin zu allem bereit«, antwortete Frodo. »Aber am liebsten würde ich heute spazierengehen und das Tal erkunden. In diese Kiefernwälder dort oben würde ich gern gehen.« Er zeigte weit hinauf gen Norden.

»Vielleicht hast du später Gelegenheit«, sagte Gandalf. »Aber noch können wir keine Pläne machen. Heute gibt es viel zu hören und zu entscheiden.«

Plötzlich, während sie sich noch unterhielten, erklang ein einzelner klarer Glockenton. »Das ist das Glockenzeichen für Elronds Rat«, rief Gandalf. »Kommt nun. Bilbo und du, ihr werdet beide erwartet.«

Frodo und Bilbo folgten dem Zauberer rasch über den gewundenen Pfad zurück zum Haus, und hinter ihnen marschierte Sam, unaufgefordert und im Augenblick vergessen.

Gandalf führte sie zu dem Söller, wo Frodo am Abend zuvor seine Freunde gefunden hatte. Das Licht des klaren Herbstmorgens leuchtete jetzt im Tal. Das Geräusch von sprudelndem Wasser stieg aus dem schäumenden Flußbett auf. Vögel sangen, und ein wohltuender Frieden lag über dem Land. Frodo kamen seine gefährliche Flucht und die Gerüchte über die zunehmende Dunkelheit in der Welt draußen nur noch wie Erinnerungen an einen bösen Traum vor; doch die Gesichter, die sich ihnen zuwandten, als sie eintraten, waren ernst.

Elrond war da, und verschiedene andere saßen schweigend um ihn herum. Frodo sah Glorfindel und Glóin; und allein in einer Ecke saß Streicher, der wieder seine abgetragene Wanderkleidung angelegt hatte. Elrond zog Frodo auf einen Stuhl neben sich und stellte ihn den Anwesenden vor, indem er sagte:

»Hier, meine Freunde, ist der Hobbit Frodo, Drogos Sohn. Wenige sind je unter größeren Gefahren oder mit einem dringenderen Auftrag hierher gekommen.«

Dann wies er auf jene, die Frodo noch nicht kannte, und nannte ihre Namen. Da war ein jüngerer Zwerg an Glóins Seite: sein Sohn Gimli. Außer Glorfindel waren noch mehrere andere Ratgeber von Elronds Haus da, unter denen Erestor der ranghöchste war; neben ihm saß Galdor, ein Elb von den Grauen Anfurten, der mit einem Auftrag von Círdan, dem Schiffbauer, gekommen war. Auch ein fremder Elb war da, in grün und braun gekleidet, Legolas, ein Bote seines Vaters Thranduil, des Königs der Elben vom Nördlichen Düsterwald. Und etwas abseits saß ein hochgewachsener Mann mit einem schönen und edlen Gesicht, dunkelhaarig und grauäugig, und einem stolzen und ernsten Blick.

Er trug Mantel und Stiefel wie für eine Reise zu Pferde; und obwohl seine Kleidung reich war und sein Mantel mit Pelz besetzt, wiesen sie Spuren einer langen Wanderschaft auf. Er hatte einen Kragen aus Silber, in dem ein einziger weißer Stein prangte. An einem Gehenk trug er ein großes, silberbeschlagenes Horn, das jetzt auf seinen Knien lag. Er betrachtete Frodo und Bilbo voll plötzlichem Staunen.

»Hier«, sagte Elrond und wandte sich an Gandalf, »ist Boromir, ein Mensch aus dem Süden. Er traf heute vor Tau und Tag ein und fragt um Rat. Ich habe ihn gebeten, an unserer Besprechung teilzunehmen, denn hier werden seine Fragen beantwortet werden.«

Nicht alles, was im Rat besprochen und erörtert wurde, braucht hier berichtet zu werden. Vieles wurde gesagt über Ereignisse in der Welt draußen, besonders im Süden und in den weiten Landen östlich des Gebirges. Über diese Dinge hatte Frodo schon viele Gerüchte gehört; doch die Erzählung von Glóin war ihm neu, und als der Zwerg sprach, lauschte er aufmerksam. Es zeigte sich, daß bei allem Glanz ihrer handwerklichen Arbeit die Herzen der Zwerge vom Einsamen Berg voll Sorge waren.

»Es ist jetzt viele Jahre her«, sagte Glóin, »daß ein Schatten der Unruhe auf unser Volk fiel. Woher er kam, haben wir zuerst nicht erkannt. Worte wurden heimlich geflüstert: es hieß, wir seien auf engem Raum eingeschlossen und größerer Reichtum und Glanz würde in einer weiteren Welt gefunden werden. Manche sprachen von Moria: den gewaltigen Werkstätten unserer Väter, die in unserer eigenen Sprache Khazad-dûm genannt werden; und sie behaupteten, wir hätten endlich die Macht und seien zahlreich genug, um zurückzukehren.«

Glóin seufzte. »Moria! Moria! Das Wunder der Nördlichen Welt! Zu tief gruben wir dort und weckten das namenlose Grauen. Lange haben Morias gewaltige Behausungen leer gestanden, seit Durins Kinder flohen. Aber jetzt sprachen wir wieder voll Sehnsucht davon, und doch voll Furcht; denn kein Zwerg hat zu vieler Könige Lebzeiten gewagt, die Tore von Khazad-dûm zu durchschreiten, mit Ausnahme von Thrór allein, und er ging zugrunde. Schließlich hörte Balin jedoch auf das Geflüster und beschloß, zu gehen; und obwohl Dáin es nicht gern erlaubte, nahm er Ori und Óin und viele von unserem Volk mit, und sie machten sich auf nach Süden.

Das war vor fast dreißig Jahren. Eine Zeitlang erhielten wir Nachrichten, und sie klangen gut: Die Botschaften besagten, daß sie Moria betreten und dort große Arbeiten begonnen hätten. Dann trat Schweigen ein, und kein Wort ist seitdem mehr aus Moria gekommen.

Dann erschien vor etwa einem Jahr ein Bote bei Dáin, aber nicht aus Moria – aus Mordor: ein Reiter in der Nacht, der Dáin an sein Tor rief. Der Herr Sauron der Große, sagte er, wünsche unsere Freundschaft. Ringe würde er dafür geben, wie er sie einst gegeben hatte. Und der Bote bedrängte uns mit Fragen nach *Hobbits*, von welcher Art sie seien und wo sie wohnten. ›Denn Sauron weiß‹, sagte er, daß ›einer von ihnen euch einmal bekannt war‹.

Darüber waren wir sehr beunruhigt, und wir gaben keine Antwort. Und dann senkte er seine grausame Stimme, und er hätte sie weicher gemacht, wenn er gekonnt hätte. ›Als ein kleines Zeichen eurer Freundschaft erbittet Sauron folgendes‹, sagte er: ›daß ihr den Dieb findet‹ – das war sein Ausdruck – ›und ihm, ob er will oder nicht, einen kleinen Ring abnehmt, den unbedeutendsten aller Ringe, den er einst gestohlen hat. Es ist nur eine Kleinigkeit, die Sauron möchte, und ein Unterpfand für euren guten Willen. Findet ihn, und drei Ringe, die die Zwergenfürsten einst besaßen, sollen euch zurückgegeben werden, und das Reich Moria soll auf immerdar euer sein. Besorgt nur Nachrichten über den Dieb, ob er noch lebt und wo, und ihr werdet reichen Lohn erhalten und die dauernde Freundschaft des Gebieters. Weigert ihr euch, dann wird es nicht so gut aussehen. Weigert ihr euch?‹

Als er so gesprochen hatte, war sein Atem wie das Zischen einer Schlange, und allen, die in der Nähe standen, lief es kalt über den Rükken, aber Dáin antwortete: ›Ich sage weder ja noch nein. Ich muß über diese Botschaft nachdenken und über das, was sie unter ihrem schönen Deckmantel bedeutet.‹

›Denke gut nach, aber nicht zu lange‹, sagte er.

›Es ist meine Sache, wie lange ich nachdenke!‹, antwortete Dáin.

›Vorläufig‹, sagte der Bote und ritt in die Dunkelheit.

Bedrückt waren die Herzen unserer Häuptlinge seit jener Nacht. Es bedurfte nicht der grausamen Stimme des Boten, um uns zu warnen, daß seine Worte sowohl eine Drohung als auch Falschheit enthielten; denn wir wußten bereits, daß sich die Macht, die wieder nach Mordor zurückgekehrt ist, nicht geändert hat, und seit alters her hat sie uns getäuscht. Zweimal ist der Bote wiedergekommen und ohne Antwort geblieben. Das dritte und letzte Mal, so sagt er, wird bald sein, ehe das Jahr endet.

Und so bin ich schließlich von Dáin ausgesandt worden, um Bilbo zu warnen, daß er vom Feind gesucht wird, und um nach Möglichkeit zu erfahren, warum ER diesen Ring haben will, den unbedeutendsten aller Ringe. Außerdem erbitten wir Elronds Rat. Denn der Schatten wächst und zieht näher. Wir erfahren, daß Boten auch zu König Brand in Thal gekommen sind, und daß ihn Angst erfüllt. Wir befürchten, daß er nachgeben könnte. Schon droht der Krieg an seiner Ostgrenze. Wenn wir keine Antwort geben, kann es sein, daß der Feind Menschen, die unter seiner Herrschaft stehen, veranlaßt, König Brand und auch Dáin anzugreifen.«

»Ihr habt gut daran getan, herzukommen«, sagte Elrond. »Ihr werdet heute alles hören, dessen Ihr bedürft, um die Absichten des Feindes zu begreifen. Nichts anderes könnt Ihr tun als Widerstand leisten, mit oder ohne Hoffnung. Aber Ihr steht nicht allein. Ihr werdet erfahren, daß Eure Sorgen nur Teil der Sorgen der ganzen westlichen Welt sind. Der Ring! Was sollen wir mit dem Ring tun, dem unbedeutendsten von allen Ringen, mit der Kleinigkeit, die Sauron haben möchte? Das ist die Entscheidung, die wir fällen müssen.

Zu diesem Zweck habe ich Euch hierher gerufen. Gerufen, sage ich, obwohl ich Euch, Fremde aus fernen Ländern, nicht zu mir gerufen habe. Ihr seid hergekommen und habt Euch, wie es scheinen mag, durch Zufall gerade zur rechten Zeit hier eingefunden. Dennoch ist es nicht so. Glaubt eher, daß es eine Fügung ist, daß wir, die wir hier sitzen, und niemand anderes jetzt Rat finden müssen, um den Gefahren der Welt zu begegnen.

Daher soll jetzt offen über die Dinge gesprochen werden, die bis zum heutigen Tage allen außer wenigen verborgen geblieben sind. Und zuerst soll, damit alle verstehen können, worin die Gefahr liegt, die Geschichte des Ringes von Anfang an bis jetzt erzählt werden. Und ich werde mit diesem Bericht beginnen, obwohl andere ihn beenden sollen.«

Alle hörten dann zu, als Elrond mit seiner klaren Stimme von Sauron sprach und von den Ringen der Macht und wie sie im langvergangenen Zweiten Zeitalter der Welt geschmiedet worden waren. Ein Teil der Begebenheiten war einigen hier bekannt, die ganze Geschichte aber niemandem, und viele Augen blickten voll Furcht und Staunen auf Elrond, als er von den Elbenschmieden von Eregion erzählte und von ihrer Freundschaft mit Moria und ihrer Wißbegierde, wodurch Sauron sie umgarnte. Denn zu jener Zeit war er noch nicht als böse anzusehen, und sie nahmen seine Hilfe an und erlangten gewaltige Fertigkeiten, während er alle ihre Geheimnisse kennenlernte und sie täuschte und heimlich im Feurigen Berg den Einen Ring schmiedete, um sie zu beherrschen. Aber Celebrimbor war auf der Hut vor ihm und versteckte die Drei, die er gemacht hatte; und es gab Krieg, und das Land wurde verwüstet und das Tor von Moria geschlossen.

Dann spürte er in all den Jahren, die folgten, dem Ring nach, aber da diese Geschichte anderswo erzählt ist und Elrond sie selbst in seinen Geschichtsbüchern aufgezeichnet hatte, soll sie hier nicht wiederholt werden. Denn es ist eine lange Erzählung über große und entsetzliche Taten, und so kurz sich Elrond auch faßte, so stieg die Sonne doch hoch am Himmel, und der Vormittag verging, ehe er endete.

Von Númenor sprach er, von seinem Ruhm und Sturz und der Rückkehr der Könige der Menschen nach Mittelerde aus den Tiefen des Meeres, getragen von den Flügeln des Sturms. Dann wurden Elendil der Große und seine mächtigen Söhne Isildur und Anárion große Herrscher; und sie errichteten das Nordreich in Arnor und das Südreich in Gondor an den Mündungen des Anduin. Doch Sauron von Mordor überfiel sie, und sie schlossen das Letzte Bündnis zwischen Elben und Menschen, und die Heerscharen von Gil-galad und Elendil sammelten sich in Arnor.

Dann hielt Elrond eine Weile inne und seufzte. »Ich entsinne mich sehr wohl der Pracht ihrer Banner«, sagte er. »Es erinnerte mich an den Glanz der Altvorderenzeit und an die Heere Beleriands, denn so viele große Fürsten und Hauptleute waren versammelt. Und doch waren es nicht so viele oder so edle wie damals, als Thangorodrim bezwungen wurde und die Elben glaubten, das Böse habe für immer ein Ende, und dem nicht so war.«

»Daran erinnert Ihr Euch?« fragte Frodo und sprach in seiner Verblüffung laut aus, was er dachte. »Ich hatte geglaubt«, stammelte er, als

Elrond sich zu ihm umwandte, »ich hatte geglaubt, daß Gil-galads Sturz schon vor langer Zeit war.«

»Das ist auch richtig«, antwortete Elrond ernst. »Aber meine Erinnerung reicht zurück bis zur Altvorderenzeit. Eärendil war mein Vater, und er war in Gondolin geboren, bevor es fiel, und meine Mutter war Elwing, die Tochter Diors, des Sohnes von Lúthien von Doriath. Ich habe drei Zeitalter im Westen erlebt, und viele Niederlagen und viele fruchtlose Siege.

Ich war Gil-galads Herold und zog aus mit seinem Heer. Ich war bei der Schlacht von Dagorlad vor dem Schwarzen Tor von Mordor, wo wir Sieger blieben. Denn dem Speer von Gil-galad und dem Schwert von Elendil, Aiglos und Narsil, konnte niemand widerstehen. Ich sah den letzten Kampf auf den Hängen des Orodruin, wo Gil-galad starb und Elendil fiel und Narsil unter ihm zerbrach; doch Sauron wurde überwältigt, und Isildur schnitt den Ring von seiner Hand mit dem geborstenen Heft vom Schwert seines Vaters und nahm ihn für sich.«

Hier unterbrach ihn der Fremde, Boromir. »So, das ist also aus dem Ring geworden!« rief er. »Wenn je im Süden eine solche Geschichte erzählt worden ist, dann ist sie längst vergessen. Ich habe von dem Großen Ring dessen, den wir nicht nennen, gehört; doch glaubten wir, er sei beim Untergang seines ersten Reichs aus der Welt verschwunden. Isildur nahm ihn also! Das ist wahrlich eine Neuigkeit!«

»Ja, leider«, sagte Elrond. »Isildur nahm ihn, was nicht hätte sein dürfen. Er hätte damals in das Feuer des nahe gelegenen Orodruin geworfen werden sollen, wo er gemacht worden war. Aber wenige bemerkten, was Isildur tat. Er allein stand seinem Vater bei dem letzten tödlichen Kampf bei; und Gil-galad standen nur Círdan und ich bei. Doch wollte Isildur auf unseren Rat nicht hören.

›Den will ich als Wergeld haben für meinen Vater und meinen Bruder‹, sagte er; und daher nahm er ihn, ob wir wollten oder nicht, zum Andenken. Doch bald wurde er durch den Ring betrogen und fand den Tod; und so wurde der Ring im Norden Isildurs Fluch genannt. Indes war der Tod vielleicht besser als das, was ihm sonst hätte widerfahren können.

Nur in den Norden gelangte diese Nachricht, und nur wenige erfuhren sie. Kein Wunder, daß Ihr nicht davon gehört habt, Boromir. Von dem Verhängnis auf den Schwertelfeldern, wo Isildur fiel, kamen nach langen Wanderungen über das Gebirge nur drei Mann zurück. Einer von ihnen war Ohtar, Isildurs Schildknappe, und er brachte die Bruchstücke von Elendils Schwert mit; er gab sie Valandil, Isildurs Erben, der, da er noch ein Kind war, in Bruchtal geblieben war. Aber Narsil war geborsten und sein Licht war ausgelöscht, und es ist bisher nicht wieder geschmiedet worden.

Fruchtlos nannte ich den Sieg des Letzten Bündnisses? Ganz so war es nicht, wenn auch das Ziel nicht erreicht wurde. Sauron war geschwächt, doch nicht vernichtet. Sein Ring war verloren, doch nicht zerstört. Der Schwarze Turm war geschleift, doch seine Grundmauern standen noch; denn sie waren mit der Macht des Ringes gebaut worden, und solange er da ist, bleiben sie erhalten. Viele Elben und viele mächtige Menschen und viele ihrer Freunde gingen im Kriege zugrunde. Anárion wurde erschlagen und Isildur wurde erschlagen; und Gil-galad und Elendil waren nicht mehr. Niemals wieder wird es ein solches Bündnis zwischen Elben und Menschen geben; denn die Menschen nehmen an Zahl zu, und die Erstgeborenen nehmen an Zahl ab, und die beiden Sippen sind einander entfremdet. Und seit jenem Tage ist das Geschlecht von Númenor kraftloser geworden, und seine Lebensspanne hat sich vermindert.

Nach dem Krieg und dem Gemetzel auf den Schwertelfeldern waren im Norden die Menschen von Westernis geschwächt, und ihre Stadt Annúminas am See Evendim fiel in Trümmern; und Valandils Erben zogen von dannen und lebten in Fornost an den Nordhöhen, und auch das liegt heute verlassen. Die Menschen nennen die Höhen Totendeich und fürchten sich, dort zu wandern. Denn das Volk von Arnor schwand dahin und wurde von seinen Feinden verschlungen, seine Herrschaft verging, und nichts blieb zurück als grüne Grabhügel auf den grasbewachsenen Bergen.

Im Süden hielt sich das Reich Gondor lange; und eine Zeitlang nahm sein Glanz zu und rief gleichsam die Macht von Númenor vor dessen Sturz in Erinnerung. Hohe Türme baute jenes Volk und starke Festen und Anfurten für viele Schiffe; und die geflügelte Krone der Könige der Menschen flößte Völkern vieler Zungen ehrfürchtige Scheu ein. Ihre Hauptstadt war Osgiliath, die Zitadelle der Sterne, durch deren Mitte der Strom floß. Und Minas Ithil bauten sie, die Feste des Aufgehenden Mondes, östlich auf einem Ausläufer des Schattengebirges; und westlich am Fuße des Weißen Gebirges errichteten sie Minas Anor, die Feste der Untergehenden Sonne. Dort in den Höfen des Königs wuchs ein weißer Baum aus dem Samen jenes Baumes, den Isildur über das tiefe Wasser gebracht hatte und dessen Samen früher aus Eressëa gekommen war, und davor aus dem Äußersten Westen in der Zeit vor den Zeiten, als die Welt jung war.

Aber das Geschlecht von Meneldil, Anárions Sohn, starb aus im Laufe der flüchtigen Jahre von Mittelerde, und der Baum verdorrte, und das Blut der Númenorer vermischte sich mit dem von geringeren Menschen. Dann war die Wache auf den Mauern von Mordor nachlässig, und finstere Wesen krochen zurück nach Gorgoroth. Und eines Tages erschienen böse Geschöpfe und nahmen Minas Ithil und wohnten dort, und sie machten eine Stätte des Entsetzens daraus; und es wurde Minas Morgul genannt, die Feste der Magie. Dann wurde Minas Anor in Minas Tirith unbenannt, die Feste der Wachsamkeit; und diese beiden Städte führten immer gegeneinander Krieg. Doch Osgiliath, das zwischen ihnen lag, war verlassen, und in seinen Ruinen gingen Schatten um.

So ist es seit vielen Menschenleben gewesen. Doch die Herrscher von Minas Tirith kämpfen immer noch, trotzen unseren Feinden und halten den Fluß offen von Argonath bis zum Meer. Und jetzt endet der Teil der Geschichte, den ich erzählen wollte. Denn in den Tagen Isildurs verschwand der Beherrschende Ring, und niemand wußte etwas über ihn, und die Drei wurden frei von seinem Einfluß. Doch nun in letzter Zeit sind sie wiederum in Gefahr, weil zu unserem Kummer der Eine wiedergefunden worden ist. Andere sollen darüber berichten, wie er gefunden wurde, denn ich habe dabei nur eine kleine Rolle gespielt.«

Er schwieg, und sofort erhob sich Boromir und stand groß und stolz vor ihnen. »Erlaubt mir, Herr Elrond«, sagte er, »zuerst noch etwas über Gondor zu sagen; denn ich komme wahrlich aus dem Lande Gondor. Und es wäre gut, wenn alle wüßten, was dort vor sich geht. Wenige, glaube ich, wissen von unseren Taten und ahnen kaum, in welcher Gefahr sie wären, wenn wir zuletzt unterlägen.

Glaubt nicht, daß im Lande Gondor das Blut von Númenor kraftlos sei oder all sein Stolz und seine Würde vergessen. Durch unsere Beherztheit wird dem wilden Volk des Ostens noch Einhalt geboten und der Schrecken von Mordor in Schach gehalten; und allein dadurch werden Frieden und Freiheit bewahrt in den Ländern hinter uns, die wir das Bollwerk des Westens sind. Aber wenn dem Feind die Übergänge über den Fluß in die Hände fallen, was dann?

Und diese Stunde ist jetzt vielleicht nicht mehr fern. Der Namenlose Feind hat sich wieder erhoben. Rauch steigt von neuem aus dem Orodruin auf, den wir Schicksalsberg nennen. Die Macht des Schwarzen Landes wächst, und wir sind schwer bedrängt. Als der Feind zurückkehrte, wurde unser Volk aus Ithilien vertrieben, unserem schönen Gebiet östlich des Stroms, obwohl wir dort eine feste Stellung und bewaffnete Macht unterhielten. Doch in eben diesem Jahr, in den Tagen des Juni, wurden wir plötzlich von Mordor mit Krieg überzogen, und wir wurden hinweggefegt. Wir waren zahlenmäßig unterlegen, denn Mordor verbündete sich mit den Ostlingen und den grausamen Haradrim; doch nicht durch die Überzahl wurden wir besiegt. Es war eine Macht da, die wir früher nie gespürt hatten.

Manche sagen, man habe sie sehen können wie einen großen schwarzen Reiter, einen dunklen Schatten unter dem Mond. Wo immer er hinkam, wurden unsere Feinde von Raserei gepackt, doch Furcht befiel selbst die kühnsten unter uns, so daß Roß und Reiter zurückwichen und flohen. Nur ein Rest unserer Heere im Osten kehrte zurück und zerstörte die letzte Brücke, die noch inmitten der Trümmer von Osgiliath stand.

Ich gehörte zu der Schar, die die Brücke besetzt hielt, bis sie hinter uns zusammenbrach. Nur vier konnten sich schwimmend retten: mein Bruder und ich und zwei andere. Aber noch kämpften wir weiter und hielten das ganze westliche Ufer des Anduin; und jene, die hinter uns Schutz fanden, spenden uns Lob, wann immer sie unseren Namen hören: viel Lob, aber wenig Hilfe. Nur von Rohan werden noch Männer zu uns reiten, wenn wir rufen.

In dieser bösen Stunde habe ich viele gefährliche Wegstrecken zurückgelegt, um als Botschafter zu Elrond zu kommen: hundertundzehn Tage bin ich ganz allein unterwegs gewesen. Aber ich suche nicht Verbündete im Krieg. Elronds Macht beruht auf Weisheit, nicht auf Waffen, heißt es. Ich komme, um Rat zu erbitten und die Enträtselung schwieriger Wörter. Denn am Vorabend des plötzlichen Überfalls hatte mein Bruder in unruhigem Schlaf einen Traum; und später träumte er denselben Traum noch oft, und einmal auch ich.

In diesem Traum war mir, als würde der östliche Himmel dunkel und ein Unwetter zöge näher, doch stand im Westen noch ein bleiches Licht, und aus dem Licht hörte ich eine Stimme, fern, doch klar, die rief:

Das geborstne Schwert sollt ihr suchen,
Nach Imladris ward es gebracht,
Dort soll euch Ratschlag werden,
Stärker als Morgul-Macht.
Ein Zeichen soll euch künden,
Das Ende steht bevor,
Denn Isildurs Fluch wird erwachen,
Und der Halbling tritt hervor.

Von diesen Worten verstanden wir wenig, und wir sprachen mit unserem Vater Denethor, dem Herrn von Minas Tirith, der beschlagen ist in Gondors Überlieferungen. Nur das wollte er sagen, daß die Elben seit alters her ein Tal im hohen Norden Imladris nennen, wo Elrond und Halbelben lebten, die größten unter den Wissenden. Da mein Bruder sah, wie verzweifelt unsere Not war, wollte er auf den Traum hören und Imladris suchen; weil aber der Weg schwierig und gefährlich war, nahm ich die Fahrt auf mich. Ungern gab mein Vater seine Einwilligung, und lange bin ich gewandert über vergessene Straßen und habe Elronds Haus gesucht, von dem viele gehört hatten, aber wenige wußten, wo es liegt.«

»Und hier in Elronds Haus soll Euch mehr klar werden«, sagte Aragorn und stand auf. Er warf sein Schwert auf den Tisch, der vor Elrond stand, und die Klinge war in zwei Stücken. »Hier ist das geborstene Schwert!« sagte er.

»Und wer seid Ihr, und was habt Ihr mit Minas Tirith zu schaffen?« fragte Boromir und blickte voll Staunen auf das hagere Gesicht des Waldläufers und seinen in Wind und Wetter verblichenen Mantel.

»Er ist Aragorn, Arathorns Sohn«, sagte Elrond, »und er stammt durch viele Vorväter ab von Isildur, Elendils Sohn, von Minas Ithil. Er ist das Haupt der Dúnedain des Nordens, und wenige sind jetzt noch übrig von diesem Volk.«

»Dann gehört er dir und gar nicht mir!« rief Frodo verblüfft aus und sprang auf die Füße, als ob er erwartete, der Ring würde ihm sofort abverlangt werden.

»Er gehört uns beiden nicht«, sagte Aragorn. »Doch ist bestimmt worden, daß du ihn eine Zeitlang aufbewahren sollst.«

»Hole den Ring heraus, Frodo!« sagte Gandalf feierlich. »Die Zeit ist gekommen. Halte ihn hoch, und dann wird Boromir den Rest seines Rätsels verstehen.«

Es trat Stille ein, und aller Augen wandten sich Frodo zu. Er wurde plötzlich von Scham und Furcht überflutet; und er empfand ein großes Widerstreben, den Ring zu enthüllen, und einen Widerwillen, ihn zu berühren. Er wünschte, er wäre weit weg. Der Ring glänzte und glitzerte, als er ihn mit zitternder Hand hochhielt.

»Schaut!« sagte Elrond. »Isildurs Fluch!«

Boromirs Augen blitzten, als er das Kleinod betrachtete. »Der Halbling!« murmelte er. »Ist also das Ende von Minas Tirith gekommen? Aber warum sollten wir dann ein geborstenes Schwert suchen?«

»Die Worte lauteten nicht *das Ende von Minas Tirith«*, sagte Aragorn. »Doch das Ende und große Taten stehen wahrlich bevor. Denn das geborstne Schwert ist das Schwert Elendils, das unter ihm zerbrach, als er fiel. Es ist von seinen Erben wie ein Schatz gehütet worden, als alle anderen Erbstücke verlorengingen; denn seit alters her geht bei uns die

Rede, daß es wieder neu geschmiedet werden soll, wenn der Ring, Isildurs Fluch, gefunden ist. Was wollt Ihr nun, nachdem Ihr das Schwert gesehen habt, das Ihr suchtet? Wollt Ihr, daß das Haus Elendil in das Land Gondor zurückkehrt?«

»Ich bin nicht ausgesandt worden, um irgendwelche Wohltaten zu erbitten, sondern um die Bedeutung eines Rätsels herauszufinden«, antwortete Boromir stolz. »Indes sind wir stark bedrängt, und Elendils Schwert wäre eine Hilfe, auf die wir kaum zu hoffen wagten — wenn so etwas tatsächlich aus den Schatten der Vergangenheit wiederkehren könnte.« Er blickte Aragorn von neuem an, und Zweifel stand in seinen Augen.

Frodo merkte, wie Bilbo an seiner Seite eine ungeduldige Bewegung machte. Offenbar war er ärgerlich um seines Freundes willen. Plötzlich stand er auf und machte seinem Herzen Luft:

Nicht alles, was Gold ist, funkelt,
Nicht jeder, der wandert, verlorn,
Das Alte wird nicht verdunkelt
Noch Wurzeln der Tiefe erfrorn.
Aus Asche wird Feuer geschlagen,
Aus Schatten geht Licht hervor,
Heil wird geborstnes Schwert
Und König, der die Krone verlor.

»Vielleicht sind die Verse nicht sehr gut, aber zutreffend — wenn Elronds Wort Euch nicht genügt. Wenn es eine Fahrt von hundertzehn Tagen wert war, das zu hören, dann solltet Ihr wohl darüber nachdenken.« Er setzte sich wieder und schnaubte verächtlich.

»Das habe ich selbst verfaßt«, flüsterte er Frodo zu. »Für den Dúnadan, schon vor langer Zeit, als er mir zum erstenmal von sich erzählte. Ich wünschte fast, meine Abenteuer seien noch nicht zu Ende und ich könnte mit ihm gehen, wenn sein Tag kommt.«

Aragorn lächelte ihm zu; dann wandte er sich wieder an Boromir. »Was mich betrifft, so vergebe ich Euch Euren Zweifel«, sagte er. »Wenig Ähnlichkeit habe ich mit den Statuen von Elendil und Isildur, die in ihrer ganzen Majestät in Denethors Hallen stehen. Aber ich bin Isildurs Erbe, nicht Isildur selbst. Ich habe ein hartes Leben gehabt, und ein langes; und die Wegstunden, die zwischen hier und Gondor liegen, sind nur ein kleiner Bruchteil der Entfernungen, die ich zurückgelegt habe. Viele Gebirge und viele Flüsse habe ich überquert und so manche Ebene durchwandert bis zu so fernen Ländern wie Rhûn und Harad, wo die Sterne fremd sind.

Doch meine Heimat, wenn ich überhaupt eine habe, ist im Norden.

Denn hier haben Valandils Erben seit vielen Generationen in ununterbrochener Folge von Vater zu Sohn immer gelebt. Unsere Tage haben sich verdunkelt und wir sind wenige geworden; doch immer ist das Schwert in neue Hände übergegangen. Und das will ich Euch sagen, Boromir, ehe ich ende. Einsame Männer sind wir, Waldläufer in der Wildnis, Jäger — aber gejagt haben wir immer die Diener des Feindes; denn sie sind an vielen Orten zu finden, nicht nur in Mordor.

Wenn Gondor, Boromir, eine tapfere Feste gewesen ist, dann haben wir eine andere Rolle gespielt. Viele böse Dinge gibt es, denen Eure starken Mauern und blitzenden Schwerter nicht Einhalt gebieten. Ihr wißt wenig von den Ländern jenseits Eurer Grenzen. Frieden und Freiheit, sagt Ihr? Der Norden hätte wenig Frieden und Freiheit gehabt, wenn wir nicht gewesen wären. Angst hätte diese Länder vernichtet. Aber wenn finstere Wesen aus den hauslosen Bergen kommen oder aus sonnenlosen Wäldern herauskriechen, dann fliehen sie vor uns. Welche Straßen würde man noch entlangzuziehen wagen, welche Sicherheit gäbe es in ruhigen Ländern oder nachts in den Häusern der einfachen Leute, wenn die Dúnedain nicht wachten oder wenn sie schon alle ins Grab gesunken wären?

Und doch ernten wir weniger Dank als Ihr. Wanderer betrachten uns mit Argwohn, und die Leute vom Lande geben uns verächtliche Namen. ›Streicher‹ bin ich für einen dicken Mann, der nur einen Tagesmarsch von Feinden entfernt lebt, die sein Herz erstarren lassen oder seine kleine Stadt in Trümmern legen würden, wenn er nicht unablässig beschirmt würde. Und doch möchten wir es nicht anders haben. Wenn einfältige Leute frei sind von Sorgen und Furcht, werden sie immer einfältig sein, und wir müssen im geheimen wirken, damit sie es bleiben. Das ist die Aufgabe meiner Familie gewesen, während die Jahre verstrichen und das Gras wuchs.

Aber jetzt ändert sich die Welt wieder einmal. Eine neue Stunde bricht an. Isildurs Fluch ist gefunden. Kampf steht uns bevor. Das Schwert soll neu geschmiedet werden. Ich werde nach Minas Tirith kommen.«

»Isildurs Fluch sei gefunden, sagt Ihr«, erwiderte Boromir. »Ich habe einen funkelnden Ring in des Halblings Hand gesehen; doch Isildur ist dahingeschieden, ehe dieses Zeitalter der Welt begann, heißt es. Woher wissen die Weisen, daß dieser Ring der seine ist? Und was ist dem Ring im Laufe der Jahre widerfahren, ehe er von einem so seltsamen Boten hierher gebracht wurde?«

»Das soll berichtet werden«, sagte Elrond.

»Aber jetzt noch nicht, möchte ich bitten, Herr«, sagte Bilbo. »Bald steht die Sonne im Mittag, und ich bedarf dringend einer Stärkung.«

»Ich hatte dich nicht genannt«, sagte Elrond lächelnd. »Doch tue ich es jetzt. Komm! Erzähle uns deine Geschichte. Und wenn du sie noch nicht in Verse gebracht hast, kannst du sie auch in schlichten Worten berichten. Je kürzer du dich faßt, um so eher wirst du dich stärken können.«

»Sehr wohl«, sagte Bilbo. »Ich werde deinem Wunsch entsprechen. Doch werde ich jetzt die wahre Geschichte erzählen, und falls einige hier gehört haben, daß ich sie einst anders erzählte« – und er warf Glóin einen versteckten Blick zu –, »dann bitte ich sie, es zu vergessen und mir zu vergeben. Damals wollte ich nur mein Eigentum an dem Schatz geltend machen und den Namen Dieb loswerden, der mir zugelegt worden war. Aber vielleicht verstehe ich die Dinge jetzt ein wenig besser. Folgendes ist jedenfalls geschehen.«

Manchen war Bilbos Geschichte völlig neu, und sie lauschten voll Verwunderung, während der alte Hobbit, keineswegs ungern, sein Abenteuer mit Gollum in aller Ausführlichkeit erzählte. Nicht ein einziges Rätsel ließ er aus. Er hätte sogar über seine Abschiedsfeier und sein Verschwinden aus dem Auenland berichtet, wenn er gedurft hätte; doch Elrond hob die Hand.

»Gut erzählt, mein Freund«, sagte er. »Aber das reicht jetzt. Im Augenblick genügt es zu wissen, daß der Ring auf Frodo übergegangen ist, deinen Erben. Laß ihn nun sprechen.«

Weniger bereitwillig als Bilbo schildert Frodo dann alles, was sich seit dem Tage, als er den Ring erhalten hatte, abgespielt hatte. Über jeden Schritt auf seiner Fahrt von Hobbingen bis zur Bruinen-Fahrt wurden an ihn Fragen gerichtet und Überlegungen angestellt, und alles, was er noch von den Schwarzen Reitern wußte, wurde erörtert. Schließlich setzte er sich wieder.

»Nicht schlecht«, sagte Bilbo zu ihm. »Du hättest eine gute Geschichte daraus gemacht, wenn sie dich nicht dauernd unterbrochen hätten. Ich habe versucht, mir ein paar Notizen zu machen, aber wir werden irgendwann alles noch einmal zusammen durchgehen müssen, wenn ich es aufschreiben soll. Das ist ja Stoff für ganze Kapitel, ehe du überhaupt hierher gekommen bist!«

»Ja, es ist eine ziemlich lange Erzählung geworden«, antwortete Frodo. »Aber mir kommt der Bericht noch nicht vollständig vor. Ich will noch eine ganze Menge wissen, besonders über Gandalf.«

Galdor von den Anfurten, der in der Nähe saß, hatte das gehört. »Das gilt auch für mich«, rief er. Er wandte sich an Elrond und sagte: »Die

Weisen mögen guten Grund zu der Annahme haben, daß der Fund des Halblings wirklich der lang umstrittene Große Ring ist, so unwahrscheinlich es jenen vorkommen mag, die weniger wissen. Aber könnten wir nicht die Beweise hören? Und auch das möchte ich noch fragen. Was ist mit Saruman? Er ist ein großer Gelehrter der Ringkunde, und dennoch ist er nicht unter uns. Wie lautet sein Rat — wenn er die Dinge weiß, die wir gehört haben?«

»Die Fragen, die du stellst, Galdor, gehören zusammen«, sagte Elrond. »Ich hatte sie nicht übersehen, und sie sollen beantwortet werden. Doch diese Dinge zu erklären, ist Gandalfs Aufgabe. Und ich rufe ihn als letzten auf, denn das ist der Ehrenplatz, und in dieser ganzen Sache ist er der Anführer gewesen.«

»Manche, Galdor«, sagte Gandalf, »würden die Nachrichten von Glóin und Frodos Verfolgung als ausreichenden Beweis ansehen, daß der Fund des Halblings für den Feind von großem Wert ist.

Es ist zwar ein Ring. Aber welcher denn nun? Die Neun haben die Nazgûl. Die Sieben sind erbeutet oder vernichtet.« Bei diesen Worten machte Glóin eine Bewegung, sagte aber nichts. »Über die Drei wissen wir Bescheid. Welcher nun ist der, nach dem er solches Verlangen trägt?

Es ist wahrlich viel Zeit verstrichen zwischen dem Fluß und dem Gebirge, zwischen dem Verlust und dem Finden. Doch die Lücke im Wissen der Weisen ist endlich geschlossen worden. Allerdings zu langsam. Denn der Feind war uns dicht auf den Fersen, dichter, als ich erwartet hatte. Und es ist gut, daß er erst dieses Jahr, in diesem Sommer, wie es scheint, die volle Wahrheit erfuhr.

Einige hier werden sich erinnern, daß ich selbst es vor vielen Jahren wagte, die Schwelle des Geisterbeschwörers in Dol Guldur zu überschreiten, heimlich sein Tun und Lassen erforschte und auf diese Weise herausfand, daß unsere Befürchtungen zutrafen: er war niemand anders als Sauron, unser Feind seit alters her, der endlich wieder Gestalt annahm und Macht erhielt. Manche werden sich auch entsinnen, daß Saruman uns davon abriet, offen gegen ihn vorzugehen, und lange haben wir ihn nur beobachtet. Als indes sein Schatten wuchs, hat Saruman endlich nachgegeben, und der Rat zeigte seine Kraft und vertrieb das Böse aus Düsterwald — und das war gerade in dem Jahr, als dieser Ring gefunden wurde: ein seltsamer Zufall, wenn es ein Zufall war.

Aber wir waren zu spät dran, wie Elrond vorausgesehen hatte. Sauron hatte uns ebenfalls beobachtet und sich lange auf unseren Schlag vorbereitet; er hatte Mordor aus der Ferne über Minas Morgul regiert, wo seine Neun Diener wohnten, bis alles bereit war. Dann wich er vor uns zurück, aber er gab nur vor, zu fliehen, und bald darauf kam er zum Dunklen Turm und zeigte seinen wahren Charakter. Dann versammelte sich zum letzten Mal der Rat; denn nun erfuhren wir, daß er immer eifriger nach dem Einen suchte. Wir fürchteten, daß er irgendwelche Nachrichten über ihn habe, von denen wir nichts wußten. Doch Saruman sagte: nein, und wiederholte, was er uns schon vorher gesagt hatte: daß der Eine niemals wieder in Mittelerde gefunden werden würde.

›Im schlimmsten Fall‹, sagte er, ›weiß unser Feind, daß wir ihn nicht haben und er immer noch vermißt wird. Aber was verloren wurde, kann gefunden werden, glaubt er. Fürchtet nichts! Seine Hoffnung wird ihn trügen. Habe ich diese Sache nicht gründlich erforscht? In den Großen Anduin ist er gefallen; und vor langer Zeit, als Sauron schlief, ist er den Fluß hinunter ins Meer gespült worden. Dort soll er liegen bis zum Ende‹.«

Gandalf schwieg und blickte von dem Söller gen Osten auf die fernen Gipfel des Nebelgebirges, zu deren Füßen die Gefahr der Welt so lange verborgen gewesen war. Er seufzte.

»Dann machte ich den Fehler«, sagte er. »Ich hatte mich einlullen lassen von den Worten Sarumans des Weisen; doch hätte ich früher nach der Wahrheit forschen sollen, dann wäre unsere Gefahr jetzt kleiner.«

»Wir alle machten den Fehler«, sagte Elrond, »aber wärest du nicht so wachsam gewesen, hätte uns die Dunkelheit vielleicht schon verschlungen. Doch sprich weiter.«

»Von Anfang an schwante mir nichts Gutes, obwohl ich keinen Grund dafür nennen konnte«, sagte Gandalf. »Und ich wollte wissen, wie dieses Ding zu Gollum gekommen war und wie lang er es besessen hatte. Deshalb stellte ich eine Wache auf, die ihn beobachten sollte, denn ich vermutete, daß er binnen kurzem aus seiner Dunkelheit hervorkommen und nach seinem Schatz suchen würde. Er kam, aber er entschlüpfte uns und wurde nicht gefunden. Und dann ließ ich die Sache leider ruhen, beobachtete nur und wartete ab, wie wir es allzu oft getan haben.

Die Zeit verstrich mit vielen Sorgen, bis meine Zweifel wieder erwachten und mich plötzlich Angst überkam. Woher stammte der Ring des Hobbits? Was sollte mit ihm geschehen, wenn meine Befürchtung sich bewahrheitete? Über diese Dinge mußte ich mir klar werden. Doch sprach ich über meine Befürchtung noch mit niemandem, denn ich wußte, wie gefährlich eine geflüsterte Bemerkung zur unrichtigen Zeit sein konnte, wenn sie weitergegeben wurde. In all den langen Kriegen mit dem Dunklen Turm war Verrat immer unser größter Feind gewesen.

Das war vor siebzehn Jahren. Bald bemerkte ich, daß Späher aller

Arten, selbst Tiere und Vögel, um das Auenland zusammengezogen wurden, und meine Furcht wuchs. Ich bat die Dúnedain um Hilfe, und ihre Wache wurde verstärkt; und Aragorn, dem Erben Isildurs, schüttete ich mein Herz aus.«

»Und ich«, sagte Aragorn, »gab den Rat, daß wir die Jagd nach Gollum aufnehmen sollten, obwohl es dafür vielleicht schon zu spät war. Und da es nur recht und billig zu sein schien, daß Isildurs Erbe sich bemühen sollte, Isildurs Fehler wiedergutzumachen, begab ich mich zusammen mit Gandalf auf die lange und hoffnungslose Suche.«

Dann erzählte Gandalf, wie sie ganz Wilderland ausgekundschaftet hatten, sogar bis hinunter zum Schattengebirge und den Bollwerken Mordors. »Dort hörten wir Gerüchte über ihn, und wir vermuten, daß er sich lange in den dunklen Bergen aufgehalten hat; aber wir fanden ihn niemals, und schließlich verzweifelte ich. Und dann in meiner Verzweiflung dachte ich wieder an eine Probe, die es vielleicht unnötig machen würde, Gollum zu finden. Der Ring selbst könnte vielleicht sagen, ob er der Eine sei. Mir fielen Worte wieder ein, die bei dem Rat gesprochen worden waren: Worte von Saruman, die damals nur halb beachtet wurden. In meinem Herzen hörte ich sie jetzt deutlich.

›Die Neun, die Sieben und die Drei‹, sagte er, ›hatten jeder einen eigenen Edelstein. Nicht aber der Eine. Er war rund und ohne Schmuck, als ob er einer der minderen Ringe sei; doch brachte sein Schöpfer Zeichen darauf an, die der Erfahrene vielleicht noch sehen und lesen kann.‹

Worin diese Zeichen bestanden, sagte er nicht. Wer sollte es jetzt wissen? Der Schöpfer des Ringes. Und Saruman? Doch so groß sein Wissen sein mag, es muß eine Quelle haben. In wessen Hand außer Saurons ist dieses Ding je gewesen, ehe es verlorenging? Nur in Isildurs Hand.

Mit diesem Gedanken gab ich die Jagd auf und begab mich rasch nach Gondor. In früheren Tagen waren die Angehörigen meines Ordens dort gut aufgenommen worden, doch am besten von allen Saruman. Oft ist er lange Zeit Gast der Herren der Stadt gewesen. Der Herr Denethor empfing mich weniger herzlich als früher, und nur ungern erlaubte er mir, seine vielen Schriftrollen und Bücher durchzusehen.

›Wenn Ihr, wie Ihr sagt, wirklich nur nach Aufzeichnungen aus alter Zeit und über die Anfänge der Stadt sucht, dann lest nur!‹ sagte er. ›Denn für mich ist das, was war, weniger dunkel als das, was kommen wird, und das ist meine Sorge. Doch sofern Ihr nicht größere Fähigkeiten habt als selbst Saruman, der lange hier geforscht hat, werdet Ihr nichts finden, das mir nicht wohlbekannt ist, denn ich bin ein Meister in den Überlieferungen dieser Stadt.‹

So sprach Denethor. Und doch befinden sich unter seinen Schätzen viele Aufzeichnungen, die heute nur noch wenige lesen können, selbst von den Weisen, denn ihre Schriftzeichen und Sprachen sind für die späteren Menschen dunkel geworden. Und dort in Minas Tirith, Boromir, liegt noch immer, ungelesen, wie ich glaube, von allen außer von Saruman und mir, seit die Könige vergingen, eine Schriftrolle, die Isildur selbst verfaßt hat. Denn Isildur ist nicht gleich nach dem Krieg in Mordor abgezogen, wie manche erzählt haben.«

»Manche im Norden vielleicht», warf Boromir ein. »In Gondor wissen alle, daß er zuerst nach Minas Anor ging und eine Zeitlang bei seinem Neffen Meneldil blieb und ihn unterwies, ehe er ihm die Herrschaft über das Südliche Königreich übertrug. Damals pflanzte er dort den letzten Schößling des Weißen Baums zum Andenken an seinen Bruder.«

»Und damals verfaßte er auch diese Schriftrolle«, sagte Gandalf. »Dessen entsinnt man sich anscheinend in Gondor nicht. Diese Schriftrolle betrifft den Ring, und folgendes schrieb Isildur darin:

Der Große Ring soll jetzt ein Erbstück des Nördlichen Königreichs werden, doch Aufzeichnungen darüber sollen in Gondor bleiben, wo auch Erben Elendils weilen, damit nicht eine Zeit kommt, in der die Erinnerung an diese großen Dinge verblaßt.

Und nach diesen Worten beschrieb Isildur, wie der Ring war, als er ihn gefunden hatte.

Er war heiß, als ich ihn zuerst nahm, heiß wie glühende Kohle, und meine Hand war versenget, so daß ich bezweifele, ob ich jemals wieder von dem Schmerz befreit werde. Doch jetzt, da ich schreibe, ist er abgekühlt und scheinet zu schrumpfen, obwohl er weder seine Schönheit noch seine Form verlieret. Die Schrift auf ihm, die zuerst klar war wie eine rote Flamme, verblasset schon und ist jetzt kaum mehr zu lesen. Sie hat die Form der Elbenschrift von Eregion, denn in Mordor haben sie keine Buchstaben für solche feine Arbeit; doch die Sprache ist mir unbekannt. Ich schätze, es wird die Sprache des Schwarzen Landes sein, denn sie ist gemein und grob. Was sie Böses besaget, weiß ich nicht; aber ich zeichne hier eine Abschrift auf, falls sie so verblasset, daß sie nicht mehr zu erkennen ist. Der Ring vermisset vielleicht die Hitze von Saurons Hand, die schwarz war und doch wie Feuer brannte, und so ging Gil-galad zu Grunde; und vielleicht, wenn das Gold wieder heiß gemacht würde, würde die Schrift wieder frisch. Doch ich für mein Teil will es nicht wagen, diesem Ring Schaden zuzufügen: von allen Werken Saurons ist es das einzig schöne. Es ist mir kostbar, obwohl ich es mit großen Schmerzen erwarb.

Als ich diese Worte las, war meine Aufgabe erfüllt. Denn die nachgezeichnete Schrift war wirklich, wie Isildur vermutete, in der Sprache von Mordor und der Diener des Turms. Und was sie besagte, war bereits bekannt. Denn an dem Tag, als Sauron den Einen zuerst aufstreifte, gewahrte ihn Celebrimbor, der Schöpfer der Drei, und von ferne hörte er ihn diese Worte sprechen, und so wurden seine bösen Absichten enthüllt.

Sofort nahm ich Abschied von Denethor, doch gerade, als ich nach Norden ging, erhielt ich Botschaft aus Lórien, daß Aragorn dort vorbeigekommen war und daß er das Geschöpf mit Namen Gollum gefunden hatte. Daher wollte ich ihn zuerst treffen und seine Geschichte hören. In welche grausamen Gefahren er sich begeben hatte, wagte ich nicht zu erraten.«

»Darüber zu berichten, ist kaum nötig«, sagte Aragorn. »Wenn ein Mann unbedingt in Sicht des Schwarzen Tores wandern oder auf die tödlichen Blumen des Morgul-Tals treten muß, dann sind ihm die Gefahren sicher. Auch ich verzweifelte zuletzt und machte mich auf den Heimweg. Und dann stieß ich durch schieres Glück auf das, was ich suchte: die Spuren weicher Füße neben einem schlammigen Tümpel. Aber jetzt war die Spur frisch und geschwind, und sie führte nicht nach Mordor, sondern kam von dort. Ich folgte ihr den Rändern der Totensümpfe entlang, und dann hatte ich ihn. Er lauerte an einem sumpfigen Teich und starrte ins Wasser, als die Abenddämmerung hereinbrach, und da fing ich ihn, Gollum. Er war bedeckt mit grünem Schleim. Er wird mich niemals lieben, fürchte ich; denn er biß mich, und ich war nicht sanft. Nichts bekam ich je aus seinem Mund heraus als die Abdrücke seiner Zähne. Ich fand, es war der schlimmste Teil meiner ganzen Fahrt, dieser Weg zurück, als ich ihn Tag und Nacht bewachte, ihn vor mir gehen ließ mit einem Strick um den Hals und geknebelt, bis er zahm geworden war durch den Mangel an Essen und Trinken, und so trieb ich ihn vor mir her nach Düsterwald. Schließlich brachte ich ihn dorthin und übergab ihn den Elben, denn wir waren überein gekommen, daß das geschehen sollte; und ich war froh, seiner Gesellschaft ledig zu sein, denn er stank. Ich für mein Teil hoffe, ihn niemals wiederzusehen; aber Gandalf kam und ertrug eine lange Unterhaltung mit ihm.«

»Ja, eine lange und mühselige«, sagte Gandalf, »aber nicht ohne Gewinn. Zum Beispiel stimmte die Geschichte, die er mir über seinen Verlust erzählte, mit der überein, die Bilbo heute zum ersten Mal öffentlich erzählt hat; aber das war nicht wichtig, weil ich es schon vermutet hatte. Dann aber erfuhr ich zum ersten Mal, daß Gollums Ring aus dem Großen Fluß in der Nähe der Schwertelfelder gekommen war. Und ich erfuhr auch, daß er ihn lange besessen hatte. Viele Lebensalter seiner kleinen Gattung. Die Macht des Ringes hatte seine Jahre weit über ihre Lebensspanne verlängert; aber diese Macht besitzen nur die Großen Ringe.

Und wenn das noch nicht Beweis genug ist, Galdor, dann gibt es noch die andere Probe, von der ich gesprochen habe. Auf eben diesem Ring, den ihr hier gesehen habt, als er hochgehalten wurde, der rund und schmucklos ist, können die Buchstaben, von denen Isildur berichtete, immer noch gelesen werden, wenn einer die Willensstärke besitzt, das goldene Ding eine Weile ins Feuer zu legen. Das habe ich getan, und das habe ich gelesen:

Ash nazg durbatulûk, ash nazg gimbatul, ash nazg thrakatulûk agh burzum-ishi krimpatul.«

Es war verblüffend, wie sich die Stimme des Zauberers verändert hatte. Sie wurde plötzlich drohend, machtvoll, hart wie Stein. Ein Schatten schien vor der im Mittag stehenden Sonne vorüberziehen, und der Söller wurde einen Augenblick dunkel. Alle zitterten, und die Elben hielten sich die Ohren zu.

»Niemals zuvor hat irgendeine Stimme gewagt, Wörter in jener Sprache in Imladris auszusprechen, Gandalf der Graue«, sagte Elrond, als sich der Schatten verzog und die Gesellschaft wieder atmete.

»Und wir wollen hoffen, daß niemand sie hier wieder sprechen wird«, antwortete Gandalf. »Dennoch bitte ich Euch nicht um Entschuldigung, Herr Elrond. Denn wenn jene Sprache nicht bald in allen Winkeln des Westens vernommen werden soll, dann müssen wir jeden Zweifel daran beseitigen, daß dieses Ding tatsächlich das ist, was die Weisen erklärt haben: der Schatz des Feindes, beladen mit all seiner Bosheit: und in ihm liegt ein großer Teil seiner einstmaligen Stärke. Aus den Schwarzen Jahren stammen die Worte, die die Schmiede von Eregion hörten, und dann wußten sie, daß sie betrogen worden waren:

Ein Ring, sie zu knechten, sie alle zu finden,
ins Dunkel zu treiben und ewig zu binden.

Wisset auch, meine Freunde, daß ich noch mehr von Gollum erfuhr. Er hat nur höchst ungern gesprochen, und seine Geschichte war unklar. Aber es ist über jeden Zweifel erhaben, daß er nach Mordor ging und ihm dort alles, was er wußte, abgepreßt worden ist. Daher weiß der Feind, daß der Eine gefunden ist und lange im Auenland war; und da seine Diener den Ring fast hier bis zu unserer Tür verfolgt haben, wird er auch bald wissen oder weiß vielleicht schon jetzt, da ich spreche, daß wir ihn hier haben.«

Alle saßen eine Weile still da, bis schließlich Boromir fragte: »Er ist ein kleines Geschöpf, dieser Gollum, sagt Ihr? Klein, aber groß im Unheilstiften. Was ist aus ihm geworden? Welches Schicksal habt Ihr ihm bereitet?«

»Er ist im Gefängnis, aber weiter auch nichts«, sagte Aragorn. »Er hat viel gelitten. Es besteht kein Zweifel, daß er gefoltert worden ist, und die Furcht vor Sauron bedrückt sein Herz. Ich für mein Teil bin froh, daß er dingfest ist unter den wachsamen Augen der Elben von Düsterwald. Seine Bosheit ist groß und verleiht ihm eine Stärke, die schier unglaublich ist bei einem so mageren und verschrumpelten Geschöpf. Er könnte noch viel Unheil stiften, wenn er frei wäre. Und ich bin sicher, daß er nur Erlaubnis erhielt, Mordor zu verlassen, um einen bösen Auftrag auszuführen.«

»Oh weh!« rief Legolas, und sein schönes Elbengesicht war sehr bekümmert. »Die Nachricht, die zu überbringen ich ausgesandt wurde, muß nun ausgesprochen werden. Es ist keine gute Nachricht, doch habe ich erst hier erkannt, wie schlimm sie den Anwesenden erscheinen muß. Sméagol, der jetzt Gollum genannt wird, ist entkommen.«

»Entkommen?« rief Aragorn. »Das ist fürwahr eine schlechte Nachricht. Wir alle werden sie noch bitterlich verwünschen, fürchte ich. Wie kam es, daß Thranduils Volk seine Pflicht versäumte?«

»Nicht durch mangelnde Wachsamkeit«, sagte Legolas; »doch vielleicht durch zu viel Freundlichkeit. Und wir fürchten, daß der Gefangene Hilfe von anderen bekam und daß mehr von unserem Tun und Lassen bekannt geworden ist, als uns lieb sein kann. Wir bewachten dieses Geschöpf Tag und Nacht, wie Gandalf es angeordnet hatte, obschon wir der Aufgabe bald überdrüssig waren. Doch Gandalf hieß uns immer noch auf seine Heilung hoffen, und wir brachten es nicht übers Herz, ihn immer in unterirdischen Verliesen zu lassen, wo er wieder in seine schwarzen Gedanken zurückfallen würde.«

»Ihr wart weniger rücksichtsvoll zu mir«, sagte Glóin, und seine Augen blitzten, als er sich seiner eigenen Gefangenschaft in den tiefen Gewölben unter den Hallen der Elbenkönige erinnerte.

»Schon gut!« sagte Gandalf. »Bitte unterbrecht uns nicht, mein guter Glóin. Das war damals ein bedauerliches Mißverständnis, das längst aufgeklärt ist. Wenn all der Groll, den Elben und Zwerge gegeneinander hegen, hier vorgebracht werden soll, dann können wir gleich auf den Rat verzichten.«

Glóin stand auf und verbeugte sich, und Legolas fuhr fort. »Bei schönem Wetter führten wir Gollum in den Wald, und dort kletterte er gern auf einen hohen Baum, der für sich weit von den anderen stand. Oft ließen wir ihn bis zu den höchsten Ästen hinaufklimmen, bis er den freien Wind spüren konnte. Doch stellten wir am Fuß des Baumes eine Wache auf. Eines Tages weigerte er sich, herunterzukommen, und die Wachposten hatten keine Lust, ihm nachzuklettern; denn er hatte den Trick gelernt, sich mit den Füßen wie auch mit den Händen an den Zweigen festzuklammern; so saßen sie bis tief in die Nacht unter dem Baum.

Es war eben jene Sommernacht, allerdings mondlos und sternlos, in der uns unvermutet die Orks überfielen. Wir vertrieben sie nach einiger Zeit; es waren ihrer viele, und sie kämpften wütend, doch waren sie von jenseits des Gebirges gekommen und den Wald nicht gewohnt. Als der Kampf vorüber war, stellten wir fest, daß Gollum fort war, und seine Wachen waren erschlagen oder gefangengenommen. Dann wurde uns klar, daß der Angriff zu seiner Befreiung unternommen worden war, und daß er vorher davon gewußt hatte. Wie dieser Plan geschmiedet worden war, ahnen wir nicht; doch ist Gollum listig, und der Späher des Feindes sind viele. Die finsteren Geschöpfe, die in dem Jahr vertrieben wurden, als der Drachen besiegt wurde, sind in großer Zahl zurückgekehrt, und Düsterwald ist wieder ein böser Ort, mit Ausnahme unseres Reichs.

Es ist uns nicht gelungen, Gollum wieder einzufangen. Wir fanden seine Spur zwischen den Spuren von vielen Orks, und sie führte tief in den Wald hinein in südlicher Richtung. Doch es dauerte nicht lange, und wir verloren sie, und wir wagten nicht, die Jagd fortzusetzen, denn wir kamen in die Nähe von Dol Guldur, und das ist immer noch ein sehr böser Ort; wir gehen diesen Weg nicht.«

»Nun wohl«, sagte Gandalf. »Er ist fort. Und wir haben keine Zeit, noch einmal nach ihm zu suchen. Er muß tun, was er will. Doch könnte es sein, daß er noch eine Rolle zu spielen hat, die weder er noch Sauron vorausgesehen haben.

Und jetzt will ich Galdors weitere Fragen beantworten. Wie steht es mit Saruman? Was bedeuten uns seine Ratschläge in dieser Not? Diese Geschichte muß ich ganz erzählen, denn allein Elrond hat sie bisher gehört, und auch nur kurz; doch wird sie sich auf alles auswirken, was wir beschließen müssen. Sie ist das letzte Kapitel der Erzählung des Ringes, soweit sie bis jetzt geht.

Ende Juni war ich im Auenland, aber mein Herz war von Furcht bedrückt, und ich ritt zur Südgrenze des kleinen Landes; denn ich hatte eine Vorahnung von irgendeiner Gefahr, die mir noch verborgen war, die sich aber näherte. Dort erhielt ich Botschaften über Krieg und Niederlage in Gondor, und als ich von dem Schwarzen Schatten hörte, überfiel mich ein Schauer. Aber ich fand nichts außer einigen Flüchtlingen aus dem Süden; und doch schien mir, daß sie von einer Furcht erfüllt waren, über die sie nicht sprechen konnten. Ich wandte mich dann nach Osten und Norden und ritt über den Grünweg; und nicht weit von Bree traf ich einen Reiter, der auf einer Böschung an der Straße saß, und sein Pferd graste neben ihm. Es war Radagast der Braune, der einstmals in Rhosgobel gewohnt hatte, nahe den Grenzen von Düsterwald. Er gehört meinem Orden an, doch hatte ich ihn viele Jahre nicht gesehen.

›Gandalf!‹ rief er. ›Dich suche ich. Aber ich bin fremd in diesen Gegenden. Ich wußte nur, daß du in einem wilden Gebiet mit dem merkwürdigen Namen Auenland zu finden seiest.‹

›Deine Vermutung war richtig‹, sagte ich. ›Aber drücke dich nicht so aus, wenn du einen der Einheimischen triffst. Du bist jetzt nahe den Grenzen des Auenlands. Und was willst du von mir? Es muß dringend sein. Du warst nie ein Wanderer, es sei denn, von großer Not getrieben.‹

›Ich habe einen dringenden Auftrag‹, sagte er. ›Ich bringe schlechte Nachrichten.‹ Dann schaute er sich um, als ob die Hecken Ohren hätten. ›Nazgûl‹, flüsterte er. ›Die Neun sind wieder unterwegs. Heimlich haben sie den Fluß überschritten und ziehen nach Westen. Sie haben sich als schwarze Reiter verkleidet.‹

Nun war mir klar, was ich befürchtet hatte, ohne es zu wissen.

›Der Feind muß in großer Not sein oder eine große Absicht haben‹, sagte Radagast. ›Doch was ihn veranlaßt, sich um diese entlegenen und verlassenen Gegenden zu kümmern, kann ich nicht erraten.‹

›Was meinst du damit?‹ fragte ich.

›Man hat mir gesagt, daß die Reiter, wo immer sie hinkommen, sich nach einem Land, genannt Auenland, erkundigen.‹

›*Das* Auenland‹, sagte ich; aber mein Herz wurde schwer. Denn selbst die Weisen mögen sich davor fürchten, den Neun Widerstand zu leisten, wenn sie sich unter ihrem grausamen Anführer sammeln. Ein großer König und Hexenmeister war er einstmals, und jetzt verbreitet er eine tödliche Furcht. ›Wer hat dir das gesagt und wer hat dich ausgesandt?‹ fragte ich.

›Saruman der Weiße‹, antwortete Radagast. ›Und er trug mir auf, dir zu sagen, daß er helfen will, wenn du dessen bedarfst; aber du mußt seine Hilfe sofort erbitten, sonst ist es zu spät.‹

Und diese Botschaft gab mir Hoffnung. Denn Saruman der Weiße ist der Größte meines Ordens. Radagast ist gewiß ein ehrenwerter Zauberer, ein Meister der Gestalten und Farbverwandlungen; und er hat große Kenntnisse von Kräutern und Tieren, und Vögel sind seine besondern Freunde. Aber Saruman hat lange die Künste des Feindes selbst erforscht, und so war es uns oft möglich, ihm zuvorzukommen. Nach Sarumans Plänen haben wir ihn von Dol Guldur vertrieben. Es hätte sein können, daß er irgendwelche Waffen gefunden hatte, die die Neun abzuwehren vermochten.

›Ich werde zu Saruman gehen‹, sagte ich.

›Dann mußt du *gleich* gehen‹, sagte Radagast. ›Denn ich habe viel Zeit gebraucht, dich zu finden, und die Tage werden knapp. Mir wurde gesagt, ich sollte dich vor dem Mittsommer finden, und das ist jetzt. Selbst wenn du dich auf der Stelle aufmachst, wirst du ihn kaum erreichen, ehe die Neun das Land entdecken, das sie suchen. Ich selbst werde gleich zurückkehren.‹ Und damit stieg er auf und wollte sofort losreiten.

›Warte einen Augenblick‹, sagte ich. ›Wir werden deine Hilfe brauchen und die Hilfe aller Geschöpfe, die sie gewähren wollen. Schicke Botschaften an alle Tiere und Vögel, die deine Freunde sind. Sage ihnen, sie sollen Nachricht geben über alles, was in dieser Angelegenheit für Saruman und Gandalf wichtig ist. Laß Botschaften nach Orthanc schicken.‹

›Das will ich tun‹, sagte er und stob von dannen, als ob die Neun hinter ihm her wären.

Ich konnte ihm nicht gleich folgen. Ich war an diesem Tage schon sehr weit geritten, und ich war ebenso müde wie mein Pferd. Und ich mußte die Dinge überdenken. Ich blieb die Nacht in Bree und kam zu dem Schluß, daß mir keine Zeit bliebe, ins Auenland zurückzukehren. Nie habe ich einen größeren Fehler gemacht!

Allerdings schrieb ich eine Botschaft für Frodo und verließ mich darauf, daß mein Freund, der Gastwirt, sie ihm schicken würde. Bei Morgengrauen ritt ich davon, und schließlich kam ich zu Sarumans Behausung. Das ist weit im Süden in Isengart, am Ende des Nebelgebirges, nicht weit von der Pforte von Rohan. Und Boromir wird euch bestätigen, daß das ein großes, offenes Tal ist, das zwischen dem Nebelgebirge und den nördlichsten Ausläufern von Ered Nimrais liegt, des Weißen Gebirges seiner Heimat. Aber Isengart ist ein Kranz steiler Felsen, die das Tal wie eine Mauer umschließen, und in der Mitte dieses Tals steht ein Turm aus Stein, genannt Orthanc. Er ist nicht von Saruman erbaut worden, sondern vor langer Zeit von den Menschen von Númenor; und er ist sehr hoch und hat viele Geheimnisse; doch sieht er nicht aus wie eine Festung. Er kann nur über den Felsenring von Isengart erreicht werden; und in diesem Felsenring gibt es nur ein Tor.

Eines Abends kam ich spät zu dem Tor, das wie ein großer Bogen in der Felswand ist; und es wird streng bewacht. Aber die Torhüter hielten schon nach mir Ausschau und sagten mir, Saruman erwarte mich. Ich ritt unter dem Bogen durch, und das Tor schloß sich leise hinter mir, und plötzlich hatte ich Angst, obwohl ich keinen Grund dafür wußte.

Und ich ritt bis zum Fuß des Orthanc und gelangte zu Sarumans Schwelle; und dort kam er mir entgegen und führte mich hinauf in sein hochgelegenes Zimmer. Er trug einen Ring am Finger.

›So bist du also gekommen, Gandalf‹, sagte er ernst. Doch in seinen Augen schien ein weißes Licht zu leuchten, als ob ein kaltes Lachen in seinem Herzen sei.

›Ja, ich bin gekommen‹, sagte ich. ›Ich bin gekommen, um dich um Hilfe zu bitten, Saruman der Weiße.‹ Und dieser Titel schien ihn zu ärgern.

›So, wirklich, Gandalf der *Graue*!‹ spottete er. ›Um Hilfe? Man hat selten davon gehört, daß Gandalf der Graue um Hilfe bittet, er, der so listig und so weise ist, durch die Lande wandert und sich in alle Angelegenheiten einmischt, ob sie ihn etwas angehen oder nicht.‹

Ich sah ihn verwundert an. ›Wenn ich mich nicht täusche‹, sagte ich, ›sind jetzt Dinge im Gange, die erfordern, daß wir alle unsere Kräfte vereinigen.‹

›Das mag schon sein‹, sagte er. ›Doch der Gedanke kommt dir spät. Wie lange, frage ich mich, hast du mir, dem Haupt des Rates, eine Sache von höchster Wichtigkeit verheimlicht? Was führt dich jetzt her von deinem Schlupfwinkel im Auenland?‹

›Die Neun sind wieder zum Vorschein gekommen‹, antwortete ich. ›Sie haben den Fluß überschritten. So sagte mir Radagast.‹

›Radagast der Braune!‹ lachte Saruman, und er verbarg seinen Hohn nicht länger. ›Radagast der Vogelbändiger! Radagast der Einfältige! Radagast der Narr! Immerhin hatte er gerade genug Verstand, um die Rolle zu spielen, die ich ihm zugedacht hatte. Denn du bist gekommen, und das war der ganze Zweck meiner Botschaft. Und hier wirst du bleiben, Gandalf der Graue, und dich von deinen Fahrten ausruhen. Denn ich bin Saruman der Weise, Saruman der Ringmacher, Saruman der Vielfarbige!‹

Ich sah ihn an und bemerkte, daß sein Gewand, das mir weiß erschienen war, es gar nicht war, sondern aus allen Farben gewirkt war, und wenn er sich bewegte, dann schimmerten und schillerten sie, daß es das Auge verwirrte.

›Mir gefällt weiß besser‹, sagte ich.

›Weiß!‹ höhnte er. ›Das ist für den Anfang gut. Weißer Stoff kann gefärbt werden. Das weiße Blatt kann beschrieben werden; und das weiße Licht kann gebrochen werden.‹

›Dann ist es aber nicht länger weiß‹, sagte ich. ›Und derjenige, der etwas zerbricht, um herauszufinden, was es ist, hat den Pfad der Weisheit verlassen.‹

›Mit mir brauchst du nicht zu reden wie mit einem der Narren, die du zu Freunden hast‹, sagte er. ›Ich habe dich nicht hierher kommen lassen, um von dir belehrt zu werden, sondern um dich vor die Wahl zu stellen.‹

Dann richtete er sich stolz auf und begann darauflos zureden, als ob er eine lange einstudierte Rede hielte. ›Die Tage der Altvorderen sind vorbei. Die Mittleren Tage vergehen. Die Tage der Jüngeren beginnen. Die Zeit der Elben ist vorüber, aber unsere Zeit ist nahe: die Welt der Menschen, die wir beherrschen müssen. Aber wir müssen Macht haben, Macht, alle Dinge zu ordnen, wie wir wollen, für jenes Wohl, das nur die Weisen erkennen können.

Und höre, Gandalf, mein alter Freund und Helfer!‹ fuhr er fort, kam näher zu mir heran und sprach jetzt mit einer sanfteren Stimme. ›Ich sagte *wir*, denn *wir* mögen es sein, wenn du dich mir anschließt. Eine neue Macht steigt auf. Gegen sie werden uns die alten Verbündeten und Verfahren gar nichts nützen. Es besteht keine Hoffnung mehr für Elben und sterbende Númenorer. Das also ist die Wahl, vor die du oder wir gestellt sind. Wir können uns dieser Macht anschließen. Es wäre klug, Gandalf. Auf diese Weise besteht Hoffnung. Ihr Sieg ist nahe; und reichen Lohn werden diejenigen erhalten, die ihr geholfen haben. Wenn die Macht wächst, werden ihre erprobten Freunde auch wachsen. Und die Weisen wie du und ich werden mit Geduld schließlich so weit kommen, daß wir ihr Verhalten lenken, sie kontrollieren. Wir können den rechten Augenblick abwarten, wir können unsere Gedanken in unseren Herzen verschließen, vielleicht das Böse, das nebenher angerichtet wird, beklagen, doch das hohe und letzte Ziel billigen: Wissen, Herrschaft, Ordnung; alle diese Dinge, die zu erreichen wir uns bisher vergeblich bemüht haben, eher gehindert als unterstützt durch unsere schwachen und untätigen Freunde. Unsere Absichten brauchen sich nicht wirklich zu ändern und würden sich auch nicht ändern, nur unsere Mittel.‹

›Saruman‹, sagte ich, ›Reden dieser Art habe ich schon früher gehört, aber aus dem Munde von Abgesandten aus Mordor, die geschickt wurden, um die Unwissenden zu täuschen. Ich kann mir nicht vorstellen, daß du mich von so weit her hast kommen lassen, nur um meine Ohren zu ermüden.‹

Er warf mir einen versteckten Blick zu und überlegte eine Weile. ›Gut, ich sehe, daß dieses kluge Vorgehen dir nicht empfehlenswert erscheint‹, sagte er. ›Noch nicht? Nicht, wenn ein besserer Weg ersonnen werden kann?‹

Er trat auf mich zu und legte seine lange Hand auf meinen Arm. ›Und warum nicht, Gandalf?‹ flüsterte er. ›Warum nicht? Der Beherrschende Ring? Wenn wir über ihn verfügen, würde die Macht auf *uns* übergehen. Das ist der wahre Grund, warum ich dich habe herkommen lassen. Denn in meinem Dienst stehen viele Augen, und ich glaube, daß du weißt, wo das kostbare Stück jetzt ist. Stimmt es nicht? Oder warum fragen die Neun nach dem Auenland, und was hast du dort zu schaffen?‹ Als er das sagte, flackerte plötzlich eine Gier, die er nicht verbergen konnte, in seinen Augen auf.

›Saruman‹, sagte ich und wich vor ihm zurück, ›nur eine Hand jeweils kann den Ring tragen, und das weißt du sehr wohl, also spare dir die Mühe, *wir* zu sagen! Aber ich würde ihn dir nicht geben, nein, nicht einmal Nachricht über ihn würde ich dir geben, nun, da ich weiß, was du im Sinne hast. Du warst das Haupt des Rates, aber du hast endlich dein wahres Gesicht gezeigt. Die Wahl, vor die ich gestellt bin, scheint darin zu bestehen, mich entweder Sauron zu unterwerfen oder dir. Keins von beiden werde ich tun. Hast du noch anderes zu bieten?‹

Er war jetzt kalt und gefährlich. ›Ja‹, sagte er. ›Ich habe nicht erwartet, daß du Weisheit erkennen lassen würdest, nicht einmal zu deinem eigenen Vorteil; doch habe ich dir die Möglichkeit geboten, mir freiwillig zu helfen und dir damit viel Ärger und Pein zu ersparen. Die dritte Möglichkeit ist die, hierzubleiben bis zum Ende.‹

›Bis zu welchem Ende?‹

›Bis du mir offenbarst, wo der Eine zu finden ist. Es mag Mittel und Wege geben, dich zur Vernunft zu bringen. Oder bis er dir zum Trotz gefunden ist und der Gebieter Zeit hat, sich weniger gewichtigen Dingen zuzuwenden: sich eine, sagen wir, passende Belohnung für die Behinderung und Unverschämtheit von Gandalf dem Grauen auszudenken.‹

›Das mag sich als keins der weniger gewichtigen Dinge erweisen‹, sagte ich. Er lachte mich aus, denn meine Worte waren leeres Gerede, und er wußte es.

Sie nahmen mich und setzten mich allein auf die Zinne von Orthanc, dorthin, wo Saruman gewöhnlich die Sterne beobachtete. Es gibt keinen Abstieg außer über eine schmale Treppe von vielen tausend Stufen, und das Tal darunter schien weit entfernt. Ich schaute hinunter und sah, daß es, während es früher grün und schön gewesen war, jetzt voller Gruben und Schmieden war. Wölfe und Orks hausten in Isengart, denn Saruman stellte in eigener Sache eine große Streitmacht auf, wetteifernd mit Sauron und noch nicht in seinem Dienst. Über seinen ganzen Werkstätten lagerte dichter Rauch und hüllte sogar die Flanken des Orthanc ein. Ich stand allein auf einer Insel in den Wolken; und ich hatte keine Fluchtmöglichkeit, und meine Tage waren bitter. Es war schneidend kalt, und ich hatte nur wenig Raum, um auf- und abzuschreiten, wenn ich darüber nachgrübelte, daß die Reiter in den Norden kamen.

Daß die Neun in der Tat wieder umgingen, dessen war ich sicher, ganz abgesehen von Sarumans Worten, die Lügen sein konnten. Lange, ehe ich nach Isengart gekommen war, hatte ich nämlich unterwegs Nachrichten erhalten, die nicht falsch sein konnten. Ich bangte um meine Freunde im Auenland; doch hatte ich immer noch Hoffnung. Ich hoffte, daß Frodo sich sofort aufgemacht habe, wie mein Brief verlangt hatte, und daß er Bruchtal erreicht habe, ehe die tödliche Verfolgung begann. Und sowohl meine Furcht als auch meine Hoffnung erwiesen sich als unbegründet. Denn meine Hoffnung gründete sich auf einen dicken Mann in Bree; und meine Furcht gründete sich auf Saurons Listigkeit. Aber dicke Männer, die Bier verkaufen, müssen vielen Bestellungen nachkommen; und Saurons Macht ist immer noch geringer, als die Furcht uns glauben läßt. Doch im Felsenring von Isengart, gefangen und allein, war es nicht einfach, sich vorzustellen, daß die Jäger, vor denen alle flohen oder ihnen sich unterwarfen, im weit entfernten Auenland scheitern sollten.«

»Ich habe dich gesehen!« rief Frodo. »Du bist immer hin- und hergegangen. Der Mond schimmerte auf deinem Haar.«

Gandalf hielt erstaunt inne und sah ihn an. »Es war nur ein Traum«, sagte Frodo. »Er ist mir gerade wieder eingefallen. Ich hatte ihn ganz vergessen. Es ist einige Zeit her, daß ich das träumte; nachdem ich das Auenland verlassen hatte, glaube ich.«

»Das war dann reichlich spät, wie du gleich sehen wirst. Ich war in einer üblen Lage. Und wer mich kennt, wird zugeben, daß ich selten in solcher Not gewesen war und ein derartiges Mißgeschick nicht gut ertrage. Gandalf der Graue wie eine Fliege im verräterischen Netz einer Spinne! Doch selbst bei den tückischen Spinnen mag es einen schwachen Faden geben.

Zuerst fürchtete ich, was Saruman zweifellos beabsichtigt hatte, daß auch Radagast umgefallen sei. Doch hatte ich, als wir uns trafen, in seiner Stimme oder seinen Augen keinerlei Anzeichen bemerkt, daß etwas nicht stimmte. Sonst wäre ich nicht nach Isengart gegangen oder wäre vorsichtiger gewesen. Das hatte Saruman vermutet, und deshalb hatte er seine Absichten verheimlicht und seinen Boten getäuscht. Es wäre sowieso zwecklos gewesen, wenn er versucht hätte, den ehrlichen Radagast für eine Verräterei zu gewinnen. Radagast suchte in gutem Glauben nach mir, und deshalb hatte ich auf ihn gehört.

Daran scheiterte Sarumans schnöder Plan. Denn Radagast hatte keinen Grund, nicht zu tun, worum ich ihn gebeten hatte; und er ritt nach Düsterwald, wo er viele alte Freunde hatte. Und die Adler des Gebirges flogen überallhin und sahen viele Dinge: das Sammeln der Wölfe und die Anwerbung der Orks; und die Neun Reiter, die hierhin und dorthin durch die Lande zogen; und sie hörten von Gollums Flucht. Und sie schickten einen Boten aus, der mir diese Nachrichten überbringen sollte.

So geschah es, daß in einer mondhellen Nacht, als der Sommer sich neigte, Gwaihir, der Herr der Winde, der schnellste der Großen Adler, unerwartet nach Orthanc kam; und er fand mich auf der Zinne stehend. Dann sprach ich mit ihm, und er trug mich davon, ehe Saruman es bemerkte. Ich war schon weit von Isengart, als die Wölfe und Orks aus dem Tor herausströmten, um mich zu verfolgen.

›Wie weit kannst du mich tragen?‹ fragte ich Gwaihir.

›Viele Wegstunden‹, antwortete er. ›Aber nicht ans Ende der Welt. Ich war ausgesandt, Nachrichten zu überbringen, nicht Lasten zu tragen.‹

›Dann muß ich ein Roß auf der Erde haben‹, sagte ich, ›und zwar ein ungemein schnelles Roß, denn nie zuvor habe ich Eile so bitter nötig gehabt.‹

›Dann werde ich dich nach Edoras bringen, wo der Herr von Rohan in seinen Hallen sitzt‹, sagte er. ›Denn das ist nicht weit.‹ Und ich war froh, denn in der Riddermark von Rohan wohnen die Rohirrim, die Herren der Rösser, und es gibt keine Pferde wie jene, die in dem großen Tal zwischen dem Nebelgebirge und dem Weißen Gebirge gezüchtet werden.

›Glaubst du, daß man den Menschen von Rohan noch trauen kann?‹ fragte ich Gwaihir, denn Sarumans Verrat hatte meinen Glauben erschüttert.

›Sie entrichten Tribut in Form von Pferden‹, antwortete er, ›und schikken jährlich viele nach Mordor, oder jedenfalls heißt es so; doch noch sind sie nicht unterjocht. Aber wenn Saruman böse geworden ist, wie du sagst, dann kann sich ihr Schicksal nicht lange verzögern.‹

Er setzte mich vor dem Morgengrauen im Lande Rohan ab; aber ich habe meine Geschichte allzu sehr ausgedehnt. Der Rest muß kürzer sein. In Rohan fand ich das Böse bereits am Werk: Sarumans Lügen; und der König des Landes wollte auf meine Warnungen nicht hören. Er hieß mich ein Pferd nehmen und davonreiten; und ich traf eine Wahl, die mir sehr gefiel, aber ihm weniger. Ich nahm das beste Pferd in seinem Land, und niemals habe ich eins gesehen, das ihm gleichkam.«

»Dann muß es wirklich ein edles Tier sein«, sagte Aragorn. »Und es bekümmert mich mehr als viele Nachrichten, die schlimmer zu sein scheinen, daß Sauron solchen Tribut erhebt. Es war nicht so, als ich zuletzt in jenem Lande war.«

»Und auch jetzt ist es nicht so, das will ich beschwören«, sagte Boromir. »Es ist eine Lüge, die der Feind ausstreut. Ich kenne die Menschen von Rohan, sie sind treu und tapfer, unsere Verbündeten, und sie wohnen noch in den Landen, die wir ihnen einstmals gaben.«

»Mordors Schatten liegt auf weit entfernten Ländern«, antwortete Aragorn. »Saruman ist ihm erlegen. Rohan wird bedrängt. Wer weiß, was Ihr finden werdet, wenn Ihr jemals dorthin zurückkehrt?«

»Zumindest das nicht«, sagte Boromir, »daß sie ihr Leben mit Pferden erkaufen. Nächst ihren Blutsverwandten lieben sie ihre Pferde. Und nicht ohne Grund, denn die Pferde der Riddermark kommen von den Feldern des Nordens, weit entfernt von dem Schatten, und ihre Rasse stammt wie das Geschlecht ihrer Herren aus den freien Tagen von einst.«

»So ist es fürwahr«, sagte Gandalf. »Und eines ist unter ihnen, das hätte in der Morgendämmerung der Welt geboren sein können. Die Pferde der Neun können sich nicht mit ihm messen; unermüdlich und schnell wie der Wind. Schattenfell nannten sie es. Bei Tage schimmert sein Fell wie Silber; und bei Nacht ist es wie ein Schatten und eilt ungesehen dahin. Leicht ist sein Schritt. Niemals zuvor hatte ein Mann es geritten, doch ich nahm es und zähmte es; und so geschwind trug es mich, daß ich ins Auenland kam, als Frodo auf den Hügelgräberhöhen war, obwohl ich erst von Rohan aufgebrochen war, als er von Hobbingen aufbrach.

Aber meine Angst wuchs, während ich ritt. Überall im Norden hörte ich von den Reitern, und obwohl ich ihnen von Tag zu Tag näher kam, waren sie mir doch immer voraus. Sie hatten sich verteilt, wie ich erfuhr: einige blieben an der Ostgrenze, nicht weit vom Grünweg, und einige drangen vom Süden her ins Auenland ein. Ich kam nach Hobbingen, und Frodo war fort; doch wechselte ich ein paar Worte mit dem alten Gamdschie; viele Worte und wenig zur Sache. Er hatte viel zu sagen über die mißlichen Eigenschaften der neuen Eigentümer von Beutelsend.

›Ich mag keine Veränderungen‹, sagte er, ›nicht zu meinen Lebzeiten, und am allerwenigsten, wenn es zum Schlimmsten kommt‹. – ›Wenn es zum Schlimmsten kommt‹, wiederholte er viele Male.

›Zum Schlimmsten ist ein böses Wort‹, sagte ich zu ihm, ›und ich hoffe, du wirst es nicht erleben.‹ Aber aus all seinem Gerede entnahm ich schließlich, daß Frodo noch nicht einmal eine Woche zuvor Hobbingen verlassen hatte, und daß ein schwarzer Reiter am selben Abend auf den Bühl gekommen war. Dann ritt ich voller Angst weiter. Ich kam nach Bockland und fand es in Aufruhr und aufgescheucht wie einen Ameisenhaufen, in den man einen Stock hineingestoßen hatte. Ich kam zu dem Haus in Krickloch, es war aufgebrochen worden und leer; doch auf der Schwelle lag ein Mantel, der Frodo gehört hatte. Dann verließ mich die Hoffnung eine Weile, und ich wartete nicht ab, um neue Nachrichten zu sammeln, die mich vielleicht getröstet hätten. Vielmehr ritt ich weiter auf den Spuren der Reiter. Es war schwierig, ihnen zu folgen, denn sie führten hierhin und dorthin, und ich war ratlos. Doch schien mir, daß ein oder zwei von ihnen nach Bree geritten waren; und diesen Weg schlug ich ein, denn ich dachte an Worte, die vielleicht dem Gastwirt gesagt worden sein könnten.

›Butterblume heißt er‹, dachte ich. ›Wenn diese Verzögerung seine Schuld ist dann werde ich alle Butter aus ihm herausschmelzen. Auf einem langsamen Feuer werde ich den alten Narren rösten.‹ Er erwartete auch nichts weniger, denn als er mein Gesicht sah, fiel er platt auf den Boden und begann auf der Stelle zu schmelzen.«

»Was hast du mit ihm gemacht?« rief Frodo besorgt aus. »Er war wirklich sehr freundlich zu uns und tat, was er nur konnte.«

Gandalf lachte. »Nur keine Sorge!«, sagte er. »Ich habe ihn nicht gebissen und nur sehr wenig gebellt. Ich war so überglücklich durch die Neuigkeiten, die ich aus ihm herausholte, nachdem er aufgehört hatte zu zittern, daß ich den alten Burschen umarmte. Wie es vorsichgegangen war, konnte ich damals noch nicht erraten, aber ich erfuhr, daß du die Nacht zuvor in Bree gewesen und am Morgen mit Streicher weggegangen warst.

›Streicher!‹ rief ich und schrie vor Freude.

›Ja, Herr, leider, Herr‹, sagte Butterblume, der mich mißverstanden hatte. ›Er hat sich an sie herangemacht, und ich konnte es nicht verhindern, daß sie sich mit ihm einließen. Sie haben sich die ganze Zeit, als sie hier waren, sehr merkwürdig benommen; eigensinnig, könnte man sagen.‹

›Esel! Dummkopf! Dreifach wackerer und geliebter Gerstenmann!‹ sagte ich. ›Das ist die beste Nachricht, die ich seit Mittsommer bekommen habe: ein Goldstück ist sie mindestens wert. Möge ein Zauber bewirken, daß dein Bier sieben Jahre lang an Vortrefflichkeit zunimmt! Nun kann ich mir eine ruhige Nacht gönnen, die erste seit ich weiß nicht wann.‹

So blieb ich diese Nacht dort und fragte mich, was wohl aus den Reitern geworden sei; denn bisher wußte man offenbar in Bree nur von zweien. Doch in der Nacht hörten wir mehr. Zumindest fünf kamen von Westen, und sie rissen die Tore nieder und jagten durch Bree wie ein Sturmwind; und die Leute in Bree zittern immer noch und warten auf das Ende der Welt. Vor dem Morgengrauen stand ich auf und ritt ihnen nach.

Ich weiß nicht genau, was geschehen war, aber ich reimte es mir folgendermaßen zusammen. Ihr Anführer hatte sich irgendwo weit südlich von Bree verborgen, während zwei voraus durch das Dorf ritten und vier weitere ins Auenland eindrangen. Aber nach ihren Mißerfolgen in Bree und Krickloch kehrten sie zu ihrem Anführer zurück, um ihm Bericht zu erstatten, und so blieb die Straße eine Weile unbewacht, außer durch ihre Späher. Dann schickte der Anführer einige nach Osten direkt über Land, und er selbst ritt mit den übrigen wutentbrannt die Straße entlang.

Ich galoppierte wie ein Sturmwind zur Wetterspitze und erreichte sie an meinem zweiten Tag nach Bree vor Sonnenuntergang – und sie waren schon vor mir da. Sie zogen sich vor mir zurück, denn sie spürten das Aufkommen meines Zorns und wagten sich ihm nicht auszusetzen, solange die Sonne am Himmel stand. Aber sie kreisten mich des Nachts ein, und ich wurde auf dem Berggipfel belagert, in dem alten Ringwall des Amon Sûl. Ich wurde wahrlich schwer bedrängt: solche Blitze und Flammen sind auf der Wetterspitze seit den Signalfeuern der Kriege in alter Zeit nicht mehr gesehen worden.

Bei Sonnenaufgang entkam ich und floh nach Norden. Ich konnte nicht hoffen, mehr zu tun. Es war unmöglich, dich, Frodo, in der Wildnis zu finden, und der Versuch wäre töricht gewesen, da mir alle Neun auf den Fersen waren. So mußte ich mich auf Aragorn verlassen. Doch hoffte ich, einige von ihnen abzulenken und Bruchtal vor euch zu erreichen und euch Hilfe zukommen zu lassen. Vier Reiter folgten mir tatsächlich, aber nach einer Weile gaben sie es auf und begaben sich offenbar zur Furt. Das nützte ein wenig, denn auf diese Weise waren es nur fünf und nicht neun, die euer Lager angriffen.

Ich traf hier schließlich nach einem langen und beschwerlichen Weg ein, den Weißquell hinauf und durch die Ettenöden, von Norden also. Fast vierzehn Tage brauchte ich von der Wetterspitze, denn zwischen den Felsen der Troll-Höhen konnte ich nicht reiten, und Schattenfell kehrte um. Ich schickte ihn zurück zu seinem Herrn; doch eine große Freundschaft ist zwischen uns erwachsen, und wenn ich ihn brauche, wird er auf meinen Ruf kommen. Aber so geschah es, daß ich nur drei Tage vor dem Ring nach Bruchtal kam, und Nachrichten darüber, in welcher Gefahr er war, waren bereits eingetroffen – und das erwies sich wahrlich als gut.

Und das, Frodo, ist das Ende meines Berichts. Mögen Elrond und die anderen seine Länge verzeihen. Doch ist es noch niemals geschehen, daß Gandalf eine Verabredung nicht einhielt und nicht kam, wenn er es versprochen hatte. Dem Ringträger eine Erklärung für ein so ungewöhnliches Vorkommnis zu geben, schien mir erforderlich.

So, nun ist die Geschichte von Anfang bis Ende erzählt. Hier sind wir alle, und hier ist der Ring. Aber unserem Ziel sind wir noch keineswegs näher gekommen. Was sollen wir mit ihm tun?«

Es trat ein Schweigen ein. Schließlich sprach Elrond.

»Die Nachricht über Saruman ist betrüblich«, sagte er. »Denn wir vertrauten ihm, und er ist in all unsere Ratschlüsse eingeweiht. Es ist gefährlich, allzu weit die Künste des Feindes zu erforschen, sei es mit guten oder mit bösen Absichten. Doch solchen Abfall und Verrat hat es leider schon früher gegeben. Von den Erzählungen, die wir heute gehört haben, war die von Frodo die seltsamste für mich. Ich habe wenige Hobbits gekannt, außer Bilbo hier; und mir scheint, daß er vielleicht nicht so einzigartig und einmalig ist, wie ich geglaubt hatte. Die Welt hat sich sehr gewandelt, seit ich zuletzt auf den westlichen Straßen war.

Die Grabunholde kennen wir unter vielen Namen; und vom Alten Wald sind viele Geschichten erzählt worden. Die Zeit ist vorüber, da ein Eichhörnchen von Baum zu Baum hüpfen konnte von dem Land, das heute das Auenland ist, nach Dunland westlich von Isengart. In jenen Landen wanderte ich einst und kannte viele wilde und merkwürdige Wesen. Doch hatte ich Bombadil vergessen, wenn er wirklich derselbe ist, der vor langer Zeit in den Wäldern und Bergen umging und damals schon älter als alt war. Zu jener Zeit war das nicht sein Name. Iarwain Ben-adar nannten wir ihn, den Ältesten und Vaterlosen. Doch so mancher andere Name ist ihm seitdem von anderen Völkern gegeben worden: Forn von den Zwergen, Orald von den Menschen des Nordens, und noch andere Namen. Er ist ein seltsames Geschöpf, doch vielleicht hätten wir ihn zu unserer Beratung einladen sollen.«

»Er wäre nicht gekommen«, sagte Gandalf.

»Könnten wir nicht immer noch einen Boten zu ihm schicken und seine Hilfe erbitten?« fragte Erestor. »Es scheinte, daß er sogar über den Ring Macht besitzt.«

»Nein, so würde ich es nicht ausdrücken«, meinte Gandalf. »Man müßte eher sagen, der Ring hat keine Macht über ihn. Bombadil ist sein eigener Herr. Doch kann er den Ring nicht verändern und auch seine Macht über andere nicht brechen. Und jetzt hat er sich in ein kleines Land zurückgezogen, dessen Grenzen er selbst festgelegt hat, obwohl niemand sie sehen kann, und wartet vielleicht auf einen Wandel der Zeiten, und er wird diese Grenzen nicht überschreiten.«

»Aber innerhalb dieser Grenzen scheint ihn nichts zu schrecken«, sagte Erestor. »Ob er nicht den Ring nehmen und dort aufbewahren würde, so daß er immerdar unschädlich wäre?«

»Nein«, antwortete Gandalf. »Nicht gern. Er täte es vielleicht, wenn alle freien Völker der Welt ihn darum bäten, aber er würde die Notwendigkeit nicht einsehen. Und wenn er den Ring erhielte, würde er ihn bald vergessen oder höchstwahrscheinlich wegwerfen. Derartige Dinge prägen sich seinem Sinn nicht ein. Er wäre ein sehr unsicherer Hüter; und das allein ist Antwort genug.«

»Und sowieso«, sagte Glorfindel, »würde es nur bedeuten, den Tag des Unheils hinauszuschieben, wenn man ihm den Ring schickte. Er ist weit von hier. Wir können den Ring jetzt nicht zu ihm zurückbringen, ohne daß es von irgendeinem Späher erraten oder bemerkt wird. Und selbst wenn wir es könnten, würde der Herr der Ringe früher oder später von dem Versteck erfahren und seine ganze Macht darauf richten. Könnte Bombadil allein dieser Macht Trotz bieten? Ich glaube es nicht. Ich glaube, wenn alles andere erobert ist, wird auch Bombadil erliegen, als Letzter, wie er der Erste gewesen ist; und dann wird die Nacht kommen.«

»Ich weiß von Iarwain wenig außer dem Namen«, sagte Galdor. »Aber Glorfindel hat, glaube ich, recht. Die Macht, unserem Feind zu trotzen, ist nicht in ihm, es sei denn, solche Macht wäre in der Erde selbst. Und dennoch sehen wir, daß Sauron sogar die Berge martern und zerstören kann. Was an Macht noch bleibt, beruht auf uns hier in Imladris oder auf Círdan an den Anfurten, oder auf Lórien. Aber haben sie die Kraft, haben wir hier die Kraft, dem Feind zu widerstehen, Saurons letztem Ansturm, wenn alles andere niedergeworfen ist?«

»Ich habe die Kraft nicht«, sagte Elrond. »Und die anderen auch nicht.«

»Wenn der Ring also durch Stärke nicht auf immerdar vor ihm bewahrt bleiben kann«, sagte Glorfindel, »dann gibt es nur zwei Möglichkeiten: zu versuchen, ihn über das Meer zu senden oder ihn zu vernichten.«

»Aber Gandalf hat uns doch schon erklärt, daß wir es nicht vermögen, ihn zu vernichten«, sagte Elrond. »Und jene, die jenseits des Meeres wohnen, würden ihn nicht annehmen: denn zum Guten oder Bösen gehört er nach Mittelerde; uns, die wir hier noch weilen, liegt es ob, uns mit ihm auseinanderzusetzen.«

»Dann wollen wir ihn ins Meer werfen«, sagte Glorfindel, »und damit Sarumans Lügen wahr werden lassen. Denn jetzt ist es klar, daß seine Füße schon im Rat auf krummen Pfaden wandelten. Er wußte, daß der Ring nicht auf immer verloren war, aber er wollte, daß wir es glaubten; denn er begann selbst nach ihm zu gieren. Und doch ist in Lüge oft Wahrheit verborgen: im Meer würde er sicher sein.«

»Nicht sicher für immer«, sagte Gandalf. »Es gibt viele Dinge in tiefen Wassern; und Meere und Länder können sich ändern. Und es ist nicht unsere Aufgabe hier, nur Überlegungen für ein Jahr oder ein paar Menschenleben oder für ein vorübergehendes Zeitalter der Welt anzustellen. Wir sollten nach einer Möglichkeit suchen, wie dieser Bedrohung ein für allemal ein Ende gesetzt werden kann, selbst wenn wir nicht hoffen können, es zu vollbringen.»

»Und diese Möglichkeit werden wir nicht auf den Wegen zum Meer finden«, sagte Galdor. »Wenn wir die Rückkehr des Ringes zu Iarwain schon für zu gefährlich halten, dann ist die Flucht zum Meer voll der schwersten Gefahren. Mein Herz sagt mir, daß, sobald Sauron erfährt, was geschehen ist, und das wird er bald erfahren, er annehmen wird, daß wir den Weg nach Westen einschlagen. Die Neun haben ihre Pferde eingebüßt, doch das ist nur ein Aufschub, bis sie neue und schnellere Rosse finden. Allein die schwindende Macht von Gondor verhindert jetzt noch seinen mächtigen Marsch nach Norden entlang den Küsten; und wenn er wirklich die Weißen Türme und die Anfurten angreift, mag es sein, daß die Elben danach keine Möglichkeit mehr haben, dem längerwerdenden Schatten von Mittelerde zu entfliehen.«

»Doch lange wird dieser Marsch noch auf sich warten lassen«, sagte Boromir. »Gondors Macht schwindet, sagt Ihr. Aber Gondor steht noch, und selbst das Ende seiner Kraft ist noch sehr stark.«

»Und dennoch kann Gondors Wachsamkeit die Neun nicht länger zurückhalten«, sagte Galdor. »Und andere Straßen mag der Feind finden, die Gondor nicht bewacht.«

»Dann«, sagte Erestor, »gibt es nur zwei Möglichkeiten, wie Glorfindel schon erklärt hat: den Ring für immer zu verbergen; oder ihn zu zerstören. Aber beides übersteigt unsere Macht. Wer kann dieses Rätsel für uns lösen?«

»Niemand hier«, sagte Elrond ernst. »Zumindest kann niemand voraussagen, was geschehen wird, wenn wir diesen oder jenen Weg gehen. Doch mir scheint es jetzt klar zu sein, welchen Weg wir einschlagen müssen. Der Westen scheint der einfachste zu sein. Daher müssen wir ihn vermeiden. Er wird beobachtet werden. Zu oft sind Elben auf diesem Wege geflohen. Jetzt endlich müssen wir einen harten Weg nehmen, einen unvorhergesehenen. Darin liegt unsere Hoffnung, wenn es überhaupt Hoffnung gibt. Den gefahrvollen Weg gehen – nach Mordor. Wir müssen den Ring dem Feuer überantworten.«

Wieder trat Schweigen ein. Als Frodo hinausschaute in das sonnenhelle Tal, erfüllt von dem Plätschern klaren Wassers, verspürt er sogar in diesem schönen Haus eine dumpfe Finsternis in seinem Herzen. Boromir machte eine Bewegung, und Frodo sah ihn an. Er spielte mit seinem großen Horn und runzelte die Stirn. Schließlich sprach er.

»Ich verstehe das alles nicht«, sagte er. »Saruman ist ein Verräter, aber hat er nicht doch eine Spur Weisheit erkennen lassen? Warum sprecht Ihr immer von Verbergen und Vernichten? Warum sollten wir nicht glauben, daß der Große Ring uns in die Hände gefallen ist, um uns in der Stunde der Not zu dienen? Wenn die freien Gebieter der Freien ihn besitzen, können sie den Feind gewiß besiegen. Das ist es, nehme ich an, was er am meisten fürchtet.

Die Menschen von Gondor sind tapfer, und sie werden sich niemals unterwerfen; aber es mag sein, daß sie geschlagen werden. Mut braucht erstens Stärke und dann eine Waffe. Laßt den Ring Eure Waffe sein, wenn er solche Macht besitzt, wie Ihr sagt. Nehmt ihn und geht dem Sieg entgegen!«

»Leider ist das nicht möglich«, sagte Elrond. »Wir können den Beherrschenden Ring nicht verwenden. Das wissen wir allzu genau. Er gehört Sauron und ist von ihm allein gemacht worden, und er ist durch und durch böse. Seine Stärke, Boromir, ist zu groß, als daß irgend jemand ihn nach Belieben gebrauchen könnte, ausgenommen jene, die schon selber eine große Macht besitzen. Aber für sie birgt der Ring eine noch tödlichere Gefahr. Schon der Wunsch nach ihm verdirbt das Herz. Denket an Saruman. Wenn einer der Weisen den Herrscher von Mordor mit diesem Ring stürzen würde und dabei seine eigenen Listen anwendet, dann würde er sich selbst auf Saurons Thron setzen, und damit hätten wir nur einen weiteren Dunklen Herrscher. Und es gibt noch einen Grund, warum der Ring zerstört werden sollte: solange er auf der Welt ist, wird selbst für die Weisen eine Gefahr bestehen. Denn nichts ist von Anfang an böse. Selbst Sauron war es nicht. Ich fürchte mich davor, den Ring zu nehmen, um ihn zu verbergen. Ich will den Ring auch nicht nehmen, um ihn zu gebrauchen.«

»Ich auch nicht«, sagte Gandalf.

Boromir sah sie zweifelnd an, doch senkte er den Kopf. »So sei es«, sagte er. »Dann müssen wir in Gondor uns auf die Waffen verlassen, die wir haben. Und zumindest werden wir, solange die Weisen diesen Ring bewachen, weiterkämpfen. Vielleicht vermag das Geborstne Schwert die Flut noch aufzuhalten – wenn die Hand, die es führt, nicht nur das Erbstück allein, sondern auch die Kraft der Könige der Menschen geerbt hat.«

»Wer weiß?« sagte Aragorn. »Aber eines Tages werden wir es auf die Probe stellen.«

»Möge der Tag nicht zu fern sein«, antwortete Boromir. »Denn obwohl ich nicht um Hilfe bitte, brauchen wir sie. Es wäre für uns tröstlich zu wissen, daß auch andere mit allen Mitteln kämpfen, die sie besitzen.«

»Dann seid getröstet«, sagte Elrond. »Denn es gibt noch andere Mächte und andere Reiche, von denen Ihr nichts wißt und die Euch verborgen sind. Anduin der Große bespült viele Ufer, bis er nach Argonath kommt und zu den Toren von Gondor.«

»Indes könnte es für alle gut sein«, sagt Glóin, der Zwerg, »wenn alle diese Kräfte vereinigt würden und die Macht jedes einzelnen im Bunde mit den anderen gebraucht würde. Es mag noch andere Ringe geben, weniger tückische, die in unserer Not vielleicht benutzt werden könnten. Die Sieben sind für uns verloren – wenn Balin nicht den Ring von Thrór gefunden hat, der der letzte war; nichts hat man über ihn gehört, seit Thrór in Moria umgekommen ist. Jetzt kann ich es ja offenbaren, daß es teilweise die Hoffnung war, diesen Ring zu finden, die Balin veranlaßte, wegzugehen.«

»Balin wird keinen Ring in Moria finden«, sagte Gandalf. »Thrór gab ihn Thráin, seinem Sohn, aber Thráin gab ihn nicht Thorin. Er wurde Thráin unter Foltern in den Verliesen von Dol Guldur abgenommen. Ich kam zu spät.«

»O wehe, wehe!« rief Glóin. »Wann wird der Tag unserer Rache kommen? Doch gibt es noch die Drei. Wie steht es mit den Drei Ringen der Elben? Sehr mächtige Ringe, heißt es. Haben die Elbenfürsten sie nicht? Auch sie wurden vor langer Zeit von dem Dunklen Herrscher gemacht. Sind sie wertlos? Ich sehe Herren der Elben. Wollen sie nicht sprechen?«

Die Elben gaben keine Antwort. »Habt Ihr mich nicht verstanden, Glóin?« sagte Elrond. »Die Drei sind nicht von Sauron gemacht worden, und er hat sie auch nie berührt. Doch über sie zu sprechen ist nicht erlaubt. Nur so viel kann ich in dieser Stunde des Zweifels sagen. Sie sind nicht wertlos. Aber sie wurden nicht als Waffen des Krieges oder der Eroberung gemacht: darin liegt ihre Macht nicht. Diejenigen, die sie herstellten, gelüstete es nicht nach Macht oder Herrschaft oder angehäuftem Reichtum, sondern danach, zu verstehen, zu wirken und zu heilen, um alle Dinge rein zu erhalten. Das haben die Elben von Mittelerde in einem gewissen Ausmaß erreicht, wenn auch mit Leid. Aber alles, was diejenigen geschaffen haben, die die Drei gebrauchen, wird sich in Verderben verwandeln, und ihr Geist und ihre Herzen werden Sauron enthüllt werden, wenn er den Einen wiedergewinnt. Es wäre dann besser, daß es die Drei nie gegeben hätte. Das ist sein Ziel.«

»Aber was würde geschehen, wenn der Beherrschende Ring zerstört wird, wie Ihr ratet?« fragte Glóin.

»Wir wissen es nicht genau«, antwortete Elrond traurig. »Manche hoffen, daß die Drei Ringe, die Sauron niemals berührt hat, dann frei würden und ihre Beherrscher die Wunden der Welt heilen könnten, die er geschlagen hat. Doch mag es auch sein, daß die Drei, wenn der Eine nicht mehr ist, dahinschwinden, und viele schöne Dinge verblassen und vergessen sein werden. Das ist es, was ich glaube.«

»Dennoch sind alle Elben bereit, dieses Wagnis auf sich zu nehmen«, sagte Glorfindel, »wenn dadurch Saurons Macht gebrochen und die Furcht vor seiner Herrschaft auf immer gebannt werden kann.«

»So kommen wir also wiederum auf die Vernichtung des Rings zurück«, sagte Erestor, »und doch gelangen wir nicht weiter. Welche Macht haben wir, das Feuer zu finden, in dem er gemacht wurde? Das ist der Weg der Verzweiflung. Oder Torheit, würde ich sagen, wenn Elronds große Weisheit es mir nicht verbieten würde.«

»Verzweiflung oder Torheit?« sagte Gandalf. »Es ist nicht Verzweiflung, denn Verzweiflung ist nur für jene, die das Ende unzweifelhaft erblicken. Das tun wir nicht. Es ist Weisheit, die Notwendigkeit zu erkennen, wenn alle anderen Möglichkeiten erwogen sind, obwohl es denjenigen wie Torheit vorkommen mag, die sich an falsche Hoffnungen klammern. Nun gut, laßt Torheit unseren Deckmantel sein, ein Schleier vor den Augen des Feindes! Denn er ist klug und wägt auf den Waagschalen seiner Bosheit alles genauestens ab. Doch der einzige Maßstab, den er kennt, ist Begehren, das Streben nach Macht, und danach beurteilt er alle Herzen. Ihm wird der Gedanke nicht kommen, daß jemand keinen Gebrauch davon machen will, daß wir den Ring haben und dennoch trachten könnten, ihn zu zerstören. Wenn wir das versuchen, werden wir seine ganze Berechnung durcheinander bringen.«

»Zumindest eine Zeitlang«, sagte Elrond. »Der Weg muß beschritten werden, aber er wird sehr schwer sein. Und weder Stärke noch Weisheit werden uns weit bringen. Diese Aufgabe mögen die Schwachen mit ebensoviel Hoffnung versuchen wie die Starken. So ist es oft mit Taten, die die Räder der Welt in Bewegung setzen: kleine Hände vollbringen sie, weil sie müssen, während die Augen der Großen anderswo sind.«

»Schon gut, schon gut, Herr Elrond!« sagte Bilbo plötzlich. »Ihr braucht nichts mehr zu sagen! Es ist deutlich genug, worauf Ihr anspielt. Bilbo, der dumme Hobbit, hat die Sache angefangen und sollte sie besser zu Ende bringen, ehe es mit ihm zu Ende ist. Es war sehr behaglich hier für mich, und ich kam mit meinem Buch voran. Wenn Ihr es wissen wollt, ich schreibe gerade einen Schluß dafür. Ich hatte vor, es so auszudrücken: *und er lebte danach glücklich bis ans Ende seiner Tage.* Es ist ein guter Schluß, auch wenn er nicht ganz neu ist. Jetzt werde ich das ändern müssen: es sieht nicht so aus, als ob es so käme; und es werden sowieso noch verschiedene Kapitel folgen müssen, falls ich lange genug lebe, um sie noch zu schreiben. Es ist schon wirklich sehr ärgerlich. Wann soll ich aufbrechen?«

Boromir sah Bilbo verwundert an, aber das Lachen erstarb auf seinen Lippen, als er sah, daß alle anderen den alten Hobbit mit ernster Hochachtung betrachteten. Nur Glóin lächelte, aber sein Lächeln ging auf alte Erinnerungen zurück.

»Natürlich, mein lieber Bilbo«, sagte Gandalf. »Wenn du diese Sache wirklich angefangen hättest, dann könnte man von dir erwarten, daß du sie auch zu Ende führst. Aber du weißt sehr wohl, daß *anfangen* für jeden ein zu großes Wort ist und daß bei großen Taten von jedem Helden nur eine kleine Rolle gespielt wird. Du brauchst dich nicht zu verbeugen! Obwohl das Wort ernst gemeint war und wir nicht zweifeln, daß sich hinter deinem Scherz ein tapferes Angebot verbirgt. Aber es übersteigt deine Kraft, Bilbo. Du kannst dieses Ding nicht zurücknehmen. Es ist weitergegangen. Wenn du noch meines Rates bedarfst, dann würde ich sagen, deine Rolle ist ausgespielt, es sei denn als Chronist. Beende dein Buch und ändere den Schluß nicht! Es besteht immer noch Hoffnung. Aber halte dich bereit, eine Fortsetzung zu schreiben, wenn sie zurückkommen.«

Bilbo lachte. »Ich habe noch nie erlebt, daß du mir angenehme Ratschläge gibst«, sagte er. »Da alle deine unangenehmen Ratschläge gut waren, frage ich mich, ob dieser Rat nicht schlecht ist. Immerhin glaube ich nicht, daß mir genug Kraft oder Glück geblieben ist, um mit dem Ring fertigzuwerden. Er ist gewachsen, und ich nicht. Aber sage mir: wen meinst du mit *sie*?«

»Die Boten, die mit dem Ring fortgeschickt werden.«

»Genau! Und wer sollen sie sein? Das, scheint mir, hat dieser Rat zu entscheiden, und es ist alles, was er zu entscheiden hat. Elben mögen vom Reden allein leben können, und Zwerge ertragen große Müdigkeit; aber ich bin bloß ein alter Hobbit und vermisse meine Mittagsmahlzeit. Könnt ihr euch nicht jetzt ein paar Namen einfallen lassen? Oder es bis nach dem Essen verschieben?«

Niemand antwortete. Die Mittagsglocke läutete. Noch immer sprach niemand. Frodo warf einen Blick auf alle Gesichter, aber sie waren ihm nicht zugewandt. Der ganze Rat saß mit niedergeschlagenen Augen da, als ob er in Gedanken vertieft sei. Eine große Angst befiel ihn, als ob er die Verkündung irgendeines Schicksalsspruchs erwartete, den er lange vorausgesehen und von dem er dennoch vergebens gehofft hatte, daß er nie ausgesprochen würde. Eine überwältigende Sehnsucht, sich auszuruhen und friedlich mit Bilbo in Bruchtal zu bleiben, erfüllte sein Herz. Schließlich sprach er, mühsam, und er wunderte sich, seine eigenen Worte zu hören, als ob irgendein anderer Wille sich seiner kleinen Stimme bediente.

»Ich werde den Ring nehmen«, sagte er, »obwohl ich den Weg nicht weiß«.

Elrond hob die Augen und schaute ihn an, und Frodo spürte, wie die plötzliche Schärfe dieses Blicks ihn durchbohrte. »Wenn ich alles richtig verstanden habe, was ich gehört habe«, sagte Elrond, »dann glaube ich, daß diese Aufgabe für dich, Frodo, bestimmt ist; und wenn du keinen Weg findest, wird niemand ihn finden. Das ist die Stunde des Auenland-Volkes, in der es sich von seinen friedlichen Äckern erhebt, um die Festungen und Pläne der Großen zu erschüttern. Wer von allen Weisen hätte das voraussehen können? Wenn sie wahrlich weise sind, warum sollten sie dann erwarten, es zu wissen, ehe die Stunde geschlagen hat?

Aber es ist eine schwere Bürde. So schwer, daß niemand sie einem anderen auferlegen kann. Ich erlege sie dir nicht auf. Wenn du sie aus freien Stücken auf dich nimmst, werde ich sagen, daß deine Entscheidung richtig ist; und selbst wenn alle mächtigen Elbenfreunde der alten Zeit, Hador und Húrin und Túrin und Beren versammelt wären, wäre dein Platz unter ihnen.«

»Aber Ihr werdet ihn doch gewiß nicht allein fortschicken, Herr?« rief Sam, der sich nicht länger beherrschen konnte und aus der Ecke aufsprang, wo er still auf dem Fußboden gesessen hatte.

»Nein, fürwahr!« sagte Elrond und wandte sich lächelnd zu ihm. »Du zumindest sollst mit ihm gehen. Es ist kaum möglich, dich von ihm zu trennen, selbst wenn er zu einer geheimen Beratung eingeladen ist und du nicht.«

Sam setzte sich, wurde rot und murmelte vor sich hin. »Eine schöne Suppe, die wir uns da eingebrockt haben, Herr Frodo!« sagte er kopfschüttelnd.

DRITTES KAPITEL

DER RING GEHT NACH SÜDEN

Später am selben Tage hielten die Hobbits dann in Bilbos Zimmer noch eine eigene Versammlung ab. Merry und Pippin waren entrüstet, als sie hörten, daß Sam sich in den Rat eingeschlichen hatte und als Frodos Gefährte ausgewählt worden war.

»Das ist höchst ungerecht«, sagte Pippin. »Statt ihn hinauszuwerfen und in Ketten zu legen, *belohnt* Elrond ihn auch noch für seine Frechheit!«

»Belohnt!« erwiderte Frodo. »Ich kann mir keine strengere Bestrafung vorstellen. Du überlegst dir gar nicht, was du sagst: zu einer so hoffnungslosen Fahrt verurteilt, nennst du belohnt? Gestern träumte ich davon, daß meine Aufgabe erfüllt sei und ich hier eine lange Zeit, vielleicht für immer ausruhen könnte.«

»Das wundert mich nicht«, sagte Merry, »und ich wünschte, du könntest es. Aber wir beneiden Sam, nicht dich. Wenn du gehen mußt, dann wird es für jeden von uns eine Strafe sein, wenn wir zurückbleiben müssen, und sei es auch in Bruchtal. Wir sind eine lange Strecke Wegs mit dir gegangen und haben recht mißliche Zeiten durchgemacht. Wir wollen weitergehen.«

»Genau das meinte ich«, sagte Pippin. »Wir Hobbits sollten zusammenhalten, und das werden wir auch. Ich gehe mit, wenn sie mich nicht anketten. Einer mit Verstand muß in der Gruppe sein.«

»Dann wirst du gewiß nicht ausgewählt, Peregrin Tuk!« sagte Gandalf, der gerade durch das ebenerdige Fenster hereinschaute. »Aber ihr alle macht euch unnötige Sorgen. Es ist noch nichts entschieden.«

»Noch nichts entschieden!« rief Pippin. »Was habt ihr denn dann die ganze Zeit gemacht? Ihr hattet euch ja stundenlang eingeschlossen.«

»Geredet«, sagte Bilbo. »Es gab eine Menge Gerede und für jeden einen Augenöffner. Selbst für den alten Gandalf. Ich glaube, die Nachricht von Legolas über Gollum hat sogar ihn überrumpelt, obwohl er darüber hinwegging.«

»Du irrst dich«, sagte Gandalf. »Du hast nicht aufgepaßt. Ich hatte es schon von Gwaihir gehört. Wenn du es wissen willst, die einzigen wirklichen Augenöffner, wie du dich ausdrückst, waren du und Frodo; und ich war der einzige, der nicht überrascht war.«

»Na, jedenfalls ist noch nichts entschieden«, sagte Bilbo, »außer daß der arme Frodo und Sam ausgewählt worden sind. Ich hatte die ganze Zeit gefürchtet, daß es dazu kommen würde, wenn es mir erspart bliebe. Aber wenn du mich fragst, ich glaube, daß Elrond eine ganze Gruppe ausschicken wird, sobald die Berichte da sind. Sind sie schon aufgebrochen, Gandalf?«

»Ja«, antwortete der Zauberer. »Einige der Kundschafter sind schon ausgesandt worden. Morgen machen sich weitere auf den Weg. Elrond schickt Elben, und sie werden mit den Waldläufern Verbindung aufnehmen und vielleicht auch mit Thranduils Volk in Düsterwald. Und Aragorn ist mit Elronds Söhnen ausgezogen. Wir werden die Lande auf viele Wegstunden im Umkreis erforschen müssen, ehe irgendein Schritt getan wird. Also sei guten Muts, Frodo! Du wirst wahrscheinlich ziemlich lange hierbleiben.«

»Ach«, sagte Sam düster. »Wir werden gerade lange genug warten, bis es Winter ist.«

»Das läßt sich nicht ändern«, sagte Bilbo. »Teilweise ist es deine Schuld, Frodo, mein Junge: weil du unbedingt meinen Geburtstag abwarten wolltest. Eine komische Art, ihn zu feiern, ich kann mir nicht helfen. *Den* Tag hätte ich nicht ausgesucht, um die S.-B.s nach Beutelsend hineinzulassen. Aber so ist es nun mal: ihr könnt nicht bis zum Frühjahr warten; und ihr könnt nicht jetzt aufbrechen, ehe die Berichte da sind.

Kommt erst der Winter wieder her
Und kracht vor Kälte nachts der Stein,
Stehn Wald und Weiher schwarz und leer,
Ist in der Wildnis übel sein.

Aber ich fürchte, das wird euer Schicksal sein.«

»Das fürchte ich auch«, sagte Gandalf. »Wir können nicht losgehen, ehe wir nicht über die Reiter Bescheid wissen.«

»Ich dachte, sie seien alle bei der Flut umgekommen?«, fragte Merry.

»Ringgeister kann man nicht auf solche Weise umbringen«, sagte Gandalf. »Die Macht ihres Herrn steckt in ihnen, und durch ihn stehen oder fallen sie. Wir hoffen, daß alle Neun ihre Pferde und ihre Hüllen verloren haben und dadurch für eine Weile weniger gefährlich geworden sind; aber das müssen wir erst genau feststellen. Derweil solltest du versuchen, deine Sorgen ein wenig zu vergessen, Frodo. Ich weiß nicht, ob ich irgend etwas tun kann, um dir zu helfen; aber ich will dir etwas ins Ohr flüstern. Jemand hat gesagt, es müsse einer mit Verstand in der Gruppe sein. Er hatte recht. Ich glaube, ich werde mit dir mitkommen.«

So groß war Frodos Freude über diese Ankündigung, daß Gandalf, der bisher auf dem Fensterbrett gesessen hatte, aufstand, seinen Hut abnahm und sich verbeugte. »Ich sagte nur, *ich glaube, ich werde mitkommen.* Rechne noch mit gar nichts. In dieser Sache wird Elrond viel zu sagen haben, und dein Freund Streicher. Dabei fällt mir ein, daß ich Elrond sprechen will. Ich muß mich aufmachen.«

»Was glaubst du, wie lange ich hierbleiben werde?« sagte Frodo zu Bilbo, als Gandalf gegangen war.

»Ach, ich weiß nicht. In Bruchtal kann ich keine Tage zählen«, antwortete Bilbo. »Aber recht lange, denke ich. Wir können so manches gute Gespräch führen. Wie wäre es, wenn du mir bei meinem Buch hilfst und das neue anfängst? Hast du über einen Schluß nachgedacht?«

»Ja, über verschiedene, und alle sind düster und unerfreulich«, sagte Frodo.

»Oh, das taugt nichts!« meinte Bilbo. »Bücher sollten gut enden. Wie wäre es damit: *und sie setzten sich alle zur Ruhe und lebten danach glücklich miteinander?*«

»Das ist gut, wenn es jemals dazu kommt«, erwiderte Frodo.

»Ach«, sagte Sam, »und wo werden sie leben? Das frage ich mich oft.«

Eine Zeitlang unterhielten sich die Hobbits noch über die vergangene Fahrt und dachten an die Gefahren, die vor ihnen lagen; aber so wohltätig war die Stimmung in Bruchtal, daß bald ihre ganze Furcht und Sorge verflogen war. Die Zukunft, ob gut oder schlecht, war nicht vergessen, aber sie beeinträchtigte die Gegenwart nicht. Gesundheit und Hoffnung wuchsen in ihnen, sie waren froh über jeden guten Tag, der ihnen beschert war, und freuten sich über jede Mahlzeit und jedes Wort und Lied.

So vergingen die Tage, und jeder Morgen war strahlend und schön und jeder Abend kühl und klar. Doch der Herbst schwand rasch; langsam verblaßte das goldene Licht zu mattem Silber, und die letzten Blätter fielen von den nackten Bäumen. Ein Wind begann kalt vom Nebelgebirge im Osten zu wehen. Der Jägermond, der Vollmond nach dem Herbstvollmond, rundete sich am nächtlichen Himmel und schlug alle minderen Gestirne in die Flucht. Doch tief im Süden schimmerte ein Stern rot. Als der Mond wieder abnahm, schien er jeden Abend heller und heller. Frodo konnte ihn von seinem Fenster aus sehen, er stand tief am Himmel und leuchtete wie ein wachsames Auge, das über die Bäume am Rand des Tals starrt.

Die Hobbits waren fast zwei Monate in Elronds Haus, der November war mit den letzten Spuren des Herbstes vergangen, und der Dezember war schon weit fortgeschritten, als die Kundschafter zurückkehrten. Einige waren im Norden gewesen, jenseits der Quellen des Weißquells in den Ettenöden; andere waren nach Westen gegangen und hatten, unterstützt von Aragorn und den Waldläufern, die Lande entlang des Flusses Grauflut bis Tharbad abgesucht, wo die alte Nordstraße bei einer zerstörten Stadt den Fluß kreuzt. Viele waren im Osten und Süden gewesen; und einige von diesen hatten das Gebirge überquert und Düsterwald besucht; und andere wieder hatten den Paß an der Quelle des Schwertelflusses erstiegen, waren nach Wilderland und über die Schwertelfelder gekommen und schließlich zum alten Heim von Radagast in Rhosgobel. Radagast war nicht zu Hause; und sie hatten den Rückweg über den hohen Paß angetreten, der Schattenbachsteig heißt. Elronds Söhne, Elladan und Elrohir, waren die letzten, die zurückkehrten; sie hatten eine lange Fahrt gemacht und waren über den Silberlauf in ein fremdes Land gelangt, aber über ihren Auftrag wollten sie mit niemandem außer Elrond sprechen.

Nirgends hatten die Boten irgendwelche Spuren der Reiter oder anderer Diener des Feindes entdeckt oder Nachrichten über sie gehört. Nicht einmal von den Adlern des Nebelgebirges war etwas Neues über sie zu erfahren. Von Gollum hatte man nichts gesehen oder gehört; doch die wilden Wölfe sammelten sich immer noch und jagten wiederum weit den Großen Strom hinauf. Drei der schwarzen Pferde hatte man sofort ertrunken an der überfluteten Furt gefunden. Auf den Felsen der Stromschnellen weiter unten waren dann die Leichen von fünf weiteren entdeckt worden und außerdem ein langer, schwarzer Mantel, der zerrissen und zerfetzt war. Von den Schwarzen Reitern war sonst keine Spur zu sehen, und ihre Anwesenheit war nirgends spürbar. Sie schienen aus dem Norden verschwunden zu sein.

»Über acht von den Neun weiß man wenigstens Bescheid«, sagte Gandalf. »Es wäre voreilig, zu sicher zu sein, doch können wir, glaube ich, hoffen, daß die Ringgeister jetzt zerstreut sind und zu ihrem Herrn in Mordor zurückkehren mußten, so gut sie konnten, leer und gestaltlos.

Wenn dem so ist, dann wird es einige Zeit dauern, bis sie die Jagd wieder aufnehmen können. Natürlich hat der Feind noch andere Diener, aber sie würden die ganze Strecke bis zu den Grenzen von Bruchtal zurücklegen müssen, ehe sie unsere Spur aufnehmen können. Und wenn wir vorsichtig sind, wird sie schwer zu finden sein. Doch dürfen wir nicht länger säumen.«

Elrond rief die Hobbits zu sich. Er sah Frodo ernst an. »Die Zeit ist gekommen«, sagte er. »Wenn sich der Ring auf den Weg machen soll, dann muß er bald gehen. Doch diejenigen, die mit ihm gehen, dürfen nicht darauf rechnen, daß sie bei ihrem Auftrag durch Krieg oder Gewalt unterstützt werden. Sie müssen ohne jede Hilfe in das Gebiet des Feindes gehen. Stehst du noch zu deinem Wort, Frodo, daß du der Ringträger sein willst?«

»Ja«, antwortete Frodo. »Ich werde mit Sam gehen.«

»Dann kann ich dir nicht viel helfen, nicht einmal mit Rat«, sagte Elrond. »Ich kann sehr wenig von deinem Weg voraussehen; und wie deine Aufgabe erfüllt werden kann, weiß ich nicht. Der Schatten ist jetzt bis zum Fuß der Gebirge vorgedrungen und nähert sich sogar den Ufern der Grauflut; und unter dem Schatten ist alles dunkel für mich. Du wirst vielen Feinden begegnen, manchen unverhüllten und manchen vermummten; und du magst Freunde finden auf deinem Weg, wenn du es am wenigsten erwartest. Ich werde Botschaften aussenden, soweit ich es vermag, an diejenigen, die ich in der weiten Welt kenne; aber so gefährlich sind die Lande jetzt geworden, daß manche Botschaften vielleicht verlorengehen oder später eintreffen als du.

Und ich werde dir Gefährten aussuchen, die so weit mit dir gehen sollen, wie sie wollen oder das Schicksal es zuläßt. Ihre Zahl muß klein sein, denn deine Hoffnung liegt in Schnelligkeit und Heimlichkeit. Hätte ich eine bewaffnete Streitmacht der Elben wie in der Altvorderenzeit, so würde sie wenig nützen, sondern nur die Macht Mordors auf den Plan rufen.

Die Gemeinschaft des Ringes soll aus Neun bestehen; und die Neun Wanderer sollen es mit den Neun Reitern aufnehmen, die böse sind. Mit dir und deinem treuen Diener wird Gandalf gehen; denn dies wird seine große Aufgabe sein und vielleicht das Ende seiner Mühen.

Die übrigen sollen Vertreter der anderen Freien Völker der Welt sein: der Elben, Zwerge und Menschen. Legolas wird für die Elben mitgehen und Gimli, Glóins Sohn, für die Zwerge. Sie sind bereit, zumindest bis zu den Pässen des Gebirges mitzukommen, und vielleicht noch weiter. Für die Menschen wirst du Aragorn, Arathorns Sohn, bei dir haben, denn Isildurs Ring betrifft ihn sehr stark.«

»Streicher!« rief Frodo.

»Ja«, sagte er lächelnd. »Ich erbitte wiederum die Erlaubnis, dein Gefährte zu sein, Frodo.«

»Ich hätte dich gebeten, mitzukommen«, sagte Frodo, »nur glaubte ich, du gingest mit Boromir nach Minas Tirith.«

»Das tue ich auch«, antwortete Aragorn. »Und das Geborstne Schwert soll neu geschmiedet werden, ehe ich in den Krieg ziehe. Aber du und wir haben auf Hunderte von Meilen denselben Weg. Daher wird auch Boromir zur Gemeinschaft gehören. Er ist ein tapferer Mann.«

»Dann müssen noch zwei gefunden werden«, sagte Elrond. »Darüber will ich nachdenken. Vielleicht finde ich unter meinem Gefolge jemanden, den zu entsenden mich gut dünkt.«

»Aber dann bleibt ja kein Platz für uns!« rief Pippin ganz bestürzt. »Wir wollen nicht zurückbleiben. Wir wollen mit Frodo gehen.«

»Nur weil ihr nicht versteht und euch nicht vorstellen könnt, was euch bevorsteht«, sagte Elrond.

»Das tut Frodo auch nicht«, sagte Gandalf und unterstützte Pippin damit unerwartet. »Und keiner von uns sieht bis jetzt klar. Es ist richtig, würden diese Hobbits die Gefahr erkennen, dann würden sie nicht wagen, mitzugehen. Aber sie würden immer noch den Wunsch haben, zu gehen, oder wünschen, daß sie es wagten, und beschämt und unglücklich sein. Ich glaube, Elrond, daß es in diesem Fall gut wäre, eher auf ihre Freundschaft als auf große Weisheit zu vertrauen. Selbst wenn Ihr für uns einen Elbenfürsten wir Glorfindel auswähltet, könnte er doch nicht den Dunklen Turm stürmen oder den Weg zum Feuer bahnen kraft der Macht, die er besitzt.«

»Es ist gewichtig, was Ihr sagt«, antwortete Elrond, »doch ich bin im Zweifel. Ich sehe voraus, daß das Auenland nicht frei von Gefahr sein wird; und diese beiden hatte ich dorthin zurückschicken wollen als Boten, damit sie nach Möglichkeit ihre Landsleute vor der ihnen drohenden Gefahr warnen sollten. Jedenfalls bin ich der Meinung, daß der jüngere der beiden, Peregrin Tuk, zurückbleiben sollte. Mein Herz spricht dagegen, daß er mitgeht.«

»Dann, Herr Elrond, werdet Ihr mich ins Gefängnis werfen oder in einen Sack verschnürt heimschicken müssen«, sagte Pippin. »Denn sonst werde ich der Gemeinschaft folgen.«

»Dann soll es so sein. Du kannst mitgehen«, sagte Elrond und seufzte. »Nun ist die Zahl Neun voll. In sieben Tagen muß die Gemeinschaft aufbrechen.«

Elendils Schwert wurde von Elben-Schmieden neu geschmiedet, und auf seiner Klinge wurden als Sinnbild sieben Sterne zwischen der Mondsichel und der strahlenden Sonne eingraviert, und darüber standen viele Runen. Denn Aragorn, Arathorns Sohn, zog in den Krieg im Grenzgebiet von Mordor. Sehr hell strahlte das Schwert, als es wieder heil war; das Licht der Sonne schien rötlich auf ihm und das Licht des Mondes kalt, und seine Schneide war hart und scharf. Und Aragorn gab ihm einen neuen Namen und nannte es Andúril, Flamme des Westens.

Aragorn und Gandalf gingen zusammen spazieren oder saßen beieinander und sprachen über ihren Weg und die Gefahren, denen sie begegnen würden; und sie zogen die durch Sagen ergänzten und bebilderten Landkarten und die Lehrbücher zu Rate, die in Elronds Haus waren. Manchmal war Frodo bei ihnen; doch war er es zufrieden, sich auf ihre Führung zu verlassen, und er verbrachte möglichst viel Zeit mit Bilbo.

In jenen letzten Tagen saßen die Hobbits des Abends zusammen in der Halle des Feuers, und dort hörten sie unter vielen anderen Erzählungen das ganze Lied von Beren und Lúthien und der Gewinnung des Großen Edelsteins; doch tagsüber, wenn sich Merry und Pippin draußen herumtrieben, fand man Frodo und Sam bei Bilbo in seinem kleinen Zimmer. Dann las Bilbo aus seinem Buch vor (das offenbar immer noch längst nicht fertig war) oder er gab Kostproben von seinen Versen oder machte sich Notizen über Frodos Abenteuer.

Am Morgen des letzten Tages war Frodo allein bei Bilbo, und der alte Hobbit holte unter seinem Bett eine Holzkiste hervor. Er hob den Deckel auf und stöberte darin herum.

»Hier ist dein Schwert«, sagte er. »Doch wie du weißt, war es zerbrochen. Ich nahm es an mich, um es sicher aufzubewahren, habe aber vergessen, die Schmiede zu fragen, ob sie es heilmachen könnten. Jetzt ist keine Zeit mehr dazu. Deshalb dachte ich, du würdest vielleicht gern dieses hier nehmen, was meinst du?«

Er nahm aus der Kiste ein kleines Schwert, das in einer alten, schäbigen Lederscheide steckte. Dann zog er es heraus, und seine blankgeputzte und gut gepflegte Klinge glitzerte plötzlich, kalt und hell. »Das ist Stich«, sagte er und stieß es mit wenig Mühe tief in einen Holzbalken. »Nimm es, wenn du magst. Ich werde es vermutlich nicht wieder brauchen.«

Frodo nahm es dankbar an.

»Und dann ist das noch da«, fuhr Bilbo fort. Er holte ein Paket heraus, das für seine Größe ziemlich schwer zu sein schien. Er wickelte verschiedene Lagen alter Lappen ab und hielt dann ein kleines Panzerhemd hoch. Es war dicht gewebt aus vielen Ringen, beinahe so schmiegsam wie Leinen, kalt wie Eis und härter als Stahl. Es glänzte wie mondbeschienenes Silber und war besetzt mit weißen Edelsteinen. Zu ihm gehörte ein Schwertgehänge mit Perlen und Bergkristall.

»Hübsch, das Ding, nicht wahr?« sagte Bilbo und bewegte es im Licht. »Und nützlich. Es ist mein Zwergen-Panzerhemd, das Thorin mir geschenkt hat. Ich habe es von Michelbinge zurückgeholt, ehe ich aufbrach, und mit meinem Gepäck hergebracht. Alle Erinnerungstücke an meine Fahrt habe ich mitgebracht, mit Ausnahme des Ringes. Aber ich hatte nicht erwartet, hierfür wieder Verwendung zu haben, und ich brauche es jetzt nicht, außer um es manchmal zu betrachten. Du spürst das Gewicht kaum, wenn du es anhast.«

»Ich würde aussehen — nun ja, ich glaube, es wäre nicht angemessen für mich«, sagte Frodo.

»Genau das habe ich auch gesagt«, erwiderte Bilbo. »Aber mach dir nichts draus, wie es aussieht. Du kannst es unter deiner Überkleidung tragen. Komm schon! Es soll ein Geheimnis zwischen uns sein. Verrate es keinem anderen! Aber ich wäre beruhigter, wenn ich wüßte, daß du es trägst. Ich könnte mir vorstellen, daß es sogar die Dolche der Schwarzen Reiter abhält«, fügte er leise hinzu.

»Nun gut, dann werde ich es nehmen«, sagte Frodo. Bilbo legte es ihm an und befestigte Stich an dem glitzernden Schwertgehänge; und dann zog Frodo seine alten, abgetragenen Hosen, Wams und Jacke darüber.

»Wie ein ganz gewöhnlicher Hobbit schaust du aus«, sagte Bilbo. »Aber jetzt ist mehr an dir dran, als äußerlich zu sehen ist. Viel Glück wünsche ich dir!« Er wandte sich ab, blickte aus dem Fenster und versuchte, eine Melodie zu summen.

»Ich weiß gar nicht, wie ich dir dafür danken soll, Bilbo, und für alles Gute, das du mir bisher angetan hast«, sagte Frodo.

»Versuche es gar nicht erst«, sagte der alte Hobbit, drehte sich um und schlug ihm auf den Rücken. »Au!« rief er. »Du bist jetzt zu hart, als daß man dich schlagen könnte! Aber so ist es nun mal: Hobbits müssen zusammenhalten, und Beutlins besonders. Die einzige Gegenleistung, um die ich dich bitte, ist: paß möglichst gut auf dich auf und bringe alle Nachrichten mit, die du erhalten kannst, und alle alten Lieder und Erzählungen, an die du herankommst. Ich will mein Bestes tun, um mein Buch zu beenden, ehe du zurückkommst. Ich würde gern noch ein zweites schreiben, wenn ich solange am Leben bleibe.« Er unterbrach sich, wandte sich wieder zum Fenster und sang leise.

Am Feuer sitze ich und denk
An alles, was ich sah,
Und Sommerzeit und Falterflug
Von einst sind wieder da,

Altweiberfäden, gelbes Laub
Im Herbst, der damals war

Mit Morgendunst und blassem Licht
Und Wind auf meinem Haar.

Am Feuer sitze ich und denk,
Die Welt ist wunderlich,
Folgt auf den Winter doch der Lenz –
Dereinst nicht mehr für mich.

So vieles gibt es immer noch,
Das hab ich nie gesehn,
Ist anders doch in jedem Jahr
Das Grün des Frühlings schön.

An viele Menschen denk ich da,
Die sind schon längst nicht mehr;
Wird nach mir noch so mancher sein,
Der kümmert mich nicht sehr.

Doch wie ich da so sitz und denk,
Da horch ich unverwandt
Nach lieben Schritten an der Tür
Und Stimmen wohlbekannt.

Es war ein kalter, grauer Tag gegen Ende Dezember. Der Ostwind fegte durch die kahlen Äste der Bäume und rauschte in den dunklen Föhren auf den Bergen. Wolkenfetzen jagten über ihre Köpfe hinweg, dunkel und niedrig. Als die freudlosen Schatten des frühen Abends niedersanken, machte sich die Gruppe zum Aufbruch bereit. Sie sollten in der Dämmerung losgehen, denn Elrond hatte ihnen geraten, im Schutze der Nacht zu wandern, so oft sie konnten, bis sie weit von Bruchtal wären.

»Ihr solltet die vielen Augen von Saurons Dienern fürchten«, sagte er. »Ich zweifle nicht, daß Nachrichten über die Niederlage der Reiter ihn schon erreicht haben, und er wird voller Zorn sein. Bald werden nun seine Späher auf der Erde und in den Lüften in den nördlichen Landen unterwegs sein. Selbst vor dem Himmel über euch müßt ihr euch hüten auf eurem Weg.«

Die Gemeinschaft nahm wenig Kriegsgerät mit, denn sie setzen ihre Hoffnung auf Heimlichkeit, nicht auf Kampf. Aragorn hatte nur Andúril, doch keine andere Waffe, und er war in abgetragenes Grün und Braun gekleidet wie ein Waldläufer in der Wildnis. Boromir hatte ein Langschwert in der Art von Andúril, aber von weniger edler Herkunft, und er trug auch einen Schild und sein Kriegshorn.

»Laut und klar erschallt es in den Tälern der Berge«, sagte er, »und dann sollen alle Feinde Gondors fliehen!« Er setzte es an die Lippen und blies, und das Echo sprang von Felsen zu Felsen, und alle, die diesen Ton in Bruchtal hörten, schreckten hoch.

»Ihr solltet das Horn nicht wieder blasen, Boromir«, sagte Elrond, »bis Ihr an den Grenzen Eures Landes steht und in bitterer Not seid.«

»Vielleicht«, antwortete Boromir. »Aber immer habe ich beim Aufbruch mein Horn erschallen lassen, und wenn wir auch hernach im Schatten wandern mögen, will ich doch nicht wie ein Dieb in der Nacht davongehen.«

Gimli, der Zwerg, war der einzige, der offen ein kurzes Hemd aus Stahlringen trug, denn den Zwergen machen Lasten nichts aus; und in seinem Gürtel steckte eine Axt mit breitem Blatt. Legolas hatte einen Bogen und einen Köcher und in seinem Gürtel einen langen, weißen Dolch. Die jüngeren Hobbits trugen die Schwerter aus dem Hügelgrab; doch Frodo nahm nur Stich; und sein Panzerhemd blieb, wie Bilbo es gewünscht hatte, verborgen. Gandalf trug seinen Stab, doch gegürtet an seiner Seite war das Elbenschwert Glamdring, das Gegenstück zu Orcrist, das nun auf Thorins Brust unter dem Einsamen Berg lag.

Alle waren von Elrond gut mit warmer Kleidung ausgestattet worden, und sie hatten mit Pelz gefütterte Jacken und Mäntel. Lebensmittel, zusätzliche Kleidung und Decken und andere notwendige Dinge wurden auf ein Pony geladen, und kein anderes war es als das arme Tier, das sie aus Bree mitgebracht hatten.

Der Aufenthalt in Bruchtal hatte Wunder bei ihm gewirkt: sein Fell schimmerte, und es schien die Kraft der Jugend zu haben. Sam hatte darauf bestanden, es mitzunehmen, und behauptet, Lutz (wie er es genannt hatte), würde vor Gram vergehen, wenn er nicht mitkönne.

»Das Tier kann fast sprechen«, sagte er, »und würde sprechen, wenn es noch länger hierbliebe. Es warf mir einen Blick zu, der ebenso deutlich das besagte, was Herr Pippin ausgesprochen hat: wenn du mich nicht mitgehen läßt, Sam, folge ich dir auf eigene Verantwortung.« So kam Lutz als Lasttier mit, doch war er der einzige Teilnehmer an der Fahrt, der nicht niedergeschlagen zu sein schien.

Die Abschiedsworte waren in der großen Halle am Feuer gesprochen worden, und jetzt warteten sie nur auf Gandalf, der noch nicht aus dem

Haus gekommen war. Ein Schimmer des Kaminfeuers drang durch die offenen Türen, und sanfte Lichter glühten in vielen Fenstern. Bilbo, in einen Mantel gehüllt, stand schweigend neben Frodo auf den Treppenstufen. Aragorn saß und hatte den Kopf auf die Knie gebeugt; nur Elrond konnte ganz ermessen, was diese Stunde für ihn bedeutete. Die anderen sah man nur als graue Schatten in der Dunkelheit.

Sam stand neben dem Pony, spielte mit der Zunge an den Zähnen und starrte trübsinnig hinab in die Dämmerung, in der der Fluß steinern brauste; sein Abenteuerdurst war auf dem Tiefpunkt angelangt.

»Lutz, mein Jung«, sagte er, »du hättest dich nicht mit uns einlassen sollen. Du hättest hierbleiben und das beste Heu fressen können, bis das neue Gras kommt.« Lutz wedelte mit dem Schwanz, sagte aber nichts.

Sam schob sich den Rucksack auf den Schultern zurecht, ging im Geist alle Dinge durch, die er hineingepackt hatte und überlegte sich, ob er etwas vergessen habe: sein wichtigster Schatz, sein Kochgeschirr; und die kleine Büchse mit Salz, die er immer bei sich trug und nachfüllte, wann immer er konnte; und ein guter Vorrat Pfeifenkraut (aber bei weitem nicht genug, möcht ich wetten); Feuerstein und Zunder; Wollstrümpfe; Wäsche; verschiedene Kleinigkeiten seines Herrn, die Frodo vergessen und Sam eingepackt hatte, um sie triumphierend herauszuholen, wenn sie gebraucht wurden. Er ging sie alle durch.

»Ein Seil!« murmelte er. »Kein Seil! Und erst gestern abend hast du dir gesagt: ›Sam, wie ist es mit einem Stück Seil? Du wirst es brauchen, wenn du keins hast.‹ Ja, ich werde es brauchen. Jetzt kann ich keins mehr beschaffen.«

In diesem Augenblick kam Elrond mit Gandalf heraus, und er rief die Gemeinschaft zu sich. »Dies ist mein letztes Wort«, sagte er leise. »Der Ringträger macht sich auf die Suche nach dem Schicksalsberg. Ihm allein ist eine Verantwortung auferlegt: er darf den Ring weder wegwerfen noch ihn einem Diener des Feindes ausliefern oder ihn auch nur irgend jemand anderem überlassen als den Mitgliedern der Gemeinschaft oder des Rates, und auch das nur in der größten Not. Die anderen gehen als freiwillige Gefährten mit ihm, um ihm auf seinem Weg behilflich zu sein. Ihr mögt verweilen oder umkehren oder andere Pfade beschreiten, wenn sich die Möglichkeit bietet. Je weiter ihr geht, um so weniger leicht wird es sein, zurückzukommen; dennoch wird euch kein Eid und keine Verpflichtung auferlegt, weiter zu gehen, als ihr wollt. Denn noch kennt ihr nicht die Stärke eurer Herzen und könnt nicht voraussehen, was jedem von euch auf der Straße begegnen mag.«

»Treulos ist, wer Lebewohl sagt, wenn die Straße dunkel wird«, sagte Gimli.

»Vielleicht«, sagte Elrond. »Aber laßt denjenigen nicht geloben, im Dunkeln zu wandern, der den Einbruch der Nacht nicht gesehen hat.«

»Doch mag ein geschworenes Wort das zitternde Herz stärken«, sagte Gimli.

»Oder es brechen«, erwiderte Elrond. »Schaut nicht zu weit voraus! Aber geht nun guten Mutes! Lebt wohl, und möge der Segen der Elben und Menschen und aller Freien Völker euch begleiten. Mögen die Sterne euer Angesicht bescheinen!«

»Viel ... viel Glück!« rief Bilbo und stotterte vor Kälte. »Ich vermute, du wirst kein Tagebuch führen können, Frodo, mein Junge, aber ich erwarte einen vollständigen Bericht, wenn du zurückkommst. Und bleibe nicht zu lange fort! Lebwohl!«

Noch viele andere von Elronds Gefolge standen in den Schatten, schauten ihnen nach, als sie gingen, und sagten ihnen mit leisen Stimmen Lebewohl. Es gab kein Lachen, kein Lied und keine Musik. Schließlich wandten sie sich ab und verschwanden schweigend in der Dämmerung.

Sie überschritten die Brücke und erklommen langsam den steilen Pfad, der aus der Talschlucht von Bruchtal hinausführte; und schließlich kamen sie zu dem Hochmoor, wo der Wind durch die Heide pfiff. Sie warfen noch einen Blick auf das Letzte Heimelige Haus, dessen Lichter unter ihnen schimmerten, und schritten weit in die Nacht von dannen.

An der Bruinenfurt verließen sie die Straße, wandten sich nach Süden und gingen auf schmalen Pfaden durch das hügelige Land. Sie hatten vor, diese Richtung westlich des Gebirges auf viele Meilen und Tage beizubehalten. Die Gegend war viel rauher und öder als in dem grünen Tal des Großen Stroms in Wilderland auf der anderen Seite der Bergkette, und sie würden langsam vorankommen. Doch hofften sie, auf diese Weise der Aufmerksamkeit feindlicher Augen zu entgehen. Saurons Späher hatte man bisher selten in diesem verlassenen Lande gesehen, und die Pfade waren kaum jemandem bekannt außer dem Volk von Bruchtal.

Gandalf ging voran und neben ihm Aragorn, der diese Gegend selbst im Dunkeln kannte. Die anderen folgten im Gänsemarsch, und Legolas, der scharfe Augen hatte, bildete die Nachhut. Der erste Teil ihrer Wanderung war bitter und mühselig, und Frodo behielt kaum eine Erinnerung, abgesehen von dem Wind. An vielen sonnenlosen Tagen wehte er eisig kalt von dem Gebirge im Osten, und kein Kleidungsstück schien imstande zu sein, seine tastenden Finger abzuhalten. Obwohl die Gemeinschaft warme Kleidung hatte, war ihr selten warm, weder beim Gehen noch beim Rasten. Sie schliefen unruhig um die Mitte des Tages in irgendeiner Mulde oder verborgen unter dem Gestrüpp von Dornbüschen, die an vielen Stellen wuchsen. Am späten Nachmittag wurden sie von der Wache geweckt und nahmen ihre Hauptmahlzeit ein: ein kaltes und freudloses Mahl in der Regel, denn sie konnten es selten wagen, Feuer zu machen. Abends gingen sie dann wieder weiter, immer so weit nach Süden, wie sie nur einen Weg finden konnten.

Zuerst schien es den Hobbits, daß sie zwar gingen und vorwärtsstolperten, bis sie müde waren, aber doch langsam wie Schnecken vorwärtskrochen und nirgends hinkamen. Jeden Tag sah das Land nicht viel anders aus als am Vortag. Und doch rückte das Gebirge ständig näher. Südlich von Bruchtal waren die Berge höher und zogen sich nach Westen; und am Fuße der Hauptkette erstreckte sich sogar ein noch größeres Gewimmel schwarzer Berge und tiefer Täler mit ungestümen Gewässern. Es gab wenig Pfade, und sie waren gewunden und führten sie oft nur an den Rand irgendeines steilen Abhangs oder hinunter in tückische Moore.

Sie waren etwa zwei Wochen unterwegs, als sich das Wetter änderte. Der Wind legte sich plötzlich und sprang dann nach Süden um. Die rasch ziehenden Wolken stiegen höher und lösten sich auf, und die Sonne kam heraus, blaß und hell. Nach einem langen, mühsamen Nachtmarsch dämmerte ein kalter, klarer Morgen. Die Wanderer erreichten einen niedrigen Grat, gekrönt von alten Hulstbäumen, deren graugrüne Stämme aussahen, als bestünden sie aus dem Gestein der Berge. Ihre dunklen Blätter glänzten, und ihre Beeren glühten rot im Schein der aufgehenden Sonne.

Weit im Süden sah Frodo undeutlich die Umrisse hoher Berge, die sich quer zu dem Weg, den die Gruppe ging, zu erstrecken schienen. Links von dieser hohen Kette erhoben sich drei Gipfel; der höchste und nächste stand aufrecht wie ein mit Schnee bedeckter Zahn; sein großer, kahler Nordhang war noch weitgehend im Schatten, doch wo das Sonnenlicht schräg auf ihn fiel, schimmerte er rot.

Gandalf stand neben Frodo und beschattete die Augen mit der Hand, als er Ausschau hielt. »Wir habens gut gemacht«, sagte er. »Wir haben die Grenzen des Landes erreicht, das die Menschen Hulsten nennen; viele Elben lebten hier in glücklicheren Tagen, als es noch Eregion hieß. Fünfundvierzig Wegstunden, wie die Krähe fliegt, haben wir zurückgelegt, obwohl unsere Füße viele lange Meilen mehr gelaufen sind. Das Land und das Wetter werden jetzt milder sein, aber vielleicht um so gefährlicher.«

»Gefährlich oder nicht, ein richtiger Sonnenaufgang ist höchst willkommen«, sagte Frodo, warf seine Kapuze zurück und ließ sich die Morgensonne aufs Gesicht scheinen.

»Aber das Gebirge liegt nun vor uns«, sagte Pippin. »Wir müssen in der Nacht nach Osten gegangen sein.«

»Nein«, antwortete Gandalf. »Aber bei Tageslicht kannst du weiter sehen. Die Kette hinter diesen Gipfeln zieht sich nach Südwesten. Es gibt viele Landkarten in Elronds Haus, aber vermutlich bist du nie auf den Gedanken gekommen, sie dir anzuschauen?«

»Doch, das habe ich manchmal getan«, sagte Pippin, »aber ich erinnere mich nicht mehr. Frodo hat einen besseren Kopf für derlei Dinge.«

»Ich brauche keine Karte«, sagte Gimli, der mit Legolas herangekommen war und mit einem seltsamen Leuchten in seinen tiefliegenden Augen um sich schaute. »Das ist das Land, wo unsere Väter einst arbeiteten, und das Bild dieser Berge haben wir in vielen Werken aus Metall und Stein festgehalten und in vielen Liedern und Erzählungen. Sie spielen eine große Rolle in unseren Träumen: Baraz, Zirak, Shathûr.

Erst einmal in meinem Leben habe ich sie von weitem wirklich gesehen, aber ich kenne sie und ihre Namen, denn unter ihnen liegt Khazad-dûm, die Zwergenbinge, die jetzt Schwarze Grube heißt, Moria in der Elbensprache. Dort drüben erhebt sich Barazinbar, das Rothorn, der grausame Caradhras; und dahinter sind die Silberzinne und der Wolkenkopf: Celebdil der Weiße und Fanuidhol der Graue, die wir Zirak-zigil und Bundushathûr nennen.

Dort teilt sich das Nebelgebirge, und zwischen den beiden Gabeln liegt das tiefschattige Tal, das wir nicht vergessen können: Azanulbizar, das Schattenbachtal, das die Elben Nanduhirion nennen.«

»Das Schattenbachtal ist unser Ziel«, sagte Gandalf. »Wenn wir den Paß erklimmen, der Rothornpaß heißt, am anderen Ende des Caradhras, dann kommen wir über den Schattenbachsteig hinunter in das tiefe Tal der Zwerge. Dort liegt der Spiegelsee, und dort hat der Fluß Silberlauf seine eisigen Quellen.«

»Dunkel ist das Wasser des Kheled-zâram«, sagte Gimli, »und kalt sind die Quellen des Kibil-nâla. Mein Herz zittert bei dem Gedanken, daß ich sie vielleicht bald sehe.«

»Mögest du dich des Anblicks erfreuen, mein guter Zwerg!« sagte Gandalf. »Aber was immer du tun magst, wir jedenfalls können in jenem Tal nicht bleiben. Wir müssen entlang des Silberlaufs in die geheimen Wälder gehen und auf diesem Wege zum Großen Strom, und dann ... «

Er hielt inne.

»Ja, und wohin dann?« fragte Merry.

»Zum Ziel unserer Wanderung – am Ende«, antwortete Gandalf. »Zu weit voraus können wir nicht schauen. Laßt uns froh sein, daß wir den ersten Abschnitt bewältigt haben. Ich glaube, wir werden hier rasten, nicht nur tagsüber, sondern auch in der Nacht. Die Luft ist bekömmlich in Hulsten. Viel Böses muß ein Land befallen, ehe es die Elben ganz vergißt, die einstmals hier wohnten.«

»Das ist wahr«, sagte Legolas. »Doch gehörten die Elben dieses Landes zu einem Volk, das uns, den Waldelben, fremd war, und die Bäume und das Gras erinnern sich ihrer nicht mehr. Nur höre ich, wie die Steine um sie klagen: *tief gruben sie uns aus, schön verarbeiteten sie uns, hoch bauten sie uns; aber sie sind fort.* Sie sind fort. Vor langer Zeit suchten sie die Anfurten.«

An jenem Morgen machten sie ein Feuer in einer tiefen Mulde, die geschützt war durch große Hulstbüsche, und ihr Abendbrot-Frühstück war das fröhlichste seit Bruchtal. Sie hatten es nicht eilig mit dem Schlafen, denn sie erwarteten, daß sie die ganze Nacht würden durchschlafen können, und vor dem Abend des nächsten Tages wollten sie nicht weitergehen. Nur Aragorn war schweigsam und unruhig. Nach einer Weile verließ er die Gefährten und schlenderte auf den Kamm; dort stand er im Schatten eines Baumes, schaute nach Süden und Westen und hielt den Kopf, als ob er lausche. Dann kam er zum Rand der Mulde zurück und blickte hinunter auf die anderen, die lachten und sich unterhielten.

»Was ist los, Streicher?« rief Merry hinauf. »Was suchst du? Vermißt du den Ostwind?«

»Nein, wirklich nicht«, antwortete er. »Aber ich vermisse etwas. Ich bin zu vielen Jahreszeiten im Lande Hulsten gewesen. Kein Volk wohnt mehr hier, doch zu allen Zeiten viele andere Geschöpfe, vor allem Vögel. Und doch sind jetzt alle Lebewesen außer euch still. Ich spüre das. Nichts ist zu hören auf Meilen im Umkreis, und eure Stimmen scheinen ein Echo im Boden hervorzurufen. Ich verstehe es nicht.«

Gandalf schaute auf, plötzlich interessiert. »Aber was, glaubst du, könnte der Grund sein?« fragte er. »Steckt mehr dahinter als die Überraschung, vier Hobbits zu sehen, ganz zu schweigen von uns anderen, wo Leute hier so selten gesehen oder gehört werden?«

»Ich hoffe, daß es das ist«, antwortete Aragorn. »Aber ich bin noch von einem Gefühl der Wachsamkeit und Furcht erfüllt, das ich hier noch nie gehabt habe.«

»Dann müssen wir vorsichtiger sein«, sagte Gandalf. »Wenn man einen Waldläufer bei sich hat, dann tut man gut daran, auf ihn zu hören, besonders wenn der Waldläufer Aragorn ist. Wir dürfen nicht mehr laut reden, sondern müssen still sein und eine Wache aufstellen.«

Sam war an der Reihe, an jenem Tag die erste Wache zu übernehmen, aber Aragorn gesellte sich zu ihm. Die andern schliefen ein. Dann nahm die Stille so zu, daß sogar Sam es merkte. Das Atmen der Schläfer war deutlich zu hören. Das Schweifwedeln des Ponys und das gelegentliche Scharren seiner Füße wurden laute Geräusche. Sam konnte seine eigenen Gelenke knacken hören, wenn er sich bewegte. Eine Totenstille war um ihn, und über allem hing ein klarer, blauer Himmel, als die Sonne vom Osten aus höher stieg. Weit im Süden erschien ein dunkler Fleck und wuchs und zog nach Norden wie Rauch, der vom Wind getrieben wird.

»Was ist das, Streicher? Es sieht nicht wie eine Wolke aus«, sagte Sam flüsternd zu Aragorn. Er antwortete nicht, sondern starrte gebannt auf den Himmel; es dauerte nicht lange, da konnte auch Sam sehen, was sich da näherte. Schwärme von Vögeln, die sehr schnell flogen, große Kreise zogen und das ganze Land überspannten, als ob sie etwas suchten; und sie kamen stetig näher.

»Leg dich flach und still hin«, zischte Aragorn und zog Sam in den Schatten eines Hulstbaumes; denn eine ganze Schar hatte sich plötzlich von dem Hauptschwarm abgesondert und flog in geringer Höhe auf den Bergrücken zu. Sam hielt die Vögel für eine große Krähenart. Als sie über ihren Köpfen hinwegflogen in einem so dichten Haufen, daß ihr Schatten ihnen dunkel über den Boden unten folgte, hörte man ein rauhes Krächzen.

Erst als sie fern im Norden und Westen verschwunden und der Himmel wieder klar war, erhob sich Aragorn. Er sprang auf und weckte Gandalf.

»Scharen von schwarzen Krähen überfliegen das ganze Land zwischen dem Gebirge und der Grauflut«, sagte er. »Sie haben auch Hulsten überflogen. Sie sind hier nicht heimisch; es sind *crebain* aus Fangorn und Dunland. Ich weiß nicht, was sie vorhaben: möglicherweise fliehen sie vor irgendwelchen Gefahren im Süden; aber ich glaube eher, daß sie das Land auskundschaften. Ich habe auch viele Falken gesehen, die sehr hoch flogen. Ich glaube, wir sollten heute abend weitergehen. Hulsten ist für uns nicht länger sicher: es wird beobachtet.«

»Und der Rothornpaß dann ebenso«, sagte Gandalf. »Wie wir da hinüberkommen sollen, ohne gesehen zu werden, kann ich mir nicht vorstellen. Aber darüber werden wir nachdenken, wenn es so weit ist. Daß wir aufbrechen sollten, sobald es dunkel ist, damit hast du, fürchte ich, recht.«

»Zum Glück hat unser Feuer nicht stark geraucht und war schon ziemlich heruntergebrannt, als die *crebain* kamen«, sagte Aragorn. »Es muß ausgehen, und wir dürfen es nicht wieder anmachen.«

»Na, wenn das nicht abscheulich und ärgerlich ist!« sagte Pippin. Die Neuigkeit: kein Feuer und nachts weitergehen, war ihm schonend beigebracht worden, als er am Spätnachmittag aufwachte. »Und alles wegen eines Schwarms Krähen! Ich hatte mich auf eine wirklich gute Mahlzeit heute abend gefreut: etwas Warmes!«

»Du kannst dich weiter darauf freuen«, sagte Gandalf. »Es mögen dir noch viele unerwartete Festessen bevorstehen. Was mich betrifft, so hätte ich gern eine Pfeife, um behaglich zu rauchen, und wärmere Füße. Eins steht jedenfalls fest: es wird wärmer, wenn wir nach Süden kommen.«

»Zu warm, das würde mich nicht wundern«, sagte Sam leise zu Frodo. »Aber ich finde es allmählich Zeit, daß wir den Feurigen Berg zu Gesicht bekommen und das Ende der Straße sehen, sozusagen. Zuerst dachte ich, es sei dieses Rothorn hier, oder wie immer es heißt, bis dann Gimli sein Sprüchlein hersagte. Ganz schön zungenbrecherisch muß die Zwergensprache sein!« Landkarten besagten Sam gar nichts, und alle Entfernungen in diesen fremden Landen waren so riesig, daß er sich gar nicht mehr zurechtfand.

Den ganzen Tag über hielt sich die Gemeinschaft versteckt. Immer wieder flogen die schwarzen Vögel über sie hinweg; aber als die Sonne rot im Westen unterging, verschwanden sie nach Süden. In der Abenddämmerung machte sich die Gemeinschaft auf den Weg; sie wandten sich halb nach Osten und hielten auf den Caradhras zu, der weit entfernt im letzten Schein der verschwindenden Sonne schwach rot schimmerte. Ein weißer Stern nach dem anderen kam heraus, als der Himmel verblaßte.

Unter Führung von Aragorn fanden sie einen guten Weg. Frodo kam es vor, als sei er ein Überbleibsel einer alten Straße von Hulsten zum Gebirgspaß, die einst breit und gut angelegt gewesen war. Der Mond, der jetzt voll war, stieg über den Bergen auf und warf ein blasses Licht, in dem die Schatten der Steine schwarz waren. Viele sahen aus, als ob sie von Hand bearbeitet worden seien, obwohl sie jetzt durcheinandergeworfen und in Trümmern in einer unwirtlichen, kahlen Landschaft lagen.

Es war die kalte, schauerliche Stunde vor der Morgendämmerung, und der Mond stand tief. Frodo schaute zum Himmel auf. Plötzlich sah oder fühlte er, wie ein Schatten vor den Sternen vorbeizog, als ob sie einen Augenblick verblaßten und dann wieder leuchteten. Ihm rann ein Schauer über den Rücken.

»Hast du etwas vorüberziehen sehen?« flüsterte er Gandalf zu, der vor ihm ging.

»Nein, aber ich fühlte es, was immer es war«, antwortete er. »Es mag nichts gewesen sein, nur ein Wolkenfetzchen.«

»Dann ist es aber schnell dahingesegelt«, murmelte Aragorn, »und nicht mit dem Wind.«

Nichts weiter geschah in jener Nacht. Der nächste Morgen wurde sogar noch strahlender als der vorige. Aber es war wieder kalt; schon drehte sich der Wind wieder auf Osten. Noch zwei Nächte marschierten sie weiter und stiegen stetig, aber langsamer, denn ihr Weg kletterte in die Berge hinauf, und das Gebirge türmte sich immer näher und näher auf. Am dritten Morgen erhob sich der Caradhras vor ihnen, ein mächtiger Gipfel, dessen Spitze mit Schnee wie mit Silber bedeckt war, dessen steile, kahle Hänge aber dunkelrot wie mit Blut befleckt waren.

Der Himmel sah schwärzlich aus, und die Sonne war fahl. Der Wind hatte jetzt auf Nordost gedreht. Gandalf schnupperte in der Luft und schaute zurück.

»Es wird Winter hinter uns«, sagte er leise zu Aragorn. »Die Höhen im Norden sind weißer, als sie waren; und der Schnee liegt weiter hinunter auf ihren Hängen. Heute nacht werden wir hoch hinauf müssen zum Rothornpaß. Auf dem schmalen Weg kann es sein, daß wir von Spähern gesehen werden, und irgend etwas Böses mag uns auflauern; doch vielleicht erweist sich das Wetter als ein schrecklicherer Feind als alles andere. Was hältst du jetzt von deinem Weg, Aragorn?«

Frodo hörte diese Worte mit an und entnahm daraus, daß Gandalf und Aragorn eine schon sehr viel früher begonnene Beratung fortsetzten. Er lauschte gespannt.

»Ich habe von Anfang bis zum Ende nicht viel von unserem Weg gehalten, das weißt du ganz genau, Gandalf«, antwortete Aragorn. »Und es werden immer mehr bekannte und unbekannte Gefahren auftauchen, je weiter wir gehen. Aber wir müssen weitergehen; und es hat keinen Zweck, den Übergang über die Berge hinauszuzögern. Weiter südlich gibt es keine Pässe mehr vor der Pforte von Rohan. Diesem Weg traue ich nicht seit deinen Nachrichten über Saruman. Wer weiß, welcher Seite die Marschälle der Herren der Rösser jetzt dienen?«

»Ja, wer weiß!« sagte Gandalf. »Aber es gibt noch einen Weg, und zwar nicht über den Paß des Caradhras: den dunklen und geheimen Weg, von dem wir gesprochen haben.«

»Aber laß uns nicht wieder davon sprechen! Noch nicht. Sage nichts zu den anderen, ich bitte dich, nicht ehe es klar ist, daß es keinen anderen Weg gibt.«

»Wir müssen uns entscheiden, ehe wir weitergehen«, antwortete Gandalf.

»Dann wollen wir uns die Sache durch den Kopf gehen lassen, während die anderen ruhen und schlafen«, sagte Aragorn.

Am späten Nachmittag, als die anderen ihr Frühstück beendeten, gingen Gandalf und Aragorn zusammen beiseite und schauten zum Caradhras hinüber. Seine Hänge waren jetzt dunkel und drohend, und der Gipfel war von grauen Wolken verhangen. Frodo beobachtete die beiden und fragte sich, welches Ergebnis die Beratung wohl haben werde. Als sie zu der Gruppe zurückkehrten, sprach Gandalf, und Frodo wußte nun, daß beschlossen worden war, das Wetter und den hohen Paß auf sich zu nehmen. Er war erleichtert. Er konnte nicht erraten, welches der andere dunkle und geheime Weg sei, aber seine bloße Erwähnung schien Aragorn schon mit Schrecken erfüllt zu haben, und Frodo war froh, daß der Plan aufgegeben worden war.

»Nach Anzeichen, die wir in letzter Zeit gesehen haben«, sagte Gandalf, »fürchte ich, daß der Rothornpaß beobachtet wird. Und ich habe auch Zweifel hinsichtlich des Wetters. Es mag Schnee geben. Wir müssen so schnell gehen, wie wir nur können. Selbst dann werden wir zwei Märsche brauchen, um die Höhe des Passes zu erreichen. Heute abend wird es früh dunkel werden. Wir müssen aufbrechen, sobald ihr fertig seid.«

»Ich möchte noch ein Wort des Rats hinzufügen, wenn ich darf«, sagte Boromir. »Ich bin unter dem Schatten des Weißen Gebirges geboren und weiß einiges über Wanderungen in großen Höhen. Wir werden in bittere Kälte geraten, wenn nicht in noch Schlimmeres, ehe wir auf der anderen Seite wieder hinunter kommen. Es wird uns nichts nützen, wenn wir uns so gut verbergen, daß wir dabei erfrieren. Wenn wir hier aufbrechen, wo noch ein paar Bäume und Büsche wachsen, sollte jeder von uns ein Bündel Brennholz mitnehmen, so groß, wie er es tragen kann.«

»Und Lutz könnte auch noch ein bißchen nehmen, nicht wahr, mein Jung?« sagte Sam. Das Pony sah ihn traurig an.

»Sehr gut«, sagte Gandalf. »Aber wir dürfen das Holz nicht verwenden – nicht, sofern wir nicht vor die Wahl gestellt sind zwischen Feuer und Tod.«

Die Gemeinschaft machte sich wieder auf den Weg und kam zuerst rasch voran; aber bald wurde der Weg steil und schwierig. Der sich schlängelnde und ansteigende Pfad war an vielen Stellen fast verschwunden und durch viele herabgestürzte Steine versperrt. Unter dicken Wolken wurde die Nacht stockdunkel. Ein bitterkalter Wind fegte über die Felsen. Um Mitternacht waren sie bis zu den Knien der hohen Berge gekommen. Ihr schmaler Pfad zog sich jetzt unter einer senkrechten Felswand zu ihrer Linken hin, über der sich die unheilvollen Flanken des Caradhras unsichtbar auftürmten; zu ihrer Rechten war ein Abgrund von Dunkelheit, denn hier fiel das Gelände plötzlich in eine tiefe Schlucht ab.

Mühselig erklommen sie einen steilen Hang und hielten oben einen Augenblick an. Frodo spürte eine sanfte Berührung auf seinem Gesicht. Er streckte den Arm aus und sah, wie mattweiße Schneeflocken auf seinen Ärmel niederfielen.

Sie gingen weiter. Aber es dauerte nicht lange, da schneite es heftig, die ganze Luft war voll Schnee, der Frodo in die Augen wirbelte. Die dunklen gebeugten Gestalten von Gandalf und Aragorn, die nur ein oder zwei Schritte vor ihm gingen, waren kaum zu sehen.

»Das gefällt mir ganz und gar nicht«, keuchte Sam hinter ihm. »Schnee ist gut an einem schönen Morgen, aber ich liege gern im Bett, wenn er fällt. Ich wünschte, diese Menge ginge nach Hobbingen. Da würden sich die Leute vielleicht freuen.« Außer in den Hochmooren des Nordviertels waren heftige Schneefälle im Auenland selten und wurden als ein erfreuliches Ereignis und eine Gelegenheit zur Kurzweil angesehen. Kein lebender Hobbit (mit Ausnahme von Bilbo) konnte sich an den Grausamen Winter von 1311 erinnern, als weiße Wölfe über den zugefrorenen Brandywein ins Auenland eindrangen.

Gandalf blieb stehen. Der Schnee lag dick auf seiner Kapuze und seinen Schultern; er reichte schon knöchelhoch an seine Stiefel.

»Das habe ich gefürchtet«, sagte er. »Was sagst du nun, Aragorn?«

»Daß ich es auch gefürchtet habe«, antwortete Aragorn, »aber weniger als andere Dinge. Ich kannte die Gefahr des Schnees, obwohl es selten so weit südlich so stark schneit, außer hoch oben im Gebirge; und wir sind noch nicht hoch; wir sind noch weit unten, wo die Pfade gewöhnlich den ganzen Winter über offen sind.«

»Ich frage mich, ob das eine List des Feindes ist«, sagte Boromir. »In meinem Land heißt es, er könne die Stürme im Schattengebirge, das an den Grenzen Mordors liegt, lenken. Er verfügt über seltsame Kräfte und viele Verbündete.«

»Sein Arm ist wahrlich lang geworden«, sagte Gimli, »wenn er Schnee vom Norden herabholen kann, um uns hier dreihundert Meilen entfernt zu plagen.«

»Sein Arm ist lang geworden«, sagte Gandalf.

Während sie anhielten, hatte sich der Wind gelegt, und das Schneien ließ nach, bis es fast aufhörte. Sie stapften weiter. Aber sie hatten nicht mehr als eine Achtelmeile zurückgelegt, als der Sturm mit neuer Wut wieder losbrach. Der Wind pfiff, und das Schneien wurde zu einem ausgewachsenen Schneesturm. Bald fiel selbst Boromir das Weitergehen schwer. Die Hobbits, völlig zusammengekrümmt, quälten sich hinter den größeren Leuten her, aber es war klar, daß sie nicht viel weiter gehen konnten, wenn das Schneetreiben anhielt. Frodos Füße waren schwer wie Blei. Pippin blieb zurück. Selbst Gimli, so zäh, wie nur irgendein Zwerg sein konnte, murrte, als er sich vorwärtsschleppte.

Die Gemeinschaft blieb plötzlich stehen, als ob sie sich wortlos darüber verständigt hätte. Sie hörten unheimliche Geräusche in der sie umgebenden Dunkelheit. Es mochte nur der Wind gewesen sein, der durch die Spalten und Rinnen der Felswand heulte, aber es klang wie schrille Schreie und wildes Gelächter. Steine begannen vom Berghang zu fallen, über ihre Köpfe zu sausen oder neben ihnen auf den Pfad zu schlagen. Immer wieder hörten sie ein dumpfes Rumpeln, als ob ein großer Gesteinsbrocken von den unsichtbaren Hängen über ihnen herabrollte.

»Wir können heute nacht nicht weitergehen«, sagte Boromir. »Soll das Wind nennen, wer will; es sind grausame Stimmen in der Luft, und diese Steine sind auf uns gezielt.«

»Ich nenne es Wind«, sagte Aragorn. »Aber dadurch wird das, was du sagst, nicht unwahr. Es gibt viele böse und feindliche Wesen auf der Welt, die zwar wenig Liebe empfinden für jene, die auf zwei Beinen gehen, aber dennoch nicht mit Sauron verbündet sind, sondern ihre eigenen Ziele verfolgen. Manche sind länger auf dieser Welt gewesen als er.«

»Caradhras wurde der Grausame genannt und hatte einen schlechten Ruf«, sagte Gimli, »vor langen Jahren, als man in diesen Landen von Sauron noch nichts vernommen hatte.«

»Es kommt wenig darauf an, wer der Feind ist, wenn wir seinen Angriff nicht abschlagen können«, sagte Gandalf.

»Aber was können wir denn tun?« rief Pippin unglücklich. Er stützte sich auf Merry und Frodo und zitterte.

»Entweder hierbleiben, wo wir sind, oder zurückgehen«, sagte Gandalf. »Es hat keinen Zweck, weiterzugehen. Nur ein wenig höher, wenn ich mich recht erinnere, verläßt dieser Pfad die Felswand und durchläuft eine breite, flache Mulde am Fuß eines langen, steilen Hangs. Wir hätten dort keinen Schutz vor Schnee oder Steinen – oder sonst irgendetwas.«

»Und es hat keinen Zweck, zurückzugehen, solange der Sturm anhält«, sagte Aragorn. »Auf dem Weg herauf sind wir an keiner Stelle vorbeigekommen, die mehr Schutz bot als diese Felswand, unter der wir jetzt sind.«

»Schutz!« murmelte Sam. »Wenn das Schutz ist, dann sind eine Wand und kein Dach ein Haus.«

Die Gemeinschaft drängte sich jetzt so dicht an der Felswand zusammen, wie sie nur konnte. Sie lag nach Süden und sprang unten ein wenig vor, so daß sie hofften, sie würde ihnen etwas Schutz vor den Nordwinden und vor fallenden Steinen bieten. Aber der Wind wirbelte von allen Seiten, und der Schnee rieselte in immer dichteren Wolken herab.

Sie kauerten sich eng zusammen mit dem Rücken zur Felswand. Lutz, das Pony, stand geduldig, aber niedergeschlagen vor den Hobbits und schirmte sie ein wenig ab; aber es dauerte nicht lange, da reichte ihm der angewehte Schnee bis über die Fesselgelenke, und es stieg ein wenig höher. Wenn die Hobbits nicht größere Gefährten gehabt hätten, wären sie bald völlig vom Schnee begraben gewesen.

Eine große Schläfrigkeit überkam Frodo; er fühlte, wie er rasch in einen warmen und nebelhaften Traum versank. Er glaubte, ein Feuer wärme seine Zehen, und aus den Schatten am anderen Ende des Kamins hörte er Bilbos Stimme. *Ich halte nicht viel von deinem Tagebuch,* sagte er. *Schneestürme am zwölften Januar: du brauchtest nicht zurückzukommen, um mir das zu berichten!*

Aber ich wollte mich ausruhen und schlafen, Bilbo, antwortete Frodo mühsam, und dann merkte er, daß er geschüttelt wurde, und es war schmerzlich, geweckt zu werden. Boromir hatte ihn aus einem Nest aus Schnee aufgehoben.

»Das wird der Tod der Halblinge sein, Gandalf«, sagte Boromir. »Es ist sinnlos, hier sitzenzubleiben, bis uns der Schnee über die Köpfe reicht. Wir müssen etwas tun, um uns zu retten.«

»Gib ihnen das hier«, sagte Gandalf, kramte in seinem Rucksack und holte eine Lederflasche heraus. »Gerade ein Schluck für jeden — für uns alle. Es ist sehr kostbar. Es ist *miruvor,* der Heiltrank von Imladris. Elrond gab ihn mir beim Abschied. Reich ihn herum!«

Kaum hatte Frodo ein wenig von dem warmen und würzigen Trank geschluckt, spürte er neuen Mut in seinem Herzen, und die schwere Schläfrigkeit verließ seine Glieder. Auch die anderen waren belebt und schöpften neue Hoffnung und Kraft. Aber der Schnee ließ nicht nach. Er wirbelte dichter denn je um sie her, und der Wind pfiff lauter.

»Was haltet ihr jetzt von Feuer?« fragte Boromir plötzlich. »Die Wahl zwischen Feuer und Tod scheint jetzt nahe zu sein, Gandalf. Zweifellos werden wir vor feindlichen Augen verborgen sein, wenn der Schnee uns bedeckt, aber das wird uns nichts nützen.«

»Du kannst Feuer machen, wenn du es vermagst«, antwortete Gandalf. »Wenn irgendwelche Beobachter da sind, die diesen Sturm ertragen können, dann können sie uns mit oder ohne Feuer sehen.«

Aber obwohl sie auf Boromirs Rat Holz und Kienspäne mitgebracht hatten, überstieg es die Fähigkeiten von Elben und selbst Zwergen, eine Flamme zu schlagen, die sich in dem wirbelnden Wind hielt oder das nasse Holz in Brand setzte. Schließlich legte Gandalf widerstrebend selbst Hand an. Er nahm ein Reisigbündel auf, hielt es einen Augenblick hoch und stieß dann mit einem befehlenden Wort, *naur an edraith ammen!*, seinen Stab mitten hinein. Sofort schoß ein grüner und blauer Flammenstrahl hervor, das Holz entflammte sich und knisterte.

»Wenn welche da sind, es zu sehen, dann habe zumindest ich mich ihnen offenbart«, sagte er. »Ich habe *Gandalf ist hier* mit Zeichen geschrieben, die alle lesen können von Bruchtal bis zu den Mündungen des Anduin.«

Aber die Gruppe kümmerte sich nicht mehr um Beobachter oder feindliche Augen. Sie waren von Herzen froh, als sie den Schein des Feuers sahen. Das Holz brannte fröhlich; und obwohl ringsum der Schnee zischte und Schlammpfützen unter ihre Füße krochen, wärmten sie froh ihre Hände an der Glut. Da standen sie und beugten sich im Kreis über die kleinen tanzenden und flackernden Flammen. Ein roter Schein lag auf ihren müden und ängstlichen Gesichtern; hinter ihnen war die Nacht wie eine schwarze Wand.

Aber das Holz brannte schnell, und noch immer schneite es.

Das Feuer war heruntergebrannt und das letzte Reisigbündel daraufgeworfen.

»Die Nacht geht ihrem Ende zu«, sagte Aragorn. »Die Morgendämmerung ist nicht mehr weit.«

»Wenn irgendein Morgen durch diese Wolken dämmern kann«, sagte Gimli.

Boromir trat aus dem Kreis heraus und schaute hinauf in die Schwärze. »Der Schnee wird weniger«, sagte er, »und der Wind läßt nach.«

Frodo schaute mißmutig auf die Flocken, die immer noch aus dem Dunkel fielen und im Lichte des sterbenden Feuers einen Augenblick weiß aufleuchteten; doch lange konnte er kein Anzeichen dafür entdecken, daß es weniger schneite. Dann plötzlich, als der Schlaf ihn wieder zu übermannen begann, merkte er, daß der Wind sich tatsächlich gelegt hatte und die Flocken größer wurden, aber weniger dicht fielen. Sehr langsam wurde es dämmrig. Schließlich hörte das Schneien ganz auf.

Als das Licht heller wurde, zeigte es eine schweigende, verhüllte Welt. Unterhalb ihres Zufluchtsorts waren weiße Buckel und Kuppen und formlose Tiefen, unter denen der Pfad, den sie gekommen waren, völlig verschwunden war; aber die Höhen über ihnen waren in dicken Wolken verborgen, die noch mit viel Schnee drohten.

Gimli schaute hinauf und schüttelte den Kopf. »Caradhras hat uns noch nicht vergeben«, sagte er. »Er wird noch mehr Schnee auf uns schleudern, wenn wir weitergehen. Je schneller wir zurück- und hinuntergehen, um so besser.«

Dem stimmten alle zu, aber der Rückzug war jetzt schwierig. Es war nicht ausgeschlossen, daß er sich sogar als unmöglich erweisen würde. Nur ein paar Schritte von der Asche ihres Feuers entfernt, lag der Schnee viele Fuß hoch, höher als die Köpfe der Hobbits; stellenweise war er vom Wind zusammengeschaufelt und zu großen Verwehungen vor der Felswand aufgehäuft worden.

»Wenn Gandalf mit einer hellen Flamme vor uns hergehen würde, könnte er vielleicht einen Pfad für uns schmelzen«, sagte Legolas. Der Sturm hatte ihm wenig ausgemacht, und er allein von der ganzen Gemeinschaft war noch guten Muts.

»Wenn Elben über Berge zu fliegen vermögen, könnten sie die Sonne holen, um uns zu retten«, antwortete Gandalf. »Aber ich muß etwas haben, auf das ich einwirken kann. Schnee kann ich nicht verbrennen.«

»Nun«, meinte Boromir, »wenn Köpfe versagen, müssen Leiber herhalten, wie es in meinem Lande heißt. Die Stärksten von uns müssen einen Weg bahnen. Schaut! Obwohl jetzt alles schneebedeckt ist, zog sich unser Pfad, den wir gekommen sind, dort drüben um jenen Felsvorsprung. Dort war es, wo uns der Schnee zuerst zu schaffen machte. Wenn wir diesen Punkt erreichen könnten, würde es dahinter wahrscheinlich leichter sein. Es ist nicht mehr als eine Achtelmeile bis dahin, schätze ich.«

»Dann wollen wir beide einen Weg dahin bahnen«, sagte Aragorn.

Aragorn war der größte von der Gruppe, aber Boromir, der nur wenig kleiner war, war breiter und kräftiger gebaut. Er ging voraus, und Aragorn folgte ihm. Nur langsam kamen sie voran und mußten sich bald sehr quälen. Stellenweise war der Schnee brusthoch, und oft schien Boromir eher zu schwimmen oder mit seinen langen Armen zu graben als zu gehen.

Legolas schaute ihnen eine Weile mit einem Lächeln auf den Lippen zu, und dann wandte er sich an die anderen. »Die Stärksten müssen einen Weg suchen, sagt ihr? Aber ich sage: laßt einen Pflüger pflügen, aber wählt zum Schwimmen einen Otter aus und zum Laufen über Gras und Blatt oder über Schnee – einen Elben.«

Damit sprang er leichtfüßig auf, und jetzt fiel Frodo auf, als ob er es zum erstenmal sähe, obwohl er es lange gewußt hatte, daß der Elb keine Stiefel trug, sondern nur leichte Schuhe wie sonst auch, und seine Füße hinterließen wenig Eindrücke im Schnee.

»Leb wohl«, sagte er zu Gandalf. »Ich gehe die Sonne suchen!« Dann schoß er, rasch wie ein Läufer über festen Sand, davon und überholte die sich mühselig vorwärtsarbeitenden Männer, winkte ihnen zu, als er an ihnen vorbeikam, und verschwand in der Ferne hinter dem Felsenvorsprung.

Die anderen warteten zusammengekauert und schauten zu, bis Boromir und Aragorn zu schwarzen Pünktchten in der Weiße wurden. Schließlich waren sie gar nicht mehr zu sehen. Die Zeit verging. Die Wolken hingen wieder tiefer, und jetzt wirbelten auch wieder einige Schneeflocken herab.

Eine Stunde war vielleicht verstrichen, obwohl es ihnen sehr viel länger erschienen war, als sie endlich Legolas zurückkommen sahen. Gleichzeitig tauchten auch Boromir und Aragorn weit hinter ihm an der Biegung auf und quälten sich den Hang herauf.

»Ja«, rief Legolas, als er auf sie zulief, »die Sonne habe ich nicht mitgebracht. Sie ergeht sich in den blauen Gefilden des Südens, und eine kleine Schneeverwehung auf dem Rothornbuckel ist ihr völlig gleichgültig. Aber ich habe einen Hoffnungsstrahl für diejenigen mitgebracht, deren Schicksal es ist, auf Füßen zu laufen. Die größte Schneeverwehung von allen ist gerade dort an der Kehre, und da sind unsere starken Männer beinahe begraben worden. Sie waren verzweifelt, bis ich zurückkam und ihnen sagte, daß die Verwehung kaum breiter ist als eine Mauer. Und auf der anderen Seite wird der Schnee plötzlich weniger, und weiter unter ist es kaum mehr als eine weiße Bettdecke, um die Zehen eines Hobbits zu kühlen.«

»Ach ja«, brummte Gimli, »es ist so, wie ich gesagt habe. Es war kein gewöhnlicher Schneesturm. Es ist Caradhras' Bosheit. Er liebt Elben und Zwerge nicht, und die Schneewehe hat er dahin gelegt, um uns den Fluchtweg abzuschneiden.«

»Aber zum Glück hat dein Caradhras vergessen, daß ihr Menschen bei euch habt«, sagte Boromir, der in eben dem Augenblick heraufkam.

»Und noch dazu mannhafte Menschen, wenn ich das sagen darf; obwohl weniger tüchtige Männer mit Spaten euch vielleicht mehr genützt hätten. Immerhin haben wir eine Gasse durch die Wehe gebahnt, und dafür können uns alle dankbar sein, die nicht so leicht dahinlaufen wie Elben.«

»Aber wie sollen wir bis dort unten kommen, selbst wenn ihr die Wehe durchstoßen habt?« fragte Pippin und sprach damit das aus, was alle Hobbits gedacht hatten.

»Habt Hoffnung«, antwortete Boromir. »Ich bin müde, aber etwas Kraft habe ich noch, und Aragorn auch. Wir werden die kleinen Leute tragen. Die anderen werden es auf dem von uns getretenen Pfad schon schaffen. Komm, Herr Peregrin, mit dir werde ich den Anfang machen.«

Er hob den Hobbit hoch. »Halte dich an meinem Rücken fest! Meine Arme werde ich brauchen!« sagte er und ging los. Aragorn kam mit Merry hinterdrein. Pippin staunte über Boromirs Kraft, als er den Durchgang sah, den er ohne jedes Werkzeug nur mit seinen mächtigen Gliedmaßen gebahnt hatte. Selbst jetzt, beladen wie er war, verbreiterte er noch die Spur für diejenigen, die nach ihm kamen, indem er im Gehen den Schnee beiseite schob.

Sie kamen schließlich zu der großen Wehe. Sie lag quer zu dem Bergpfad und war wie eine steile Mauer, deren obere Kante scharf wie mit Messern geschnitten war, und die sich mehr als doppelt so hoch erhob wie Boromirs Körpergröße; und in der Mitte war ein Durchgang getreten, der wie eine Brücke hinauf- und wieder hinabführte. Am anderen Ende wurden Merry und Pippin abgesetzt, und dort warteten sie mit Legolas auf die anderen.

Nach einer Weile kam Boromir mit Sam zurück. Hinter ihm kam auf dem schmalen, aber jetzt gut ausgetretenen Pfad Gandalf; er führte Lutz, auf dem Gimli inmitten des Gepäcks hockte. Als letzter kam Aragorn, der Frodo trug. Sie gingen durch die schmale Gasse; aber kaum hatte Frodo den Boden berührt, als mit lautem Gerumpel eine Stein- und Schneelawine herabstürzte. Ihr Stäuben machte die Gemeinschaft, die sich vor der Felswand zusammenkauerte, halb blind, und als die Luft wieder klar war, sahen sie, daß der Pfad hinter ihnen verschüttet war.

»Genug! Genug!« rief Gimli. »Wir gehen ja schon, so schnell wir können!« Und mit diesem letzten Streich schien die Bosheit des Berges in der Tat erschöpft zu sein, als ob Caradhras befriedigt sei, daß die Eindringlinge zurückgeschlagen waren und nicht wagen würden, wiederzukommen. Es hörte auf zu schneien, die Wolken begannen aufzureißen, und es wurde heller.

Wie Legolas gesagt hatte, wurde der Schnee immer weniger, je tiefer sie kamen, so daß selbst die Hobbits laufen konnten. Bald standen sie wieder an dem flachen Vorsprung oberhalb des steilen Hangs, wo es in der Nacht zuerst zu schneien begonnen hatte.

Es war jetzt schon spät am Morgen. Von diesem hohen Punkt aus schauten sie nach Westen über das tiefere Gelände. Weit in der Ferne lag am Fuße des Berges die Mulde, von der aus sie aufgestiegen waren, um den Paß zu erreichen.

Frodo taten die Beine weh. Er war durchfroren bis auf die Knochen und hungrig; und ihm schwindelte, als er an den langen und mühseligen Abstieg dachte. Schwarze Flecken schwammen ihm vor den Augen. Er rieb sich die Augen, aber die schwarzen Flecken blieben. In der Ferne unter ihm, aber immer noch hoch über den niedrigeren Vorbergen, kreisten schwarze Punkte in der Luft.

»Da sind die Vögel wieder«, sagte Aragorn und zeigte nach unten.

»Das läßt sich jetzt nicht ändern«, sagte Gandalf. »Mögen sie gut oder böse sein oder überhaupt nichts mit uns zu tun haben, wir jedenfalls müssen sofort hinunter. Nicht einmal an den Knien des Caradhras wollen wir noch eine Nacht abwarten!«

Ein kalter Wind blies hinter ihnen her, als sie dem Rothornpaß den Rücken wandten und müde den Hang hinunterstolperten. Caradhras hatte sie besiegt.

VIERTES KAPITEL

EINE WANDERUNG IM DUNKELN

Es war Abend, und das graue Licht schwand rasch, als sie für die Nacht haltmachten. Sie waren sehr müde. Das Gebirge hüllte sich in eine immer tiefer werdende Dämmerung, und der Wind war kalt. Gandalf hatte für jeden noch einen Schluck *miruvor* aus Bruchtal übrig. Nachdem sie etwas gegessen hatten, rief er sie zu einer Beratung zusammen.

»Heute nacht können wir natürlich nicht weitergehen«, sagte er. »Der Angriff auf den Rothornpaß hat uns müde gemacht, und wir müssen hier eine Weile rasten.«

»Und wohin sollen wir dann gehen?« fragte Frodo.

»Unsere Wanderung und unseren Auftrag haben wir immer noch vor uns«, antwortete Gandalf. »Wir haben nur die Wahl, entweder weiterzugehen oder nach Bruchtal zurückzukehren.«

Pippins Gesicht heiterte sich deutlich auf bei der bloßen Erwähnung einer Rückkehr nach Bruchtal; Merry und Sam schauten hoffnungsvoll auf. Aber Aragorn und Boromir ließen nicht erkennen, was sie dachten. Frodo sah verwirrt aus.

»Ich wollte, ich wäre wieder dort«, sagte er. »Aber wie kann ich ohne Scham zurückkehren – es sei denn, es gäbe wirklich keinen anderen Weg und wir wären schon besiegt?«

»Du hast recht, Frodo«, sagte Gandalf. »Umkehren bedeutet, die Niederlage eingestehen und schlimmeren zukünftigen Niederlagen entgegensehen. Wenn wir jetzt umkehren, dann muß der Ring dort bleiben: es wird uns nicht möglich sein, uns wieder auf den Weg zu machen. Dann wird Bruchtal früher oder später belagert und nach einer kurzen, bitteren Zeit zerstört werden. Die Ringgeister sind tödliche Feinde, aber noch sind sie nur Schatten der Macht und des Schreckens, die sie besitzen würden, wenn der Beherrschende Ring wieder an der Hand ihres Herrn wäre.«

»Dann müssen wir weitergehen, wenn es einen Weg gibt«, sagte Frodo seufzend. Sam verfiel wieder in Trübsinn.

»Es gibt einen Weg, den wir versuchen könnten«, sagte Gandalf. »Ich meinte von Anfang an, als ich zuerst über diese Wanderung nachdachte, daß wir ihn versuchen sollten. Aber es ist kein angenehmer Weg, und ich habe der Gemeinschaft noch nichts darüber gesagt. Aragorn war dagegen, solange der Gebirgspaß nicht zumindest versucht worden war.«

»Wenn es ein schlimmerer Weg ist als der Rothornpaß, dann muß er wahrscheinlich übel sein«, meinte Merry. »Aber du solltest uns lieber darüber berichten und uns das Schlimmste gleich wissen lassen.«

»Der Weg, von dem ich sprach, führt zu den Minen von Moria«, sagte Gandalf. Nur Gimli hob den Kopf; seine Augen glühten. Alle anderen wurden von Schrecken gepackt, als der Name fiel. Selbst bei den Hobbits erweckte er eine unbestimmte Furcht.

»Der Weg mag nach Moria führen, aber wie können wir hoffen, daß er durch Moria führt?« fragte Aragorn finster.

»Es ist ein Name von böser Vorbedeutung«, sagte Boromir. »Auch sehe ich die Notwendigkeit nicht ein, dort hinzugehen. Wenn wir das Gebirge nicht überqueren können, laßt uns doch nach Süden wandern, bis wir zur Pforte von Rohan kommen, wo die Menschen mit meinem Volk befreundet sind; wir können dann die Straße nehmen, der ich auf meinem Weg hierher gefolgt bin. Oder wir könnten noch weitergehen, den Isen überqueren und dann über Langstrand und Lebennin und so über die Lande in der Nähe des Meers nach Gondor gelangen.«

»Die Dinge haben sich geändert, seit du nach Norden gekommen bist, Boromir«, antwortete Gandalf. »Hast du nicht gehört, was ich euch über Saruman berichtete? Mit ihm werde ich mich vielleicht noch allein auseinandersetzen müssen, ehe alles vorbei ist. Aber der Ring darf nicht in die Nähe von Isengart kommen, wenn es irgendwie verhindert werden kann. Die Pforte von Rohan ist für uns versperrt, solange wir den Ringträger begleiten.

Und was die Länge des Wegs betrifft: wir können uns nicht soviel Zeit leisten. Eine derartige Wanderung mag ein Jahr dauern, und wir würden durch viele Lande kommen, die verlassen und hafenlos sind. Und dennoch wären sie nicht sicher. Sowohl Sarumans als auch des Feindes wachsame Augen ruhen auf ihnen. Als du nach Norden kamst, Boromir, warst du in den Augen des Feindes nur ein vereinzelter Wanderer aus dem Süden und sehr unwichtig für ihn: sein Sinn war auf die Verfolgung des Ringes gerichtet. Aber jetzt kehrst du zurück als ein Angehöriger der Gemeinschaft des Ringes, und du bist in Gefahr, solange du bei uns bleibst. Die Gefahr wird größer werden mit jeder Meile, die wir unter freiem Himmel nach Süden gehen.

Seit unserem unverhohlenen Versuch, den Gebirgspaß zu überschreiten, ist unsere Lage schwieriger geworden, fürchte ich. Ich sehe jetzt wenig Hoffnung, sofern wir nicht eine Zeitlang von der Bildfläche verschwinden und unsere Spur tarnen. Daher lautet mein Rat: das Gebirge weder zu überschreiten noch es zu umgehen, sondern unter ihm hindurch zu gehen. Daß wir diesen Weg einschlagen, wird der Feind am wenigsten erwarten.«

»Wir wissen nicht, was er erwartet«, sagte Boromir. »Es mag sein, daß er alle wahrscheinlichen und unwahrscheinlichen Wege beobachtet. Nach Moria zu gehen würde, wenn dem so ist, bedeuten, daß wir in eine Falle gehen, und das wäre kaum besser, als an die Tore des Dunklen Turms selbst zu klopfen. Der Name Moria ist unheilvoll.«

»Du sprichst von etwas, worüber du nichts weißt, wenn du Moria mit Saurons Feste vergleichst«, antwortete Gandalf. »Ich bin der einzige von euch, der je in den Verliesen des Dunklen Herrschers war, wenn auch nur in seiner früheren und minderen Behausung Dol Guldur. Diejenigen, die die Tore von Barad-dûr durchschreiten, kehren nicht zurück. Aber ich würde euch nicht nach Moria führen, wenn keine Hoffnung bestünde, wieder herauszukommen. Wenn Orks dort sind, mag es sich als übel für uns erweisen, das ist richtig. Doch die Mehrzahl der Orks des Nebelgebirges wurde in der Schlacht der Fünf Heere zerstreut oder vernichtet. Die Adler berichten, daß sich Orks von ferne wieder sammeln, aber es besteht Hoffnung, daß Moria noch frei ist.

Es könnte sogar sein, daß Zwerge dort sind und wir Balin, Fundins Sohn, in irgendeiner tiefen Halle seines Vaters finden. Was immer sich herausstellen mag, man muß den Pfad beschreiten, den die Not wählt.«

»Ich werde diesen Pfad mit dir beschreiten, Gandalf«, sagte Gimli. »Ich will mitgehen und einen Blick auf Durins Hallen werfen, was immer dort auf uns wartet – wenn du die Tore finden kannst, die verschlossen sind.«

»Gut, Gimli«, sagte Gandalf. »Du ermutigst mich. Gemeinsam werden wir die verborgenen Tore suchen. Und wir werden durchkommen. In den Ruinen der Zwerge wird der Kopf eines Zwergs weniger leicht zu verwirren sein als die Köpfe von Elben, Menschen oder Hobbits. Indes ist es nicht das erste Mal, daß ich nach Moria gehe. Ich habe dort lange nach Thráin, Thrórs Sohn, gesucht, als er vermißt wurde. Ich ging hinein und kam lebendig wieder heraus!«

»Auch ich bin einmal durch das Schattenbachtor gekommen«, sagte Aragorn ruhig. »Aber obwohl ich wieder herauskam, habe ich eine sehr böse Erinnerung. Ich möchte Moria nicht ein zweites Mal betreten.«

»Und ich möchte es nicht ein erstes Mal betreten«, sagte Pippin.

»Ich auch nicht«, murmelte Sam.

»Natürlich nicht!« sagte Gandalf. »Wer wollte schon? Aber die Frage ist: wer wird mir folgen, wenn ich euch dort hinführe?«

»Ich werde dir folgen«, sagte Gimli eifrig.

»Ich werde dir folgen«, sagte Aragorn bedrückt. »Du bist meiner Führung gefolgt, als ich euch im Schnee beinahe in ein Verhängnis führte, und du hast kein Wort des Vorwurfs gesagt. Nun werde ich deiner Führung folgen – wenn diese letzte Warnung dich nicht umstimmt. Ich denke jetzt nicht an den Ring und auch nicht an uns andere, sondern an dich, Gandalf. Und ich sage dir: hüte dich, wenn du die Tore von Moria durchschreitest!«

»Ich werde *nicht* gehen«, sagte Boromir, »es sei denn, die ganze Gemeinschaft überstimmt mich. Was sagen Legolas und das kleine Volk? Die Stimme des Ringträgers sollte doch gewiß gehört werden?«

»Ich möchte nicht nach Moria gehen«, sagte Legolas.

Die Hobbits sagten nichts. Sam schaute Frodo an. Schließlich sprach Frodo. »Ich möchte nicht gehen; aber ebensowenig möchte ich Gandalfs Rat ausschlagen. Ich bitte, daß nicht abgestimmt wird, ehe wir darüber geschlafen haben. Gandalf wird am hellichten Morgen eher Stimmen bekommen als in dieser kalten Düsternis. Wie der Wind heult!«

Nach diesen Worten hüllten sich alle in nachdenkliches Schweigen. Sie hörten den Wind durch die Felsen und Bäume pfeifen, und ein Heulen und Wehklagen war rings um sie im leeren Raum der Nacht.

Plötzlich sprang Aragorn auf. »Wie der Wind heult!« rief er. »Er heult mit Wolfsstimmen. Die Warge sind nach Westen über das Gebirge gekommen!«

»Müssen wir nun noch bis morgen warten«? fragte Gandalf. »Es ist, wie ich gesagt habe. Die Jagd hat begonnen! Selbst wenn wir die Morgendämmerung noch erleben, wer wird jetzt noch bei Nacht nach Süden wandern wollen, wenn ihm die wilden Wölfe auf der Spur sind?«

»Wie weit ist es nach Moria?« fragte Boromir.

»Es gab ein Tor südwestlich des Caradhras, etwa fünfzehn Meilen, wie die Krähe fliegt, und vielleicht zwanzig, wie der Wolf läuft«, antwortete Gandalf.

»Dann laßt uns morgen früh, sobald es hell ist, aufbrechen, wenn wir können«, sagte Boromir. »Der Wolf, den man hört, ist schlimmer als der Ork, den man fürchtet.«

»Richtig!« sagte Aragorn und lockerte sein Schwert in der Scheide. »Aber wo der Warg heult, da lauert auch der Ork.«

»Ich wollte, ich hätte Elronds Rat befolgt«, flüsterte Pippin Sam zu. »Ich tauge doch nichts. Es ist nicht genug Schneid von Bandobras dem Bullenraßler in mir: dieses Geheul läßt mir das Blut gerinnen. Ich kann mich nicht entsinnen, daß mir jemals so jämmerlich zumute war.«

»Mir ist das Herz auch bis zu den Zehenspitzen gerutscht, Herr Pippin«, sagte Sam. »Aber noch sind wir nicht gefressen, und wir haben ja ein paar tapfere Leute hier bei uns. Was immer dem alten Gandalf noch bevorstehen mag, ich will wetten, es ist nicht der Bauch eines Wolfs.«

Um sich in der Nacht verteidigen zu können, erklomm die Gruppe den Gipfel des kleinen Berges, unter dem sie Schutz gesucht hatte. Auf ihm wuchsen einige alte, verkrüppelte Bäume, um die herum in einem unvollständigen Kreis große Findlinge lagen. In der Mitte zündeten sie ein Feuer an, denn es bestand keine Hoffnung mehr, daß Dunkelheit und Stille sie davor bewahren würden, von der jagenden Meute entdeckt zu werden.

Sie saßen um das Feuer herum, und diejenigen, die nicht Wache hielten, schlummerten unruhig. Lutz, das arme Pony, zitterte und schwitzte. Das Heulen der Wölfe kam jetzt von allen Seiten, manchmal näher, manchmal ferner. In der dunklen Nacht sah man viele glänzenden Augen über den Rand des Berges starren. Manche kamen sogar fast bis an den Steinwall. An einer Lücke im Kreis blieb ein großer Wolf stehen und blickte zu ihnen herüber. Er brach in ein schauerliches Geheul aus, als ob er ein Anführer sei, der seine Meute zum Angriff zusammenruft.

Gandalf stand auf, schritt auf ihn zu und hielt seinen Stab hoch. »Höre, Saurons Hund!« rief er. »Gandalf ist hier. Fliehe, wenn dir deine stinkende Haut lieb ist. Ich werde sie dir vom Schwanz bis zur Schnauze runzlig machen, wenn du in diesen Ring hereinkommst.«

Der Wolf knurrte und machte einen großen Satz auf sie zu. In diesem Augenblick hörte man ein scharfes Schwirren. Legolas hatte seinen Bogen abgeschossen. Es gab einen scheußlichen Schrei, und die springende Gestalt fiel zu Boden; der Elbenpfeil hatte ihr die Kehle durchbohrt. Die spähenden Augen verschwanden plötzlich. Gandalf und Aragorn gingen ihnen nach, aber der Berg war verlassen: die jagende Meute war geflohen. Rundum wurde die Dunkelheit still, und keinen Schrei trug der seufzende Wind mehr zu ihnen.

Die Nacht war kalt; im Westen war der abnehmende Mond am Untergehen und schimmerte dann und wann durch die aufreißenden Wolken. Plötzlich fuhr Frodo aus dem Schlaf hoch. Ohne Warnung brach ein wütendes und wildes Geheul rings um das ganze Lager aus. Eine große Schar Warge hatte sich leise gesammelt und griff jetzt von allen Seiten auf einmal an.

»Werft Holz auf das Feuer!« rief Gandalf den Hobbits zu. »Zieht eure Klingen und stellt euch Rücken an Rücken!«

In den auflodernden Schein, als das frische Holz sich entflammte, sah

Frodo viele graue Gestalten, die über den Steinwall sprangen. Immer mehr folgten. Einem riesigen Anführer stieß Aragorn sein Schwert in die Kehle; einem anderen hieb Boromir den Kopf ab. Neben ihnen stand Gimli breitbeinig da und schwang seine Zwergenaxt. Der Bogen von Legolas sang.

Im flackernden Licht des Feuers schien Gandalf plötzlich zu wachsen: er wurde zu einer großen drohenden Gestalt wie ein steinernes Denkmal irgendeines alten Königs auf einem Berg. Er bückte sich wie eine Wolke, nahm einen brennenden Ast auf und schritt den Wölfen entgegen. Sie wichen vor ihm zurück. Hoch in die Luft warf er den glühenden Ast. Er flammte auf mit einem plötzlichen weißen Glanz wie ein Blitz; und Gandalfs Stimme grollte wie Donner.

»Naur an edraith ammen! Naur dan i ngaurhoth!« rief er.

Es gab ein Brausen und Knacken, und der Baum über ihm trieb mit einemmal Blätter und Blüten aus hellen Flammen. Das Feuer sprang von Baumwipfel zu Baumwipfel. Der ganze Berg war überzogen von blendendem Licht. Die Schwerter und Messer der Verteidiger schimmerten und glänzten. Der letzte Pfeil von Legolas fing in der Luft Feuer und durchbohrte brennend das Herz eines großen Wolfshäuptlings. Alle anderen flohen.

Langsam erstarb das Feuer, bis nichts davon blieb als fallende Asche und Funken; ein bitterer Rauch kräuselte sich über den verbrannten Baumstümpfen und stieg dunkel über dem Berg auf, als der erste Schein der Morgendämmerung den Himmel schwach erhellte. Ihre Feinde waren verjagt und kamen nicht zurück.

»Was habe ich gesagt, Herr Pippin?« sagte Sam, als er sein Schwert in die Scheide steckte. »Die Wölfe werden ihn nicht kriegen. Das war bestimmt ein Augenöffner! Hätte mir fast das Haar vom Kopf gesengt!«

Als es richtig hell geworden war, war nichts mehr von den Wölfen zu sehen, und sie suchten vergebens nach den Leichen der getöteten. Keine Spur des Kampfes war geblieben als die verkohlten Bäume und die Pfeile von Legolas, die auf dem Berggipfel lagen. Alle waren unbeschädigt bis auf einen, von dem nur noch die Spitze da war.

»Es ist, wie ich gefürchtet hatte«, sagte Gandalf. »Das waren keine gewöhnlichen Wölfe, die in der Wildnis nach Futter jagten. Laßt uns schnell essen und gehen!«

An jenem Tag schlug das Wetter wieder um, fast als ob es unter dem Befehl irgendeiner Macht stünde, die keinen Schnee mehr brauchte, nachdem sich die Gruppe von dem Paß zurückgezogen hatte, eine Macht, die jetzt helles Licht haben wollte, damit jedes Lebewesen, das sich in der Wildnis bewegte, von weither gesehen werden konnte. Der Wind hatte während der Nacht über Nord auf Nordwest gedreht, und jetzt legte er sich. Die Wolken verschwanden südwärts, und der Himmel öffnete sich, hoch und blau. Als sie am Berghang standen, bereit zum Aufbruch, schimmerte ein blasses Sonnenlicht über den Gipfeln.

»Wir müssen das Tor vor Sonnenuntergang erreichen«, sagte Gandalf, »sonst fürchte ich, daß wir es überhaupt nicht erreichen. Es ist nicht weit, aber unser Weg mag nicht der geradeste sein, denn hier kann uns Aragorn nicht führen; er ist selten in diesem Land gewandert, und ich bin nur einmal unter der Westmauer von Moria gewesen, und das ist lange her.

»Dort liegt sie«, sagte er und zeigte nach Südosten, wo die Berge steil zu den Schatten zu ihren Füßen abfielen. In der Ferne konnte man undeutlich eine Reihe nackter Felsen sehen, und in ihrer Mitte, höher als die anderen, eine große graue Wand. »Als wir vom Paß aufbrachen, führte ich euch nach Süden und nicht zurück zu unserem Ausgangspunkt, wie einige von euch vielleicht bemerkt haben. Das war gut so, denn nun haben wir mehrere Meilen weniger zu laufen, und Eile tut not. Laßt uns gehen!«

»Ich weiß nicht, worauf ich hoffen soll«, sagte Boromir düster. »Daß Gandalf findet, was er sucht, oder daß wir feststellen, wenn wir zu den Felsen kommen, daß die Tore auf immer verloren sind. Eins scheint so schlimm wie das andere zu sein, und zwischen den Wölfen und der Mauer in der Falle zu sitzen, das Wahrscheinlichste. Geh voran!«

Gimli ging jetzt mit dem Zauberer voraus, so begierig war er, nach Moria zu kommen. Zusammen führten sie die Gemeinschaft zurück zum Gebirge. In alter Zeit hatte der einzige Weg nach Moria vom Westen her entlang eines Bachs geführt, des Sirannon, der am Fuße der Felswand in der Nähe der Tore entsprang. Aber entweder hatte Gandalf den richtigen Weg verfehlt oder das Land hatte sich in den letzten Jahren verändert; jedenfalls stieß er nicht dort auf den Bach, wo er ihn vermutete, nämlich nur ein paar Meilen südlich ihres Ausgangspunkts.

Der Morgen wurde zum Mittag, und immer noch wanderte die Gemeinschaft und kletterte durch eine kahle Landschaft aus rotem Stein. Nirgends sahen sie Wasser schimmern oder hörten es rauschen. Alles war öde und trocken. Ihr Mut sank. Sie sahen kein lebendiges Wesen, und kein Vogel war am Himmel; aber was die Nacht bringen würde, wenn sie in diesem trostlosen Land von ihr überrascht würden, wagte sich keiner auszumalen.

Plötzlich rief Gimli, der vorausgeeilt war, ihnen etwas zu. Er stand auf einer Kuppe und zeigte nach rechts. Sie eilten hinauf und sahen unter sich ein tiefes, schmales Flußbett. Es war wasserlos bis auf ein dünnes Rinnsal, das zwischen den braunen und rotgefleckten Steinen sickerte. Doch war an der ihnen zunächst liegenden Seite ein Pfad, unterbrochen zwar und stark ausgewaschen, der sich zwischen den verfallenen Mauern und Pflastersteinen einer alten Straße dahinzog.

»Ah! Hier ist es endlich!« sagte Gandalf. »Hier floß der Bach: Sirannon, den Torbach pflegten sie ihn zu nennen. Aber was mit dem Wasser geschehen ist, ahne ich nicht. Früher war es rasch und geräuschvoll. Kommt. Wir müssen weiter. Wir sind spät dran.«

Die Gemeinschaft war fußwund und müde; aber sie schleppten sich verbissen noch viele Meilen auf dem unebenen und gewundenen Pfad weiter. Die Sonne hatte den Mittagspunkt überschritten und wandte sich nach Westen. Nach einer kurzen Pause und einem eiligen Mahl gingen sie weiter. Vor ihnen türmten sich drohend die Berge, aber ihr Pfad lag in einer Bodensenke, und sie konnten nur die hohen Hänge und weit im Osten die Gipfel sehen.

Schließlich kamen sie zu einer scharfen Kehre. Dort wendete die Straße, die bisher zwischen dem Rand des Flußbetts und einem Steilhang zur Linken nach Süden verlaufen war, wieder nach Osten. Als sie um die Kehre kamen, sahen sie vor sich eine niedrige Felswand, etwa fünf Klafter hoch, die oben gezackt war. Dort herunter tröpfelte etwas Wasser durch eine breite Spalte, die aussah, als sei sie von einem Wasserfall gegraben worden, der einst stark und voll war.

»Die Dinge haben sich wahrlich verändert!« sagte Gandalf. »Aber es besteht kein Zweifel über den Ort. Das dort ist alles, was von dem Wasserfall übrig ist. Wenn ich mich richtig erinnere, waren daneben Stufen in den Felsen gemeißelt, aber die Hauptstraße verlief links davon und stieg in mehreren Schleifen bis zu dem ebenen Gelände oben. Früher war hier ein flaches Tal hinter dem Wasserfall bis zu den Mauern von Moria, durch das der Sirannon neben der Straße floß. Laßt uns gehen und schauen, wie die Dinge jetzt aussehen.«

Ohne Schwierigkeiten fanden sie die Steinstufen, und Gimli sprang rasch hinauf, gefolgt von Gandalf und Frodo. Als sie oben ankamen, sahen sie, daß sie auf diesem Wege nicht weiterkommen konnten, und es wurde ihnen klar, warum der Torbach ausgetrocknet war. Hinter ihnen füllte die sinkende Sonne den kühlen westlichen Himmel mit glitzerndem Gold. Vor ihnen erstreckte sich ein dunkler, stiller See. Weder Himmel noch Sonnenuntergang spiegelten sich auf seiner düsteren Oberfläche. Der Sirannon war gestaut worden und hatte das ganze Tal überflutet. Hinter dem unheimlichen Gewässer erhoben sich riesige Felsen, deren finstere Wände bleich schimmerten im Abendlicht: endgültig und unüberschreitbar. Keine Spur von einem Tor oder Eingang, nicht einen Spalt oder Riß konnte Frodo in dem bedrohlichen Gestein erkennen.

»Das sind die Mauern von Moria«, sagte Gandalf und zeigte über das Wasser. »Und dort stand einstmalen das Tor, das Elbentor am Ende der Straße von Hulsten, über die wir gekommen sind. Aber dieser Weg ist versperrt. Keiner von uns, nehme ich an, wird am Ende des Tages durch dieses trübe Wasser schwimmen wollen. Es sieht recht ungesund aus.«

»Wir müssen uns einen Weg am Nordufer suchen«, sagte Gimli. »Als erstes müssen wir den Hauptpfad hinaufgehen und sehen, wohin der uns führt. Selbst wenn kein See da wäre, könnten wir das Lastpony nicht die Treppe hinaufbringen.«

»In die Minen können wir das arme Tier sowieso nicht mit hineinnehmen«, sagte Gandalf. »Der Weg unter dem Gebirge ist dunkel und stellenweise schmal und steil, so daß das Pony dort nicht laufen kann, selbst wenn wir es können.«

»Armer, alter Lutz«, sagte Frodo. »Daran hatte ich gar nicht gedacht. Und der arme Sam! Was wird er wohl dazu sagen?«

»Es tut mir leid«, sagte Gandalf. »Der arme Lutz ist ein nützlicher Gefährte gewesen, und es greift mir ans Herz, ihn jetzt seinem Schicksal zu überlassen. Wenn es nach meinem Kopf gegangen wäre, wären wir mit weniger Gepäck losgegangen und hätten kein Tier mitgenommen, vor allem nicht eins, an dem Sam hängt. Ich habe von Anfang an gefürchtet, daß wir diesen Weg würden einschlagen müssen.«

Der Tag neigte sich seinem Ende zu, und kalte Sterne glitzerten am Himmel hoch über dem Sonnenuntergang, als die Gruppe, so rasch sie konnte, die Hänge erklomm und an die Seite des Sees kam. An der breitesten Stelle schien er nicht mehr als zwei oder drei Achtelmeilen breit zu sein. Wie weit nach Süden er sich erstreckte, konnten sie im abnehmenden Licht nicht sehen; aber sein nördliches Ende war nicht mehr als eine Meile von der Stelle entfernt, an der sie standen, und zwischen den Felsgraten, die das Tal umschlossen, und dem Wasser lag ein Streifen offenes Gelände. Sie eilten sich, denn sie hatten immer noch ein oder zwei Meilen zu gehen bis zu der Stelle am anderen Ufer, auf die Gandalf zuhielt; und dann mußte er ja noch das Tor finden.

Als sie zur nördlichsten Ecke des Sees kamen, fanden sie einen schmalen Wasserarm, der ihren Weg versperrte. Das Wasser darin war grün und unbeweglich, und das Ganze war wie ein schleimiger Arm, der auf das Gebirge zeigte. Gimli ging unbeirrt weiter und stellte fest, daß das Wasser seicht war, nicht mehr als knöcheltief am Rand. Sie gingen im Gänsemarsch hinter ihm her und tasteten sich vorsichtig weiter, denn unter den krautigen Tümpeln lagen glitschige und schmierige Steine, und man konnte leicht ausrutschen. Frodo überlief ein Schauder, so ekelte er sich vor dem unreinen Wasser, das seine Füße berührte.

Als Sam, der letzte der Gruppe, Lutz am anderen Ufer aufs Trockene führte, hörten sie ein leises Geräusch: ein Rauschen und dann ein Platschen, als hätte ein Fisch die stille Wasseroberfläche aufgerührt. Sie wandten sich rasch um und sahen Wellengekräusel, schwarzgerändert, das Schatten warf in dem verblassenden Licht: große Ringe, die sich von einem Punkt weit draußen im See ausbreiteten. Es war ein gurgelndes Geräusch zu hören, und dann trat Stille ein. Die Dämmerung wurde dunkler, und die letzten Strahlen der untergehenden Sonne wurden von Wolken verhüllt.

Gandalf schlug jetzt ein schnelles Tempo an, und die anderen folgten ihm, so rasch sie konnten. Sie kamen zu dem Streifen trockenen Landes zwischen dem See und den Felsen: er war schmal, manchmal kaum fünfzehn Ellen breit und übersät mit herabgestürzten Felsen und Steinen; doch fanden sie einen Weg, hielten sich dicht an der Felswand und so weit ab vom dunklen Wasser, wie sie konnten. Nachdem sie eine Meile nach Süden am Ufer entlanggegangen waren, stießen sie auf Hulstbäume. Stümpfe und tote Zweige lagen im flachen Wasser, Reste, wie es schien, von alten Dickichten oder einer Hecke, die einstmals die Straße durch das jetzt überflutete Tal gesäumt hatte. Doch dicht unter der Felswand standen, noch immer kräftig und lebendig, zwei hohe Bäume, größer als alle Hulstbäume, die Frodo je gesehen oder sich vorgestellt hatte. Ihre großen Wurzeln reichten von der Felswand bis zum Wasser. Oben von der Treppe aus hatten sie unter dem hochragenden Fels wie bloße Büsche ausgesehen, aber jetzt türmten sie sich hoch auf, steif, dunkel und schweigend, sie warfen tiefe Nachtschatten zu ihren Füßen und standen wie Schildwachen am Ende der Straße.

»So, da sind wir endlich!« sagte Gandalf. »Hier endete der Elbenweg von Hulsten. Hulst war das Wahrzeichen der Bewohner jenes Landes, und sie pflanzten ihn hier, um das Ende ihres Bereiches zu kennzeichnen; denn das Westtor war hauptsächlich für sie angelegt worden, damit sie es bei ihrem Handel mit den Herren von Moria benutzen konnten. Das waren glücklichere Tage, als es noch zeitweise enge Freundschaft zwischen Völkern verschiedener Arten gab, selbst zwischen Zwergen und Elben.«

»Es war nicht die Schuld der Zwerge, daß diese Freundschaft schwand«, sagte Gimli.

»Ich habe nicht gehört, daß es die Schuld der Elben war«, sagte Legolas.

»Ich habe beides gehört«, sagte Gandalf. »Und ich will jetzt kein Urteil darüber abgeben. Aber ich bitte zumindest euch beide, Legolas und Gimli, Freunde zu sein und mir zu helfen. Ich brauche euch beide. Das Tor ist verschlossen und verborgen, und je schneller wir es finden, um so besser. Es wird Nacht!«

Dann wandte er sich an die anderen und sagte: »Während ich suche, wollt ihr euch bitte alle bereit machen, in die Minen zu gehen? Denn hier, fürchte ich, müssen wir unserem guten Lasttier Lebewohl sagen. Ihr müßt viel von den Sachen zurücklassen, die wir gegen die bittere Kälte mitgenommen haben: ihr werdet sie drinnen nicht brauchen und, wie ich hoffe, auch nicht, wenn wir durchkommen und in den Süden wandern. Statt dessen muß jeder von uns einen Teil dessen nehmen, was das Pony getragen hat, vor allem Lebensmittel und Wasserschläuche.«

»Aber du kannst doch den armen alten Lutz nicht in dieser einsamen Gegend zurücklassen, Herr Gandalf!« rief Sam ärgerlich und unglücklich. »Das will ich nicht, und damit basta. Nachdem er so weit mitgekommen ist und überhaupt!«

»Es tut mir leid, Sam«, sagte der Zauberer. »Aber wenn sich das Tor öffnet, glaube ich nicht, daß du imstande sein wirst, Lutz hineinzuzerren, in die lange Dunkelheit von Moria. Du wirst dich entscheiden müssen zwischen Lutz und deinem Herrn.«

»Er würde Herrn Frodo auch in eine Drachenhöhle folgen, wenn ich ihn führte«, protestierte Sam. »Es wäre so gut wie Mord, ihn jetzt frei laufen zu lassen mit all diesen Wölfen rundum.«

»Es wird kein Mord sein, hoffe ich«, sagte Gandalf. Er legte dem Pony die Hand auf den Kopf und sprach leise zu ihm. »Geh, beschützt und geführt von meinen Worten«, sagte er. »Du bist ein kluges Tier und hast in Bruchtal viel gelernt. Mach dich auf den Weg zu Gegenden, wo du Gras findest, und gelange schließlich so zu Elronds Haus oder wo immer du hingehen möchtest.«

»So, Sam. Er wird genausoviel Aussicht haben, den Wölfen zu entkommen und nach Hause zu gelangen wie wir.«

Sam stand niedergeschlagen neben dem Pony und gab keine Antwort. Lutz schien zu verstehen, um was es ging, schmiegte sich an Sam und legte ihm die Nase ans Ohr. Sam brach in Tränen aus, löste die Gurte, nahm dem Pony das ganze Gepäck ab und warf es auf den Boden. Die anderen gingen die Sachen durch, legten alles auf einen Haufen, was zurückbleiben konnte, und teilten das übrige unter sich auf.

Als das geschehen war, wandten sie sich zu Gandalf um. Er schien nichts getan zu haben. Er stand zwischen den beiden Bäumen und starrte auf die kahle Felswand, als ob er mit den Augen ein Loch hineinbohren könnte. Gimli lief hin und her und klopfte ab und zu mit seiner Axt auf den Stein. Legolas stand an den Felsen gepreßt, als ob er lausche.

»Ja, hier sind wir, und alles ist bereit«, sagte Merry, »aber wo ist die Tür? Ich kann keine Spur von ihr entdecken.«

»Zwergentüren soll man nicht sehen, wenn sie geschlossen sind«, sagte Gimli. »Sie sind unsichtbar, und selbst ihre Meister können sie nicht finden oder öffnen, wenn ihr Geheimnis vergessen ist.«

»Aber diese Tür sollte nicht ein Geheimnis sein, das nur den Zwergen bekannt war«, sagte Gandalf, der plötzlich wieder lebendig wurde und sich umdrehte. »Sofern nicht alles völlig verändert ist, mögen Augen, die wissen, wonach sie suchen müssen, die Zeichen entdecken.«

Er ging auf die Wand zu. Rechts zwischen dem Schatten der Bäume war eine glatte Fläche, und über sie ließ er seine Hände hin- und hergleiten und murmelte Wörter. Dann trat er zurück.

»Schaut!« sagte er. »Könnt ihr jetzt etwas sehen?«

Der Mond beschien nun die graue Felswand; aber sonst konnten sie eine Weile nichts sehen. Dann erschien langsam auf der Oberfläche, über die die Hände des Zauberers gestrichen hatten, schwache Linien wie dünne Silberadern, die sich durch den Stein zogen. Zuerst waren sie nicht mehr als blasse Mettenwebfäden, so fein, daß sie nur ab und zu aufblinkten, wenn das Mondlicht auf sie traf, aber stetig wurden sie breiter und klarer, bis sich ihre Zeichnung erraten ließ.

Oben, so hoch, wie Gandalf hatte reichen können, war ein Bogen von ineinander verschlungenen Buchstaben in einer Elbenschrift. Darunter konnte man, obwohl die Striche stellenweise verwischt oder unterbrochen waren, die Umrisse eines Ambosses und Hammers sehen, und darüber eine Krone mit sieben Sternen. Darunter waren wieder zwei Bäume zu sehen, und jeder trug Mondsicheln. Deutlicher als alles andere schimmerte in der Mitte der Tür ein einziger Stern mit vielen Strahlen.

»Das sind Durins Wahrzeichen!« rief Gimli.

»Und das ist der Baum der Hochelben!« sagte Legolas.

»Und der Stern des Hauses Fëanor«, sagte Gandalf. »Sie sind aus *ithildin* gearbeitet, das nur Sternenlicht und Mondlicht widerspiegelt und schläft, bis es von jemandem berührt wird, der Worte spricht, die jetzt in Mittelerde längst vergessen sind. Es ist lange her, daß ich sie hörte, und ich mußte tief nachdenken, bis ich sie mir wieder ins Gedächtnis rufen konnte.«

»Was besagt die Schrift?« fragte Frodo, der die Inschrift auf dem Bogen zu entziffern versuchte. »Ich glaubte, daß ich Elbenbuchstaben kenne, aber diese kann ich nicht lesen.«

»Die Wörter sind in der Elbensprache des Westens von Mittelerde in der Altvorderenzeit«, antwortete Gandalf. »Aber sie besagen nichts, was für uns von Bedeutung ist. Sie lauten: *Die Türen von Durin, des Herrn von Moria. Sprich, Freund, und tritt ein.* Und darunter steht in kleiner und schwacher Schrift: *Ich, Narvi, machte sie. Celebrimbor von Hulsten zeichnete diese Buchstaben.*«

»Was bedeutet das *sprich, Freund, und tritt ein?*« fragte Merry.

»Das ist doch ganz klar«, antwortete Gimli. »Wenn du ein Freund bist, sage das Losungswort und die Tür wird sich öffnen und du kannst eintreten.«

»Ja«, sagte Gandalf, »diese Tür wird wahrscheinlich durch Worte gesteuert. Manche Zwergentore öffnen sich nur zu besonderen Zeiten und nur für bestimmte Personen; und manche haben Schlösser und Schlüssel, die auch dann noch erforderlich sind, wenn alle notwendigen Zeiten und Wörter bekannt sind. Diese Tür hat keinen Schlüssel. Zu Durins Zeiten war sie nicht geheim. Aber wenn sie geschlossen war, konnte jeder, der das Losungswort wußte, es aussprechen und hineingehen. So wenigstens ist es überliefert, nicht wahr, Gimli?«

»So ist es«, antwortete der Zwerg »Aber wie das Wort lautete, dessen entsinnt man sich nicht mehr. Narvi und seine Kunst und seine ganze Sippe sind von der Erde verschwunden.«

»Aber weißt denn *du* das Wort nicht, Gandalf?« fragte Boromir überrascht.

»Nein!« sagte der Zauberer.

Die anderen sahen verzweifelt aus; nur Aragorn, der Gandalf gut kannte, blieb still und ungerührt.

»Was hat es dann für einen Sinn gehabt, uns in diese verfluchte Gegend zu bringen?« rief Boromir und blickte sich schaudernd nach dem Wasser um. »Du hast uns gesagt, du seiest einmal durch die Minen gegangen. Wie kann das sein, wenn du nicht weißt, wie man hineinkommt?«

»Die Antwort auf deine erste Frage, Boromir«, sagte der Zauberer, »ist, daß ich das Wort nicht weiß – noch nicht weiß. Doch werden wir bald weitersehen. Und«, fügte er hinzu, und seine Augen funkelten unter den gesträubten Brauen, »du magst dann nach dem Sinn meiner

Hier steht in der Fëanorian-Schrift nach Art und Weise von Beleriand geschrieben: Ennyn Durin Aran Moria: pedo mellon a minno. Im Narvi hain echant: Celebrimbor o Eregion teithant i thiw hin.

Taten fragen, wenn sie sich als sinnlos erwiesen haben. Was deine andere Frage betrifft: zweifelst du an meinem Bericht? Oder hast du keinen Verstand mehr? Ich kam nicht von dieser Seite. Ich kam von Osten.

Wenn du es wissen willst, werde ich dir sagen, daß diese Tür sich nach außen öffnet. Von innen kannst du sie mit der Hand aufstoßen. Von draußen ist sie durch nichts zu bewegen außer durch das Zauberwort. Sie läßt sich nicht mit Gewalt öffnen.«

»Was willst du denn nun tun?« fragte Pippin, uneingeschüchtert von den gesträubten Augenbrauen des Zauberers.

»Mit deinem Kopf die Tür einschlagen, Peregrin Tuk«, sagte Gandalf. »Wenn der sie nicht aufbringt und ich ein wenig Ruhe vor törichten Fragen habe, dann will ich nach dem Losungswort suchen.

Ich kannte einstmals jeden Zauberspruch in allen Sprachen der Elben, Menschen oder Orks, der je für einen solchen Zweck gebraucht wurde. Ich kann mich noch an zehn Dutzend erinnern, ohne in meinem Gedächtnis graben zu müssen. Aber nur ein paar Versuche, glaube ich, werden nötig sein; und ich werde nicht Gimli um Wörter der geheimen Zwergensprache angehen müssen, die sie niemandem beibringen. Denn die Losungsworte waren elbisch, wie die Schrift auf dem Bogen; das erscheint mir gewiß.«

Er trat wieder an den Felsen heran und berührte mit seinem Stab leicht den silbernen Stern in der Mitte unter dem Amboßzeichen.

Annon edhellen, edro hi ammen!
Fennas nogothrim, lasto beth lammen!

sagte er mit befehlender Stimme. Die Silberlinien wurden blaß, aber der glatte graue Stein rührte sich nicht.

Viele Male wiederholte er diese Wörter in verschiedener Reihenfolge oder wandelte sie ab. Dann versuchte er es mit einem Zauberspruch nach dem anderen, und sprach einmal schneller und lauter und dann wieder leise und langsam. Dann sagte er viele einzelne Wörter in der Elbensprache. Nichts geschah. Die Felswand ragte hoch auf in der Nacht, die unzähligen Sterne erglühten, der Wind wehte kalt und die Tür blieb geschlossen.

Wieder näherte sich Gandalf der Wand, hob die Arme und sprach in befehlendem und allmählich zornigem Ton. *Edro, edro!* rief er und schlug mit seinem Stab auf den Felsen. *Öffne dich, öffne dich!* schrie er und wiederholte denselben Befehl in allen Sprachen, die je im Westen von Mittelerde gesprochen worden waren. Dann warf er seinen Stab auf die Erde und setzte sich schweigend hin.

In diesem Augenblick trug der Wind von weither zu ihren lauschenden

Ohren das Heulen von Wölfen. Das Pony Lutz bäumte sich vor Angst auf, und Sam sprang zu ihm und sprach leise auf ihn ein.

»Laß ihn nicht weglaufen«, sagte Boromir. »Es scheint, daß wir ihn noch brauchen, wenn uns die Wölfe nicht finden. Wie ich diesen stinkigen Teich hasse!« Er bückte sich, hob einen großen Stein auf und schleuderte ihn weit in das dunkle Wasser.

Der Stein verschwand mit einem leisen Plumps; aber in demselben Augenblick gab es ein Rauschen und Gurgeln. Große Wellenkreise bildeten sich auf der Oberfläche hinter der Stelle, wo der Stein hineingefallen war, und sie bewegten sich langsam auf den Fuß der Felswand zu.

»Warum hast du das getan, Boromir?« sagte Frodo. »Ich hasse diesen Ort auch, und ich habe Angst. Ich weiß nicht wovor: nicht vor Wölfen oder der Dunkelheit hinter der Tür, sondern vor etwas anderem. Ich habe Angst vor dem See. Schrecke ihn nicht auf!«

»Ich wollte, wir könnten weg!« sagte Merry.

»Warum tut Gandalf nicht rasch etwas?« fragte Pippin.

Gandalf beachtete sie nicht. Er saß mit gebeugtem Kopf da, entweder verzweifelt oder angestrengt nachdenkend. Das klagende Geheul der Wölfe war wieder zu hören. Die Wellen auf dem Wasser wurden größer und kamen näher; einige schlugen schon ans Ufer.

Mit einer Plötzlichkeit, die sie alle zusammenfahren ließ, sprang der Zauberer auf. Er lachte! »Ich habe es!« rief er. »Natürlich, natürlich! Lächerlich einfach, wie die meisten Rätsel, wenn man die Lösung kennt.«

Er nahm seinen Stab auf, trat vor den Felsen und sagte mit klarer Stimme: *Mellon!*

Der Stern leuchtete kurz auf und verblaßte wieder. Dann zeichnete sich geräuschlos eine große Tür ab, obwohl vorher nicht eine Ritze oder eine Angel sichtbar gewesen war. Langsam teilte sie sich und schwang Zoll um Zoll nach außen, bis beide Türhälften gegen den Felsen schlugen. Durch die Öffnung sah man schattenhaft eine Treppe, die steil hinaufführte; aber hinter den untersten Stufen war die Dunkelheit schwärzer als die Nacht. Die Gruppe stand da und staunte.

»Ich habe also doch unrecht gehabt«, sagte Gandalf. »Und Gimli auch. Ausgerechnet Merry war auf der richtigen Fährte. Das Losungswort hatte die ganze Zeit auf der Eingangstür gestanden! Die Übersetzung hätte lauten sollen *Sage ›Freund‹ und tritt ein.* Ich brauchte nur das Elbenwort für *Freund* auszusprechen, und schon öffnete sich die Tür. Ganz einfach. Zu einfach für einen Gelehrten und Schriftkundigen in unserer mißtrauischen Zeit. Damals waren die Zeiten glücklicher. Nun laßt uns gehen!«

Er schritt voran und setzte seinen Fuß auf die unterste Stufe. Aber in diesem Augenblick ereignete sich verschiedenes. Frodo fühlte, daß irgend etwas ihn am Knöchel packte, und er fiel mit einem Schrei hin. Das Pony Lutz wieherte vor Angst wie wild, drehte sich um und schoß am Seeufer entlang in die Dunkelheit. Sam sprang ihm nach, und als er dann Frodos Schrei hörte, rannte er weinend und fluchend zurück. Die anderen fuhren herum und sahen das Wasser des Sees brodeln, als ob eine ganze Heerschar von Schlangen vom südlichen Ende herangeschwommen käme.

Aus dem Wasser war ein langer, gekrümmter Fangarm herausgekrochen; er war blaßgrün, leuchtend und naß. Sein gefingertes Ende hatte Frodos Fuß gepackt und zog ihn ins Wasser. Sam lag auf den Knien und stach jetzt mit dem Dolch auf den Arm ein.

Der Arm ließ Frodo los, und Sam zog Frodo fort und schrie um Hilfe. Zwanzig andere Arme kamen aus dem Wellengekräusel hervor. Das dunkle Wasser brodelte, und es stank abscheulich.

»Hinein ins Tor! Die Stufen hinauf! Rasch!« schrie Gandalf und sprang zurück. Alle bis auf Sam hatten vor Entsetzen wie angewurzelt dagestanden; jetzt scheuchte er sie auf und trieb sie voran.

Es war gerade noch rechtzeitig. Sam und Frodo hatten erst ein paar Stufen erklommen und Gandalf eben erst begonnen hinaufzusteigen, als sich die Greifarme über das Ufer ringelten und an der Felswand und der Tür herumtasteten. Einer schlängelte sich über die Schwelle, im Sternenlicht glänzend. Gandalf drehte sich um und hielt inne. Wenn er überlegte, welches Wort die Tür von innen schließen würde, so war das überflüssig. Viele Schlangenarme packten die Türflügel von beiden Seiten und schwangen sie mit entsetzlicher Kraft herum. Mit lautem Getöse fielen sie zu, und alles Licht war ausgeschlossen. Ein Geräusch von Reißen und Krachen drang dumpf durch den massiven Fels.

Sam, der sich an Frodos Arm klammerte, brach in der schwarzen Dunkelheit auf einer Stufe zusammen. »Armer alter Lutz!« sagte er mit erstickter Stimme. »Armer alter Lutz! Wölfe und Schlangen! Aber die Schlangen waren zu viel für ihn. Ich mußte mich entscheiden, Herr Frodo. Ich mußte mit dir kommen.«

Sie hörten, wie Gandalf wieder die Stufen hinunterging und mit seinem Stab gegen die Tür stieß. Ein Beben lief durch den Stein und die Stufen erzitterten, aber die Tür öffnete sich nicht.

»Na ja«, sagte der Zauberer. »Der Durchgang hinter uns ist nun versperrt, und es gibt nur noch einen Ausgang – auf der anderen Seite des Gebirges. Nach dem Geräusch zu urteilen, fürchte ich, daß Findlinge aufgetürmt und die Bäume entwurzelt und vor das Tor geworfen worden sind. Das tut mir leid; denn die Bäume waren schön und hatten so lange dort gestanden.«

»Ich spürte, daß etwas Entsetzliches in der Nähe war von dem Augenblick an, da mein Fuß zuerst das Wasser berührte«, sagte Frodo. »Was für ein Wesen war das, oder waren es viele?«

»Ich weiß es nicht«, antwortete Gandalf. »Aber die Arme waren alle von einer Absicht geleitet. Irgend etwas ist aus den dunklen Wassern unter dem Gebirge hervorgekrochen oder herausgetrieben worden. Es gibt in den Tiefen der Welt noch ältere und gemeinere Geschöpfe als Orks.« Seinen Gedanken, daß, was immer es war, das in dem See haust, zuerst von allen aus der Gruppe nach Frodo gegriffen hatte, sprach er nicht aus.

Boromir murmelte leise etwas, aber das widerhallende Gestein verstärkte es zu einem heiseren Flüstern, das alle hören konnten: »In den Tiefen der Welt! Und dahin gehen wir nun gegen meinen Wunsch. Wer wird uns jetzt führen in diesem tödlichen Dunkel?«

»Ich«, sagte Gandalf, »und Gimli soll mit mir gehen. Folgt meinem Stab.«

Als der Zauberer voranging auf den großen Stufen, hielt er seinen Stab hoch, und aus seiner Spitze drang ein schwaches Licht. Die breite Treppe war heil und unbeschädigt. Zweihundert Stufen zählten sie, breit und flach; und oben fanden sie einen gewölbten Gang mit ebenem Boden, der weiter in die Dunkelheit hinein führte.

»Wollen wir uns nicht hier auf den Treppenabsatz setzen, ausruhen und etwas essen, da wir kein Speisezimmer finden können?« fragte Frodo. Er hatte das Entsetzen über die greifenden Arme fast überwunden und merkte plötzlich, daß er ungeheuer hungrig war.

Der Vorschlag wurde von allen begrüßt; und sie setzten sich auf die oberen Stufen, verschwommene Gestalten in der Finsternis. Nachdem sie gegessen hatten, gab Gandalf jedem einen dritten Schluck *miruvor* aus Bruchtal.

»Viel länger wird es nicht mehr reichen, fürchte ich«, sagte er. »Aber ich glaube, wir haben es nötig nach dem Schrecken am Tor. Und sofern wir nicht großes Glück haben, werden wir das, was übrig ist, noch brauchen, ehe wir die andere Seite sehen! Geht auch sparsam mit dem Wasser um! Es gibt viele Bäche und Quellen in den Minen, aber sie sollten nicht angerührt werden. Wir werden Gelegenheit haben, unsere Schläuche und Flaschen zu füllen, ehe wir zum Schattenbachtal hinunterkommen.«

»Wie lange wird das dauern?« fragte Frodo.

»Ich kann es nicht sagen«, antwortete Gandalf. »Es hängt von vielen Zufällen ab. Aber wenn alles glatt geht, ohne Mißgeschick und ohne daß wir uns verirren, werden wir drei oder vier Märsche brauchen, nehme ich an. Es können in gerader Linie kaum weniger als vierzig Meilen sein von der Westtür zum Osttor, und die Straße mag viele Biegungen machen.«

Nach einer nur kurzen Rast gingen sie weiter. Alle wollten die Wanderung so schnell wie möglich hinter sich bringen und waren trotz ihrer Müdigkeit bereit, noch mehrere Stunden zu laufen. Gandalf ging wiederum voraus. Mit der linken Hand hielt er seinen schimmernden Stab hoch, dessen Licht gerade den Boden vor seinen Füßen erhellte; in der rechten Hand hielt er sein Schwert Glamdring. Hinter ihm kam Gimli, und seine Augen funkelten in dem düsteren Licht, wenn er seinen Kopf von einer Seite zur anderen drehte. Hinter dem Zwerg ging Frodo, und auch er hatte sein kurzes Schwert Stich gezogen. Kein Schimmer kam von den Klingen von Stich und Glamdring, und das war tröstlich. Denn da diese Schwerter das Werk von Elbenschmieden aus der Altvorderenzeit waren, schimmerten sie mit einem kalten Licht, wenn irgendwelche Orks in der Nähe waren. Hinter Frodo ging Sam, und dann kamen Legolas, die jungen Hobbits und Boromir. Als letzter im Dunkeln ging düster und schweigsam Aragorn.

Der Gang führte ein paarmal um die Ecke und begann dann abzufallen. Es ging eine ganze Weile stetig abwärts, und dann wurde der Weg wieder eben. Die Luft war heiß und stickig, aber nicht verpestet, und zeitweise spürten sie einen kühleren Luftzug auf ihren Gesichtern, der aus nur halb geahnten Öffnungen in der Wand kam. Deren gab es viele. Im blassen Schein des Zaubererstabes sah Frodo flüchtig Treppen und Bögen und andere Gänge und Schächte, die hinaufführten oder steil hinab oder einfach an beiden Seiten schwarz gähnten. Es war verwirrend und hoffnungslos, sich den Weg zu merken.

Gimli konnte Gandalf sehr wenig helfen, abgesehen von seinem unerschütterlichen Mut. Zumindest war er nicht, wie die meisten anderen, allein schon durch die Dunkelheit eingeschüchtert. Oft fragte ihn der Zauberer an Stellen, wo es zweifelhaft war, welchen Weg man einschlagen sollte, um seine Meinung; aber es war immer Gandalf, der das letzte Wort sprach. Die Minen von Moria waren riesiger und verzweigter, als Gimli, Glóins Sohn, sich hatte vorstellen können, obwohl er doch ein Zwerg des Gebirgsstammes war. Für Gandalf waren die weit zurückliegenden Erinnerungen an eine frühere Wanderung nur eine geringe Hilfe, aber selbst in der Düsternis und trotz aller Windungen des Weges wußte er, wohin er gehen wollte, und er zögerte nicht, solange es einen Pfad gab, der zu seinem Ziel führte.

»Fürchtet euch nicht!« sagte Aragorn. Die Pause war länger als üblich, und Gandalf und Gimli flüsterten miteinander; die anderen standen zusammengedrängt weiter hinten und warteten ängstlich. »Fürchtet euch nicht! Ich habe so manche Wanderung mit ihm gemacht, wenn auch niemals eine so dunkle; und in Bruchtal kennt man Taten von ihm, die größer sind als alle, die ich gesehen habe. Er wird sich nicht verirren — wenn sich überhaupt ein Weg finden läßt. Er hat uns trotz unserer Befürchtungen hierher gebracht, und er wird uns auch wieder hinausbringen, was immer es ihn selbst auch kosten mag. Er wird eher den Weg nach Hause finden in dunkler Nacht als die Katzen der Königin Berúthiel.«

Es war gut für die Gemeinschaft, daß sie einen solchen Führer hatte. Sie hatten kein Brennholz und keine Möglichkeit, Fackeln herzustellen; bei dem verzweifelten Kampf an der Tür waren viele Sachen zurückgeblieben. Aber ohne irgendein Licht wären sie bald zu Schaden gekommen. Es gab nicht nur viele Wege, zwischen denen man sich entscheiden mußte, sondern an vielen Stellen auch Löcher und Gruben und dunkle Brunnenschächte neben dem Pfad, in denen ihre Schritte widerhallten. Es gab Spalten und Risse in den Wänden und auf dem Boden, und immer wieder tat sich eine Schrunde vor ihren Füßen auf. Die breiteste maß über sechs Fuß, und es dauerte lange, bis Pippin genug Mut aufbrachte, um über das grauenhafte Loch zu springen. Das Geräusch von aufgewühltem Wasser drang von tief unten herauf, und es klang, als ob ein großes Mühlrad sich in der Tiefe drehte.

»Ein Seil!« murmelte Sam. »Ich wußte, ich würde es brauchen, wenn ich keins habe!«

Als diese Gefahren immer häufiger wurden, verlangsamte sich ihr Marsch. Schon schien es ihnen, als seien sie endlos immer weiter und weiter gegangen bis an den Fuß der Berge. Sie waren mehr als müde, und doch lag kein Trost in dem Gedanken, irgendwo anzuhalten. Frodos Stimmung hatte sich etwas gehoben, nachdem er den Schlangen entkommen war, etwas gegessen und einen Schluck von dem Trank erhalten hatte; aber jetzt wurde er wieder von einer tiefen Unruhe befallen, ja von Schrecken. Obwohl man in Bruchtal den Dolchstoß geheilt hatte, war diese schlimme Wunde nicht ohne Wirkung geblieben. Seine Sinne waren geschärft, und mehr als früher wurde er Dinge gewahr, die man nicht sehen konnte. Ein Zeichen der Veränderung, das er bald bemerkt hatte, war, daß er jetzt im Dunkeln besser sehen konnte als irgendeiner seiner Gefährten, vielleicht mit Ausnahme von Gandalf. Und überdies war er der Ringträger: der Ring hing an einer Kette auf seiner Brust, und zuzeiten schien er eine schwere Last zu sein. Frodo war überzeugt, daß Böses vor ihnen lag und Böses ihnen folgte; aber er sagte nichts. Er packte das Heft seines Schwertes fester und ging verbissen weiter.

Die hinter ihm Gehenden redeten nicht viel, und wenn, dann nur in hastigem Flüstern. Es war nichts zu hören als das Geräusch ihrer eigenen Füße; das dumpfe Stampfen von Gimlis Zwergenstiefeln; der schwere Schritt von Boromir; der leichte Tritt von Legolas; das leise, kaum hörbare Trappeln von Hobbitfüßen; und von hinten das langsame, feste Auftreten von Aragorn mit seinen langen Schritten. Als sie einen Augenblick anhielten, hörten sie überhaupt gar nichts, es sei denn gelegentlich ein schwaches Rinnen oder Tröpfeln von unsichtbarem Wasser. Und dennoch begann Frodo etwas anderes zu hören, oder bildete sich ein, es zu hören: Schritte von weichen, nackten Füßen. Es war niemals laut genug oder nah genug, um ganz sicher zu sein, daß er es hörte; aber nachdem es einmal angefangen hatte, hörte es nicht mehr auf, solange die Gemeinschaft weiterging. Aber es war kein Echo, denn wenn sie anhielten, tappelte es noch eine Weile und wurde dann still.

Es war nach Einbruch der Nacht gewesen, als sie die Minen betreten hatten. Sie waren mehrere Stunden lang mit nur kurzen Unterbrechungen gelaufen, als Gandalf auf das erste ernstliche Hindernis stieß. Vor ihm erhob sich ein breiter, dunkler Bogen, der den Weg in drei Gänge freigab: sie führten alle in etwa dieselbe Richtung, nach Osten, aber der linke Gang fiel ab, während der rechte anstieg, und der mittlere schien glatt und eben weiterzulaufen, aber er war sehr schmal.

»An diese Stelle kann ich mich überhaupt nicht erinnern«, sagte Gandalf, als er ratlos unter dem Bogen stand. Er hob seinen Stab in der Hoffnung, daß er irgendwelche Zeichen oder Inschriften finden würde, die ihm die Wahl erleichtern könnten; aber nichts Derartiges war zu sehen. »Ich bin zu müde, um mich zu entscheiden«, sagte er und schüttelte den Kopf. »Und ich nehme an, daß ihr alle ebenso müde seid oder noch müder. Wir sollten lieber für den Rest der Nacht hierbleiben. Ihr wißt, was ich meine. Hier drinnen ist es immer dunkel; aber draußen steht der Mond jetzt im Westen, und Mitternacht ist vorüber.«

»Armer alter Lutz«, sagte Sam. »Ich möchte mal wissen, wo er ist. Ich hoffe, diese Wölfe haben ihn noch nicht erwischt.«

Links von dem großen Torbogen fanden sie eine steinerne Tür; sie war halb geschlossen, ließ sich aber leicht aufstoßen. Dahinter schien eine große, in den Fels gehauene Kammer zu liegen.

»Langsam! Langsam!« rief Gandalf, als Merry und Pippin hineinstürmten, froh, für die Rast einen Platz zu finden, wo sie wenigstens etwas mehr das Gefühl von Schutz haben würden, als in dem offenen Gang. »Langsam! Ihr wißt doch nicht, was drinnen ist. Laßt mich vorgehen.«

Er ging vorsichtig hinein, und die anderen kamen einzeln nach. »Da!« sagte er und zeigte mit seinem Stab in die Mitte des Fußbodens. Vor seinen Füßen sahen sie ein großes rundes Loch wie die Mündung eines Brunnenschachts. Zerbrochene, rostige Ketten lagen am Rand und hingen hinunter in den dunklen Schacht. Stücke von Steinen lagen in der Nähe.

»Einer von euch hätte hineinfallen können und würde sich immer noch fragen, wann er wohl auf dem Grund ankommt«, sagte Aragorn zu Merry.. »Laßt den Führer vorangehen, solange ihr einen habt.«

»Das scheint eine Wachstube gewesen zu sein, um die drei Gänge zu bewachen«, sagte Gimli. »Das Loch war gewiß ein Brunnen für die Versorgung der Wachen, abgedeckt mit einem steinernen Deckel. Aber der Deckel ist zerbrochen, und wir müssen im Dunkeln vorsichtig sein.«

Der Brunnen übte eine seltsame Anziehungskraft auf Pippin aus. Während die anderen Decken ausrollten und an den Wänden der Kammer, möglichst weit entfernt von dem Loch im Fußboden, sich ihre Betten machten, kroch er an den Rand und schaute hinein. Ein kühler Lufthauch wehte ihm ins Gesicht, der aus unsichtbaren Tiefen aufstieg. Einer plötzlichen Regung folgend, tastete er nach einem losen Stein und ließ ihn hineinfallen. Er fühlte sein Herz viele Male schlagen, ehe ein Ton zu hören war. Dann kam von weit unten, als ob der Stein an irgendeinem höhlenartigen Ort in tiefes Wasser gefallen sei, ein *Plumps*, sehr entfernt, aber verstärkt und wiederholt in dem hohlen Schacht.

»Was ist das?« rief Gandalf. Er war erleichtert, als Pippin beichtete, was er getan hatte; aber er war ärgerlich, und Pippin sah, wie seine Augen blitzten. »Närrischer Tuk!« knurrte er. »Unsere Wanderung ist eine ernste Angelegenheit, kein Hobbit-Spaziergang. Wirf dich nächstes Mal selbst hinein, dann kannst du uns in Zukunft keinen Ärger mehr bereiten. Jetzt sei still!«

Mehrere Minuten lang war nichts zu hören; aber dann drang aus der Tiefe schwaches Klopfen herauf: *Tumm-Tapp, Tapp-Tumm.* Es hörte auf, und als das Echo verhallt war, fing es wieder an: *Tapp-Tumm, Tumm-Tapp, Tapp-Tapp, Tumm.* Es klang beunruhigend wie Signale irgendeiner Art; doch nach einer Weile hörte das Klopfen auf und begann auch nicht wieder.

»Das waren Hammergeräusche, oder ich müßte mich sehr irren«, sagte Gimli.

»Ja«, antwortete Gandalf, »und es gefällt mir gar nicht. Es mag nichts mit Peregrins törichtem Stein zu tun haben; aber wahrscheinlich ist irgend etwas aufgescheucht worden, was man besser in Ruhe gelassen hätte. Bitte, tut nichts dergleichen wieder! Laßt uns hoffen, daß wir uns etwas ausruhen können ohne weiteren Ärger. Du, Pippin, kannst die erste Wache übernehmen, zur Belohnung«, brummte er, als er sich in eine Decke einwickelte.

Pippin saß unglücklich im Stockdunkeln an der Tür; aber er drehte sich immer wieder um, denn er fürchtete, daß irgend etwas Unbekanntes aus dem Brunnen herauskriechen könnte. Er wünschte, er könnte das Loch abdecken, und sei es auch nur mit einer Decke, aber er wagte sich nicht zu rühren oder in die Nähe des Brunnens zu gehen, obwohl Gandalf zu schlafen schien.

In Wirklichkeit war Gandalf wach, obwohl er still lag und nichts sagte. Er dachte angestrengt nach, versuchte, sich alle Erinnerungen an seine frühere Wanderung in den Minen ins Gedächtnis zurückzurufen und überlegte sich besorgt, welchen Weg er nun einschlagen sollte; eine falsche Richtung könnte jetzt verhängnisvoll sein. Nach einer Stunde stand er auf und kam zu Pippin.

»Geh in eine Ecke und schlaf, mein Junge«, sagte er ganz freundlich. »Du brauchst Schlaf, nehme ich an. Ich kann kein Auge zutun, da kann ich genauso gut die Wache übernehmen.

Ich weiß, was mit mir los ist«, murmelte er, als er sich an die Tür setzte. »Ich brauche was zu rauchen! Seit dem Morgen vor dem Schneesturm habe ich nicht geraucht.«

Das letzte, was Pippin sah, ehe er einschlief, war die dunkle Gestalt des Zauberers, der auf dem Boden hockte und einen glimmenden Span in seinen knorrigen Händen zwischen den Knien hielt. Einen Augenblick beleuchtete die Flamme seine scharfe Nase und das Rauchwölkchen.

Gandalf war es, der sie alle weckte. Etwa sechs Stunden hatte er allein gewacht und die anderen ruhen lassen. »Und während der Wachen habe ich einen Entschluß gefaßt«, sagte er. »Bei dem mittleren Weg habe ich ein ungutes Gefühl; bei dem linken gefällt mir der Geruch nicht: da unten ist die Luft verpestet, oder ich bin kein Führer. Ich werde den rechten Gang nehmen. Es ist Zeit, daß wir wieder nach oben klettern.«

Acht dunkle Stunden lang, nicht gerechnet zwei kurze Pausen, marschierten sie weiter; und sie begegneten keiner Gefahr und hörten nichts und sahen nichts als den schwachen Schein des Zauberstabs, der wie ein Irrlicht vor ihnen hertanzte. Der Gang, den Gandalf gewählt hatte, stieg ununterbrochen an. Soweit sie es beurteilen konnten, führte er in großen Kurven bergan und wurde allmählich immer höher und breiter. Auf keiner Seite waren jetzt Durchgänge zu anderen Stollen, und der Boden war eben und unversehrt, ohne Risse oder Spalten. Offensichtlich waren sie auf eine ehemals wichtige Straße gestoßen; und sie kamen rascher voran als bei ihrem ersten Marsch.

Auf diese Weise legten sie, in direkter Linie nach Osten gemessen, etwa fünfzehn Meilen zurück, obwohl sie in Wirklichkeit vielleicht zwanzig Meilen oder mehr gelaufen waren. Als sich die Straße nach oben wand, besserte sich Frodos Stimmung ein wenig; aber er war immer noch bedrückt und hörte noch zuzeiten, oder glaubte es wenigstens, weit hinter der Gemeinschaft und über ihre eigenen Schritte hinaus einen ihnen folgenden Schritt, der kein Echo war.

Sie waren so weit marschiert, wie die Hobbits es ohne Rast vermochten, und alle dachten an einen Platz, wo sie schlafen könnten, als plötzlich rechts und links die Wände verschwanden. Offenbar waren sie durch irgendeinen gewölbten Torweg in einen schwarzen, leeren Raum gekommen. Hinter ihnen war ein starker Strom wärmerer Luft spürbar, und vor ihnen lag die Dunkelheit kalt auf ihren Gesichtern. Sie blieben stehen und scharten sich ängstlich zusammen.

Gandalf schien erfreut. »Ich habe den richtigen Weg gewählt«, sagte er. »Endlich kommen wir in die bewohnbaren Teile, und ich vermute, daß die Ostseite jetzt nicht mehr fern ist. Aber wir sind noch hoch oben, beträchtlich höher als das Schattenbachtor, wenn ich mich nicht sehr irre. Nach der Luft zu schließen, müssen wir in einer großen Halle sein. Ich will jetzt ein wenig wirkliches Licht wagen.«

Er hob seinen Stab, und für einen kurzen Augenblick leuchtete eine Flamme auf wie ein Blitzstrahl. Große Schatten sprangen auf und flohen, und für eine Sekunde sahen sie ein riesiges Dach hoch über ihren Köpfen, getragen von vielen mächtigen Säulen aus Stein. Vor ihnen und zu beiden Seiten erstreckte sich eine gewaltige, leere Halle; ihre schwarzen Wände, blank und glatt wie Glas, glänzten und schimmerten. Drei andere Eingänge sahen sie, dunkle, schwarze Bogen: einen direkt vor ihnen, der nach Osten ging, und je einen auf beiden Seiten. Dann ging das Licht aus.

»Mehr will ich jetzt nicht wagen«, sagte Gandalf. »Früher gab es große Fenster an der Bergseite und Schächte, die hinaufreichten zum Licht in den oberen Bereichen der Minen. Ich glaube, wir haben sie jetzt erreicht, aber es ist Nacht draußen, und vor dem Morgen werden wir es nicht feststellen können. Wenn ich recht habe, werden wir morgen vielleicht den Morgen hereinschauen sehen. Aber einstweilen ist es wohl besser, nicht weiterzugehen. Laßt uns ruhen, wenn wir können. Bisher ist alles gut gegangen, und den größten Teil des dunklen Weges haben wir hinter uns. Doch sind wir noch nicht hindurch, und es ist noch weit bis hinunter zu den Toren, die in die Welt hinausführen.«

Die Gemeinschaft verbrachte die Nacht in der großen, höhlenartigen Halle, eng zusammengedrängt in einer Ecke, um dem Durchzug zu entgehen: durch den östlichen Torbogen strömte ständig kalte Luft herein. Als sie dort lagen, ringsum von hohler und unermeßlicher Dunkelheit umgeben, fühlten sie sich bedrückt von der Einsamkeit und Riesigkeit der unterirdischen Hallen und der sich endlos verzweigenden Treppen und Gänge. Auch die wildesten Vorstellungen, die sich die Hobbits nach dunklen Gerüchten gemacht hatten, blieben weit hinter der tatsächlichen Furchtbarkeit und Großartigkeit von Moria zurück.

»Da muß aber einstmals eine gewaltige Schar von Zwergen hier gewesen sein«, sagte Sam. »Und jeder von ihnen muß fünfhundert Jahre lang eifriger geschafft haben als Dachse, um all das zu machen, und das meiste noch dazu in hartem Fels! Wofür haben sie das alles gemacht? Gewiß haben sie doch in diesen dunklen Höhlen nicht gewohnt?«

»Das sind keine Höhlen«, antwortete Gimli. »Dies ist das große Reich und die Stadt Zwergenbinge. Und einstmals war es hier nicht dunkel, sondern voller Licht und Glanz, wie es noch in unseren Liedern überliefert wird.«

Er stand auf und begann im Dunkeln mit tiefer Stimme zu singen, und das Echo drang hinauf bis zum Dach.

Die Welt war jung, die Berge grün,
Als fleckenlos der Mond noch schien,
Nicht Berg noch Tal, nicht Strom noch Land
War da, zu Durins Zeit, benannt.
Er gab den Dingen Nam und Stand,
Trank ersten Trunk vom Quellenrand
Und sah im Spiegel Widerschein
Von Sternen, Gold und Edelstein,
Sah sich zu Häupten eine Kron
Aufblinken und verschatten schon.

Die Welt war jung, die Gipfel frei
Zu jener Zeit, die längst vorbei,
Die mächtigen Herrn von Nargothrond
Und Gondolin sind längst entthront
Und leben westlich, fern und weit,
Die Welt war schön zu Durins Zeit.

Die Felsengründe waren sein,
Mit Gold verziert und Edelstein
Und silbern köstlich ausgelegt,
Das Tor von Runenkraft geprägt,
Und tausend Lampen aus Kristall
Verströmten Licht allüberall,
Ein helleres fließt nicht in die Welt
Von Sonne, Mond und Sternenzelt.

Der Hammer auf den Amboß hieb,
Der Stichel grub, der Meißel trieb,
Geschärfte Schwerterklinge sang,
Der Reichtum wuchs bei jedem Gang.
Von Amethyst, Beryll, Opal,
Metall, geschuppt, war voll der Saal,
Von Panzerhemden, Schild und Speer
Die Borte in den Kammern schwer.

Froh lebte damals Durins Volk,
Die Harfe klang, der Sänger sang,
Und vor den Toren stieß ins Horn
Der Wächter zu der Stunden Gang.

Die Welt ist grau, der Berg ist alt,
Die Essen leer, die Aschen kalt,
Kein Harfner singt, kein Hammer fällt;
Das Dunkel herrscht in Durins Welt,
Sein Grab liegt unter Schatten da
In Khazad-dûm, in Moria.
Die Sterne glitzern wunderlich
Im Spiegelsee, die Krone blich,
Tief ist der See, der sie begräbt,
Bis Durin sich vom Schlaf erhebt.

»Das gefällt mir!« sagte Sam. »Das möchte ich gerne lernen. *In Khazad-dûm, in Moria!* Aber es macht die Dunkelheit noch bedrückender, wenn man an all die Lampen denkt. Liegen hier immer noch Haufen von Edelsteinen und Gold herum?«

Gimli antwortete nicht. Nachdem er sein Lied gesungen hatte, wollte er nichts mehr sagen.

»Haufen von Edelsteinen?« sagte Gandalf. »Nein. Die Orks haben Moria oft geplündert; in den oberen Hallen ist nichts zurückgeblieben. Und seit die Zwerge geflohen sind, wagt niemand, die Schächte und Schatzkammern in den großen Tiefen aufzusuchen: sie sind im Wasser versunken – oder in einem Schatten der Furcht.«

»Warum wollen die Zwerge dann zurückkommen?« fragte Sam.

»Wegen *mithril*«, antwortete Gandalf. »Morias Reichtum beruhte nicht auf Gold und Edelsteinen, dem Spielzeug der Zwerge; und nicht auf Eisen, ihrem Diener. Derlei Dinge fanden sie hier, das ist wahr, vor allem Eisen. Aber sie hätten es nicht nötig gehabt, danach zu graben: alles, was sie begehrten, konnten sie im Tauschhandel erhalten. Doch allein hier und sonst nirgends in der Welt wurde Moria-Silber gefunden, oder Wahr-Silber, wie manche es genannt haben: *mithril* ist der elbische Name. Die Zwerge haben einen Namen dafür, den sie nicht sagen. Sein Wert betrug das Zehnfache von Gold und ist jetzt unermeßlich; denn oberirdisch ist wenig davon übrig, und nicht einmal die Orks wagen hier danach zu graben. Die Adern erstrecken sich weit nach Norden zum Caradhras hin und hinab in die Dunkelheit. Die Zwerge sprechen nicht darüber; aber ebenso wie *mithril* die Grundlage ihres Reichtums war, so war es auch ihr Verderben: sie gruben zu gierig und zu tief und störten das auf, wovor sie flohen: Durins Fluch. Von dem, was sie ans Licht gebracht hatten, haben die Orks fast alles an sich gerafft und als Tribut an Sauron abgeführt, der es begehrte.

Mithril! Jedermann wollte es. Man konnte es wie Kupfer hämmern und wie Glas glätten; und die Zwerge wußten ein Metall daraus zu machen, leicht und trotzdem härter als getemperter Stahl. Seine Schönheit glich der des gewöhnlichen Silbers, aber die Schönheit von *mithril* wurde nicht matt oder trübe. Die Elben liebten es sehr; und abgesehen von manchem anderen machten sie daraus *ithildin*, Sternenmond, wie ihr auf der Tür gesehen habt. Bilbo hatte einen Harnisch aus Mithril-Ringen, den Thorin ihm geschenkt hatte. Ich möchte gern wissen, wo er geblieben ist. Wahrscheinlich verstaubt er weiter im Museum von Michelbinge.

»Was?« rief Gimli, aus seinem Schweigen aufgeschreckt. »Ein Panzerhemd aus Moria-Silber? Das war ein königliches Geschenk!«

»Ja«, sagte Gandalf. »Ich habe es ihm niemals gesagt, aber der Harnisch war mehr wert als das ganze Auenland und alles darinnen.«

Frodo sagte nichts, aber er faßte unter sein Wams und berührte die Ringe seines Kettenhemds. Ihm wurde ganz schwindlig bei dem Gedanken, daß er den Wert des ganzen Auenlands auf dem Leibe trug. Hatte Bilbo das gewußt? Er zweifelte nicht, daß Bilbo das sehr wohl gewußt hatte. Wahrlich ein königliches Geschenk. Aber nun wanderten seine Gedanken hinweg von den dunklen Minen nach Bruchtal, zu Bilbo, und nach Beutelsend zu der Zeit, als Bilbo noch da war. Er wünschte von ganzem Herzen, daß er wieder dort und es noch wie damals wäre, daß er den Rasen mähte oder sich mit den Blumen zu schaffen machte und nie von Moria oder *mithril* – oder dem Ring gehört hätte.

Es trat ein tiefes Schweigen ein. Einer nach dem anderen schlief ein. Frodo hielt Wache. Als ob es ein Atem wäre, der durch unsichtbare Türen aus großer Tiefe kam, überfiel ihn Grauen. Seine Hände waren kalt und seine Stirn feucht. Er lauschte. Zwei langsam hinschleichende Stunden lang lauschte er angespannt; aber er hörte keinen Ton, nicht einmal das eingebildete Echo eines Schritts.

Seine Wache war fast vorüber, als er drüben, wo er den westlichen Torbogen vermutete, zwei bleiche Lichtpunkte zu sehen glaubte, fast wie leuchtende Augen. Er fuhr zusammen. Sein Kopf war vornüber gesunken. »Ich muß beinahe während der Wache eingeschlafen sein«, dachte er. »Ich war am Anfang eines Traumes.« Er stand auf, rieb sich die Augen und blieb stehen und starrte ins Dunkel, bis er von Legolas abgelöst wurde.

Als er sich hinlegte, schlief er schnell ein, aber ihm war, als ob sich der Traum fortsetzte: er hörte Flüstern und sah die beiden bleichen Lichtpunkte, die sich langsam näherten. Er wachte auf und merkte, daß die anderen sich leise unterhielten und ihm ein schwaches Licht aufs Gesicht fiel. Hoch oben über dem östlichen Torbogen kam ein langer, blasser Lichtstrahl durch einen Schacht in der Nähe des Daches; und jenseits der Halle schimmerte auch durch den nördlichen Torbogen schwach und entfernt Licht.

Frodo setzte sich auf. »Guten Morgen!« sagte Gandalf. »Denn Morgen ist es nun endlich. Ich habe recht gehabt, wie du siehst. Wir sind hoch oben auf der Ostseite von Moria. Ehe der Tag heute vorbei ist, sollten wir die Großen Tore finden und das Wasser des Spiegelsees vor uns im Schattenbachtal liegen sehen.«

»Es wird mich freuen«, sagte Gimli. »Ich habe Moria gesehen, und es ist sehr groß, aber es ist dunkel und schrecklich geworden; und wir haben keine Spur von meiner Sippe gefunden. Ich bezweifle jetzt, daß Balin jemals hierherkam.«

Nachdem sie gefrühstückt hatten, beschloß Gandalf, gleich weiterzugehen. »Wir sind müde, aber wir sollten uns lieber ausruhen, wenn wir draußen sind«, sagte er. »Ich glaube, daß keiner von uns gern eine weitere Nacht in Moria verbringen möchte.«

»Nein, gewiß nicht«, sagte Boromir. »Welchen Weg wollen wir nehmen? Dort drüben durch den östlichen Bogen?«

»Vielleicht«, antwortete Gandalf. »Aber ich weiß noch nicht genau, wo wir sind. Wenn ich mich nicht sehr irre, vermutlich oberhalb und nördlich der Großen Tore; und es mag nicht leicht sein, den richtigen Weg dort hinunter zu finden. Der Weg durch den östlichen Bogen wird sich wahrscheinlich als derjenige erweisen, den wir nehmen müssen; aber ehe wir uns entscheiden, sollten wir uns umschauen. Laßt uns dem Licht dort nachgehen, das durch die nördliche Tür hereinfällt. Wenn wir ein Fenster finden könnten, wäre das nützlich, aber ich fürchte, das Licht kommt nur durch tiefe Schächte.«

Geführt von ihm, ging die Gemeinschaft unter dem nördlichen Bogen durch. Sie befanden sich nun in einem breiten Gang. Als sie weitergingen, wurde der Lichtschein stärker, und sie sie sahen jetzt, daß er durch eine Türöffnung zu ihrer Rechten drang. Sie war hoch und oben flach, und die Steintür hing noch in den Angeln und stand halb offen. Dahinter lag ein großer, rechtwinkliger Raum. Er war nur schwach erleuchtet, aber ihren Augen, die so lange an Dunkelheit gewöhnt gewesen waren, erschien er blendend hell, und sie blinzelten, als sie eintraten.

Ihre Füße wirbelten eine dicke Staubschicht auf dem Boden auf und stolperten über Dinge, deren Form sie zuerst nicht erkennen konnten. Die Kammer war durch einen breiten Schacht in der Ostwand erhellt; er führte schräg aufwärts, und ganz oben konnten sie einen kleinen, rechteckigen Flecken blauen Himmels sehen. Das Licht des Schachts fiel genau auf einen Tisch in der Mitte des Raums: einen einzigen, länglichen Block, etwa zwei Fuß hoch, auf dem eine große weiße Steinplatte lag.

»Das sieht wie ein Grab aus«, murmelte Frodo und beugte sich mit einem seltsamen Gefühl der Vorahnung vor, um besser sehen zu können. Gandalf trat rasch neben ihn. Auf der Platte waren Runen tief eingegraben:

»Das sind Daerons Runen, wie sie früher in Moria gebräuchlich waren«, sagte Gandalf. »Hier steht in den Sprachen der Menschen und Zwerge:

BALIN FUNDIN'S SOHN
HERR VON MORIA.«

»Er ist also tot«, sagte Frodo. »Ich hatte es gefürchtet.« Gimli zog seine Kapuze über das Gesicht.

FÜNFTES KAPITEL

DIE BRÜCKE VON KHAZAD-DÛM

Schweigend stand die Gemeinschaft des Ringes an Balins Grab. Frodo dachte an Bilbo und seine lange Freundschaft mit dem Zwerge und an Balins Besuch im Auenland vor langer Zeit. In dieser staubigen Kammer im Gebirge schien das vor tausend Jahren und auf der anderen Seite der Welt gewesen zu sein.

Endlich rührten sie sich wieder, blickten auf und begannen, nach etwas zu suchen, was ihnen Aufschluß über Balins Schicksal geben oder ihnen zeigen würde, was aus seinem Volk geworden war. Es gab am anderen Ende der Kammer unter dem Schacht noch eine zweite, kleinere Tür. An beiden Türen sahen sie jetzt viele Knochen liegen und dazwischen zerbrochene Schwerter und Eisen von Äxten und gespaltene Schilde und Helme. Einige der Schwerter waren gebogen: Ork-Krummsäbel mit geschwärzten Klingen.

In den Fels der Wände waren viele Nischen hineingehauen, und in ihnen standen große, eisenbeschlagene Truhen aus Holz. Alle waren aufgebrochen und geplündert worden; doch neben dem zertrümmerten Dekkel einer Truhe lagen die Reste eines Buchs. Es war aufgeschlitzt und hineingestochen worden und teilweise angesengt, und es war so besudelt mit schwarzen und anderen dunklen Flecken wie von altem Blut, daß kaum etwas zu lesen war. Gandalf hob es vorsichtig auf, aber die Seiten rissen und brachen, als er es auf die Steinplatte legte. Er brütete eine Weile darüber, ohne zu sprechen. Frodo und Gimli standen neben ihm und sahen, als er behutsam die Seiten umblätterte, daß sie mit verschiedenen Handschriften bedeckt waren, mit Runen von Moria und Thal und hier und dort mit einer Elbenschrift.

Schließlich schaute Gandalf auf. »Es scheint eine Chronik über das Schicksal von Balins Leuten zu sein«, sagte er. »Ich vermute, daß sie mit ihrer Ankunft im Schattenbachtal vor nahezu dreißig Jahren beginnt: die Seiten scheinen Nummern zu haben, die sich auf die Jahre nach ihrer Ankunft beziehen. Die oberste Seite ist *eins – drei* bezeichnet, so daß mindestens zwei vom Anfang fehlen. Hört euch das an!

»Wir vertrieben Orks vom großen Tor und der Wache – glaube ich; das nächste Wort ist verwischt und versengt: wahrscheinlich *Raum – wir*

erschlugen viele in der hellen — glaube ich — *Sonne im Tal. Flói wurde durch einen Pfeil getötet. Er erschlug den Großen.* Dann kommt ein Fleck, und danach *Flói unter Gras nahe Spiegelsee.* Die nächsten paar Zeilen kann ich nicht lesen. Dann kommt *Wir haben die einundzwanzigste Halle vom nördlichen Ende als Wohnung genommen. Dort ist* was, kann ich nicht lesen. Ein *Schacht* wird erwähnt. Dann: *Balin hat seinen Wohnsitz in der Kammer von Mazarbul aufgeschlagen.*«

»Die Archivkammer«, sagte Gimli. »Ich vermute, das ist hier, wo wir jetzt sind.« »Jetzt kann ich lange nichts mehr lesen«, sagte Gandalf, »nur die Wörter *Gold* und *Durins Axt* und dann *Helm.* Dann: *Balin ist jetzt Herr von Moria.* Das scheint das Ende eines Kapitels zu sein. Dann kommen einige Sterne und nun beginnt eine andere Handschrift, und ich kann *wir fanden Wahrsilber* entziffern und später das Wort *wohlgeschmiedet,* und dann etwas, ah, ich hab's: *mithril;* und die beiden letzten Zeilen: *Óin soll die oberen Waffenkammern der Dritten Tiefe suchen,* irgend etwas *nach Westen gehen,* ein Fleck, dann *zum Hulsten-Tor.*«

Gandalf hielt inne und legte ein paar Blätter beiseite. »Da sind verschiedene Seiten derselben Art, ziemlich hastig geschrieben und stark beschädigt«, sagte er. »Aber bei diesem Licht kann ich wenig daraus entnehmen. Jetzt müssen ein paar Blätter fehlen, denn die nächsten sind mit *fünf* bezeichnet, dem fünften Jahr der Siedlung, nehme ich an. Laßt mich sehen! Nein, sie sind zu stark zerschnitten und befleckt; ich kann sie nicht lesen. In der Sonne mag es besser gehen. Wartet! Hier ist etwas: eine große, deutliche Hand, die sich einer elbischen Schrift bedient.«

»Das müßte Oris Hand sein«, sagte Gimli und schaute dem Zauberer über den Arm. »Er konnte sehr gut und schnell schreiben und gebrauchte oft elbische Buchstaben.«

»Ich fürchte, er hatte schlechte Nachrichten in einer schönen Schrift aufzuzeichnen«, sagte Gandalf. »Das erste deutliche Wort heißt *Schmerz,* aber der Rest der Zeile ist unleserlich, es sei denn, sie endet mit *rigen.* Ja, es muß heißen *gestrigen* und dann kommt *Tag, dem zehnten November, fiel Balin, Herr von Moria, im Schattenbachtal. Er ging allein, um in den Spiegelsee zu schauen, ein Ork erschoß ihn, hinter einem Stein verborgen, wir erschlugen den Ork, aber viele andere ... von Osten den Silberlauf herauf.* Der Rest der Seite ist so verschmiert, daß ich kaum etwas herausbekomme, aber ich glaube, ich kann lesen *wir haben das Tor versperrt,* und dann *können es lange halten, wenn* und dann vielleicht *entsetzlich* und *leiden.* Armer Balin! Er scheint den Titel, den er angenommen hat, weniger als fünf Jahre getragen zu haben. Ich würde gern wissen, was danach geschehen ist; aber wir haben keine Zeit, an den letzten paar Seiten herumzurätseln. Hier ist die allerletzte Seite.« Er hielt inne und seufzte.

»Es ist bitter, das zu lesen«, sagte er. »Ich fürchte, ihr Ende war grausam. Hört! *Wir können nicht hinaus. Wir können nicht hinaus. Sie haben die Brücke und die zweite Halle genommen. Frár und Lóni und Náli fielen dort.* Dann sind vier Zeilen so verschmiert, daß ich nur lesen kann *ging vor 5 Tagen.* Die letzten Zeilen lauten *der See reicht bis zur Wand am Westtor. Der Wächter im Wasser hat Óin gepackt. Wir können nicht hinaus. Das Ende kommt,* und dann *Trommeln, Trommeln in der Tiefe.* Ich möchte mal wissen, was das bedeuten soll. Das letzte ist in einem langgezogenen Gekritzel von Elbenzeichen geschrieben: *sie kommen.* Dann nichts mehr.« Gandalf hielt inne und stand in Gedanken versunken da.

Eine plötzliche Furcht und ein Grauen vor der Kammer befiel die Gemeinschaft. *»Wir können nicht hinaus«,* murmelte Gimli. »Wir haben Glück gehabt, daß der See ein wenig gesunken war und der Wächter unten am südlichen Ende schlief.«

Gandalf hob den Kopf und schaute sich um. »Sie scheinen an beiden Türen den letzten Widerstand geleistet zu haben«, sagte er. »Aber zu dieser Zeit waren nicht mehr viele übrig. So endete der Versuch, Moria wiederzuerobern! Es war kühn, aber töricht. Die Zeit ist noch nicht gekommen. Nun, fürchte ich, müssen wir von Balin, Fundins Sohn, Abschied nehmen. Hier muß er liegen in den Hallen seiner Väter. Wir werden dieses Buch mitnehmen, das Buch von Mazarbul, und es später genauer ansehen. Du solltest es an dich nehmen, Gimli, und es Dáin bringen, wenn du Gelegenheit hast. Es wird ihn interessieren, aber auch sehr betrüben. Kommt, laßt uns gehen! Der Morgen ist schon weit vorgeschritten.«

»Welchen Weg wollen wir gehen?« fragte Boromir.

»Zurück zur Halle«, antwortete Gandalf. »Aber unser Besuch in diesem Raum war nicht vergebens. Ich weiß jetzt, wo wir sind. Dies muß, wie Gimli sagt, die Kammer von Mazarbul sein; und die Halle muß die einundzwanzigste vom Nordende sein. Daher sollten wir durch den Ostbogen der Halle gehen und uns nach rechts und nach Süden halten und abwärts gehen. Die Einundzwanzigste Halle müßte auf der Siebenten Sohle liegen, das heißt sechs über den Toren. Kommt nun! Zurück zur Halle!«

Kaum hatte Gandalf diese Worte gesprochen, als ein großer Lärm anhob: ein rollendes *Bum,* das aus großen Tiefen zu kommen und in den Steinen zu ihren Füßen zu zittern schien. Sie sprangen erschreckt zur Tür.

Dum, dum rollte es wieder, als ob riesige Hände die Höhlen von Moria in eine gewaltige Trommel verwandelt hätten. Dann kam als Echo ein Schmettern: ein großes Horn wurde in der Halle geblasen, andere Hörner antworteten und von weit her waren rauhe Schreie zu hören. Man hörte viele Füße rennen.

»Sie kommen!« rief Legolas.

»Wir können nicht hinaus«, sagte Gimli.

»In einer Falle!« rief Gandalf. »Warum zögerte ich? Hier sind wir, gefangen, genau wie die anderen vor uns. Aber damals war ich nicht hier. Wir werden sehen, was – «

Dum, dum dröhnte das Trommeln, und die Wände bebten.

»Schlagt die Türen zu und verkeilt sie!« schrie Aragorn. »Und behaltet eure Rucksäcke auf, solange ihr könnt: vielleicht vermögen wir uns doch noch einen Weg hinaus zu bahnen.«

»Nein«, sagte Gandalf. »Wir dürfen uns nicht einschließen lassen. Laßt die östliche Tür angelehnt! Dort hinunter werden wir gehen, wenn wir eine Möglichkeit haben.«

Wieder erschallte ein gellender Hornstoß, und schrille Schreie ertönten. Fußtritte kamen den Gang entlang. Es gab einen hellen Klang und ein Klirren, als die Gemeinschaft ihre Schwerter zog. Glamdring schimmerte mit einem bleichen Licht, und Stich glänzte an den Schneiden. Boromir legte seine Schulter gegen die westliche Tür.

»Warte einen Augenblick! Mach sie noch nicht zu!« sagte Gandalf. Er sprang vor an Boromirs Seite und richtete sich zu seiner vollen Größe auf.

»Wer kommt hierher, um Balins, des Herrn von Moria, Ruhe zu stören?« rief er mit lauter Stimme.

Ein heiseres Gelächter brach aus und klang wie Steine, die in eine Grube rollen; inmitten des Lärms erhob sich eine tiefe befehlende Stimme. *Dum, bum, dum* dröhnten die Trommeln in der Tiefe.

Mit einer raschen Bewegung trat Gandalf vor die schmale Öffnung der Tür und stieß seinen Stab vor. Es gab eine blendende Flamme, die die Kammer und den Gang draußen erhellte. Einen Augenblick schaute der Zauberer hinaus. Pfeile sausten und pfiffen den Gang herunter, als er zurücksprang.

»Das sind Orks, und zwar sehr viele«, sagte er. »Und manche sind groß und böse: schwarze Uruks aus Mordor. Im Augenblick zögern sie noch, aber da ist noch etwas anderes. Ein großer Höhlentroll, glaube ich, oder mehr als einer. Auf jenem Weg zu fliehen besteht keine Hoffnung.«

»Und überhaupt keine Hoffnung, wenn sie auch zur anderen Tür kommen«, sagte Boromir.

»Hier ist noch kein Ton zu hören«, sagte Aragorn, der an der östlichen Tür stand und lauschte. »Der Gang führt auf dieser Seite sofort eine Treppe hinunter: er geht eindeutig nicht zurück zur Halle. Aber es hat keinen Zweck, blindlings auf diesem Wege zu fliehen, wenn die Verfolger gleich hinter uns sind. Wir können die Tür nicht versperren. Der Schlüssel ist fort, und das Schloß ist zerbrochen und die Tür geht nach innen auf. Wir müssen erst etwas tun, um den Feind aufzuhalten. Wir wollen sie lehren, die Kammer von Mazarbul zu fürchten!« sagte er grimmig und befühlte die Schneide seines Schwertes Andúril.

Schwere Fußtritte waren auf dem Gang zu hören. Boromir warf sich gegen die Tür und drückte sie zu; dann verkeilte er sie mit abgebrochenen Schwertklingen und Holzsplittern. Die Gemeinschaft zog sich auf die andere Seite der Kammer zurück. Aber noch hatten sie keine Möglichkeit, zu fliehen. Es gab einen Schlag gegen die Tür, der sie erzittern ließ, und dann schob sie sich langsam auf und preßte die Keile beiseite. Ein riesiger Arm und eine Schulter mit einer dunklen Haut aus grünlichen Schuppen zwängten sich durch den sich verbreiternden Spalt. Dann kam unten ein großer, flacher, zehenloser Fuß zum Vorschein. Draußen herrschte Totenstille.

Boromir sprang vor und hieb mit aller Macht auf den Arm; aber sein Schwert klirrte, prallte ab und fiel ihm aus der zitternden Hand. Die Klinge war schartig geworden.

Plötzlich und zu seiner eigenen Überraschung fühlte Frodo einen heißen Zorn in seinem Herzen aufflammen. »Das Auenland!« rief er, sprang neben Boromir, bückte sich und hieb mit Stich auf den abscheulichen Fuß. Man hörte ein Gebrüll, der Fuß zuckte zurück, und Stich wäre Frodo fast aus der Hand gerissen worden. Schwarze Tropfen rannen von der Klinge und dampften auf dem Boden. Boromir warf sich gegen die Tür und schlug sie wieder zu.

»Sieg für das Auenland!« rief Aragorn. »Des Hobbits Biß geht tief! Du hast eine gute Klinge, Frodo, Drogos Sohn!«

Es wurde gegen die Tür geschlagen und immer wieder und wieder dagegen geschlagen. Rammen und Hämmer wurden eingesetzt. Sie krachte und gab nach, und plötzlich erweiterte sich die Öffnung. Pfeile kamen angeschwirrt, aber sie trafen die nördliche Wand und fielen zu Boden, ohne Schaden anzurichten. Ein Hornstoß erscholl und ein Getrappel von Füßen war zu hören, und dann sprang ein Ork nach dem anderen in die Kammer.

Wie viele es waren, konnten die Gefährten nicht zählen. Der Ansturm war heftig, aber die erbitterte Verteidigung entmutigte die Orks. Legolas schoß zweien durch die Kehle. Gimli hieb einem, der auf Balins Grab gesprungen war, die Beine ab. Boromir und Aragorn erschlugen viele. Als dreizehn gefallen waren, ergriffen die übrigen schreiend die Flucht und ließen die Verteidiger unverletzt zurück, mit Ausnahme von Sam, der eine Schramme auf dem Kopf hatte. Ein rasches Ducken hatte ihn gerettet; und er hatte seinen Ork niedergestreckt: ein kräftiger Stoß mit seiner Hügelgrab-Klinge. Ein Feuer glühte in seinen braunen Augen, das Timm Sandigmann hätte zurückweichen lassen, wenn er es gesehen hätte.

»Jetzt ist es Zeit!« rief Gandalf. »Laßt uns gehen, ehe der Troll wiederkommt!«

Aber gerade als sie den Rückzug antraten und ehe Pippin und Merry die Treppe draußen erreicht hatten, sprang ein riesiger Orkhäuptling, fast mannshoch, von Kopf bis Fuß in einen schwarzen Panzer gehüllt, in die Kammer; hinter ihm rotteten sich seine Gefolgsleute an der Tür zusammen. Sein breites, flaches Gesicht war schwärzlich, seine Augen waren wie Kohlen, und seine Zunge war rot; er schwang einen großen Speer. Mit einem Stoß seines Lederschilds wehrte er Boromirs Schwert ab, drängte ihn zurück und warf ihn zu Boden. Unter Aragorns Schlag tauchte er mit der Schnelligkeit einer angreifenden Schlange hindurch, stürmte mitten in die Gemeinschaft hinein und stieß seinen Speer genau auf Frodo. Der Stoß traf Frodo an der rechten Seite, und er wurde gegen die Wand geworfen und festgehalten. Mit einem Schrei hackte Sam auf den Speerschaft ein, und er zersplitterte. Aber gerade, als der Ork den Stumpf fortwarf und seinen Krummsäbel zog, sauste Andúril auf seinen Helm nieder. Wie eine Flamme blitzte es auf, und der Helm brach auseinander. Mit gespaltetem Schädel stürzte der Ork zu Boden. Seine Gefolgsleute flohen heulend, als Boromir und Aragorn sich auf sie stürzten.

Dum, dum dröhnten die Trommeln in der Tiefe. Die laute Stimme erschallte wieder.

»Jetzt!« schrie Gandalf. »Jetzt ist die letzte Gelegenheit! Rennt, was ihr könnt!«

Aragorn hob Frodo auf, der noch an der Wand lag, stürzte auf die Treppe zu und stieß Merry und Pippin vor sich her. Die anderen folgten; aber Gimli mußte von Legolas weggezerrt werden; trotz der Gefahr verweilte er noch mit gesenktem Kopf an Balins Grab. Boromir zog die östliche Tür zu, die in den Angeln quietschte; sie hatte große eiserne Ringe an beiden Seiten, konnte aber nicht festgemacht werden.

»Mir fehlt nichts«, keuchte Frodo. »Ich kann laufen. Setz mich ab!«

Aragorn hätte ihn vor Verblüffung fast fallenlassen. »Ich dachte, du seist tot!« rief er.

»Noch nicht«, sagte Gandalf. »Aber jetzt ist keine Zeit zum Staunen. Weg mit euch, allesamt, die Treppen hinunter! Wartet unten ein paar Minuten auf mich, aber wenn ich nicht bald komme, geht weiter. Geht rasch und sucht euch Wege aus, die nach rechts und nach unten führen.«

»Wir können dich nicht allein lassen, um die Tür zu halten«, sagte Aragorn.

»Tut, was ich euch sage!« sagte Gandalf grimmig. »Schwerter nützen hier nichts mehr. Geht!«

Der Gang war durch keinen Schacht erhellt, sondern stockfinster. Sie tasteten sich eine lange Treppenflucht hinunter und schauten sich dann um; aber sie konnten nichts sehen als das schwache Schimmern des Zauberstabs hoch über ihnen. Gandalf schien immer noch an der geschlossenen Tür Wache zu halten. Frodo atmete schwer und lehnte sich an Sam, der den Arm um ihn legte. Sie standen in der Dunkelheit und starrten die Treppe hinauf. Frodo glaubte Gandalfs Stimme oben zu hören, der Wörter murmelte, die mit einem seufzendem Echo von dem schrägen Dach zurückgeworfen wurden. Er konnte nicht verstehen, was er sagte. Die Wände schienen zu zittern. Von Zeit zu Zeit dröhnten und hallten die Trommelschläge: *dum, dum.*

Plötzlich sahen sie oben an der Treppe eine weiße Stichflamme. Dann gab es ein dumpfes Gepolter und einen schweren Aufprall. Die Trommelschläge dröhnten wild: *dum-bum, dum-bum,* und hörten dann auf. Gandalf kam die Treppe heruntergestürzt und fiel mitten zwischen den Gefährten zu Boden.

»So, das ist vorbei«, sagte der Zauberer und stand mühsam wieder auf. »Ich habe getan, was ich konnte. Doch habe ich meinen Gegner gefunden und wäre beinahe vernichtet worden. Aber bleibt hier nicht stehen! Geht weiter! Ihr müßt eine Weile ohne Licht auskommen: ich bin reichlich benommen. Geht weiter! Wo bist du, Gimli? Komm mit mir voraus! Bleibt alle dicht hinter uns!«

Sie stolperten hinter ihm her und fragten sich, was geschehen war. *Dum, dum* fingen die Trommelschläge wieder an: aber sie klangen jetzt gedämpfter und weit weg, aber sie kamen hinter ihnen her. Sonst war nichts von Verfolgung zu hören, weder Fußtritte noch Stimmen. Gandalf bog weder rechts noch links ab, denn der Gang schien in die Richtung zu führen, die er einschlagen wollte. Ab und zu ging es wieder eine Treppe hinunter, fünfzig oder mehr Stufen, zu einer tieferen Sohle. In diesem Augenblick war das für sie die größte Gefahr; denn im Dunkeln konnten sie nicht sehen, wo die Treppe begann, und sie merkten es erst, wenn ihre Füße ins Leere traten. Gandalf tastete mit seinem Stab den Boden ab wie ein Blinder.

Nach einer Stunde waren sie eine Meile oder vielleicht ein wenig mehr gelaufen und viele Treppen hinuntergestiegen. Es war immer noch kein Verfolger zu hören. Fast begannen sie zu hoffen, daß sie entkommen könnten. Am Fuße der siebenten Treppe blieb Gandalf stehen.

»Es wird heiß«, keuchte er. »Wir müßten jetzt schon mindestens auf der Höhe der Tore sein. Bald sollten wir, glaube ich, nach einem links abbiegenden Weg Ausschau halten, der uns nach Osten führt. Ich hoffe, es ist nicht weit. Ich bin sehr erschöpft. Ich muß hier einen Augenblick rasten, selbst wenn alle jemals gezüchteten Orks uns auf den Fersen wären.«

Gimli nahm seinen Arm und half ihm, sich auf die Treppe zu setzen. »Was ist da oben an der Tür geschehen?« fragte er. »Hast du den Trommler gesehen?«

»Ich weiß es nicht«, antwortete Gandalf. »Aber mir stand plötzlich etwas gegenüber, dem ich noch nicht begegnet war. Mir fiel nichts anderes ein als zu versuchen, die Tür mit einem Zauberspruch zu verschließen. Ich kenne viele; aber um derlei Dinge richtig zu machen, braucht es Zeit, und selbst dann kann die Tür noch mit Gewalt aufgebrochen werden.

Als ich da stand, hörte ich Orkstimmen auf der anderen Seite; jeden Augenblick, glaubte ich, würden sie die Tür aufstoßen. Ich konnte nicht verstehen, was sie sagten; sie schienen in ihrer abscheulichen Sprache zu reden. Das einzige, was ich aufschnappte, war *ghâsh*: das ist ›Feuer‹. Dann kam etwas in die Kammer – ich spürte es durch die Tür, und selbst die Orks hatten Angst und wurden still. Es packte den eisernen Ring, und dann bemerkte es mich und meinen Zauberspruch.

Was es war, kann ich nicht erraten, aber ich habe nie eine derartige Herausforderung verspürt. Der Gegenzauber war fürchterlich. Er hätte mich fast zerbrochen. Für einen Augenblick entglitt die Tür meiner Herrschaft und begann sich zu öffnen. Ich mußte ein Wort der Macht sprechen. Das erwies sich als eine zu große Spannung. Die Tür zerbarst in Stücke. Irgend etwas Dunkles wie eine Wolke sperrte drinnen alles Licht aus, und ich wurde rückwärts die Treppe hinuntergeworfen. Die ganze Wand stürzte ein, und das Dach der Kammer auch, glaube ich.

Ich fürchte, Balin ist tief begraben, und vielleicht ist auch etwas anderes dort begraben. Ich kann es nicht sagen. Aber wenigstens ist der Gang hinter uns völlig versperrt worden. Ah! Nie zuvor habe ich mich so erschöpft gefühlt, aber es geht vorbei. Und nun, wie steht es mit dir, Frodo? Ich hatte keine Zeit, es vorhin zu sagen, aber ich habe mich nie in meinem Leben mehr gefreut als in dem Augenblick, als du sprachst. Ich fürchtete, daß Aragorn einen tapferen, aber toten Hobbit trug.«

»Wie es mit mir steht?« sagte Frodo. »Ich lebe und bin heil, glaube ich. Ich habe blaue Flecken und Schmerzen, aber es ist nicht so schlimm.«

»Na«, meinte Aragorn, »ich kann nur sagen, daß Hobbits aus einem so harten Holz geschnitzt sind, wie ich es mir nicht hatte vorstellen können. Hätte ich das gewußt, dann hätte ich im Gasthaus von Bree sanfter gesprochen. Dieser Speerstoß hätte einen wilden Eber aufgespießt!«

»Mich hat er zum Glück nicht aufgespießt«, sagte Frodo. »Obwohl mir zumute ist, als sei ich zwischen Hammer und Amboß geraten.« Er sagte weiter nichts. Das Atmen tat ihm weh.

»Du schlägst Bilbo nach«, meinte Gandalf. »An dir ist mehr dran, als das Auge sieht, was ich von ihm schon vor langer Zeit behauptet habe.« Frodo fragte sich, ob diese Bemerkung mehr bedeutete, als sie besagte.

Sie gingen jetzt wieder weiter. Kurz darauf sprach Gimli. Er hatte im Dunkeln scharfe Augen. »Ich glaube«, sagte er, »da vorne ist Licht. Aber es ist kein Tageslicht. Es ist rot. Was kann das sein?«

»*Gâsh!*« murmelte Gandalf. »Ob sie wohl das gemeint haben: daß die tieferen Sohlen in Brand gesetzt sind? Dennoch, wir können nur weitergehen.«

Bald wurde der Lichtschein unverkennbar, und alle konnten ihn sehen. Er flackerte und glühte auf den Wänden des Ganges vor ihnen. Ihren Weg konnten sie jetzt sehen: vor ihnen führte er rasch hinunter, und ein Stück weiter vorn war ein niedriger Bogendurchgang; durch ihn kam der immer heller werdende Lichtschein. Es wurde sehr heiß.

Gandalf ging unter dem Bogen hindurch und bedeutete ihnen, zu warten. Als er unmittelbar hinter dem Durchgang stand, sahen sie, daß sein Gesicht von einem roten Schein erhellt war. Er trat rasch zurück.

»Da ist irgendeine neue Teufelei im Gange«, sagte er, »zweifellos als Willkommensgruß für uns gedacht. Aber ich weiß jetzt, wo wir sind: wir haben die Erste Tiefe erreicht, die Sohle direkt unter den Toren. Dies ist die Zweite Halle von Alt-Moria; und die Tore sind nahe: dort drüben am östlichen Ende, links, nicht mehr als eine Viertelmeile. Über die Brücke, eine breite Treppe hinauf, über eine breite Straße, durch die Erste Halle und hinaus! Aber kommt und seht!«

Sie schauten hinaus. Vor ihnen lag eine weitere höhlenartige Halle. Sie war höher und länger als jene, in der sie geschlafen hatten. Sie befanden sich in der Nähe ihres östlichen Endes; nach Westen zu herrschte Dunkelheit. In der Mitte erhob sich eine doppelte Reihe von Säulen. Sie waren gemeißelt wie die Stämme mächtiger Bäume, deren Äste mit einem verzweigten Maßwerk aus Stein das Dach trugen. Die Stämme waren glatt und schwarz, doch ein rotes Glühen spiegelte sich dunkel auf ihnen. Quer durch den Fußboden, dicht am Fuß von zwei riesigen Säulen, hatte sich ein großer Spalt aufgetan. Aus ihm drang ein heller roter Lichtschein, und ab und zu züngelten Flammen am Rand und ringelten sich um den Sockel der Säulen. Dunkle Rauchwölkchen zogen durch die heiße Luft.

»Wenn wir von den oberen Hallen über den Hauptweg gekommen wären, dann hätten wir hier in der Falle sitzen sollen«, sagte Gandalf. »Laßt uns hoffen, daß das Feuer jetzt zwischen uns und unseren Verfolgern liegt. Kommt! Es ist keine Zeit zu verlieren!«

Während er noch sprach, ertönte wieder der Trommelschlag: *Dum, dum, dum.* Hinter den Schatten an der Westseite der Halle waren in der Ferne Schreie und Hornstöße zu hören. *Dum, Dum*: die Säulen schienen zu beben und die Flammen zu erzittern.

»Jetzt auf zum letzten Lauf!« sagte Gandalf. »Wenn draußen die Sonne scheint, können wir noch entkommen. Mir nach!«

Er wandte sich nach links und eilte über den glatten Boden der Halle. Die Entfernung war größer, als es den Anschein gehabt hatte. Während sie rannten, hörten sie das Stampfen und den Widerhall von vielen hastenden Füßen hinter sich. Ein schriller Schrei verriet, daß sie gesehen worden waren. Es gab ein Gerassel und Geklirr von Stahl. Ein Pfeil schwirrte über Frodos Kopf.

Boromir lachte. »Das haben sie nicht erwartet«, sagte er. »Das Feuer hat sie abgeschnitten. Wir sind auf der falschen Seite!«

»Schaut nach vorn!« rief Gandalf. »Die Brücke ist nahe. Sie ist gefährlich und schmal.«

Plötzlich sah Frodo einen schwarzen Abgrund vor sich. Am Ende der Halle verschwand der Fußboden und stürzte in eine unbekannte Tiefe. Die Tür nach draußen konnte nur über eine schlanke Steinbrücke ohne Randsteine oder Geländer erreicht werden, die den Abgrund in einem einzigen großen Bogen von fünfzig Fuß überspannte. Es war eine alte Verteidigungsanlage der Zwerge für den Fall, daß es einem Feind gelang, die Erste Halle und die äußeren Gänge einzunehmen. Sie konnten die Brücke nur einer hinter dem anderen überschreiten. Am Rand blieb Gandalf stehen, und die anderen holten ihn ein.

»Geh du voran, Gimli«, sagte er. »Dann Pippin und Merry. Geradeaus weiter und die Treppe hinter der Tür hinauf.«

Pfeile fielen auf sie. Einer traf Frodo und prallte ab. Ein zweiter durchbohrte Gandalfs Hut und blieb dort wie eine schwarze Feder stecken. Frodo schaute sich um. Hinter dem Feuer sah er wimmelnde schwarze Gestalten: es schienen Hunderte von Orks zu sein. Sie schwenkten Speere und Krummsäbel, die im Schein des Feuers blutrot glänzten. *Dum, dum* dröhnten die Trommelschläge und wurden lauter und lauter, *dum, dum.*

Legolas drehte sich um und legte einen Pfeil an die Sehne, obwohl es ein weiter Schuß war für seinen kleinen Bogen. Er zog ab, aber seine Hand fiel herunter, und der Pfeil glitt auf den Boden. Er stieß einen Schreckensschrei aus. Zwei große Trolle erschienen; sie trugen große Steinplatten und schleuderten sie hinunter als Laufbretter über das Feuer. Aber es waren nicht die Trolle, die den Elben mit Entsetzen erfüllt hatten. Die Reihen der Orks hatten sich geöffnet, und sie wichen zurück, als ob sie selbst Angst hätten. Irgend etwas kam hinter ihnen heran. Was es war, konnte man nicht sehen: es war wie ein großer Schatten, in dessen Mitte sich ein dunkler Umriß abzeichnete, von Menschengestalt vielleicht, doch größer; und Macht und Schrecken schien in ihm zu sein und ihm voranzugehen.

Es kam an den Rand des Feuers, und dessen Schein verblaßte, als ob sich eine Wolke darüber lege. Dann sprang es über den Spalt. Die Flammen loderten auf, um es zu grüßen, und schlängelten sich darum; und ein schwarzer Rauch wirbelte durch die Luft. Seine flatternde Mähne fing Feuer und brannte hinter ihm lichterloh. In seiner rechten Hand war eine Klinge wie eine zustoßende Zunge aus Feuer; in der Linken hielt es eine Peitsche mit vielen Riemen.

»Wehe! Wehe!« jammerte Legolas. »Ein Balrog! Ein Balrog ist gekommen!« Gimli starrte mit aufgerissenen Augen. »Durins Fluch!« rief er, ließ seine Axt fallen und bedeckte sein Gesicht.

»Ein Balrog«, murmelte Gandalf. »Jetzt verstehe ich.« Er schwankte und stützte sich schwer auf seinen Stab. »Was für ein Unglück! Und ich bin schon müde.«

Die dunkle, Feuer verströmende Gestalt raste auf sie zu. Die Orks kreischten und schwärmten über die steinernen Laufbretter aus. Da hob Boromir sein Horn und blies. Laut erschallte die Herausforderung und gellte wie der Schrei vieler Kehlen unter dem Gewölbe. Einen Augenblick verloren die Orks den Mut, und der feurige Schatten verharrte. Dann erstarben die Echos plötzlich wie eine Flamme, die von einem dunklen Wind ausgeblasen wird, und der Feind ging wieder vor.

»Über die Brücke!« rief Gandalf, der wieder Kraft gesammelt hatte.

»Flieht! Das ist ein Feind, gegen den ihr alle nichts ausrichten könnt. Ich muß den schmalen Weg halten. Flieht!« Aber Aragorn und Boromir hörten nicht auf den Befehl und blieben Seite an Seite hinter Gandalf am anderen Ende der Brücke stehen. Die anderen hielten an der Tür am Ende der Halle an und drehten sich um, denn sie brachten es nicht über sich, ihren Führer dem Feind allein gegenübertreten zu lassen.

Der Balrog erreichte die Brücke. Gandalf stand in der Mitte des Bogens und stützte sich auf den Stab in seiner Linken, aber in seiner Rechten glänzte Glamdring, kalt und weiß. Sein Feind blieb wieder stehen und schaute ihn an, und der Schatten um ihn reckte sich wie zwei riesige Flügel. Er hob die Peitsche, und die Riemen wimmerten und knallten. Feuer drang aus seinen Nüstern. Aber Gandalf stand fest.

»Du kannst nicht vorbei«, sagte er. Die Orks blieben stehen, und eine Totenstille trat ein. »Ich bin ein Diener des Geheimen Feuers und Gebieter über die Flamme von Anor. Du kannst nicht vorbei. Das dunkle Feuer wird dir nichts nützen, Flamme von Udûn. Geh zurück zu den Schatten. Du kannst nicht vorbei.«

Der Balrog gab keine Antwort. Das Feuer in ihm schien zu ersterben, aber die Finsternis nahm zu. Langsam ging er weiter auf der Brücke, und plötzlich richtete er sich zu seiner ganzen Größe auf, und seine Flügel erstreckten sich von Wand zu Wand; aber immer noch war Gandalf zu sehen, schimmernd in der Düsternis; er sah klein aus und ganz allein: grau und gebeugt wie ein dürrer Baum, ehe ein Sturm losbricht.

Aus dem Schatten sprang flammend ein rotes Schwert hervor.

Glamdring glitzerte weiß als Antwort.

Es gab einen klirrenden Aufprall und eine weiße Stichflamme. Der Balrog wich zurück, und sein Schwert flog hoch, in Stücke zerschmolzen. Der Zauberer schwankte auf der Brücke, trat einen Schritt zurück und blieb dann wieder stehen.

»Du kannst nicht vorbei!« sagte er.

Mit einem Satz sprang der Balrog ganz auf die Brücke. Seine Peitsche wirbelte und zischte.

»Er kann allein nicht standhalten!« rief Aragorn plötzlich und rannte wieder die Brücke entlang. »Elendil!« schrie er. »Ich bin bei dir, Gandalf!«

»Gondor!« schrie Boromir und setzte ihm nach.

In diesem Augenblick hob Gandalf seinen Stab, und mit einen lauten Ruf schlug er vor sich auf die Brücke. Der Stab zerbrach und fiel ihm aus der Hand. Eine blendend weiße Feuerwand stieg vor ihm auf. Die Brücke krachte. Genau zu den Füßen des Balrogs barst sie, und der Stein, auf dem er gestanden hatte, stürzte in den Abgrund, während der Rest stehenblieb, schwebend, bebend wie eine ins Leere hinausgestreckte Zunge aus Fels.

Mit einem entsetzlichen Aufschrei fiel der Balrog vornüber, und sein Schatten stürzte hinab und verschwand. Doch noch im Fallen schwang er seine Peitsche, und die Riemen trafen die Knie des Zauberers, wickelten sich herum und zogen ihn an den Rand. Er schwankte und fiel, griff vergebens nach dem Stein und glitt in den Abgrund. »Flieht, ihr Narren!« schrie er und war weg.

Die Feuer erloschen, und es wurde völlig dunkel. Die Gemeinschaft stand vor Entsetzen wie angewurzelt und starrte in den Abgrund. Gerade als Aragorn und Boromir zurückgeeilt kamen, krachte die Brücke wieder, und der Rest stürzte ein. Mit einem Schrei scheuchte Aragorn sie auf.

»Kommt! Ich werde euch jetzt führen!« rief er. »Wir müssen seinem letzten Befehl gehorchen. Folgt mir!«

Sie stolperten wie wild die große Treppe hinter der Tür hinauf. Aragorn lief vorauf, Boromir am Schluß. Oben kamen sie in einen breiten, widerhallenden Gang. Ihn entlang flohen sie. Frodo hörte Sam an seiner Seite weinen, und dann merkte er, daß er selbst weinte, während er rannte. *Dum, dum, dum* dröhnten die Trommelschläge hinter ihnen, trauervoll jetzt und langsam; *dum!*

Sie rannten weiter. Es wurde heller vor ihnen; große Schächte durchbrachen das Dach. Sie rannten schneller. Sie kamen in eine Halle, in die Tageslicht durch hohe Fenster an der Ostseite eindrang. Sie hasteten hindurch. Sie gelangten durch die riesigen zerbrochenen Türen, und plötzlich öffneten sich die Großen Tore vor ihnen, ein Bogen aus blendendem Licht.

Eine Orkwache kauerte in den Schatten hinter den großen Türpfosten an beiden Seiten, aber die Tore waren zertrümmert und umgeworfen. Aragorn schlug den Hauptmann zu Boden, der sich ihm in den Weg stellte, und die anderen flohen voll Entsetzen vor seinem Zorn. Die Gemeinschaft eilte an ihnen vorbei und kümmerte sich nicht um sie. Nachdem sie aus den Toren heraus waren, rannten und sprangen sie die riesigen, jahrhundertealten Stufen hinunter, über die Schwelle von Moria.

So kamen sie schließlich hoffnungslos ans Tageslicht und spürten den Wind auf ihren Gesichtern.

Erst als sie außer Bogenschußweite von den Mauern waren, hielten sie an. Sie waren im Schattenbachtal. Der Schatten des Nebelgebirges lag auf ihm, aber im Osten stand ein goldenes Licht über dem Land. Es war erst eine Stunde nach dem Mittag. Die Sonne schien; die Wolken waren weiß und hoch.

Sie schauten zurück. Dunkel gähnte das Torgewölbe unter dem Bergschatten. Schwach und tief unter der Erde dröhnten die langsamen Trommelschläge: *Dum*. Ein dünner schwarzer Rauch stieg auf. Nichts sonst war zu sehen; das Tal rundum war leer. *Dum*. Der Schmerz überwältigte sie schließlich, und sie weinten lange: einige stehend und schweigend, einige hatten sich auf den Boden geworfen. *Dum, dum*. Die Trommelschläge erstarben.

SECHSTES KAPITEL

LOTHLÓRIEN

»Wehe! Ich fürchte, wir können hier nicht länger bleiben«, sagte Aragorn. Er schaute zum Gebirge hinüber und hob sein Schwert. »Lebewohl, Gandalf!« rief er. »Habe ich dir nicht gesagt: *Hüte dich, wenn du die Tore von Moria durchschreitest?* Wie wahr habe ich gesprochen! Welche Hoffnung haben wir ohne dich?«

Er wandte sich zur Gemeinschaft. »Wir müssen es ohne Hoffnung versuchen. Mag sein, daß wir noch Rache nehmen können. Wir wollen uns gürten und nicht mehr weinen! Kommt! Wir haben einen weiten Weg und viel zu tun.«

Sie standen auf und schauten sich um. Im Norden endete das Tal in einer schattigen Schlucht zwischen zwei großen Armen des Gebirges, über denen drei weiße Gipfel schimmerten: Celebdil, Fanuidhol und Caradhras, die Berge von Moria. Am oberen Ende der Schlucht floß ein Wildbach wie eine weiße Litze über eine endlose Treppe kurzer Wasserfälle, und ein Sprühnebel hing um die Füße der Berge herum in der Luft.

»Dort drüben ist der Schattenbachsteig«, sagte Aragorn und zeigte auf die Wasserfälle. »Den tief eingeschnittenen Weg, der an dem Wildbach entlangführt, hätten wir herunterkommen sollen, wenn das Schicksal freundlicher gewesen wäre.«

»Oder Caradhras weniger grausam«, sagte Gimli. »Dort steht er und lächelt in der Sonne!« Er drohte dem hintersten der schneebedeckten Gipfel mit der Faust und wandte sich ab.

Im Osten brach der ausgestreckte Arm des Gebirges plötzlich ab, und dahinter konnte man ferne Lande erkennen, ausgedehnt und undeutlich. Im Süden erstreckte sich das Nebelgebirge, so weit das Auge reichte. Weniger als eine Meile entfernt und etwas unterhalb von ihnen, denn noch immer standen sie hoch oben an der Westseite des Tals, lag ein See. Er war lang und oval, geformt wie eine große Lanzenspitze, die tief in die nördliche Schlucht hineinstieß; sein südliches Ende lag nicht mehr im Schatten, sondern unter dem sonnenhellen Himmel. Dennoch war sein Wasser dunkel: ein tiefes Blau wie ein klarer Abendhimmel, den man von einem erhellten Zimmer aus sieht. Seine Oberfläche war still und ungekräuselt. Um ihn herum war eine glatte Rasenfläche, die an allen Seiten bis zu seinem kahlen, nicht unterbrochenen Rand abfiel.

»Dort liegt der Spiegelsee, der tiefe Kheled-zâram!« sagte Gimli traurig. »Ich erinnere mich, daß er sagte: ›Mögest du dich des Anblicks erfreuen, aber wir können dort nicht verweilen‹. Nun werde ich lange wandern, bis ich mich wieder freuen kann. Ich muß hinwegeilen, und er muß bleiben.«

Die Gemeinschaft ging jetzt die Straße von den Toren hinunter. Sie war uneben und holprig und wurde allmählich zu einem bloßen Pfad, der sich zwischen Heidekraut und Ginster, die zwischen den zerborstenen Steinen wuchsen, dahinzog. Aber immer noch sah man, daß es vor langer Zeit ein gepflasterter Weg gewesen war, der aus den Niederungen des Königreichs der Zwerge heraufgeführt hatte. An manchen Stellen waren verfallene Steinbauten neben dem Pfad, und grüne Erdhügel, auf denen schlanke Birken wuchsen oder Tannen, die im Wind seufzten. Eine Kehre nach Osten führte sie dicht an die Rasenfläche des Spiegelsees, und dort stand nicht weit von der Straße eine einzelne Säule, die oben abgebrochen war.

»Das ist Durins Stein!« rief Gimli. »Ich kann nicht vorübergehen, ohne einen kurzen Blick auf die Wunder des Tals zu werfen!«

»Dann eile dich!« sagte Aragorn und schaute sich um nach den Toren. »Die Sonne sinkt früh. Die Orks werden vielleicht nicht vor der Dämmerung herauskommen, aber ehe die Nacht hereinbricht, müssen wir fort sein. Der Mond hat schon stark abgenommen, und es wird dunkel sein heute nacht.«

»Komm mit mir, Frodo«, rief der Zwerg. »Du sollst nicht weitergehen, ohne Kheled-zâram gesehen zu haben.« Er rannte den grünen Abhang hinunter. Frodo folgte ihm langsam, trotz seiner Schmerzen und Müdigkeit von dem stillen, blauen Wasser angezogen; Sam kam hinter ihm her.

An dem großen Stein blieb Gimli stehen und schaute hinauf. Er war gesprungen und verwittert, und die undeutlichen Runen auf seiner Seitenfläche waren unleserlich. »Diese Säule steht an der Stelle, wo Durin zuerst in den Spiegelsee schaute«, sagte der Zwerg. »Laßt uns selbst einmal hineinschauen, ehe wir gehen!«

Sie beugten sich über das dunkle Wasser. Zuerst konnten sie nichts sehen. Dann sahen sie allmählich die Umrisse der umgebenden Berge in dem tiefen Blau gespiegelt, und die Gipfel waren wie Helmbüsche aus weißen Flammen über ihnen; dahinter war ein Stück Himmel. Dort schimmerten glitzernde Sterne, wie in der Tiefe versunkene Edelsteine, obwohl der Himmel oben voller Sonne war. Von ihren eigenen gebückten Gestalten sahen sie kein Spiegelbild.

»O schöner und wundervoller Kheled-zâram«, sagte Gimli. »Dort liegt Durins Krone, bis er erwacht. Lebewohl!« Er verneigte sich, wandte sich ab und eilte zurück über den grünen Rasen zur Straße.

»Was hast du gesehen?« wollte Pippin von Sam wissen, aber Sam war zu tief in Gedanken, um zu antworten.

Die Straße wandte sich jetzt nach Süden und führte rasch bergab und aus dem Tal heraus. Etwas unterhalb des Sees kamen sie zu einem tiefen Brunnen, dessen Wasser klar wie Kristall war, und aus ihm lief über einen steinernen Rand ein Bach, der schimmernd und murmelnd in einer steilen, felsigen Rinne weiterfloß.

»Das ist die Quelle, aus der der Silberlauf entspringt«, sagte Gimli. »Trinkt nicht davon. Das Wasser ist eiskalt.«

»Bald wird er ein rasch dahinströmender Fluß und nimmt das Wasser von vielen anderen Gebirgsbächen auf«, sagte Aragorn. »Unsere Straße läuft auf viele Meilen an ihm entlang. Denn ich werde den Weg nehmen, den Gandalf gewählt hatte, und zuerst hoffe ich in die Wälder zu kommen, wo der Silberlauf in den Großen Strom mündet – dort drüben.« Er zeigte in die Richtung, und als sie hinschauten, sahen sie vor sich den Bach, der zur Sohle des Tals hinuntersprang und weiter und weiter lief zum Tiefland, bis er sich in goldenem Dunst verlor.

»Dort liegen die Wälder von Lothlórien«, sagte Legolas. »Das ist der schönste aller Wohnsitze meines Volkes. Keine Bäume sind wie die Bäume jenes Landes. Denn im Herbst fallen ihre Blätter nicht ab, sondern färben sich golden. Erst wenn der Frühling kommt und das neue Grün sich öffnet, fallen sie ab, und dann sind die Zweige überladen mit gelben Blüten; und der Boden des Waldes ist golden, und golden ist das Dach, und seine Säulen sind aus Silber, denn die Rinde der Bäume ist glatt und grau. So heißt es noch in unseren Liedern in Düsterwald. Ich wäre von Herzen froh, wenn ich am Saum jenes Waldes wäre, und es wäre Frühling!«

»Ich werde sogar im Winter von Herzen froh sein«, sagte Aragorn. »Aber es liegt noch viele Meilen entfernt. Laßt uns eilen!«

Eine Zeitlang vermochten Frodo und Sam mit den anderen Schritt zu halten; aber Aragorn schlug ein schnelles Tempo an, und nach einer Weile blieben sie zurück. Sie hatten nichts gegessen seit dem frühen Morgen. Sams Wunde brannte wie Feuer, und ihm war schwindlig. Obwohl die Sonne schien, war der Wind kühl nach der warmen Dunkelheit von Moria. Er fröstelte. Frodo hatte bei jedem Schritt mehr Schmerzen, und das Atmen fiel ihm schwer.

Schließlich wandte sich Legolas um, und als er sah, daß sie weit zurück waren, sprach er mit Aragorn. Die anderen hielten an, und Aragorn rannte zurück und rief Boromir zu, er solle mitkommen.

»Es tut mir leid, Frodo!« rief er voll Sorge. »Soviel ist heute geschehen und Eile tut uns so not, daß ich ganz vergessen habe, daß du verletzt bist; und Sam auch. Ihr hättet etwas sagen sollen. Wir haben nichts getan, um euch Erleichterung zu verschaffen, was wir hätten tun sollen, obwohl alle Orks von Moria uns auf den Fersen waren. Kommt nun! Ein Stückchen weiter ist ein Platz, wo wir eine Weile rasten können. Dort will ich für euch tun, was ich kann. Komm, Boromir. Wir wollen sie tragen.«

Bald darauf kamen sie zu einem anderen Bach, der von Westen herabfloß und sein sprudelndes Wasser mit dem Silberlauf vereinigte. Zusammen stürzten sie sich über ein Gefälle aus grüngefäbtem Stein und schäumten hinunter in eine Schlucht. Dort wuchsen Tannen, niedrig und verkrüppelt, und die Hänge waren bewachsen mit Zungenfarn und Heidelbeersträuchern. Auf dem Grund der Schlucht war ein ebenes Stück, wo der Bach geräuschvoll über schimmernde Kiesel floß. Hier rasteten sie. Es war jetzt nahezu drei Stunden nach Mittag, und es lagen erst wenige Meilen zwischen ihnen und dem Tor von Moria. Schon stand die Sonne im Westen.

Während Gimli und die beiden jüngeren Hobbits ein Feuer aus Reisig und Tannenholz entfachten und Wasser schöpften, kümmerte sich Aragorn um Sam und Frodo. Sams Wunde war nicht tief, sah aber häßlich aus, und Aragorns Gesicht war ernst, als er sie untersuchte. Nach einem Augenblick blickte er erleichtert auf.

»Du hast Glück gehabt, Sam«, sagte er. »Viele haben als Strafe, wenn sie ihren ersten Ork erschlagen haben, Schlimmeres erhalten als das. Der Schnitt ist nicht vergiftet, was die Wunden von Orkklingen oft sind. Er sollte gut heilen, nachdem ich ihn behandelt habe. Bade die Wunde, wenn Gimli heißes Wasser hat.«

Aus seinem Beutel holte er einige verwelkte Blätter hervor. »Sie sind trocken und mögen etwas von ihrer Heilkraft verloren haben«, sagte er. »Aber immerhin sind es noch ein paar Blätter von *athelas,* die ich nahe der Wetterspitze gesammelt habe. Zerdrücke eins im Wasser und wasche die Wunde sauber, und dann werde ich sie verbinden. Jetzt bist du an der Reihe, Frodo.«

»Ich bin ganz in Ordnung«, sagte Frodo, der nicht wollte, daß seine Kleider berührt wurden. »Ich brauche nichts als etwas zu essen und ein wenig Ruhe.«

»Nein!« sagte Aragorn. »Wir müssen uns anschauen, was Hammer und Amboß dir getan haben. Ich staune immer noch, daß du überhaupt am Leben bist.« Vorsichtig streifte er Frodos alte Jacke und den abgetragenen Wams ab, und ihm stockte der Atem. Dann lachte er. Der silberne Harnisch schimmerte vor seinen Augen wie Sonnenstrahlen auf welliger See. Behutsam zog er ihn aus und hielt ihn hoch, und die Edelsteine darauf glitzerten wie Sterne, und der Klang der geschüttelten Ringe war wie das Plätschern von Regen auf einem Teich.

»Schaut, Freunde!« rief er. »Hier ist ein hübsches Hobbitfell, um ein Elbenprinzlein einzuhüllen! Wenn es bekannt wäre, daß Hobbits solche Pelze haben, dann würden alle Jäger von Mittelerde ins Auenland reiten.«

»Und alle Pfeile aller Jäger der Welt wären vergeblich«, sagte Gimli und starrte voll Staunen auf das Panzerhemd. »Es ist ein Mithril-Harnisch. Mithril! Einen so schönen habe ich noch nie gesehen oder davon erzählen hören. Ist das der Panzer, von dem Gandalf gesprochen hat? Dann hat er seinen Wert unterschätzt. Aber es war ein verdientes Geschenk!«

»Ich habe mich oft gefragt, was du und Bilbo so heimlich in seinem kleinen Zimmer getrieben habt«, sagte Merry. »Gesegnet sei der alte Hobbit! Ich liebe ihn mehr denn je. Hoffentlich haben wir Gelegenheit, ihm davon zu berichten!«

Frodo hatte eine schwärzlich blaue Quetschung auf der rechten Seite und auf der Brust. Unter dem Kettenpanzer trug er ein Hemd aus weichem Leder, aber an einer Stelle waren die Ringe durch das Leder hindurch ins Fleisch gedrückt worden. Auch an der linken Seite hatte Frodo Prellungen, wo er gegen die Wand gestoßen worden war. Während die anderen eine Mahlzeit vorbereiteten, badete Aragorn die Wunden mit Wasser, in dem *athelas* eingeweicht worden war. Der prickelnde Duft erfüllte die Schlucht, und alle, die sich über das dampfende Wasser beugten, fühlten sich erfrischt und gestärkt. Bald ließen Frodos Schmerzen nach, und das Atmen fiel ihm leichter; allerdings war er noch tagelang steif und bei jeder Berührung empfindlich. Aragorn machte ihm einen dicken, weichen Verband auf die Seite.

»Der Panzer ist wunderbar leicht«, sagte er. »Zieh ihn wieder an, wenn du es aushalten kannst. Ich bin von Herzen froh, daß du einen solchen Harnisch hast. Lege ihn nicht ab, auch nicht zum Schlafen, es sei denn, das Schicksal führt dich an einen Ort, wo du eine Zeitlang in Sicherheit bist; aber das wird kaum vorkommen, solange deine Fahrt dauert.«

Als sie gegessen hatten, machte sich die Gemeinschaft zum Weitergehen bereit. Sie löschten das Feuer und beseitigten alle Spuren. Dann kletterten sie aus der Schlucht heraus und folgten wieder der Straße. Sie waren noch nicht weit gegangen, als die Sonne hinter den westlichen Höhen versank und große Schatten über die Berghänge herabkrochen. Dämmerung verhüllte ihre Füße, und Nebel stieg aus den Mulden auf. Weit im Osten lag das Abendlicht blaß auf der undeutlich erkennbaren Landschaft ferner Ebenen und Wälder. Sam und Frodo fühlten sich jetzt wohler und erfrischt und vermochten einigermaßen gut Schritt zu halten, und mit nur einer kurzen Pause ließ Aragorn die Gruppe noch fast drei Stunden weitergehen.

Es war dunkel und tiefe Nacht. Viele klare Sterne standen am Himmel, aber der abnehmende Mond war noch nicht aufgegangen. Gimli und Frodo bildeten die Nachhut und gingen leise, ohne zu reden und lauschten, ob sie irgendein Geräusch hinter sich auf der Straße hörten. Schließlich brach Gimli das Schweigen.

»Nichts als der Wind ist zu hören«, sagte er. »Es sind keine Unholde in der Nähe, oder meine Ohren müßten aus Holz sein. Es steht zu hoffen, daß sich die Orks damit begnügen, uns aus Moria vertrieben zu haben. Und vielleicht war das ihr einziges Ziel, und sie hatten sonst nichts zu tun mit uns – mit dem Ring. Allerdings verfolgen Orks ihre Feinde oft meilenweit in der Ebene, wenn sie einen gefallenen Häuptling zu rächen haben.«

Frodo antwortete nicht. Er schaute auf Stich, und die Klinge war dunkel. Dennoch hörte er etwas, oder glaubte es jedenfalls. Kaum waren die Schatten ringsum gefallen und die Straße hinter ihnen dämmrig, hatte er wieder leichte Schritte gehört. Selbst jetzt hörte er sie. Er wandte sich rasch um. Da waren zwei winzig kleine Lichtpünktchen, oder jedenfalls glaubte er einen Augenblick, sie zu sehen, aber sie glitten sofort zur Seite und verschwanden.

»Was ist denn?« fragte der Zwerg.

»Ich weiß nicht«, antwortete Frodo. »Ich glaubte Fußtritte zu hören, und ich glaubte, einen Lichtschein zu sehen – wie Augen. Das habe ich oft geglaubt, sobald wir nach Moria gekommen waren.«

Gimli blieb stehen und bückte sich zum Boden. »Ich höre nichts als das Nachtgespräch der Pflanzen und Steine«, sagte er. »Komm! Laß uns eilen! Die anderen sind schon außer Sicht.«

Der Nachtwind blies ihnen das Tal herauf kalt entgegen. Vor ihnen erhob sich ein großer grauer Schatten, und sie hörten ein endloses Rascheln von Blättern wie Pappeln im Wind.

»Lothlórien!« rief Legolas. »Lothlórien! Wir sind am Saum des Goldenen Waldes angelangt. Wie schade, daß es Winter ist!«

In der Dunkelheit erhoben sich die Bäume hoch vor ihnen und überwölbten die Straße und den Bach, der plötzlich unter ihren ausgebreiteten Zweigen dahinplätscherte. Im Dämmerlicht der Sterne waren ihre Stämme grau und ihre bebenden Blätter eine Andeutung von fahlem Gold.

»Lothlórien!« sagte Aragorn. »Froh bin ich, wieder den Wind in den Bäumen zu hören! Wir sind kaum mehr als fünf Wegstunden vom Moria-Tor entfernt, aber wir können nicht weiter gehen. Wir wollen hoffen, daß uns die Macht der Elben heute nacht vor der Gefahr bewahrt, die hinter uns herkommt.«

»Wenn hier wirklich noch Elben in der dunkel werdenden Welt leben«, sagte Gimli.

»Es ist lange her, daß einer von meinem eigenen Volk hierher zurückgewandert ist, von wo wir dereinst gekommen waren«, sagte Legolas. »Aber wir hören, daß Lórien noch nicht verlassen ist, denn es gibt hier eine geheime Macht, die das Böse vom Land fernhält. Das Volk von Lórien ist indessen selten zu sehen, und vielleicht wohnt es jetzt tief in den Wäldern und weit von der nördlichen Grenze.«

»Fürwahr, tief im Walde wohnen sie«, sagte Aragorn und seufzte, als ob irgendeine alte Erinnerung sich in ihm regte. »Wir müssen uns heute nacht selbst verteidigen. Ein kurzes Stück werden wir noch weitergehen und uns dann abseits vom Weg einen Platz suchen, wo wir ruhen können.«

Er ging weiter; aber Boromir blieb unentschlossen stehen und folgte ihm nicht. »Gibt es keinen anderen Weg?« fragte er.

»Welchen anderen, schöneren Weg würdest du dir wünschen?« fragte Aragorn zurück.

»Eine einfache Straße, und führe sie auch durch eine Hecke von Schwertern«, erwiderte Boromir. »Auf seltsamen Pfaden ist die Gemeinschaft geführt worden und bisher nur ins Unglück. Gegen meinen Willen sind wir unter den Schatten von Moria hindurchgegangen, zu unserem Schaden. Und nun müssen wir den Goldenen Wald betreten, sagst du. Aber von jenem gefährlichen Lande haben wir in Gondor gehört, und es heißt, daß wenige wieder herauskommen, die einmal hineingehen; und daß von den wenigen keiner unversehrt davongekommen ist.«

»Sage nicht *unversehrt*, aber wenn du *unverändert* sagst, wirst du die Wahrheit sprechen«, antwortete Aragorn. »Doch das Wissen schwindet in Gondor, Boromir, wenn sie in der Stadt jener, die einst weise waren, schlecht über Lothlórien reden. Glaub, was du willst, aber es gibt keinen anderen Weg für uns – es sei denn, du willst zurückgehen zum Moria-Tor oder die pfadlosen Berge erklimmen oder ganz allein den Großen Strom durchschwimmen.«

»Dann führe uns!« sagte Boromir. »Aber es ist gefährlich.«

»Gefährlich fürwahr«, antwortete Aragorn, »schön und gefährlich; doch nur Böse müssen das Land fürchten, oder jene, die irgend etwas Böses mit sich bringen. Folgt mir!«

Sie waren kaum mehr als eine Meile in den Wald gegangen, als sie auf einen zweiten Fluß stießen, der rasch von den baumbestandenen Hängen herabfloß, die sich weiter westlich zum Gebirge hinzogen. Sie hörten den Fluß zwischen den Schatten zu ihrer Rechten über ein Gefälle plätschern. Sein dunkles, eilendes Wasser lief vor ihnen über den Pfad und vereinigte sich mit dem Silberlauf in einem Strudel dämmriger Tümpel zwischen den Wurzeln der Bäume.

»Das ist der Nimrodel!« sagte Legolas. »Über diesen Fluß haben die Waldelben einstmals viele Lieder gedichtet, und wir im Norden singen sie immer noch und erinnern uns des Regenbogens über dem Wasserfall und der goldenen Blüten, die in seinen Fluten schwammen. Alles ist dunkel jetzt, und die Nimrodel-Brücke ist abgerissen. Ich will meine Füße darin baden, denn es heißt, das Wasser sei heilsam für die Müden.« Er ging ein paar Schritte weiter und stieg das tiefeingeschnittene Ufer hinunter und watete in den Fluß.

»Folgt mir!« rief er. »Das Wasser ist nicht tief. Laßt uns hinüberwaten! Auf dem anderen Ufer können wir rasten, und das Plätschern des Wassers mag uns Schlaf bringen und unseren Kummer vergessen lassen.«

Einer nach dem anderen kletterten sie hinunter und folgten Legolas. Einen Augenblick blieb Frodo am Rand stehen und ließ das Wasser über seine müden Füße rinnen. Es war kalt, aber es fühlte sich rein an, und als er weiterging und es ihm bis zu den Knien reichte, hatte er das Gefühl, daß aller Schmutz der Wanderung und alle Müdigkeit von seinen Gliedern abgewaschen war.

Als die ganze Gemeinschaft drüben war, setzten sie sich hin, ruhten und aßen etwas; und Legolas erzählte ihnen Geschichten von Lothlórien, die die Elben von Düsterwald noch in ihren Herzen bewahrten, von Sonnenschein und Sternenlicht auf den Wiesen am Großen Strom, ehe die Welt grau war.

Schließlich trat Schweigen ein, und sie hörten die Musik des Wasserfalls, die süß durch die Schatten zog. Fast glaubte Frodo eine Stimme singen zu hören, die sich mit dem Geräusch des Wassers verquickte.

»Hört ihr die Stimme des Nimrodel?« fragte Legolas. »Ich werde euch ein Lied singen von der Maid Nimrodel, die denselben Namen hatte wie der Fluß, an dem sie einst lebte. Es ist ein schönes Lied in unserer Waldlandsprache; aber so lautet es in der Westron-Sprache, wie manche in Bruchtal es jetzt singen.« Mit leiser Stimme, die im Rascheln der Blätter über ihnen kaum vernehmbar war, begann er:

Einst lebte eine Elbenmaid
So wie der Morgen hold;
Ihr Kleid, ihr Schuh war ein Geschmeid
Aus Silberglanz und Gold.

Auf ihrer Stirne stand ein Stern,
Im Haare spielte Licht
Wie auf den Hügeln Lóriens fern
Die Sonne heller nicht.

Ihr Haar fiel reich, und gliederweiß
Und schön war sie und frei
Und bog sich wie ein junges Reis
Im Wind so sanft dabei.

Am Wasserfall von Nimrodel,
Der klar und kühl versprüht,
Fiel sie mit ein wie Silber hell
Ins helle Wasserlied.

Heut aber kennt sie keiner mehr
Noch ihren Aufenthalt;
Sie fand nicht Weg noch Wiederkehr
Aus Wildnis, Berg und Wald.

Das Elbenschiff im Hafen lag,
Am Berge sturmgeschützt,
Und harrte ihrer Tag um Tag –
Die See ging weißbemützt.

Ein Sturm kam auf von Norden her
Zur Nacht mit Urgewalt

Und trieb das Schiff hinaus aufs Meer
Ins Dunkel ungestalt.

Der Strand, der Berg verschwamm im Dunst
Vertrübt und ungenau,
Die Wogen türmten sich in Brunst
Und rollten schwer und grau.

Noch schärfte Amroth seinen Blick,
Noch suchte er die Stell'
Das Schiff verfluchend – nicht zurück
Trug's ihn zu Nimrodel.

Er selber herrschte einst im Wald,
Ein König von Geblüt,
Als Lóriens Macht noch golden galt
Und elbisch sang das Lied.

Nun schoß er wie ein schlanker Pfeil
Ins Wasser tief hinab
Und tauchte möwengleich und heil
Hervor aus nassem Grab.

Der Wind zerwühlte ihm das Haar,
Weiß flog der Schaum um ihn,
Dann sah man ihn wie einen Schwan
Die Wogen reitend ziehn.

Doch drang kein Wort von Westen her
In unser Elbenland,
Und keiner hörte jemals mehr
Von Amroth, der entschwand.

Legolas stockte, und der Gesang brach ab. »Ich kann nicht weitersingen«, sagte er. »Das ist nur ein Teil, aber ich habe viel vergessen. Das Lied ist lang und traurig, denn es erzählt, wie Leid über Lothlórien kam, das Lórien der Blütezeit, als die Zwerge Böses im Gebirge erweckten.«

»Aber die Zwerge schufen das Böse nicht«, sagte Gimli.

»Das habe ich nicht gesagt, aber das Böse kam«, antwortete Legolas traurig. »Damals verließen viele Elben von Nimrodels Sippe ihre Wohnungen und zogen fort, und Nimrodel verirrte sich im Süden, auf den Pässen des Weißen Gebirges; und sie kam nicht zu dem Schiff, wo Amroth, ihr Liebster, auf sie wartete. Doch im Frühling, wenn der Wind durch die jungen Blätter streicht, kann man das Echo ihrer Stimme noch an dem Wasserfall hören, der ihren Namen trägt. Und wenn der Wind im Süden steht, dringt Amroths Stimme herüber von der See; denn der Nimrodel fließt in den Silberlauf, den die Elben Celebrant nennen, und der Celebrant fließt in Anduin den Großen, und der Anduin fließt in die Bucht von Belfalas, wo die Elben von Lórien Segel setzen. Doch weder Nimrodel noch Amroth kehrten je zurück.

Es wird erzählt, daß sie ein Haus gebaut hatte in den Zweigen eines Baums, der nahe dem Wasserfall wuchs; denn es war Sitte bei den Elben von Lórien, in den Bäumen zu wohnen, und vielleicht ist es heute noch so. Daher wurden sie die Galadrim genannt, das Baumvolk. Tief in ihrem Wald sind die Bäume sehr groß. Das Volk der Wälder grub nicht im Boden wie die Zwerge und baute auch keine Festungen aus Stein, ehe der Schatten kam.«

»Und selbst heutzutage könnte man sich vorstellen, daß das Wohnen in Bäumen sicherer ist, als auf dem Boden zu sitzen«, sagte Gimli. Er schaute über den Bach zu dem Weg, der zurückführte zum Schattenbachtal, und dann hinauf zum Dach aus dunklen Zweigen.

»Deine Worte enthalten guten Rat, Gimli«, sagte Aragorn. »Wir können kein Haus bauen, aber heute nacht werden wir es wie die Galadrim machen und in den Baumwipfeln Zuflucht suchen, wenn wir können. Wir haben länger hier am Weg gesessen, als klug war.«

Die Gemeinschaft verließ jetzt den Pfad und ging in den Schatten des dichteren Waldes, nach Westen entlang dem Gebirgsbach, hinweg vom Silberlauf. Nicht weit von den Wasserfällen von Nimrodel fanden sie eine Gruppe Bäume, von denen manche über den Bach ragten. Ihre großen Stämme waren gewaltig, aber ihre Höhe ließ sich nicht erraten.

»Ich werde hinaufklettern«, sagte Legolas. »Bäume sind mir vertraut, von der Wurzel bis zu den Zweigen, obwohl diese Bäume von einer Art sind, die mir fremd ist, außer als Name in Liedern. *Mellyrn* werden sie genannt, und es sind jene, die die gelben Blüten tragen. Aber ich bin noch nie auf einen hinaufgestiegen. Jetzt werde ich sehen, welche Form sie haben und wie sie wachsen.«

»Wie immer es sein mag«, sagte Pippin, »es müssen schon wunderbare Bäume sein, wenn sie einem, der kein Vogel ist, Nachtruhe bieten können. Ich kann nicht auf einer Stange schlafen!«

»Dann grabe dir eine Höhle im Boden«, sagte Legolas, »wenn das mehr deiner Art entspricht. Aber du mußt rasch und tief graben, wenn du dich vor den Orks verstecken willst.« Er sprang leichtfüßig in die Höhe und packte einen Ast, der hoch über seinem Kopf hing. Doch während er noch einen Augenblick daran schaukelte, sprach plötzlich eine Stimme aus dem Baumschatten über ihm.

»Daro!« sagte sie in befehlendem Ton, und Legolas ließ sich vor Überraschung und Schreck wieder auf die Erde fallen. Er wich an den Baumstamm zurück.

»Steht still!« flüsterte er den anderen zu. »Rührt euch nicht und redet nicht!«

Sie hörten leises Lachen über ihren Köpfen, und dann sprach eine andere klare Stimme in der Elbensprache. Frodo konnte wenig von dem verstehen, was gesagt wurde, denn die Sprache, die das Waldvolk östlich des Gebirges sprach, war der des Westens sehr unähnlich. Legolas schaute auf und antwortete in derselben Sprache.

»Wer sind sie und was sagen sie?« fragte Merry.

»Es sind Elben«, sagte Sam. »Kannst du ihre Stimmen nicht hören?«

»Ja, es sind Elben«, sagte Legolas, »und sie sagen, ihr atmet so laut, daß sie euch im Dunkeln erschießen könnten.« Sam legte rasch die Hand über den Mund. »Aber sie sagen auch, daß ihr keine Angst zu haben braucht. Sie haben uns schon lange bemerkt. Sie haben meine Stimme über den Nimrodel gehört und gewußt, daß ich einer ihrer Verwandten aus dem Norden bin, und daher haben sie uns nicht daran gehindert, herüberzukommen; und nachher haben sie mein Lied gehört. Nun bitten sie mich, mit Frodo hinaufzuklettern; denn sie scheinen Nachrichten über ihn und unsere Wanderung erhalten zu haben. Die anderen bitten sie, ein wenig zu warten und am Fuße des Baums Wache zu halten, bis sie entschieden haben, was geschehen soll.«

Aus den Schatten wurde eine Leiter herabgelassen; sie bestand aus Stricken, silbergrau und schimmernd im Dunkeln, und obwohl sie schwach aussah, erwies sie sich als stark genug, um viele Menschen zu tragen. Legolas eilte leichtfüßig hinauf, und Frodo folgte langsam; hinter ihm kam Sam und versuchte, nicht laut zu atmen. Die Äste des Mallornbaums wuchsen fast waagrecht aus dem Stamm heraus und bogen sich dann nach oben; doch nahe dem Wipfel teilte sich der Hauptstamm in eine Krone von vielen Ästen, und zwischen diesen war eine hölzerne Plattform gebaut worden, oder ein *Flett*, wie man solche Dinge damals nannte; die Elben nannten es *talan*. Man erreichte das Flett durch ein rundes Loch in der Mitte, durch das die Leiter hindurchführte.

Als Frodo schließlich zum Flett kam, saß Legolas mit drei anderen Elben zusammen. Sie waren in schattiges Grau gekleidet, und man sah sie nicht zwischen den Baumstämmen, außer wenn sie sich plötzlich bewegten. Sie standen auf, und einer von ihnen deckte eine kleine Lampe auf, aus der ein schmaler silberner Strahl schien. Er hielt sie hoch und schaute Frodo und Sam ins Gesicht. Dann stellte er das Licht wieder ab und sprach Willkommensworte in der Elbensprache. Frodo erwiderte sie stokkend.

»Willkommen!« sagte der Elb dann in der Gemeinsamen Sprache, und er sprach langsam. »Wir gebrauchen selten eine andere Sprache als unsere eigene; denn wir leben jetzt im Herzen des Waldes und lassen uns nicht gern mit irgendwelchen anderen Leuten ein. Selbst unsere eigene Sippe im Norden ist von uns getrennt. Doch einige von uns gehen noch immer in die Ferne, um Nachrichten zu sammeln und unsere Feinde zu beobachten, und sie beherrschen die Sprachen anderer Länder. Ich bin einer von ihnen. Haldir ist mein Name. Meine Brüder, Rúmil und Orophin, verstehen eure Sprache kaum.

Aber wir haben Gerüchte gehört, daß ihr kämt, denn die Boten von Elrond sind auf ihrem Heimweg über den Schattenbachsteig durch Lórien gekommen. Seit vielen Jahren hatten wir nicht von Hobbits, von Halblingen, gehört und wußten nicht, daß noch welche in Mittelerde lebten. Ihr seht nicht übel aus! Und da ihr mit einem Elben von unserer Sippe gekommen seid, sind wir bereit, euch zu helfen, wie Elrond gebeten hat; obwohl es nicht unsere Gewohnheit ist, Fremde durch unser Land zu geleiten. Doch heute nacht müßt ihr hierbleiben. Wieviele seid ihr?«

»Acht«, sagte Legolas. »Ich selbst, vier Hobbits und zwei Menschen, von denen einer Aragorn ist, ein Elbenfreund aus dem Volk von Westernis.«

»Der Name von Aragorn, Arathorns Sohn, ist bekannt in Lórien«, sagte Haldir, »und er steht bei der Herrin in Gunst. Dann ist alles gut. Aber du hast bisher nur von sieben gesprochen.«

»Der achte ist ein Zwerg«, sagte Legolas.

»Ein Zwerg!« wiederholte Haldir. »Das ist nicht gut. Seit den Dunklen Tagen haben wir nichts mehr mit den Zwergen zu tun gehabt. Sie dürfen unser Land nicht betreten. Ich kann ihn nicht hereinlassen.«

»Aber er ist vom Einsamen Berg und gehört zu Dáins vertrauenswürdigem Volk und ist mit Elrond befreundet«, sagte Frodo. »Elrond selbst hat ihn als Gefährten für uns ausgewählt, und er ist tapfer und treu.«

Die Elben sprachen leise miteinander und verhörten Legolas in ihrer eigenen Sprache. »Nun gut«, sagte Haldir schließlich. »Wir werden es tun, obwohl es uns nicht gefällt. Wenn Aragorn und Legolas ihn bewachen und für ihn bürgen, werden wir ihn hereinlassen; aber er muß mit verbundenen Augen durch Lothlórien gehen.

Doch jetzt dürfen wir nicht länger verhandeln. Eure Leute sollten nicht auf dem Erdboden bleiben. Wir haben die ganze Zeit Wache gehalten an den Flüssen, seit wir vor vielen Tagen eine große Schar Orks am Rande der Berge nach Norden ziehen sahen, nach Moria. Wölfe heulen an den Grenzen des Waldes. Wenn ihr wirklich aus Moria kommt, kann die Gefahr nicht fern sein. Gleich in der Früh müßt ihr morgen weitergehen.

Die vier Hobbits sollen hier heraufklettern und bei uns bleiben – wir fürchten sie nicht. Im nächsten Baum ist noch ein *talan*. Dort sollen die anderen Zuflucht suchen. Du, Legolas, sollst uns für sie bürgen. Rufe uns, wenn irgend etwas nicht stimmt. Und habe ein Auge auf diesen Zwerg!«

Legolas stieg sofort die Leiter hinunter, um Haldirs Botschaft zu überbringen; und bald darauf kletterten Merry und Pippin zu dem hohen Flett hinauf. Sie waren außer Atem und schienen recht verängstigt.

»So«, sagte Merry keuchend. »Wir haben eure Decken und auch unsere heraufgeschleppt. Streicher hat das übrige Gepäck in einem hohen Laubhaufen versteckt.«

»Ihr hättet eure Sachen nicht gebraucht«, sagte Haldir. »Es ist kalt im Winter in den Baumwipfeln, obwohl der Wind heute nacht im Süden steht; aber wir haben für euch Essen und Getränke, die die Nachtkälte vertreiben, und wir haben Felle und Mäntel, die wir entbehren können.«

Die Hobbits nahmen dieses zweite (und weit bessere) Abendessen gern an. Dann wickelten sie sich warm ein, nicht nur in die Pelzmäntel der Elben, sondern auch in ihre eigenen Decken, und versuchten zu schlafen. Aber trotz ihrer Müdigkeit fiel das nur Sam leicht. Hobbits mögen die Höhe nicht und schlafen nicht in oberen Stockwerken, selbst wenn es Treppen gibt. Das Flett sagte ihnen als Schlafzimmer gar nicht zu. Es hatte keine Wände, nicht einmal ein Geländer; nur an einer Seite war ein leichter, geflochtener Wandschirm, der beweglich war und je nach dem Wind verschoben werden konnte.

Pippin redete noch eine Weile. »Wenn ich auf dieser Bett-Empore einschlafe, hoffe ich, daß ich nicht hinunterrolle«, sagte er.

»Sobald ich einmal eingeschlafen bin«, meinte Sam, »werde ich weiterschlafen, ob ich hinunterrolle oder nicht. Und je weniger geredet wird, um so schneller werde ich einduseln, wenn du weißt, was ich meine.«

Frodo lag einige Zeit wach und schaute hinauf zu den Sternen, die durch das bleiche Dach bebender Blätter schimmerten. Sam schnarchte an seiner Seite schon lange, ehe er die Augen schloß. Undeutlich konnte er die grauen Gestalten von zwei Elben sehen, die regungslos dasaßen, die Arme um die Knie gelegt, und flüsternd miteinander sprachen. Der dritte war hinuntergegangen, um auf einem der unteren Äste Wache zu halten. Schließlich schlief Frodo ein, eingelullt von dem Wind in den Zweigen über ihm und dem süßen Murmeln des Nimrodel-Wasserfalls unter ihm, und das Lied von Legolas ging ihm immer noch durch den Sinn.

Spät in der Nacht wachte er auf. Die anderen Hobbits schliefen. Die Elben waren fort. Die Mondsichel glänzte undeutlich zwischen den Blättern. Der Wind hatte sich gelegt. Nicht weit entfernt hörte er ein heiseres Lachen und das Tappen vieler Füße unten auf dem Boden. Metall klirrte. Die Geräusche erstarben langsam und schienen nach Süden, weiter drinnen im Wald, zu verhallen.

Ein Kopf kam plötzlich durch das Loch im Flett zum Vorschein. Frodo setzte sich erschreckt auf und sah dann, daß es ein Elb mit einer grauen Kapuze war. Er blickte zu den Hobbits hinüber.

»Was ist denn?« fragte Frodo.

»Yrch!« zischelte der Elb und warf die aufgerollte Strickleiter auf das Flett.

»Orks!« wiederholte Frodo. »Was tun sie?« Aber der Elb war schon fort.

Es waren keine Geräusche mehr zu hören. Selbst die Blätter waren still, und sogar der Wasserfall schien zum Schweigen gebracht worden zu sein. Frodo saß da und fröstelte in all seinen Decken. Er war dankbar, daß sie nicht auf dem Erdboden erwischt worden waren; aber er hatte das Gefühl, daß die Bäume wenig Schutz boten, höchstens Deckung. Orks konnten Fährten ebenso gut verfolgen wie Hunde, hieß es, und außerdem konnten sie klettern. Er zog Stich heraus: er leuchtete und glänzte wie eine blaue Flamme; und dann verblaßte er langsam und wurde wieder matt. Obwohl sein Schwert nicht mehr glänzte, wurde Frodo das Gefühl einer unmittelbaren Gefahr nicht los, sondern es verstärkte sich eher. Er stand auf, kroch zu der Öffnung und schaute hinunter. Er war fast sicher, daß er weit unten am Fuße des Baums hörte, wie sich etwas leise bewegte.

Nicht Elben waren das; denn das Waldvolk war völlig geräuschlos in seinen Bewegungen. Dann hörte er schwach ein Geräusch wie Schnuppern; und etwas schien an der Rinde des Baumstamms zu kratzen. Er starrte hinunter ins Dunkle und hielt den Atem an.

Etwas kletterte jetzt herauf und atmete leise zischend durch geschlossene Zähne. Dann sah Frodo dicht am Stamm zwei blasse Augen heraufkommen. Sie hielten an und starrten nach oben, ohne zu blinzeln. Plötzlich wandten sie sich ab, und eine schattenhafte Gestalt schlüpfte um den Baumstamm herum und verschwand.

Unmittelbar darauf kam Haldir rasch durch die Äste heraufgeklettert. »Da war etwas in diesem Baum, das ich noch nie zuvor gesehen habe«, sagte er. »Es war kein Ork. Es floh, sobald ich den Baumstamm berührte. Es schien sehr vorsichtig zu sein und Erfahrung mit Bäumen zu haben, sonst hätte ich gedacht, daß es einer von euch Hobbits sei.

Ich habe nicht geschossen, denn ich wagte nicht, irgendwelche Schreie hervorzurufen: wir können keinen Kampf riskieren. Eine große Schar Orks ist vorbeigezogen. Sie haben den Nimrodel überquert – verflucht seien ihre schmutzigen Füße in diesem reinen Wasser! – und sind auf dem alten Weg neben dem Fluß weitergegangen. Sie schienen irgendwelche Fährte aufzunehmen und haben in der Nähe der Stelle, wo ihr Halt gemacht hattet, den Boden eine Zeitlang untersucht. Wir drei konnten es nicht mit hundert von ihnen aufnehmen, deshalb sind wir ein Stück vorausgegangen und haben mit verstellten Stimmen gesprochen und sie weiter in den Wald hineingelockt.

Orophin ist jetzt in aller Eile zu unseren Behausungen gegangen, um unser Volk zu warnen. Nicht einer von den Orks wird je aus Lórien zurückkehren. Und viele Elben werden an der Nordgrenze auf der Lauer liegen, ehe die nächste Nacht hereinbricht. Aber ihr müßt sofort den Weg nach Süden einschlagen, sobald es ganz hell ist.«

Bleich brach der Tag im Osten an. Als das Licht zunahm, sickerte es durch die gelben Blätter des Mallorn, und es kam den Hobbits vor, als scheine die frühe Sonne eines kühlen Sommermorgens. Ein blaßblauer Himmel lugte durch die sich bewegenden Blätter. Als Frodo durch eine Öffnung auf der Südseite des Fletts schaute, sah er das ganze Tal des Silberlaufs vor sich liegen wie ein fahlgoldenes Meer, das sanft im Winde wogt.

Der Morgen war noch jung und kühl, als sich die Gemeinschaft wieder aufmachte, jetzt von Haldir und seinem Bruder Rúmil geführt. »Leb wohl, süßer Nimrodel!« rief Legolas. Frodo blickte zurück und erhaschte einen Schimmer von weißem Schaum zwischen den grauen Baumstämmen. »Leb wohl«, sagte er. Ihm war, als würde er niemals wieder ein so schönes fließendes Gewässer hören, das seine unzähligen Melodien in einer unendlich wechselvollen Musik harmonisch verband.

Sie gingen zurück zu dem Weg, der immer noch auf der Westseite des

Silberlaufs blieb, und folgten ihm ein Stück nach Süden. Dort waren Abdrücke von Orkfüßen auf dem Boden. Aber bald bog Haldir ab und ging mitten zwischen den Bäumen durch, und dann hielt er in ihrem Schatten am Flußufer an.

»Dort drüben jenseits des Flusses ist einer von meinem Volk«, sagte er, »obwohl ihr ihn vielleicht nicht seht.« Er stieß einen Ruf aus, der wie der leise Pfiff eines Vogels klang, und aus einem Dickicht von jungen Bäumen trat ein in Grau gekleideter Elb, der seine Kapuze zurückgeworfen hatte; sein Haar schimmerte wie Gold in der Morgensonne. Als Haldir geschickt eine Rolle Tauwerk hinüberwarf, fing er sie auf und befestigte das Ende an einem Baum in der Nähe des Ufers.

»Celebrant ist hier schon ein starker Strom, wie ihr seht«, sagte Haldir, »und er ist nicht nur schnell, sondern auch tief und sehr kalt. Wir setzen so weit nördlich den Fuß nicht hinein, wenn es nicht sein muß. Doch in diesen Tagen der Wachsamkeit schlagen wir keine Brücken. Auf diese Weise überqueren wir den Fluß! Folgt mir!« Er machte sein Ende des Taues ebenfalls an einem Baum fest und lief dann leichtfüßig über den Fluß und wieder zurück, als ob es eine Straße sei.

»Ich kann darauf laufen«, sagte Legolas. »Aber die anderen sind nicht so geschickt. Müssen sie schwimmen?«

»Nein«, antwortete Haldir. »Wir haben noch zwei Taue. Wir werden sie über dem ersten befestigen, eins in Schulterhöhe und eins halbhoch, und wenn sich die Fremden vorsichtig daran festhalten, sollten sie hinüberkommen können.«

Nachdem diese dürftige Brücke geschlagen war, überquerten die Gefährten sie, einige behutsam und langsam, andere mit größerer Leichtigkeit. Von den Hobbits machte es Pippin am besten, da er sicher auf den Beinen war, und er hielt sich, als er rasch hinüberging, nur mit einer Hand fest; aber er hatte seine Augen fest auf das Ufer gerichtet und sah nicht nach unten. Sam schlurfte hinüber, klammerte sich krampfhaft fest und schaute hinunter in das blasse, strudelnde Wasser, als ob es ein Abgrund im Gebirge sei.

Er atmete erleichtert auf, als er drüben war. »Man lernt durch das Leben! wie der Ohm zu sagen pflegte. Obwohl er dabei an Gartenbau dachte und nicht daran, wie Vögel auf einer Stange zu schlafen oder zu versuchen, wie eine Spinne zu laufen. Nicht einmal mein Onkel Adolf hat jemals solche Kunststücke versucht!«

Als schließlich die ganze Gemeinschaft auf dem Ostufer des Silberlaufs versammelt war, machten die Elben die Taue los und rollten zwei davon auf. Rúmil, der auf der anderen Seite geblieben war, zog das letzte zurück, hängte es sich über die Schulter und ging, noch einen Gruß winkend, wieder zurück, um am Nimrodel Wache zu halten.

»Nun, Freunde«, sagte Haldir, »jetzt habt ihr den Naith von Lórien betreten, oder den Gehren, wie ihr sagen würdet, denn es ist das Land, das wie eine Lanzenspitze zwischen den Armen des Silberlaufs und Anduin dem Großen liegt. Wir lassen nicht zu, daß Fremde die Geheimnisse des Naith auskundschaften. Wenigen ist überhaupt je erlaubt worden, den Fuß auf dieses Land zu setzen.

Wie es vereinbart war, werde ich daher Gimli, dem Zwerge, die Augen verbinden. Die anderen mögen eine Weile so laufen, bis wir näher an unsere Behausungen herankommen, unten in Egladil, in dem Winkel zwischen den Gewässern.«

Das gefiel Gimli ganz und gar nicht. »Die Vereinbarung ist ohne meine Zustimmung getroffen worden«, sagte er. »Ich will nicht mit verbundenen Augen gehen wie ein Bettler oder ein Gefangener. Und ich bin kein Späher. Mein Volk hat niemals mit irgendeinem der Diener des Feindes etwas zu tun gehabt. Und ebenso wenig haben wir den Elben Schaden zugefügt. Bei mir ist die Wahrscheinlichkeit, daß ich euch verrate, nicht größer als bei Legolas oder irgendeinem anderen meiner Gefährten.«

»Ich zweifle nicht an dir«, antwortete Haldir. »Doch so lautet unser Gesetz. Ich habe das Gesetz nicht gemacht und kann es nicht umgehen. Ich habe schon viel getan, daß ich dir erlaubt habe, den Celebrant zu überschreiten.«

Gimli war eigensinnig. Er stellte sich breitbeinig hin und legte die Hand auf den Stiel seiner Axt. »Ich will mit unverbundenen Augen weitergehen«, sagte er, »oder heimkehren in mein eigenes Land, wo man weiß, daß ich meinem Wort getreu bin, obwohl ich allein in der Wildnis zugrunde gehen würde.«

»Du kannst nicht zurückgehen«, sagte Haldir streng. »Nachdem du jetzt so weit gekommen bist, mußt du vor den Herrn und die Herrin gebracht werden. Sie sollen über dich entscheiden, wie es ihnen beliebt, ob du festgehalten werden sollst oder gehen darfst. Du kannst die Flüsse nicht wieder überqueren, und hinter dir stehen jetzt geheime Schildwachen, an denen du nicht vorbeikommst. Du würdest erschlagen, ehe du sie sähest.«

Gimli zog seine Axt aus dem Gürtel. Haldir und sein Gefährte spannten ihre Bögen. »Zum Kuckuck mit den Zwergen und ihrer Halsstarrigkeit!« sagte Legolas.

»Kommt«, sagte Aragorn. »Wenn ich weiterhin der Führer dieser Gemeinschaft sein soll, dann müßt ihr tun, was ich gebiete. Es ist hart für den Zwergen, anders als die anderen behandelt zu werden. Wir alle wollen uns die Augen verbinden lassen, sogar Legolas. Das wird das Beste sein, obwohl das Wandern dadurch langsam und langweilig wird.«

Gimli lachte plötzlich. »Eine lustige Schar von Narren werden wir abgeben! Wird Haldir uns alle an einer Leine führen wie viele blinde Bettler, die nur einen Hund haben? Aber ich wäre schon zufrieden, wenn nur Legolas meine Blindheit teilt!«

»Ich bin ein Elb und verwandt mit dem Volk hier!« sagte Legolas, der jetzt seinerseits ärgerlich wurde.

»Nun laßt uns ausrufen: ›Zum Kuckuck mit den Elben und ihrer Halsstarrigkeit!‹« sagte Aragorn. »Aber der ganzen Gemeinschaft soll es gleich ergehen. Komm, verbinde unsere Augen, Haldir!«

»Ich werde vollen Schadenersatz verlangen für jeden Sturz und verstauchten Zeh, wenn du uns nicht gut führst«, sagte Gimli, als sie ihm ein Tuch vor die Augen banden.

»Du wirst keinen Grund zur Klage haben«, sagte Haldir. »Ich werde euch gut führen, und die Wege sind eben und gerade.«

»Ach, was für eine törichte Zeit!« sagte Legolas. »Alle hier sind Feinde des einen Feindes, und doch muß ich blind einhergehen, während die Sonne durch Blätter aus Gold fröhlich in den Wald scheint!«

»Töricht mag es erscheinen«, antwortete Haldir. »Indes zeigt sich die Macht des Dunklen Gebieters nirgends deutlicher als in der Entfremdung aller derjenigen, die ihm noch Widerstand leisten. So wenig finden wir noch Treu und Glauben in der Welt außerhalb von Lothlórien, mit Ausnahme vielleicht von Bruchtal, daß wir es nicht wagen, durch unsere Vertrauensseligkeit unser Land zu gefährden. Wir leben jetzt auf einer Insel inmitten vieler Gefahren, und unsere Hände liegen häufiger auf der Bogensehne als auf der Harfe.

Lange Zeit sind die Flüsse unsere Verteidigung gewesen, aber sie sind wahrlich kein Schutz mehr; denn der Schatten ist rings um uns nach Norden gekrochen. Manche reden vom Fortgehen, aber dafür scheint es schon zu spät zu sein. Die Gebirge im Westen werden bösartig; die Lande im Osten sind öde und voll von Saurons Geschöpfen; und es geht das Gerücht, daß wir jetzt nicht ungefährdet durch Rohan nach Süden gehen können, und daß die Mündungen des Großen Stroms vom Feind bewacht werden. Selbst wenn wir die Gestade des Meers erreichen könnten, würden wir dort nicht länger Schutz finden. Es heißt, es gäbe noch Anfurten der Hochelben, doch liegen sie weit im Norden und Westen, jenseits des Landes der Halblinge. Doch wo das sein mag, wissen vielleicht der Herr und die Herrin, aber ich nicht.«

»Du solltest es zumindest erraten, nachdem du uns gesehen hast«, sagte Merry. »Es gibt Elben-Anfurten westlich meines Landes, des Auenlands, wo Hobbits leben.«

»Ein glückliches Volk sind die Hobbits, daß sie nahe den Meeresküsten leben!« rief Haldir. »Es ist fürwahr lange her, seit einer von meinem Volk die See erblickt hat, doch erinnern wir uns ihrer noch in Liedern. Erzähle mir von diesen Anfurten, während wir laufen.«

»Das kann ich nicht«, sagte Merry. »Ich habe sie nie gesehen. Niemals zuvor bin ich außerhalb meines Landes gewesen. Und wenn ich gewußt hätte, wie die Welt draußen ist, dann hätte ich wohl überhaupt nicht den Mut gehabt, es zu verlassen.«

»Nicht einmal, um das schöne Lothlórien zu sehen?« fragte Haldir. »Die Welt ist wahrlich voller Gefahren, und es gibt viele dunkle Orte auf ihr; doch noch immer gibt es vieles Schöne, und obwohl heute in allen Landen Liebe mit Leid vermengt ist, wird das Schöne vielleicht um so größer.

Einige unter uns sagen in ihren Liedern, der Schatten werde sich zurückziehen und es werde wieder Frieden einkehren. Indes glaube ich nicht, daß die Welt um uns jemals wieder wie früher sein wird oder das Licht der Sonne so, wie es einstmals war. Für die Elben, fürchte ich, wird es bestenfalls ein Waffenstillstand sein, während dessen sie ungehindert das Meer erreichen und Mittelerde für immer verlassen können. Ach, welch ein Jammer um Lothlórien, das ich liebe! Es wäre ein armseliges Leben in einem Lande, wo kein Mallorn wächst. Aber ob es jenseits des Großen Meers Mallornbäume gibt, hat keiner berichtet.«

Während sie so sprachen, ging die Gemeinschaft, geführt von Haldir, langsam im Gänsemarsch über die Waldwege, während der andere Elb hinterherging. Sie spürten, daß der Boden unter ihren Füßen eben und weich war, und nach einer Weile schritten sie ungezwungener aus und hatten keine Angst mehr, sich zu verletzen oder zu fallen. Seines Gesichtssinns beraubt, stellte Frodo fest, daß sein Gehör und andere Sinne geschärft waren. Er konnte die Bäume riechen und das Gras, auf dem sie gingen. Er konnte im Rascheln der Blätter, im Murmeln des Flusses zu seiner Rechten und in den hellen, klaren Vogelstimmen am Himmel viele verschiedene Melodien hören. Er spürte die Sonne auf seinem Gesicht und seinen Händen, wenn sie über eine freie Lichtung kamen.

Von dem Augenblick an, als er den Fuß auf das jenseitige Ufer des Silberlaufs gesetzt hatte, war er von einem seltsamen Gefühl befallen worden, und es verstärkte sich, als er jetzt weiter in den Naith hineinkam: ihm schien, er habe über eine Brücke der Zeit einen Winkel der Altvorderenzeit betreten und ergehe sich jetzt in einer Welt, die nicht mehr war. In Bruchtal lebte die Erinnerung an die alten Dinge; in Lórien lebten die alten Dinge noch in der lebendigen Welt. Böses hatte man dort gesehen und gehört und Leid erfahren; die Elben fürchteten die Welt draußen und mißtrauten ihr: Wölfe heulten an des Waldes Grenzen; doch auf dem Lande Lórien lag kein Schatten.

Den ganzen Tag über marschierten die Gefährten, bis sie den kühlen Abend kommen fühlten und den frühen Nachtwind zwischen vielen Blättern wispern hörten. Dann rasteten sie und schliefen ohne Furcht auf dem Boden; denn ihre Führer erlaubten ihnen nicht, ihre Augenbinden abzunehmen, und blind konnten sie nicht klettern. Am Morgen gingen sie ohne Hast wieder weiter. Mittags hielten sie an, und Frodo merkte, daß sie hinausgekommen waren in den Sonnenschein. Plötzlich hörte er den Klang vieler Stimmen um sich herum.

Eine Elben-Heerschar war leise herangekommen; sie eilte an die nördlichen Grenzen, um sie gegen einen Angriff aus Moria zu schützen; und sie brachte Nachrichten mit, von denen Haldir einige weitergab. Die plündernden Orks waren angegriffen und fast völlig aufgerieben worden; die Überlebenden waren nach Westen in Richtung auf das Gebirge entflohen und wurden verfolgt. Auch ein merkwürdiges Geschöpf war gesehen worden, das mit gebeugtem Rücken und den Händen dicht am Boden lief, wie ein Tier, und doch nicht von Tiergestalt. Es hatte sich nicht einfangen lassen, und sie hatten es nicht erschossen, weil sie nicht wußten, ob es gut oder böse war, und das Geschöpf war den Silberlauf abwärts nach Süden verschwunden.

»Auch bringen sie mir«, sagte Haldir, »eine Botschaft des Herrn und der Herrin der Galadrim. Ihr sollt alle mit unverbundenen Augen gehen, selbst der Zwerg Gimli. Offenbar weiß die Herrin, wer und was jedes Mitglied eurer Gruppe ist. Vielleicht sind neue Nachrichten aus Bruchtal eingetroffen.«

Zuerst nahm er Gimlis Augenbinde ab. »Ich bitte um Vergebung!« sagte er und verbeugte sich tief. »Schau uns nun mit freundlichen Augen an! Blicke dich um und freu dich, denn du bist der erste Zwerg seit Dúrins Tagen, der die Bäume des Naith erblickt!«

Als Frodo die Binde abgenommen wurde, schaute er auf und hielt den Atem an. Sie standen auf einem freien Platz. Links erhob sich ein großer Hügel, bedeckt mit einem Rasen so grün wie der Frühling in der Altvorderenzeit. Oben wuchsen, wie eine Doppelkrone, zwei Baumkreise: die Bäume des äußeren Kreises hatten eine schneeweiße Rinde und waren blattlos, aber schön in ihrer ebenmäßigen Nacktheit: im inneren Kreis standen sehr hohe Mallornbäume; sie waren noch blaßgolden belaubt. Hoch zwischen den Ästen eines Baumes, der genau in der Mitte stand, leuchtete ein weißes Flett. Zu den Füßen der Bäume und überall auf den grünen Hängen des Hügels war das Gras mit kleinen, goldenen Blüten in Sternenform übersät. Zwischen ihnen, die auf schlanken Stengeln nickten, standen noch andere Blumen, weiß und ganz blaßgrün: sie schimmerten wie ein Nebel inmitten der satten Farbe des Grases. Über alledem war der Himmel blau, und die Nachmittagssonne glühte über dem Hügel und warf lange grüne Schatten unter den Bäumen.

»Schaut! Ihr seid nach Cerin Amroth gekommen«, sagte Haldir. »Dies ist das Herz des alten Reichs, wie es vor langer Zeit war, und hier ist der Hügel von Amroth, wo in glücklicheren Tagen sein hohes Haus stand. Hier blühen immerdar die Winterblumen in dem nicht welkenden Gras: die gelbe *elanor* und die blasse *niphredil.* Wir werden hier eine Weile bleiben und in der Abenddämmerung in die Stadt der Galadrim kommen.«

Die anderen warfen sich auf das duftende Gras, aber Frodo blieb noch eine Weile stehen, von Staunen erfüllt. Ihm schien es, als sei er durch ein hohes Fenster getreten, das auf eine verschwundene Welt blickt. Ein Licht lag auf ihr, für das seine Sprache keinen Namen hatte. Alles, was er sah, war wohlgeformt, aber die Formen schienen klar umrissen, als seien sie erst, als ihm die Augenbinde abgenommen wurde, ersonnen und geschaffen worden, und zugleich alt, als ob sie seit eh und je dagewesen waren. Er sah keine Farben außer denen, die er kannte, Gold und Weiß und Blau und Grün, aber sie waren frisch und strahlend, als nehme er sie in diesem Augenblick zu erstenmal wahr und erfinde neue und wunderbare Namen für sie. Hier konnte im Winter kein Herz um Sommer oder Frühling trauern. Kein Makel, kein Gebrechen, keine Mißbildung ließ sich an irgend etwas entdecken, das auf der Erde wuchs. Kein Fehl war am Lande Lórien.

Er wandte sich um und sah, daß Sam jetzt neben ihm stand, sich verblüfft umschaute und die Augen rieb, als ob er nicht sicher sei, daß er wach sei. »Die Sonne scheint, und es ist gewißlich heller Tag«, sagte er. »Ich dachte, daß Elben nur Mond und Sterne im Sinn hätten; aber das hier ist elbischer als alles, wovon ich je gehört habe. Mir ist zumute, als sei ich *innerhalb* eines Liedes, wenn du weißt, was ich meine.«

Haldir schaute sie an und schien beides zu verstehen, Sams Gedanken und seine Worte. Er lächelte. »Du spürst die Macht der Herrin der Galadrim«, sagte er. »Würde es euch Freude machen, mit mir den Cerin Amroth zu besteigen?«

Sie folgten ihm , als er leicht über die grasbewachsenen Hänge hinaufstieg. Obwohl Frodo lief und atmete und um ihn her lebende Blätter und Blumen von demselben kühlen Wind bewegt wurden, der sein Gesicht fächelte, hatte er das Gefühl, als sei er in einem zeitlosen Land, das nicht verging oder sich veränderte oder in Vergessenheit geriet. Wenn er fort war und wieder in die äußere Welt hinübergewechselt hatte, würde Frodo, der Wanderer aus dem Auenland, immer noch hier wandeln auf dem Gras zwischen *elanor* und *niphredil* im schönen Lothlórien.

Sie betraten den Kreis der weißen Bäume. Der Südwind blies über Cerin Amroth und seufzte zwischen den Ästen. Frodo stand still und hörte in weiter Ferne große Wogen an Ufer branden, die vor langer Zeit hinweggewaschen worden waren, und er hörte Seevögel schreien, deren Art auf der Erde ausgestorben war.

Haldir war weitergegangen und erklomm jetzt das hohe Flett. Als Frodo sich anschickte, ihm zu folgen, legte er seine Hand neben der Leiter auf den Baum: niemals zuvor war ihm so plötzlich und deutlich zum Bewußtsein gekommen, wie sich die Rinde eines Baums anfühlt und wie sie und das Leben in ihr beschaffen sind. Das Holz und die Berührung erfüllte ihn mit Freude, nicht mit der des Försters oder Schreiners; es war die Freude am lebendigen Baum selbst.

Als er schließlich auf die hohe Plattform trat, nahm Haldir seine Hand und drehte ihn nach Süden. »Schau zuerst in dieser Richtung«, sagte er.

Frodo sah, immer noch in einiger Entfernung, einen Berg aus vielen mächtigen Bäumen oder eine Stadt aus grünen Türmen: was von beiden es war, konnte er nicht sagen. Von dort her schienen ihm die Macht und das Licht zu kommen, die das ganze Land in ihrem Banne hielten. Er sehnte sich plötzlich danach, wie ein Vogel fliegen zu können, um in der grünen Stadt auszuruhen. Dann schaute er nach Osten und sah das ganze Land Lórien abfallen zum blaß schimmernden Anduin, dem Großen Strom. Er ließ seine Augen über den Fluß hinweg schweifen, und alles Licht erlosch, und er war wieder in der Welt, die er kannte. Jenseits des Flusses erschien das Land flach und leer, formlos und verschwommen, bis es sich in weiter Ferne wieder erhob wie eine Mauer, dunkel und trostlos. Die Sonne, die auf Lothlórien lag, hatte keine Kraft, den Schatten jener fernen Höhe zu erhellen.

»Dort liegt die Festung von Süd-Düsterwald«, sagte Haldir. »Sie ist umgeben von einem Wald aus dunklen Tannen, und die Bäume kämpfen miteinander, und ihre Zweige verrotten und verdorren. In der Mitte auf einer steinigen Höhe steht Dol Guldur, wo der verborgene Feind lange seine Behausung hatte. Wir fürchten, daß es jetzt wieder bewohnt ist, und mit siebenfacher Macht. In letzter Zeit hängt oft eine schwarze Wolke darüber. Auf dieser Höhe kannst du die beiden feindlichen Mächte sehen; und immer kämpfen sie jetzt in Gedanken miteinander, aber während das Licht den wahren Kern der Dunkelheit wahrnimmt, ist sein eigenes Geheimnis noch nicht entdeckt. Noch nicht.« Er wandte sich um und stieg rasch hinab, und sie folgten ihm.

Am Fuße des Berges fand Frodo Aragorn, der still und schweigend wie ein Baum dastand; in seiner Hand hielt er eine kleine, goldene *elanor*-Blüte, und ein Licht leuchtete in seinen Augen. Er war in irgendeiner schönen Erinnerung versunken; und als Frodo ihn ansah, wußte er, daß Aragorn Dinge schaute, wie sie einstmals an eben diesem Ort gewesen waren. Denn die bitteren Jahre waren ausgelöscht aus seinem Gesicht, und er schien in Weiß gekleidet zu sein, ein junger Ritter, groß und schön; und er richtete Worte in der Elbensprache an jemanden, den Frodo nicht sehen konnte. *Arwen vanimelda, namarië!* sagte er, und dann holte er tief Luft, kehrte aus seinen Gedanken zurück, sah Frodo an und lächelte.

»Hier ist das Herz des Elbentums auf Erden«, sagte er, »und hier weilt mein Herz allezeit, es sei denn, ein Licht leuchtete jenseits der dunklen Wege, die wir noch gehen müssen, du und ich. Komm mit mir!« Und er nahm Frodos Hand und verließ den Berg Cerin Amroth und kehrte niemals als Lebender dahin zurück.

SIEBTES KAPITEL

GALADRIELS SPIEGEL

Die Sonne ging hinter dem Gebirge unter, und die Schatten wurden dunkler in den Wäldern, als sie wieder weitergingen. Ihre Pfade führten nun in Dickichte, wo sich die Dämmerung schon sammelte. Nacht wurde es unter den Bäumen, während sie wanderten, und die Elben zündeten ihre silbernen Lampen an.

Plötzlich kamen sie wieder ins Freie und standen unter einem blassen Abendhimmel, an dem einige frühe Sterne blinkten. Vor ihnen erstreckte sich eine weite, baumlose Fläche, die einen großen Kreis beschrieb und zu beiden Seiten abfiel. Dahinter lag in sanftem Schatten ein tiefer Graben, aber das Gras an seinem Rand war grün, als glühe es noch in der Erinnerung an die untergegangene Sonne. Auf der anderen Seite erhob sich zu großer Höhe eine grüne Mauer; sie umgab einen Berg, der dicht mit Mallornbäumen, größer als alle, die sie bisher in diesem Land gesehen hatten, bestanden war. Ihre Höhe ließ sich nicht erraten, aber sie ragten in der Dämmerung empor wie lebende Türme. In ihren reichverzweigten Ästen und zwischen den sich unablässig bewegenden Blättern schimmerten unzählige Lichter, grün, golden und silbern. Haldir wandte sich zu der Gemeinschaft um.

»Willkommen in Caras Galadon!« sagte er. »Hier ist die Stadt der Galadrim, wo der Herr Celeborn und Galadriel, die Herrin von Lórien, wohnen. Doch können wir hier nicht hinein, weil die Tore nicht nach Norden schauen. Wir müssen herumgehen zur Südseite, und der Weg ist nicht kurz, denn die Stadt ist groß.«

Eine mit weißen Steinen gepflasterte Straße führte am äußeren Rand des Grabens entlang. Auf dieser gingen sie nach Westen, während sich die Stadt wie eine grüne Wolke zu ihrer Linken erhob; und als die Nacht dunkler wurde, leuchteten immer mehr Lichter auf, bis der ganze Berg mit Sternen übersät zu sein schien. Schließlich kamen sie zu einer weißen Brücke, und als sie sie überquert hatten, zu den großen Toren der Stadt: diese schauten nach Südwesten und lagen zwischen den Enden der umgebenden Mauer, die sich hier überschnitten, und sie waren hoch und stark und mit vielen Lampen behängt.

Haldir klopfte und sprach ein paar Worte, und die Tore öffneten sich geräuschlos; aber von den Wächtern konnte Frodo keine Spur entdecken. Die Wanderer gingen hinein, und die Tore schlossen sich hinter ihnen. Sie standen jetzt in einer tiefen Gasse zwischen den Enden der Mauer, und sie schritten rasch hindurch und betraten die Stadt der Bäume. Keine Bewohner waren zu sehen und kein Fußtritt auf den Wegen zu hören; aber ringsum und hoch oben in den Lüften erklangen viele Stimmen. Auf dem Berg hörten sie Gesang, der herabfiel wie sanfter Regen auf Blätter.

Sie gingen viele Pfade entlang und erklommen viele Treppen, bis sie zu den oberen Stadtteilen kamen und vor sich inmitten einer großen Rasenfläche einen schimmernden Springquell sahen. Er war von silbernen Lampen, die an den Zweigen hingen, beleuchtet und fiel in ein silbernes Bekken, aus dem ein weißer Bach überlief. Auf der Südseite der Rasenfläche stand der mächtigste von allen Bäumen; sein großer, glatter Stamm schimmerte wie graue Seide, und er ragte gewaltig empor, ehe seine ersten Äste hoch oben ihre riesigen Arme unter schattigen Blätterwolken ausstreckten. Neben ihm stand eine weiße Leiter, und an ihrem Fuß saßen drei Elben. Sie sprangen auf, als sich die Wanderer näherten, und Frodo sah, daß sie von hohem Wuchs waren und graue Panzerhemden trugen, und von ihren Schultern fielen lange, weiße Mäntel.

»Hier wohnen Celeborn und Galadriel«, sagte Haldir. »Es ist ihr Wunsch, daß ihr hinaufsteigt und mit ihnen sprecht.«

Einer der Elbenwächter blies dann ein helles Signal auf einem kleinen Horn, und es wurde dreimal von weit oben beantwortet. »Ich werde als erster gehen«, sagte Haldir. »Laßt dann Frodo kommen und mit ihm Legolas. Die anderen mögen folgen, wie sie wünschen. Es ist ein langer Aufstieg für jene, die an derartige Treppen nicht gewöhnt sind, aber ihr könnt euch unterwegs ausruhen.«

Als er langsam hinaufstieg, kam Frodo an vielen Fletts vorbei: manche lagen auf der einen Seite, manche auf der anderen, und manche gingen um den Baumstamm herum, so daß die Leiter durch sie hindurchführte. Auf großer Höhe über dem Erdboden kam er zu einem *talan*, das geräumig war wie das Deck eines großen Schiffs. Darauf war ein Haus gebaut, so groß, daß es den Menschen auf der Erde fast als Königshalle hätte dienen können. Er trat hinter Haldir ein und sah, daß er sich in einem ovalen Gemach befand, in dessen Mitte der Stamm des großen Mallorn wuchs, der sich jetzt dicht vor seiner Krone verjüngte, aber noch immer eine Säule von gewaltigem Umfang war.

Das Gemach war von einem sanften Licht erfüllt; seine Wände waren grün und silbern und sein Dach golden. Viele Elben saßen dort. Auf zwei Sesseln am Stamm des Baumes, überdacht von einem lebenden Zweig, saßen Celeborn und Galadriel Seite an Seite. Sie erhoben sich, um ihre Gäste zu begrüßen, wie es die Sitte der Elben war, selbst jener, die als mächtige Könige galten. Sehr groß waren sie, und die Herrin nicht weniger groß als der Herr; und sie waren ernst und schön. Sie waren ganz in Weiß gekleidet; Frau Galadriels Haar war tiefgolden, und das Haar des Herrn Celeborn war silbern, lang und leuchtend; aber kein Zeichen des Alters war an ihnen, es sei denn in den Tiefen ihrer Augen; denn ihre Augen waren scharf wie Lanzen im Sternenlicht, und doch tiefgründig, die Bronnen alter Erinnerungen.

Haldir führte Frodo vor sie, und der Herr begrüßte ihn in seiner eigenen Sprache. Frau Galadriel sagte kein Wort, sah ihm aber lange ins Gesicht.

»Nehmt jetzt neben meinem Sessel Platz, Frodo aus dem Auenland«, sagte Celeborn. »Wenn alle gekommen sind, werden wir miteinander reden.«

Jeden der Gefährten begrüßte er bei seinem Eintritt höflich mit Namen. »Willkommen, Aragorn, Arathorns Sohn!« sagte er. »Achtunddreißig Jahre der Welt draußen sind verstrichen, seit Ihr in dieses Land kamt; und jene Jahre lasten schwer auf Euch. Doch das Ende ist nahe, ob zum Guten oder zum Bösen. Legt hier Eure Bürde eine Weile beiseite!«

»Willkommen, Thranduils Sohn! Allzu selten wandern meine Verwandten aus dem Norden hierher.«

»Willkommen, Gimli, Glóins Sohn! Lange ist es her, fürwahr, seit wir einen von Dúrins Volk in Caras Galadon sahen. Doch heute haben wir unser altes Gesetz gebrochen. Möge es, obwohl die Welt jetzt düster ist, ein Zeichen sein, daß bessere Tage bevorstehen und die Freundschaft zwischen unseren Völkern erneuert wird.« Gimli verneigte sich tief.

Als alle Gäste vor seinem Sessel Platz genommen hatten, schaute er sie wieder an. »Hier sind acht«, sagte er. »Neun sollten aufbrechen, so hieß es in der Botschaft. Aber vielleicht ist der Plan geändert worden, und wir haben es nicht erfahren. Elrond ist fern, und die Dunkelheit nimmt zu zwischen uns, und das ganze Jahr hindurch ist der Schatten länger geworden.«

»Nein, der Plan wurde nicht geändert«, sagte Frau Galadriel. Sie sprach zum ersten Mal. Ihre Stimme war klar und melodisch, aber tiefer als man es bei Frauen gewöhnt ist. »Gandalf der Graue brach mit der Gemeinschaft auf, doch hat er die Grenzen dieses Landes nicht überschritten.

Nun sagt uns, wo er ist; denn es verlangte mich sehr, wieder mit ihm zu sprechen. Doch kann ich ihn aus weiter Ferne nicht sehen, es sei denn, er käme in den Bereich von Lothlórien: ein grauer Nebel ist um ihn, und die Wege seiner Füße und seines Geistes sind mir verborgen.«

»Wehe!« sagte Aragorn. »Gandalf der Graue ist in den Schatten gestürzt. Er ist in Moria geblieben und nicht entkommen.«

Bei diesen Worten weinten alle Elben in der Halle laut vor Trauer und Verwunderung. »Das sind schlimme Nachrichten«, sagte Celeborn, »die schlimmsten, die hier in langen Jahren voller furchtbarer Taten verkündet worden sind.« Er wandte sich an Haldir. »Warum ist mir nicht früher davon berichtet worden?« fragte er in der Elbensprache.

»Wir haben mit Haldir nicht über unser Tun und unsere Absichten gesprochen«, sagte Legolas. »Zuerst waren wir müde, und die Gefahr war zu nahe hinter uns; und nachher haben wir eine Zeitlang fast unsere Trauer vergessen, als wir voll Freude auf den schönen Pfaden von Lórien wandelten.«

»Dennoch ist unser Trauer groß, und unser Verlust nicht wiedergutzumachen«, sagte Frodo. »Gandalf war unser Leiter, und er führte uns durch Moria; und als unser Entkommen schon hoffnungslos erschien, rettete er uns, und er fiel.«

»Erzählt uns nun die ganze Geschichte«, sagte Celeborn.

Da berichtete Aragorn alles, was auf dem Paß des Caradhras und in den folgenden Tagen geschehen war; und er sprach von Balin und seinem Buch und dem Kampf in der Kammer von Mazarbul und dem Feuer und der schmalen Brücke und dem Kommen des Schreckens. »Etwas Böses der Alten Welt schien es zu sein, wie ich es nie zuvor gesehen habe«, sagte Aragorn. »Es war zugleich ein Schatten und eine Flamme, stark und entsetzlich.«

»Es war ein Balrog von Morgoth«, sagte Legolas. »Von allen Elbenflüchen der tödlichste, außer dem Einen, der in dem Dunklen Turm lauert.«

»Wahrlich, ich sah auf der Brücke, was uns in unseren schwärzesten Träumen verfolgt, ich sah Durins Fluch«, sagte Gimli leise, und Entsetzen stand in seinen Augen.

»Wehe!« sagte Celeborn. »Lange haben wir gefürchtet, daß ein Schrekken unter Caradhras schläft. Aber hätte ich gewußt, daß die Zwerge dieses Böse in Moria wieder aufgestört haben, dann hätte ich Euch verboten, die Nordgrenze zu überschreiten, Euch und allen, die mit Euch gingen. Und wenn es möglich wäre, dann würde man sagen, daß Gandalf zuletzt aus Weisheit in Narrheit verfiel, da er unnötig in das Netz von Moria ging.«

»Vorschnell wäre fürwahr derjenige, der solches meinte«, sagte Galadriel ernst. »Unnötig war keine von Gandalfs Taten im Leben. Diejenigen, die ihm folgten, kannten seine Gedanken nicht und können über seine genaue Absicht nicht berichten. Aber wie immer es mit dem Führer sein mag, die Gefolgsleute sind schuldlos. Bereue nicht, daß du den Zwergen willkommen geheißen hast. Wäre unser Volk lange und fern von Lothlórien verbannt gewesen, wer von den Galadrim, selbst Celeborn der Weise, würde in der Nähe vorbeigehen und nicht wünschen, einen Blick auf die alte Heimat zu werfen, auch wenn sie ein Wohnort von Drachen geworden wäre?

Dunkel ist das Wasser von Kheled-zâram, und kalt sind die Quellen von Kibil-nâla, und schön waren die vielsäuligen Hallen von Khazad-dûm in der Altvorderenzeit vor dem Sturz mächtiger Könige unter dem Stein.« Sie schaute Gimli an, der finster und traurig dasaß, und sie lächelte. Und als der Zwerg hörte, daß die Namen in seiner eigenen alten Sprache genannt wurden, hob er den Kopf und sah ihr in die Augen; und ihm schien, als blicke er plötzlich einem Feind ins Herz und sehe dort Liebe und Verständnis. Staunen malte sich in seinem Gesicht, und dann lächelte auch er.

Er erhob sich unbeholfen, verbeugte sich nach Zwergenart und sagte: »Doch schöner ist das lebendige Land Lórien, und Frau Galadriel übertrifft alle Edelsteine, die unter der Erde liegen!«

Es trat ein Schweigen ein. Schließlich sprach Celeborn wieder. »Ich wußte nicht, daß Eure Lage so schlimm war«, sagte er. »Möge Gimli meine harten Worte vergessen: ich sprach sie in der Verwirrung meines Herzens. Ich will tun, was ich vermag, um Euch zu helfen, entsprechend dem Wunsch und Verlangen eines jeden von Euch, aber besonders desjenigen von den kleinen Leuten, der die Bürde trägt.«

»Eure Aufgabe ist uns bekannt«, sagte Galadriel zu Frodo. »Aber mehr wollen wir hier öffentlich nicht davon sprechen. Indes wird es sich vielleicht erweisen, daß Ihr nicht vergebens in dieses Land gekommen seid, um Hilfe zu suchen, wie Gandalf selbst gewiß beabsichtigt hatte. Denn der Herr der Galadrim gilt als der Weiseste der Elben von Mittelerde und als Geber von Geschenken, die mächtiger sind als Könige. Er hat im Westen gelebt seit den Tagen der Morgendämmerung, und ich habe unzählige Jahre bei ihm gelebt; denn vor dem Fall von Nargothrond oder Gondolin bin ich über das Gebirge gekommen, und zusammen haben wir Zeitalter der Welt hindurch gegen die lange Niederlage gekämpft.

Ich war es, die zuerst den Weißen Rat einberief. Und wenn meine Absichten nicht durchkreuzt worden wären, hätte Gandalf der Graue ihn geleitet, und dann wären die Dinge vielleicht anders gelaufen. Aber selbst jetzt besteht noch Hoffnung. Ich will Euch nicht Rat geben und sagen, tut dies oder tut jenes. Denn nicht dadurch, daß ich etwas tue oder ersinne oder zwischen diesem und einem anderen Vorgehen wähle, kann ich nützen; sondern nur dadurch, daß ich weiß, was war und was ist und zum Teil auch, was sein wird. Aber das will ich Euch sagen: Eure Fahrt steht auf Messers Schneide. Geht nur um ein Weniges fehl, und sie wird scheitern, was den Untergang für alle bedeutet. Und doch besteht Hoffnung, solange die ganze Gemeinschaft treu ist.«

Und nach diesen Worten hielt Galadriel sie mit ihrem Blick gefangen und schaute schweigend der Reihe nach jeden einzelnen von ihnen forschend an. Keiner außer Legolas und Aragorn vermochte ihren Blick lange zu ertragen. Sam errötete gleich und ließ den Kopf hängen.

Schließlich entließ Frau Galadriel sie aus ihrem Blick und lächelte. »Laßt Euch das Herz nicht schwer machen«, sagte sie. »Heute nacht sollt Ihr in Frieden schlafen.« Dann seufzten die Gäste und fühlten sich plötzlich ermattet wie Leute, die lange und gründlich vernommen worden sind, obwohl kein Wort gesprochen worden war.

»Geht nun!« sagte Celeborn. »Ihr seid erschöpft nach so viel Trauer und Plage. Selbst wenn Eure Fahrt für uns nicht so wichtig wäre, hättet Ihr in dieser Stadt Zuflucht finden sollen, bis Ihr geheilt und erfrischt seid. Nun sollt Ihr ruhen, und wir wollen eine Weile nicht von Eurem weiteren Weg sprechen.«

In jener Nacht schlief die Gemeinschaft zu ebener Erde, sehr zur Zufriedenheit der Hobbits. Die Elben hatten ein Zelt zwischen den Bäumen in der Nähe des Springbrunnens für sie aufgebaut und ihnen weiche Lager darin bereitet. Dann hatten sie mit ihren schönen Elbenstimmen Worte des Friedens gesprochen und sie verlassen. Eine Weile redeten die Wanderer noch von ihrer letzten Nacht in den Baumwipfeln und von dem Weg, den sie während des Tages zurückgelegt hatten, und von dem Herrn und der Herrin; denn noch brachten sie es nicht über das Herz, weiter zurückzuschauen.

»Warum bist du so rot geworden, Sam?« fragte Pippin. »Du hast rasch klein beigegeben. Man hätte denken können, daß du ein schlechtes Gewissen hattest. Ich hoffe, es war nichts Schlimmeres als ein verruchter Plan, mir eine meiner Decken zu stehlen.«

»Sowas habe ich nie vorgehabt«, antwortete Sam, dem nicht nach Späßen zumute war. »Wenn du es wissen willst, mir war, als hätte ich gar nichts an, und das gefiel mir nicht. Sie schien in mich hineinzusehen und mich zu fragen, was ich tun würde, wenn sie mir Gelegenheit gäbe, zurück ins Auenland zu fliegen zu einer hübschen kleinen Höhle mit – mit einem eigenen Gärtchen.«

»Das ist komisch«, sagte Merry. »Fast genau dasselbe Gefühl habe ich gehabt. Nur – ach, ich glaube, ich will nichts darüber sagen«, meinte er verlegen.

Allen war es offenbar gleich ergangen: jeder von ihnen hatte das Gefühl gehabt, daß er vor die Wahl gestellt werde zwischen einem furchterregenden Schatten, der vor ihnen lag, und etwas anderem, das er sich sehr wünschte: ganz klar vor Augen stand es ihm, und um es zu erlangen, brauchte er sich bloß vom Wege abzuwenden und die Fahrt und den Krieg gegen Sauron anderen zu überlassen.

»Und mir kam es außerdem so vor«, sagte Gimli, »als ob meine Entscheidung geheimbleiben und nur mir selbst bekannt sein würde.«

»Ich fand es überaus merkwürdig«, sagte Boromir. »Vielleicht war es nur eine Prüfung, und sie wollte unsere Gedanken lesen für ihren eigenen guten Zweck; aber fast möchte ich meinen, daß sie uns in Versuchung führte und uns etwas anbot, was zu gewähren angeblich in ihrer Macht stand. Es bedarf keiner Erwähnung, daß ich nicht darauf hörte. Die Menschen von Minas Tirith stehen treu zu ihrem Wort.« Aber was ihm die Herrin, wie er glaubte, angeboten habe, erzählte Boromir nicht.

Und was Frodo betraf, so wollte er nichts sagen, obwohl Boromir ihn mit Fragen bestürmte. »Sie hielt dich lange in ihrem Blick, Ringträger«, sagte er.

»Ja«, antwortete Frodo. »Aber was immer mir dabei in den Sinn kam, will ich für mich behalten.«

»Na, sei vorsichtig!« sagte Boromir. »Ich bin nicht so sehr überzeugt von dieser Elben-Herrin und ihren Absichten.«

»Sprich nicht schlecht von Frau Galadriel«, sagte Aragorn streng. »Du weißt nicht, was du sagst. In ihr und in diesem Land gibt es nichts Böses, sofern nicht jemand es selbst hierher bringt. Dann soll er sich hüten! Aber zum ersten Mal, seit ich Bruchtal verließ, werde ich heute nacht ohne Furcht schlafen. Und möge ich fest schlafen und eine Weile meine Trauer vergessen! Ich bin müde an Leib und Seele.« Er warf sich auf sein Bett und sank sofort in einen langen Schlaf.

Die anderen taten es ihm bald gleich, und kein Geräusch oder Traum störte ihren Schlummer. Als sie aufwachten, lag der Rasen vor dem Zelt im hellen Tageslicht, und der Springquell stieg und fiel glitzernd in der Sonne.

Sie blieben einige Tage in Lothlórien, soviel sie wußten oder sich erinnerten. Die ganze Zeit, während sie dort waren, schien die Sonne, nur dann und wann fiel ein sanfter Regen, und wenn er vorbei war, hinterließ er alles frisch und rein. Die Luft war kühl und mild, als ob es frühes Frühjahr sei, und doch empfanden sie um sich die tiefe und nachdenkliche Stille des Winters. Es schien ihnen, als täten sie wenig außer essen und trinken und ruhen und spazierengehen unter den Bäumen; und es war genug.

Den Herrn und die Herrin hatten sie nicht wiedergesehen, und sie führten kaum Gespräche mit dem Elbenvolk; denn wenige waren einer anderen als ihrer eigenen Waldsprache mächtig. Haldir hatte sich von ihnen verabschiedet und war an die Nordgrenze zurückgekehrt, wo seit den Nachrichten über Moria, die die Gemeinschaft mitgebracht hatte, die Wachen verstärkt worden waren. Legolas war oft fort und bei den Galadrim, und nach der ersten Nacht schlief er nicht mehr mit den anderen Gefährten, obwohl er zurückkam, um mit ihnen zu essen und sich zu unterhalten. Häufig nahm er Gimli mit, wenn er über Land ging, und die anderen wunderten sich über diese Veränderung.

Wenn die Gefährten zusammensaßen oder spazierengingen, sprachen sie jetzt von Gandalf, und alles, was jeder von ihm gewußt oder gesehen hatte, trat ihnen wieder deutlich vor Augen. Als sie von ihren Verletzungen und der Müdigkeit des Körpers geheilt waren, wurde die Trauer über ihren Verlust bitterer. Oft hörten sie nahebei Elbenstimmen singen, und sie wußten, daß sie Klagelieder über Gandalfs Sturz sangen, denn sie hörten seinen Namen unter den lieblich und traurig klingenden Wörtern, die sie nicht verstehen konnten.

Mithrandir, Mithrandir, sangen die Elben, *O Pilger grau!* Denn so nannten sie ihn gern. Aber wenn Legolas bei seinen Gefährten war, wollte er ihnen die Lieder nicht übersetzen und sagte, er habe nicht die Kenntnisse und für ihn sei die Trauer noch zu nahe, ein Grund zum Weinen und nicht zum Singen.

Es war Frodo, der zuerst etwas von seinem Leid in stammelnde Worte kleidete. Er fühlte sich selten getrieben, Lieder oder Reime zu machen; sogar in Bruchtal hatte er zugehört und nicht selbst gesungen, obwohl er in seinem Gedächtnis manches bewahrt hatte, das andere früher gedichtet hatten. Doch jetzt, als er neben dem Springquell in Lórien saß und ringsum die Stimmen der Elben hörte, nahmen seine Gedanken Gestalt an in einem Lied, das ihm schön erschien; als er aber versuchte, es für Sam zu wiederholen, waren nur noch Bruchstücke übrig, verblaßt wie eine Handvoll welker Blätter.

Stand einst daheim der Abend grau,
Vernahm man seinen leichten Tritt;
Dann ging er fort vor Tag und Tau
Auf weite Fahrt, nahm keinen mit.

Von Wilderland zum Westmeer hin,
Von Nord bis Süd die Reise ging
Durch Drachentor und finstre Furt
Und Wald, der voller Schatten hing.

Mit Zwerg und Hobbit, Elb und Mensch
Sprach er in ihrem Mutterlaut,
Mit Vögeln sprach er und Getier
Und war mit jedem wohlvertraut.

Der Rücken von der Last gebeugt;
Posaunenstimme; sanfte Hand
Voll Heilkraft; tödlich scharfes Schwert:
So zog der Pilger überland.

Ein weiser König, hochgemut,
Er zürnte schnell, er lachte bald;
Ein Mann im abgetragnen Hut
Am Wanderstab, gebückt und alt.

Er hielt die Brücke, er allein,
Da brach sein Stab – da wuchs sein Ruhm
Trotz Unterwelt und Flammenschein
Bei seinem Tod in Khazad-dûm.

»Na, demnächst wird du noch Herrn Bilbo übertreffen«, sagte Sam.

»Nein, das glaube ich nicht«, sagte Frodo. »Aber noch kann ich es nicht besser machen.«

»Aber wenn du es nochmal versuchst, Herr Frodo, dann wirst du hoffentlich auch ein Wort über sein Feuerwerk sagen. Ungefähr so:

Raketen spieen alle Pracht
Und bunte Sterne in die Nacht
Wie glühnde Lava aus dem Berg:
Nie sah man solch ein Feuerwerk.

Obwohl den Raketen damit bei weitem nicht Gerechtigkeit widerfährt.«

»Nein, das werde ich dir überlassen, Sam. Oder vielleicht Bilbo. Aber – ach , ich kann nicht mehr darüber reden. Mir ist der Gedanke unerträglich, ihm die Nachricht zu überbringen.«

Eines Abends gingen Frodo und Sam im kühlen Dämmerlicht spazieren. Beide waren wieder von Unruhe erfüllt. Auf Frodo war plötzlich der Schatten des Abschieds gefallen: er wußte irgendwie, daß die Zeit nahte, da er Lothlórien verlassen mußte.

»Was hältst du jetzt von den Elben, Sam?« fragte er. »Ich habe dir diese Frage schon einmal gestellt – es scheint sehr lange her zu sein. Aber du hast seitdem mehr von ihnen gesehen.«

»Allerdings«, sagte Sam. »Und ich nehme an, es gibt Elben und Elben. Elbisch sind sie alle, aber doch nicht alle gleich. Dieses Volk hier, die sind keine Wanderer und auch nicht heimatlos, und sie scheinen unsereinem etwas näher zu sein; sie scheinen hierher zu gehören, mehr sogar als die Hobbits ins Auenland. Ob sie das Land gemacht haben oder das Land sie, ist schwer zu sagen, wenn du weißt, was ich meine. Es ist wundervoll still hier. Nichts scheint zu geschehen, und offenbar will das auch niemand. Wenn irgendein Zauber dabei ist, dann sitzt er ganz tief, wo ich sozusagen meine Hand nicht drauflegen kann.«

»Man kann ihn überall sehen und fühlen«, sagte Frodo.

»Immerhin«, sagte Sam, »sieht man niemanden, der ihn bewirkt. Kein Feuerwerk, wie es der arme alte Gandalf zu machen pflegte. Ich wundere mich, daß wir in all diesen Tagen den Herrn und die Herrin nicht zu sehen bekommen. Ich stelle mir vor, daß *sie* ein paar wundervolle Dinge tun könnte, wenn sie es wollte. Zu gern würde ich etwas Elbenzauber sehen, Herr Frodo!«

»Ich nicht«, antwortete Frodo. »Ich bin zufrieden. Und ich vermisse nicht Gandalfs Feuerwerk, sondern seine buschigen Augenbrauen und sein aufbrausendes Wesen und seine Stimme.«

»Du hast recht«, sagte Sam. »Und glaube ja nicht, daß ich etwa nörgeln wollte. Ich habe mir oft gewünscht, ein bißchen Elbenzauber zu sehen, wie es in den alten Geschichten erzählt wird, aber ich habe nie von einem besseren Land gehört als diesem. Es ist, als ob man zu Hause sei und gleichzeitig in Ferien, wenn du mich verstehst. Ich möchte hier nicht weg. Und trotzdem habe ich allmählich das Gefühl, daß wir, wenn wir weiterziehen müssen, es am besten bald hinter uns bringen.

Die Arbeit, die man nie beginnt, dauert am längsten, wie der alte Ohm zu sagen pflegte. Und ich glaube nicht, daß diese Leute hier viel mehr tun können, um uns zu helfen, mit oder ohne Zauber. Wenn wir dieses Land verlassen, werden wir Gandalf noch mehr vermissen, glaube ich.«

»Ich fürchte, das ist nur allzu wahr, Sam«, sagte Frodo. »Und doch hoffe ich sehr, daß wir die Herrin der Elben noch sehen, ehe wir aufbrechen.«

Gerade als er das sagte, sahen sie Frau Galadriel auf sich zukommen, als ob sie ihre Worte gehört habe. Groß und weiß und schön ging sie unter den Bäumen. Sie sprach kein Wort, sondern winkte sie nur zu sich.

Sie führte sie über die Südhänge des Berges Caras Caladon, und nachdem sie durch eine hohe, grüne Hecke hindurchgeschritten waren, kamen sie zu einem umzäunten Garten. Keine Bäume wuchsen dort, und er lag offen unter dem Himmel. Der Abendstern war schon aufgegangen und leuchtete mit einem weißen Feuer über den Wäldern im Westen. Über eine lange Treppe stieg Frau Galadriel hinunter in eine grüne Mulde; durch sie floß murmelnd ein silberner Bach, der aus dem Springquell auf dem Berg entsprang. Im Grund der Mulde standen auf einem niedrigen Sockel, der wie ein Baum mit Ästen geformt war, eine breite, flache silberne Schale und daneben ein silberner Krug.

Mit Wasser aus dem Bach füllte Frau Galadriel die Schale bis zum Rand und hauchte dann darauf, und als das Wasser wieder ruhig war, sprach sie. »Hier ist Galadriels Spiegel«, sagte sie. »Ich habe euch hierher gebracht, damit ihr hineinschauen könnt, wenn ihr wollt.«

Die Luft war sehr still und das enge Tal dunkel, und die Elben-Herrin neben ihm war groß und blaß. »Wonach sollen wir schauen und was werden wir sehen?« fragte Frodo voller Furcht.

»Viele Dinge zu enthüllen kann ich dem Spiegel befehlen«, antwortete sie, »und manchen kann ich zeigen, was sie zu sehen verlangen. Doch wird der Spiegel auch nicht erbetene Dinge zeigen, und diese sind oft merkwürdiger und nützlicher als jene Dinge, die zu erblicken wir uns wünschen. Was du sehen wirst, wenn du den Spiegel frei wirken läßt, kann ich nicht sagen. Denn er zeigt Dinge, die waren, und Dinge, die sind, und Dinge, die noch sein mögen, aber was er nun sieht, weiß selbst der Weiseste nicht immer. Möchtest du hineinschauen?«

Frodo antwortete nicht.

»Und du?« fragte sie Sam. »Denn das ist es wohl, was ihr Zauber nennt, glaube ich; obwohl ich nicht genau verstehe, was die Leute damit meinen; und sie scheinen dasselbe Wort auch auf die Betrügereien des Feindes anzuwenden. Aber das hier ist, wenn du willst, Galadriels Zauber. Hast du nicht gesagt, du wolltest Elbenzauber sehen?«

»Ja«, sagte Sam; er war ein wenig hin- und hergerissen zwischen Furcht und Neugier. »Ich will gern mal gucken, Herrin, wenn ich darf.«

»Und ich hätte nichts dagegen, mal eben zu sehen, was zu Hause vor sich geht«, raunte er Frodo zu. »Mir kommt es so vor, als sei ich schon schrecklich lange weg. Aber höchstwahrscheinlich werde ich nur die Sterne sehen oder irgend etwas, das ich nicht verstehe!«

»Höchstwahrscheinlich«, sagte die Herrin und lachte leise. »Aber komm, du sollst sehen, was du magst. Berühre das Wasser nicht!«

Sam kletterte hinauf zu dem Sockel und beugte sich über die Schale. Das Wasser sah streng und dunkel aus. Sterne spiegelten sich darin.

»Nur Sterne, wie ich es mir gedacht habe«, sagte er. Dann gab er einen Ausruf der Verwunderung von sich, denn die Sterne verschwanden. Als ob ein dunkler Schleier fortgezogen worden sei, wurde der Spiegel erst grau und dann klar. Er sah die Sonne darin scheinen, und Äste von Bäumen bewegten sich und schwankten im Wind hin und her. Aber ehe Sam sich schlüssig werden konnte, was er eigentlich sah, verblaßte das Licht; und jetzt glaubte er Frodo zu sehen, der mit bleichem Gesicht unter einem großen, dunklen Felsen lag und fest schlief. Dann schien es ihm, als ginge er selbst einen dunklen Gang entlang und stiege eine endlose Wendeltreppe empor. Er merkte plötzlich, daß er verzweifelt etwas suchte, aber was es war, wußte er nicht. Wie ein Traum verwandelte sich das Bild plötzlich und kehrte um, und er sah wieder Bäume. Doch standen sie diesmal nicht so nahe, und er konnte sehen, was vorging: sie schwankten nicht im Wind, sondern stürzten krachend zu Boden.

»He!« rief Sam empört. »Da ist dieser Timm Sandigmann, der Bäume abhackt, was er nicht sollte. Die dürfen nicht gefällt werden; das ist doch die Allee hinter der Mühle, die der Straße nach Wasserau Schatten gibt. Ich wünschte, ich könnte Timm zu packen kriegen, dann würde ich *ihn* fällen!«

Aber jetzt bemerkte Sam, daß die Alte Mühle verschwunden war, und dort, wo sie gestanden hatte, ein großes Gebäude aus roten Ziegeln errichtet wurde. Ein ganzer Haufen Leute war eifrig an der Arbeit. In der Nähe war ein hoher roter Schornstein. Schwarzer Rauch schien die Oberfläche des Spiegels zu umwölken.

»Da geht irgendeine Teufelei im Auenland vor sich«, sagte er. »Elrond wußte, was er tat, als er Herrn Merry zurückschicken wollte.« Dann schrie Sam plötzlich auf und sprang zurück. »Ich kann nicht hierbleiben«, sagte er aufgebracht. »Ich muß nach Hause. Sie haben den Beutelhaldenweg aufgegraben, und da zieht der arme alte Ohm mit seinen Siebensachen auf einem Karren den Bühl hinunter. Ich muß nach Hause!«

»Du kannst nicht allein nach Hause gehen«, sagte Frau Galadriel. »Du hattest nicht den Wunsch, ohne deinen Herrn nach Hause zu gehen, ehe du in den Spiegel schautest, und doch wußtest du, daß böse Dinge im Auenland geschehen könnten. Erinnere dich, daß der Spiegel viele Dinge zeigt, und nicht alle müssen schon geschehen sein. Manche werden niemals geschehen, es sei denn, daß jene, die die Bilder sehen, von ihrem Pfad abweichen, um sie zu verhindern. Der Spiegel ist gefährlich als Führer für Taten.«

Sam setzte sich auf die Erde und legte den Kopf in die Hände. »Ich wünschte, ich wäre nie hierher gekommen, und ich will auch keinen Zauber mehr sehen«, sagte er und schwieg dann. Nach einem Augenblick sprach er weiter, undeutlich, als ob er mit den Tränen kämpfte. »Nein, ich werde auf dem langen Weg mit Herrn Frodo nach Hause gehen, oder überhaupt nicht«, sagte er. »Aber ich hoffe doch, daß ich eines Tages nach Hause komme. Wenn das, was ich gesehen habe, sich als wahr erweist, dann kann einer was erleben!«

»Möchtest du jetzt hineinschauen, Frodo?« fragte Frau Galadriel. »Du hattest nicht den Wunsch gehabt, Elbenzauber zu sehen, und warst zufrieden.«

»Ratet Ihr mir, hineinzuschauen?« fragte Frodo.

»Nein«, antwortete sie. »Ich rate dir weder das eine noch das andere. Ich bin kein Ratgeber. Du magst etwas lernen, und ob das, was du siehst, nun schön oder schlecht ist, es mag nützlich sein oder auch nicht. Sehen ist sowohl gut als auch gefährlich. Und dennoch glaube ich, Frodo, daß du genug Mut und Weisheit für das Wagnis hast, denn sonst hätte ich dich nicht hergebracht. Halte es, wie du willst!«

»Ich will schauen«, sagte Frodo, stieg hinauf zu dem Sockel und beugte sich über das dunkle Wasser. Sofort hellte sich der Spiegel auf, und er sah eine zwielichtige Landschaft. Berge dräuten dunkel in der Ferne vor einem fahlen Himmel. Eine lange graue Straße zog sich dahin, bis sie außer Sicht war. In weiter Ferne ging eine Gestalt langsam die Straße entlang, undeutlich und klein zuerst, aber sie wurde größer und klarer, als sie näher kam. Plötzlich erkannte Frodo, daß sie ihn an Gandalf erinnerte. Fast hätte er den Namen des Zauberers laut gerufen, und dann sah er, daß die Gestalt nicht in Grau, sondern in Weiß gekleidet war, in ein Weiß, das schwach in der Dämmerung schimmerte; und in der Hand hielt sie einen weißen Stab. Der Kopf war so gebeugt, daß Frodo das Gesicht nicht erkennen konnte, und plötzlich wandte sich die Gestalt ab, weil die Straße eine Biegung beschrieb, und verschwand aus dem Spiegel. Zweifel stiegen in Frodo auf: war das eine Vision von Gandalf auf einer seiner vielen einsamen Wanderungen vor langer Zeit, oder war es Saruman?

Nun wechselte das Bild. Kurz und stark verkleinert, aber sehr lebendig erblickt er Bilbo, wie er unruhig in seinem Zimmer auf- und abging. Der Tisch war mit allen möglichen Papieren übersät; Regen schlug gegen die Fenster.

Dann trat eine Pause ein, und danach folgten viele rasche Szenen, von denen Frodo irgendwie wußte, daß sie Teile dieser bedeutsamen Geschichte waren, in die er hineinverwickelt war. Der Nebel klärte sich auf, und er sah etwas, das er noch nie erblickt hatte, doch sofort erkannte: das Meer. Die Dunkelheit brach herein. Das Meer stieg und tobte in einem großen Sturm. Dann sah er gegen die Sonne, die blutrot in Wolken versank, die schwarzen Umrisse eines großen Schiffs, das mit zerfetzten Segeln aus dem Westen herankam. Dann einen breiten Strom, der durch eine bevölkerte Stadt floß. Dann eine weiße Festung mit sieben Türmen. Und dann wieder ein Schiff mit schwarzen Segeln, aber jetzt war es Morgen, und das Licht glitzerte auf dem Wasser, und eine Flagge, die einen weißen Baum zeigte, schimmerte in der Sonne. Ein Rauch wie von Feuer und Kampf stieg auf, und wieder ging die Sonne in einem brennenden Rot unter, das zu einem grauen Nebel verblaßte; und in dem Nebel fuhr ein kleines Schiff davon, auf dem Lichter blinkten. Es verschwand, und Frodo seufzte und wollte schon zurücktreten.

Da wurde der Spiegel plötzlich völlig dunkel, so dunkel, als ob sich in der sichtbaren Welt ein Loch aufgetan habe, und Frodo schaute in eine Leere. In dem schwarzen Abgrund erschien ein einzelnes Auge, das langsam wuchs, bis es fast den ganzen Spiegel ausfüllte. So entsetzlich war es, daß Frodo wie angewurzelt dastand und weder aufzuschreien noch seinen Blick abzuwenden vermochte. Das Auge war von Feuer umrandet, aber es selbst war glasig, gelb wie ein Katzenauge, wachsam und angespannt, und der schwarze Schlitz seiner Pupille öffnete sich über einem Abgrund, ein Fenster zum Nichts.

Dann begann sich das Auge zu bewegen und hier und dort zu suchen; und Frodo wußte ganz genau und voller Entsetzen, daß unter den vielen Dingen, die es suchte, er eines war. Aber er wußte auch, daß es ihn nicht sehen konnte — noch nicht, nicht, solange er es nicht wollte. Der Ring, der an seiner Kette um seinen Hals hing, wurde schwer, schwerer als ein großer Stein, und Frodos Kopf wurde nach unten gezogen. Der Spiegel schien heiß zu werden, und Dampfkringel stiegen vom Wasser auf. Frodo glitt vornüber.

»Berühre das Wasser nicht!« sagte Frau Galadriel leise. Das Bild verblaßte, und Frodo merkte, daß er auf die kühlen Sterne schaute, die in der silbernen Schale blinkten. Er trat zurück, zitterte von Kopf bis Fuß und blickte Frau Galadriel an.

»Ich weiß, was du zuletzt gesehen hast«, sagte sie. »Denn daran denke auch ich. Habe keine Angst! Aber glaube nicht, daß nur durch Singen unter den Bäumen oder auch durch die schlanken Pfeile der Elbenbogen dieses Land Lothlórien gehalten und gegen den Feind verteidigt wird. Ich sage dir, Frodo, daß ich, während ich mit dir spreche, den Dunklen Herrscher wahrnehme und seine Absichten erkenne, oder diejenigen seiner Absichten, die die Elben betreffen. Und immer trachtet er, mich und meine Gedanken zu sehen. Aber noch ist die Tür verschlossen!«

Sie hob ihre weißen Arme und streckt ihre Hände nach dem Osten aus in einer Geste der Abwehr und Ablehnung. Eärendil, der Abendstern, den die Elben über alles liebten, strahlte klar am Himmel. So hell strahlte er, daß die Gestalt der Elben-Herrin einen schwachen Schatten auf den Boden warf. Seine Strahlen glänzten auf dem Ring an ihrem Finger; der Ring glitzerte wie poliertes Gold, mit Silberlicht überzogen, und ein weißer Stein auf ihm blinkte, als sei der Abendstern herabgekommen, um auf ihrer Hand zu ruhen. Frodo betrachtete den Ring ehrfürchtig; denn plötzlich war ihm, als begriffe er es.

»Ja«, sagte sie und erriet seine Gedanken. »Es ist nicht erlaubt, darüber zu sprechen, und Elrond dürfte es nicht. Aber es kann nicht verborgen bleiben vor dem Ringträger und einem, der das Auge gesehen hat. Wahrlich, einer der Drei ist in dem Land Lórien und auf Galadriels Finger. Es ist Nenya, der Ring aus Adamant, und ich bin sein Hüter.

Er vermutet es, aber er weiß es nicht – noch nicht. Begreifst du jetzt, warum dein Kommen für uns wie ein Vorbote des Schicksals ist? Denn wenn du scheiterst, dann werden wir dem Feinde offenbart. Doch wenn du Erfolg hast, dann wird unsere Macht gemindert und Lothlórien wird vergehen, und die Fluten der Zeit werden es hinwegspülen. Wir müssen nach dem Westen ziehen oder ein Landvolk der Täler und Höhlen werden, das langsam vergißt und vergessen wird.«

Frodo senkte den Kopf. »Und was wünscht Ihr?« fragte er schließlich.

»Daß, was sein sollte, sein wird«, antwortete sie. »Die Liebe der Elben zu ihrem Land und ihren Werken ist tiefer als die Tiefen der See, und ihr Schmerz ist unendlich und kann niemals ganz gelindert werden. Dennoch werden sie eher alles aufgeben, als sich Sauron zu unterwerfen: denn sie kennen ihn jetzt. Für Lothlóriens Schicksal bist du nicht verantwortlich, aber für die Erledigung deiner eigenen Aufgabe. Doch würde ich mir wünschen, wenn es irgend etwas nützte, daß der Eine Ring niemals geschmiedet oder niemals wiedergefunden worden wäre.«

»Ihr seid weise und furchtlos und schön, Frau Galadriel«, sagte Frodo. »Ich will Euch den Einen Ring geben, wenn Ihr ihn verlangt. Er ist eine zu gewichtige Sache für mich.«

Galadriel lachte plötzlich hell auf. »Weise mag Frau Galadriel sein«, sagte sie, »doch hier hat sie einen gefunden, der ihr an Höflichkeit gleichkommt. Mit Liebenswürdigkeit rächst du dich dafür, daß ich dein Herz bei unserer ersten Begegnung auf die Probe gestellt habe. Du beginnst, mit scharfen Augen zu sehen. Ich leugne nicht, daß mein Herz sehr begehrt hat, um das zu bitten, was du anbietest. Viele lange Jahre habe ich darüber nachgesonnen, was ich tun würde, wenn mir der Große Ring in die Hände fiele, und siehe da! er ist in meiner Reichweite. Das Böse, das vor langer Zeit erdacht war, wirkt auf mancherlei Weise, ob Sauron selbst steht oder fällt. Würde das nicht eine edle Tat gewesen sein, die dem Einfluß seines Ringes zuzuschreiben wäre, wenn ich ihn meinem Gast mit Gewalt oder unter Drohungen abgenommen hätte?

Und nun ist es endlich soweit. Du willst mir den Ring freiwillig geben! Anstelle des Dunklen Herrschers willst du eine Königin einsetzen. Und ich werde nicht dunkel sein, sondern schön und entsetzlich wie der Morgen und die Nacht! Schön wie das Meer und die Sonne und der Schnee auf dem Gebirge! Grausam wie der Sturm und der Blitz! Stärker als die Grundfesten der Erde. Alle werden mich lieben und verzweifeln!«

Sie hob die Hand, und von dem Ring, den sie trug, ging ein starkes Licht aus, das nur sie allein erleuchtete und alles andere dunkel ließ. Sie stand vor Frodo und schien jetzt unermeßlich groß zu sein, und unerträglich schön, entsetzlich und verehrungswürdig. Dann ließ sie die Hand sinken, und das Licht verblaßte, und plötzlich lachte sie wieder, und siehe da! sie war geschrumpft: eine schlanke Elbenfrau, in einfaches Weiß gekleidet, deren liebliche Stimme leise und traurig war.

»Ich bestehe die Prüfung«, sagte sie. »Ich werde schwächer werden und in den Westen gehen und Galadriel bleiben.«

Sie standen eine Weile schweigend da. Schließlich sprach die Herrin wieder. »Laßt uns zurückgehen«, sagte sie. »Am Morgen müßt ihr aufbrechen. Denn nun haben wir uns entschieden, und der Strom des Schicksals fließt weiter.«

»Ich möchte gern etwas fragen, ehe wir gehen«, sagte Frodo. »Etwas, das ich Gandalf oft in Bruchtal hatte fragen wollen. Ich darf den Einen Ring tragen: warum kann ich nicht all die anderen sehen und die Gedanken von denen, die sie tragen, erraten?«

»Du hast es nicht versucht«, antwortete sie. »Erst dreimal hast du den

Ring auf den Finger gesteckt, seit du wußtest, was du besaßest. Versuche es nicht! Es würde dich vernichten. Hat Gandalf dir nicht gesagt, daß der Ring Macht verleiht entsprechend der Natur jedes Besitzers? Ehe du diese Macht anwenden könntest, müßtest du weit stärker werden und deinen Willen dazu ausbilden, andere zu beherrschen. Doch selbst so, als Ringträger und einer, der ihn auf dem Finger getragen und gesehen hat, was verborgen ist, ist deine Sehkraft schärfer geworden. Du hast meine Gedanken deutlicher wahrgenommen als viele, die für weise gehalten werden. Du hast das Auge von dem gesehen, der die Sieben und die Neun hat. Und hast du nicht den Ring auf meinem Finger gesehen und erkannt? Hast du«, fragte sie Sam, »meinen Ring gesehen?«

»Nein, Herrin«, antwortete er. »Um Euch die Wahrheit zu sagen, ich wunderte mich, wovon Ihr redetet. Ich sah einen Stern durch Euren Finger. Aber wenn Ihr mir verzeihen wollt, daß ich es ausspreche: ich glaube, mein Herr hat recht gehabt. Ich wünschte, Ihr würdet seinen Ring nehmen. Ihr würdet die Dinge in Ordnung bringen. Ihr würdet dafür sorgen, daß sie nicht alles aufgraben und den Ohm hinauswerfen. Ihr würdet manche Leute zahlen lassen für ihre Gemeinheiten.«

»Das würde ich«, sagte sie. »So würde es anfangen. Aber damit würde es nicht aufhören, leider! Wir wollen nicht mehr davon reden. Laßt uns gehen!«

ACHTES KAPITEL

ABSCHIED VON LÓRIEN

An jenem Abend wurde die Gemeinschaft wieder in Celeborns Gemach gerufen, und dort begrüßten der Herr und die Herrin sie mit schönen Worten. Schließlich sprach Celeborn von ihrem Aufbruch.

»Nun ist die Zeit gekommen«, sagte er, »da jene, die die Fahrt fortsetzen wollen, ihr Herz stärken müssen, um dieses Land zu verlassen. Diejenigen, die nicht weitergehen wollen, mögen eine Zeitlang hier verweilen. Aber ob sie bleiben oder gehen, niemand kann des Friedens sicher sein. Denn wir nähern uns jetzt der Schwelle des Schicksals. Hier mögen diejenigen, die wollen, die Ankunft der Stunde erwarten, da entweder die Wege der Welt wieder frei sind oder wir sie auffordern, Lórien in höchster Not beizustehen. Dann mögen sie in ihre eigenen Länder zurückkehren oder aber für immer in die Heimat jener gehen, die im Kampfe fallen.«

Es trat Schweigen ein. »Sie haben sich alle entschlossen, weiterzugehen«, sagte Galadriel, die ihnen in die Augen schaute.

»Was mich betrifft«, sagte Boromir, »so führt der Weg zu meiner Heimat voran und nicht zurück.«

»Das ist wahr«, sagte Celeborn. »Aber geht die ganze Gemeinschaft mit Euch nach Minas Tirith?«

»Wir haben uns über unseren Weg noch nicht entschieden«, sagte Aragorn. »Ich weiß nicht, was Gandalf über Lothlórien hinaus vorhatte. Ich glaube sogar, daß nicht einmal er einen festen Plan hatte.«

»Das mag sein«, antwortete Celeborn. »Doch wenn Ihr dieses Land verlaßt, könnt Ihr den Großen Strom nicht länger außer acht lassen. Wie manche von Euch sehr wohl wissen, kann er von Wanderern mit Gepäck zwischen Lórien und Gondor nicht überquert werden, außer mit Booten. Und sind nicht die Brücken von Osgiliath zerstört und alle Landeplätze jetzt in der Hand des Feindes?

Auf welcher Seite wollt Ihr wandern? Der Weg nach Minas Tirith liegt auf dieser Seite, auf der westlichen; doch der gerade Weg für die Aufgabe verläuft östlich des Stroms, auf dem dunkleren Ufer. Welches Ufer wollt Ihr nun wählen?«

»Wenn mein Rat beherzigt wird, dann wird es das westliche Ufer sein und der Weg nach Minas Tirith«, antwortete Boromir. »Doch bin ich nicht der Führer der Gemeinschaft.« Die anderen sagten nichts, und Aragorn sah unsicher und bekümmert aus.

»Ich sehe, daß Ihr noch nicht wißt, was Ihr tun sollt«, sagte Celeborn. »Es kommt mir nicht zu, für Euch die Entscheidung zu treffen; doch will ich Euch helfen, so ich kann. Es sind einige unter Euch, die mit Booten umzugehen verstehen: Legolas, dessen Volk den raschen Waldfluß kennt, und Boromir von Gondor; und Aragorn der Wanderer.«

»Und ein Hobbit!« rief Merry. »Nicht alle von uns halten Boote für wilde Pferde. Meine Familie wohnt an den Ufern des Brandyweins.«

»Das ist gut«, sagte Celeborn. »Dann will ich Eure Gemeinschaft mit Booten ausrüsten. Sie müssen klein und leicht sein, denn wenn Ihr weit auf dem Wasser fahrt, werdet Ihr sie an manchen Stellen tragen müssen. Ihr werdet zu den Stromschnellen von Sarn Gebir kommen und schließlich vielleicht sogar zu den großen Wasserfällen von Rauros, wo der Strom herabdonnert von Nen Hithoel; und es gibt noch andere Gefahren. Es mag sein, daß Boote Eure Fahrt eine Zeitlang weniger beschwerlich machen. Dennoch werden sie Euch keinen Rat bieten: zuletzt werdet Ihr sie und den Fluß verlassen und Euch nach Westen wenden müssen — oder nach Osten.«

Aragorn dankte Celeborn vielmals. Daß er ihnen Boote schenkte, erleichterte ihn sehr, nicht zuletzt deswegen, weil nun die Notwendigkeit, eine Entscheidung über den einzuschlagenden Weg zu treffen, um einige Tage hinausgeschoben war. Auch die anderen sahen hoffnungsvoller drein. Welche Gefahren auch immer vor ihnen lagen, es war verlockender, von den breiten Fluten des Anduin getragen ihnen ins Auge zu sehen, als sich mit Lasten auf dem Rücken voranzuschleppen. Nur Sam hatte seine Zweifel: er jedenfalls hielt Boote noch immer für ebenso schlimm oder sogar noch schlimmer als wilde Pferde, und alle überstandenen Gefahren hatten ihn nicht zu einer besseren Meinung von ihnen bekehren können.

»Alles soll für Euch gerichtet werden und morgen vor dem Mittag an der Anfurt für Euch bereitstehen«, sagte Celeborn. »Ich werde meine Leute in der Frühe zu Euch schicken, damit sie Euch helfen, Euch für die Fahrt fertigzumachen. Nun wollen wir Euch allen eine schöne Nacht und ungetrübten Schlaf wünschen.«

»Gute Nacht, meine Freunde«, sagte Galadriel. »Schlaft in Frieden! Quält Eure Herzen heute nacht nicht übermäßig mit dem Gedanken an Euren Weg. Vielleicht liegen die Pfade, die jeder von Euch betreten soll, schon vor Euren Füßen, obwohl Ihr sie nicht seht. Gute Nacht!«

Die Gemeinschaft verabschiedete sich nun und kehrte zu ihrem Zelt zurück. Legolas ging mit ihnen, denn es war ihre letzte Nacht in Lothlórien, und trotz Galadriels Worten wollten sie noch gemeinsam beratschlagen.

Lange Zeit erörterten sie, was sie tun sollten und wie sie ihr Vorhaben mit dem Ring am besten ausführen wollten; aber sie kamen zu keinem Entschluß. Es war klar, daß die Mehrzahl von ihnen zuerst nach Minas Tirith gehen wollte, um wenigstens für eine Weile der Bedrohung durch den Feind zu entgehen. Sie wären bereit gewesen, einem Führer über den Strom und in den Schatten von Mordor zu folgen; aber Frodo sprach kein Wort, und Aragorn war immer noch unschlüssig.

Solange Gandalf bei ihnen war, hatte Aragorn vorgehabt, mit Boromir mitzugehen und mit seinem Schwert bei der Befreiung von Gondor zu helfen. Denn er glaubte, daß die Botschaft der Träume eine Aufforderung und die Stunde endlich gekommen sei, da Elendils Erbe hervortreten und mit Sauron um die Herrschaft kämpfen sollte. Doch in Moria war ihm Gandalfs Bürde auferlegt worden; und er wußte, daß er jetzt nicht den Ring im Stich lassen könne, falls Frodo sich weigern sollte, mit Boromir mitzugehen. Und dennoch – welche andere Hilfe konnten er oder irgendeiner aus der Gruppe Frodo gewähren, als blindlings mit ihm in die Dunkelheit zu gehen?

»Ich werde nach Minas Tirith gehen, allein, wenn nötig, denn es ist meine Pflicht«, sagte Boromir; und dann war er eine Weile still, den Blick starr auf Frodo gerichtet, als ob er versuchte, die Gedanken des Halblings zu lesen. Schließlich sprach er weiter, leise, als ob er ein Selbstgespräch führe. »Wenn du nur den Ring vernichten willst«, sagte er, »dann sind Krieg und Waffen wenig nutze; und die Menschen von Minas Tirith können nicht dabei helfen. Willst du aber die bewaffnete Macht des Dunklen Herrschers vernichten, dann ist es Torheit, ohne Streitmacht in sein Reich zu gehen; und Torheit, wegzuwerfen.« Er hielt inne, als ob er gewahr geworden war, daß er seine Gedanken laut aussprach. »Es wäre Torheit, Leben wegzuwerfen, meine ich«, fuhr er fort. »Es ist, als wollte man sich entscheiden, ob man eine Festung verteidigen oder einfach dem Tod in die Arme laufen will. Zumindest sehe ich die Sache so.«

Frodo bemerkte etwas Neues und Fremdes in Boromirs Blick, und er sah ihn scharf an. Es war klar, daß Boromir etwas anderes gedacht hatte, als was seine letzten Worte besagten. Es wäre Torheit, wegzuwerfen: was wegzuwerfen? Den Ring der Macht? Er hatte schon etwas Ähnliches bei dem Rat gesagt, aber damals hatte er Elronds Berichtigung hingenommen. Frodo schaute Aragorn an, aber er schien tief in Gedanken versunken und ließ nicht erkennen, ob er Boromirs Worte beachtet hatte. Und damit endete ihre Beratung. Merry und Pippin schliefen schon, und Sam war am Einnicken. Es war schon spät in der Nacht.

Am Morgen, als sie gerade begannen, ihre dürftige Habe einzupacken, kamen Elben, die ihre Sprache sprechen konnten, zu ihnen und brachten ihnen viele Geschenke, Lebensmittel und Kleidung für die Reise. Die Lebensmittel bestanden hauptsächlich aus sehr dünnen Kuchen; sie waren aus Mehl gemacht, das beim Backen außen leicht braun geworden war, aber innen die Farbe von Sahne hatte. Gimli nahm einen der Kuchen auf und betrachtete ihn zweifelnd.

»*Cram*«, sagte er leise, als er eine knusprige Ecke abbrach und daran knabberte. Sein Ausdruck änderte sich rasch, und er aß den ganzen Kuchen mit Genuß.

»Nicht mehr, nicht mehr!« riefen die Elben lachend. »Du hast schon genug gegessen für einen langen Tagesmarsch.«

»Ich dachte, das sei nur eine Art *cram*, wie sie die Menschen in Thal für Wanderungen in der Wildnis backen«, sagte der Zwerg.

»So ist es«, antworteten sie. »Aber wir nennen die Waffeln *lembas* oder Wegbrot, und sie sind stärkender als alle von Menschen gemachten Lebensmittel, und sie schmecken besser als *cram*, nach allem, was man hört.«

»Das ist richtig«, sagte Gimli. »Sie sind tatsächlich besser als die Honigkuchen der Beorninger, und das ist ein großes Lob, denn die Beorninger sind die besten Bäcker, die ich kenne; aber heutzutage sind sie keineswegs sehr bereit, Fremden von ihren Kuchen etwas abzugeben. Ihr seid freundliche Gastgeber!«

»Dennoch bitten wir euch, sparsam mit den Lebensmitteln umzugehen«, sagten sie. »Eßt wenig davon auf einmal, und nur, wenn es nötig ist. Denn diese Dinge sollen euch dienlich sein, wenn alles andere versagt. Die Kuchen werden viele, viele Tage frisch bleiben, wenn sie nicht angebrochen sind und in ihrer Blätterverpackung bleiben, wie wir sie euch gebracht haben. Einer davon wird einen Wanderer einen anstrengenden Tag lang auf den Beinen halten, selbst wenn er einer der großen Menschen aus Minas Tirith ist.«

Als nächstes packten die Elben die Kleidungsstücke aus und gaben jedem von der Gruppe das, was sie ihm mitgebracht hatten. Für jeden hatten sie einen Mantel und eine Kapuze, seiner Körpergröße entsprechend, aus dem leichten, aber warmen Seidenstoff, den die Galadrim webten. Welche Farbe sie hatten, war schwer zu sagen: grau schienen sie im Zwielicht unter den Bäumen zu sein; doch wenn man sie hin- und herbewegte oder in eine andere Beleuchtung brachte, dann waren sie grün wie schattige Blätter oder braun wie Brachfelder bei Nacht, silbrig dunkel wie Wasser unter den Sternen. Jeder Mantel wurde am Hals mit einer Spange geschlossen, die wie ein grünes Blatt mit silberner Aderung aussah.

»Sind das Zaubermäntel?« fragte Pippin, der sie voll Staunen betrachtete.

»Ich weiß nicht, was du damit meinst«, antwortete der Führer der Elben. »Es sind schöne Mäntel, und das Gewebe ist gut, denn es ist in diesem Land hergestellt worden. Gewiß sind es Elbengewänder, wenn es das ist, was du meinst. Blatt und Zweig, Wasser und Stein: sie haben den Farbton und die Schönheit all dieser Dinge unter dem Zwielicht von Lórien, das wir lieben. Denn bei allem, was wir herstellen, denken wir an all das, was wir lieben. Indes sind es Kleidungsstücke, keine Panzer, und sie werden weder Speer noch Klinge abwehren. Doch sollten sie euch gute Dienste leisten: sie sind leicht im Tragen und warm oder kühl genug, je nach Bedarf. Und ihr werdet finden, daß sie eine große Hilfe sind, wenn ihr euch dem Blick unfreundlicher Augen entziehen wollt, ob ihr nun zwischen den Steinen oder unter Bäumen geht. Ihr steht wahrlich in hoher Gunst bei der Herrin! Denn sie selbst und ihre Jungfrauen haben den Stoff gewebt; und niemals zuvor haben wir Fremde in die Gewänder unseres eigenen Volkes gekleidet.«

Nach ihrer Morgenmahlzeit nahm die Gemeinschaft Abschied von der Rasenfläche an dem Springquell. Das Herz war ihnen schwer; denn es war ein schöner Ort und gleichsam ein Zuhause für sie geworden, obwohl sie die Tage und Nächte, die sie hier verbracht hatten, nicht zählen konnten. Als sie einen Augenblick dort standen und auf das weiße Wasser im Sonnenschein blickten, kam Haldir über das grüne Gras der Lichtung auf sie zu. Frodo begrüßte ihn voll Freude.

»Ich bin von den Nordgrenzen zurückgekehrt«, sagte der Elb, »und habe jetzt den Auftrag, wiederum euer Führer zu sein. Das Schattenbachtal ist voll von Dampf und Rauchwolken, und die Berge sind in Unruhe. Es kommen Geräusche aus den Tiefen der Erde. Wenn einer von euch vorgehabt hätte, nach Norden in die Heimat zurückzukehren, dann hätte er auf diesem Wege nicht gehen können. Aber kommt! Ihr wollt ja nun nach Süden.«

Als sie durch Caras Galadon gingen, waren die grünen Wege leer; doch in den Bäumen hörten sie viele Stimmen murmeln und singen. Sie selbst schwiegen. Schließlich führte Haldir sie die Südhänge des Berges hinab, und sie kamen wieder zu dem großen, mit Lampen behängten Tor, und zu der weißen Brücke; und so gingen sie hinaus und verließen die Stadt der Elben. Dann wandten sie sich ab von der gepflasterten Straße und schlugen einen Pfad ein, der zwischen dichtstehenden Mallornbäumen hindurch führte und dann weiter durch welliges Waldland mit silbernen Schatten, und es ging stetig hinab, nach Süden und Osten, den Ufern des Flusses entgegen.

Sie waren etwa zehn Meilen gegangen, und die Mittagszeit war nahe, als sie zu einer hohen grünen Mauer kamen. Durch eine Öffnung schritten sie hindurch und hatten plötzlich die Bäume hinter sich gelassen. Vor ihnen lag eine langgestreckte Wiese von schimmerndem Gras, übersät mit goldenen *elanor,* die in der Sonne funkelten. Die Wiese lief zwischen leuchtenden Rändern in einer schmalen Landzunge aus: auf der rechten und westlichen Seite floß glitzernd der Silberlauf: auf der linken und östlichen Seite wogte das tiefe und dunkle Wasser des Großen Stroms. Auf den jenseitigen Ufern erstreckte sich der Wald so weit nach Süden, wie das Auge reichte, aber die Ufer selbst waren kahl und öde. Kein Mallorn reckte außerhalb des Landes Lórien seine goldbehängten Zweige in den Himmel.

Am Ufer des Silberlaufs, in einiger Entfernung von dem Zusammenfluß der Ströme, war eine Schiffslände aus weißen Steinen und weißem Holz. Viele Boote und Kähne lagen dort vertäut. Manche waren in leuchtenden Farben gestrichen und schimmerten in Silber und Gold und Grün, doch die meisten waren entweder weiß oder grau. Drei kleine Boote waren für die Gemeinschaft bereitgemacht worden, und in diese verstauten die Elben ihre Sachen. Und sie legten auch Seilrollen hinein, drei in jedes Boot. Sie sahen dünn aus, aber kräftig, seidig anzufassen und von grauer Farbe wie die Elbenmäntel.

»Was ist das?« fragte Sam und nahm eine in die Hand, die auf dem Rasen lag.

»Seile natürlich«, antwortete ein Elb aus den Booten. »Man soll niemals lange ohne ein Seil unterwegs sein! Und eins, das lang und stark und leicht ist. So wie diese sind. Sie mögen eine Hilfe sein in manchen Notlagen.«

»Das brauchst du mir nicht zu sagen!« sagte Sam. »Ich kam ohne eins hierher und war die ganze Zeit darüber beunruhigt. Aber ich frage mich, woraus diese gemacht sind, denn ich weiß ein bißchen Bescheid mit der Seilerei: es liegt in der Familie, wie man sagen könnte.«

»Sie sind aus *hithlain«*, sagte der Elb. »Aber jetzt ist keine Zeit mehr, dich in der Kunst ihrer Herstellung zu unterrichten. Hätten wir gewußt, daß dieses Handwerk dir Freude macht, dann hätten wir dir viel beibringen können. Doch nun mußt du dich leider, sofern du nicht einmal wieder herkommst, mit unserem Geschenk begnügen. Möge es dir gute Dienste leisten!«

»Kommt!« sagte Haldir. »Alles ist jetzt bereit für euch. Geht in die Boote. Aber seid zuerst vorsichtig!«

»Beherzigt diese Worte«, sagten die anderen Elben. »Diese Boote sind sehr leicht gebaut und kunstvoll und nicht wie die Boote anderer Leute. Sie sinken nicht, wie schwer ihr sie auch beladen mögt; aber sie sind unberechenbar, wenn sie falsch behandelt werden. Es wäre klug, wenn ihr euch hier beim Landeplatz erst mit dem Ein- und Aussteigen vertraut machtet, ehe ihr euch flußabwärts auf den Weg begebt.«

Die Gemeinschaft wurde folgendermaßen aufgeteilt: Aragorn, Frodo und Sam fuhren in einem Boot; Boromir, Merry und Pippin im zweiten; und im dritten Legolas und Gimli, die jetzt unzertrennliche Freunde geworden waren. In diesem dritten Boot war der größte Teil der Vorräte und Rucksäcke verstaut. Die Boote wurden durch kurzschäftige Paddel mit breiten, blattförmigen Schaufeln fortbewegt und gesteuert. Als alles bereit war, führte Aragorn sie zu einer Übungsfahrt den Silberlauf hinauf. Die Strömung war stark, und sie kamen langsam voran. Sam saß im Bug, klammerte sich an beiden Seiten fest und blickte sehnsüchtig zurück nach dem Ufer. Die auf dem Wasser glitzernde Sonne blendete ihn. Als sie an der grünen Landzunge vorbei waren, sahen sie, daß hier die Bäume dicht am Rand des Wassers standen. Hier und dort tanzten goldene Blätter auf den Wellen des Flusses. Die Luft war sehr hell und still, und nichts war zu hören als das hohe, ferne Lied der Lerchen.

Sie kamen um eine scharfe Biegung des Flusses, und da schwamm ihnen stolz ein sehr großer Schwan entgegen. Das Wasser kräuselte sich an beiden Seiten der weißen Brust unter seinem gebogenen Hals. Sein Schnabel schimmerte wie poliertes Gold, und seine Augen glänzten wie schwarzer Marmor, eingefaßt von gelben Steinen; seine riesigen weißen Schwingen waren halb erhoben. Musik zog den Fluß herab, als er sich näherte; und plötzlich merkten sie, daß es ein Schiff war, das die Geschicklichkeit der Elben als Abbild eines Vogels gearbeitet und geschnitzt hatte. Zwei weißgekleidete Elben steuerten es mit schwarzen Paddeln. In der Mitte des Bootes saß Celeborn, und hinter ihm stand Galadriel, groß und weiß; ein Diadem aus goldenen Blumen trug sie im Haar, und in ihrer Hand hielt sie eine Harfe, und sie sang. Traurig und süß war der Klang ihrer Stimme in der kühlen, klaren Luft:

Ich sang vom Laub, von goldnem Laub, da glänzte es wie Gold,
Ich sang vom Winde, und er kam und war dem Laube hold,
Doch sonnenhin und mondvorbei aufbrandete das Meer;
Vom Strande Ilmarin ein Baum, der winkte golden her,
Er wuchs im dämmerklaren Licht im Lande Eldamar,
Den Mauern nah von Tirion, beglänzt und wunderbar,
So dicht im Laube stand er da wie für die Ewigkeit,
Fern aber in der Fremde klagt das Elbenvolk sein Leid.
O Lórien! Der Winter naht, der lange, tote Tag,
Die Blätter treiben mit dem Strom, wohin er treiben mag,
O Lórien! Ich weile hier zu lang im Lande schon
Und trage welken Elanor in der verblaßten Kron,
Doch sänge ich ein Schiff herbei und käm es aber her,
Wie trügs mich übers Meer zurück, das weite, weite Meer?

Aragorn hielt sein Boot an, als das Schwanenschiff auf gleicher Höhe mit ihm war. Die Herrin beendete ihr Lied und begrüßte sie. »Wir sind gekommen, um Euch ein letztes Lebewohl zu sagen und Euch mit Segenswünschen unseres Landes zu verabschieden.«

»Obwohl Ihr unsere Gäste gewesen seid«, sagte Celeborn, »habt Ihr noch keine Mahlzeit mit uns gehalten, und wir bitten Euch daher zu einem Abschiedsfest, hier zwischen den fließenden Gewässern, die Euch von Lórien davontragen werden.«

Der Schwan schwamm langsam weiter zur Schiffslände, und sie wendeten ihre Boote und folgten ihm. Dort, auf dem letzten Zipfel von Egladil, wurde auf dem grünen Gras das Abschiedsfest gefeiert; aber Frodo aß und trank wenig, denn er hatte nur Auge und Ohr für Frau Galadriels Schönheit und ihre Stimme. Sie erschien ihm nicht mehr gefährlich oder furchterregend noch voll verborgener Macht. Ihm erschien sie schon so, wie Menschen einer späteren Zeit noch dann und wann die Elben sehen: gegenwärtig und doch fern, ein lebendes Bild dessen, was die fließenden Ströme der Zeit bereits weit zurückgelassen haben.

Nachdem sie, auf dem Grase sitzend, gegessen und getrunken hatten, sprach Celeborn wieder mit ihnen über ihre Fahrt. Er hob die Hand und deutete nach Süden auf die Wälder hinter der Landzunge.

»Wenn Ihr flußabwärts fahrt«, sagte er, »werdet Ihr sehen, daß die Bäume zurückbleiben und Ihr in ein ödes Land kommt. Dort fließt der Strom in steinigen Tälern zwischen Hochmooren, bis er schließlich nach vielen Wegstunden zu der hohen Insel Zinnenfels kommt, die wir Tol

Brandir nennen. Er schlingt seine Arme um die steilen Ufer des Eilands und stürzt dann unter großem Tosen und Sprühen über die Katarakte von Rauros hinunter in das Nindalf, das Fennfeld, wie es in Eurer Sprache genannt wird. Es ist ein weites Sumpfgebiet, durch das sich der Fluß mit vielen Armen hindurchschlängelt. Die Entflut aus dem Wald von Fangorn im Westen ergießt sich dort in vielen Mündungen in den Strom. An diesem Fluß, auf dieser Seite des Großen Stroms, liegt Rohan. An dem anderen Ufer erheben sich die kahlen Berge des Emyn Muil. Der Wind bläst dort von Osten, denn die Berge blicken über die Totensümpfe und die Niemandslande nach Cirith Gorgor und zu den schwarzen Toren von Mordor.

Boromir und alle, die mit ihm nach Minas Tirith gehen wollen, werden gut daran tun, bei Rauros den Großen Strom zu verlassen und die Entflut schon zu überqueren, ehe sie die Sümpfe erreicht. Indes sollten sie an diesem Fluß nicht zu weit hinaufgehen oder es darauf ankommen lassen, in den Wald von Fangorn zu geraten. Das ist ein seltsames Land und jetzt wenig bekannt. Doch bedürfen Boromir und Aragorn gewiß dieser Warnung nicht.«

»Wir in Minas Tirith haben allerdings von Fangorn gehört«, sagte Boromir. »Aber das, was ich gehört habe, scheinen mir zum größten Teil Ammenmärchen zu sein, wie wir sie unseren Kindern erzählen. Alles, was nördlich von Rohan liegt, ist jetzt so weit entfernt für uns, daß sich die Phantasie dort ungehindert ergehen kann. Einstmals lag Fangorn an den Grenzen unseres Reichs; doch ist es jetzt viele Menschenalter her, daß einer von uns es besuchte, um die Sagen zu bestätigen oder zu widerlegen, die aus alter Zeit auf uns gekommen sind.

Ich selbst war bisweilen in Rohan, bin aber nie weiter nach Norden gekommen. Als man mich als Sendboten ausschickte, habe ich den Weg entlang der Ausläufer des Weißen Gebirges durch die Pforte genommen und dann den Isen und die Grauflut überschritten, und so kam ich nach Norderland. Eine lange und beschwerliche Wanderung. Vierhundert Wegstunden schätze ich, und ich brauchte viele Monate; denn ich verlor mein Pferd in Tharbad, an der Furt der Grauflut. Nach jener Wanderung und dem Weg, den ich mit dieser Gemeinschaft zurückgelegt habe, hege ich kaum Zweifel, daß ich mich in Rohan durchschlagen kann und notfalls auch in Fangorn.«

»Dann brauche ich nichts mehr zu sagen«, meinte Celeborn. »Aber achtet die Überlieferung, die aus alter Zeit auf uns gekommen ist, nicht gering; denn oft mag es sein, daß alte Frauen noch Berichte von Dingen im Gedächtnis haben, die einstmals für die Weisen wissenswert waren.«

Jetzt erhob sich Galadriel vom Gras, ließ sich von einer ihrer Jungfrauen einen Becher reichen, füllte ihn mit weißem Met und gab ihn Celeborn.

»Nun ist es Zeit für den Abschiedstrunk«, sagte sie. »Trinkt, Herr der Galadrim! Und laßt Eure Herzen nicht traurig sein, wenngleich Nacht auf Mittag folgen muß und schon unser Abend nahet.«

Dann brachte sie den Becher jedem von der Gemeinschaft und bot ihm Trunk und Abschiedsgruß. Doch als sie getrunken hatten, hieß Galadriel sie, sich wieder auf dem Gras niederzulassen, und für sie und Celeborn wurden Sessel hingestellt. Ihre Jungfrauen standen schweigend um sie, und eine Weile schaute sie ihre Gäste an. Schließlich sprach sie.

»Wir haben den Abschiedsbecher geleert«, sagte sie, »und die Schatten fallen zwischen uns. Doch habe ich in meinem Schiff Geschenke mitgebracht, die Euch der Herr und die Herrin der Galadrim zur Erinnerung an Lothlórien nun überreichen wollen, ehe Ihr scheidet.« Dann rief sie einen nach dem anderen zu sich.

»Hier ist die Gabe von Celeborn und Galadriel für den Führer Eurer Gemeinschaft«, sagte sie zu Aragorn, und sie gab ihm eine Scheide, die passend für sein Schwert angefertigt worden war. Sie war überzogen mit Flechtwerk aus goldenen und silbernen Blüten und Blättern, und darauf stand in Elbenrunen, die aus vielen Edelsteinen gebildet waren, der Name Andúril und die Herkunft des Schwertes.

»Die Klinge, die aus dieser Scheide gezogen wird, soll nicht befleckt werden und nicht bersten, selbst bei der Niederlage«, sagte sie. »Aber gibt es nicht noch etwas, das Ihr bei unserem Abschied von mir begehrt? Denn Dunkelheit wird zwischen uns aufsteigen, und vielleicht werden wir uns nicht wieder begegnen, es sei denn, weit von hier auf einem Weg, bei dem es keine Umkehr gibt.«

Und Aragorn antwortete: »Herrin, Ihr kennt all mein Sehnen, und lange habt Ihr den einzigen Schatz bewahrt, nach dem ich trachte. Doch vermögt Ihr ihn mir nicht zu geben, selbst wenn Ihr wolltet; und nur durch Dunkelheit werde ich zu ihm gelangen.«

»Indes wird vielleicht dieses Euer Herz erleichtern«, sagte Galadriel. »Denn es war in meiner Obhut gelassen worden, damit ich es Euch gebe, wenn Ihr durch unser Land kommen solltet.« Dann nahm sie von ihrem Schoß einen großen Stein von klarem Grün; er war in einer silbernen Brosche gefaßt, die die Form eines Adlers mit ausgebreiteten Schwingen hatte; und als sie sie hochhob, funkelte der Edelstein wie Sonne, die durch die Blätter des Frühlings scheint. »Diesen Stein gab ich Celebrían, meiner Tochter, und sie gab ihn ihrer Tochter; und nun kommt er zu

Euch als ein Zeichen der Hoffnung. Nehmt in dieser Stunde den Namen an, der Euch vorausgesagt war, Elessar, der Elbenstein aus dem Hause Elendil!«

Dann nahm Aragorn den Stein und heftete sich die Brosche auf die Brust, und Staunen erfüllte die, die ihn sahen; denn sie hatten vorher nicht bemerkt, wie hochgewachsen und königlich er war, und es schien ihnen, als seien viele Jahre der Mühsal von seinen Schultern gefallen. »Für die Geschenke, die Ihr mir gegeben habt, danke ich Euch«, sagte er, »O Herrin von Lórien, von der Celebrían und Arwen Abendstern stammen. Welch größeres Lob könnte ich spenden?«

Frau Galadriel senkte den Kopf, und dann wandte sie sich an Boromir, und ihm schenkte sie einen Gürtel aus Gold; und Merry und Pippin schenkte sie schmale silberne Gürtel, jeder mit einer Spange, die wie eine goldene Blüte geformt war. Legolas schenkte sie einen Bogen, wie ihn die Galadrim benutzen, länger und handfester als die Bögen von Düsterwald und bespannt mit einer Sehne aus Elbenhaar. Dazu gehörte ein Köcher mit Pfeilen.

»Für dich, kleiner Gärtner und Freund der Bäume«, sagte sie zu Sam, »habe ich nur ein geringes Geschenk.« Sie gab ihm ein Kästchen aus einfachem, grauem Holz, unverziert bis auf eine einzige Silberrune auf dem Deckel. »Hier steht G, und das soll Galadriel bedeuten«, sagte sie. »Aber in eurer Sprache könnte es Garten bedeuten. In diesem Kästchen ist Erde aus meinem Obstgarten, und was Galadriel noch an Zaubersegen zu vergeben hat, ruht darauf. Es wird dich nicht auf den rechten Weg führen oder vor irgendwelchen Gefahren beschützen; aber wenn du es aufhebst und zu guter Letzt wieder in deine Heimat kommst, dann mag es dich vielleicht belohnen. Selbst wenn du alles unfruchtbar und verwüstet vorfinden solltest, wird es wenige Gärten in Mittelerde geben, die so blühen und gedeihen wie dein Garten, wenn du diese Erde dort verstreust. Dann magst du dich an Galadriel erinnern und einen flüchtigen Blick des fernen Lóriens erhaschen, das du nur in unserem Winter gesehen hast. Denn unser Frühling und unser Sommer sind vorbei, und man wird sie nie wieder auf Erden sehen, es sei denn in der Erinnerung.«

Sam wurde rot bis über beide Ohren und murmelte etwas Unverständliches, als er das Kästchen krampfhaft umklammerte und sich verbeugte, so gut er konnte.

»Und welches Geschenk würde ein Zwerg von den Elben erbitten?« fragte Galadriel, an Gimli gewandt.

»Keins, Herrin«, antwortete Gimli. »Für mich ist es genug, die Herrin der Galadrim gesehen und ihre freundlichen Worte gehört zu haben.«

»Hört das, all ihr Elben!« rief sie denen zu, die um sie standen. »Niemand soll mehr sagen, daß Zwerge habgierig und unhöflich seien! Doch gewiß wünscht Ihr, Gimli, Glóins Sohn, Euch etwas, das ich gewähren könnte? Nennt es, ich bitte Euch! Ihr sollt nicht der einzige Gast ohne ein Geschenk sein.«

»Es gibt nichts, Frau Galadriel«, sagte Gimli, sich tief verbeugend und stotternd. »Nichts, es sei denn – es sei denn, ich dürfte bitten, nein, es nennen: eine einzige Strähne von Eurem Haar, das das Gold der Erde übertrifft wie die Sterne die Edelsteine der Minen. Ich bitte nicht um ein solches Geschenk. Doch Ihr befahlt mir, meinen Wunsch zu nennen.«

Es ging eine Bewegung durch die Elben und sie murmelten verwundert, und Celeborn sah den Zwergen erstaunt an, aber die Herrin lächelte. »Es heißt, die Zwerge seien geschickt mit den Händen und weniger zungenfertig«, sagte sie. »Indes trifft das auf Gimli nicht zu. Denn niemand hat jemals eine so kühne und doch so artige Bitte an mich gerichtet. Und wie soll ich sie ablehnen, da ich ihm befohlen habe, sie auszusprechen? Doch sagt mir, was würdet Ihr mit einem solchen Geschenk tun?«

»Es aufbewahren, Herrin«, antwortete Gimli, »zur Erinnerung an Eure Worte, die Ihr bei unserer ersten Begegnung zu mir spracht. Und wenn ich je zu den Schmieden meiner Heimat zurückkehre, dann soll Euer Geschenk in unvergängliches Bergkristall gefaßt werden, um ein Erbstück meines Hauses zu sein und ein Unterpfand der Freundschaft zwischen Berg und Wald bis an das Ende der Zeiten.«

Dann löste Frau Galadriel eine ihrer langen Flechten und schnitt drei goldene Haare ab und legte sie in Gimlis Hand. »Diese Worte sollen das Geschenk begleiten«, sagte sie. »Ich weissage nicht, denn alles Weissagen ist jetzt vergebens: auf der einen Seite liegt Dunkelheit und auf der anderen nur Hoffnung. Aber wenn die Hoffnung nicht trügen sollte, dann sage ich zu Euch, Gimli, Glóins Sohn, daß Eure Hände überfließen sollen von Gold und doch das Gold über Euch keine Macht haben wird.

Und du, Ringträger«, sagte sie und wandte sich zu Frodo, »zu dir komme ich zuletzt, obwohl du nicht der letzte in meinen Gedanken bist. Für dich habe ich dies vorbereitet.« Sie hielt eine kleine Phiole aus Kristall hoch: sie glitzerte, als Galadriel sie bewegte, und Strahlen weißen Lichts sprühten von ihrer Hand. »In dieser Phiole«, sagte sie, »ist das Licht von Eärendils Stern eingefangen und in das Wasser meines Springquells gesetzt. Es wird noch heller scheinen, wenn Nacht um dich ist. Möge es dir ein Licht sein an dunklen Orten, wenn alle anderen Lichter ausgehen. Erinnere dich Galadriels und ihres Spiegels!«

Frodo nahm die Phiole, und einen Augenblick lang, während sie zwischen ihnen strahlte, sah er Galadriel wieder wie eine Königin, groß und schön, doch nicht länger schreckenerregend. Er verbeugte sich, fand aber kein Wort.

Jetzt erhob sich die Herrin, und Celeborn geleitete die Gäste wieder zu der Schiffslände. Ein gelber Mittag lag nun auf der grünen Landzunge, und das Wasser glitzerte silbern. Alles war bereit. Die Gefährten nahmen ihre Plätze in den Booten wie vorher ein. Mit langen grauen Stangen stießen die Elben sie in die Strömung des Flusses hinaus und riefen ihnen Lebewohl zu, während die plätschernden Wellen sie langsam davontrugen. Sie saßen ganz still und sprachen nicht. Auf dem grünen Ufer nahe der Spitze der Landzunge stand Frau Galadriel allein und schweigend. Als sie vorbeifuhren, wandten sie sich zu ihr um und sahen zu, wie sie langsam von ihnen forttrieb. Denn so schien es ihnen: Lórien verschwand hinter ihnen wie ein leuchtendes Schiff, dessen Masten verzauberte Bäume waren, und das zu vergessenen Ufern segelte, während sie hilflos am Rande der grauen und blattlosen Welt saßen.

Während sie noch schauten, floß der Silberlauf hinaus in die Strömungen des Großen Stroms, und ihre Boote drehten sich und begannen nach Süden zu eilen. Bald war die weiße Gestalt der Herrin klein und fern. Sie schimmerte wie ein Glasfenster auf einem fernen Berg in der untergehenden Sonne oder wie ein See, von einem Berg aus gesehen: ein in den Schoß des Landes gefallener Kristall. Dann schien es Frodo, als habe sie ihre Arme zu einem letzten Abschiedsgruß erhoben, und fern, doch ganz deutlich trug der Wind den Klang ihrer Stimme herüber, als sie sang. Doch jetzt sang sie in der alten Sprache der Elben jenseits der See, und er verstand die Worte nicht: schön war die Musik, aber sie tröstete ihn nicht.

Indes blieben sie, wie es die Art von Elbenworten ist, in seinem Gedächtnis haften, und viel später deutete er sie, so gut er konnte: die Sprache war die der Elbenlieder, und sie berichtete von Dingen, die in Mittelerde wenig bekannt waren.

Ai! laurië lantar lassi súrinen,
Yéni únótimë ve rámar aldaron!
Yéni ve lintë yuldar avánier
mi oromardi lisse-miruvóreva
Andúnë pella, Vardo tellumar
nu luini yassen tintilar i eleni
ómaryo airetári-lírinen.

Sí man i yulma nin enquantuva?

An sí Tintallë Varda Oiolossëo
ve fanyar máryat Elentári ortanë
ar ilyë tier undulávë lumbulë;
ar sindanóriello caita mornië
i falmalinnar imbë met, ar hísië
untúpa Calaciryo míri oialë.
Sí vanwa ná, Rómello vanwa, Valimar!

Namárië! Nai hiruvalyë Valimar.
Nai elyë hiruva. Namárië!

»Ah! wie Gold fallen die Blätter im Wind, lange Jahre zahllos wie die Schwingen der Bäume! Die langen Jahre sind vergangen wie rasche Schlucke des süßen Mets in hohen Hallen jenseits des Westens unter den blauen Gewölben von Varda, worin die Sterne zittern beim Gesang ihrer Stimme, heilig und königlich. Wer nun soll den Becher für mich füllen? Denn nun hat die Entzünderin, Varda, die Königin der Sterne vom Berg Immerweiß, ihre Hände wie Wolken gehoben, und alle Pfade sind tief im Schatten versunken: und aus einem grauen Land kommend, liegt Dunkelheit auf den schäumenden Wogen zwischen uns, und Nebel deckt die Edelsteine von Calacirya auf immerdar. Verloren nun, verloren für jene aus dem Osten ist Valimar! Lebewohl! Vielleicht wirst du Valimar finden. Ja, vielleicht wirst du es finden. Lebewohl!« Varda ist der Name jener Herrin, die die Elben in diesen Landen der Verbannung Elbereth nennen.

Plötzlich zog sich der Fluß um eine Biegung, die Ufer an beiden Seiten wurden steiler, und das Licht von Lórien war verborgen. Niemals sah Frodo das schöne Land wieder.

Die Reisegefährten wandten ihr Gesicht nun der Fahrt zu; die Sonne stand vor ihnen, und ihre Augen waren geblendet, denn sie standen alle voll Tränen. Gimli weinte ganz offen.

»Ich habe zum letzten Mal das gesehen, was am schönsten war«, sagte er zu Legolas, seinem Gefährten. »Von nun an werde ich nichts schön nennen, es sei denn ihr Geschenk.« Er legte die Hand auf die Brust.

»Sag mir, Legolas, warum bin ich mitgegangen auf diese Fahrt? Nicht ahnte mir, worin die größte Gefahr lag! Wahr hat Elrond gesprochen, als er sagte, wir könnten nicht voraussehen, was uns auf unserem Weg bevorstünde. Folterung im Dunkeln war die Gefahr, die ich fürchtete, und das hat mich nicht zurückgehalten. Aber ich wäre nicht mitgekommen, hätte ich die Gefahr des Lichts und der Freude gekannt. Nun habe ich bei diesem Abschied meine schlimmste Wunde erhalten, selbst wenn ich heute nacht geradewegs zum Dunklen Herrscher gehen sollte. Wehe für Gimli, Glóins Sohn!«

»Nein!« sagte Legolas. »Wehe für uns alle! Und für alle, die in dieser Nach-Zeit auf der Erde wandeln. Denn so ist ihr Lauf: finden und verlieren, wie es jenen scheint, deren Boot sich auf dem fließenden Strom befindet. Aber ich halte dich für glücklich, Gimli, Glóins Sohn: denn deinen Verlust erleidest du aus freien Stücken, und du hättest dich anders entscheiden können. Doch hast du deine Gefährten nicht im Stich gelassen, und die mindeste Belohnung, die du haben sollst, ist, daß die Erinnerung an Lothlórien in deinem Herzen immer rein und ungetrübt bleiben und weder verblassen noch schal werden soll.«

»Vielleicht«, sagte Gimli. »Und ich danke dir für deine Worte. Wahre Worte, zweifellos; doch ist all das magerer Trost. Nicht Erinnerungen sind es, die das Herz ersehnt. Das ist nur ein Spiegel, und sei er so klar wie Kheled-zâram. So jedenfalls spricht das Herz von Gimli, dem Zwerge. Elben mögen die Dinge anders sehen. Wie ich gehört habe, ist für sie Erinnerung der wachen Welt ähnlicher als einem Traum. Aber für Zwerge ist das nicht so.

Doch laß uns nicht mehr davon reden. Gib auf das Boot acht. Es liegt zu tief im Wasser mit all dem Gepäck, und der Große Strom fließt rasch. Ich will meinen Kummer nicht in kaltem Wasser ertränken.« Er nahm ein Paddel und steuerte auf das westliche Ufer zu und folgte damit Aragorns Boot, der die Mitte des Flusses schon verlassen hatte.

So machte sich die Gemeinschaft auf dem breiten, eilenden Gewässer, das sie nach Süden trug, auf ihren langen Weg. Kahle Wälder an beiden Ufern versperrten ihnen die Sicht auf das Land. Der Wind legte sich, und der Strom floß geräuschlos. Keine Vogelstimme durchbrach die Stille. Die Sonne wurde dunstig, je länger der Tag währte, bis sie an einem fahlen Himmel wie eine hohe weiße Perle glänzte. Dann verblaßte sie im Westen, früh kam die Dämmerung und eine graue und sternenlose Nacht. Bis weit in die dunklen, stillen Stunden ließen sie sich treiben und lenkten ihre Boote unter den überhängenden Schatten der westlichen Wälder. Große Bäume glitten vorbei wie Gespenster und streckten ihre knorrigen durstigen Wurzeln durch Nebel in das Wasser. Es war öde und kalt. Frodo saß da und lauschte auf das schwache Plätschern und Gurgeln des Wassers, das gegen Baumwurzeln und Treibholz nahe dem Ufer schlug, bis ihm der Kopf vornüber sank und er in einen unruhigen Schlaf fiel.

NEUNTES KAPITEL

DER GROSSE STROM

Frodo wurde von Sam geweckt. Er lag, gut zugedeckt, unter hohen, grauborkigen Bäumen in einem stillen Winkel der Wälder auf dem westlichen Ufer des Großen Stroms, des Anduin. Er hatte die ganze Nacht durchgeschlafen, und das Grau des Morgens schimmerte schwach durch die kahlen Äste. Gimli war nahebei mit einem kleinen Feuer beschäftigt.

Sie brachen wieder auf, ehe es heller Tag war. Die meisten von ihnen waren allerdings nicht begierig, nach Süden zu gelangen: sie waren zufrieden, daß die Entscheidung, die sie spätestens treffen mußten, sobald sie nach Rauros und zur Insel Zinnenfels kamen, noch einige Tage aufgeschoben war; und sie überließen es dem Strom, die Geschwindigkeit zu bestimmen, denn sie hatten nicht den Wunsch, den Gefahren entgegenzueilen, die vor ihnen lagen, welchen Kurs sie zuletzt auch immer einschlagen würden. Aragorn ließ sie mit der Strömung treiben und ihre Kräfte für zukünftige Anstrengungen sparen. Doch bestand er darauf, daß sie wenigstens jeden Tag früh aufbrachen und bis spät am Abend weiterfuhren; denn er ahnte, daß die Zeit dränge, und fürchtete, der Dunkle Herrscher sei nicht müßig gewesen, während sie sich in Lórien aufgehalten hatten.

Dennoch sahen sie an jenem Tag und am nächsten keine Spur eines Feindes. Die eintönigen grauen Stunden vergingen ereignislos. Im Laufe des dritten Tages ihrer Fahrt veränderte sich die Landschaft allmählich: die Bäume wurden spärlicher und verschwanden dann ganz. Auf dem östlichen Ufer zu ihrer Linken erblickten sie lange, formlose Hänge, die sich aufwärts und bis zum Himmel erstreckten; braun und verdorrt sahen sie aus, als sei ein Feuer über sie hinweggegangen und habe keinen lebenden grünen Halm zurückgelassen: eine unfreundliche Wüste, deren Leere nicht einmal von einem Baumstumpf oder einem aufragenden Stein unterbrochen wurde. Sie hatten die Braunen Lande erreicht, die sich riesig und verlassen zwischen dem Südlichen Düsterwald und den Bergen des Emyn Muil erstreckten. Welche Pestilenz oder Krieg oder böse Tat des Feindes dieses ganze Gebiet so verheert hatte, wußte selbst Aragorn nicht.

Auch im Westen zu ihrer Rechten war das Land baumlos, aber es war eben und an manchen Stellen grün von weiten Grasflächen. Auf dieser Seite des Stroms kamen sie an ganzen Wäldern von Schilf vorüber, das so hoch war, daß es die Aussicht nach Westen völlig versperrte, als die kleinen Boote an seinem raschelnden Saum entlangglitten. Die herabhängenden dunklen, verwelkten Federbüschel des Schilfs schwankten hin und her in den hellen, kalten Lüften und zischten leise und traurig. Hier und dort konnte Frodo durch Einschnitte einen Blick auf wellige Wiesen werfen und sah weit dahinter Berge im Sonnenuntergang und ganz in der Ferne am Horizont eine dunkle Linie: die südlichsten Ketten des Nebelgebirges.

Es gab kein Zeichen von irgendwelchen Lebewesen, die sich bewegten, ausgenommen Vögel. Deren gab es viele: kleine Wasservögel, die im Schilf pfiffen und piepsten, doch ließen sie sich selten blicken. Ein- oder zweimal hörten die Gefährten das Rauschen und Schwirren von Schwanenflügeln, und als sie aufschauten, sahen sie eine lange Kette, die über den Himmel zog.

»Schwäne!« sagte Sam. »Und mächtig große noch dazu!«

»Ja!« sagte Aragorn. »Und es sind schwarze Schwäne!«

»Wie weit und leer und traurig dieses ganze Land aussieht!« sagte Frodo. »Ich hatte mir vorgestellt, wenn man nach Süden kommt, wird es wärmer und fröhlicher, bis man den Winter für immer hinter sich läßt.«

»Aber wir sind noch nicht weit im Süden«, sagte Aragorn. »Es ist noch Winter, und wir sind fern vom Meer. Hier ist die Welt kalt, bis es plötzlich Frühling wird, und wir können sogar noch Schnee bekommen. Weit unten in der Bucht von Belfalas, in die der Anduin fließt, ist es vielleicht warm und heiter, oder würde es sein, wenn der Feind nicht wäre. Doch hier sind wir nicht mehr als sechzig Wegstunden, glaube ich, südlicher als das Südviertel in eurem Auenland, obwohl es Hunderte von Meilen entfernt ist. Ihr seht jetzt im Südwesten über die nördlichen Ebenen der Riddermark, Rohan, das Land der Herren der Rösser. Es wird nicht lange dauern, dann kommen wir zur Mündung des Limklar, der von Fangorn herabkommt und sich in den Großen Strom ergießt. Er bildet die Nordgrenze von Rohan; und in alter Zeit gehörte alles Land zwischen dem Limklar und dem Weißen Gebirge den Rohirrim. Es ist ein reiches und erfreuliches Land, und sein Gras ist ohnegleichen; doch in diesen bösen Zeiten wohnen die Leute nicht mehr am Strom und reiten auch nicht oft an seine Ufer. Der Anduin ist breit, doch können die Orks ihre Pfeile weit über den Fluß schießen; und neuerdings, heißt es, haben sie sich sogar über das Wasser gewagt, um die Herden und Gestüte von Rohan zu überfallen.«

Sam blickte beklommen von Ufer zu Ufer. Vorher hatten ihm die

Bäume einen feindseligen Eindruck gemacht, als ob sie geheime Augen und lauernde Gefahren bärgen. Jetzt wünschte er, daß noch Bäume da wären. Er hatte das Gefühl, die Gemeinschaft sei allzu wehrlos in den kleinen, offenen Booten in einem Gelände, das keinen Schutz bot, auf einem Fluß, der eine Kriegsfront war.

In den nächsten paar Tagen, als sie immer weiter nach Süden kamen, wurde die ganze Gemeinschaft von diesem Gefühl der Unsicherheit ergriffen. Einen ganzen Tag lang nahmen sie die Paddel zuhilfe und hasteten davon. Die Ufer glitten vorbei. Bald wurde der Strom breiter und seichter. Lange steinige Strände erstreckten sich am Ostufer, und dort waren Sandbänke, so daß vorsichtig gesteuert werden mußte. Die Braunen Lande verwandelten sich in ödes Heideland, über das ein kalter Wind aus dem Osten blies. Auf der anderen Seite waren aus den Wiesen wellige Hügel mit verdorrtem Gras inmitten einer Ried- und Moorlandschaft geworden. Frodo fröstelte bei dem Gedanken an die Rasenflächen und den Springquell, die klare Sonne und den sanften Regen von Lothlórien. In allen Booten wurde wenig gesprochen und gar nicht gelacht. Alle hingen ihren eigenen Gedanken nach.

Legolas lief im Geist unter den Sternen einer Sommernacht auf irgendeiner Waldlichtung im Norden zwischen den Buchen dahin. Gimli glaubte Gold in den Fingern zu haben und fragte sich, ob es geeignet sei, als Gehäuse für die Gabe der Herrin verarbeitet zu werden. Merry und Pippin im mittleren Boot war unbehaglich zumute, denn Boromir murmelte vor sich hin, biß sich manchmal auf die Fingernägel, als ob ihn irgendeine Unrast oder ein Zweifel verzehrten, und manchmal griff er zum Paddel und trieb das Boot näher an das von Aragorn heran. Dann bemerkte Pippin, der im Bug saß und zurückschaute, einen sonderbaren Glanz in seinen Augen, wenn Boromir nach vorn blickte und Frodo anstarrte. Sam war schon lange zu der Einsicht gelangt, daß Boote vielleicht nicht so gefährlich seien, wie man ihm als Kind weisgemacht hatte, daß sie aber weit unbequemer waren, als er sich je vorgestellt hatte. Er war verkrampft und unglücklich und hatte nichts zu tun, als die vorbeiziehende Winterlandschaft und das graue Wasser ringsum zu betrachten. Selbst wenn die Paddel benutzt wurden, vertraute man Sam keins an.

Als am vierten Tag die Dämmerung herabsank, schaute er zurück über die gebeugten Köpfe von Frodo und Aragorn und die nachfolgenden Boote; er war schläfrig und sehnte sich nach einem Lagerplatz und wollte wieder Erde unter seinen Füßen spüren. Plötzlich fiel sein Blick auf etwas: zuerst starrte er teilnahmslos, dann setzte er sich auf und rieb sich die Augen; aber als er wieder hinschaute, war nichts mehr zu sehen.

In jener Nacht lagerten sie auf einem kleinen Werder nahe dem westlichen Ufer. Sam lag in Decken eingewickelt neben Frodo. »Ich hatte einen komischen Traum, ein oder zwei Stunden, ehe wir anhielten, Herr Frodo«, sagte er. »Oder vielleicht war es kein Traum. Komisch war's jedenfalls.«

»Na, was war es denn?« fragte Frodo, denn er wußte, daß Sam nicht einschlafen würde, ehe er seine Geschichte erzählt hatte, was immer es sein mochte. »Ich habe, seit wir Lothlórien verließen, nichts gesehen oder zu sehen geglaubt, das mich zum Lächeln gebracht hätte.«

»Es war nicht auf diese Weise komisch, Herr Frodo. Es war sonderbar. Und sehr übel, wenn's kein Traum war. Ich will es dir lieber erzählen. Es war folgendermaßen: ich sah einen Baumstamm mit Augen.«

»Gegen den Baumstamm ist nichts einzuwenden«, meinte Frodo. »Es gibt viele im Fluß. Aber laß die Augen weg!«

»Kann ich nicht«, sagte Sam. »Die Augen waren es ja gerade, die mich haben aufhorchen lassen, sozusagen. Was ich sah, hielt ich für einen Baumstamm, der in der Dämmerung hinter Gimlis Boot herschwamm; aber ich achtete nicht viel drauf. Dann schien es mir, als ob uns der Baumstamm langsam einholte. Und das war eigentümlich, wie man sagen könnte, da wir schließlich alle auf dem Strom trieben. Gerade in dem Augenblick sah ich die Augen: zwei blasse Punkte, als ob sie schimmerten, auf einem Höcker am vorderen Ende des Baumstamms. Und außerdem war es kein Baumstamm, denn er hatte paddelnde Füße, fast wie von einem Schwan, nur kamen sie mir größer vor, und sie tauchten dauernd ins Wasser und wieder heraus.

Da setzte ich mich auf und rieb mir die Augen und hatte vor, zu rufen, wenn es immer noch da sein sollte, nachdem ich mir den Schlaf ausgerieben hatte. Denn das Ding, was immer es war, kam jetzt rasch heran und war schon dicht hinter Gimli. Aber ob diese zwei Lampen gemerkt hatten, daß ich mich bewegte und starrte, oder ob ich wieder zu Verstand gekommen war, das weiß ich nicht. Als ich wieder hinschaute, waren sie nicht mehr da. Immerhin glaubte ich, daß ich aus dem Augenwinkel, wie man so sagt, etwas Dunkles in den Schatten des Ufers habe schießen sehen. Allerdings konnte ich keine Augen mehr sehen.

Ich sagte zu mir: ›du träumst wieder, Sam Gamdschie‹, sagte ich; und dann sagte ich nichts mehr. Aber ich habe nachgedacht seitdem, und jetzt bin ich nicht mehr so sicher. Was hältst du davon, Herr Frodo?«

»Ich würde meinen: ein Baumstamm und Dämmerung und Schlaf in deinen Augen, Sam«, sagte Frodo, »wenn es das erste Mal gewesen wäre, daß diese Augen gesehen worden sind. Aber es ist nicht das erste Mal. Ich sah sie schon weit im Norden, ehe wir nach Lórien kamen. Und ich sah ein seltsames Geschöpf mit Augen, das in jener Nacht auf das Flett kletterte. Haldir sah es auch. Und erinnerst du dich an den Bericht der Elben, die die Orkbande verfolgten?«

»O ja«, sagte Sam. »Und ich erinnere mich noch an mehr. Mir gefallen meine Gedanken nicht; aber wenn ich an dieses und jenes denke und an Herrn Bilbos Geschichten und all das, dann glaube ich, ich könnte dem Geschöpf einen Namen geben, auf gut Glück geraten. Einen häßlichen Namen. Gollum vielleicht?«

»Ja, das habe ich schon eine ganze Weile gefürchtet«, sagte Frodo. »Schon seit der Nacht auf dem Flett. Ich vermute, er hat in Moria auf der Lauer gelegen und dort unsere Fährte aufgenommen; aber ich hatte gehofft, daß unser Aufenthalt in Lórien ihn wieder von der Spur abbringen würde. Das elende Geschöpf muß sich in den Wäldern am Silberlauf verborgen und unsere Abfahrt beobachtet haben!«

»So wird's wohl sein«, sagte Sam. »Und auch wir sollten lieber ein bißchen wachsamer sein, sonst spüren wir irgendwann in diesen Nächten häßliche Finger an unserem Hals, falls wir überhaupt rechtzeitig aufwachen, um noch etwas zu spüren. Und das war's, worauf ich hinauswollte. Nicht nötig, Streicher oder die anderen heute nacht zu stören. Ich will Wache halten. Ich kann morgen schlafen, da ich ja in einem Boot doch bloß Gepäck bin, wie du sagen könntest.«

»Könnte ich«, antwortete Frodo. »Und ich könnte sagen: ›Gepäck mit Augen‹. Du sollst Wache halten; aber nur, wenn du versprichst, mich für die zweite Hälfte der Nacht zu wecken, falls nicht vorher etwas geschieht.«

Mitten in der Nacht fuhr Frodo aus tiefem, dunklem Schlaf auf, als Sam ihn schüttelte. »Es ist eine Schande, dich zu wecken«, flüsterte Sam, »aber du hast es gewollt. Es gibt nichts zu berichten, oder nicht viel. Ich glaubte, vor einiger Zeit ein leises Plätschern und ein schnüffelndes Geräusch zu hören; aber des Nachts hört man eine Menge solcher Geräusche an einem Fluß.«

Er legte sich nieder, und Frodo setzte sich, in seine Decken gehüllt, hin und kämpfte gegen seine Müdigkeit an. Minuten oder Stunden waren langsam verstrichen, und nichts war geschehen. Frodo wollte gerade der Versuchung nachgeben, sich wieder hinzulegen, als eine dunkle Gestalt, kaum sichtbar, auf eines der vertäuten Boote zuschwamm. Eine lange weißliche Hand kam aus dem Wasser und packte den Bordrand; zwei blasse, lampenähnliche Augen schimmerten kalt, als sie in das Boot hineinstarrten; dann schauten sie auf und erblickten Frodo auf dem Werder. Sie waren nicht mehr als zwei oder drei Ellen entfernt, und Frodo hörte ein schwaches Zischen, als das Geschöpf Luft holte. Er stand auf, zog Stich aus der Scheide und trat auf die Augen zu. Sofort ging ihr Licht aus. Es gab noch ein Zischen und ein Platschen, und das dunkle, baumstammähnliche Wesen schoß flußabwärts davon in die Nacht. Aragorn bewegte sich im Schlaf, drehte sich um und setzte sich auf.

»Was ist los?« flüsterte er, sprang auf und kam zu Frodo. »Ich spürte irgend etwas im Schlaf. Warum hast du dein Schwert gezogen?«

»Gollum«, antwortete Frodo. »Oder zumindest vermute ich es.«

»Ah«, sagte Aragorn. »Dann weißt du also Bescheid über unseren kleinen Wegelagerer? Er ist durch ganz Moria hinter uns hergewatschelt und bis hinunter zum Nimrodel. Seit wir mit den Booten unterwegs sind, hat er auf einem Baumstamm gelegen und mit Händen und Füßen gepaddelt. Ich habe ein oder zweimal nachts versucht, ihn zu schnappen, aber er ist schlauer als ein Fuchs und schlüpfrig wie ein Fisch. Ich hatte gehofft, bei der Flußfahrt könnten wir ihn abhängen, aber er ist ein zu geschickter Wassermann.

Morgen werden wir versuchen müssen, schneller voranzukommen. Lege du dich jetzt hin, ich werde für den Rest der Nacht wachen. Ich wollte, ich könnte diesen Wurm packen. Wir könnten ihn uns nützlich machen. Aber wenn es mir nicht gelingt, dann müssen wir versuchen, ihn abzuschütteln. Er ist sehr gefährlich. Abgesehen von einem nächtlichen Mord, kann er auch jeden Feind, der in der Nähe ist, auf unsere Fährte setzen.«

Die Nacht verging, ohne daß Gollum auch nur seinen Schatten zeigte. Danach war die Gemeinschaft sehr auf der Hut, aber sie sahen nichts mehr von Gollum, solange die Fahrt dauerte. Wenn er sie noch weiter verfolgte, dann war er sehr vorsichtig und listig. Auf Aragorns Geheiß paddelten sie jetzt lange Strecken hintereinander, und die Ufer zogen rasch vorbei. Aber sie sahen wenig vom Land, denn sie fuhren meist des Nachts und in der Dämmerung und ruhten am Tage und legten sich so versteckt hin, wie das Land es nur zuließ. Auf diese Weise verging die Zeit ohne Ereignisse bis zum siebenten Tag.

Das Wetter war immer noch grau und bedeckt, und der Wind wehte von Osten, doch als aus dem Abend Nacht wurde, klärte sich der Himmel weit im Westen auf, und Lachen von schwachem Licht, gelb und blaßgrün, taten sich unter den grauen Wolkenufern auf. Dort konnte man die weiße Sichel des Neumonds auf den fernen Seen schimmern sehen. Sam sah es und runzelte die Stirn.

Am nächsten Tag begann sich auf beiden Seiten die Landschaft rasch zu verändern. Die Ufer stiegen an und wurden steinig. Bald kamen sie durch ein felsiges Bergland, und auf beiden Ufern waren steile Hänge, versteckt unter dichtem Gestrüpp von Weißdorn und Schlehen und einem Gewirr von Heckenwinden und Brombeeren. Dahinter standen niedrige, abbröckelnde Felsklippen und Kamine aus grauem, verwittertem Gestein, mit dunklem Efeu überzogen; und hinter diesen wiederum erhoben sich hohe Bergkämme, gekrönt mit windverzausten Tannen. Sie näherten sich dem grauen Bergland des Emyn Muil, der südlichen Grenze von Wilderland.

Es gab viele Vögel auf den Klippen und Felsenkaminen, und den ganzen Tag über hatten Schwärme von Vögeln, die sich schwarz gegen den fahlen Himmel abhoben, hoch in den Lüften gekreist. Als sie an jenem Tag lagerten, hatte Aragorn die Vögel mißtrauisch beobachtet und sich gefragt, ob Gollum irgendein Unheil gestiftet habe und die Nachricht über ihre Fahrt sich jetzt in der Wildnis verbreite. Später, als die Sonne unterging und die Gemeinschaft sich zur Weiterfahrt bereit machte, zeigte er auf einen dunklen Fleck im schwächer werdenden Licht: ein großer Vogel, der hoch und noch fern war, bald kreisend, bald langsam nach Süden fliegend.

»Was ist das, Legolas?« fragte er. »Ist es, wie ich glaube, ein Adler?«

»Ja«, antwortete Legolas. »Es ist ein Adler, ein jagender Adler. Ich frage mich, was das bedeutet. Es ist weit vom Gebirge.«

»Wir wollen nicht aufbrechen, ehe es ganz dunkel ist«, sagte Aragorn.

Die achte Nacht ihrer Fahrt brach an. Es war still und windlos; der graue Ostwind hatte sich gelegt. Die schmale Mondsichel war früh im bleichen Sonnenuntergang verschwunden, aber hoch oben war der Himmel klar, und obwohl fern im Süden große Wolken standen, die noch schwach schimmerten, blinkten im Westen helle Sterne.

»Kommt!« sagte Aragorn. »Wir wollen noch eine Nachtfahrt wagen. Jetzt nähern wir uns Bereichen des Flusses, die ich nicht gut kenne; denn ich bin in diesen Gegenden noch nie zu Wasser unterwegs gewesen, jedenfalls nicht zwischen hier und den Stromschnellen von Sarn Gebir. Aber wenn meine Rechnung richtig ist, müssen sie noch viele Meilen entfernt sein. Immerhin gibt es schon gefährliche Stellen, ehe wir dorthin kommen: Felsen und steinige Werder im Strom. Wir müssen sehr aufpassen und dürfen nicht schnell paddeln.«

Sam im vordersten Boot wurde das Amt des Ausgucks übertragen. Er legte sich in den Bug und starrte in die Finsternis. Die Nacht wurde dunkel, aber die Sterne hoch oben waren seltsam hell, und ein Widerschein lag auf der Oberfläche des Flusses. Es ging auf Mitternacht zu, sie waren eine Zeitlang getrieben und hatten kaum die Paddel benutzt, als Sam plötzlich aufschrie. Nur wenige Klafter vor ihnen ragten dunkle Umrisse aus dem Strom, und er hörte das Strudeln von dahinschießendem Wasser. Eine reißende Strömung schwenkte nach links, zum östlichen Ufer, wo die Durchfahrt frei war. Als sie dorthin mitgerissen wurden, konnten sie, jetzt von ganz nah, sehen, wie der Strom gegen scharfe Felsen schäumte, die wie eine Reihe Zähne aus dem Wasser ragten. Die Boote waren dicht zusammengedrängt.

»Hoi! Aragorn!« schrie Boromir, als sein Boot gegen das vordere bumste. »Das ist Irrsinn! Wir können die Stromschnellen nicht bei Nacht bezwingen! Kein Boot kann Sarn Gebir überstehen, sei es bei Tage oder bei Nacht.«

»Zurück! Zurück!« rief Aragorn. »Wendet! Wendet, wenn ihr könnt!« Er stieß sein Paddel ins Wasser und versuchte, das Boot anzuhalten und beizudrehen.

»Ich habe mich verrechnet«, sagte er zu Frodo. »Ich wußte nicht, daß wir schon so weit waren. Der Anduin fließt schneller, als ich geglaubt hatte. Sarn Gebir muß schon ganz nahe sein.«

Unter großen Mühen brachten sie die Boote zum Stehen und herum; aber zuerst konnten sie gegen die Strömung nur langsam vorankommen und wurden die ganze Zeit immer näher an das östliche Ufer getrieben. Dunkel und unheilvoll türmte es sich jetzt in der Nacht auf.

»Alle zusammen, paddelt!« schrie Boromir. »Paddelt! Sonst werden wir auf die Untiefen getrieben.« Während er noch sprach, spürte Frodo, wie der Kiel unter ihm auf Stein schrammte.

In diesem Augenblick hörte man ein Surren von Bogensehnen: mehrere Pfeile schwirrten über sie hinweg, und einige fielen zwischen sie. Einer traf Frodo zwischen den Schultern, und er taumelte mit einem Schrei nach vorn und ließ sein Paddel los; aber der Pfeil prallte an seinem verborgenen Panzerhemd ab. Ein anderer durchbohrte Aragorns Kapuze; und ein dritter stak im Bordrand des zweiten Bootes, dicht an Merrys Hand. Sam glaubte schwarze Gestalten zu sehen, die auf dem langen Kiesstrand des östlichen Ufers auf- und abliefen. Sie schienen sehr nahe zu sein.

»Yrch!« sagte Legolas, in seine eigene Sprache verfallend.

»Orks!« rief Gimli.

»Gollums Werk, da möchte ich wetten«, sagte Sam zu Frodo. »Und einen hübschen Platz haben sie sich ausgesucht. Offenbar soll uns der Fluß direkt in ihre Arme treiben!«

Sie alle beugten sich vor und mühten sich mit den Paddeln ab: sogar Sam nahm eines zur Hand. Jeden Augenblick erwarteten sie, den Biß der schwarzgefiederten Pfeile zu spüren. Viele schwirrten über ihre Köpfe oder fielen nahebei ins Wasser; aber keiner traf mehr. Es war dunkel, doch nicht zu dunkel für die Nachtaugen von Orks, und im Sternenschimmer wären sie für ihre verschlagenen Feinde eine Zielscheibe gewesen, hätten nicht die grauen Mäntel aus Lórien und das graue Holz der Elben-Boote die Hinterlist der Bogenschützen von Mordor vereitelt.

Schlag um Schlag quälten sie sich weiter. In der Dunkelheit war es schwer auszumachen, ob sie überhaupt vorankamen; aber allmählich ließ das Strudeln des Wassers nach, und der Schatten des östlichen Ufers wich zurück in die Nacht. Schließlich hatten sie, soweit sie es beurteilen konnten, wieder die Mitte des Stroms erreicht und ihre Boote in sichere Entfernung von den herausragenden Felsen gebracht. Dann machten sie eine halbe Drehung und stießen mit aller Kraft auf das westliche Ufer zu. Unter dem Schatten von Büschen, die sich über das Wasser neigten, hielten sie an und schöpften Atem.

Legolas legte sein Paddel hin und nahm den Bogen zur Hand, den er aus Lórien mitgebracht hatte. Dann sprang er an Land und ging ein paar Schritte die Böschung hinauf. Er spannte den Bogen, legte einen Pfeil ein, wandte sich um und schaute zurück über den Fluß in die Dunkelheit. Über das Wasser hallten schrille Schreie, aber nichts war zu sehen.

Frodo blickte hinauf zu dem Elb, der hoch über ihm stand und in die Nacht hinausschaute nach einem Ziel, auf das er schießen könnte. Sein Kopf war dunkel, gekrönt von hellen, weißen Sternen, die in den schwarzen Lachen des Himmels hinter ihm glitzerten. Aber jetzt stiegen von Süden große Wolken auf, segelten heran und schickten dunkle Vorreiter in die gestirnten Gefilde. Ein plötzliches Grauen befiel die Gefährten.

»Elbereth Gilthoniel!« seufzte Legolas, als er hinaufschaute. Und während er noch schaute, kam etwas Dunkles aus der Schwärze des Südens hervor, wie eine Wolke geformt und doch keine Wolke, denn es bewegte sich weit schneller, raste auf die Gruppe zu und löschte, als es sich näherte, alles Licht aus. Bald sah man, daß es ein großes geflügeltes Wesen war, schwärzer als Höhlen in der Nacht. Wilde Stimmen schallten über das Wasser, die es begrüßten. Ein Schauer überlief Frodo mit einemmal und griff ihm ans Herz; eine tödliche Kälte, wie die Erinnerung an eine alte Wunde, war in seiner Schulter. Er kauerte sich nieder, als ob er sich verbergen wollte.

Plötzlich sang der große Bogen aus Lórien. Schrill schoß der Pfeil von der Elbensehne. Frodo schaute auf. Fast über ihm schwankte das geflügelte Wesen. Es gab einen mißtönenden, krächzenden Schrei von sich, als es herabstürzte in die Finsternis auf dem östlichen Ufer. Der Himmel war wieder klar. Man hörte ein Gewirr vieler Stimmen in der Ferne, die in der Dunkelheit fluchten und jammerten, und dann trat Schweigen ein. Weder Pfeil noch Schrei kamen in jener Nacht wieder von Osten.

Nach einer Weile brachte Aragorn die Boote wieder ein Stück stromaufwärts. Sie tasteten sich eine Strecke weit am Rand des Wassers entlang, bis sie eine kleine, seichte Bucht fanden. Einige niedrige Bäume wuchsen dort dicht am Fluß, und hinter ihnen erhob sich eine steile, felsige Böschung. Hier beschloß die Gemeinschaft zu bleiben und die Morgendämmerung abzuwarten: es war sinnlos, bei Nacht zu versuchen weiterzukommen. Sie schlugen kein Lager auf und zündeten kein Feuer an, sondern blieben zusammengekauert in den Booten, die dicht aneinander vertäut waren.

»Gepriesen seien Galadriels Bogen, und Hand und Auge von Legolas!« sagte Gimli, als er an einer *lembas*-Waffel knabberte. »Das war ein mächtiger Schuß im Dunkeln, mein Freund!«

»Wer kann sagen, was er traf?« fragte Legolas.

»Ich kann es nicht«, sagte Gimli. »Aber ich bin froh, daß der Schatten nicht näher kam. Er gefiel mir ganz und gar nicht. Zu sehr erinnerte er mich an den Schatten von Moria – den Schatten des Balrog«, flüsterte er.

»Es war kein Balrog«, sagte Frodo, der immer noch von dem Schauer geschüttelt wurde, der ihn überkommen hatte. »Es war etwas Kälteres. Ich glaube, es war ...« Dann hielt er inne und schwieg.

»Was glaubst du?« fragte Boromir gespannt, beugte sich von seinem Boot aus vor und versuchte, einen Blick auf Frodos Gesicht zu werfen.

»Ich glaube – nein, ich will es nicht sagen«, antwortete Frodo. »Was immer es war, sein Sturz hat unsere Feinde in Schrecken versetzt.«

»So scheint es«, sagte Aragorn. »Doch wo sie sind und wieviele es sind und was sie als nächstes tun werden, das wissen wir nicht. Heute nacht müssen wir alle ohne Schlaf auskommen! Jetzt verbirgt uns die Dunkelheit. Aber was der Tag bringen wird, wer kann es sagen? Habt eure Waffen griffbereit!«

Sam trommelte auf das Heft seines Schwertes, als ob er mit den Fingern zähle, und schaute zum Himmel hinauf. »Es ist sehr seltsam«, murmelte er. »Der Mond ist derselbe im Auenland und in Wilderland, oder sollte es wenigstens sein. Aber entweder ist er aus dem Gang geraten, oder ich kann nicht mehr richtig rechnen. Du wirst dich erinnern, Herr Frodo, der Mond nahm ab, als wir auf dem Flett in dem Baum da oben lagen: eine Woche nach dem Vollmond, schätze ich. Und gestern abend sind wir eine Woche unterwegs gewesen, und jetzt geht ein Neumond auf, dünn wie ein Fingernagelmond, als ob wir in dem Elbenland überhaupt keine Zeit verbracht hätten.

An drei Nächte erinnere ich mich bestimmt, und ich glaube mich auch noch an verschiedene andere zu erinnern, aber ich möchte einen Eid ablegen, daß es bestimmt kein ganzer Monat war. Man sollte denken, daß Zeit dort überhaupt nicht zählt!«

»Und vielleicht war das wirklich so«, sagte Frodo. »Es mag sein, daß wir in jenem Land in einer Zeit waren, die anderswo längst vergangen ist. Erst als uns der Silberlauf zum Anduin brachte, kehrten wir, glaube ich, in die Zeit zurück, die durch sterbliche Lande zum Großen Meer fließt. Und ich erinnere mich überhaupt an keinen Mond in Caras Galadon, weder an zunehmenden noch an abnehmenden, sondern nur an Sterne bei Nacht und Sonne bei Tag.«

Legolas bewegte sich in seinem Boot. »Nein«, sagte er, »die Zeit verweilt niemals. Aber Wandel und Wachstum sind nicht bei allen Dingen und an allen Orten gleich. Für die Elben bewegt sich die Welt, und sie bewegt sich sehr rasch, und dennoch sehr langsam. Rasch, weil die Elben selbst sich wenig verändern, während alles andere dahineilt: es ist ein Kummer für sie. Langsam, weil sie die verstreichenden Jahre nicht zählen, nicht für sich selbst. Die vorübergehenden Jahreszeiten sind nur immer wiederholte Wellenkringel auf dem langen, langen Strom. Dennoch müssen unter der Sonne alle Dinge zuletzt vergehen.«

»Aber das Vergehen ist langsam in Lórien«, sagte Frodo. »Die Macht der Herrin ruht darauf. Reich sind die Stunden, wie kurz sie auch scheinen mögen, in Caras Galadon, wo Galadriel den Elbenring trägt.«

»Das hätte nicht außerhalb von Lórien gesagt werden dürfen, nicht einmal zu mir«, sagte Aragorn. »Sprich nicht mehr davon! Aber so ist es, Sam: in jenem Land bist du aus der Zeitrechnung gekommen. Dort zieht die Zeit rasch vorbei, an uns wie an den Elben. Der alte Mond verging, ein neuer Mond nahm zu und wieder ab in der Welt draußen, während wir dort verweilten. Und gestern abend kam wieder ein neuer Mond. Der Winter ist nahezu vorbei. Die Zeit geht einem Frühling mit wenig Hoffnung entgegen.«

Die Nacht blieb ruhig. Keine Stimme und kein Ruf drangen noch über das Wasser. In den Booten zusammengekauert, spürten die Gefährten, daß sich das Wetter änderte. Die Luft wurde warm und sehr still unter den großen, feuchten Wolken, die vom Süden und den fernen Meeren herangesegelt kamen. Das Rauschen des Flusses an den Felsen der Stromschnellen schien lauter zu werden und dichter bei ihnen zu sein. Von den Zweigen der Bäume über ihnen begann es zu tropfen.

Als der Tag kam, war die Stimmung der Welt ringsum weich und traurig geworden. Langsam wurde die Morgendämmerung zu einem fahlen Licht, verschwommen und schattenlos. Dunst lag über dem Strom, und weißer Nebel verhüllte das Ufer; die andere Seite war nicht zu sehen.

»Ich kann Nebel nicht ausstehen«, sagte Sam. »Aber der hier scheint mir ein Glück zu sein. Jetzt können wir vielleicht weg, ohne daß diese verfluchten Unholde uns sehen.«

»Vielleicht«, meinte Aragorn. »Aber es wird schwer sein, den Weg zu finden, sofern sich der Nebel nicht später ein wenig hebt. Und den Weg müssen wir finden, wenn wir an Sarn Gebir vorbei und zum Emyn Muil kommen sollen.«

»Ich sehe nicht ein«, sagte Boromir, »warum wir an den Stromschnellen vorbei müssen oder überhaupt weiter am Fluß bleiben sollen. Wenn der Emyn Muil vor uns liegt, dann können wir uns von diesen kleinen Booten trennen und nach Westen und Süden gehen, bis wir zur Entflut kommen, und sie überqueren, und dann sind wir in meinem Land.«

»Das können wir, wenn wir nach Minas Tirith wollen«, sagte Aragorn, »aber darüber sind wir uns noch nicht einig. Und dieser Weg mag gefährlicher sein, als es klingt. Das Tal der Entflut ist flach und moorig, und Nebel ist eine tödliche Gefahr für jene, die zu Fuß gehen und schwer beladen sind. Ich würde die Boote nicht aufgeben, ehe wir es müssen. Der Strom ist wenigstens ein Weg, der nicht verfehlt werden kann.«

»Aber der Feind hält das östliche Ufer«, wandte Boromir ein. »Und selbst wenn du durch die Tore von Argonath kommst und unbelästigt den Zinnenfels erreichst, was willst du dann tun? Über die Wasserfälle hinunterspringen und in den Sümpfen landen?«

»Nein«, antwortete Aragorn. »Sage lieber, daß wir unsere Boote auf dem alten Pfad zum Fuß des Rauros tragen und dann auf dem Wasser weiterfahren werden. Weißt du nicht, Boromir, oder willst du es vergessen, daß es die Nordtreppe gibt und den Hochsitz auf Amon Hen, die in den Tagen der großen Könige erbaut wurden? Ich zumindest möchte wieder an dieser hohen Stätte gewesen sein, ehe ich einen Entschluß über meinen weiteren Weg fasse. Dort werden wir vielleicht irgendein Zeichen sehen, das uns leiten wird.«

Boromir wehrte sich lange gegen diese Entscheidung; aber als es klar wurde, daß Frodo Aragorn folgen würde, wo immer er auch hinginge, gab er nach. »Es ist nicht die Art der Menschen von Minas Tirith, ihre Freunde in der Not zu verlassen«, sagte er, »und ihr werdet meine Kraft brauchen, wenn ihr je den Zinnenfels erreichen wollt. Bis zu diesem hohen Eiland will ich mitgehen, aber nicht weiter. Von dort aus werde ich in meine Heimat zurückkehren, allein, wenn meine Hilfe mir nicht die Belohnung einer Begleitung eingetragen hat.«

Es war nun heller Tag geworden, und der Nebel hatte sich ein wenig gehoben. Es wurde beschlossen, daß Aragorn und Legolas sofort am Ufer weitergehen sollten, während die anderen bei den Booten blieben. Aragorn hoffte irgendeinen Weg zu finden, auf dem sie ihre Boote und das Gepäck zu den ruhigeren Gewässern hinter den Stromschnellen tragen könnten.

»Elbenboote würden vielleicht nicht sinken«, sagte er, »aber das heißt nicht, daß wir Sarn Gebir lebend überstehen. Niemandem ist das jemals gelungen. Die Menschen von Gondor haben in dieser Gegend keine Straße angelegt, denn selbst in ihren großen Tagen reichte ihr Gebiet am Anduin nicht über den Emyn Muil hinaus; aber es gibt irgendwo auf dem westlichen Ufer einen Weg, über den früher die Boote getragen wurden. Er kann noch nicht zerstört sein; denn leichte Boote pflegten von Wilderland nach Osgiliath hinunterzufahren, und zwar noch vor wenigen Jahren, ehe die Orks von Mordor sich so vermehrten.«

»Zu meinen Lebzeiten ist selten ein Boot aus dem Norden gekommen, und die Orks treiben sich auf dem östlichen Ufer herum«, sagte Boromir. »Wenn ihr weitergeht, wird die Gefahr mit jeder Meile größer, selbst wenn ihr einen Pfad findet.«

»Gefahr lauert auf jedem Weg nach Süden«, erwiderte Aragorn. »Wartet einen Tag auf uns. Wenn wir in dieser Zeit nicht zurückkommen, wißt ihr, daß uns Böses widerfahren ist. Dann müßt ihr einen neuen Führer wählen und ihm folgen, so gut ihr könnt.«

Schweren Herzens sah Frodo Aragorn und Legolas das steile Ufer erklimmen und im Nebel verschwinden; aber seine Befürchtungen erwiesen sich als grundlos. Nur zwei oder drei Stunden vergingen, und es war kaum Mittag, als die schattenhaften Gestalten der Kundschafter wieder erschienen.

»Alles ist gut«, sagte Aragorn, als er die Böschung herabkletterte. »Es gibt einen Pfad, und er führt zu einer guten Landestelle, die noch brauchbar ist. Die Entfernung ist nicht groß: die Stromschnellen sind nur eine halbe Meile flußabwärts, und sie sind wenig mehr als eine Meile lang.

Nicht weit dahinter wird der Strom wieder klar und ruhig, obwohl er rasch fließt. Unsere schwerste Aufgabe wird es sein, die Boote und unser Gepäck zu dem alten Weg zu bringen. Wir haben ihn gefunden, aber er liegt ziemlich weit weg vom Wasser und verläuft im Schutz einer Felswand, eine Achtelmeile oder mehr vom Ufer entfernt. Wir könnten uns weit stromaufwärts quälen und sie doch im Nebel verfehlen. Ich fürchte, wir müssen den Fluß jetzt verlassen und uns, so gut es geht, von hier aus zu dem Weg aufmachen.«

»Das würde selbst dann nicht einfach sein, wenn wir alle Menschen wären«, sagte Boromir.

»Und dennoch werden wir es versuchen«, antwortete Aragorn.

»Freilich«, sagte Gimli. »Die Beine von Menschen werden auf einer schlechten Straße zurückbleiben, während ein Zwerg weitergeht, und sei die Last auch das Doppelte seines Eigengewichts, Herr Boromir!«

Die Aufgabe erwies sich wahrlich als schwer, doch zuletzt war sie geschafft. Alle Sachen wurden aus den Booten herausgenommen und oben auf die Uferböschung gebracht, wo es eine ebene Stelle gab. Dann wurden die Boote aus dem Wasser gezogen und hinaufgetragen. Sie waren weit weniger schwer als erwartet. Aus welchem Baum, der in dem elbischen Land wuchs, sie gemacht waren, wußte nicht einmal Legolas; aber das Holz war widerstandsfähig und doch merkwürdig leicht. Merry und Pippin konnten ihr Boot mühelos allein auf ebenem Boden tragen. Dennoch bedurfte es der Kraft der zwei Menschen, die Boote über das Gelände zu heben und zu schleppen, das die Gemeinschaft jetzt zu durchqueren hatte. Es stieg vom Fluß aus an, eine Einöde, übersät mit Kalkstein-Findlingen und vielen unter Unkraut und Büschen verborgenen Löchern; mit Brombeerdickichten und steilen Schluchten; und Rinnsale, die von landeinwärts gelegenen Terrassen herabtröpfelten, sammelten sich hier und dort in morastigen Tümpeln.

Ein Boot nach dem anderen trugen Boromir und Aragorn, während die anderen sich mit dem Gepäck abplagten und es hinterherschleppten. Schließlich war alles hinübergeschafft und auf dem Weg. Dann zogen sie, ohne auf größere Hindernisse als wucherndes Dornengestrüpp und viele Steine zu stoßen, zusammen weiter. Nebelschleier hingen immer noch über der abbröckelnden Felswand, und zu ihrer Linken war der Fluß von Dunst verhüllt: sie hörten ihn über die scharfen Schwellen und steinigen Zähne von Sarn Gebir rauschen und schäumen, aber sie konnten ihn nicht sehen. Zweimal legten sie die Strecke zurück, bis alles zur südlichen Landestelle gebracht war.

Dort fiel der Weg, der nun wieder dem Fluß zustrebte, sanft ab zum flachen Rand eines kleinen Sees. Er schien in das Flußufer hineingegraben worden zu sein, aber nicht von Hand, sondern durch das Wasser, das hinunterwirbelte von Sarn Gebir gegen einen Felsvorsprung, der wie eine Mole ein Stück in den Strom hineinragte. Dahinter erhob sich das Ufer steil zu einer grauen Klippe, und zu Fuß konnte man nicht weitergehen.

Schon war der kurze Nachmittag vergangen, und eine düstere, wolkige Dämmerung brach herein. Sie saßen am Wasser und lauschten dem undeutlichen Brausen und Tosen der im Nebel verborgenen Stromschnellen; sie waren erschöpft und müde, und ihre Herzen waren ebenso düster wie der vergehende Tag.

»Ja, hier sind wir und hier müssen wir noch eine Nacht verbringen«, sagte Boromir. »Wir brauchen Schlaf, und selbst wenn Aragorn der Sinn danach stünde, bei Nacht durch das Tor von Argonath zu fahren, so sind wir doch alle zu müde dazu — ausgenommen zweifellos unser standhafter Zwerg.«

Gimli antwortete nicht; er war im Sitzen eingenickt.

»Laßt uns jetzt ruhen, solange wir können«, sagte Aragorn. »Morgen müssen wir wieder bei Tage fahren. Sofern das Wetter sich nicht noch einmal ändert und uns einen Streich spielt, könnten wir Glück haben und durchkommen, ohne daß uns irgendwelche Augen vom östlichen Ufer aus sehen. Aber heute nacht müssen wir immer abwechselnd zu zweit Wache halten: drei Stunden schlafen und eine Stunde wachen.«

Nichts Schlimmeres gab es in jener Nacht als einen kurzen Nieselregen eine Stunde vor der Morgendämmerung. Sobald es ganz hell geworden war, brachen sie auf. Schon lichtete sich der Nebel. Sie hielten sich möglichst dicht an der westlichen Seite und konnten sehen, wie die undeutlichen Umrisse der niedrigen Klippen immer höher wurden, schattenhafte Wälle, die in dem dahineilenden Strom standen. Als der Morgen weit fortgeschritten war, sanken die Wolken tiefer, und es begann heftig zu regnen. Sie breiteten ihre Felldecken über die Boote aus, damit sie nicht volliefen, und ließen sich weiter treiben; wenig war zu sehen durch die grauen Regenvorhänge.

Indes hielt der Regen nicht lange an. Langsam wurde der Himmel heller, und dann brachen die Wolken plötzlich auf, und ihre zerfransten Fetzen zogen nach Norden ab, den Fluß hinauf. Nebel und Dunst waren verschwunden. Vor den Booten lag eine breite Schlucht, an deren hohen, felsigen Hängen sich auf Vorsprüngen und in schmalen Spalten ein paar verkrüppelte Bäume festklammerten. Die Fahrrinne wurde schmaler und der Strom schneller. Jetzt sausten sie dahin und hatten wenig Hoffnung, anhalten oder beidrehen zu können, was auch immer vor ihnen liegen mochte. Über ihnen war ein Streifen blaßblauer Himmel, um sie herum der dunkle, überschattete Strom, und vor ihnen schwarz und die Sonne aussperrend die Berge des Emyn Muid, zwischen denen keine Durchfahrt zu sehen war.

Frodo starrte nach vorn und sah in der Ferne zwei große Felsen: zwei gewaltige Zinnen oder Säulen aus Stein schienen es zu sein. Hoch und steil und unheilvoll ragten sie auf beiden Seiten aus dem Fluß. Eine schmale Lücke tauchte zwischen ihnen auf, und die Strömung trieb die Boote darauf zu.

»Schaut, Argonath, die Säulen der Könige!« rief Aragorn. »Wir werden bald an ihnen vorbeikommen. Haltet die Boote in einer Reihe und so weit auseinander, wie ihr könnt. Bleibt in der Mitte des Stroms!«

Als Frodo den großen Säulen entgegengetragen wurde, ragten sie wie Türme empor. Riesen schienen sie ihm zu sein, ungeheure graue Gestalten, schweigend, aber drohend. Dann sah er, daß sie wirklich geformt und gestaltet waren: die Kunstfertigkeit und Macht von einst hatte die Felsen bearbeitet, und noch immer bewahrten sie durch Sonne und Regen vergessener Jahre die mächtigen Abbilder, die einst in sie hineingehauen worden waren. Auf großen Sockeln, die im tiefen Wasser ruhten, standen zwei große Könige aus Stein: noch immer blickten sie mit blinden Augen und rissiger Stirn dräuend nach Norden. Beide hatten die linke Hand mit der Handfläche nach außen erhoben in einer Gebärde der Warnung; in der rechten Hand hielten sie eine Axt; auf den Köpfen trugen beide einen verwitterten Helm und eine Krone. Große Macht und Majestät ruhte noch auf ihnen, den schweigenden Hütern eines längst verschwundenen Königreichs. Von Ehrfurcht und Angst wurde Frodo ergriffen, und er kauerte sich nieder, schloß die Augen und wagte nicht aufzuschauen, als sich das Boot ihnen näherte. Sogar Boromir beugte den Kopf, als die Boote, vergänglich und flüchtig wie kleine Blätter, vorbeiwirbelten unter den immerwährenden Schatten der Schildwachen von Númenor. So gelangten sie in die dunkle Torschlucht.

Steil erhoben sich auf beiden Seiten die entsetzlichen Klippen zu unermeßlicher Höhe. Sehr fern war der trübe Himmel. Die schwarzen Fluten brausten und hallten wider, und ein Wind heulte über ihnen. Frodo, der auf den Knien kauerte, hörte Sam im Bug murmeln und stöhnen: »Was für eine Gegend! Was für eine entsetzliche Gegend! Laßt mich bloß raus aus diesem Boot, und ich werde mir nie wieder meine Zehen in einer Pfütze naßmachen, geschweige denn in einem Fluß!«

»Fürchtet euch nicht!« sagte eine fremde Stimme hinter ihm. Frodo wandte sich um und sah Streicher, und doch nicht Streicher, denn der wetterharte Waldläufer war nicht mehr da. Im Heck saß Aragorn, Arathorns Sohn, stolz und aufrecht, und lenkte das Boot mit geschickten Schlägen; seine Kapuze war zurückgeworfen, und sein dunkles Haar flatterte im Wind, und ein Licht schimmerte in seinen Augen: ein König, der aus der Verbannung in sein eigenes Land zurückkehrte.

»Fürchtet euch nicht!« sagte er. »Lange habe ich gewünscht, die Standbilder von Isildur und Anárion zu sehen, meinen Vorfahren. Unter ihrem Schatten hat Elessar, der Elbenstein, Arathorns Sohn aus dem Hause Valandil, Isildurs Sohn, Elendils Erbe, nichts zu fürchten!«

Dann erlosch das Licht in seinen Augen, und er sprach zu sich selbst: »Ich wollte, Gandalf wäre hier! Wie mein Herz sich sehnt nach Minas Anor und den Mauern meiner eigenen Stadt! Doch wohin soll ich jetzt gehen?«

Die Schlucht war lang und dunkel und erfüllt von dem Geräusch von Wind, stürzendem Wasser und widerhallendem Fels. Sie zog sich etwas nach Westen, so daß zuerst alles dunkel vor ihnen war; doch bald sah Frodo eine hohe Lichtspalte vor sich, die immer größer wurde. Rasch näherte sie sich, und plötzlich schossen die Boote hindurch und hinaus in ein weites, klares Licht.

Die Sonne hatte den Mittagspunkt längst überschritten und strahlte von einem windigen Himmel. Die eingezwängten Fluten ergossen sich in einen langen, ovalen See, den bleichen Nen Hithoel, gesäumt von steilen grauen Bergen, deren Flanken mit Bäumen bestanden waren, während ihre kahlen Häupter kalt im Sonnenlicht glänzten. Am südlichen Ende erhoben sich drei Gipfel. Der mittlere stand etwas vor den anderen und getrennt von ihnen, eine Insel im Wasser, um die der fließende Strom seine blassen, schimmernden Arme schlang. Undeutlich, aber tief tönend trug der Wind ein Dröhnen herüber, das wie fernes Donnergrollen klang.

»Schaut, der Tol Brandir!« sagte Aragorn und deutete nach Süden auf den hohen Gipfel. »Links erhebt sich der Amon Lhaw, und auf der rechten Seite liegt der Amon Hen, die Berge des Hörens und Sehens. In den Tagen der großen Könige standen Hochsitze auf ihnen, und Wache wurde dort gehalten. Aber es heißt, daß kein Mensch oder Tier jemals den Fuß auf Tol Brandir gesetzt hat. Ehe der Schatten der Nacht fällt, werden wir dorthin kommen. Ich höre des Rauros ewige Stimme rufen.«

Die Gemeinschaft ruhte sich nun eine Weile aus und ließ sich von der Strömung, die durch die Mitte des Sees floß, treiben. Sie aßen etwas, dann griffen sie zu den Paddeln und hasteten weiter. Die Berghänge im Westen versanken im Schatten, und die Sonne wurde rund und rot. Hier und dort kam ein dunstiger Stern zum Vorschein. Die drei Gipfel dräuten vor ihnen, schwärzlich in der Dämmerung. Rauros brüllte mit lauter Stimme. Schon hatte sich die Nacht auf die strömenden Fluten gesenkt, als die Boote endlich den Schatten unter den Bergen erreichten.

Der zehnte Tag ihrer Reise war vorüber. Wilderland lag hinter ihnen. Sie konnten nicht weiter, ohne eine Entscheidung zwischen dem östlichen und dem westlichen Weg zu treffen. Der letzte Abschnitt ihrer Fahrt lag vor ihnen.

ZEHNTES KAPITEL

DER ZERFALL DES BUNDES

Aragorn fuhr ihnen voran zum rechten Arm des Stroms. Hier auf der westlichen Seite zog sich im Schatten von Tol Brandir eine grüne Wiese vom Fuß des Amon Hen hinunter bis zum Wasser. Dahinter erhoben sich die ersten sanften, baumbestandenen Hänge des Berges, und auch an dem geschwungenen westlichen Ufer des Sees standen Bäume. Eine kleine Quelle sprang lustig herab und speiste das Gras.

»Hier wollen wir heute nacht rasten«, sagte Aragorn. »Das ist die Wiese Parth Galen: ein schöner Ort einstmals in Sommertagen. Laßt uns hoffen, daß noch nichts Böses hierher gekommen ist.«

Sie zogen ihre Boote auf das grüne Ufer und bereiteten daneben ihr Lager. Sie stellten eine Wache auf, aber von ihren Feinden war nichts zu sehen oder zu hören. Wenn Gollum es verstanden hatte, ihnen zu folgen, dann blieb er jedenfalls unsichtbar. Dennoch wurde Aragorn im Laufe der Nacht unruhig, er warf sich oft im Schlaf hin und her und wachte immer wieder auf. In den frühen Morgenstunden stand er auf und kam zu Frodo, der gerade Wache hatte.

»Warum schläfst du nicht?« fragte Frodo. »Du bist doch nicht mit der Wache an der Reihe.«

»Ich weiß es nicht«, sagte Aragorn. »Aber ein Schatten und eine Drohung haben mich im Schlaf verfolgt. Es wäre gut, dein Schwert zu ziehen.«

»Warum?« fragte Frodo. »Sind Feinde in der Nähe?«

»Laß sehen, was Stich uns zeigen mag.«

Frodo zog die Elbenklinge aus der Scheide. Zu seinem Entsetzen schimmerten die Ränder schwach in der Nacht. »Orks!« sagte er. »Nicht sehr nahe und doch zu nah, scheint es.«

»Das habe ich gefürchtet«, sagte Aragorn. »Aber vielleicht sind sie nicht auf dieser Seite des Stroms. Der Schein von Stich war schwach, und es mag sein, daß er lediglich auf Späher von Mordor hinweist, die sich auf den Hängen des Amon Lhaw herumtreiben. Daß Orks auf Amon Hen waren, habe ich noch nie gehört. Indes, wer weiß, was in diesen bösen Tagen geschehen mag, da Minas Tirith jetzt die Wasserstraßen des Anduin nicht länger schützt. Wir müssen vorsichtig sein.«

Der Tag brach an wie Feuer und Rauch. Im Osten hingen niedrige schwarze Wolkenstreifen wie Schwaden eines großen Brandes. Die aufgehende Sonne beleuchtete sie von unten mit Flammen von düsterem Rot; aber bald stieg sie über die Wolken hinaus in einen klaren Himmel. Der Gipfel von Tol Brandir war mit Gold überzogen. Frodo hielt Ausschau nach Osten und betrachtete die hohe Insel. Ihre Seiten sprangen jäh aus dem fließenden Wasser hervor. Hoch über den Klippen waren Steilhänge, auf denen Bäume wuchsen und immer höher stiegen, ein Wipfel über dem anderen; und über ihnen waren wieder graue Flächen von unzugänglichem Fels, gekrönt von einem spitzen Gipfel. Viele Vögel kreisten dort oben, aber von anderen Lebewesen war nichts zu sehen.

Als sie gegessen hatten, rief Aragorn die Gemeinschaft zusammen. »Der Tag ist endlich gekommen«, sagte er, »der Tag der Entscheidung, die wir lange hinausgezögert haben. Was soll jetzt aus unserer Gemeinschaft werden, die einträchtiglich so weit gewandert ist? Sollen wir mit Boromir nach Westen gehen und in den Krieg von Gondor ziehen? Oder sollen wir nach Osten gehen, dem Schrecken und dem Schatten entgegen? Oder sollen wir unseren Bund auflösen und teils hierhin und teils dorthin gehen, je nach der Entscheidung des einzelnen? Was immer wir tun, es muß bald getan werden. Wir können uns hier nicht lange aufhalten. Der Feind ist auf dem Ostufer, das wissen wir; aber ich fürchte, daß die Orks vielleicht schon auf dieser Seite des Wassers sind.«

Es trat ein langes Schweigen ein, und keiner sprach oder rührte sich.

»Nun, Frodo«, sagte Aragorn schließlich. »Ich fürchte, die Bürde ist dir auferlegt. Du bist der vom Rat bestimmte Träger. Deinen eigenen Weg kannst nur du allein wählen. In dieser Sache kann ich dir nicht raten. Ich bin nicht Gandalf, und obwohl ich versucht habe, seine Rolle zu übernehmen, weiß ich doch nicht, welchen Plan oder welche Hoffnung er für diese Stunde hatte, falls er überhaupt einen Plan hatte. Höchstwahrscheinlich würde, wenn er jetzt hier wäre, die Entscheidung doch dir überlassen bleiben. Das ist nun einmal dein Schicksal.«

Frodo antwortete nicht gleich. Dann sprach er zögernd. »Ich weiß, daß Eile geboten ist, und doch kann ich mich nicht entscheiden. Die Bürde ist schwer. Gib mir noch eine Stunde Zeit, und dann werde ich mich äußern. Und laßt mich allein.«

Aragorn sah ihn freundlich und mitleidig an. »Gut, Frodo, Drogos Sohn«, sagte er. »Du sollst eine Stunde haben, und du sollst allein sein. Wir bleiben eine Weile hier. Aber halte dich in der Nähe und in Rufweite.«

Frodo saß einen Augenblick mit gesenktem Kopf da. Sam, der seinen

Herrn sehr besorgt beobachtet hatte, schüttelte den Kopf und murmelte: »Das ist doch klar wie Kloßbrühe, aber es ist nicht gut, wenn Sam Gamdschie jetzt schon seinen Senf dazu gibt.«

Plötzlich stand Frodo auf und ging fort; und Sam fiel auf, daß Boromir, während die anderen sich zurückhielten und ihm nicht nachschauten, Frodo nicht aus den Augen ließ, bis er außer Sicht war und zwischen den Bäumen am Fuße des Amon Hen verschwand.

Zuerst wanderte Frodo ziellos durch den Wald, bis er merkte, daß ihn seine Füße zu den Hängen des Berges trugen. Er stieß auf einen Pfad, die verfallenden Reste einer uralten Straße. An steilen Stellen waren Stufen in den Stein gehauen, aber jetzt waren sie rissig, ausgetreten und durch Baumwurzeln gespalten. Eine Weile kletterte er empor, und er achtete nicht auf den Weg, bis er zu einem grasbewachsenen Platz kam. Ebereschen umstanden ihn, und in der Mitte lag ein großer, flacher Stein. Die kleine Bergwiese war nach Osten offen, und die frühe Morgensonne schien herein. Frodo blieb stehen und blickte über den Strom, tief unter ihm, und auf Tol Brandir und die Vögel, die in dem großen Luftraum zwischen ihm und der unbetretenen Insel ihre Kreise zogen. Die Stimme des Rauros war ein mächtiges Donnern, vermischt mit einem tiefen pochenden Dröhnen.

Er setzte sich auf den Stein und stützte das Kinn in die Hand; er starrte nach Osten, aber seine Augen sahen wenig. Alles, was geschehen war, seit Bilbo das Auenland verlassen hatte, zog ihm durch den Sinn, und was er von Gandalfs Worten erinnerte, rief er sich ins Gedächtnis zurück und dachte darüber nach. Die Zeit verging und er war einer Entscheidung noch nicht nähergekommen.

Plötzlich fuhr er aus seinen Gedanken auf: ein merkwürdiges Gefühl hatte ihn überkommen, daß etwas hinter ihm sei, daß unfreundliche Augen ihn betrachteten. Er sprang auf und wandte sich um: aber zu seiner Überraschung sah er nur Boromir, der lächelte und ein freundliches Gesicht machte.

»Ich hatte Angst um dich, Frodo«, sagte er und kam näher. »Wenn Aragorn recht hat und Orks in der Gegend sind, dann sollte keiner von uns allein wandern, und du am allerwenigsten: so viel hängt von dir ab. Und auch mir ist das Herz schwer. Darf ich jetzt hierbleiben und mich ein wenig mit dir unterhalten, da ich dich nun gefunden habe? Es würde mir wohltun. Wenn so viele da sind, wird jedes Gespräch zu einem Wortstreit ohne Ende. Aber wir zwei zusammen können vielleicht zu einer Einsicht gelangen.«

»Du bist sehr freundlich«, antwortete Frodo. »Aber ich glaube nicht, daß Reden mir helfen wird. Denn ich weiß, was ich tun sollte, aber ich habe Angst, es zu tun, Boromir. Ich habe Angst.«

Boromir stand schweigend da. Der Rauros dröhnte endlos. Der Wind murmelte in den Zweigen der Bäume. Frodo fröstelte.

Plötzlich kam Boromir und setzte sich neben ihn. »Bist du sicher, daß du dich nicht unnötig quälst?« fragte er. »Ich möchte dir gern helfen. Du brauchst Rat bei deinem Entschluß. Willst du nicht meinen annehmen?«

»Ich glaube, ich weiß schon, welchen Rat du geben würdest, Boromir«, sagte Frodo. »Und er würde mir weise vorkommen, wenn mein Herz mich nicht warnte.«

»Warnte? Wovor warnte?« fragte Boromir scharf.

»Vor Aufschub. Vor dem Weg, der einfacher zu sein scheint. Davor, daß ich mich der Bürde, die mir auferlegt ist, entledigen könnte. Vor — nun ja, wenn es gesagt werden muß, vor dem Vertrauen auf die Stärke und Wahrhaftigkeit von Menschen.«

»Doch hat diese Stärke euch lange beschützt in eurem fernen, kleinen Land, obschon ihr es nicht wußtet.«

»Ich zweifle nicht an der Tapferkeit deines Volkes. Aber die Welt wandelt sich. Die Mauern von Minas Tirith mögen stark sein, doch sind sie nicht stark genug. Wenn sie nicht standhalten, was dann?«

»Dann werden wir mutig im Kampfe fallen. Doch ist immer noch Hoffnung, daß die Mauern standhalten.«

»Keine Hoffnung, solange der Ring da ist«, sagte Frodo.

»Ah! Der Ring!« sagte Boromir, und seine Augen leuchteten. »Der Ring! Ist es nicht ein seltsames Geschick, daß wir so viel Angst und Zweifel erdulden wegen eines so kleinen Dinges? So ein kleines Ding! Und ich habe ihn nur einen Augenblick in Elronds Haus gesehen. Könnte ich nicht noch einmal einen Blick darauf werfen?«

Frodo schaute auf. Eine Kälte legte sich plötzlich auf sein Herz. Er bemerkte den seltsamen Glanz in Boromirs Augen, und doch war sein Gesicht immer noch freundlich und freundschaftlich.

»Es ist am besten, wenn er verborgen bleibt«, antwortete er.

»Wie du willst. Mir ist es gleich«, sagte Boromir. »Aber darf ich denn nicht einmal von ihm sprechen? Denn du scheinst immer nur an seine Macht in den Händen des Feindes zu denken, an seine Verwendung für böse Zwecke, und nicht für gute. Die Welt verändert sich, sagst du. Minas Tirith wird fallen, wenn der Ring da ist. Aber warum? Gewiß, wenn der Ring beim Feinde wäre. Aber warum, wenn er bei uns wäre?«

»Bist du nicht bei dem Rat gewesen?« fragte Frodo. »Weil wir ihn nicht verwenden können und das, was mit ihm getan wird, sich in Böses verwandelt.«

Boromir stand auf und schritt ärgerlich auf und ab. »So redest du in einem fort!« rief er. »Gandalf, Elrond — all diese Leute haben dir das beigebracht. Für sie selbst mag es richtig sein. Diese Elben und Halbelben und Zauberer würden vielleicht zu Schaden kommen. Indes bin ich mir oft im Zweifel, ob sie eigentlich weise sind oder bloß zaghaft. Doch jeder nach seiner Art. Aufrechte Menschen lassen sich nicht verführen. Wir in Minas Tirith sind in langen Jahren der Prüfung standhaft geblieben. Wir trachten nicht nach der Macht von Zauberern, sondern nur nach Stärke, um uns zu verteidigen, Stärke für eine gerechte Sache. Und siehe da! in unserer Not bringt der Zufall den Ring der Macht ans Licht. Er ist ein Geschenk, sage ich; ein Geschenk für die Feinde von Mordor. Es ist Wahnsinn, ihn nicht zu gebrauchen, die Macht des Feindes nicht gegen den Feind zu gebrauchen. Die Furchtlosen, die Mitleidlosen allein werden den Sieg erringen. Was könnte ein Krieger nicht in dieser Stunde tun, ein großer Führer? Was könnte nicht Aragorn tun? Oder wenn er es ablehnt, warum nicht Boromir? Der Ring würde mir Befehlsgewalt geben. Wie ich die Heere von Mordor zurücktreiben wollte und wie sich alle Männer unter mein Banner scharen würden!«

Boromir ging mit großen Schritten auf und ab und sprach immer lauter. Fast schien er Frodo vergessen zu haben, während er von Mauern und Waffen redete und dem Aufgebot seiner Mannen; und er machte Pläne für große Bündnisse und künftige glorreiche Siege; und er warf Mordor nieder und wurde selbst ein mächtiger König, gütig und weise. Plötzlich hielt er inne und schwenkte die Arme.

»Und sie sagen uns, wir sollten ihn wegwerfen!« rief er. »Ich sage nicht *vernichten*. Das könnte richtig sein, wenn vernünftigerweise Hoffnung bestünde, es zu tun. Aber dem ist nicht so. Der einzige Plan, der uns vorgeschlagen wurde, besteht darin, daß ein Halbling blindlings nach Mordor hineinläuft und dem Feind jede Möglichkeit bietet, den Ring wieder für sich selbst zu erlangen. Torheit!

Gewiß siehst du das ein, mein Freund?« fragte er und wandte sich plötzlich an Frodo. »Du sagst, du habest Angst. Wenn dem so ist, dann sollte es dir der Kühnste verzeihen. Aber ist es nicht in Wirklichkeit dein gesunder Verstand, der sich auflehnt?«

»Nein, ich habe Angst«, sagte Frodo. »Einfach Angst. Aber ich bin froh, daß du dich so deutlich ausgesprochen hast. Ich sehe jetzt klarer.«

»Dann wirst du nach Minas Tirith mitkommen?« rief Boromir. Seine Augen glänzten, und sein Gesicht war erwartungsvoll.

»Du mißverstehst mich«, sagte Frodo.

»Aber du wirst kommen, wenigstens für eine Weile?« drängte Boromir. »Es ist jetzt nicht mehr weit zu meiner Stadt; und von dort ist es kaum weiter nach Mordor als von hier. Wir sind jetzt lange genug in der Wildnis gewesen, und du brauchst Nachrichten über das, was der Feind tut, ehe du etwas unternimmst. Komm mit mir, Frodo«, sagte er. »Du brauchst Ruhe vor deinem Wagnis, wenn du wirklich gehen mußt.« Er legte in freundschaftlicher Weise dem Hobbit die Hand auf die Schulter; aber Frodo spürte, wie die Hand vor unterdrückter Erregung zitterte. Er trat rasch einen Schritt beiseite und beobachtete bestürzt den hochgewachsenen Menschen, der fast doppelt so groß war wie er und ihn an Kraft um ein Vielfaches übertraf.

»Warum bist du so unfreundlich?« fragte Boromir. »Ich bin ein zuverlässiger Mann, weder ein Dieb noch ein Häscher. Ich brauche deinen Ring: das weißt du jetzt; aber ich gebe dir mein Wort, daß ich ihn nicht behalten will. Willst du mich nicht wenigstens meinen Plan versuchen lassen? Leihe mir den Ring!«

»Nein, nein!« rief Frodo. »Der Rat hat es mir auferlegt, ihn zu tragen.«

»Durch unsere eigene Torheit wird der Feind uns besiegen!« rief Boromir. »Wie mich das erbost! Narr! Dickköpfiger Narr! Wissentlich dem Tod in die Arme laufen und unsere Sache verderben! Wenn irgendwelche Sterblichen Anspruch auf den Ring haben, dann sind es die Menschen von Númenor, und nicht Halblinge! Du hast ihn nur durch einen unglücklichen Zufall erhalten. Er hätte mir gehören können. Er sollte mir gehören. Gib ihn mir!«

Frodo antwortete nicht, sondern zog sich zurück, bis der große flache Stein zwischen ihnen war. »Komm, komm, mein Freund«, sagte Boromir mit sanfterer Stimme. »Warum willst du dich nicht von ihm befreien? Warum nicht all deinen Zweifel und deine Furcht loswerden? Du kannst mir die Schuld geben, wenn du willst. Du kannst sagen, ich war zu stark und habe ihn dir mit Gewalt abgenommen. Denn ich bin zu stark für dich, Halbling«, rief er. Und plötzlich sprang er über den Stein und auf Frodo zu. Sein schönes und liebenswürdiges Gesicht war abscheulich verändert; ein rasendes Feuer glühte in seinen Augen.

Frodo schlüpfte beiseite, so daß wieder der Stein zwischen ihnen war. Es gab nur eins, das er tun konnte: zitternd zog er den Ring an der Kette heraus und ließ ihn rasch auf den Finger gleiten, gerade als Boromir sich wieder auf ihn stürzte. Der Mensch stutzte, starrte einen Augenblick verblüfft und rannte dann wie wild umher, hier und dort zwischen den Felsen und Bäumen suchend.

»Elender Betrüger!« schrie er. »Warte nur, wenn du mir in die Hände fällst! Jetzt weiß ich, was du im Sinn hast. Du willst Sauron den Ring bringen und uns alle verraten. Du hast nur auf eine Gelegenheit gewartet, um uns im Stich zu lassen. Tod und Verderben über dich und alle Halblinge!« Dann fiel er, weil er mit dem Fuß an einem Stein hängen geblieben war, längelang hin und blieb auf dem Gesicht liegen. Eine Weile lag er so still, als ob sein eigener Fluch ihn niedergestreckt habe; dann plötzlich weinte er.

Er stand auf, fuhr sich mit der Hand über die Augen und wischte sich die Tränen ab. »Was habe ich gesagt?« rief er. »Was habe ich getan? Frodo! Frodo! Komm zurück! Mich überkam der Wahnsinn, aber jetzt ist es vorbei. Komm zurück!«

Es kam keine Antwort. Frodo hörte sein Rufen nicht einmal. Er war schon weit fort und eilte blindlings den Pfad zum Berggipfel hinauf. Er bebte von Schreck und Kummer und sah in Gedanken immer noch Boromirs wahnsinniges, verbissenes Gesicht mit den brennenden Augen.

Bald kam er zum Gipfel von Amon Hen und blieb stehen, um Luft zu holen. Er sah wie durch einen Nebel einen großen, flachen Kreis, mit mächtigen Steinen gepflastert und umgeben von einer verfallenden Festungsmauer; und in der Mitte stand auf vier Säulen aus Stein ein Hochsitz, der über eine vielstufige Treppe erreicht wurde. Frodo stieg die Treppe hinauf, setzte sich auf den alten Sitz und kam sich vor wie ein verirrtes Kind, das auf den Thron von Bergkönigen geklettert war.

Zuerst konnte er wenig sehen. Er schien in einer Nebelwelt zu sein, in der es nur Schatten gab: er hatte den Ring am Finger. Dann wich der Nebel hier und dort zurück, und er sah viele Bilder: klein und klar, als lägen sie vor seinen Augen auf einem Tisch, und doch fern. Zu hören war nichts; es waren einfach lebende Bilder. Die Welt schien zusammengeschrumpft und still geworden zu sein. Er saß auf dem Sitz des Sehens auf Amon Hen, dem Berg des Auges der Menschen von Númenor. Im Osten erblickte er weite, auf keiner Karte verzeichnete Lande, namenlose Ebenen und unerforschte Wälder. Er blickte nach Norden, und der Große Strom lag wie ein Band unter ihm, und das Nebelgebirge sah klein und hart aus wie abgebrochene Zähne. Er blickte nach Westen und sah die ausgedehnten Weiden von Rohan; und Orthanc, die Zinne von Isengart, wie einen schwarzen Dorn. Er blickte nach Süden, und gerade zu seinen Füßen rollte sich der Große Strom zusammen wie eine überkippende Welle und stürzte über die Fälle von Rauros in einen schäumenden Abgrund; ein schimmernder Regenbogen stand über der Gischt. Und er sah

Ethir Anduin, das mächtige Delta des Stroms, und Myriaden von Seevögeln, die wie weißer Staub in der Sonne wirbelten, und unter ihnen ein grünes und silbernes Meer, in endlosen Linien wogend.

Aber wohin er auch schaute, überall sah er Anzeichen des Krieges. Das Nebelgebirge wimmelte wie ein Ameisenhaufen: aus tausend Höhlen strömten Orks heraus. Unter den Zweigen von Düsterwald war ein tödlicher Kampf zwischen Elben und Menschen und wilden Tieren entbrannt. Das Land der Beorninger stand in Flammen; eine Wolke hing über Moria; an den Grenzen von Lórien stieg Rauch auf.

Reiter galoppierten über das Gras von Rohan; Wölfe ergossen sich aus Isengart. Von den Anfurten in Harad stachen Kriegsschiffe in See; und aus dem Osten zogen endlos Menschen heran: Schwertträger, Lanzenträger, Bogenschützen zu Pferde, Streitwagen von Anführern und beladene Karren. Die ganze Streitmacht des Dunklen Herrschers war in Bewegung. Dann wandte sich Frodo wieder nach Süden und erblickte Minas Tirith. Weit entfernt schien es zu sein, und schön: mit weißen Mauern, vielen Türmen, stolz und hehr; die Zinnen glitzerten von Stahl, und auf den Türmen flatterten viele Banner. Hoffnung erfüllte sein Herz. Aber gegenüber von Minas Tirith war noch eine Festung, eine größere und stärkere. Dorthin, nach Osten, wurde sein Auge wider Willen gezogen. Sein Blick schweifte über die zerstörte Brücke von Osgiliath, über die grinsenden Tore von Minas Morgul und das Geistergebirge, und er schaute auf Gorgoroth, das Tal des Schreckens im Lande Mordor. Dunkelheit lag dort unter der Sonne. Feuer glühte inmitten des Rauchs. Der Schicksalsberg stand in Flammen, und dichter Qualm stieg auf. Und dann blieb sein Blick haften: Mauer über Mauer, Brustwehr über Brustwehr, schwarz, unermeßlich stark, ein Berg aus Eisen, ein Tor aus Stahl, ein Turm aus Adamant: so sah er Barad-dûr, Saurons Festung. Alle Hoffnung verließ ihn.

Und plötzlich spürte er das Auge. Da war ein Auge in dem Dunklen Turm, das nicht ruhte. Er wußte, daß es seinen Blick bemerkt hatte. Ein grimmiger, entschlossener Wille war da. Es sprang ihm entgegen; fast wie einen Finger fühlte er es nach ihm suchen. Sehr bald würde es ihn aufspüren und genau wissen, wo er war. Es strich über Amon Lhaw. Es blickte auf Tol Brandir – Frodo ließ sich von dem Sitz fallen, kauerte sich zusammen und zog sich die graue Kapuze über den Kopf.

Er hörte sich selbst aufschreien: *Niemals! Niemals!* Oder hatte er gerufen: *Wahrlich, ich komme, ich komme zu dir?* Er wußte es nicht. Dann schoß ihm ein anderer Gedanke in den Sinn, als ob er ihm von einer anderen Macht eingegeben worden sei: *Nimm ihn ab! Nimm ihn ab! Narr, nimm ihn ab! Nimm den Ring ab!*

Die beiden Mächte kämpften in ihm. Gleichsam durchbohrt von der Stoßkraft ihrer Angriffe, wand er sich einen Augenblick lang in Qualen. Plötzlich wurde er sich wieder seiner selbst bewußt. Frodo, weder die Stimme noch das Auge: frei, sich zu entscheiden, und nur ein Moment blieb ihm für diese Entscheidung. Er zog den Ring vom Finger. Er kniete im hellen Sonnenschein vor dem Hochsitz. Ein schwarzer Schatten wie ein Arm schien über ihn hinwegzuziehen; er verfehlte Amon Hen und suchte weiter im Westen und verblaßte. Dann war der ganze Himmel klar und blau, und Vögel sangen in jedem Baum.

Frodo erhob sich. Eine große Müdigkeit lastete auf ihm, aber sein Entschluß stand fest, und sein Herz war leichter. Er sprach laut mit sich selbst. »Ich werde jetzt tun, was ich tun muß«, sagte er. »Das wenigstens ist klar: das Böse des Ringes wirkt sich sogar schon auf den Bund aus, und der Ring muß die Gefährten verlassen, ehe er mehr Unheil stiftet. Ich werde allein gehen. Einigen kann ich nicht trauen, und diejenigen, denen ich vertrauen kann, sind mir zu lieb: der arme, alte Sam, und Merry und Pippin. Und auch Streicher: sein Herz sehnt sich nach Minas Tirith, und er wird dort gebraucht werden, nachdem Boromir jetzt dem Bösen verfallen ist. Ich werde allein gehen. Sofort.«

Rasch schritt er den Pfad hinunter und kam wieder zu der Wiese, wo Boromir ihn gefunden hatte. Dann blieb er stehen und lauschte. Er hörte Schreien und Rufen aus dem Wald unten am Ufer.

»Sie werden nach mir suchen«, sagte er. »Ich möchte mal wissen, wie lange ich eigentlich fort gewesen bin. Stunden vermutlich.« Er zögerte. »Was kann ich tun?« murmelte er. »Ich muß jetzt gehen, oder ich werde nie gehen. Es wird sich nicht noch einmal eine Gelegenheit bieten. Ich verlasse sie äußerst ungern, und noch dazu ohne Erklärung. Aber gewiß werden sie es verstehen. Sam wird es verstehen. Und was kann ich sonst tun?«

Langsam zog er den Ring heraus und streifte ihn wieder auf. Er wurde unsichtbar und eilte den Berg hinab, leiser als ein Rascheln des Windes.

Die anderen waren lange am Flußufer geblieben. Eine Zeitlang hatten sie nicht gesprochen, sondern waren unruhig auf- und abgelaufen; aber jetzt saßen sie im Kreis und unterhielten sich. Immer wieder bemühten sie sich, von anderen Dingen zu reden, von ihrem langen Weg und ihren vielen Abenteuern; sie fragten Aragorn nach dem Reich Gondor und seiner alten Geschichte und den Resten der großen Bauten, die man noch immer in diesem seltsamen Grenzland des Emyn Muir sehen konnte: die steinernen Könige und die Hochsitze von Lhaw und Hen und die hohe Treppe neben dem Raurosfall. Aber immer kehrten ihre Gedanken und Worte zu Frodo und dem Ring zurück. Wozu würde sich Frodo entschließen? Warum zögerte er?

»Er überlegt sich, welcher Weg der kühnste ist, glaube ich«, sagte Aragorn. »Und da hat er sehr recht. Es ist jetzt für die Gemeinschaft hoffnungsloser denn je, nach Osten zu gehen, nachdem Gollum uns aufgespürt hat und wir fürchten müssen, daß das Geheimnis unserer Fahrt schon verraten ist. Aber Minas Tirith liegt dem Feuer und der Vernichtung der Bürde nicht näher.

Wir könnten dort eine Weile bleiben und tapfer Widerstand leisten; aber der Herr Denethor und alle seine Mannen können nicht hoffen, das zu vollbringen, wovon selbst Elrond sagte, es übersteige seine Macht: entweder die Bürde geheimzuhalten oder die gesamte Streitmacht des Feindes abzuwehren, wenn er sie entsendet. Welchen Weg würde einer von uns an Frodos Stelle wählen? Ich weiß es nicht. Jetzt fehlt uns Gandalf wirklich sehr.«

»Schmerzlich ist unser Verlust«, sagte Legolas. »Doch müssen wir nun unbedingt auch ohne seine Hilfe einen Entschluß fassen. Warum können wir nicht die Entscheidung treffen und Frodo dadurch helfen? Laßt uns ihn zurückrufen und abstimmen. Ich würde für Minas Tirith stimmen.«

»Und ich auch«, sagte Gimli. »Wir sind natürlich nur ausgesandt worden, um dem Träger unterwegs behilflich zu sein, und sollten nicht weitergehen, als wir wollten; und keinem von uns ist ein Eid oder Befehl auferlegt worden, zum Schicksalsberg zu gehen. Bitter war mein Abschied von Lothlórien. Indes bin ich bis hierher mitgekommen, und ich sage folgendes: nun, da wir vor der letzten Entscheidung stehen, ist es mir klar, daß ich Frodo nicht verlassen kann. Ich würde Minas Tirith wählen, aber wenn er sich anders entscheidet, werde ich ihm folgen.«

»Und auch ich will mit ihm gehen«, sagte Legolas. »Es wäre treulos, jetzt Lebewohl zu sagen.«

»Es wäre fürwahr ein Treubruch, wenn wir ihn alle verließen«, sagte Aragorn. »Aber wenn er nach Osten geht, dann brauchen ihn nicht alle zu begleiten; und ich glaube auch nicht, daß es gut wäre. Dieses Wagnis ist überaus gefährlich: für acht ebenso wie für zwei oder drei oder einen allein. Wenn ihr mir die Entscheidung überließet, würde ich drei Gefährten auswählen: Sam, der es anders nicht ertragen würde, Gimli und mich selbst. Boromir will in seine Heimat zurückkehren, wo sein Vater und sein Volk ihn brauchen; und mit ihm sollten die anderen gehen, oder wenigstens Meriadoc und Peregrin, wenn Legolas nicht gewillt ist, sich von uns zu trennen.«

»Das geht ganz und gar nicht!« rief Merry. »Wir können Frodo nicht im Stich lassen! Pippin und ich haben immer vorgehabt, dorthin zu gehen, wo er hingeht, und diese Absicht haben wir noch. Aber wir waren uns nicht klar darüber, was das bedeutet. Es sah aus der Ferne anders aus, im Auenland oder in Bruchtal. Es wäre verrückt und grausam, wenn man Frodo nach Mordor gehen ließe. Warum können wir ihn nicht davon abbringen?«

»Wir müssen ihn davon abbringen«, sagte Pippin. »Und das ist es, worüber er sich Sorgen macht, dessen bin ich sicher. Er weiß, daß wir nicht einverstanden sind, wenn er nach Osten geht. Und er möchte nicht gerne jemanden bitten, mit ihm zu gehen, der arme Kerl. Stellt euch vor: allein nach Mordor gehen!« Pippin lief es kalt über den Rücken. »Aber der liebe, törichte, alte Hobbit sollte wissen, daß er nicht zu bitten braucht. Er sollte wissen, daß wir, wenn wir ihn nicht davon abbringen können, ihn nicht im Stich lassen werden.«

»Entschuldigung«, sagte Sam. »Ich glaube nicht, daß ihr meinen Herrn überhaupt versteht. Er zögert nicht, weil er nicht weiß, welchen Weg er einschlagen will. Das ist es natürlich nicht! Welchen Wert hat Minas Tirith überhaupt? Für ihn, meine ich, Entschuldigung, Herr Boromir«, fügte er hinzu und wandte sich um. Erst da entdeckten sie, daß Boromir, der zuerst schweigend bei ihnen gesessen hatte, nicht mehr da war.

»Na, wo ist der denn hin?« rief Sam und sah besorgt aus. »Er war ein bißchen sonderbar in letzter Zeit, nach meiner Meinung. Aber mit dieser Sache hat er sowieso nichts zu tun. Er ist wohl nach Hause gegangen, wie er immer gesagt hat; und das kann man ihm nicht übelnehmen. Aber Herr Frodo, der weiß, daß er die Schicksalsklüfte finden muß, wenn er kann. Doch hat er *Angst*. Jetzt, da es soweit ist, fürchtet er sich ganz einfach. Darin besteht seine Schwierigkeit. Natürlich hat er sozusagen ein bißchen Schulung gehabt — wir alle —, seit wir von zu Hause aufgebrochen sind, denn sonst würde er so entsetzliche Angst haben, daß er den Ring einfach in den Strom würfe und sich davonmachte. Aber er fürchtet sich doch noch zu sehr, um gleich loszugehen. Und auch nicht unseretwegen macht er sich Sorgen: ob wir mit ihm mitgehen oder nicht. Er weiß, daß wir es vorhaben. Das ist noch etwas, das ihn quält. Wenn er sich dazu durchringt, zu gehen, dann will er allein gehen. Merkt euch meine Worte! Wir werden Schwierigkeiten haben, wenn er zurückkommt. Denn er wird sich durchringen, so gewiß wie sein Name Beutlin ist.«

»Ich glaube, du sprichst weiser als irgendeiner von uns, Sam«, sagte Aragorn. »Und was sollen wir tun, wenn sich deine Ansicht als richtig herausstellt?«

»Ihn zurückhalten! Ihn nicht gehen lassen!« rief Pippin.

»Ich weiß nicht«, sagte Aragorn. »Er ist der Träger, und die Vernichtung der Bürde ist ihm auferlegt worden. Ich glaube nicht, daß es uns zusteht, ihm zu diesem oder jenem Weg zuzureden. Und ich glaube auch nicht, daß es uns gelingen würde, wenn wir es versuchten. Da sind andere Mächte am Werk, die weit stärker sind.«

»Na, ich wünschte, Frodo würde sich ›durchringen‹ und zurückkommen, damit wir die Sache hinter uns bringen«, sagte Pippin. »Dieses Warten ist entsetzlich. Die Zeit ist doch sicher schon um?«

»Ja«, sagte Aragorn. »Eine Stunde ist längst vorbei. Der Vormittag ist bald vergangen. Wir müssen ihn rufen.«

In diesem Augenblick tauchte Boromir wieder auf. Er kam zwischen den Bäumen hervor und ging ohne ein Wort auf sie zu. Sein Gesicht sah düster und traurig aus. Er hielt inne, als ob er die Anwesenden zähle, und dann setzte er sich hin, abseits von den anderen, und hielt die Augen auf den Boden gerichtet.

»Wo warst du, Boromir?« fragte Aragorn. »Hast du Frodo gesehen?«

Boromir zögerte eine Sekunde. »Ja und nein«, antwortete er dann stokkend. »Ja, ich habe ihn ein Stück bergaufwärts getroffen und mit ihm gesprochen. Ich drängte ihn, mit nach Minas Tirith zu kommen und nicht in den Osten zu gehen. Ich wurde ärgerlich, und er verließ mich. Er verschwand. So etwas habe ich noch nie gesehen, obwohl ich in Erzählungen davon gehört habe. Er muß den Ring aufgesetzt haben. Ich konnte ihn nicht wiederfinden. Ich hatte angenommen, er würde zu euch zurückkommen.«

»Ist das alles, was du zu sagen hast?« fragte Aragorn und sah Boromir scharf und nicht allzu freundlich an.

»Ja«, antwortete er. »Mehr will ich noch nicht sagen.«

»Das ist schlecht!« rief Sam und sprang auf. »Ich weiß nicht, was dieser Mensch vorgehabt hat. Warum sollte Herr Frodo das Ding aufsetzen? Er hätte es nicht tun sollen; und wenn er es getan hat, dann weiß der Himmel, was geschehen sein mag!«

»Doch wird er ihn nicht aufbehalten haben«, sagte Merry. »Nicht, wenn er dem unwillkommenen Besucher entwischt ist, wie Bilbo es zu machen pflegte.«

»Aber wo ist er hingegangen? Wo ist er?« rief Pippin. »Er ist jetzt schon eine Ewigkeit weg.«

»Wie lange ist es her, daß du Frodo zuletzt gesehen hast, Boromir?« fragte Aragorn.

»Eine halbe Stunde vielleicht«, antwortete er. »Oder es könnte auch eine Stunde sein. Ich bin seitdem etwas herumgewandert. Ich weiß es nicht! Ich weiß es nicht!« Er stützte den Kopf in die Hände und saß da, als sei er von Gram gebeugt.

»Eine Stunde, seit er verschwunden ist!« schrie Sam. »Wir müssen sofort versuchen, ihn zu finden. Kommt mit!«

»Wartet einen Augenblick!« rief Aragorn. »Wir müssen jeweils zu zweit gehen — hier, haltet an! Wartet!«

Es hatte keinen Zweck. Sie hörten gar nicht mehr auf ihn. Sam war als erster losgesaust. Merry und Pippin waren ihm nachgestürzt und verschwanden gerade westwärts zwischen den Bäumen am Ufer und riefen *Frodo! Frodo!* mit ihren hellen, hohen Hobbitstimmen. Legolas und Gimli rannten. Eine plötzliche Panik oder Raserei schien die Gemeinschaft befallen zu haben.

»Wir werden uns alle verstreuen und verirren«, stöhnte Aragorn. »Boromir, ich weiß nicht, welche Rolle du bei diesem Unheil gespielt hast, aber hilf jetzt! Gehe den beiden jungen Hobbits nach und beschütze sie wenigstens, selbst wenn du Frodo nicht finden kannst. Komm hierher zurück, wenn du ihn oder irgendwelche Spuren von ihm findest. Ich werde bald wieder da sein.«

Aragorn eilte rasch davon und ging Sam nach. Gerade als Sam die kleine Wiese zwischen den Ebereschen erreicht hatte, sich keuchend bergauf quälte und *Frodo!* rief, überholte er ihn.

»Komm mit mir mit, Sam!« sagte er. »Keiner von uns sollte allein laufen. Irgendein Unheil ist im Gange. Ich spüre es. Ich gehe auf den Gipfel, zum Sitz von Amon Hen, ob ich etwas sehen kann. Und schau! Wie ich geahnt habe, Frodo ist hier langgegangen. Komm mir nach und halte die Augen offen!« Er hastete den Pfad hinauf.

Sam tat sein Möglichstes, aber mit Streicher, dem Waldläufer, konnte er nicht Schritt halten und blieb bald zurück. Er war noch nicht weit gegangen, da war Aragorn schon außer Sicht. Sam blieb stehen und schnaufte. Plötzlich schlug er sich mit der Hand vor die Stirn.

»Halt, Sam Gamdschie!« sagte er laut. »Deine Beine sind zu kurz, also gebrauche deinen Kopf. Nun wollen wir mal sehen. Boromir lügt nicht, das ist nicht seine Art; aber er hat uns nicht alles erzählt. Irgend etwas hat Herrn Frodo mächtig erschreckt. Er hat sich auf der Stelle durchgerungen, plötzlich. Er hat sich endlich entschlossen — zu gehen. Wohin? Nach dem Osten. Nicht ohne Sam? Doch, sogar ohne seinen Sam. Das ist hart, grausam hart.«

Sam fuhr sich mit der Hand über die Augen und wischte sich die Tränen ab. »Ruhig, Gamdschie!« sagte er. »Denke, wenn du kannst! Über Flüsse kann er nicht fliegen und über Wasserfälle nicht springen. Er hat keine Ausrüstung bei sich. Also mußte er zu den Booten zurückgehen. Zurück zu den Booten. Zurück zu den Booten, Sam, wie der Blitz!«

Sam machte kehrt und schoß wieder den Pfad hinunter. Er fiel und schlug sich die Knie auf. Er stand auf und rannte weiter. Er kam zu der Wiese Parth Galen am Ufer, wo die Boote lagen, nachdem sie aus dem Wasser gezogen worden waren. Niemand war da. Im Wald hinter ihm schien jemand zu rufen, aber er achtete nicht darauf. Einen Augenblick stand er stocksteif da und starrte. Ein Boot glitt ganz von selbst über die Böschung. Mit einem lauten Ruf rannte Sam über die Wiese. Das Boot glitt ins Wasser.

»Ich komme, Herr Frodo! Ich komme!« rief Sam, sprang vom Ufer ab und griff nach dem abfahrenden Boot. Er verfehlte es um eine Elle. Mit einem Schrei und einem Platschen fiel er in das rasch fließende Wasser. Gurgelnd ging er unter, und der Strom schloß sich über seinem Krauskopf.

Ein Schreckensruf kam aus dem leeren Boot. Ein Paddel wirbelte, und das Boot drehte bei. Frodo konnte Sam gerade rechtzeitig am Schopf pakken, als er prustend und strampelnd hoch kam. Angst stand ihm in den runden braunen Augen.

»Herauf mit dir, Sam, mein Junge«, sagte Frodo. »Hier, nimm meine Hand!«

»Rette mich, Herr Frodo!« keuchte Sam. »Ich vertrinke. Ich kann deine Hand nicht sehen.«

»Hier ist sie. Kneife doch nicht so, Junge! Ich laß dich schon nicht los. Tritt Wasser und zappele nicht, sonst bringst du das Boot zum Kentern. So, nun halte dich an der Seite fest und laß mich paddeln.«

Mit ein paar Schlägen brachte Frodo das Boot zum Ufer zurück, und Sam konnte herauskrabbeln, naß wie eine Wasserratte. Frodo nahm den Ring ab und stieg wieder aus dem Boot aus.

»Von all den verflixten Ärgernissen bist du das schlimmste, Sam!«, sagte er.

»O, Herr Frodo, das ist hart«, sagte Sam zitternd. »Das ist hart, daß du versuchst, ohne mich wegzugehen. Wenn ich nicht den richtigen Riecher gehabt hätte, wo wärst du dann jetzt?«

»Unterwegs und in Sicherheit.«

»In Sicherheit!« sagte Sam. »Ganz allein und ohne daß ich dir helfen kann? Das hätte ich nicht ertragen können, das wäre mein sicherer Tod gewesen.«

»Es würde dein sicherer Tod sein, wenn du mitkämst, Sam«, sagte Frodo, »und das könnte ich nicht ertragen.«

»Nicht so sicher, als wenn ich zurückbleiben muß«, sagte Sam.

»Aber ich gehe nach Mordor.«

»Das weiß ich sehr gut, Herr Frodo. Natürlich gehst du dahin. Und ich komme mit dir.«

»Nun höre, Sam«, sagte Frodo, »halte mich jetzt nicht auf. Die anderen können jede Minute zurückkommen. Wenn sie mich hier erwischen, werde ich Gründe anführen und Erklärungen abgeben müssen, und ich werde niemals wieder den Mut aufbringen oder eine Gelegenheit haben, wegzugehen. Aber ich muß sofort gehen. Es ist die einzige Möglichkeit.«

»Natürlich«, sagte Sam. »Aber nicht allein. Ich komme mit, oder keiner von uns geht. Eher schlage ich Löcher in alle Boote.«

Frodo mußte lachen. Ihm wurde plötzlich weich und warm ums Herz. »Laß eins übrig«, sagte er. »Wir werden es brauchen. Aber du kannst nicht so mitkommen ohne deine Ausrüstung und Lebensmittel und alles.«

»Warte einen Augenblick, dann hole ich mein Zeug!« rief Sam eifrig. »Es ist alles bereit. Ich hatte mir schon gedacht, daß wir heute aufbrechen.« Er stürzte zum Lagerplatz, fischte seinen Rucksack aus dem Stapel heraus, wo Frodo ihn hingelegt hatte, schnappte sich eine zusätzliche Decke und noch ein paar Lebensmittelpakete und rannte zurück.

»Mein ganzer Plan ist also vereitelt«, sagte Frodo. »Es hat keinen Zweck, dir entkommen zu wollen. Aber ich bin froh, Sam. Ich kann dir nicht sagen, wie froh. Komm mit! Es ist klar, daß wir dazu ausersehen sind, zusammen zu gehen. Wir werden aufbrechen, und mögen die anderen einen sicheren Weg finden. Streicher wird sich um sie kümmern. Ich glaube kaum, daß wir sie wiedersehen werden.«

»Vielleicht doch noch, Herr Frodo. Vielleicht doch«, sagte Sam.

So machten sich Frodo und Sam gemeinsam zum letzten Abschnitt der Fahrt auf. Frodo paddelte vom Ufer weg, und dann trug der Strom sie rasch davon, den westlichen Arm hinunter und vorbei an den dräuenden Klippen von Tol Brandir. Das Brausen des großen Wasserfalls kam näher. Selbst mit der Unterstützung, die Sam zu gewähren vermochte, war es ein schwieriges Unterfangen, am südlichen Ende der Insel das Boot durch die Strömung hindurch zum östlichen Ufer zu bringen.

Schließlich kamen sie auf den südlichen Hängen des Amon Lhaw wieder an Land. Dort fanden sie ein sanft abfallendes Ufer, und sie zogen das Boot heraus und versteckten es hoch über dem Wasser hinter einem großen Findling. Dann schulterten sie ihre Rucksäcke und nahmen die Suche auf nach einem Pfad, der sie über die grauen Berge des Emyn Muil und hinunter in das Land des Schattens bringen würde.

Das ist das Ende des ersten Teils der Geschichte des Ringkrieges. Der zweite Teil heißt DIE ZWEI TÜRME, denn bei den darin berichteten Ereignissen spielen ORTHANC, Sarumans Zitadelle, und die Festung MINAS MORGUL, die den geheimen Eingang nach Mordor bewacht, die beherrschende Rolle. In diesem zweiten Teil werden die Taten und Fährnisse aller Angehörigen des nun zerfallenen Bundes erzählt bis zum Anbruch der Großen Finsternis.

Im dritten Teil, DIE RÜCKKEHR DES KÖNIGS, wird berichtet, wie der letzte Kampf gegen den Schatten geführt und der Auftrag des Ringträgers erfüllt wird.